ILLUSTRIERTE GESCHICHTE DER DEUTSCHEN LITERATUR

BAND III

ILLUSTRIERTE GESCHICHTE DER DEUTSCHEN LITERATUR

IN SECHS BÄNDEN

von
Prof. Dr. Anselm Salzer
und
Prof. Eduard von Tunk

Neubearbeitung und Aktualisierung
von
Dr. Claus Heinrich
Dr. Jutta Münster-Holzlar

BAND III

VON DER KLASSIK
BIS ZUR
ROMANTIK

NAUMANN & GÖBEL

ILLUSTRIERTE GESCHICHTE DER DEUTSCHEN LITERATUR

Redaktion: Dr. Claus Heinrich und Dr. Jutta Münster-Holzlar
Lektorat: Waltraud Still
Korrektur: Walter Burkart
Schutzumschlag: Hermann Bischoff
Satzarbeiten: Zobrist & Hof AG, Liestal
Gesamtherstellung: J. Ebner, Ulm
Printed in West Germany

ISBN 3-625-10421-0

Revidierte und erweiterte Neuauflage
Neubearbeitung durch: Dr. Claus Heinrich und Dr. Jutta Münster-Holzlar

INHALT

VON DER KLASSIK
BIS ZUR
ROMANTIK

DER JUNGE GOETHE

ERSTE FÜHLUNGNAHME MIT DER KUNST

Im Mittelpunkt der Bemühungen um eine neue, vom starren Regelzwang befreite Kunst, wie sie die Dichter des Sturm und Drangs in der zweiten Hälfte des 18. Jahrhunderts anstrebten, stand Johann Wolfgang von Goethe (1749–1832). Sein »Götz« und sein »Werther« wurden für das Drama und den Roman seiner Zeit richtungweisend. Johann Gottfried Herder erklärte sogar in den »Blättern für deutsche Art und Kunst«, mit ihm sei ein neuer Shakespeare erstanden. Das ist nun freilich Goethe nicht geworden, und er selbst wagte es nicht, sich dem Briten gleichzustellen, aber Begabung und Verdienst haben ihn zu einer der seltensten Erscheinungen nicht bloß in der deutschen Literatur, sondern in der Geschichte der Poesie überhaupt gemacht. Denn mögen auch einzelne Dichter der verschiedenen Zeiten und Völker ihn an Größe des Talentes für einzelne Dichtungsarten übertreffen, so steht er darin allein da, daß er in allen Formen der poetischen wie der prosaischen Darstellung gleich Ausgezeichnetes schuf, die Gesamtentwicklung der Literatur in Deutschland bestimmte und auch auf die der meisten europäischen Völker mehr oder weniger einwirkte.

In seiner Selbstbiographie »Dichtung und Wahrheit« schrieb Goethe:

»Am 28. August 1749, mittags mit dem Glockenschlag zwölf, kam ich in Frankfurt am Main auf die Welt. Die Konstellation war glücklich: die Sonne stand im Zeichen der Jungfrau und kulminierte für den Tag; Jupiter und Venus blickten sie freundlich an, Merkur nicht widerwärtig, Saturn und Mars verhielten sich gleichgültig; nur der Mond, der soeben voll ward, übte die Kraft seines Gegenscheines um so mehr, als zugleich seine Planetenstunde eingetreten war. Er widersetzte sich daher meiner Geburt, die nicht eher erfolgen konnte, als bis diese Stunde vorübergegangen.«

Goethes Vater Johann Kaspar (1710–1782) hatte die Rechte studiert. Er wollte als vermögender, mit Wissen und Weltkenntnissen wohlausgestatteter Mann vom Rat der Stadt Frankfurt ein Amt ohne Gehalt, doch auch ohne Wahlverfahren erhalten. Da ihm ein solches nicht übertragen wurde, verzichtete er für alle Zukunft auf eine Stelle im städtischen Dienste, verschaffte sich aber von Kaiser Karl VII. den Titel und Rang eines kaiserlichen Rates (1742), der ihn den höchsten Würdenträgern der Stadt gleichstellte. So lebte er als privatisierender Rechtsgelehrter in angenehmen Verhältnissen in seinem

Hause am Großen Hirschgraben. 1748 heiratete er Katharina Elisabeth Textor, die siebzehnjährige Tochter des Stadtschultheißen Johann Wolfgang Textor, dessen Familie aus Süddeutschland stammte und nach dem Übertritt aus dem Arbeiter- in den Gelehrtenstand den deutschen Namen »Weber« ins Lateinische übersetzt hatte. Der älteste Sohn dieser Ehe war der Dichter; von mehreren nachgeborenen Geschwistern blieb nur Cornelia Friederike Christiane am Leben.

Goethes Geburtshaus in Frankfurt a. M.
Kupferstich aus dem Jahre 1832.

Glücklich ergänzte die gesprächige Frau Rat mit ihrer Herzlichkeit und ihrem gesunden Witz, durch lebendiges Gottvertrauen und große Natürlichkeit in ihrem ganzen Wesen, die steife Würde und Sorglichkeit des Eheherrn, und der Dichter vereinigte die Charaktereigenschaften beider, »des Lebens ernstes Führen« und »die Frohnatur« in seiner Person. Er verlebte seine erste Jugend in Verhältnissen, die ein schnelles Reifen seiner geistigen Anlagen förderten. Wirkte schon das Vaterhaus, das Rat Goethe nach und nach mit Naturalien und Kunstsammlungen, einer kleinen Gemäldegalerie zeitgenössischer Meister und einer bedeutenden Bibliothek ausstattete, anregend auf den Knaben, so erweiterte die Stadt mit ihren reichsstädtischen Erinnerungen, den bunt wechselnden Bildern, die sie namentlich zur Zeit der Messen bot, und mit ihren altertümlichen Bauten, wie dem geschichtlich merkwürdigen »Römer« und dem staffelgiebeligen Kauf- und Rathaus auf dem Römerberg, den Gesichtskreis des jungen Goethe über die Umgebung des Familienkreises hinaus. Auch die Ereignisse der Weltgeschichte drängten bis in die unmittelbare Nähe des Vaterhauses und ließen die

Erschütterungen des Krieges und die Bilder der Helden des Siebenjährigen Krieges an seiner Seele vorüberziehen. Am 2. Januar 1759 wurde die Stadt von den Franzosen überrumpelt und mehrere Jahre von ihnen besetzt gehalten. Rat Goethe mußte den Königsleutnant Grafen Thoranc, einen liebenswürdigen, ehrenfesten und hochgebildeten Mann und besonderen Freund der Kunst, ins Quartier nehmen und ihm einen Teil des Hauses einräumen. Er tat es ungern, denn er war preußisch oder vielmehr, wie Goethe in seiner Selbstbiographie sagt, »fritzisch« gesinnt. Da der Großvater Textor auf kaiserlicher Seite stand, kam es zu Parteiungen innerhalb der Familie, die dem Knaben Goethe die Abneigung gegen die Politik einflößten.

Dagegen weckte in ihm der persönliche Verkehr mit den Malern, die Thoranc aus Frankfurt und Darmstadt gerufen hatte und beschäftigte, das Interesse an der bildenden Kunst, und die Theatervorstellungen einer französischen Schauspielertruppe, deren Besuch ihm ein Freibillett des Großvaters täglich möglich machte, förderten die Lust an der schönen Welt des dramatischen Scheins. Geweckt worden war sie schon durch das »Püppeltheater«, das der kleine Wolfgang am Weihnachtsabend 1753 von der Großmutter als letztes Vermächtnis erhalten hatte. Im Vereine mit Cornelia, der treuen Freundin und Gespielin seiner Jugend, führte er damals nach einem geschriebenen Textbuch »David und Goliath« auf, dem dann auch Stücke aus Gottscheds »Deutscher Schaubühne«, die er in der väterlichen Bibliothek aufgestöbert hatte, und italienische Opern folgten. Der Besuch des Theaters machte ihn mit dem hochentwickelten französischen Schauspiel in einzelnen Tragödien und in zahlreichen Lust- und Singspielen bekannt, von denen namentlich die Anmut der letzteren auf ihn großen Eindruck machte und wohl viel dazu beitrug, daß er sich später mehrfach in dieser Gattung versuchte. Jetzt schon las er Racine, Molière und Corneille, und bald hatte er auch selbst ein allegorisch-mythologisches Stückchen fertig, das er, in der stillen Hoffnung, es könne vielleicht zur Aufführung kommen, seinem Freunde Derones vorlegte. Es war dies ein zur französischen Theatertruppe gehörender munterer Knabe, der ihn hinter die Kulissen brachte und in das Innerste des Theaters blicken ließ. Wie wenig dies auch für die jugendlichen Augen geeignet war, so machte es ihn doch mit den Anfangsgründen der Dramaturgie bekannt und lieferte dem späteren Dichter des »Wilhelm Meister« manch hübschen Stoff.

Goethes Vater galt der deutliche Nutzen bei der Erziehung und dem Unterricht seiner Kinder, den er anfangs selbst leitete und den später Privatlehrer fortsetzten, als oberster Grundsatz. Der Lehrplan des kaiserlichen Rates sorgte für eine vielseitige Ausbildung Wolfgangs. Die wichtigsten alten und modernen Sprachen, Geographie, Geschichte, Naturwissenschaften, Mathematik, Zeichnen, Musik, Tanzen, Fechten und Reiten gliederten sich allmählich in dem Bildungsgang des Sohnes aneinander. Der Religionsunterricht beschränkte sich in den ersten Jahren auf das Lesen der Bibel, die ihm, wie er selbst bekennt, fast allein seine sittliche Bildung gab, als poetisches Buch seine Phantasie unablässig beschäftigte und nach allen Richtungen hin in Bewegung setzte. Anhand von Aufsätzen und mit Hilfe der Lektüre zeitgenössischer Dichter entwickelte sich die Ausbildung im Deutschen, das damals noch nirgends systematisch betrieben wurde. Im Gegensatz zu der damals üblichen Unterrichtsweise richtete Vater Goethe sein Augenmerk weniger auf die Übung des Gedächtnisses als auf eine phantasievolle Darstellung und ein lebendiges Erfassen der Außenwelt, das der Dichter Goethe später als Verliebtheit in die Beschränktheit wirklicher Zustände bezeichnete. Ergänzend griffen in die Erziehung des frühreifen, selbstbewußten und von allen angestaunten Wunderkindes die Verwandten und Freunde ein, von denen es Olenschläger zum Hofmann, Reinek zum diplomatischen Geschäftsmann, Legationsrat Moritz zum Mathematiker, Hüsgen zum Rechtsgelehrten bilden wollte, während Wolfgang in der Bibliothek eines geistlichen Onkels, des Pfarrers Starck, einen Homer in deutscher Prosa, der »mit Kupfern im französischen Theatersinne geziert« war, entdeckte, und Rat Schneider Klopstocks »Messias« in das Haus einschmuggelte. Diesen hatte Rat Goethe in seine Bibliothek, in der sonst alle namhaften deutschen Dichter neben den ausländischen standen, nicht aufgenommen, weil er ihm wegen seiner reimlosen Verse zuwider war.

Der Umbau des Hauses (1754) machte es notwendig, daß Wolfgang eine Zeitlang in eine öffentliche Schule geschickt wurde. Nach der Vollendung des Baues fand der häusliche Unterricht wieder seine Fortsetzung, obzwar er durch die Einquartierung manche Störung erlitt und erst 1761 wieder seinen regelmäßigen Gang nehmen konnte. Zwei Jahre darauf folgte die Friedensfeier, dann die Kaiserkrönung Josephs II.; während dieser Festlichkeiten erlebte der junge Dichter die ersten Abenteuer einer Liebesneigung, die seine Phantasie später in dem Bilde Gretchens poetisch verklärte. Er hatte das Mädchen in einer leichtfertigen Gesellschaft kennengelernt, die seine poetischen Fertigkeiten zu allerlei Mystifikationen mißbrauchte und ihn in die gerichtliche Untersuchung ihres Treibens verwickelte.

Schon von Kindheit an war Goethe, wie er selbst erzählt, von einer förmlichen Reim- und Versewut ergriffen. Es gibt keine Dichtungsart, in der er sich, freilich zunächst nach Vorbildern, nicht versucht hätte. So mögen Leichen-, Hochzeits- und andere Gelegenheitsgedichte neben anakreontischen Tändeleien den Hauptbestandteil jener Gedichtsammlungen gebildet haben, von denen er seit 1763 jährlich einen Großquartband als Ertrag seiner Muse dem Vater überreichte. Nur wenige der Erstlinge des jungen Dichters sind erhalten, darunter das Gedicht *Poetische Gedanken über die Höllenfahrt Christi,* das, 1763 entworfen, 1765 ohne sein Wissen gedruckt wurde.

»Sie verraten zwar ein bedeutendes Können, bestehen in hohen Ehren neben ähnlichen Produktionen der Zeit, sind aber, auf Verlangen entworfen, durchaus nicht geeignet, uns in das Sinnen und Trachten des Knaben einzuführen. Mit Christus, Hölle, Sünde, Gericht umschreiben sie gerade die Glaubensartikel, mit denen Goethe später am wenigsten etwas anzufangen wußte. Barocke Ängste ragen hier noch fremd in sein frühes Leben hinein. Insofern lohnt es sich freilich, das sonderbare Gebilde zu lesen.« (Emil Staiger).

Gern wäre Goethe zum Studium nach Göttingen gegangen, um dort Heyne und Michaelis zu hören, die durch Betonung der Archäologie der klassischen und orientalischen Philologie lebendigere und neue Grundlagen gaben. Aber der Vater, der, unbefriedigt von dem »zwischen seinen Brandmauern« hingeführten Leben, seinen hochbegabten Sohn in Ehren und Würden sehen und von der Stellung eines akademischen Lehrers als dem Lebensziele Wolfgangs nichts wissen wollte, entschied für Leipzig und für das Studium der Rechtswissenschaften. So ließ sich denn der sechzehnjährige Goethe am 19. Oktober 1765 an der Universität der durch Vornehmheit der Sitten und Zierlichkeit der gesellschaftlichen Formen berühmten Handels- und Gelehrtenmetropole Sachsens als Hörer der Rechte immatrikulieren und nahm in dem Zinshause »Zur großen Feuerkugel« am Neumarkt, wo ein Jahrzehnt früher Lessing gewohnt hatte, Quartier. Der erste Eindruck des »kleinen Paris« war ein günstiger; mit seinen Studien aber sah es bedenklich aus. Die juristischen Kollegien erschienen ihm so langweilig und unfruchtbar, daß er sie bald ganz vernachlässigte; gegen Winklers schulmäßige Philosophie und Logik empfand er eine unüberwindliche Abneigung; auch Ernesti, ein tüchtiger Erklärer der klassischen Autoren, aber ohne schöpferische Gedanken, vermochte ihn nicht zu fesseln; etwas mehr Vorteil hatte er von dessen Kollegen Morus, der ihn über die Gebrechen der deutschen Literatur aufklärte.

Von deren eigentlichen Vertretern war Gottsched fast eine lächerliche Figur geworden, und Gellert hat zwar mit seinem Praktikum für deutsche

Stilistik auf Goethe fördernd eingewirkt, aber da ihm selbst die Größe und das Verständnis für die Poesie, die aus vollem Herzen und wahrer Empfindung strömt, gänzlich fehlte, konnte er der dichterischen Laufbahn des Studenten keinen Dienst erweisen. Die Kritik der Frau Hofrätin Böhme an seinen Dichtungen brachte ihm die Überzeugung von deren Wertlosigkeit so entschieden bei, daß er »Poesie und Prosa, Pläne, Skizzen und Entwürfe sämtlich zugleich auf dem Feuerherd verbrannte«. Dagegen begeisterte er sich, angeregt durch Freunde, mit denen er bei dem Mediziner Professor Ludwig den Mittagstisch nahm, für die Naturwissenschaften. Sein Trieb, sich im Zeichnen und Malen weiter auszubilden, vermittelte die Bekanntschaft mit Friedrich Oeser (1717–1790), dem Direktor der Malerakademie. Sie wurde namentlich dadurch erfolgreich, daß dieser kunstverständige Mann ihm den Sinn für das Wesentliche in der bildenden Kunst überhaupt öffnete, seiner Neigung dazu eine höhere Richtung gab und ihm durch die Einführung in die Kunstgeschichte das Verständnis für Winckelmanns Werke erschloß. Dessen auf Einfachheit und Größe gerichtete und von Oeser oft gepredigte Lehre bereitete den Schüler vor, den Wert, den Lessings »Laokoon« für jeden Künstler beim Erfinden und Ausführen hat, zu fassen und sich zunutze zu machen. Um sich die Kunst auch durch die lebendige Anschauung näherzubringen, reiste Goethe 1768 nach Dresden; er sah hier nur die Bildergalerie. Voll von den Eindrücken, die besonders die Bilder der niederländischen Schulen in seinem zur Natur und Wirklichkeit hinneigenden Geiste zurückließen, kam er wieder nach Leipzig und suchte sich nun unter der Leitung des Kupferstechers Stock auch mit der Radier- und Holzschneidekunst praktisch vertraut zu machen.

Eifrig besuchte Goethe das Theater, und wie Lessing aus der Verbindung mit Schauspielern zur Abfassung seines Dramas gekommen war, so wurde der junge Goethe durch den Verkehr mit hervorragenden Mitgliedern der Bühne zu verschiedenen dramatischen Entwürfen angeregt. Er vollendete das schon in Frankfurt begonnene Trauerspiel *Belsazar*, versuchte sich in dem *Thronfolger Pharaos* mit einem biblischen Stoff und stellte in dem Lustspiel *Der Tugendspiegel* ganz nach Geschmack und Sinn der Zeit den Edelmut der besseren wilden Menschen der Schlechtigkeit der zivilisierten entgegen. Liebevolle Teilnahme für seine dichterischen Bestrebungen fand Goethe bei seinem um zehn Jahre älteren Landsmann Johann Georg Schlosser, der auf einer Reise einige Wochen in Leipzig weilte und durch seine gründliche und ausgebreitete Bildung wie auch durch seinen Ernst und seine Gemessenheit auf das zerfahrene und regsame Wesen des Studenten Einfluß übte. Die

Freundschaft zwischen beiden gewann 1773 durch Schlossers Vermählung mit Goethes Schwester Cornelia einen noch innigeren Charakter.

Nach der Abreise Schlossers verkehrte Goethe gern und oft in dem Hause Schönkopf; es war des Wirts Tochter Anna Katharina, von ihm »Ännchen« oder »Annette« genannt, die sein Herz entflammte und seine feurige Liebe mit vollem Herzen erwiderte. Obgleich er sich von Anfang an klar war, daß die Geliebte nie seine Frau werden könne, unterhielt er dennoch das Verhältnis durch zwei Jahre; es zu lösen, fehlte ihm die moralische Kraft, mochte er auch bitter unter der Gewalt der inneren Kämpfe leiden, die der Verstand und die Stimme des Gewissens mit seiner glühenden Leidenschaft führten und die in den Briefen sich widerspiegeln, die er an seinen Vertrauten Ernst Wolfgang Behrisch richtete, der als Hofmeister des zwölfjährigen Grafen von Lindenau in Leipzig weilte. Mit ihm verbrachte Goethe manche Stunden in Auerbachs Keller und gewann an ihm einen für sein dichterisches Schaffen förderlichen Freund. Aber dessen bedenkliche Lebensgewohnheiten nachahmend, stürzte er sich in den Strudel ungebundenen Lebensgenusses, und zwar um so zügelloser, je enger er früher gebunden war. Tief beklagte er es, als Behrisch, den seine leichtfertige Lebensweise die Stellung kostete, im Oktober 1767 Leipzig verließ, um am Dessauer Hofe ein ähnliches Amt zu übernehmen. Von entgegengesetzten Stimmungen hin und her geworfen, verfiel er in einen Zustand der Unruhe und des Mißbehagens, in dem er sich selbst und die Geliebte mit Eifersüchteleien plagte, bis ein unbedeutender Zwischenfall das Liebesverhältnis löste und Käthchens Verheiratung mit Doktor Kanne (1770) auch den freundschaftlichen Beziehungen, die er brieflich noch von Frankfurt aus unterhielt, ein Ende machte. Dem kleinen Drama *Die Laune des Verliebten* (1768/1769) aber, in dem er das Erlebnis zu dem Schein einer höheren Wirklichkeit zu erheben suchte, gab er einen idyllischen Abschluß. Denn nur dieser paßte zur Maske des französischen Schaferspieles, die der Dichter, an der Überlieferung noch festhaltend, dem Stück übergeworfen hat.

Wie mit diesem Drama, das zuerst den Titel »Amine« trug, schlug er auch mit dem Schauspiel *Die Mitschuldigen* (1768) jene Richtung ein, von der er in seiner Selbstbiographie sagt, daß er dasjenige, was ihn erfreute oder quälte oder sonst beschäftigte, in ein Bild, ein Gedicht zu verwandeln pflegte, um sowohl seine Begriffe von den äußeren Dingen zu berichtigen als sich im Innern zu beruhigen. Dem Inhalte nach wurzeln »Die Mitschuldigen« in der Frankfurter Zeit, in der Goethe während seines Verkehrs mit Gretchen und deren Kreis »in die seltsamen Irrgänge geblickt hatte, mit welchen die bürgerliche Sozietät unterminiert war«. In derselben Stimmung, der die spätere Anklagedramatik, wie z. B. Ibsens »Stützen der Gesellschaft«, ihren Ursprung verdankt, hat Goethe sein Schauspiel gedichtet, um anklagend sich das Gefühl der eigenen Schuld von der Seele zu schreiben. Trotz der durchgreifenden Mängel, an denen es leidet, läßt es doch schon die seltene Begabung des Dichters ahnen und erkennen, daß er sich an Lessings »Minna von Barnhelm« geschult und aus der »Hamburgischen Dramaturgie« gelernt hat. In ihr sah er die Erfordernisse dramatischer Wirkung an den Alten und Shakespeare nachgewiesen; die Werke des Briten lernte er zuerst aus Dodds Auswahl und dann in der Wielandschen Übersetzung kennen. Gleichzeitig fühlte er sich durch Wielands freien und weltmännischen Geist wie durch dessen gefällige Darstellung und Freude am Sinnlich-Heiteren angezogen, und noch in einem Schreiben aus dem Jahre 1770 erkannte er in ihm und Shakespeare nebst dem Maler Oeser seine echten Lehrer. Dagegen vermochte ihn Klopstock nicht mehr zu begeistern, und auch von den anderen zeitgenössischen Dichtern konnte ihn keiner mehr fesseln.

Trotz der dadurch gewonnenen besseren Erkenntnis wandelte der junge Poet die alten Bahnen; noch mußte er, wollte er gefallen, dem Geschmacke der Zeit huldigen. Wie er daher in den Dramen an der französischen Theatertechnik und an dem Alexandriner festhielt, so sind seine Lieder auf den Ton der Anakreontik gestimmt. Fremde Muster, französische und englische, werden benutzt, Galanterie und Frivolität schmücken sich mit eleganten Pointen. So liebte es die Rokokolyrik, und in ihr Gebiet gehören die beiden Gedichtsammlungen Goethes, von denen er die eine mit *Annette* (1767) überschrieb, die andere, von seinem Freunde Bernhard Breitkopf mit Melodien versehene, unter dem Titel *Neue Lieder* (1769) erscheinen ließ. Mit diesem *Leipziger Liederbuche* tat er den ersten Schritt in die Öffentlichkeit. Insgemein weit entfernt von dem Erlebten und darum unnatürlich und gemacht, sind die Leipziger Lieder nur artige Spiele mit der Empfindung über Liebe, Tugend, Mondenschein, Brautnacht, Weltlauf, und nur selten erklingen wahre Herzenstöne. Und doch wußte sie Goethe schon damals anzuschlagen; davon geben uns jene Lieder Kenntnis, in denen er, wie in den Oden an Behrisch, in den Gedichten an Schlosser und an seine Mutter, frei von dem Druck der Mode, nur Befreiung seiner Seele suchte.

Goethe erzählt in seiner Selbstbiographie, daß seine Dichtung nach der Rückkehr aus Leipzig eine starke Wendung zum Ernst genommen habe; herbeigeführt wurde sie durch die mystisch-pietistische Richtung, in die der kranke Dichter damals gelenkt wurde. Ein Sturz vom Pferde, Unvorsichtigkeit beim Ätzen der Kupferplatten, Unregelmäßigkeit in der Lebensweise, rücksichtsloses Einstürmen auf seine »physische Natur«, bald aus Ausgelassenheit, bald aus Trübsinn, übertriebene Versuche, nach mißverstandenen Grundsätzen Rousseaus den Körper abzuhärten, und noch vieles andere hatten über den Studenten eine Krankheit heraufbeschworen, die im Juli 1768 mit einem Blutsturz zum Ausbruch kam. Tagelang schwebte er zwischen Leben und Tod. Rings um ihn regten sich Liebe und Teilnahme, und alle seine Freunde wetteiferten, ihm jegliche Erquickung und Erleichterung zu bereiten. So erholte er sich allmählich so weit, daß er am 28. August 1768 die Heimreise antreten konnte.

Noch kränkelnd, ohne Doktorhut, aber bereichert an Erfahrung und an Einsicht, an Geschmack und Bildung über sein Alter hinausgewachsen, betrat er das Vaterhaus, in dem ihn keine reine Freude empfing. Der alte Rat sah sich in seinen Erwartungen getäuscht, Mutter und Schwester waren über das elende Aussehen des Ankömmlings schmerzlich betroffen; doppelt bitter empfand das reizbare Gemüt des Kranken den unausgesprochenen Vorwurf. Nur allmählich schritt die Heilung vorwärts, und noch einmal wurde er an »die große Meerenge« gebracht, »wo alles durch muß«. Diese Tage der Abgeschlossenheit aber führten ihn zur Klärung aus der Verworrenheit, in die er sittlich und geistig durch verschiedene Einflüsse geraten war. Eine liebe, vertraute Gesellschaft wurde ihm die mütterliche Freundin Susanna Katharina von Klettenberg (1723–1774), die nach bitteren Erfahrungen und Enttäuschungen Frieden und Ruhe der Seele in den Herrnhutischen Anschauungen gefunden hatte. Unter Einwirkung dieser »schönen Seele« kehrte sich der Kranke von der Aufklärung ab und wandte sich wieder einem positiven Erfassen von Gott und der Welt zu. Die Anschauung freilich, die er sich bildete, war ein sonderbares, an den Neuplatonismus anknüpfendes Gemisch von Christentum und Pantheismus.

Um Ersatz für die geistigen Anregungen zu haben, die er in Leipzig gefunden hatte, umgab er sich mit einer Reihe ausgewählter Bücher; Lessing, Shakespeare, Rousseau, alle drei, wie Oeser und dessen Vorbild Winckelmann, Feinde der konventionellen Kunst, waren seine Freunde und Tröster in der »Frankfurter Hungersnot des guten Geschmacks«. Schon jetzt wurde ihm klar, daß zwischen dem lediglich nachahmenden Realismus und dem nur erfindenden Idealismus ein Mittelding gefunden werden müsse. Er zeichnete, radierte, dichtete aber nur wenig. Die häusliche Umgebung bot dafür keine Anregung und lastete drückend auf ihm. Die Schwester wollte sich in die herben Einseitigkeiten des Vaters nicht fügen, und dessen Verhältnis zu

Wolfgang war so unerquicklich wie möglich. Es gab peinliche Zusammenstöße, und mit Freude begrüßte der junge Goethe den Tag, an dem er zur Vollendung seiner juristischen Studien die Vaterstadt verlassen konnte.

AUFENTHALT IN STRASSBURG

In der doppelt empfänglichen Stimmung eines an Leib und Seele Genesenden kam der Zwanzigjährige am 2. April 1770 in Straßburg an. Trotz der Kürze leitete der Aufenthalt in Straßburg, in dem damals außer der Garnison und den Beamten wenig an die Zugehörigkeit zu Frankreich erinnerte, eine Epoche ein, in der Goethes Leben und Schaffen eine entscheidende Richtung nahm. Wie kühn seine Gedanken und Studien damals nach allen Seiten ausgriffen, das beweisen die Aufzeichnungen, die er in einer Art von wissenschaftlichem Tagebuch unter dem Namen *Ephemerides* zusammenfaßte. Auch in Straßburg fand er eine Tischgesellschaft, deren Mitglieder sich bei den Jungfern Lauth in der Krämergasse trafen und einem älteren Mentor, Johann Daniel Salzmann (1722–1812), Aktuar beim Vormundschaftsgerichte, die Würde des Vorsitzes überließen. Durch die deutsche Popularphilosophie, durch Lektüre, Erfahrung und eigenes Nachdenken gebildet, sicher und elegant in den Umgangsformen, wie er sie von den Franzosen gelernt hatte, männlich tüchtig in seinem Wirkungskreise, wohlwollend und milde, zog Salzmann die Jüngeren an sich heran und verband sie, selbst ein Freund der deutschen Literatur, über die Tafel hinaus in einer Gesellschaft der schönen Wissenschaften. Von allen Genossen schloß sich ihm Goethe am engsten an, und auch er gewann den feinfühligen und feurig strebenden Jüngling herzlich lieb. Dem Alter nach stand Salzmann ein Ludwigsritter, eines der sonderbarsten Originale, am nächsten; ein anderes Mitglied der Tischgesellschaft war der Theologe Franz Lerse aus Buchsweiler im Elsaß, Goethes Liebling und von ihm im »Götz« verewigt, ein redlicher, klarer, bestimmter Jüngling. In den Kreis der Tischgenossen trat auch der schon genannte Johann Heinrich Jung-Stilling.

Mit ihm war ein älterer Chirurgus namens Troost in die Tischgesellschaft aufgenommen worden, in der Goethe »die Regierung hatte, ohne daß er sie suchte«. Auch der Livländer Lenz, der sich ihm innerlich gleichwertig erachtete, erkannte äußerlich die Überlegenheit des liebenswürdigen Freundes an. Dieser ließ, nachdem für die Jurisprudenz das Nötige geschehen war, die Neigung zur Medizin und Naturwissenschaft um so mehr vorwalten, als seine Tischgenossen, unter denen Mediziner die Mehrzahl bildeten, ihn durch ihre Gespräche beständig an seine Lieblingsfächer mahnen. So arbeitete er auf dem Seziersaal, hörte Vorlesungen über Anatomie, versäumte daneben nicht die Chemie und begann sich mit einem Gebiete vertraut zu machen, auf dem er später zu beachtenswerten Ergebnissen gelangen sollte. Wie ein geniales, das Gewöhnliche und Alltägliche überwallendes Wogen kam es in die Tischgesellschaft, als Goethe sie mit den freien, kühnen Anschauungen vertraut machte, die er aus Herders Lehren empfangen hatte.

Im September 1770 war Herder nach Straßburg gekommen; sieben Monate, in denen jeder Tag für den jungen Goethe fruchtbringend war, dauerte der Aufenthalt des Mannes, der sich des von Hamann neu gehobenen Gedankenvorrates bemächtigt hatte, viel des eigenen hinzutat und wie ein Prophet zu den Zeitgenossen sprach. Vor den Augen des staunenden Jünglings öffneten sich jene großen, gewaltigen Anschauungen über Wesen und Geschichte echter Volkspoesie, die Herder soeben wieder neu entdeckt hatte und die mit der Freude frischer Entdeckerlust seine ganze Seele erfüllten und durchdrangen. Da wurde Goethes Blick frei, die Welt- und Völkerpoesie tat sich in unermeßlicher Ausdehnung vor ihm auf. Er achtete nicht mehr auf die Satzungen, die sich nur auf Meinungen, die nach Ort und Zeit wechseln, oder auf Überlieferung stützten. Die hohle Regel zerbrach, der Glaube an unrechtmäßige oder zwangweise aufrechterhaltene Autoritäten zerstob. Die poetische Fähigkeit zeigte sich dem jungen Goethe als eine der gesamten Menschheit verliehene Gabe, die sich in einzelnen Erkorenen zum höchsten Grade der Ausbildung steigert, und nur jene, die am tiefsten auf den Urgrund der Erscheinungen zurückgehen und unverrückbar bestimmte Zustände und Epochen des individuellen und nationalen Lebens darstellen, sind Originale und dauernde Muster.

Da nun stellte sich dem jungen Poeten das Volkslied, der unmittelbarste Ausdruck leidenschaftlicher Empfindung, als die ursprünglichste, echteste Poesie dar, und die Größe seiner Lieblingsdichter bestand eben darin, daß auch in ihren Meisterwerken das Wesen des Volksliedes, nur in Form und Stoff gesteigert und erweitert, wirksam war. Die Bibel erschien ihm in diesem neuen Lichte nicht mehr als unmittelbare göttliche Offenbarung, auch nicht als das zusammengesetzte Werk erleuchteter Menschen, sondern als die naturgemäße Blüte des dichtenden Volksgeistes. Der Gesang Homers tönte aus dem Innern des wundersamsten Volkslebens als veredelter Naturlaut einer jugendlich kräftigen Menschheit hervor. Die Götter- und Heldenlieder der Edda entzückten seine Phantasie, und die altschottischen Gesänge Ossians entzündeten seine Liebe zum Volksliede. Er begann auf seinen

Streifzügen durch das Elsaß auf den Gesang des Volkes zu horchen und seine Lieder zu sammeln. Hatte ihn schon früher Shakespeare ergriffen, so erschien ihm dessen Gestalt doch erst jetzt in ihren wahren Umrissen; aber sie erschreckte den Bewunderer nicht mehr, da sie aus dem gesamten Leidenschaftsleben seines Volkes und aus den Märchensagen der Vorzeit hervorwuchs. Shakespeare und Homer blieben denn auch Goethes Begleiter durch das Leben, während Ossian, dem er mehr die poetische Stimmung als wirkliche Bildungselemente verdankte, nach einigen Jahren wieder zurücktrat.

Dank der tiefdringenden Methode Herders begann Goethe, um die Ursachen der Dinge kennenzulernen, sie in ihrer ganzen Umgebung, wie sie durch Land, Klima, Religion, Mythus, Verfassung, Denk- und Lebensart gebildet werden, zu betrachten. Wie in der Poesie, so hielt er es auch in der bildenden Kunst. Hatte er in Leipzig als Verehrer Winckelmanns, Oesers, Lessings an der vermeintlichen Unwandelbarkeit und Allgemeinverbindlichkeit des antiken Kunstideals gehaftet, so versenkte er sich jetzt mit so feinfühlendem Verständnis in das Wunderwerk des Straßburger Münsters, daß er, ohne dessen Plan gesehen zu haben, genau anzugeben wußte, wo die Ausführung hinter der ursprünglichen Absicht zurückgeblieben war. Als der erste seiner Zeit empfand und erfaßte er die lange verachtete Herrlichkeit der gotischen oder, wie er sagte, der deutschen Baukunst. Beredten Ausdruck gibt er seiner Begeisterung in der Denkschrift *Von deutscher Baukunst* (1773), die dem Andenken an Erwin von Steinbach, den Erbauer des Münsters, gewidmet und von Herder in sein Heft »Von deutscher Art und Kunst« aufgenommen wurde. Mit der gotischen Baukunst wurde zugleich die altdeutsche Malerei wieder in ihr Recht eingesetzt. Es ist die charakteristische, aus inniger und selbständiger Empfindung um sich wirkende Kunst, die dem jungen Goethe als die einzig wahre erschien. »Was der Künstler nicht geliebt hat, nicht liebt, soll er nicht schildern«, schrieb er in seiner Abhandlung über Falconet. Und wie er sich lossagte von der Autorität überkommener Begriffe und, nur seiner eigenen Empfindung vertrauend, dem Genius der deutschen Kunst seine Huldigung darbrachte, so regte sich in ihm, zugleich auch als Gegensatz zu den halb französisierten Verhältnissen, in denen er sich bewegte, ein lebhaftes Interesse für die Geschichte und Literatur der deutschen Vergangenheit und namentlich des 16. Jahrhunderts, der Zeit der Wiedergeburt der Kunst und Literatur, der Zeit Luthers, Albrecht Dürers, Hans Sachsens, der Zeit des Götz von Berlichingen und des Doktor Faustus. Gerade der Hinweis auf die Natur als Quelle der Verjüngung führte Goethe zu Rousseau, dessen Schriften damals alle jungen Gemüter beherrschten.

Wie Goethe begeisterten sich auch bald seine Genossen, denen sich noch Leopold Wagner zugesellt hatte, für das Vaterländische, denn Herder hatte sie nicht bloß belehrt, daß niemand zur wahren Größe gelangen könne, der nicht die Eigenart seines Volkes herauskehre, sondern auch, daß die französische Literatur veraltet sei, während Europa nach Verjüngung dürste. Natur und Freiheit wurden die Leitsterne der jungen Freunde, die in ungehemmter Freiheit und ohne Künstelei alles aus sich selbst schaffen wollten und alle aus der Überlieferung genommenen Einwände mit Goethes Wort niederschlugen:

Freundschaft, Liebe, Brüderschaft –
Trägt die sich nicht von selber vor?

In dieser Zeit der Abwendung Goethes von Form und Gesetz und in der Hinwendung zu dem, was er für Natur hielt, trat die klassische italienische Kunst, sosehr sie ihn auch für den Augenblick fesselte, dennoch lange Zeit in seiner Seele zurück. An Gelegenheit, solche Eindrücke zu empfangen, fehlte es nicht. In den Bädern von Niederbronn umspielte ihn »der Geist des Altertums, dessen ehrwürdige Trümmer in Resten von Basreliefs und Inschriften, Säulenknäufen und -schäften ihm aus Bauernhöfen zwischen wirtschaftlichem Wust und Geräte wundersam entgegenleuchten«. Hier und auf der nahegelegenen Wassenburg empfing er die äußeren Motive zu seinem klassischen Dialog *Der Wanderer.*

Seinem angeborenen Wandertriebe folgend, durchstreifte Goethe zu Fuß und zu Pferd den Schwarzwald und die Vogesen und wurde nicht müde, sich des »neuen Paradieses« zu freuen. Auf einem solchen Ausflug war er im Oktober 1770 von Freund Weyland bei der diesem verschwägerten Familie des Sesenheimer Pfarrers Johann Jakob Brion eingeführt worden. Die Eindrücke, die er in jener ländlichen Umgebung gewann, gab er gleich danach in den Worten wieder: »Die Gesellschaft der liebenswürdigen Töchter vom Hause, die schöne Gegend und der freundliche Himmel weckten in meinem Herzen jede schlafende Empfindung, jede Erinnerung an alles, was ich liebe.« Der Hauptanteil daran hatte der tiefe Eindruck, den die neunzehnjährige Friederike sogleich bei ihrem ersten Eintritt auf ihn machte. Rasche Liebe verband die jugendlichen Herzen, und unvergänglich war der Reiz, den das schlichte anmutsvolle Landmädchen auf den gerade für Volk und Deutschtum schwärmenden Dichter ausübte. Die wehmütige Nachempfindung davon hört man noch in den Worten des Greises, mit denen er in seiner Lebensbeschreibung den Liebesroman erzählt. Doch läßt sich darin das wirklich Erlebte, das ihm in aufgefrischter Erinnerung entgegentrat, nicht mehr von den dichterischen Bestandteilen sondern.

Viel getreuer spiegelt sich des Dichters Liebesglück in den *Sesenheimer Liedern.* In ihnen singt nicht mehr die Galanterie, sondern die Liebe, die Leipziger Schäferpoesie ist, wenn auch einzelnes noch an sie erinnert, überwunden durch die Erlebnisdichtung. Eng an das Erlebnis sich anschließend, geben die Lieder des Dichters Empfinden in schlichten Worten, mag er ungeduldig sein noch schlafendes Mädchen zum Morgenspaziergang erwarten oder in einem ängstlichen Traum mit Geistern um sie streiten, mag er sein baldiges Kommen ankündigen oder den Schmerz des Scheidens klagen, mag er den Baum segnen, in dessen Rinde sein Name bei dem ihren steht, oder ihr zum Andenken ein blumiges Band senden (»Kleine Blumen, kleine Blätter«).

Liebe und Frühling, sein Mädchen und die Natur verschmelzen sich dem Glücklichen zu einem einzigen köstlichen Lebensgefühl in »Willkommen und Abschied« und im »Mailied«, den Perlen des »Sesenheimer Liederbuchs«. Da wird die Natur nicht, wie Matthisson und andere es lieben, beschrieben, sondern zur Trägerin der Empfindung gemacht, mit der sie in vollem Einklang erscheint. So hält es auch das Volkslied, auf dessen Weisen der Schüler Herders nicht umsonst lauschte. Doch wuchs er über den Lehrer hinaus, denn während dieser das Volkslied für die Blume aller Poesie erklärte, trat Goethe für den veredelnden Wert kunstmäßiger Behandlung des Stoffes ein. Und in dem »Heideröslein«, zu dem ihm bereits 1771 der Leitgedanke geläufig war, hat er ein Volkslied neu gedichtet.

Noch im Frühjahr 1771 brachte er vier Wochen in Sesenheim zu und

Das Pfarrhaus in Sesenheim. Zeichnung Goethes, 1770.

pflegte die an einem Brustübel Leidende. Da schon begann es ihm aufzudämmern, daß sein Verhältnis nur ein schönes Wahngebilde, das Band, das sie verbinde, nur »ein schwaches Rosenband« sei. Hierauf setzte er von Straßburg aus den Verkehr nur mehr brieflich fort. Ehe er aber die Stadt verließ, ritt er nochmals hinaus, um Abschied zu nehmen. »Ich hatte«, gesteht er, »das schönste Herz in seinem Tiefsten verwundet, und so war die Epoche einer düsteren Reue ... peinlich, ja unerträglich.« Lange Zeit konnte er sich von dem schmerzlichen Bilde des verlassenen Mädchens nicht befreien. Die schwachen, treulosen, durch Vergiftung und durch den Stahl des Rächers endenden Liebhaber Weislingen und Clavigo, Maria im »Götz« und Marie im »Clavigo«, Gretchen und Nausikaa und auch Stella, die ihr Gatte in zielloser Unruhe verläßt, sind Denkmale seines Schuldbewußtseins.

AUFENTHALT IN FRANKFURT

Wirkungs- und Freundeskreis

Als Lizentiat, den man nach damaligem Gebrauch auch Doktor nannte, kehrte Goethe 1771 nach Frankfurt zurück und eröffnete, als Advokat aufgenommen, alsbald eine Kanzlei, aber die juristische Tätigkeit wollte ihm nicht recht gefallen, und hat er sie auch mit mehr Ernst betrieben, als seine eigenen Äußerungen vermuten lassen, so tat die eigentliche Arbeit doch Rat Goethe, der nun in den Angelegenheiten des Sohnes seine tüchtige Rechtskenntnis freudig zur Geltung brachte. Dadurch gewann Wolfgang Zeit genug, die poetischen Geister walten zu lassen. Und sie zogen mit Macht heran. Sein Geist arbeitete wie ein Vulkan, sein Leib suchte ein Gegengewicht im Umherstreifen in der freien Natur. Auf seinen Ausflügen kam Goethe häufig nach Darmstadt, wo er in dem Kriegszahlmeister Johann Heinrich Merck (1741–1791) für sein poetisches Schaffen einen guten, klarblickenden Führer gewann. Weckte er zwar nicht, wie Herder, in ihm schlummernde Kräfte, so bewahrte ihn des acht Jahre älteren Freundes kühles und klares Urteil doch vor den Verirrungen des Sturm und Drangs und vor der Verschwendung seines Talents an mittelmäßige Aufgaben. Als Goethe zu dem merkwürdigen Manne in Beziehung trat, war er noch voll literarischer Tatenlust; er schrieb Aufsätze über Kunst (Dürer, die Niederländer), übersetzte aus dem Englischen, versuchte sich in Fabeln, Satiren und satirisch-humoristischen Romanen (»Oheim der Jüngere«) und waltete als sarkastischer Richter von Menschen und Büchern. Durch die Schärfe der

Verneinung reizte dieser verständige Kritiker den jungen Brausekopf zu bestimmter Tätigkeit, drängte ihn zu entschiedenem Abschluß, warnte ihn vor Irrwegen romantischer Art, wies ihn auf die poetische Gestaltung des Selbsterlebten hin und brachte ihn durch seine Ironie dahin, die Gefühlsschwärmerei ironisch in Satiren darzustellen.

Durch Merck wurde Goethe in Darmstadt in den Kreis empfindsamer Damen eingeführt, die in dem Hofrat Leuchsenring, einem galanten, in schönen Empfindungen und Gedanken sich wiegenden Manne, ihren Apostel verehrten und für Klopstock schwärmten. Von dieser »Gemeinschaft der Heiligen«, wie Merck sie nannte, wurde Goethe »als ein vom Himmel gegebener Freund« begrüßt und bald der »Wanderer« oder »Pilger« genannt.

Im Mai 1772 begab sich Goethe nach Wetzlar, um nach des Vaters Wunsch am Reichskammergericht zu arbeiten und sich dadurch für eine höhere Laufbahn vorzubereiten. In Wirklichkeit aber war er entschlossen, sich zum Dichter und Menschen zu machen. Auch der Zustand, in dem sich das kaiserliche ständige oberste Reichsgericht befand, war wenig geeignet, in Goethe Liebe zu den Rechtswissenschaften zu wecken. Er sah in eine rettungslose Verworrenheit hinein, in eine Welt von Mißständen und Mißbräuchen, die sich durch eine Reihe von Menschenaltern unter dem Schein von Gesetzmäßigkeit behauptet hatten. Die jungen Beamten füllten ihre reichliche Muße durch eine heitere, übermütige und phantastische Geselligkeit aus. Sie hatten unter dem Namen der »Tafelrunde« einen geheimnisvollen und inhaltslosen Ritterorden mit allen dazugehörigen Komments, Würden und Zeremonien unter dem Vorsitze des braunschweigischen Sekretärs August Friedrich von Goué gegründet und jedem Mitglied seinen Ritternamen gegeben. Als »Götz von Berlichingen, der Redliche«, nahm Goethe an den Tollheiten und Gelagen der ritterlichen Genossen teil, verband sich aber nur den verständnisvolleren in engerer Weise; so dem Mecklenburger Freiherrn von Kielmannsegge und Gotter, der ihn mit den Göttinger Dichtern in Berührung brachte.

Bedeutender als alle anderen Bekanntschaften sollte für Goethe die mit Johann Christian Kestner (1741–1800) werden. Er war als Sekretär der hannoveranischen Gesellschaft nach Wetzlar gekommen und hatte sich als pflichteifriger Beamter und unantastbarer Charakter bald die Achtung aller erworben. Zwischen ihm und Goethe entspann sich ein freundschaftliches Verhältnis, das in Charlotte Buff, der Tochter des Amtmannes Buff in Wetzlar und Kestners Verlobter, seinen Mittelpunkt erhielt. Goethe wußte nichts von der Verlobung, als er auf einem ländlichen Balle zum ersten Male mit ihr verkehrte und sich durch ihre Schönheit, natürliche Anmut und ihr heiteres und einnehmendes Wesen angezogen fühlte. Am anderen Tage lernte er sie auch als sorgsam waltende Hausfrau kennen, denn seit dem Tode der Mutter führte Lotte, weil sie energischer war als ihre ältere Schwester, die Wirtschaft und sorgte wie eine Mutter für ihre jüngeren Geschwister. Ohne daß sie es wollte oder merkte, war sie für Goethe gewonnen. Man denke sich aus dem ersten Teil des »Werther« alles hinweg, was der Darstellung den düster drohenden Hintergrund gibt, und man hat ein Bild jenes ungezwungenen Verkehrs, der sich im Hause und auf Ausflügen zwischen Goethe, Kestner und Lotte entwickelte. Des Dichters wachsende Leidenschaft konnte dem gutmütigen Verlobten nicht mehr gleichgültig sein, und jener hielt es für ratsam, mit kühnem Entschluß durch eine tapfere Flucht sich und die Freunde vor Konflikten zu bewahren, denen bei längerer Dauer eines so hoch gespannten Verhältnisses selbst die festesten Charaktere kaum hätten entgehen können. Mühsam riß er sich los, die Furcht vor dem verführerischen Selbstmord jagte ihn davon. Der Autor des »Werther« stand dicht vor dem Schicksal seines Helden! Eine Rheinreise sollte seine aufgeregten Nerven beruhigen; er machte sie zusammen mit Merck, dessen Festigkeit ihm jetzt eine notwendige Unterstützung war. In dem literarischen Kreise, der in Ehrenbreitstein um Frau von La Roche sich sammelte, gewann er neue Eindrücke, faßte zu deren Tochter Maximiliane, der späteren Frau Brentanos, eine zärtliche Neigung und kam am 22. September 1772 nach Frankfurt zurück.

Hier eröffnete er auf Wunsch des Vaters wieder eine Advokaturskanzlei, kümmerte sich aber um sie nicht viel mehr als um die Praxis am Reichskammergerichte in Wetzlar. Ohne neue juristische Erfahrungen kam Wolfgang zurück, denn nicht von der Absicht des Vaters, sondern allein von seinem Genie, seiner Denkungsart und seinem Herzen hatte er sich bei seinen Beschäftigungen in Wetzlar leiten lassen. Und doch war diese Zeit für seine Bildung von großer Bedeutung gewesen; der tief innere Herzensroman lehrte ihn die undurchbrechbaren Schranken der Weltordnung achten, und die Erkenntnis seiner Unzulänglichkeit bewirkte, daß er sich als Dichter zu sammeln und zu vertiefen begann. Neue poetische Pläne wurden entworfen, und nie wieder war Goethe von so überquellender Ideenkraft, von so wahrhaftig unbegreiflicher Fruchtbarkeit und Leichtigkeit des dichterischen Schaffens wie in den drei Jahren vom Herbst 1772 bis zum Herbst 1775.

Seiner Schwester las er Homer aus dem Stegreif deutsch vor, übersetzte Stücke aus Ossian und Pindar und verfertigte die Flugschrift über die deutsche Baukunst sowie die Rede *Zum Shakespeares Tag* (1772); in dieser stehen die Worte: »Seine Stücke drehen sich alle um den geheimen Punkt, den noch kein Philosoph gesehen und bestimmt hat, in dem das Eigentümliche unseres Ich, die prätendierte Freiheit unseres Wollens, mit dem notwendigen Gang des Ganzen zusammenstößt«; sie zeigen, worum es dem Dichter gegangen ist, doch hat er vom Gang des Ganzen noch keine, von der Eigenart seines Ichs nur geringe Ahnung. Gerade deshalb erhebt sich nun dieses Ich in titanischem Trotz, tobt sich aus in Kraftmenschentum und ergibt sich der Empfindsamkeit. Aus dem Überschwang dieser Jahre geboren sind revolutionäre Oden, wie »Prometheus«, »An Schwager Kronos«, »Ganymed«, »Wanderers Sturmlied«, sind dramatische Entwürfe, die später liegenbleiben, zu einem »Mahomet« (irdisches Machtstreben zerstört hohe Sendung), zu einem »Prometheus« (in dem der titanische Drang eines Irdischen der Ruhe des olympischen Zeus entgegengestellt werden sollte), zu einem »Caesar«, »Sokrates« und der epische Entwurf zu einem »ewigen Juden« (in freien Knittelversen), sind die Theaterstücke »Clavigo« und »Stella«, sind die Großwerke »Götz«, »Urfaust« und »Werther«.

Frühblüte der Lyrik und Anfänge im Drama

Über die Lyrik jener Jahre läßt sich rein inhaltlich sagen: »Wanderers Sturmlied« zeigt eine dem Unendlichen offene, dem Göttlichen sich nahe fühlende Seele, »Prometheus« titanisches Selbstbewußtsein, »Ganymed« das Verlangen, sich grenzenlos dem All hinzugeben, »Kronos«, offenbar eine Verwechslung mit Chronos (Zeit), die Kutsche des Lebens auf ihrer rasenden Fahrt. Metrisch betrachtet, finden wir freie Rhythmen (geschaffen auf Grund einer Anregung Herders in den »Fragmenten zur deutschen Literatur«), voll von zartester lyrischer Stimmung oder hohem pathetischem Schwung, zuweilen metaphysisch oder kosmologisch belastet, immer jedoch von sinnlicher Kraft in monumentaler Bildsprache, stets geboren aus dem schöpferischen Augenblick und der inneren Gewalt des Erlebnisses.

Von den angeführten Fragmenten sei näher eingegangen auf den *Prometheus* und den »Ewigen Juden«; der erste stammt aus dem Jahre 1773 und blieb ein zweiaktiges Bruchstück; der bekannte Prometheusmonolog, den Goethe später zum dritten Akte stempelte und in seine Gedichte aufnahm, sollte wahrscheinlich den zweiten Akt, das Erwachen des Menschenlebens, eröffnen.

Abweichend von der antiken Fabel, legt Goethe das Hauptgewicht nicht auf den Titanentrotz, sondern auf die Darstellung der Schaffensfreude des Prometheus. Von Kraft und Selbstgefühl strotzend, hat er dem Reich der Götter entsagt, da er an sich erfahren hat, daß der Mensch ganz allein auf sich selbst gestellt ist und daß einzig in der Tätigkeit sein Glück und sein Ziel liegt.

Wie Prometheus ist auch Ahasverus ein Rebell, der sich gegen die Gottheit erhoben hat, aber nicht wie der Titan ein weiser Schöpfer, sondern ein unweiser Alltagsmensch, wie jener »sokratische Schuster«, bei dem Goethe in Dresden gewohnt hat. Der Sagenstoff von dem ruhelosen Wanderer, den der Dichter schon als Knabe aus dem Volksbuche kennengelernt hat, kommt dem Stürmer und Dränger wieder in Erinnerung und gewinnt in dem Bruchstück *Der ewige Jude* neue Gestalt.

Von den ausgeführten Werken kleineren Umfangs blieb *Clavigo* (1774) unverändert.

Als im Frühjahr 1774 Goethe in einem engen Kreise das vierte Mémoire des französischen Figaro-Dichters Caron de Beaumarchais, jenes unruhigen Sturmvogels der großen Revolution, vorlas, forderte die sechzehnjährige, von Frau Rat als ihre Schwiegertochter gewünschte Anna Sibylla Münch ihn auf, es zu dramatisieren. Er sagte zu, und in acht Tagen hatte er das Drama, eines der wirksamsten Bühnenstücke, vollendet. Freilich war der Stoff schon dramatisch zugespitzt, so daß der Dichter manches, wie den zweiten Akt, einfach herübernehmen konnte, aber das Grundmotiv, in dem die Bedeutung des Stückes liegt, ist Goethes Eigentum.

Denn während jener ruhmredige Abenteurer in seiner Verteidigungsschrift mit eigener Schönfärberei bloß seinen Ehrenhandel mit dem königlichen Bibliothekar und Schriftsteller Clavijo y Fajardo in Madrid erzählt und berichtet, wie er ihn 1764 zur Einhaltung eines seiner Schwester gegebenen Heiratsversprechens zu zwingen suchte und ihn dann gesellschaftlich unmöglich machte, hat Goethe die Herzensgeschichte zwischen Clavigo und Marie zum Hauptinhalt gemacht. Die Erinnerung an Selbsterlebtes, die Reue über die Untreue gegen Friederike gab der Darstellung die Wärme und den hinreißenden Fluß wie im »Werther«. Clavigo, der den Kampf zwischen ungehinderter Selbstentwicklung und angelobter Treue durchgekämpft, verläßt die Geliebte. Marie siecht dahin in Liebesgram. Beaumarchais will seine Schwester rächen. Von Schmerz ergriffen, als er die Folgen seiner Untat gewahrt, schwankt Clavigo und kehrt trotz der Vorstellungen seines Freundes Carlos zu Marie zurück. Er fühlt sich ihr aber entfremdet und fällt wieder ab. Marie stirbt an gebrochenem Herzen; Clavigo begegnet dem nächtlichen Trauerzug und wird am Sarg der Verlassenen im Zweikampf getötet. Ein altes elsässisches Volkslied, »Das Lied vom Herren und der Magd«, der Kampf zwischen Hamlet und Laertes an Opheliens Grab und andere Anklänge spielten in dem wirkungsvollen Schluß zusammen. Wir treffen im Stück Bekannte aus »Götz«. Marie erinnert uns an Marie im »Götz«, und von dem Haupthelden sagt der Dichter selbst in einem Brief an Schönborn (1. Juni 1774), einen Literaturfreund aus den Kreisen Klopstocks: »Mein Hauptheld ist ein unbestimmter, halb großer, halb kleiner Mensch, der Pendant zum Weislingen im ›Götz‹, vielmehr Weislingen selbst in der ganzen Rundheit einer Hauptperson.«

Der »Clavigo« machte bei seinem Erscheinen nicht den Eindruck, der ihm gebührte. Merck, vielleicht gereizt, weil er in dem kalten, weltklugen Carlos sein Konterfei erblickte, oder aus Furcht, sein Schützling könnte, wenn er ihm Beifall schenkte, bei der Lust und Leichtigkeit seines Schaffens eine Schar ähnlicher kleinerer Stücke schreiben und die Ausführung der großen Pläne ins Unendliche vertagen, fällte das Urteil: »So einen Quark mußt Du mir künftig nicht mehr schreiben, das können die andern auch.« Völlig enttäuscht war das junge Deutschland, das von Goethe ein Stück in der Art des »Götz«, tendenziös und revolutionär nach Inhalt und Form, erwartet hatte. Doch während sie sich noch mit Wonne um den »Götz« scharten und ihn nachzuahmen suchten, war dessen Dichter schon in eine andere Kurve eingebogen, die ihn scheinbar zu der alten Regelmäßigkeit zurückführte. Die maßvolle Einschränkung in Zeit und Ort, die Geschlossenheit der Handlung, die edle, nur noch in einigen Spuren der ersten Fassung des Stückes an den freien Genieton erinnernde Haltung der Sprache machen den »Clavigo« zu einem vollen Seitenstücke zu »Emilia Galotti«, der er sich auch in der Fabel und in Motiven nähert, nur daß er stärker als diese gefühlt und erlebt ist. Goethe kehrte aber nicht bloß zu Lessing zurück, sondern ging über ihn hinaus, denn »Clavigo« ist nicht, wie die »Emilia Galotti«, eine Intrigen-, sondern eine Charaktertragödie, und vermag auch das gewählte Grundmotiv den Begriff der tragischen Schuld und des tragischen Gegensatzes nicht völlig zu decken, so hat der junge Dichter doch klar erkannt, daß die moderne Tragödie ihrem innersten Wesen nach Charaktertragödie sein müsse.

Auch *Stella* (1775) ist Lessing verpflichtet; das Drama entstand, als Goethe Lili Schönemann liebte. Der Dichter erklärte gegenüber Sophie von La Roche: »Es ist nicht ein Stück für jedermann« (August 1775), deshalb nannte er es ein »Schauspiel für Liebende«. Der Inhalt ist in Kürze folgender:

Fernando, mit Cäcilie vermählt, floh aus dieser Ehe und entführte Stella, verläßt auch sie, kehrt aber wieder zu ihr zurück. Da stellt sich Cäcilie mit ihrer Tochter ein, so daß Fernando nun nicht mehr ein noch aus weiß. Er lädt bereits die Pistole, als die Frauen die Lösung finden: Sie wollen – unter Berufung auf einen sagenhaften Grafen – ihm gemeinsam Gattinnen sein.

»Stella« fiel in die Zeit, da der Dichter Bürger in ähnlichen Verhältnissen lebte (ein Freund von ihm las das Stück und sagte: »Stellas sind keine Träume, aber weiß Gott, auch Fernandos nicht«) und Goethes Freund Fritz Jacobi nicht weit davon entfernt war; an Johanna Fahlmer, der hier die Rolle der Stella in Wirklichkeit zugedacht schien, schrieb Goethe: »Ich wußte, was Stella Ihrem Herzen sein würde. Ich bin müde, über das Schicksal unseres Geschlechts von Menschen zu klagen; aber ich will sie darstellen, sie sollen sich erkennen, wo möglich, wie ich sie erkannt habe, und sollen, wo nicht beruhigter, doch stärker in der Unruhe sein.« Deshalb liegt im Stück viel Glück und Weh, doch auch Mangel an Motivierung, Schwäche im Dialog,

Unschärfe und Gedankenarmut. Goethe wußte selbst, wie er später gestand, daß die Lösung seiner »Stella« im Kern unmöglich sei; deshalb gab er ihr 1816 einen tragischen Schluß (Fernando erschießt sich, Stella nimmt Gift); ästhetisch war auch so nichts gewonnen.

Noch vor »Clavigo« und »Stella« schrieb Goethe, die meisten davon im Winter 1773/1774, eine Reihe Possen und Fastnachtsspiele; in der Form eine Erneuerung ähnlicher Stücke Hans Sachsens und der Hanswurstiaden, verfolgten diese dialogisierten und keck hingeworfenen Einzelszenen in Versen (nur wenige in Prosa), bei aller Derbheit im Ausdruck, mit unbestechlicher Sicherheit klare und feste Ziele: Das *Fastnachtsspiel vom Pater Brey, dem falschen Propheten* nahm die empfindsamen Weltverbesserer aufs Korn, *Satyros oder der vergötterte Waldteufel* die einseitige Übertreibung Rousseaus (und auch Herders), *Götter, Helden und Wieland* des letztgenannten Travestierungen des Griechentums, das Fragment gebliebene Stück *Hanswursts Hochzeit* die nur auf äußeren Anstand abzielende Erziehungskunst, der *Prolog zu den neuesten Offenbarungen Gottes, verdeutscht durch Dr. Carl Friedrich Bahrdt* die rationalistische Verwässerung der Bibel, *Das Jahrmarktsfest zu Plundersweilen* die Philanthropen mit ihrer philiströsen Moral und den Literaturbetrieb.

Einige der genannten Farcen hat Goethe später in ein sogenanntes »Moralisch-politisches Puppenspiel« zusammengefaßt; darin findet sich auch *Des Künstlers Erdenwallen,* das des Künstlers Leben und Elend schildert, unter dem Titel »Des Künstlers Vergötterung« später fortgesetzt und noch später als »Künstlers Apotheose« vollständig umgearbeitet wurde, hier die klassische Kunstanschauung vertretend, vorher jede gelehrte Kunstbeurteilung mit Verachtung zurückweisend. In dieselbe Zeit gehört auch das ergötzliche Gedicht *Hans Sachsens poetische Sendung* (1776).

»Götz von Berlichingen«

Dichterische Frucht der Frankfurter Jahre sind die bereits genannten Großwerke. Da war zunächst der sogenannte »Urgötz«, *Geschichte Gottfriedens von Berlichingen mit der eisernen Hand, dramatisiert,* die erste Fassung des Götz-Dramas, unmittelbar nach der Rückkehr aus Straßburg in Frankfurt begonnen und unter dem Antrieb von Goethes Schwester in den beiden letzten Monaten des Jahres 1771 vollendet. Das Manuskript ging Anfang 1772 an Herder und Merck; dieser beurteilte es wohlwollend, jener ablehnend: »Shakespeare hat Euch ganz verdorben.« Und er hatte unter gewissen

Gesichtspunkten recht; denn wenn man auch die Forderung der drei Einheiten im Drama nicht übertreiben darf, so ist es doch bühnentechnisch verwirrend, nach einem Monolog von drei oder sechs Zeilen einen Dekorationswechsel zu verlangen; dazu kam, daß die Rolle Weislingens, Götzens Gegenspielers, damals auch die Einheit der Handlung sprengte, die außerdem durch zu große Buntheit der Figuren, Stimmungen usw. überladen wirkte. Die Kritik des verehrten Mentors verstimmte Goethe nicht, noch entmutigte sie ihn, sah er doch selbst ein, daß eine »radikale Wiedergeburt geschehen müsse, wenn seine Dichtung zum Leben eingehen solle«. Daher blieb das Stück in der ersten Fassung ungedruckt, erst nach des Dichters Tod wurde es im zweiten Band der nachgelassenen Werke veröffentlicht (1833).

Die zweite Fassung entstand, unter dem Einfluß Herders und der eben erschienenen »Emilia Galotti« Lessings, in den Monaten Februar und März des Jahres 1773 und erschien im Juni gleichen Jahres im Selbstverlag des Verfassers unter dem Titel *Götz von Berlichingen mit der eisernen Faust. Ein Schauspiel.*

Die »Lebensbeschreibung Herrn Gözens von Berlichingen, Zugenannt mit der Eisern Hand, Eines zu Zeiten Kaysers Maximiliani I. und Caroli V. kühnen und tapfern Reichs-Cavaliers« (Nürnberg 1731), war Goethe in Frankfurt bald nach seiner Rückkehr aus Straßburg in die Hände gekommen. Hatte dort schon das Münster ihn mit Begeisterung für die deutsche Vergangenheit erfüllt und das Studium der Reichs- und Rechtsgeschichte seine Teilnahme an den ritterlichen Selbsthelfern geweckt, so begeisterte ihn Justus Mösers Buch »Von dem Faustrecht« (1770), das die Zeiten des Faustrechts als die Zeiten deutscher Ehrlichkeit, persönlicher Tapferkeit, edelsten Mutes und nationaler Größe preist, für jene Epoche deutscher Geschichte. Mit seiner Dichtung kam er auch dem Verlangen der Zeit entgegen, die, erfüllt von den Idealen Rousseaus, große, für Freiheit und Unabhängigkeit glühende Männer verherrlicht sehen wollte und, da sie die Gegenwart nicht bot, in die Vergangenheit zurückgriff, nach Hellas, Rom und in die nebeligen Fernen des Teutoburger Waldes. Als ein solcher Mann erschien dem Dichter auch der Raubritter Götz, der einer deutschen Vergangenheit angehörte, die noch fortwirkte in der Ständegliederung des Heiligen Römischen Reiches Deutscher Nation. Das nun war »ein Kerl« so recht nach dem Herzen der Geniezeit, ein Held, der, nur der Stimme seines Genius gehorchend, den verkehrten Menschensatzungen und dem verkehrten Menschentreiben Fehde ansagt, für das Gute und Wahre, Freie und Natürliche kämpft, mochte er selbst dabei auch unterliegen. In diesem Sinne hat Goethe mit freier Benutzung der Historie seinen Helden und dessen Bestrebungen gezeichnet und, um dessen Auflehnung gegen Landfrieden und Gerichtsordnung zu rechtfertigen, die Zeitverhältnisse mit den dunkelsten Farben gemalt.

Alles ist in Auflösung begriffen, nirgends ein Ausblick in eine hellere Zukunft. Die poesievolle Lebensfrische und Freiheit ist im Absterben, die alte Kaiser- und Reichsherrlichkeit im Verblühen, das tapfere, stolze und unabhängige Rittertum versinkt in die feige Knechtschaft liebedienerischen Hofadels; schale Niedrigkeit, Tücke der Richter, Bosheit der Bürger bricht allerorts herein. Den ritterlichen und mannhaften Kaiser, dessen Götz in seiner Biographie rühmend gedenkt, läßt der Dichter zum alten, lebensmüden Manne werden, und selbst die Bauern, mit denen sich Götz verbinden muß, sind durch die Niedertracht der Höheren verdorben. »Das Unglück ist geschehen, das Herz des Volkes ist in den Kot getreten und keiner edlen Begierde mehr fähig«, das ist des Dichters aus Hallers »Usong« gezogenes Motto. Mitten in dieser Zeit des Verfalls steht Götz, ein letzter Ritter, der, nur den Eingebungen seiner treuen und freien Seele folgend, mit starkem Arm allen Listen entgegentritt. Alles Licht fällt auf Götz und seine Freunde, den unerschrockenen Sickingen, den ritterlichen Selbitz, auf Lerse und den Reiterjungen Georg, der seinem Herrn an Ritterlichkeit gleich werden will und durch seinen Tod den Götzens vorausverkündet. Diesen von den Fürsten gehaßten Rettern und Helfern der Bedrängten stehen der Bischof von Bamberg, der Abt von Fulda und Weislingen gegenüber, alle den Neuerungen hold und nur von Selbstsucht geleitet. An Götzens Seite walten Elisabeth, die schlichte Hausfrau, und Maria, die fromme, selbstlose und sittsame Jungfrau, die noch dem verräterischen Weislingen die Hand reicht, um ihm die schuldbeladene Seele zu erleichtern; dieser aber wird das Opfer Adelheids, der höfischen, liebes- und machtlüsternen, harten und koketten Weltdame, die durch den heimlichen Zauber ihrer Schönheit jeden, der sich ihr naht, bestrickt und zu Verrat und Mord antreibt. Ihrem verführerischen Liebreiz erliegt auch der treulose Franz, in dem sich Weislingen ebenso spiegelt wie Berlichingen in Georg.

Als die Hauptursache der Rechtsunsicherheit wird die Einführung des römischen Rechtes erklärt; wenn der Dichter, der aus eigener Anschauung einen Einblick in die Verworrenheit des Reichskammergerichtes gewonnen hat, das welsche Recht scharf angreift, so konnte er damit auf den Beifall der Zeitgenossen rechnen. Auch sonst sprach er ihnen aus der Seele, denn für die Grundstimmung des Dramas wie für das düstere Zeitgemälde schwebte ihm vielfach die eigene Zeit vor Augen. Der Ruf: »Es lebe die Freiheit!« wurde zum Losungswort der Stürmer und Dränger. Die schrankenlose Entfaltung der vollen Menschlichkeit hat das junge, aufrührerische Geschlecht auf seine Fahne geschrieben, und darum nahm Goethe wohl das Motiv der Reformation, mit der Götz nichts zu tun hatte, in das Drama auf. Es handelt sich für ihn nicht um den Kampf gegen das Papsttum, sondern um eine Verspottung der Mönchsgelübde, weil er in ihnen eine Beschränkung der freien, vollen Menschlichkeit zu erblicken glaubte. Wie durch den Helden und dessen Streben nähert sich Goethes »Götz« auch durch die Technik der jungen Dichtergeneration und wird zum Bahnbrecher ihrer neuen Kunsttheorien.

Zwar hat Goethe bei der Umarbeitung des ersten Entwurfes den Helden mehr in den Mittelpunkt gerückt, die einzelnen Handlungen eingehender motiviert und die allzu üppigen Auswüchse, die namentlich in den letzten Akten die Teilnahme allzusehr auf Adelheid und Weislingen lenkten, beschnitten oder ausgemerzt, um die einheitliche Wirkung zu erhöhen, aber die Anlage der Dichtung, der halb epische Gang der Handlung ist geblieben. Auch im »Schauspiel« Götz setzt sich der Dichter über die hergebrachten Regeln von den drei Einheiten der Zeit, des Ortes und der Handlung, da sie ihn hindern, den Helden in allen seinen »Lebensstößen« vor Augen zu führen, kühn hinweg. Im raschen Wechsel oft ganz kurzer Szenen, die blitzartig die Handlung beleuchten, führt er uns durch einen Zeitraum von Jahren, versetzt uns bald nach Bamberg, bald nach Augsburg, Heilbronn oder Jaxthausen und stellt nicht eine aus einer stetig wirkenden Ursache hervorgehende und in sich geschlossene Handlung, sondern eine bunte Folge dramatischer Begebenheiten dar, so daß die Einheit des Dramas einzig auf der Person des Helden beruht.

Alles muß zurückweichen vor der Forderung nach Lebenswahrheit und Natur, und darum sollten auch die handelnden Personen nicht das gemachte Schriftdeutsch, sondern ihre wahre und echte Sprache reden. Mit unerhörter Kühnheit weist daher der Dichter, ermuntert durch Hamanns und Herders Hinweis auf den Reichtum und die Schönheit der deutschen Dialekte, die allgemein gültige Schriftsprache zurück und sucht in den Reden des Kaisers, der verweltlichten Geistlichen, der glatten Hofleute, des gelehrten Juristen, des unzufriedenen Mönches, des humorvollen Hofnarren, der Bauern und der Zigeuner in Satzbau, Wortschatz und Wortformen die natürliche Sprache der Charaktere wiederzugeben; Götz und sein Kreis reden in der volkstümlichen Sprache des 16. Jahrhunderts, für die dem Dichter die Götzhistorie, Luthers Bibel, Hans Sachs und wahrscheinlich noch andere Schriften jener Zeit als sprachliche Quelle dienten.

Es liegt etwas Revolutionäres in den Ideen des Stückes, und auch seine Form ist eine Kriegserklärung gegen das Alte und Eingeschränkte. Was Lessing und Gerstenberg bei aller Begeisterung für Shakespeare nicht wagten, hat Goethe, unter dessen frischem Geschmacke stehend, mit dem »Götz« vollzogen, den vollen Bruch mit dem klassizistischen Drama. Nun war eine größere und freiere Auffassung von Natur und Geschichte, die Kunst der Darstellung von Menschen und ihren Leidenschaften, der wirklichen und möglichen, mit einem Schlag für die deutsche Dichtung gewonnen. Mit Begeisterung wurde daher das »schöne und interessante Monstrum« von den Jüngeren aufgenommen und als eine befreiende Tat gepriesen.

Herder erblickte in Goethe nun den deutschen Shakespeare, und noch am

Eingang des neuen Jahrhunderts pries Schiller den Dichter des »Götz« dafür, daß er das deutsche Drama von dem Regelzwange befreit und zur Wahrheit und Natur zurückgeführt habe.

Freilich fehlte es auch nicht an Kritikern, die an der Regelwidrigkeit des »Götz« Anstoß nahmen; aber dessen poetische Schönheiten waren so ungewöhnlich, daß ein ernster Widerspruch nicht aufkommen konnte. Daß Friedrich II., der ganz auf die französische Kunst eingestellt war, ihn ein »ekelhaftes Gewäsch« genannt hat, darf uns nicht wundern, und wir finden auch erklärlich, warum Lessing ihm gegenüber eine feindliche Stellung einnahm und mit Beziehung auf ihn in einem Epigramm einen, der mit Sand gefüllte Därme für Stricke verkauft, einem Dichter vergleichen konnte, »der den Lebenslauf eines Mannes in Dialogen bringt und das Ding für Drama ausschreit«. Lessing war nicht blind gegen die Vorzüge des »Götz«, aber gerade diese erfüllten den Reformator der deutschen dramatischen Kunst mit Furcht, die zügellose Genialität des Stückes könnte den von ihm mühsam aufgeführten Bau niederreißen. Er hatte das unerläßliche Zusammenwirken von Dichtung und Bühne im Auge, und dieses war durch den raschen Szenenwechsel, den die shakespearisierenden Dramatiker verlangten und den das Theater bei der damaligen Schwerfälligkeit der technischen Darstellungsmittel nicht ausführen konnte, sehr gefährdet. Als Leiter des Theaters in Weimar hat Goethe später selbst sein fesselloses Jugenddrama unter Schillers regem Anteil für die Bühne umgestaltet (1804) und später an dieser Bearbeitung wieder manches geändert, ja das Drama schließlich in zwei selbständige Stücke, in ein Götz- und in ein Weislingendrama, zerlegt, ohne daß einer dieser Versuche völlig gelungen wäre. Von ihnen hat sich die Form von 1804 die Bühne der neuen Zeit erobert, während die Bemühungen anderer, den »Götz« bühnengerecht zu machen, nur einen vorübergehenden Erfolg hatten.

Wenn man von Gerstenbergs »Ugolino« (1768) absieht, ist der »Götz« die erste dramatische Dichtung der Genieperiode; er ist ferner das erste Ritterdrama. Ihm wollten es viele nachtun, so daß Ludwig Tieck später schreiben konnte: »Auf der Bühne rasselten Panzer und Helm des Götz, aber ohne dessen Verstand und Gemüt.« Von den rund vierzig Nachahmungen dieser Art seien einige genannt: Josef Marius von Babo (1756–1822) aus Ehrenbreitstein, Professor der Ästhetik und zeitweise Leiter der Hofbühne in München, schrieb die Tragödie *Otto von Wittelsbach* (1782), August Gottlieb Meissner (1753–1807) aus Bautzen, der Hauptvertreter des historischen Unterhaltungsromanes in der Nachfolge Wielands, einen *Johann von Schwaben* (1780), Josef August Graf von Törring-Jettenbach (1753–1826), der

Meister des bayerischen Ritterdramas, eine *Agnes Bernauerin* (1780) und *Caspar den Thorringer* (1785), der bayrische Oberschulrat Ludwig Ferdinand Huber (1764–1804) *Das heimliche Gericht* (1790). Am längsten hielten sich die Ritterstücke in Tirol, Steiermark und Niederösterreich, arteten zu Spektakelstücken aus und gingen schließlich in die Räuberdramen über. Hier handelt es sich natürlich um sogenanntes volkstümliches Theater; höheres Niveau strebte die Romantik an, die mehr den Ritterroman – auch er steht in der Nachfolge des »Götz« – als das Ritterdrama pflegte. Aus der Weltliteratur muß hier Sir Walter Scott genannt werden, der 1799 Goethes Werk ins Englische übersetzte und später in seinen Balladen und historischen Romanen in den Fußstapfen des »Götz« blieb.

»Urfaust«

Anders als der »Götz« hatte die »Faust«-Dichtung, angefangen vom Urfaust bis zu »Faust II.«, den Dichter sein Leben lang begleitet. Schon in der Kindheit trat ihm die Gestalt des Dr. Faust entgegen, erst im Greisenalter wurde die letzte Zeile geschrieben. Doch wäre der Schluß falsch, die Wege des Dichters und die seines Helden liefen parallel; es gab Jahre, in denen Goethe seine »Faust«-Dichtung völlig unbeachtet ließ.

Als Quelle des »Faust« nannte Goethe ein Puppenspiel, das er wahrscheinlich in Frankfurt kennenlernte; auch in Straßburg sah er ihn auf der Bühne des Volkes, begleitet von seinem als Hanswurst sich gebärdenden Diener. Diese Stücke waren hervorgegangen aus dem Drama des Shakespeare-Vorgängers Marlowe. Daneben gab es das schon erwähnte Volksbuch und dessen Bearbeitungen. Derartiges las normalerweise kein Gebildeter. Doch sprach schon Lessing 1759 im 17. Literaturbrief die Meinung aus, dieses Buch enthalte eine Menge Szenen, die nur ein Skakespearesches Genie habe ausdenken können. Er hatte also den Faust ernstgenommen; der alte Bodmer dagegen meinte, als er hörte, Goethe arbeite an einer »Faust«-Tragödie: »Eine Farce läßt sich von einem Schwindelkopf leicht daraus machen.«

Nun ist es interessant, daß die Arbeit am »Urfaust« irgendwie mit der Farcen-Serie Goethes zusammenfällt, was man auch oft am Stil (Prosa) und am nicht selten gewählten Maß der Knittelverse merken kann. Dieses geglückte Verwenden gleicher Formen zu ganz verschiedenen Zwecken weist allein schon auf die Hand eines Meisters. Andrerseits mochte Goethe hier noch daran liegen, die unbefriedigenden Erfahrungen an der Leipziger Universität satirisch zu gestalten.

Schon die erste Szene spielt in einem zwar »hochgewölbten«, aber »engen« gotischen Zimmer. Aus dem so symbolisch beschriebenen Bezirk der öffentlich anerkannten Forschung will Faust ausbrechen – auf dem Wege der Magie; ihm erscheint der »Erdgeist« (als mächtiges, flammendes Riesenhaupt gedacht) »in widerlicher Gestalt« (das soll nicht heißen: häßlich, sondern: abweisend), bis Wagner, der »trockene Schwärmer«, Faustens Famulus, die Atmosphäre des Gewöhnlichen wiederherstellt und in der jetzt noch derben Schülerszene seine Funktion ausübt; in ihr tritt auch Mephistopheles auf, dessen Erscheinen im »Urfaust« noch nicht motiviert ist. Es folgt die Szene in »Auerbachs Keller«, der Goethe aus persönlicher Erfahrung bekannt war. Ziemlich schnell schließt sich die erste Begegnung mit Gretchen an.

Diese oder eine ihr ähnliche Figur ist der Überlieferung des Stoffes fremd; den äußeren Anlaß, sie einzufügen, bot die öffentliche Hinrichtung der Kindsmörderin Susanna Margareta Brandtin am 14. Januar 1772, den innern die Erinnerung an die »erste Liebe« Gretchen und an die verlassene Friederike aus Sesenheim. Daß Faust Gretchen verführt, daß diese ihre Mutter und das uneheliche Kind tötet, ist nur scheinbar dasselbe Thema, das in zeitgenössischen Dramen so oft behandelt wird; denn diesen fehlt zumeist das Verständnis für die weibliche Seele, und nur Goethe weiß um die Not Bescheid, die aus dem Streit von Pflicht und hingebender Liebe entstehen muß. Die tragische Geschichte wird dadurch aber glaubhafter, die Katastrophe erschütternder. Das Ganze, wenn man es so nennen kann (denn die Szenengruppen des grübelnden und sich der Magie bedienenden Faust und die der Gretchen-Tragödie stehen noch in keinem inneren Zusammenhang), endigt in Fausts furchtbarer Reue, in einer Szene, die Goethe auch später nicht in Verse gefaßt hat.

Er hat seinen ersten »Faust« zuweilen in Freundeskreisen vorgelesen, auch vor Klopstock, der im September 1774 nach Frankfurt gekommen war und die Vollendung des Stückes wünschte; im Oktober schrieb Boie, nachdem er fast den ganzen Tag mit Goethe verbracht hatte: »Sein Doktor Faust ist fast fertig und ist das Größte und Eigentümlichste von allem.« Auch in Weimar, wohin der Dichter 1775 berufen wurde, las er zu wiederholten Malen aus dem »Faust« vor (ein Hoffräulein, Louise von Göchhausen, schrieb den Text ab, den Erich Schmidt erst 1887 entdeckte), aber kein Zureden brachte den Dichter dazu, die Arbeit wieder aufzunehmen oder den Torso zu veröffentlichen. Erst in Italien fügte er zwei Szenen hinzu, arbeitete noch einiges um und ließ 1790 im siebten Band der Werke »Faust, ein Fragment« abdrucken – unter Verzicht auf gewisse wilde und leidenschaftliche Szenen, die seinen nunmehrigen Kunstanschauungen nicht mehr entsprachen. Wie der »Götz« erweckte der »Faust« die Welt des Mittelalters zu neuem Leben und wurde zugleich Sprachrohr der zeitgenössischen Jugend.

»Die Leiden des jungen Werthers«

Ein Buch der Schmerzen – so könnte man *Die Leiden des jungen Werthers* (1774) nennen, eines jener Werke, die Goethe in jenen Jahren vollendet hat; er hat es innerhalb von vier Wochen niedergeschrieben. Wie beim »Faust« treffen auch beim »Werther« äußere und innere Veranlassung zusammen. Die äußere war der Selbstmord eines von Wetzlar her flüchtig Bekannten, des Karl Wilhelm Jerusalem. Dieser war der Sohn eines damals berühmten Theologen und ein Kollege Kestners als Sekretär der braunschweigischen Gesandtschaft, eine tief veranlagte, aber bittere Natur, freundschaftlich mit Lessing verbunden, der ihm einen rühmenden Nachruf widmete, als er 1776 dessen »Philosophische Aufsätze« herausgab. Jerusalems große Reizbarkeit, gekränkter Ehrgeiz, eine leidenschaftliche Liebe zur Frau eines anderen trieben den jungen Mann in den Tod. Goethe hatte ihn kaum gekannt, doch war ihm seine äußere Erscheinung, die »englische Tracht« (blauer Frack, gelbe Weste und Hosen, Stiefel) aufgefallen. Auf die Nachricht von Jerusalems freiwilligem Ende reiste er einige Tage nach Wetzlar, um hierüber Näheres zu erfahren. Innere Begründung für die Entstehung des »Werther« finden wir in Goethe selbst, der in Wetzlar an Charlotte Buff, in Ehrenbreitstein an Maximiliane Brentano sein Herz verloren hatte, dort an die Braut, hier an die Frau eines andern. Denn es ist so, wie Emil Staiger feststellt: »Den Goetheschen Kosmos begründet und erhält allein die glückliche Liebe«; noch im Alter hat er nach dem Abschied von Ulrike von Levetzow verzweifelt ausgerufen: »Mir ist das All, ich bin mir selbst verloren.« Dieses »Ich selbst« bleibt unverletzt bewahrt nur, solange er liebt und geliebt wird; der Gegenstand der Liebe kann allerdings oft wechseln; in »Dichtung und Wahrheit« lesen wir darüber: »Es ist eine sehr angenehme Empfindung, wenn sich eine Leidenschaft in uns zu regen anfängt, ehe die alte noch nicht ganz verklungen ist. So sieht man bei untergehender Sonne gern auf der entgegengesetzten Seite den Mond aufgehen und erfreut sich an dem Doppelglanze der beiden Himmelslichter.« Eros also ist eine große Macht im Leben dieses Dichters, in vielen Gestalten zieht, lockt er die Sinne, um immer wieder zu enttäuschen, um Rückzug und Verzicht zu fordern; die Loslösung war nur selten leicht und kaum je leichtsinnig. Daß Goethe, der bei anderer Gelegenheit »Idee und Liebe« als das unzerstörbare Eigentum seines Lebens genannt hat, eben der »Idee« wegen nie an der Liebe zerbrach, unterscheidet ihn von seinem damaligen Helden Werther.

Ihn stellte er in seinem ersten Roman dar, der aus Briefen und Tagebuchblättern Werthers zusammengefügt ist (die literarischen Vorbilder dieses Briefromans bedienen sich hingegen des Briefwechsels), wobei nur der Schluß als objektiver Bericht eines Erzählers gestaltet wurde.

Der Roman ist die Geschichte eines Menschen, der an Weltschmerz leidet und der zum Opfer seines ungebändigten, empfindsamen Herzens wird, weil er nicht die sittliche Kraft besitzt, das vermeintliche Recht seines schrankenlosen Gefühlslebens zu verleugnen, sondern lieber der gegen solche Innerlichkeit und Tiefe kalten und harten Welt verachtend den Rücken kehrt. Nur in der Pflege des eigenwilligen Herzens die Bestimmung des Menschen erkennend, findet er die Wirklichkeit bald unerträglich. Er schwelgt in der blühenden Natur, in Homer, im Umgang mit Kindern; hier findet sein Herz Wahrheit, Einfachheit, Unverdorbenheit. Jede geregelte bürgerliche Tätigkeit erscheint ihm als Lumpenbeschäftigung, die nur kleine Geister befriedigen könne. Durch diese einseitige Pflege der Gemütskräfte bereits gefährdet, begegnet er Lotte, Alberts Braut. Die für sie aufkeimende Liebe ändert Werthers Stimmung, aber nicht lange; er beginnt das Haltlose seiner Lage zu fühlen: »Ich sehe all dieses Elends kein Ende als das Grab.«

Im zweiten Teil des Romans versucht Werther, durch geregelte Tätigkeit als Attaché bei einer Gesandtschaft, in ein geordnetes Leben zurückzufinden. Die Pedanterie der Geschäfte, die Enge der Etikette, die Zurücksetzung durch den Kastengeist des Adels vereiteln den Versuch. Er scheidet aus dem diplomatischen Dienst aus, will in den Krieg ziehen, kehrt aber zu Lotte zurück, die er in ihrer Ehe mit Albert für unglücklich hält. Sein Gemüt verdüstert sich, an die Stelle der Homer-Lektüre tritt jene Ossians, was Goethe als ein Zeichen der Gemütskrankheit aufgefaßt wissen wollte (auch das Versagen der Sprache, die Auflösung der Briefe in Gedankensplitter weisen in diese Richtung). Der Versuch, an der Religion Halt zu finden, mißlingt: Werther erschießt sich. »Handwerker trugen ihn, kein Geistlicher hat ihn begleitet.« Schneidender als die letzten Worte, die dem Bericht Kestners über den Tod Jerusalems entlehnt sind, hätte der Schluß des Romans gar nicht erfunden werden können.

Der Erfolg der »Leiden des jungen Werthers« war gewaltig; schon 1775 kamen sieben deutsche Neudrucke heraus, 1774 eine französische Übersetzung (Napoleon las sie siebenmal, einmal unter den Pyramiden Ägyptens, zum letzten Male auf St. Helena), 1776 eine holländische, 1779 eine englische, 1781 eine italienische, 1788 eine russische Übersetzung. Was war dagegen der Erfolg von Klopstocks »Messias«! Aber seit 1748 ware ein gutes Vierteljahrhundert vergangen, war eine neue Generation, jung und aufnahmefähig, herangewachsen; einst war es ein Epos, das Begeisterung entfachte, jetzt ein Prosawerk, einst ein religiöses, jetzt ein weltliches Literaturwerk.

Gegen Ende seines Lebens gestand Goethe, er habe den »Werther« später nur ein einziges Mal wieder gelesen, aus Angst, den pathologischen Zustand nochmals durchzuempfinden, aus dem die Dichtung hervorging. Dieses Wort läßt erkennen, wieviel Selbsterlebtes in den Roman eingegangen ist, läßt begreifen, warum dazumal nicht nur Deutschland, sondern sozusagen die ganze »empfindsame« Welt das Buch las und von einem wahren »Wertherfieber« ergriffen wurde. Man vergoß Tränen über Werthers Schicksal, gefühlvolle Jünglinge kleideten sich in Werthers »englische Tracht«, junge Frauen sehnten sich nach Wertherschen Liebhabern, man sprach in Werthers Phrasen, besang Werther und Lotte, trug sich mit Selbstmordgedanken und verwirklichte sie oft genug, so daß Frau von Stäel spottend bemerken konnte, Werther habe mehr Selbstmorde verursacht als die schönste Frau. Das Buch also, das eine Zeitkrankheit künstlerisch überwinden wollte, half ihr zunächst zu einem neuen Siegeszug. Deshalb verbot der Leipziger Rat den Vertrieb des Werkes, verwahrte sich die dänische Regierung gegen das verführerische und darum nicht allein für die christliche Religion, sondern auch für bürgerliche gute Sitten gefährliche Büchlein.

Die literarische Kritik war des Lobes voll; Schubart wollte »lieber ewig arm sein, auf Stroh liegen, Wasser trinken, Wurzeln essen als einem solchen sentimentalen Dichter nicht nachempfinden können«; auch Heinse und Claudius stimmten zu. Manche freilich dachten anders; der Hamburger Hauptpastor Goeze sah im »Werther« eine Verteidigung des Selbstmordes, Lichtenberg hielt den Geruch eines Pfannkuchens für einen stärkeren Beweggrund zum Leben als Werthers Selbstmordmotive, Lessing forderte Goethe auf, einen »Werther der Bessere« zu schreiben, damit die poetische Schönheit des warmen Produktes nicht die empfindsame Schwärmerei noch verderblich überhitze. Nicolai gar verfaßte eine Parodie (»Die Freuden des jungen Werthers«).

»Werther« kann als Wurzel eines literarischen Stammbaums angesehen werden, dessen Äste weit in die Weltliteratur hineinreichten; der Briefroman »Obermann« (1804) des Franzosen Étienne-Pivert de Senancour (1770–1846), des Welschschweizers Henri Benjamin de Constant-Rebecque (1767–1830) analytischer Roman »Adolphe« (1816) und des Polen Henryk Sienkiewicz (1846–1916) psychologischer Roman »Ohne Dogma« (1891) gehen auf sein Vorbild zurück.

Abschluß der Frankfurter Jahre

Die Frankfurter Jahre sind jene, in denen der in Straßburg zum Stürmer und Dränger gewordene Goethe die innere Unruhe in vielen Idee oder Fragment gebliebenen und in einigen zur Gänze ausgeführten Werken überwindet und auf der Suche nach eigenem Stil seine Kunst in mannigfaltigen Formen gestaltet. Zu dieser äußersten Anspannung seines Geistes suchte er einen Ausgleich in Wanderungen, Ausflügen, Reisen. Diese Exkursionen dienten nicht nur der Erholung, sondern standen zuweilen im Dienst befreundeter oder Freunde werdender Besucher und vermittelten zugleich neue Bekanntschaften.

Eine dieser Reisen, im Juli 1774, führte an den Rhein und wurde mit Basedow und Lavater unternommen. Johann Bernhard Basedow (1723–1790), geboren in Hamburg, in Magdeburg gestorben, ein Rationalist, hatte gerade im Jahr 1775 mit seinem von Chodowiecki mit Kupferstichen geschmückten *Elementarwerk,* worin er die Rousseauschen Grundsätze zu einem Erziehungssystem zusammenschloß, das Interesse weitester Kreise erweckt und war zu einem berühmten Mann geworden.

Nicht weniger berühmt war der jüngere JOHANN KASPAR LAVATER (1741–1801) aus Zürich, wie Geßner einer Familie mit ausgeprägter Eigenart entsprossen, die vor Zeiten aus Rheinau zugewandert, seit dem 15. Jahrhundert eingebürgert und seit 1536 berechtigt war, im Kleinen Rat verteten zu sein, durch Generationen stets interessiert an Philosophie und Naturwissenschaft, an Gelehrsamkeit und Schriftstellerei. Lavater wurde nach Bildungsfahrten und Freundschaftsbesuchen in Deutschland der erste Pfarrer Zürichs (1786). Mit 24 Jahren begann er seine schriftstellerische Tätigkeit und schrieb zunächst fast allein den ersten Jahrgang der Wochenschrift *Der Erinnerer* (1765); mit biblischen Gedichten und Schauspielen wandelte er in den Spuren Bodmers, mit biblischen Idyllen in denen Geßners; religiöse Lieder und Oden kamen fast zeit seines Lebens aus seinem Herzen und fanden Beifall, weniger wegen ihrer an sich geringen formalen Kunst, mehr wegen des aus ihnen sprechenden Christusglaubens, dem, verbunden mit der Überzeugung von seiner göttlichen Sendung, auch Lavaters gewaltige Rednergabe diente. Auch seine *Schweizerlieder* (1767) wurden lange Zeit viel gesungen. Hauptanliegen war ihm stets die Nachfolge Christi; in Predigten, in Briefen (an seine Anhänger in Deutschland), in den vielgelesenen *Aussichten in die Ewigkeit* (1768–1773) rang Lavater für den Glauben gegen die Aufklärung. Leider unterbaute er diesen zu wenig vom Verstande her und folgte zu sehr seinem Gefühl; so erlag er der Schwärmerei, der Wundersucht, den Schwindlern, die sich an ihn hängten. Schon in der Schrift *Pontius Pilatus* (1782–1786) zeigte sich mehr Aberglaube als echter Glaube.

Goethe hatte, eifriger Rezensent der er damals war, in den »Frankfurter gelehrten Anzeigen« die »Aussichten in die Ewigkeit« besprochen, woraus sich ein Briefwechsel und später die persönliche Bekanntschaft ergab. Die Betonung eines Gefühlschristentums als Glaube an die göttliche Liebe und als Religion der Tat mochte den dogmenfeindlichen Stürmer und Dränger beeindruckt haben, ebenso der nachdrückliche Hinweis auf die Beziehungen zwischen Körperform und seelischer Gestalt, dem Lavater zuerst in der Schrift *Von der Physiognomik* (1772) nachging und später in vier stattlichen, mit Silhouetten und Zeichnungen ausgestatteten Bänden, den *Physiognomischen Fragmenten* (1775–1778), zu denen neben anderen auch Goethe Zeichnungen lieferte, sowie *Das Lied eines physiognomischen Zeichners* (am Schluß des ersten Bandes). Der Dichter sah in diesem Unternehmen, von dem er sich in der Folgezeit distanzierte, »einen Beitrag zur bildenden Kunst«. Der Kontakt zwischen den beiden Männern erhielt sich jedoch nicht lange; trennend wirkte dabei Goethes baldiger Übergang zu einer Art Pantheismus und Lavaters unentwegtes Bekenntnis, daß Kunst und Wissenschaft nur Mittel, nicht Ziel der Menschenerziehung zu Gott und Christus hin sein dürfen.

Goethe suchte und fand auch andere Kontakte, z. B. mit den Brüdern JOHANN GEORG JACOBI (1740–1814) und FRIEDRICH HEINRICH JACOBI (1743–1819). Beide waren Kaufmannssöhne aus Düsseldorf; der Jüngere übernahm zunächst das Geschäft des Vaters (1764), heiratete Belly von Clermont, die seine Bekanntschaft mit Goethe vermittelt hatte (auch Wieland, Hamann, Herder, Heinse standen mit den Jacobis in Fühlung), wechselte 1772 zur Beamtenlaufbahn, kehrte 1779 auf den Landsitz Pempelfort bei Düsseldorf zurück, flüchtete vor der Französischen Revolution 1794 nach Eutin, Wandsbeck und Hamburg, wurde 1805 Präsident der Akademie der Wissenschaften in München, anschließend Professor für Philosophie, trat 1813 in den Ruhestand und starb in Bayerns Hauptstadt.

Der Ältere dagegen studierte Theologie in Göttingen (1758), Rechtswissenschaften und Philologie in Helmstedt, Marburg, Leipzig und Jena, dann Philosophie wieder in Göttingen, wurde 1766 Professor der Philosophie in Halle, 1768 durch Vermittlung Gleims Kanonikus in Halberstadt, 1784 Professor der schönen Wissenschaften in Freiburg (Breisgau), wo er zur katholischen Kirche übertrat und später starb. 1768–1774 gehörte er zu einem Kreis jüngerer Dichter, die sich um Gleim scharten, machte sich einen Namen als Grazienpoet (»Poetische Versuche«, 1764; »Abschied an den Amor«, 1769; »Die Winterreise«, 1769; »Die Sommerreise«, 1770) und kam in Mißkredit, als die Briefe Gleims an ihn bekannt wurden, die nicht nur auf uns, sondern schon auf Goethe peinlich wirkten. Er war weiter Herausgeber der Vierteljahrschrift *Iris* (1774–1776), zu der Goethe Beiträge lieferte, und später der *Taschenbücher* (1795–1813, seit 1803 unter dem Namen »Iris«).

Für die Literaturgeschichte bedeutender jedoch war »Fritz« (Friedrich Jacobi), der Verfasser zweier Romane (»Aus Edward Allwills Papieren«, 1775; »Woldemar«, 1777, erweitert 1794); der erste gibt ein maskiertes Porträt des jungen Goethe, der Jacobi faszinierte und doch erschreckte, dazu bestimmt, das aus dem Gefühl lebende Genie der Sturm-und-Drang-Zeit zu analysieren, in der Fassung von 1792 dessen Subjektivismus als anarchische Bedrohung zu bekämpfen. Als Philosoph führte Fritz Jacobi Goethe näher in die Lehre Spinozas ein, die diesem freilich schon von Herder her nicht unbekannt war; er selbst vollzog später eine Wendung von Kant und Fichte zu einer eigenen, das Gefühl und die Wirklichkeit anerkennenden, realistischen Gefühlsphilosophie christlicher Prägung, sah die Entwicklung zum Nihilismus voraus (die Bezeichnung stammt von ihm), distanzierte sich zeitweise von Goethe wegen ihrer mit der Zeit auseinandergehenden Anschauungen über Gott und Natur (die persönliche Freundschaft wurde trotzdem immer wieder hergestellt) und zog Jean Paul wie Friedrich von Schlegel in seinen Bann.

Johann Jakob Wilhelm Heinse.

Durch die Jacobis oder »Jakkerls«, wie er sie nannte, lernte Goethe auch Johann Jakob Wilhelm Heinse (eigentlich Heintze, 1746–1803) kennen. Dieser war in Langewiesen bei Ilmenau geboren und in dürftigen Verhältnissen aufgewachsen; als Student (in Jena und Erfurt) erfuhr er Unterstützung durch Wieland und Gleim; 1772 war er Hauslehrer in Quedlinburg, März 1773 bis Frühjahr 1774 bei Gleim in Halberstadt, im April 1774 zog er nach Düsseldorf (als Mitarbeiter an der »Iris« des älteren Jacobi). Im Juni 1780 begann seine Italienreise, zum Teil von Gleim und Jacobi finanziert, mit den Stationen Venedig, Florenz, Rom (hier verkehrte er mit Maler Müller) und Neapel; im September 1783 kehrte er nach Düsseldorf zurück. Nach seiner Konversion zur katholischen Kirche wurde er Vorleser beim Kurfürsten in Mainz (1783), sodann kurerzkanzlerischer Hofrat und Bibliothekar in Aschaffenburg (1789).

Seine literarischen Anfänge stehen im Zeichen Wielands (»Sinngedichte«, 1771; »Die Kirschen«, 1773, Gedichte nach dem Franzosen Claude Joseph Dorat), durch den er auch auf Tasso und Ariost aufmerksam wurde, die er in deutsche Prosa übertrug (1780 bzw. 1781). Bald galt sein Interesse auch

Rousseau, von dem er die Ablehnung jeglichen Zwanges durch Staat und Gesellschaft übernahm. Wie er an Wieland kritisierte, daß bei diesem das Griechentum in verzerrter Gestalt erscheine, so ersetzte er die »Natur« Rousseaus durch die sinnliche Lebensfülle der Hellenen. Zu den beiden teils abgelehnten, teils anerkannten zeitgenössischen Vorbildern trat noch der dekadente Römer Petronius, den er 1773 übersetzte. In vier Romanen tobte sich Heinses schrankenloser »ästhetischer Immoralismus« aus: in *Laidion oder die Eleusinischen Geheimnisse* (1774, also noch vor der Italienreise), in *Ardinghello und die glückseligen Inseln* (1787), in *Hildegard von Hohenthal* (1795/1796) und in *Anastasia und das Schachspiel* (1803).

Genie, Liebe, Wollust, alle Leidenschaften im höchsten Grade ihrer Seligkeit zu empfinden ist das Thema aller vier Romane. Den moralischen Tief- und den künstlerischen Höhepunkt stellt der »Ardinghello« dar, empfangen in der »Götterluft« Italiens; der Titelheld vereinigt in sich alle Eigenschaften, die zusammen das Idol der Genieperiode ergeben: Er strahlt in männlicher Jugendschönheit, ist ein großer Künstler, Meister in allen körperlichen Übungen und Abgott der Frauen, schweift in rauschhaftem Taumel von Weib zu Weib, gründet mit gleichgesinnten Freunden beiderlei Geschlechts auf den Inseln Paros und Naxos ein Reich völliger Freiheit mit einem sinnberauschenden Schönheitskult und hemmungsloser Gemeinschaft der Güter wie auch der Männer und Frauen. Bis zu dem Italiener Gabriele d'Annunzio reicht der Einfluß Heinses, des Begründers des Künstler- und Musikerromans; diesen zu schaffen, befähigte ihn die seltene Gabe, die Bildwerke mit dem Auge zu fühlen und sie dem Leser anschaulich vor Augen zu stellen. Als er seine Bücher schrieb, standen Goethe und Schiller auf der Höhe der Klassik, für die Heinse kein Verständnis hatte; statt dessen hatte er Sinn für die volkstümliche und individuelle Kunst (im Gegensatz zu Winckelmann), für den altitalienischen Kirchenstil und die geschichtliche Bedeutung der Umwälzung, die Gluck in der Oper hervorrief. Seine Ansichten vorzutragen, bediente er sich in den genannten Werken und in anderen Schriften des Aphorismus, den er mit Meisterschaft beherrschte.

Angereiht sei hier ein Name, mit dessen Träger Goethe nicht in Berührung kam, wohl aber Heinse und Friedrich Heinrich Jacobi: JOHANN GEORG ADAM FORSTER (1754–1794). In Nassenhuben bei Danzig geboren, begleitete er schon als elfjähriger Knabe seinen Vater, den Pfarrer und späteren Naturforscher Johann Reinhold Forster, auf einer wissenschaftlichen Reise an die Ufer der Wolga; von England aus, dem damaligen Wohnsitz der Familie, beteiligte er sich mit seinem Vater an der zweiten Weltreise Cooks (1772–1775). Nach

Aufenthalten in Paris und Holland kam er nach Deutschland zurück, wurde Professor der Naturgeschichte in Kassel (1778) und später in Wilna (1784–1787), schließlich Bibliothekar in Mainz (1788). 1790 bereiste er mit Alexander von Humboldt Belgien, Holland, England, Frankreich. Frankreich wurde sein Unglück: In der Revolution die Verwirklichung der Menschheitsideale erblickend, schloß er sich ihr nach der Eroberung von Mainz durch die Franzosen (1792) an und ging als Mitglied der Klubisten nach Paris (1793), wo er den Anschluß des linken Rheinufers an Frankreich forderte; als Landesverräter gerichtet, von den Jakobinern in seinen Idealen betrogen, starb er in Paris in tiefstem Elend. Die politische Schuld raubte ihm zunächst den Ruhm des Reiseschriftstellers, den er sich erworben hatte (»J. R. Forsters und G. F's Reise um die Welt«, 1778–1780, 1777 zuerst in englischer Sprache; »Kleine Schriften«, 1789–1797; »Ansichten vom Niederrhein«, 1791–1794), bis ihn Friedrich von Schlegel wieder anerkannte, zunächst allerdings wegen seiner Nachdichtung des indischen Dramas »Sakuntala« von Kalidasa in deutscher Sprache nach einer englischen Übersetzung.

Sein literarischer Ruhm knüpft sich insbesondere an die *Ansichten vom Niederrhein.* Es sind dies Briefe, die er von der mit Alexander von Humboldt gemachten Reise (1790) an seine Frau richtete, um die von Land und Leuten, Kunst, Wissenschaft und Politik gewonnenen Eindrücke mitzuteilen. Von Lichtenberg als das erste Werk in unserer Sprache bezeichnet, fesseln sie auch uns noch durch die poesievolle und lebensvoll anschauliche Schilderung, durch treffendes Urteil und Glanz des Stils, dem Forster vieles Persönliche, insbesondere seine Freiheitsbegeisterung, eingehaucht hat. Von großem Wert für das Geistesleben seiner Zeit sind die vielen Aufsätze, die, beredte Zeugen seines Wissens und Denkens, in den verschiedensten Zeitschriften veröffentlicht wurden. Mag er mit Aufsätzen, wie *Ein Blick in das Ganze der Natur* (1781), Humboldts »Kosmos« vorarbeiten, mit Schiller und Goethe die griechische Kunst als die Tochter einer glücklichen Periode der Menschheit preisen (»Die Kunst und das Zeitalter«) oder mit dem *Leitfaden zu einer künftigen Geschichte der Menschheit* mit Herder sich begegnen, immer ist er geistreich und packend in der Darstellung.

Lavater war der erste bedeutende Mann, der Goethe in Frankfurt besuchte; bald stellte sich auch Klopstock ein, mit dem Goethe 1774 nach Mannheim ging. Auf der Rückfahrt entstand die schon erwähnte Ode »An Schwager Kronos«.

Der letzte und doch für Goethes Zukunft wichtigste Besuch kam im Dezember: Major KARL LUDWIG VON KNEBEL (1744–1834). Geboren auf

Schloß Wallerstein (Franken), stand er längere Zeit in preußischem Militärdienst. 1773 der Herzogin Anna Amalia vorgestellt, wurde er 1774 als Prinzenerzieher nach Weimar berufen. Mögen seine lyrischen, dramatischen und epigrammatischen Versuche von geringer Bedeutung sein, seine Properz- und Lukrez-Übersetzungen (1798 bzw. 1821), die Goethe zu Studien der beiden römischen Dichter anregten, verdienen die Bezeichnung »feinsinnig«. Das war der Mann, der im Dezember 1774 in Frankfurt Goethe kennenlernte, ihn dem Erbprinzen Karl August vorstellte, als dieser in Begleitung Knebels seine Bildungsreise nach Paris machte. Dabei kam das Gespräch auf Justus Mösers »Patriotische Phantasien« und erregte in dem jungen Fürstensohn den Wunsch, den klar denkenden, in Politik und Staatswissenschaften erfahrenen Dichter dauernd an seiner Seite zu haben. Im folgenden Jahr kam Karl August, nun als regierender Herzog, wieder nach Frankfurt (es war seine Hochzeitsreise) und lud Goethe nach Weimar ein, wohin dieser im November abreiste, ohne zu wissen, daß die Bahn seines äußeren Lebens ihr endgültiges Ziel erreicht hatte. Knebel aber, der den Anstoß zu der folgenschweren Begegnung gegeben hatte, blieb ihm ein dauernder Freund, der »Urfreund«, der Goethe sogar überlebte.

Der Vater des Dichters, der alte Rat Goethe, gab nur unwillig seine Zustimmung zur Weimarer Reise, da er andere Pläne für seinen Sohn hegte und sie gerne verwirklicht gesehen hätte. Beide Eltern hofften außerdem, ihren Johann Wolfgang bald verheiratet zu wissen. Dieser Wunsch wenigstens schien in Erfüllung zu gehen. Goethe lernte Anna Elisabeth (Lili, Belinde) Schönemann kennen, die sechzehnjährige Tochter einer verwitweten Bankiersgattin. Die Schönemanns hatten ihr Haus auf dem Frankfurter Kornmarkt, aber auch ein Landhaus im hessischen Offenbach, wo sich Goethes empfänglichem Gemüt eine neue Welt eröffnete, »in der freiesten Luft, aber nicht eigentlich auf dem Lande«. Goethes Herz schlug heftig, aber die Liebeslieder für Lili haben einen anderen Klang als jene aus den Tagen von Sesenheim. Einst hieß es:

> O Mädchen, Mädchen,
> Wie lieb' ich dich!
> Wie blickt dein Auge!
> Wie liebst du mich!

Da war alles im Gleichgewicht; jetzt hören wir:

> Warum ziehst du mich unwiderstehlich,
> Ach, in jene Pracht?
> War ich guter Junge nicht so selig
> In der öden Nacht?

Oder:

> Herz, mein Herz, was soll das geben?
> Was bedränget dich so sehr?
> Welch ein fremdes, neues Leben!
> Ich erkenne dich nicht mehr.

Die Beispiele ließen sich vermehren. Was mag die Ursache jenes schmerzlich gepreßten Tones gewesen sein? Die Qual der Liebe, die ihn an Lili band, mochte ihre Begründung weniger im konfessionellen Unterschied (Goethes waren lutherisch, Schönemanns reformiert) als im unterschiedlichen Lebensstil haben, wie die zitierte Strophe andeutet, zum dritten aber darin, daß Lili, an die Galanterie des Salons gewöhnt, möglicherweise zu kokett und Goethe jedenfalls eifersüchtig war, drei Gründe, von denen keiner einzeln und die alle zusammen einer Verlobung nicht im Wege standen und die trotzdem eingetretene Trennung nicht restlos erklären. Wieder fand der Dichter Heilung in schöpferischer Tätigkeit: »O, wenn ich jetzt nicht Dramen schriebe, ich ging zugrund«; er schrieb die »Stella«, worin er Fernando ausrufen ließ: »Ich wäre ein Tor, mich fesseln zu lassen.« Und an Herder schrieb er im eigenen Namen: »Ich muß fort in die freie Welt.«

Da kamen zur rechten Zeit die beiden Brüder Stolberg mit dem Baron Karl von Haugwitz nach Frankfurt und nahmen Goethe mit auf eine Reise in die Schweiz. Im Mai 1775 zogen die »vier Haimonskinder« los, genossen die abwechslungsreiche Pracht der Schweiz, studierten Land und Leute, betrachteten aufmerksam die Kunstwerke und bewahrten das Geschaute im Herzen; Goethe zog es nach zehn Wochen zu Lili zurück (aus der Schweiz sandte er die poetischen Grüße »Auf dem See«, »An ein goldenes Herz«), und trotzdem kam es schon im Herbst zur Trennung.

Aber es trafen auch wieder Besuche ein, diesmal aus der Schweiz: der Ästhetiker Sulzer, der Arzt Zimmermann und, von Lavater empfohlen, Johann Heinrich Pestalozzi (1746–1827) aus ursprünglich italienischem, doch schon im 16. Jahrhundert in Zürich ansässigem Geschlecht, dem Geburtsort des Vaters der neueren Pädagogik. Der mühsame, oft von finanziellen Schwierigkeiten bedrohte, von Neid und Mißgunst gestörte, selten von dauernden Erfolgen belohnte Weg des Erziehers und Lehrers Pestalozzi führte über den »Neuhof« auf dem Birrfeld (Aargau), Stans (Nidwalden), Burgdorf (Bern), Münchenbuchsee, Yverdon zur Todesstätte in Brugg. Seine erzieherische Tätigkeit und Sendung ist nicht Gegenstand dieses Buches, doch darf sein Volksbuch *Lienhard und Gertrud* (1781–1783) nicht übergangen werden. Wenn auch dieses Werk, zusammen mit dem späteren *Wie Gertrud ihre Kinder lehrte* (1801), Anleitung zur häuslichen Erziehung bieten will, so greift es doch weit über das Pädagogische ins Literarische hinaus; mit Rousseaus »Émile« verglichen, bedeutet es den Gegensatz deutschschweizerischen Gemeinschaftssinnes zur Individualpädagogik des Genfers; mit Haller, Bodmer, Breitinger und Geßner konfrontiert, weist es deutlich auf die Familie (mit der Mutter im Mittelpunkt) als Ergänzung, wenn nicht als Widerspruch zum städtischen Patriziat der regimentsfähigen Geschlechter Berns und Zürichs; außerdem betont es das Wirken der Frau als vermittelnde und friedenfördernde Kraft. Kein anderer zeitgenössischer Roman – und das Zeitalter ist bekanntlich reich an solchen – hat die Zustände der dörflichen Lebensgemeinschaft zum Gegenstand und schlägt in auch nur ähnlicher Weise die soziale (und keineswegs die idyllische) Note an. Bei allen formalen Mängeln spricht sich hier ein den Schwierigkeiten des Lebens aufgeschlossenes Herz aus, dessen Tragik es war, selbst nie mit ihnen fertig zu werden.

Lienhard
und
Gertrud.
Ein Buch für das Volk.
Berlin und Leipzig,
bey George Jakob Decker, 1781.

Titelseite der Erstausgabe von Pestalozzis Volksbuch »Lienhard und Gertrud«, 1781.

Der geographischen und sozialen Nähe wegen sei hier ein anderer Schweizer eingeschaltet, der allerdings mit Goethe nicht in Berühung kam; gemeint ist Ulrich Bräker (1735–1798) aus Näbis im Toggenburg, in Wattwil gestorben, Kleinbauernsohn, Geißhirt und Knecht, Salpetersieder, Diener eines preußischen Werbeoffiziers in Schaffhausen, Rottweil und Berlin, unfreiwillig Rekrut des Siebenjährigen Krieges, dem er sich durch Desertion bei Lobositz entzog, Garnhändler, Baumwollweber, Autodidakt. In seiner naturfrischen, unbefangenen *Lebensgeschichte und natürliche Ebentheuer des Armen Mannes im Tockenburg* (1789) gibt er in z. T. dialektisch gefärbter Sprache Zeugnis über ein bewegtes, entbehrungsreiches, schließlich gesichertes Dasein; neben der kulturhistorisch wertvollen Autobiographie schrieb er Tagebücher und Aufsätze, z. B. *Etwas über W. Shakespeares Schauspiele*, und ist zumindest ein Beleg für das Interesse auch des »niederen« Volkes am Schrifttum, zugleich für das Eingreifen bisher daran unbeteiligter Gruppen in das literarische Arbeiten. Die Idylle wird wie bei Pestalozzi auch bei Bräker durch die echte Darstellung abgelöst.

Wenn wir nun von der Schweiz nach Frankfurt zurückkehren, finden wir Goethe, wie er vergebens auf den von Weimar her angesagten Hofwagen wartet und deshalb am 30. Oktober 1775, der Vaterstadt müde, nach Heidelberg aufbricht, um nach Italien zu fahren (wie es der Vater schon längst für ihn gewünscht und wie er es während der ersten Schweizerreise, am Gotthardpaß stehend, nicht gewagt hatte). Doch der weimarische Kurier holte den Reisenden ein und brachte ihn in die Herzogstadt an der Ilm – vermeintlich zu einem Besuch, in Wirklichkeit jedoch zu lebenslänglichem Aufenthalt.

GOETHES ERSTES JAHRZEHNT IN WEIMAR

In der Morgenfrühe des 7. November 1775 war Goethe in Gesellschaft des Kammerjunkers von Kalb in Weimar eingetroffen. Kam er auch als Gast, so doch nicht ohne Absicht und Vorbereitung, denn schon seit seiner ersten Einladung nach Weimar trug er sich heimlich mit Hoffnungen, Plänen und Entwürfen. Er sehnte sich nach einem freien, weiten Wirkungskreise, den ihm die alte, in ihren Privilegien vermodernde Reichs- und Handelsstadt nicht bieten konnte. Die beschränkte Advokatentätigkeit in Frankfurt behagte ihm nicht; sein Leben bloß auf die Ausübung seines poetischen Talentes zu gründen, dazu war weder die Zeit noch seine fortwährender Bewegung und Tätigkeit bedürftige Natur geeignet. Auch wurzelte seine Dichtung selbst ganz in seinem Leben und war deshalb zu ihrer Nahrung auf einen breiten Boden der Wirklichkeit angewiesen. Sein Dichten war nach seiner Naturanlage nicht ein schriftstellerisches Schaffen, wie das Shakespeares, Lessings oder Schillers, sondern er mußte immer erst große Erfahrungen erlebt haben, ehe er sich wieder zum poetischen Schaffen angeregt fühlte. Daher denn auch die Erscheinung, daß von seinen großen Werken keines dem andern gleicht, und selbst in der einen Faustdichtung die einzelnen Abschnitte nach der jeweiligen Lebensepoche verschieden gestaltet sind, während andere Dichter, z. B. Schiller in seinen Meisterdramen, die einmal gewonnene persönliche Kunstrichtung festhalten.

Goethe fühlte in sich mannigfaltige Kräfte, künstlerische, wissenschaftliche, praktische, und wollte alle Fähigkeiten, wenn es das Schicksal vergönnte, zu gleicher Höhe entwickeln und sich nach allen Seiten zu einem ganzen Menschen auswachsen. Was er verlangte und brauchte, durfte er in Weimar zu finden hoffen. Hier war ein aufstrebender Staat, in einer Art Wiedergeburt begriffen wie er selbst, mancher Reformen bedürftig und zu Reformen geneigt, groß genug zur Verwirklichung bedeutsamer Ideen und doch nicht zu groß, um eine bequeme Übersicht und persönliche Teilnahme zu gestatten. Hier konnte dem Wissens- und Wirkungsbegierigen Gelegenheit werden, das Getriebe der Welt und des Lebens in allen Teilen kennenzulernen und ihre Bewegung zu vorgesetzten Zielen leiten und bestimmen zu helfen. Aber auch zur Pflege der Poesie, die, wie weit er auch den Grundbau seines Lebens anzulegen gedachte, doch immer die Spitze der Pyramide bleiben sollte, schienen die Bedingungen günstig. Er fand einen kunstsinnigen Hof, einen gesellschaftlichen Kreis hochgestimmter, geistig empfänglicher Naturen, literarisch tätige Genossen, Naturfrische, Kraft und Lust, das Gute zu tun und das Schöne zu genießen. All dieses wirkte zusammen, Goethe in dem stillen thüringischen Landstädtchen, das damals etwa 6000 Einwohner zählte, festzuhalten.

Der Hof zu Weimar

Wie Ferrara war Weimar durch seine Fürsten groß, und es war die Herzogin Amalia, die den freundlichen Menschenkreis um sich versammelte, in den Goethe eintrat. Sie war eine Nichte Friedrichs II. und hatte, noch nicht 20 Jahre alt verwitwet, als Regentin die schwierige Aufgabe, das Land durch die Stürme des Siebenjährigen Krieges hindurchzuführen, glücklich gelöst. Dabei war sie eine Freundin der Künste und Wissenschaften, freute sich an musikalischen und mimischen Aufführungen und verkehrte lieber mit geistig bedeutenden Männern als mit ihrem Hofadel. Mit der Sorge für ihr Land verband sie die zärtlichste Betreuung ihrer beiden Söhne Karl August und Konstantin, deren Erziehung Graf Görtz oblag und zu deren literarischer Ausbildung sie 1772 Wieland berief. Dessen anmutig-kokette, immer in heiteren Farben glänzende Poesie gefiel ihr mehr als die ernstere und tiefere Goethes und Schillers, und so mag es gekommen sein, daß sie bis zu ihrem Tode (1807) in besonders innigem Geistesverkehr mit Wieland geblieben ist.

An der Spitze der Hofgesellschaft stand seit dem 3. September 1775, an dem die Herzogin Amalie die Regierung niederlegte, ihr achtzehnjähriger

Sohn Karl August. Eine ungestüme, leidenschaftliche Soldatennatur, allem Zwange der Etikette abhold, dem Abenteuerlichen zugeneigt, von starkem, aber noch ungeregeltem Willen, verband er das edelste Streben mit dem Drang ins Maßlose. Derb in seinen Sitten und einfach in Lebensgewohnheiten, trieb und übertrieb er anstrengende Leibesübungen mit besonderer Vorliebe. Von der Natur mit scharfem Urteil, durchdringendem Verstand und menschlich tiefer Empfindung begabt, ein treuer, tüchtiger, nur noch unausgegorener Charakter, auf den das Land die größten Hoffnungen setzte, hatte er die kurze Zeit seiner Souveränität erst dazu benutzt, um in losgebundener Freiheit mit einigen Jugendgenossen seinen Neigungen zu leben. So hatte ihn außer den bestechenden Eigenschaften der Persönlichkeit zu Goethes Berufung nach Weimar hauptsächlich die Hoffnung bewogen, in ihm den Mann zu haben, der ihm helfen würde, durch geniales Anstürmen gegen alle Schranken des Hergebrachten in den langweiligen Hof Freiheit, Leben und Bewegung zu bringen. Goethe, der an allen Vergnügungen und wunderlichen Einfällen seines fürstlichen Duzfreundes teilnahm, gab den Gegnern im stillen in so manchem recht, und es ist sicher, daß er viele der wüsten Zerstreuungen nur mit halbem Herzen mitmachte. Wollte er aber auf den Herzog Einfluß gewinnen, so durfte er als Bürgerlicher an Ausdauer und Gewandtheit hinter den Kavalieren nicht zurückstehen; denn nur so nötigte er jenen Kreisen Anerkennung ab, und an dieser war ihm um der großen Ziele willen gelegen, die er mit dem Herzog verfolgte. Denn unverkennbar strebte Goethe, seiner aktiven Natur folgend, schon als Gast in Weimar danach, auf den jungen Fürsten einen leitenden Einfluß zu erhalten. Mit Klugheit wählte er, wie wir aus seinen Briefen und Tagebüchern entnehmen, die verschiedensten Mittel und Wege, um ohne Aufdringlichkeit ihm allerlei Wahrheiten zu sagen. Später empfand er selbst Mißbehagen bei der Erinnerung an diese tolle Zeit, und schon in dem Geburtstagsgedicht »Ilmenau« (1783), in dem er sich selbst, den Herzog und seine Weidgesellen zeichnet, nennt er sich »unschuldig und gestraft, und schuldig und beglückt«, zeigt aber auch sein redliches Streben, den fürstlichen Freund zur Unterwerfung des persönlichen Begehrens unter die Pflichten seines Standes anzuleiten.

Die 1779 unternommene gemeinsame (zweite) Schweizerreise, die den jungen Fürsten herausreißen sollte aus dem alltäglichen Hofleben, verhalf durch die großen, erhabenen Eindrücke der gewaltigen Natur und den innigen Verkehr mit Goethe dem Großen und Guten in Karl August zum siegreichen Durchbruch. Anfang der achtziger Jahre war der stürmisch-überschäumende Jüngling zum zielbewußten Manne herangereift, der immer fester und eifriger an der Befreiung und Verjüngung des weimarischen Staatswesens arbeitete und, so schwer es auch seiner aristokratischen Natur fiel, als der erste deutsche Fürst das Versprechen der Wiener Bundesakte einlöste und seine Macht mit den Landständen teilte. In den ersten Jahren war von dem wohltätigen Einfluß Goethes auf den Herzog nichts zu merken; im Gegenteil, man gab Goethe die ganze Schuld an dem Stocken der Regierungsgeschäfte, der Gefährdung des körperlichen Wohles des Herzogs und der Trauer der jungen Herzogin Luise über ihre unglückliche Ehe. Bald kamen Mahnungen und Bitten von Weimar und von draußen, der tollen Wirtschaft ein Ende zu machen. Auch Klopstock, dem man mit allerlei Übertreibungen davon erzählte, schrieb an Goethe, den er bisher zu den Seinen rechnete, einen warnenden Brief. Dieser antwortete kühl und trotzig und verlor dadurch die Gunst des Messiassängers, der von nun an auch Goethes Dichtungen mit ironischer Geringschätzung behandelte. Mit Sorge und Betrübnis sahen auch die Freunde und Eltern Goethes, wie »gottgesandte Wechselwinde« ihn von der vorgesteckten Fahrt seitwärts trieben und er sich ihnen hinzugeben schien. Er aber zerstreute ihre Befürchtungen mit dem Gedichte »Seefahrt«, und männlich an dem Steuer stehend, vertraut er »scheiternd oder landend seinen Göttern«. Aber nicht überall waren die Gerüchte über das tolle Treiben in Weimar übel aufgenommen worden. Mit Freude und Entzücken hörten die Freunde aus der Götz- und Wertherzeit von dem erstaunlichen Glück Goethes, und in der Hoffnung, durch ihn auch eine Stelle in Weimar zu erhalten, stellten sich Lenz, Klinger und zuletzt gar der berüchtigte Genieapostel Kaufmann dort ein. Sie fanden zwar anfänglich freundliche Aufnahme, wurden aber Goethe, der sich selbst erst in Gesellschaft und Amt festsetzen mußte, bald unbequem, und es war ihm daher willkommen, als sie wieder zum Wanderstab griffen. Dagegen war ihm viel daran gelegen, die Berufung Herders, seines Pfadweisers, auf den Posten eines Generalsuperintendenten durchzusetzen, die denn auch trotz aller Einsprüche und Widerreden des Oberkonsistoriums im Oktober 1776 erfolgte. Im Juni desselben Jahres war Goethe, nachdem durch Vermittlung der Herzogin Anna Amalie alle Bedenken des Ministers von Fritsch zerstreut worden waren, zum Geheimen Legationsrat mit Sitz und Stimme im Konseil (Ministerium) und einem Gehalt von 1200 Talern bestellt worden. Drei Jahre später erfolgte die Ernennung zum Geheimrat, und von der Mitte des Jahres 1782 an war Goethe, durch Kaiser Joseph II. in den Adelstand erhoben, der leitende, regierende Minister im Lande. Trotz aller Widersprüche, die insbesondere vom Landadel gegen Goethes Ernennung zum Staatsbeamten erhoben wurden, hielt der Herzog fest an seinem Freunde, und dieser brachte in sein Amt eine viel größere politische Bildung mit, als man vermutete. »Elender ist nichts als der behagliche Mensch ohne Arbeit; die schönste der Gaben wird ihm ekel.« So war Goethes Meinung, und so suchte er denn, wie wir aus seinen Tagebüchern und Briefen sehen, das weite Arbeitsfeld, das sich vor ihm auftat, gut zu bestellen. Da dies aber nur möglich war, wenn dessen ganzer Umfang und alle seine Teile ihm bekannt waren und von ihm mit gleicher Liebe und Sorgfalt gepflegt wurden, so zog er einen Zweig nach dem anderen an sich und ruhte trotz der immer mehr wachsenden Mühen nicht eher, als bis er in Theorie und Praxis über allen stand.

War für Goethe der Hauptgrund seines Verbleibens in Weimar das Bewußtsein, hier eine Stelle gefunden zu haben, wo er in lebendiger Tätigkeit seine Kräfte allseitig ausbilden konnte, so wirkte doch wie für das Verlassen der alten Heimat auch für die Ansiedlung in der neuen Wohnstätte die Liebe mit. Nur wenige Monate näheren Verkehrs zwischen Goethe und der ihm am Hofe vorgestellten Frau des Oberstallmeisters von Stein (geborenen von Schardt, 1742–1827) waren vergangen, und Lili war vergessen. Eine Leidenschaft, wie sie Goethe in solcher Stärke noch nicht erfaßt hatte, nahm den ganzen Menschen mit seinem Fühlen und Denken in Besitz. Aber nicht das erscheint sonderbar, daß es der Frau gelang, den leicht entzündbaren Dichter zu leidenschaftlicher Liebe zu entflammen, sondern daß sie es verstand, ihn zwölf Jahre festzuhalten in den strengen Fesseln der Liebe und Eifersucht, und doch eine fast verblühte, leidende und wohl mit einem angenehmen, aber nicht gerade schönen Äußeren begabte Frau war, die ihrem Gatten sieben Kinder geboren hatte und sieben Jahre mehr zählte als der sechsundzwanzigjährige Goethe. Nach wenigen Wochen näherer Bekanntschaft begann der *Briefwechsel zwischen Charlotte von Stein und Goethe,* der uns bis über die erste Hälfte der italienischen Reise hinaus den vollsten Einblick in sein tiefstes Wesen, sein geheimstes Fühlen und Denken gibt.

Zweifellos übte Frau von Stein, die ihm Mutter, Schwester, Geliebte, Vertraute wurde, auf Goethes Charakterentwicklung einen veredelnden Einfluß aus und wirkte wie die amtliche Tätigkeit mit, den überschäumenden, unbändigen Stürmer und Dränger zum reifen, vornehmen Mann zu bilden, der nicht mehr in genialer Überkraft die Welt nach sich bilden will, sondern bescheiden sich nach der Welt richtet, der nicht in der Freiheit des Individuums, sondern in der Aufopferung des einzelnen für das Ganze, nicht in der Gefühlsseligkeit und in künstlerisch-ästhetischer Träumerei wie Werther, sondern in tätigem Wirken das Ziel des Lebens erblickt.

Liebe, Güte und Natur sind die unverrückbaren Leitsterne seines Lebens und Dichtens in dieser Zeit der Selbsterziehung geworden. Die Stimme der Muse ist in dem Geräusch und Strudel des Hoflebens und in den Tagen, da er sich vor der Welt ohne Haß verschloß, nicht verstummt. Freilich, wenn je ein Dichter Pegasus im Joch war, so war es Goethe in jenen Jahren in Weimar. Das dichterische Vermögen zwar stand in voller Kraft, es vereinigte die frühere Glut und Fülle mit der neugewonnenen Kunstform, aber es schloß sich nicht in großen, umfassenden Schöpfungen auf. Nur die »Iphigenie« ward vollendet, doch auch diese nur im ersten Entwurf. Hält man zu den verantwortlichen und mannigfachen Amtsgeschäften noch die Pflichten des Hoflebens mit seinen Spielen, Festen und Redoutenaufzügen, die Goethe als »directeur des plaisirs« leiten und durch Gelegenheitsdichtungen beleben mußte, so ist es wohl begreiflich, daß sein künstlerisches Schaffen stockte und er klagte: »Ich muß all meinen Weizen unter das Kommißbrot backen.« Als Hofpoet arbeitet er für das »Tiefurter Journal«, eine von Einsiedel und dem Fräulein Göchhausen redigierte und nur handschriftlich an wenige Leser verteilte Zeitschrift, die sich vor allem der Gönnerschaft der Herzogin Amalie erfreute und uns einen Einblick gewährt in die geistreich scherzende und durchaus französische Bildung, die am weimarischen Hofe herrschte. Im höfischen Dienste dichtete Goethe auch für das Liebhabertheater, auf dem er mit den höchsten Herrschaften des Hofes selbst als Darsteller auftrat, und ergötzte die hohen Gönner und Gönnerinnen durch Umarbeitung einiger seiner älteren Stücke wie auch durch Schattenspiele und Maskenzüge.

Insbesondere in den Jahren zwischen 1781 und 1789 dichtete Goethe viele *Maskenzüge,* dichterische Erklärungen der Aufzüge auf Hofbällen und Redouten (»Ein Zug Lappländer«, »Aufzug des Winters«, »Die vier Weltalter«), und noch im zweiten Teile des »Faust« hat er solchen von ihm geleiteten Hoffesten ein Denkmal gesetzt. Auch manche poetische Schöpfung verdankt derartigen Anregungen ihr Entstehen, und zwar gehören die meisten dieser Dichtungen dem Gebiete des *Singspieles* an, das damals auf dem deutschen Theater und namentlich in Weimar mit Vorliebe gepflegt wurde. Als Einschaltung in die Singspiele dienten die Balladen »Erlkönig«, »Der Sänger« und »Der Fischer«.

Die italienischen Opern der Bellomoschen Schauspielergesellschaft, die seit 1784 ständig in Weimar auftrat, regten Goethe an, mit *Scherz, List und Rache* sich auf dem Gebiete der »opera buffa« zu versuchen. In einzelnen dieser Hofdichtungen setzt sich in gewissem Sinne die Farcen- und Pasquillendichtung aus der Frankfurter Zeit fort, nur daß die Satire zahmer ist und meistens literarische Verhältnisse geißelt. So parodiert die Burleske »Die Empfindsamen oder die geflickte Braut« (1777), später als *Triumph der Empfindsamkeit* umgeformt, mit prächtigem Übermut die Empfindsamen, die nicht durch das frische Leben, sondern durch Bücher an- und aufgeregt werden. Folgte Goethe in den *»Empfindsamen«* dem romantischen Gozzi, so hat er in dem literarischen Scherzspiele *Die Vögel* (1780) den ersten Akt des bekannten und gegen die Auswanderungssucht gerichteten Kampfstückes des Aristophanes zuerst auf die literarischen Verhältnisse in Deutschland, dann auf einen höheren politischen Gesichtspunkt hin umgestaltet. Die Vögel sind ihm hier die gedankenlose Menge, die sich von jedem blauen Vogelsteller ins Garn locken läßt. Die literarische Satire der »Vögel« wurde fortgesetzt in dem *Neuesten von Plundersweilen,* womit er am Weihnachtsabend 1781 die Herzogin Amalie erheiterte.

Charlotte von Stein

Nur ungern und gezwungen vertrödelte Goethe die Zeit mit den Hofdichtungen, tröstete sich aber damit, durch seine Mitwirkung Gelegenheit zu gewinnen, »indem man zu scherzen meint, das Gute zu tun«. Glücklich fühlte er sich dagegen, wenn er in einsamer Stunde sein persönliches Empfinden in das Gewand der Dichtung kleiden konnte. Da erst erscheint er uns wieder als Goethe, für den Dichten und Leben dasselbe und der selbst der Inhalt der Gedichte war: »Nicht hab' ich sie, sie haben mich gedichtet; Sie mögen sich entschuldigen oder leiden.« Den Mittelpunkt seines poetischen Schaffens, das in lyrischen Gedichten mit einem bisher nicht erreichten Reichtum an Farbe und Ton und in Dramen Gestalt gewann, bildeten damals die Beziehungen zu Frau von Stein. Deren Bedeutung für sein dichterisches Wirken hat noch der alternde Dichter freudig bekannt, indem er Lida (Frau von Stein) und Shakespeare als die Urheber seiner geistigen Bedeutung hinstellt.

Umfangen von dem geschäftigen Treiben, spricht er sich in kleinen, meist einstrophigen Liedern in zwanglosem Versmaße Mut zu, frisch in das Leben hineinzugreifen und das Glück nicht in der Ferne zu suchen; dazwischen aber erklingen elegische Töne voll Sehnsucht, Ruhe und Frieden für die durch den Schmerz unglücklicher Liebe zerrissene Seele verlangend.

Ach, ich bin des Treibens müde!
Was soll all der Schmerz und Lust?
Süßer Friede,
komm, ach komm in meine Brust.
(»Wandrers Nachtlied«, 1776.)

Nicht anders in dem schmerzvollen poetischen Brief »Warum gabst du uns die tiefen Blicke?«, in dem ihm die Liebe zu Charlotte als Rückerinnerung erscheint: »Ach du warst in abgelebten Zeiten / Meine Schwester oder meine Frau.« Und doch fühlt er die Wehmut als Wonne (»Trocknet nicht, trocknet nicht, Thränen der ewigen Liebe«). Von Unruhe getrieben, streift er in mondhellen Nächten durch Wald und Flur, hält Rast in einsamen Hütten und Höhlen der Berge, lauscht dem Regen und Sturm, der draußen tobt, und sucht Heilung bei der ihm immer neu vertrauten Freundin, der Natur (»An den Mond«, »Jägers Abendlied«). Er schreibt auf die Innenwand des herzoglichen Wetterhäuschens auf dem Gickelhahn bei Ilmenau das ergreifende Lied »Über allen Gipfeln ist Ruh«, das er noch 1831 vorfand und mit tiefer Rührung las, und gräbt »viel Freud und Schmerzen« unter die Wurzeln der Bäume ein, die er »ahndevoll« in seinem Garten pflanzte. (»Sag' ich's euch, geliebte Bäume.«)

Der Anblick des Staubbaches zu Lauterbrunnen regt Goethe zu einem Vergleiche der Seele des Menschen mit dem Wasser an (»Gesang der Geister über den Wassern«). Über die Natur aber erhebt den Menschen die ethische Kraft, edel und gut zu sein, und diese ist ihm zugleich die festeste Stütze des Glaubens an »jene unbekannten höheren Wesen, die wir ahnen« (»Das Göttliche«). Die beiden zuletzt genannten Gedichte führen uns zu des Dichters *Pindarischen Hymnen*, mit denen er die Oden aus der Frankfurter Zeit fortsetzt und seine vollzogene Klärung poetisch zum Ausdruck bringt. Keine Spur mehr von dem Titanentrotz des Prometheus, im Gegenteil, eine bis zur völligen Hingabe des eigenen Ichs gesteigerte Gottesliebe (»Ganymed«) und eine bescheidene Anerkennung der Beschränkheit, Schwachheit und Unvollkommenheit der menschlichen Natur gegenüber der Gottheit (»Grenzen der Menschheit«). Alle diese Hymnen feiern das Göttliche in seiner unbewegten Größe und des Menschen Anteil an solcher Erhabenheit. Über ihr und des Menschen Schicksal steht die Gottheit, und darum bittet der Dichter in der »Harzreise im Winter« (1777) den »Vater der Liebe«, das Herz des an Schwermut leidenden Plessing zu erquicken. Die Bestrafung menschlicher Überhebung zeigt Iphigenie an Tantalus' Geschlecht: »Denn mit Göttern soll sich nicht messen irgend ein Mensch« (»Parzenlied«). Als freundliche Genossin aber gibt die Gottheit dem Menschen die Phantasie, die begleitende Mutter der Kunst, insbesondere der Dichtkunst (»Meine Göttin«, 1780). Sehen wir in den Hymnen den unter Charlottes Einfluß zum Manne reifenden Dichter, so verraten einzelne jener Gedichte, die er später vermehrt und mit dem Titel »Antiker Form sich nähernd« versehen hat, des Dichters Herzensneigung. Als Aufschriften für Gedenksteine und Plätze in den Parkanlagen zu Tiefurt und Weimar entstanden, zeigen diese *Epigramme* den Einfluß der Blumenlese Herders aus der griechischen Anthologie und künden die »Venetianischen Epigramme« an, wie die Römischen Elegien ihre Vorläufer in den *Anakreontischen Gedichten* (»Amors Klage«, »Amor als Landschaftsmaler«) der Weimarer Zeit haben.

Dasjenige Gedicht, das Goethe nach seinen eigenen Worten geschrieben hat, um der Frau von Stein »in tausend Formen seine Liebe und Verehrung zu gestehen, ohne daß ein anderer es merke«, ist, so fern es auch in seiner jetzigen Gestalt davon abliegt, das religiöse Humanitätsepos *Die Geheimnisse* samt seiner Einleitung, den schönen Stanzen mit ihrem musikalischen Wohllaut, ihrer seelenvollen Innigkeit der Sprache und unnachahmlichen Weichheit, die später als *Zueignung* an die Spitze der Werke des Dichters gestellt wurden:

> Dem Glücklichen kann es an nichts gebrechen,
> Der dies Geschenk mit stiller Seele nimmt:
> Aus Morgenduft gewebt und Klarheit,
> Der Dichtung Schleier aus der Hand der Wahrheit.

Von dem religionsphilosophischen Gedichte »Die Geheimnisse« wurde nur der erste Gesang vollendet. Seinen Inhalt bilden dieselben Ideen, die Lessings »Erziehung des Menschengeschlechtes« durchziehen.

Wie in lyrischen Gedichten setzte Goethe auch in Dramen seine poetische Beichte fort. Noch zitterte in seinem Herzen die Erinnerung an das verlorene Liebesglück in Frankfurt nach, als er der Frau von Stein nähertrat. Da las er Boccaccios rührende Novelle von dem armen Ritter, der, um die Angebetete standesgemäß zu bewirten, sein letztes und teuerstes Gut, den geliebten Falken, opfert, und sofort faßte er den Plan zu einem Drama, dessen Hauptperson, der Falke, Lilis und der neuen Geliebten Züge in sich vereinigen sollte. Doch ließ er den Plan fallen, um in dem Schauspiele *Die Geschwister* (1776) sein Doppelverhältnis zu Frau von Stein in zwei Verhältnissen darzustellen und ihr zu sagen, daß ihm die schwesterliche Liebe nie das Liebesglück ersetzen könne.

Von dem Komponisten Gluck aufgefordert, für seine geliebte Nichte eine Totenklage zu dichten, wählte Goethe dazu den bekannten Mythus und wandelte die Dichtung später in das Monodrama *Proserpina* um (1776). Zum ersten Male bietet uns Goethe eine neue Art der Behandlung antiker Sagen. Denn während deren Gestalten in der französischen Tragödie und bei ihren deutschen Nachahmern wie seelenlose Schatten über die Bühne wanderten oder, wie bei Wieland, zu kleinen Menschen der Gegenwart wurden, hat Goethe ihnen nichts von ihrer Größe genommen und sie doch unserm Herzen so nahegebracht, daß sie unser Mitempfinden wecken und als Bürger zweier Welten, des Altertums und unserer Zeit, von neuem aufleben. In glänzender Weise ist dies dem Dichter freilich erst in der »Iphigenie« gelungen. Am 6. April 1779 wurde auf dem Liebhabertheater in Weimar Goethes *Iphigenie auf Tauris* zum ersten Male aufgeführt. Der Dichter selbst gab den Orestes, Korona Schröter die Iphigenie, Prinz Konstantin den Pylades, den bei einer späteren Aufführung Karl August darstellte, Knebel den Thoas und Konsistorialsekretär Seidel den Arkas. Goethe freute sich der guten Wirkung, die das Stück besonders auf reine Menschen ausübe; aber er wollte trotz des Erfolges das Stück nicht der Öffentlichkeit übergeben, ehe er ihm noch mehr Harmonie im Stil verschafft hätte, und es noch in anderer Hinsicht zum Abschluß bringen. Das Orakel Apollos verspricht mehr als die Heilung des Orest; es stellt die Entführung des ganzen Tantalidenhauses in Aussicht und knüpft diese Verheißung an den Zeitpunkt, in dem Iphigenie griechischen Boden und das Heiligtum von Delphi betreten wird. Dort muß vor allem Elektra, in der die ganze Wildheit der Atriden lebt, durch die rein gebliebene Schwester die Weihe erhalten. Leider hat Goethe dieses abschließende Drama, »Iphigenie in Delphi«, nie zur Ausführung gebracht; es blieb wie »Nausikaa« ein Bruchstück.

In dem langsamen Reifen der »Iphigenie« prägt sich Goethes Übergang zur Pflege der »Form an sich« ab, die fortan seine neue Kunst- und Lebensanschauung bildet und ihren Höhepunkt im *Torquato Tasso* findet. Auch dieses Drama ist ein Selbstbekenntnis des Dichters und vielleicht eines der tiefsten, die wir von ihm besitzen. Schon auf den Knaben Goethe machte das »Befreite Jerusalem«, das er in der Übersetzung Johann Friedrich Kopps (Leipzig, 1744) kennenlernte, einen Eindruck, der ihm bei der Ausarbeitung der ersten Bücher des »Wilhelm Meister« voll lebendig war. Wohl damals schon wurde er auch mit den Schicksalen des unglücklichen Dichters bekannt, wie sie Kopp in der Einleitung zu seinem Buche erzählte. Aufs neue führte Goethe zu Tasso ein Aufsatz hin, in dem Wilhelm Heinse den Leserinnen von Jacobis »Iris« dessen Leben (1744) wie Kopp nach der sagenhaften und weit verbreiteten Überlieferung des Giovanni Battista Manso erzählte. Sie war auch nebst einer Abhandlung Muratoris, des gelehrten Bibliothekars von Modena, für Goethes Drama die Hauptquelle.

Es war die Verwandtschaft der eigenen Schicksale mit den Erlebnissen des vielbewunderten italienischen Epikers, die Goethe fesselte, und er befand sich in einem Zustand hoher Reizbarkeit, als er zum erstenmal daran dachte, jenen zum Helden eines Dramas zu machen. Im sechsten Jahre schon lebte er in Weimar und widmete als Minister seine ganze Kraft den Anforderungen des kleinen Landes; dafür fand er bei den maßgebenden Persönlichkeiten zwar die verdiente Anerkennung, aber es fehlte auch nicht an solchen, die ihm die Leichtigkeit und formale Sorglosigkeit, mit der er öfters die Geschäfte erledigte, nicht verzeihen konnten, und noch größer war die Zahl jener, die ihn, den Frankfurter Bürgerssohn, um den Ruhm und die unerhörte Gunst beneideten, deren er sich bei allen kunstsinnigen Menschen, vor allem bei den Frauen, als Dichter erfreute.

Schon Ende August 1781 hatte Goethe die beiden ersten Akte des Dramas vollendet, leider ist uns diese Bearbeitung verloren, und nur seine Briefe an Frau von Stein lassen uns den Inhalt dieses in der rhythmisch gegliederten Prosa der »Iphigenie« abgefaßten Tasso-Fragmentes ahnen. Dann aber stockte die Arbeit. Woher hätte der Dichter bei der innigen Freundschaft mit Charlotte Lust, Bedürfnis und Farben zur Ausführung des schmerzvollen Endes, der Trennung Tassos und der Prinzessin, nehmen sollen?

Gleichzeitig mit dem ersten Entwurfe des »Tasso« begann Goethe das Schauspiel *Elpenor* (»Der Erhoffte«, 1783), das ein Gegenstück zur »Iphigenie« werden und der Freude über die Geburt eines Erbprinzen Ausdruck geben sollte, aber nur bis zum zweiten Akte gediehen ist. An Frau von Stein waren die Briefe gerichtet, die, später vermehrt, als *Briefe aus der Schweiz* in Schillers »Horen« veröffentlicht wurden. Gerade das macht diese fast episch zu nennenden Briefe so wertvoll, daß sie, jenem Briefwechsel entnommen, unter dem ersten Eindrucke der gewaltigen Natur auf den tief empfindenden und so empfänglichen Dichter niedergeschrieben wurden.

Den Genuß, »das Verhältnis zu den Menschen und den Sachen wahrer zu fühlen«, den ihm die Harzreise bereitet hatte, gedachte Goethe in einem größeren Maße und aus erzieherischen Gründen auch dem Herzog zu verschaffen, und so überredete er ihn zu einer gemeinsamen Fahrt in die Schweiz, die am 12. September 1779 angetreten wurde. Auf dem Wege dahin besuchte Goethe in Frankfurt seine Mutter, die Frau »Aja«, in Sesenheim Friederike, in Straßburg sieht er Lili als glückliche Gemahlin des Bankiers Türckheim und in Emmendingen steht er am Grabe seiner Schwester Cornelia. Von Bern aus eilen sie dem Oberlande zu, bewundern den Staubbach bei Lauterbrunnen, der Goethe zu dem tiefsinnigen Gleichnis »Seele des Menschen, wie gleichst du dem Wasser! Schicksal des Menschen, wie gleichst du dem Wind!« anregte, sie dringen zu dem ewigen Eis des Tschingelgletschers hinan, Vevey ruft die Erinnerung an Rousseau, Verney die an Voltaire wach; sie ergötzen sich von der Höhe des Col-de-Balme an dem wunderbaren Blick ins Chamonixtal, steigen durch Schnee und Eis zur Furka empor, und von da geht es auf den Sankt Gotthard, von wo Goethe wieder, wie vor vier Jahren, seinen Blick nach Italien, in das Land seiner Sehnsucht, schweifen läßt. Der Rückweg führt sie nach Luzern und Zürich zu Lavater, dann an die süddeutschen Höfe Karlsruhe, Darmstadt und Stuttgart, wo sie dem Feste der Militärakademie beiwohnen und Goethe für Schubart vergeblich ein Wort einlegt, und am 13. Januar 1780 treffen sie wieder in Weimar ein.

Naturwissenschaftliche Studien

Die Schweizer Reise sollte Goethe und dem Herzog dazu dienen, »mit Beistand des Himmels in den großen Gestalten der Welt uns umherzutreiben und unsere Geister im Erhabenen der Natur zu baden«. Was Herder in Straßburg den wißbegierigen Schüler von der Entstehung der Sprache, der Poesie, von dem Volksliede, von der Kunst überhaupt gelehrt hat, es war immer dasselbe Zauberwort, das alles erklärte und ausfüllte: natürliche Entwicklung, und eben dieses Wort, auf die Natur angewendet, enthielt das Geheimnis der Goetheschen Naturanschauung und der Herderschen »Ideen«.

»Natur!, wir sind von ihr umgeben und umschlungen, unvermögend, aus ihr herauszutreten, und unvermögend, tiefer in sie hineinzukommen. Ungebeten und ungewarnt nimmt sie uns in den Kreislauf ihres Tanzes auf und treibt sich mit uns fort, bis wir ermüdet sind und ihrem Arm entfallen. Sie schafft ewig neue Gestalten; was da ist, war noch nie, was war, kommt nicht wieder – alles neu, und doch immer das Alte. ... Sie verwandelt sich ewig, und ist kein Moment Stillstehen in ihr. Fürs Bleiben hat sie keinen Begriff, und ihren Fluch hat sie ans Stillestehen gehängt. Sie ist fest. Ihr Tritt ist gemessen, ihre Ausnahmen selten, ihre Gesetze unwandelbar.«

Die gesamten naturwissenschaftlichen Studien Goethes gingen auf das eine Ziel hinaus, zu beweisen, was Herder als erreicht annahm, aus der ungeheuren Mannigfaltigkeit der Natur die Einheit, die einfachen Gesetze der Entwicklung zu erkennen. Schon als Student in Leipzig und noch mehr in Straßburg fühlte er sich zur Naturforschung hingezogen; seine Tischgesellschaft, die an beiden Orten meistens aus Medizinern bestand, gab dazu die äußere Veranlassung; sein starker innerer Drang, seine leidenschaftliche

Liebe zur Natur drängten ihn zu deren Erforschung. Darum besuchte er an der Universität vor allem die naturwissenschaftlichen Fächer und legte damit den Grund zu seinen späteren Forschungen, zu denen er in Weimar teils durch theoretische, teils durch praktische Gründe getrieben wurde. Die Sorge für die Staatswaldungen führte ihn in die Botanik, die Verwaltung der Jenaischen Universitätssammlungen in die Anatomie, die Wiedereröffnung des Ilmenauer Bergwerkes, das freilich in der Folge alle Hoffnungen täuschte, in die Geologie, die Kunststudien in die Physik ein.

Nach allen diesen Richtungen suchte er sich anfangs nur den Bestand der vorhandenen Lehre anzueignen, ging jedoch rasch zu selbständigen Untersuchungen über und endete mit Entdeckungen, deren Bedeutung erst gewürdigt wurde, als die Erschließung seines Nachlasses und seiner Sammlungen die Gründlichkeit offenbarte, mit der er bei seinen Naturstudien zu Werke gegangen ist und, dem neueren Betrieb der Naturwissenschaft entsprechend, das Experiment verwertet hat. Die Mitarbeit an Lavaters »Physiognomischen Fragmenten« regte ihn an, unter Leitung des Jenaer Anatomen Loder sich mit der Knochenlehre zu beschäftigen. Bald fesselte ihn die Osteologie nicht bloß von der künstlerischen, sondern auch von der wissenschaftlichen Seite, und er gelangte durch Vergleichung von Tier- und Menschenschädeln verschiedenen Alters zur Entdeckung eines Knöchleins im Oberkiefer des Menschen, das den Menschen abgestritten wurde, und empfand darüber eine solche Freude, daß sich ihm »alle Eingeweide bewegen« (1784). Es ist damit der paarige, rechts und links vorhandene Knochen gemeint, der die oberen Schneidezähne trägt, bei dem Menschen mit dem Kieferknochen verwachsen ist und deshalb als nicht vorhanden angenommen worden war.

Goethe suchte für alle einer Gattung angehörigen, auch noch so verschiedenen Individuen den Typus und wurde von diesem Streben auch bei seinen Untersuchungen in der Pflanzenkunde geleitet. Der Widerspruch, zu dem Linnés geistreiches Sondern den nach Vereinigung strebenden Goethe herausforderte, reizte ihn zu eifrigen Beobachtungen zunächst in seinem Garten an der Ilm und dann besonders in Italien. Mit der kleinen Schrift *Versuch, die Metamorphose der Pflanzen zu erklären* (1790), wollte er die mannigfaltigen Erscheinungen des herrlichen Weltgartens auf ein allgemeines Prinzip, auf einen Typus zurückführen, den er als Urpflanze bezeichnete.

Die durch unzählige Beobachtungen an den Pflanzen bewährten Grundsätze des fortzeugenden Hervorbringens des Mannigfaltigen aus dem Einen wollte er auf »alles Lebendige« anwenden. Es kam zu einer Sammlung von Aufsätzen, die er unter dem Titel *Zur Morphologie* 1820 veröffentlichte. In dieser Sammlung findet sich das Gedicht »Metamorphose der Tiere«, Goethes vollendetstes Lehrgedicht.

Das Gesetz der Bildung und Umbildung auch in der anorganischen Natur nachzuweisen, die Ursachen, die an einer Stelle gerade dieses, an einer anderen jenes Gestein entstehen ließen, aufzudecken war Goethes Absicht bei der Anlage seiner überaus reichen Mineraliensammlung, die er bis zu seinem Tode vervollständigt hat. Doch war ihm die Mineralogie nur eine Hilfswissenschaft der Geologie, die er die Lehre vom Knochenbau der Erde nannte. Schon 1784 schrieb er eine hochpoetische Abhandlung *Über den Granit,* in der er die Felsen des Urgesteins, auf dem sich, wie er meint, der ganze Erdkörper aufbaut, als die ältesten Denkmäler der Zeit preist.

Aber damit nicht zufrieden, wollte Goethe auch »die Phänomene der Farben auf das einfachste Prinzipium reduzieren«, denn er glaubte, wie er 1791 an den Herzog schrieb, die Lehre Newtons als falsch erweisen zu können und an deren Stelle eine neue Theorie des Lichtes, des Schattens und der Farben zu setzen. So sehr beschäftigten ihn in diesem und dem folgenden Jahre seine *Beiträge zur Optik,* über die er mit Gelehrten wie Forster, Sömmering und Lichtenberg verhandelte, daß er alles andere darüber »vergaß und liegen ließ«. Diese Beiträge enthalten die grundlegenden Gedanken der großen Lebensarbeit Goethes, die er 1810 unter dem Titel *Zur Farbenlehre* erscheinen ließ.

Nach seiner Anschauung ist das Licht das einfachste, unzerlegteste, homogenste Wesen, das wir kennen, während es nach Newton aus drei oder sieben Farben zusammengesetzt ist. Goethes Studium der Farben nahm seinen Ausgang nicht von der Naturforschung, sondern von der Kunst. Der vergebliche Versuch, mit Hilfe der Newtonschen Theorie das Gesetz der Kunstharmonie der Farben zu entdecken, und eingehende Studien über das Wesen der Farben in Italien führten ihn zum Widerspruche mit Newton. Die moderne Naturwissenschaft hat gegen Goethe entschieden, der, wie Helmholtz sagt, »hauptsachlich deshalb scheitern mußte, weil er mit den verhältnismäßig unvollkommenen Apparaten, die er in Händen hatte, die entscheidenden Tatsachen nicht hat beobachten können«. Gleichwohl sind Goethes Untersuchungen nicht unnütz gewesen; er hat die Erkenntnis der physiologischen Wirkungen des Lichtes gefördert, und mit dem groß angelegten historischen Teil der Farbenlehre, der unter dem bescheidenen Titel »Materialien zur Geschichte der Farbenlehre« erschien, hat er eine auch von den Gegnern anerkannte wissenschaftliche Arbeit ersten Ranges geliefert. Dagegen treten seine meteorologischen Studien zurück, mit denen er sich gegen Ende seines Lebens beschäftigte.

GOETHE IN ITALIEN

Es kam einer Flucht gleich, als Goethe am 3. September 1786 von Karlsbad, wo er zum Gebrauch des Bades weilte, unter dem Titel eines Kaufmanns Möller die Reise nach Italien antrat. Nur den Sekretär Seidel hatte er in den Plan eingeweiht, den Herzog selbst im ungewissen gelassen, der Frau von Stein mit keinem Worte sein Vorhaben verraten. Verschiedene Gründe hatten ihn zur Reise bewogen; einmal wollte er sich klar werden, ob sein Talent ihn befähige, in der früher so geliebten, in Weimar aber nicht geübten Malkunst etwas Tüchtiges zu leisten; noch wichtiger sollte, so erwartete er, der Aufenthalt in Italien für den Dichter werden. Denn hier hoffte er, frei von der Amtslast, die Ruhe und Stimmung zur Vollendung seiner Dramen »Egmont«, »Elpenor«, »Tasso« und »Faust« zu finden, die den sechsten und siebten Band der geplanten achtbändigen Gesamtausgabe seiner Werke bilden sollten. Den Hauptgrund aber für Goethes Reise nach Italien gibt Frau Rat an, wenn sie auf den ersten Brief des Sohnes aus Rom antwortete: »Jubilieren hätte ich vor Freude mögen, daß der Wunsch, der von frühester Jugend an Deiner Seele lag, nun in Erfüllung gegangen ist.« Die im Vorsaal des Hauses aufgehängten Prospekte von Rom, die Erzählungen des Vaters von seiner Reise durch Italien und dessen Bestimmung, daß auch Wolfgang es einmal bereise, all das hatte schon in dem Knaben Goethe die Sehnsucht nach dem Lande geweckt, wo »die Myrte still und hoch der Lorbeer steht«. Der Wunsch war um so lebhafter geworden, je mehr in den letzten Jahren für seine Entwicklung das klassische Ideal bestimmend wurde. »Schon einige Jahr hab' ich keinen lateinischen Schriftsteller ansehen, nichts, was nur ein Bild von Italien erneuerte, berühren dürfen, ohne die entsetzlichsten Schmerzen zu leiden.« Nichts Neues hatte er, wie er selbst schreibt, für seine Bildung in Italien zu entdecken, sondern das Entdeckte nur nach seiner Art anzusehen, denn im Grunde war die italienische Reise für Goethe nur ein ständiges, aber rascheres Fortschreiten auf einer schon längst eingeschlagenen Bahn.

Auf Grund von Briefen an Frau von Stein, Herder, den Herzog und aus Tagebüchern hat Goethe 1816/1817 seine *Italienische Reise* geschrieben, den Schluß aber erst 1829 folgen lassen. Bei der Bearbeitung dieser Papiere ließ er sich in Komposition und Darstellung nur von künstlerischen Rücksichten und Motiven leiten, und wir müssen, wollen wir den frischen Eindruck, den Italien auf den Dichter machte, mitempfinden, die Quellen selbst, vor allem das für die ersten sechs Monate vorhandene Tagebuch in die Hand nehmen.

Johann Wolfgang von Goethe. Zeitgenössisches Ölgemälde aus Lavaters Porträtsammlung.

Johann Wolfgang von Goethe (1749–1832) im Alter von dreißig Jahren. Porträt von G. O. May.

Szene aus Goethes Drama »Egmont«. Deutsches Schauspielhaus Hamburg, 1967.

Lotte und Werther, die beiden Hauptfiguren aus Goethes erstem Roman »Die Leiden des jungen Werthers«. Kupferstiche von Daniel Chodowiecki (1726–1801).

»Ich zählte einen zweiten Geburtstag von dem Tage, wo ich Rom betrat.« »Ich bin wieder zum Lebensgenuß, zum Genuß der Geschichte, der Dichtkunst, der Altertümer genesen.« Das ist der Refrain, der seine Briefe aus Rom begleitet.

Vor allem war es das alte Rom, das in gewaltiger Größe aus den Ruinen vor ihm aufstieg. Für das christliche Rom der Päpste in Mittelalter und Neuzeit hatte er wenig Interesse; einzig Michelangelo stellte er neben die Alten. Denn Größe war nun die erste Anforderung, die er an ein Kunstwerk stellte. Die edle Einfalt und stille Größe als die höchsten Eigenschaften des Schönen fand er nur im griechischen Stil und nicht im gotischen.

Auch seine Lebensverhältnisse in Rom gestalteten sich nach seinen Wünschen. Durch Winckelmanns und Mengs begeisterte Schilderungen angelockt, hatte sich dort eine Kolonie deutscher Künstler niedergelassen, um die Antike zu studieren. Der bedeutendste Maler der Kolonie war Wilhelm Tischbein (1751–1829), bei dem sich Goethe einquartierte und mit dem er nebst den jungen Malern Schüß und Friedrich Bury vergnügt zusammenlebte.

Nicht bloß zusammen, sondern innerlich verbunden lebte Goethe mit Tischbein, dem ihm »mit Leib und Seele anhängenden Manne«, der ihm »Studien nach den besten Meistern« zeichnete und sein Porträt malte, ferner mit Mayer, Moritz und Angelika Kauffmann (1741–1807), der Gemahlin des Malers Zucchi. Schon als 23jähriges Mädchen hatte sie (1764) durch ein Gemälde Winckelmanns Aufsehen erregt, und wie in der bildenden Kunst ragte sie durch ihre Begabung in Musik und Gesang hervor. »Bei der trefflichen, zarten, klugen, guten Frau« fand sich auch Goethe ein; hier wurde gezeichnet, gemalt und von Roms Kunstschätzen gesprochen. Goethe las aus seinen Werken vor und fand an der Hausfrau eine feinfühlige Zuhörerin, die seine Gedichte mit ganzer Seele aufnahm und aus der »Iphigenie« jenen Moment, »da sich Orest in der Nähe der Schwester und des Freundes wiederfindet«, in einer ihrer Zeichnungen darstellte. Bedeutungsvoller für die Zukunft war Goethes Bekanntschaft mit dem Schweizer Maler Heinrich Meyer (1759–1832), durch dessen große Kenntnis auf dem Gebiete der Kunst und »englische Güte seines Herzens« er bald nach seiner Ankunft angezogen wurde.

Literarisch tätig war in diesem Freundes- oder Bekanntenkreis nur Karl Philipp Moritz (1756–1793). Zu Hameln als Musikersohn in ärmlichen Verhältnissen geboren und aufgewachsen, wurde er Schauspieler bei Wandertruppen, Theologiestudent in Erfurt und Wittenberg, Lehrer, später zugleich

Schriftleiter der »Vossischen Zeitung«, endlich 1789 Professor für Altertumskunde an der Kunstakademie in Berlin. Moritz begab sich gerne auf Reisen, 1782 nach England, 1786 nach Italien, später nach Weimar zu regem Gedankenaustausch mit dem inzwischen gleichfalls heimgekehrten Goethe. Seine schriftstellerische Tätigkeit war recht vielseitig. Für Goethe, der sich gerade damals damit beschäftigte, die »Iphigenie« in Verse umzuschreiben, war Moritzens *Versuch einer deutschen Prosodie* (1786) eine willkommene Gabe; andrerseits erwuchs aus den Gesprächen mit Goethe Moritzens Büchlein *Über die bildende Nachahmung des Schönen* (1788), eine Darstellung der klassischen Ästhetik: Das Schöne erscheint darin gewissermaßen als Vorbild der Ordnung, die im Weltall herrscht; diese erfaßt der Künstler in seiner Seele wie in einem Spiegel und Brennpunkt und stellt sie dann an einem begrenzten Stoffe dar. Noch vor den ästhetischen Schriften schuf Moritz das erste deutsche Schicksalsdrama (»Blunt oder der Gast«, 1781), bewährte er sich als Reiseschriftsteller (»Reise eines Deutschen in England«, 1783; »Reisen eines Deutschen in Italien«, 1792f.), gewann Bedeutung durch seine Romane *Andreas Hartknopf* (1786) und *Anton Reiser* (1785–1790), ein tiefgründiges Seelengemälde in vier Bänden, reich an autobiographischen Zügen, bestimmt durch psychische Depressionen und eine fatalistische Weltbetrachtung.

Doch zurück zu Goethe, der, von Tischbein begleitet, im Februar 1787 nach Neapel reiste, um Natur und Volk kennenzulernen, und mit diesem wie mit den neu gewonnenen Freunden, den Landschaftsmalern Kiep, Philipp und Georg Hackert, die Freuden der neapolitanischen Sinnenwelt genoß, in Paestum zum erstenmal ein echtes griechisches Baudenkmal, den Poseidontempel, sah und in Sizilien seine naturwissenschaftlichen Studien fortsetzte, vergeblich nach der Urpflanze suchend. In den Gärten Palermos holte er den Plan zu einem »Nausikaa«-Drama hervor, in dem die Tochter des Phäakenkönigs Alkinoos an ihrer unglücklichen Liebe zu Odysseus zugrunde gehen sollte, doch kam es weder jetzt noch später zu dessen Vollendung.

Das von der Insel gewonnene Bild durch die Geschichte zu ergänzen, lehnte er, um nicht dadurch aus dem friedlichen Traum aufgeschreckt zu werden, ganz entschieden ab. Anders in Rom, wo er am 6. Juni 1787 wieder eintraf. Hier war es ihm Bedürfnis, die Ruinen durch die Geschichte zu beleben. Wieder war Winckelmanns Kunstgeschichte sein treuer Führer bei dem Studium der antiken Kunstwerke, aber er wollte die zehn Monate des zweiten römischen Aufenthalts nicht bloß die Kunst genießen, sondern auch als Künstler und Dichter leben; hatte er ja doch die Absicht, die Malerei neben der Dichtung zu einem Felde seiner künstlerischen Tätigkeit zu machen. Daher begann er Architektur und Perspektive, Komposition und Farbengebung der Landschaft zu treiben, zeichnete dann Landschaften und ging zur menschlichen Gestalt über, in der ihm die Alten das höchste Vorbild der Kunst gezeigt hatten. Zwar machte er tüchtige Fortschritte, aber er blieb Dilettant und gelangte zu der ihn beruhigenden Gewißheit, daß er zum bildenden Künstler nicht geschaffen sei. Dafür trat jetzt in den Kreis seiner Interessen die Musik, und mit seinem Freunde Kayser, den er nach Rom eingeladen hatte, schenkte er nun aller Musik, die auf Theatern und in Kirchen erklang, volle Aufmerksamkeit. Denn Kayser sollte Goethe bei der Umschmelzung der Singspiele »Claudine« und »Erwin und Elmire« an die Hand gehen und die Musik zum »Egmont« komponieren.

»Iphigenie auf Tauris«

Aus dem Vollgefühle erhöhten und verjüngten Daseins sprang auch die beglückendste Kraft und Lust dichterischen Schaffens, die mitten in dem Andrang von Natur, Kunst und Leben unablässig und unbeirrt ihr still tätiges Wesen trieb. Die Umbildung der »Iphigenie« (1787), die Pläne zu der »Iphigenie in Delphi«, der »Nausikaa«, und der später zum »Großkophta« umgewandelten »opera buffa«, die Wiederaufnahme des Faust, die Umarbeitung der Singspiele, der reifende Plan des »Tasso«, das Durchdenken des »Ewigen Juden«, das stille Keimen und Gedeihen des »Wilhelm Meister« gären durcheinander und halten den Dichter in freudigster Geschäftigkeit. Zum Abschluß gebracht wurde zunächst *Iphigenie auf Tauris*. Die erste, die Weimarer Fassung, schwankte zwischen prosaischer und rhythmisch gehobener Rede; der größte Teil ließ sich mit ganz geringen Änderungen in freie Verse auflösen, und Lavater, der den ersten Entwurf durch Knebels Vermittlung kannte, hat ganz eigenwillig die Prosa in unregelmäßige jambische Verse aufgeteilt. 1781 nahm dann Goethe eine ergänzende und veredelnde Umarbeitung vor, immer noch äußerlich die Prosaform wahrend, obwohl inzwischen Lessings »Nathan« die Vorteile des jambischen Verses für Dichtungen höherer Art gezeigt hatte. Erst die endgültige Fassung, die im dritten Band von Goethes »Gesammelten Werken« (1787) erschien, ist mit Ausnahme einiger lyrischer Monologe durchaus in fünffüßigen Jamben geschrieben und rührt aus der Zeit der italienischen Reise her. Erst da ist aus der ehemaligen Skizze, wie Goethe selbst die Prosadichtung nannte, das unvergängliche Kunstwerk voll Milde und Frieden geworden, das wir bewundernd genießen.

Schon 1776, als er Charlottens Bild in künstlerischer Form festhalten wollte (»Der Falke«, »Die Geschwister«), ist Goethe der Iphigeniensage nahegetreten. Den Weg dazu bahnten ihm deren Bearbeitungen durch Gotter, dessen »Orest und Elektra« (1772) und »Merope« (1773) in Weimar aufgeführt wurden und Goethe zu den französischen und französisierenden Vorgängern führten. Trotz aller in Motiven und Szenen sich offenbarenden Zusammenhänge zwischen der französisch-klassizistischen Tragödie und der deutschen »Iphigenie« erhielt diese ihr eigentümliches Gepräge doch erst durch die Einwirkung der griechischen Tragödie, mit der sich der Dichter vor und während der italienischen Reise, zum Teil aus metrischen Gründen, an der Hand französischer Übersetzungen beschäftigte, dann auch durch den Einfluß des Zeitgeistes und des bewegten Seelenlebens des Dichters, das im Drama seinen poetischen Ausdruck fand. Des Euripides »Iphigenie bei den Tauriern« bot Goethe die Fabel und diente im allgemeinen als Vorbild für den Aufbau der äußeren Handlung, hinsichtlich der psychologischen Deutung aber folgte er Sophokles, in dessen »Philoktet« und »Ödipus auf Kolonos« er das Ideal der Humanität, das ihm für seine Iphigenie vorschwebte, verwirklicht fand. Schon die Humanisten meinten, das wahrhaft Menschliche, die unverdorbene Natürlichkeit, kurz das Menschheitsideal im Altertum zu finden. Auch für Goethe war das Griechentum der Inbegriff alles Herrlichen, Edlen und Wahren; er träumte sich in eine Welt, die nie bestanden hat, und konnte gewiß sein, mit der Zeichnung seines Menschheitsideales dem Zeitgeiste entgegenzukommen. Denn dieser schwärmte für die Humanitätsidee und reine Menschlichkeit. Wir brauchen nur den Namen Herders zu nennen und zu erinnern, daß Lessings »Nathan« in demselben Jahre erschien, in dem Goethes »Iphigenie« zum ersten Male aufgeführt wurde, um zu zeigen, wie nah diese dem »Zeitgeist« verwandt ist. Antik und modern mußten die Zeitgenossen auch die Idee der Freundschaft empfinden. Von Achilles und Patroklos zu Homers Zeiten bis auf Alexander und Hephästion und weiter im griechischen Leben ist das Ideal der Jünglings- und Männerfreundschaft verwirklicht und auf der Bühne dargestellt worden, und gerade zu Goethes Zeiten entzündete jene gegenseitige Schwärmerei unter Jünglingen, wie sie die Moralphilosophie eines Shaftesbury nach Deutschland verpflanzte, alle Herzen.

Verbinden so die Humanitäts- und die Freundschaftsidee Goethes Drama mit der Antike und dem Zeitgeiste, so ist die dritte der sittlichen Ideen, auf denen dessen innere Handlung sich aufbaut, antik und zugleich der Ausfluß persönlichen Empfindens. Die geschlechtliche Liebe spielt in den antiken

Bühnenstücken eine geringe Rolle, dagegen erscheint die reine Geschwisterliebe dem Altertum, das die Familienbande streng und fest knüpfte, viel wesentlicher als selbst die aufopfernde Gattenliebe. Feinsinnig hat daher Goethe die Antike dadurch nachempfunden, daß er die Schwesterliebe als beseelendes Element der Handlung beigesellte, dagegen auf Liebesepisoden, wie sie in einigen jener französisch-deutschen Iphigeniendramen eingeflochten sind, verzichtete und nur das Motiv der Werbung des Thoas aus ihnen herübernahm.

Indem Goethe die Schwesterliebe zur treibenden Kraft des Ganzen machte, hat er sich wieder mehr den Dramen des Sophokles (Antigone) als denen des Euripides angeschlossen, bei dem das seelische Verhältnis der beiden Geschwister nicht hervortritt und Orests Entführung nur als ein außerhalb des Stückes liegendes Mittel erscheint. Zugleich verband Goethe durch die Darstellung des heilenden Einflusses der edlen Schwester auf den Bruder das Drama auch mit seinem Herzen. So ist die schwesterliche Liebe der Priesterin zu Orest aus Goethes Seele, aus seiner Liebe zu der angebeteten Frau von Stein ausgeströmt. Natürlich hat er als wahrhafter Dichter die rein persönlichen Erlebnisse verallgemeinert und idealisiert, und er war daher sehr betroffen, als ihm der Maler Tischbein, dem er in Rom das Drama vorlas, offenbarte, was er bei dessen Abfassung darin empfunden und darin verschleiert habe.

Nach alledem ist es bei der von Goethe erstrebten Durchdringung müßig, zu entscheiden, ob wir in seiner »Iphigenie« mehr eine deutsche oder mehr eine griechische Tragödie vor uns haben. Schiller bezeichnete sie als »erstaunlich modern und ungriechisch«, und Goethe selbst nannte sie, als man daran ging, sie auf die öffentliche Bühne zu bringen, »verteufelt human«. Sie ist weder griechisch noch deutsch, sondern human, und ihr bleibender Wert besteht darin, daß es dem Dichter gelang, einen dem Altertum entlehnten Stoff so zu behandeln, daß an ihm das allgemein Menschliche, also das für alle Zeiten Gültige, klar und deutlich vor Augen tritt. Wir sehen im Drama weder Griechen noch Deutsche, sondern Gestalten einer reineren Welt in dem sanften Lichte abgeklärter Empfindung dahinleben; gemeinsam ist ihnen allen die reine Menschlichkeit, die nach des Dichters Wort alle menschlichen Gebrechen sühnt.

Bei Euripides gibt es nur eine äußere Handlung. Der Raub des Bildes der Artemis, der vom Orakel als Bedingung der Befreiung des Orestes vom Fluche gefordert wird, bildet die Hauptsache. Durch eine List weiß Iphigenie, nachdem sie den Bruder und dessen Freund erkannt hat, den Raub zu bewerkstelligen. Die Griechen kommen mit dem Bilde auf die hohe See, werden aber durch widrige Winde an den Strand zurückgetrieben. Durch einen Machtspruch der Athene wird nun

Thoas aufgefordert, die Griechen ruhig ziehen zu lassen. Es sollte ja eine Kultussage, die Einführung des Artemisdienstes in Athen durch die Göttin selbst, dargestellt werden.

Der deutsche Dichter hat die Förderung der äußeren Handlung von Seelenvorgängen abhängig gemacht und durch diese den Konflikt in künstlerischer Weise gelöst: Iphigenie, sehnsüchtig nach der Rückkehr in das Vaterland verlangend, obliegt »mit stillem Widerwillen« dem Dienste der Göttin, ihrer »Retterin«. Thoas läßt die gottgeschenkte Jungfrau ruhig im Tempel walten und sich in vielem von ihr lenken. Als er aber seinen Sohn, den Thronerben, im Kampfe verliert, begehrt er die Priesterin zur Gattin. Willigt sie ein, so ist für sie die Möglichkeit der Heimkehr für immer ausgeschlossen. Diese Sorge bringt sie dazu, dem König ihre bisher verborgen gehaltene Herkunft zu enthüllen, in der Hoffnung, er werde vom Verlangen abstehen. Der König aber bleibt bei seinem Begehren und verlangt Iphigenie, falls sie die Rückkehr nicht mehr hoffen kann, zum Weibe. Die seit ihrer Ankunft beseitigten Menschenopfer sollen wiedereingeführt werden, und mit zwei soeben eingefangenen Fremdlingen soll sie, die Priesterin, den alten Brauch erneuern. Steht sie schon von vornherein mit ihrem Herzen auf Seite der dem Tode Geweihten, so wächst dieses Mitleid stufenweise durch deren allmähliche Erkennung, bis sie endlich ihr Schicksal mit dem des wiedergefundenen Bruders unlöslich vereint. Von da an tritt sie mit ihm und Pylades in einen neuen Gegensatz zu Thoas: Es gilt nicht mehr, bloß die Fremden zu retten; mit ihnen vereint, ist sie bereit, dem König das heilige Bild der Göttin zu entführen. Damit aber gerät sie in einen scharfen Kampf mit ihrer eigenen Natur. Sie befreit sich durch die Wahrheit und leitet damit die Lösung ein; sie zeigt dem König die Möglichkeit ihrer Heimkehr, und er würde sie gestatten, wenn ihm nicht zugleich das Bild entführt werden sollte. Allein wie in ihr die Wahrheit gesiegt hat, so ist Orest durch die gewonnene Läuterung zur Klarheit gelangt; nicht das Bild der Göttin, die lebende Schwester ist es, die er in die Heimat führen soll. Da ist für Thoas der Augenblick gekommen, sein gegebenes Wort zu lösen; er drängt sein eigenes Begehren zurück und entläßt die Geschwister.

Damit ist das Ziel der äußeren Handlung erreicht, und zwar nicht durch eine Intrige oder einen Götterspruch, sondern durch die seelische Verfassung der handelnden Personen. Die Hauptsache dabei, oder wie der Dichter selbst sagt, die »Achse des Stückes« ist die Heilung des Orest von seinem Wahnsinn. Von ihr hängt Iphigenies Rückkehr in die Heimat, von ihr die seelische Besiegung des Thoas und die spätere Entsühnung des ganzen Tantalidengeschlechtes in Hellas ab. Die Läuterung Orests konnte sich nur im Innern vollziehen, und es war daher für den Dichter eine schwierige Aufgabe, sie dramatisch glaubhaft darzustellen. Orests Muttermord war nach antiker Weltanschauung unvermeidlich; göttliches und menschliches Recht legten ihm die Pflicht der Blutrache auf; auch Iphigenie dachte nicht anders; aber doch lehnt sich ein »Gott in seinem Busen«, ein ungeschriebenes Gesetz in ihm dagegen auf, und wie er die Tat nur widerwillig getan, wie »in der Mutter heiliger Gegenwart der Rache Feuer in sich zurückgebrannt war«, so erfaßt ihn nun »in der ewigen Betrachtung des Geschehenen« die furchtbare Gewalt des Zweifels. Diese entsetzliche Unruhe, diese qualvollen Zweifel, das sind die Erinyen, die unerbittlichen Rächer des verletzten Naturrechtes. Nur eine kann ihm Ruhe und Gewißheit geben, Iphigenie; das will nach Goethes Auffassung das Orakel, das ihm in Taurien Befreiung von den Erinyen versprach. Denn seit vielen Jahren, unberührt von den Sünden der Welt, im Tempel lebend, ist sie fähig, ihren Bruder von der verzeihenden Liebe der Gottheit zu überzeugen. Vor der Reinheit und dem Gebete der Priesterin ergreift der Dämon des Zweifels, der in seiner Brust wohnte, die Flucht, es schwindet die Umdüsterung seiner Sinne, und zum ersten Male genießt er »mit freiem Herzen« reine Freude in den Armen der Schwester.

Es löset sich der Fluch, mir sagt's das Herz,
Die Eumeniden ziehn, ich höre sie,
Zum Tartarus und schlagen hinter sich
Die ehrnen Tore fernabdonnernd zu.
Die Erde dampft erquickenden Geruch
Und ladet mich auf ihren Flächen ein,
Nach Lebensfreud und großer Tat zu jagen.

Bleibt bei der dramatischen Darstellung der seelischen Vorgänge, die in Orest sich vollzogen haben, immer noch etwas Geheimnisvolles übrig, so sind wir über den anderen seelischen Vorgang, der zur Fortführung und Lösung sehr förderlich war, ganz im klaren. Es ist der Seelenkampf Iphigeniens gegen das in ihr aufsteigende Böse. Iphigenie soll nach dem Rate der Freunde dem ihnen die Rückkehr verweigernden König mit List begegnen. Es ist die List des Euripides. Ein furchtbarer Kampf erhebt sich in ihrer Seele: Die Hoffnung auf die Heimkehr und die Täuschung des Königs stehen auf der einen, die Reinheit ihrer Seele und Verzicht auf die Stellung auf der anderen Seite. Da fühlt sie, die Titanin, den Fluch ihres Geschlechtes auch auf sich lasten, der Götterhaß ihrer Ahnen faßt auch ihre »zarte Brust mit Geierklauen« an und äußert sich im Parzenliede. Das Bild der hohen Olympier verdüstert sich in ihrer Seele. »Rettet mich und rettet euer Bild in meiner Seele!« Dieses Bild aber, das die hohe und reine Seele Iphigeniens sich geschaffen hat, ist nicht griechisch, nicht deutsch, es ist human und beinahe christlich. So hofft Iphigenie, durch ein reines, dem Dienste der Gottheit geweihtes Leben das fluchbeladene Haus mit dem Beistand der Götter zu entsühnen, und sie bekennt dem Könige die volle Wahrheit:

Ich werde großem Vorwurf nicht entgehn,
Noch schwerem Übel, wenn es mir mißlingt;
Allein Euch leg ich's auf die Knie! Wenn
Ihr wahrhaft seid, wie Ihr gepriesen werdet,
So zeigt's durch Euren Beistand und verherrlicht
Durch mich die Wahrheit!

Groß denkt Iphigenie von ihrem Fürsten, einem ihr blutsfremden Mann; und als er ihr höhnisch erwidert, vergeblich hoffe sie, daß der Barbar »die Stimme der Wahrheit und der Menschlichkeit« höre, ruft sie aus:

Es hört sie jeder,
Geboren unter jedem Himmel, dem
Des Lebens Quelle durch den Busen rein
Und ungehindert fließt.

Auch Thoas kann ihr sein Herz nicht weiter verschließen; er läßt die Rückkehr zu. Aber Iphigenie kann ihn nicht unwillig zurücklassen; wie schon vorher Orest nicht nur für sich, sondern für alle Fremden mit dem König kämpfen wollte, so denkt Iphigenie nicht nur an sich: Zwischen den Skythen und den Griechen soll ein Bund gegenseitiger Gastfreundschaft geschlossen werden, durch den der Gegensatz der Barbaren mit den Griechen überwunden wird und ein einigendes Band von Mensch zu Mensch alle vereinigt.

Als Goethe 1786, »das Land der Griechen mit der Seele suchend«, nach Süden gefahren war und auf der Reise nach Rom und in Rom selbst in Berührung mit der jahrtausendealten Kultur der »Iphigenie«, seinem »Schmerzenskinde«, die vollendete Fassung gegeben hatte, glaubte er mit Recht, sich selbst genuggetan zu haben. Nicht so dachte man in Weimar und im übrigen Deutschland; »marmorglatt und marmorkalt« wurde das Drama gefunden; man hatte von Goethe ein Drama in der Art des »Götz« erwartet, und nicht alle Kritiker waren so einsichtig wie Schiller, wenn er schrieb: »Iphigenie dient zum lebendigsten Beweise, wie groß Goethes schöpferischer Geist auch im größten Zwang der Regel bleibe, ja wie er diesen Zwang selbst zu einer neuen Quelle des Schönen zu verarbeiten verstehe.« Die große Masse konnte sich in das »Seelendrama« nicht finden und war einigermaßen verblüfft, den einstigen Revolutionär auf so sanften, gesitteten Pfaden wandeln zu sehen. Zuerst kam die »Iphigenie« in Wien auf die öffentliche Bühne (1800), in Weimar aber, wo die Erstaufführungen auf der Liebhaberbühne so großen Erfolg gehabt hatten, sogar zwei Jahre später, und zwar auf Betreiben Schillers, denn Goethe ließ das Stück liegen, da er zweifelte, ob ihm Schauspieler und Publikum gewachsen wären. Und wenn sich auch unter Einwirkung des wachsenden Verständnisses die »Iphigenie« allmählich alle deutschen Bühnen eroberte, so ist sie doch nie ein »Kassen- und Zugstück« geworden. Man hat dem Drama Mangel an Handlung vorgeworfen, und gewiß überwiegt die innere, die Schiller mit Recht als »Seele« bezeichnet, aber neben ihr ist genug äußere vorhanden, obwohl das Drama mit seiner strengen Beobachtung der drei aristotelischen Einheiten den ruhigen Charakter der klassizistischen Tragödie bewahrt.

»Egmont«

Dem Abschluß der »Iphigenie« folgte die Vollendung des *Egmont.* Sein Thema hatte Goethe schon in der Sturm-und-Drang-Zeit angeschlagen, es mit nach Weimar genommen und ihm 1782 erstmals Form gegeben. Die Umarbeitung machte ihm, da jetzt vor seiner Seele das klassische Kunstideal stand, Schwierigkeit; aber sie gelang, mögen auch die Prosa der Darstellung und die Stimmungsbilder an die Zeit des »Götz« erinnern. Durch diesen mit dem 16. Jahrhundert vertraut, fand er in den zwei Dekaden des Jesuiten Strada »De bello Belgico« (1632) und in der hochdeutschen Übersetzung der Beschreibung des niederländischen Krieges von Emanuel von Meteren den Stoff zu seinem »Egmont«. »Kein Stück«, sagt er, »habe ich mit mehr Freiheit des Gemütes und mit mehr Gewissenhaftigkeit vollendet als den Egmont.« Daher war er durch die laue Aufnahme und die verurteilende Kritik schmerzlich berührt. Besonders harten Tadel erfuhr das Drama in der Jenaer »Allgemeinen Literaturzeitung« (1788) durch Schiller, der bei aller Anerkennung der Wärme und der Einsicht, mit der die meisten Charaktere gezeichnet seien, die Abweichung von dem historischen Egmont rügte und den Schluß des Stückes als einen »Salto mortale« in die Opernwelt bezeichnete. Es ist kein Zweifel, daß die Aufführung des Dramas unter dem Eindruck dieser Kritik anfangs gelitten hat. Erst 1791 kam es in Weimar auf die Bühne, ohne sich zu halten, während sich die auf Goethes Wunsch durch

Schiller vollzogene, mehr theatralische als poetische Bearbeitung des Dramas auf vielen Bühnen einbürgerte; allmählich aber brach sich der Originaltext Bahn; 1810 wurde er im Wiener Burgtheater aufgeführt, und von da eroberte er sich die meisten deutschen Bühnen. Seine volle Wirkung erzielte das Drama erst durch Beethovens herrliche Egmontmusik (1810), die mit der Dichtung sich aufs innigste verwebt, um das Unsagbare zu sagen.

Der Beifall, den das Drama allmählich fand, rückte es auch Goethe selbst wieder näher, und in der Erzählung seines Lebens hat er in stillschweigender Polemik gegen Schiller sich über die Auffassung seines Egmont ausgesprochen.

Als einen Märtyrer der Freiheit betrachteten die Niederländer den ihnen entrissenen Liebling Egmont; an seiner Leiche flammte der Haß gegen Spanien aufs neue auf, und als Blutzeuge der Freiheit gewann er auch zunächst die Teilnahme des Dichters, der kurz vorher den Geist der Freiheit in seinem »Götz« verherrlicht hatte. »Freiheit« ist das letzte Wort der beiden Helden, von denen jeder im Kampf mit feindlichen Gewalten erliegt. Nicht minder aber zog den Dichter das Dämonische an, das ihm in Egmonts Charakter und Schicksal zu walten schien, jene unerklärliche, die sittliche Weltordnung und vernunftgemäße Entwicklung durchkreuzende Macht, die den Menschen in seinen Entschlüssen bestimmt, in seinen angeborenen Trieben und Kräften bestärkt, in seinem Selbstvertrauen und Eigenwillen verblendet und auf gefährlichen Pfaden bald zu wunderbarem Erfolge führt, bald in jähen Untergang stürzt. »Nur muß der Mensch auch wiederum gegen das Schicksal recht zu behalten suchen.« Das Problem der Wechselwirkung zwischen Willensfreiheit und Schicksalsbestimmung beschäftigte den Dichter gerade in der letzten Frankfurter Zeit, als er sich, entgegen seinen festen Vorsätzen, in die Liebe zu Lili verstrickt fühlte und sich vergebens loszureißen suchte.

Um aber den geschichtlichen Helden zu einem möglichst getreuen Bilde seiner selbst machen zu können, wandelte er den in reiferem Alter stehenden Familienvater in einen jugendlichen Mann um, der ein bürgerliches Mädchen liebt, lieh ihm Charakterzüge und Gesinnungen, die er selbst besaß, die Lebenslust, das Zutrauen zu sich selbst, die Gabe, alle Menschen anzuziehen, den Zauber einer Persönlichkeit, dem sich das Volk, der Adel, die Frauen, von der Tochter des Volkes bis zur Regentin, ja selbst der Sohn des Feindes nicht entziehen kann, erhöhte ins Grenzenlose die Eigenschaften des geschichtlichen Egmont, die ihn zum Abgott der Soldaten und des Volkes machen, und ließ alles weg, was die menschlich-ritterliche Größe beeinträchtigen konnte. »Persönliche Tapferkeit« nennt der Dichter dieses Übermaß der Vorzüge, die den Helden auszeichnen und seine bis zum Leichtsinn sich steigernde Sorglosigkeit als Ausfluß seines Kraft- und Unschuldsgefühls sowie seiner optimistischen Lebens- und Weltauffassung erscheinen lassen. »Er kennt keine Gefahr und verblendet sich über die größte, die sich ihm nähert.« Diese dämonische, alle Klugheit verachtende Sorglosigkeit allein ist es, die Goethes Egmont ins Verderben treibt und seine tragische Schuld bildet. Nicht an den Verstand wendet sich Goethe, sondern unser Herz will er rühren; nicht weil Egmonts Taten ihn begeisterten, sondern weil er in ihm sich selbst wiederfand, wurde er der Held eines Dramas.

Wie Gretchen ist auch Klärchen, Egmonts weibliches Gegenstück, eine nicht durch die Überlieferung dargebotene, sondern aus dem künstlerischen Bedürfnis und zugleich aus den Erfahrungen des Dichters erwachsene Schöpfung. Naivität, Freiheit, Mut und Trost sind die Eigenschaften, die er Gretchens älterer Schwester verleiht. Wie Egmont folgt sie nur der Stimme der Natur, dem Triebe ihres liebenden Herzens, ohne zu erwägen und um die Zukunft zu sorgen, überläßt sich ihre Frohnatur dem Genuß des Augenblicks und hört ebensowenig auf die Warnungen der Mutter als Egmont auf die seiner Freunde. Und wie Klärchen blickt auch Ferdinand in schwärmerischer Bewunderung zu Egmont auf, dadurch dessen Glanz erhöhend. Ferdinands menschlich-weise Gesinnung widerstreitet dem düsteren, harten Wesen seines Vaters Alba, des Gegners Egmonts. Goethes Alba ist nicht, wie der Schillers, ein Bösewicht, sondern Vertreter einer an sich begründeten Anschauung. Nur weil er überzeugt ist, daß das wahre Glück eines Volkes in der Unterwerfung unter den Willen des Königs bestehe, bleibt er auf seinem Standpunkte und verurteilt Egmont, der die individuelle Freiheit, die sein Lebenselement ist, auch für sein Volk mit Wärme verficht. Die Szenen, in denen uns der Dichter einen Blick in die Stimmungen des Volkes werfen läßt, sind künstlerische Höhepunkte des »Egmont« und haben auch Schillers Bewunderung erregt. Wie fein weiß hier Goethe die einzelnen Gestalten, die aus der Masse auftauchen, zu zeichnen und bis in die kleinsten Züge hinein lebenswahr darzustellen. Doch dient die Freiheitsbewegung der Niederländer dem Dichter nur als wirkungsvoller Schauplatz und Hintergrund für den Helden, in dem er seine dramatische Idee verkörpern will, und es lag ihm fern, eine politische Tragödie oder überhaupt ein historisches Drama zu schreiben. Daher wird, um das ganze Interesse dem blind auf sein Recht vertrauenden Egmont zuzuwenden, Graf Horn gar nicht erwähnt, und die Persönlichkeit des geschichtlich bedeutsamen Oranien nur eingeführt, damit er als staatsmännisch berechnender Politiker den Freund warne und von seiner Verblendung befreie, und es wirkt ergreifend, wenn dieser reine Verstandmensch weint, als Egmont sich nicht warnen läßt, sondern erklärt: »Dieser Mann trägt seine Sorglichkeit in mich hinüber; – weg! das ist ein fremder Tropfen in meinem Blute. Gute Natur, wirf ihn wieder hinaus!«

»Torquato Tasso«

Nicht ganz zu Ende gebracht wurde in Italien das Schauspiel *Torquato Tasso*, doch immerhin so weit, daß man es zu den reichen Früchten der Reise zählen und deshalb hier schon einschalten darf. Der Abschied von Rom versetzte Goethe in die geeignete Stimmung, und als dann auf der Rückreise die Lust- und Prachtgärten von Florenz das Gefühl der Wehmut in ihm aufs heftigste weckten, begann er mit der Niederschrift des zweiten Tasso, und zwar jener Stellen, die ihm »im Augenblick zunächst lagen« und den Schluß des fünften Aktes bilden. »Wie mit Ovid dem Lokal nach, so konnte ich mich mit Tasso dem Schicksal nach vergleichen. Der schmerzliche Zug meiner leidenschaftlichen Seele, die unwiderstehlich zu einer unwiderruflichen Verbannung hingezogen wird, geht durch das ganze Stück.« Erst in Weimar wurde das Drama 1789 vollendet.

»Merken Sie nicht, wie die Liebe für ihren Dichter sorgt?« So schrieb Goethe-Tasso am 25. März 1781 an Frau von Stein, und als er die letzte Hand an das Drama legte, war der Liebesbund aufgelöst. Goethe war ein anderer geworden; mit Tasso-Gefühlen hatte er das Drama einst begonnen, mit Antonio-Empfindungen kehrte er aus Italien zurück. Er war vorsichtig, ernst und gereift in seinem Urteile und wurde wegen seiner Zurückhaltung von manchem für kühl und feindlich gehalten. Goethe konnte denen, die so urteilten, nicht unrecht geben und hat sich in der Antoniorolle gewiß nicht geschont. Aber während er dem Tasso in der Prinzessin einen Anwalt gab, fand er selbst in Charlotte von Stein nicht den gewünschten Verteidiger. Dafür belohnte ihn der Beifall des Herzogs und der Herzogin Luise, und an sie und Karl August ist so manches Wort gerichtet. Mit künstlerischer Weisheit verschmolz Goethe Ferrara und Weimar zu einem Idealbild. Und wie die »Iphigenie«, so durchweht auch den »Tasso« der Geist des 18. Jahrhunderts; auch hier begegnen wir Gestalten reinster und edelster Menschlichkeit, die mit dem geistigen Reichtum des Humanismus zugleich das sittliche Ideal wahrer Menschlichkeit und Gesittung, wie es Goethe sich gebildet hatte, verkörpern.

Da ist Herzog Alfons das Musterbild des hochgesinnten, kunstbegeisterten Fürsten der Renaissance; den großen Zug, der durch sein Reden und Handeln geht, die Gabe, die Menschen zu unterscheiden und an die rechte Stelle zu setzen, die Gerechtigkeit und Milde, die Bewunderung des Genius und das uneigennützige Mäzenatentum entnahm der Dichter wohl dem Charakter seines fürstlichen Freundes, eigen aber ist Alfons bei aller Milde eine vornehme Zurückhaltung, vor der selbst die Schwester sich scheut. Deren einstiges Urbild war, wie wir wissen, Charlotte von Stein, aber auch der trübe Ernst und der hohe Sinn der Fürstin Luise kamen der Prinzessin Leonore zugute; Vornehmheit und Reinheit des Herzens ist ihr Grundcharakter. Mit Menschenkenntnis ausgestattet, milde im Urteil, wie die hohen Damen der Renaissance durch »die Kenntnis alter Sprachen und des Besten, was uns die Vorwelt ließ«, ausgezeichnet, versteht sie sich auf die Kunst des Unterhaltens, aber auch auf die noch schwerere, verständig zuzuhören. Schwere Krankheit und Einsamkeit haben schon in ihrer Jugend das Empfindungsleben gesteigert, und ein melancholischer Zug ist ihrer Lebensanschauung geblieben. Die Prinzessin liebt den Dichter wie den Menschen Tasso; aber sie begehrt nicht mehr als den geistigen Verkehr. Seinem Grundsatze »Erlaubt ist, was gefällt«, setzt sie den ihren »Erlaubt ist, was sich ziemt« entgegen.

Vorbilder für Leonore Sanvitale, diese feine, zierliche und vornehme Dame der großen Welt, mochte Goethe in der thüringischen Residenz (in der Gräfin Werthern auf Neunheiligen) und in der Nachbarschaft genug finden. Die tiefe Empfindung, die die Prinzessin für Tasso hegt, ist ihr fremd; nicht der Mensch, sondern der Dichter Tasso, der sie verherrlichen soll, wird von ihr geschätzt.

Wie reizend ist's, in seinem schönen Geiste
sich selber zu bespiegeln. Wird ein Glück
Nicht doppelt so groß und herrlich, wenn sein Lied
Uns wie auf Himmelswolken trägt und hebt?

Darum findet sie es »vorteilhaft«, den Genius zu bewirten. Dieser Zug der Eitelkeit und Ruhmsucht, meisterhaft der Natur abgelauscht, verschiebt das Bild, das der Dichter von ihren trefflichen Eigenschaften entwirft. Doch gerade ihr legt Goethe nebst anderen herrlichen Gleichnissen und Bildern jene erhabene Schilderung des Dichters in den Mund:

Sein Auge weilt auf dieser Erde kaum;
Sein Ohr vernimmt den Einklang der Natur;
Was die Geschichte reicht, das Leben gibt,
Sein Busen nimmt es gleich und willig auf.
Das weit Zerstreute sammelt sein Gemüt,
Und sein Gefühl belebt das Unbelebte.
Oft adelt er, was uns gemein erschien,
Und das Geschätzte wird vor ihm zu nichts.

Dem Fürsten zur Seite steht Antonio Montecaltino, Tassos vollkommenes Gegenspiel, von dem die Gräfin Leonore mit Recht sagt:

> Zwei Männer sind's, ich hab es lang gefühlt,
> Die darum Feinde sind, weil die Natur
> Nicht einen Mann aus ihnen formte.

Aus dem Neider oder Rivalen seiner Quelle hat Goethe einen erfahrenen Staatsmann gemacht, der nicht dem Dichter, sondern dem weltunkundigen Jüngling Tasso gegenübertritt, der Mann der Tat dem phantasievollen Künstler, das Leben dem Traum. Der Staatsmann findet den Platz, den er in mühsamer, von großen Erfolgen gekrönter Arbeit verdient zu haben glaubt, von einem »Müßiggänger« besetzt, Lorbeer und Frauengunst ihm von einem »Dichter« vorweggenommen; daher sein Ärger, Zorn und Neid, der ihn zu einem unwürdigen, übereilten Auftreten treibt. Aber bald bereut er, daß er sich »so ohne Maß verlor«, und als Tasso in seinem Unglücke haltlos von einer Empfindung zur andern schwankt, ist er bereit, ihn zu stützen und zu leiten.

Was diese beiden Männer vereint darstellen, den Mann der Pflicht und der Empfindung, das hat der auch im Wollen unbändige Tasso in sich zu vereinigen gesucht. Nicht das absichtsvolle Lob Ariosts, nicht die hämischen Worte Antonios haben ihn so aufgeregt, sondern die »sichern Worte des erfahrnen Mannes«, bei deren Klange er vor sich selbst versank, aus Furcht, »Wie Echo an dem Felsen zu verschwinden, ein Widerhall, ein Nichts mich zu verlieren«. Dem eben noch bekränzten Dichter dünkt nun sein Dichten nichts, die Tat alles. So gräbt sich jeder Eindruck tief in seine Seele ein, er wird ein Spielball der sich drängenden Empfindungen. Galt ihm sein Lied als unvollkommen und unvollendet, ein Wort des Herzogs macht es tadellos; maßlos entzückt ihn die Bekränzung, und gleich darauf verliert er bei Antonios Kritik das Selbstgefühl; dann wieder steigert die ihm zur Gewißheit gewordene Zuneigung der Prinzessin seine Stimmung zu einem Hochgefühl, in dem er, da die Prinzessin es wünscht, stürmisch Antonio um seine Freundschaft bittet. Gleich darauf erfolgt durch die Ablehnung Antonios, durch den Streit und die Bestrafung ein so jäher Umschwung, daß er Kranz und Degen von sich legt, als schiede er aus dem Leben. Dies alles führt eine seelische Verdüsterung Tassos herbei, die ihn hindert, die Geschehnisse unbefangen zu beurteilen. Immer tiefer bohrt er sich in seinen Schmerz hinein, und als ihn nun die Prinzessin ihrer unveränderten Gunst versichert und bittet, bei ihr zu bleiben, da sieht er die Grundlosigkeit seiner Phantasiegebilde ein, und sofort schlägt seine Stimmung aus der tiefsten Trauer in die höchste Seligkeit um. Er glaubt, in den Worten der Prinzessin die Stimme der Liebe zu hören, schließt sie entzückt in die Arme, um bald darauf, von ihr zurückgestoßen, sie eine Buhlerin zu schmähen. Er beruhigt sich zwar wieder, und für den Augenblick ist Antonio der Fels, an den der Scheiternde sich klammert, aber der Mensch und Dichter ist vernichtet. Freilich tröstet sich Tasso mit seiner Dichtergabe:

> Die Träne hat uns die Natur verliehen,
> Den Schrei des Schmerzens, wenn der Mann zuletzt
> Es nicht mehr trägt – Und mir noch über alles –
> Sie ließ im Schmerz mir Melodie und Rede,
> Die tiefste Fülle meiner Not zu klagen:
> Und wenn der Mensch in seiner Qual verstummt,
> Gab mir ein Gott, zu sagen, wie ich leide.

Völlig aber verkennt die Absicht Goethes, wer aus diesen trostreich klingenden Versen die Hoffnung auf ein zukünftiges Wiederaufleben des armen Schiffbrüchigen schöpft. Gewiß wird er noch weiter singen von seinem Menschen- und Dichterleid, aber es werden Töne des Schmerzes und der Qual sein. Nachdem er Ferrara, das ihm die Welt war, verloren und das zarte Verhältnis zur Prinzessin, seinem Lebensideale, zerstört hat, ist es zu Ende mit seiner Kraft, zu leben und zu schaffen. Auch Antonio kann ihn nicht retten, ja er, der große Menschenkenner, hält eine Rettung Tassos für unmöglich, denn

Die letzten Enden aller Dinge will
Sein Geist zusammenfassen; das gelingt
Kaum einem unter Millionen Menschen,
Und er ist nicht der Mann; er fällt zuletzt,
Um nichts gebessert, in sich selbst zurück.

So erscheint in dem dramatischen Gemälde Goethes der Zusammenbruch Tassos als das letzte Glied einer eng verknüpften Kette von Leiden, für die er, obgleich die angeborene Reizbarkeit und äußere Umstände ihn entschuldigen, die ideelle Verantwortung trägt. Im wesentlichen hat ihm Goethe die Züge des historischen Tasso (1544–1595) gegeben, den ein krankhaftes, zeitweilig bis zum Wahnsinn gesteigertes Mißtrauen gegen sich und die Welt als Flüchtling durch die Welt trieb, bis in dem Augenblick, da ihm die Dichterkrönung auf dem Kapitol in Aussicht stand, ein erschütternder Tod seinem Leben ein Ende machte. Doch bleibt im Drama über die äußeren Schicksale Tassos ein Schleier gebreitet, durch den uns nur hier und da ein ahnender Durchblick gestattet ist; denn Goethe wollte die Leiden eines Dichters überhaupt darstellen, den Segen und den Fluch des Genies, die göttliche und die zerstörende Macht der Phantasie, die unheimliche Verwandtschaft zwischen Genie und Wahnsinn oder, wie er selbst sagt, »die Disproportion des Lebens mit dem Talente«. Unter Goethes Beifall nannte der französische Kritiker Jean-Jacques Ampère den »Tasso« einen gesteigerten »Werther«. Die grenzenlose Reizbarkeit, die Nachgiebigkeit gegen die Schwächen, die Verzärtelung des Herzens, die Liebesleidenschaft erschöpfen hier wie dort die Kraft des Mannes. In seinem »Tasso« hat Goethe, wie er selbst verrät, sich künstlerisch von quälenden Zuständen befreit, und darum sind der Jugendroman wie das Drama als Warnungen des Dichters an sich selbst aufzufassen, Warnungen vor dem Übermaß des Subjektivismus. In dieser Absicht hat er auch in beiden Fällen den Konflikt über das Selbsterlebte hinaus bis zum tragischen Ende gesteigert und, obschon er in verwandten Kämpfen Sieger blieb, das Schicksal Tassos bis zum völligen Scheitern dargestellt.

Den seelischen Erlebnissen Tassos gegenüber tritt die äußere Handlung fast ganz zurück. Alles, was sich hier ereignet, ist nur die notwendige Folge eines einzigen äußeren Geschehnisses: der Dichterkrönung Tassos, gerade wie in der »Iphigenie« alles aus der einen Tatsache herfließt, daß Orest in die Nähe seiner Schwester gelangt. Die bestimmende Handlung ist gleich an den Anfang gestellt, und einzig dadurch, daß die Charaktere ihr Wesen aussprechen, vollenden sie das erschütternde Drama. Dies hat eine so außerordentliche Konzentration der Handlung zur Folge, wie kein zweites Werk Goethes und wenige Dramen überhaupt sie besitzen. Die Einheit des Ortes ist nur innerhalb der einzelnen Akte, die der Zeit aber durchaus strenge gewahrt; zwischen Sonnenaufgang und Sonnenuntergang spielt die ganze Tragödie des unbändigen Dichterherzens sich ab.

Was aber bedeutet diese äußerliche Vollkommenheit neben der Kunst, mit der jedes Wort vermieden wird, das nicht die eigentliche Handlung, die Selbstvernichtung Tassos, förderte, und zugleich doch kein Wort, das nicht auf weite Flächen einen blenden Lichtschein wirft! Wo sind je schönere und weisere Worte über die Sitte, die Tätigkeit des Staatsmannes, über tiefe Probleme des Lebens und der Geschichte und vor allem über die Poesie gefallen als in dem Kreise jener hochgebildeten Menschen? Immer gleich bleibt sich die schöne, mit Bildern, die die italienische Landschaft, die Gedankenwelt der Renaissance, die Poesie Tassos widerspiegeln, durchsetzte, innere Erlebnisse sentenzartig ausprägende Sprache. Der weiche und wunderbar geschmeidige Vers, der, zwar nicht musikalischer als in der »Iphigenie«, aber individueller, jedem Charakter und jeder Situation elastisch sich anpaßt, vollendet das Wesen des idealistischen Kunstwerkes. Freilich erschließt es seine Herrlichkeit nur dem Auge, das den Reiz der großen, einfachen Linien zu fühlen fähig ist, dem groben Sinn, der es belastet, vermag es nichts von seinem tiefen Gehalte zu offenbaren. Deshalb stehen dem »Tasso« die Darsteller auf der Bühne und die Zuschauer meist ratlos gegenüber, und er erweist sich für das wahre Verständnis als eines der schwierigsten unter allen Werken Goethes.

Erst 1807 beschritt »Tasso« die Bühne in Weimar, während im Osten Preußen mit den Franzosen um seine Existenz rang. Der Beifall aber, den das Stück in Weimar, später auch in Berlin (1811), Wien (1816), Leipzig und Dresden fand, ist von keiner Dauer gewesen. Denn was das Publikum von der Bühne verlangt, rasche Entwicklung und spannenden Fortschritt der Handlung, fehlt dem Stück, und all die außerordentlich zarten Schönheiten, die uns bei der Lektüre wie auf weichen, bunten Wolken in eine andere Sphäre heben, können auf der Bühne nur abgeschwächt oder gar hemmend zur Wirkung kommen. Im ganzen gilt daher noch immer in bezug auf die Zahl und die Wirkung der Tasso-Aufführung, was der greise Dichter als seine Erfahrung nicht ohne Bitterkeit 1825 zu Eckermann aussprach: »Hier in Weimar hat man mir wohl die Ehre erzeigt, meine ›Iphigenie‹ und meinen ›Tasso‹ zu geben; allein wie oft? Kaum alle drei bis vier Jahre einmal. Das Publikum findet sie langweilig. Sehr begreiflich. Die Schauspieler sind nicht geübt, die Stücke zu spielen, und das Publikum ist nicht geübt, sie zu hören.«

DER JUNGE SCHILLER

ELTERNHAUS UND KINDHEIT

Am 23. April 1788 schied Goethe für immer von Rom, am 18. Juni abends empfing ihn sein Haus am Frauenplan in Weimar, das er seit 1782 bewohnte und zehn Jahre später vom Herzog als Geschenk erhielt. »Ich habe mich in dieser anderthalbjährigen Einsamkeit selbst wiedergefunden; aber als was? Als Künstler!« Mit diesen Worten hatte er kurz vor der Heimkehr das Ergebnis seines römischen Aufenthaltes dem Herzog Karl August angekündigt. Nicht die Ausübung der eigentlich bildenden Kunst, wie er wohl zuzeiten gewähnt, hat er als seinen Beruf erkennen gelernt, sondern als Dichter hat er sich wiedergefunden; doch was er an Hoffnungen als bildender Künstler verlor, kam dem Dichter zugute. Sein Werk gewann jene klassische Größe und Geschlossenheit, von der es allerdings später wieder Abstand nahm. Die klassische Form war eben für den alten Goethe eine neben vielen anderen, nie die Form schlechthin. Aber damals sah er sie als die richtige an und fand sie zur gleichen Zeit von außen bedroht:

1787 erschien Heinses »Ardinghello« und erneuerte die Bewegung der Genieperiode; davor beherrschten Schillers »Räuber« (1781), »Fiesko« (1783), »Kabale und Liebe« (1784), »Don Carlos« (1787) die Bühne; auch sie zeigten Elemente des neu aufflammenden Sturm und Drangs. Und ganz allein standen Heinse und Schiller auch nicht; Schubart war noch da, den wir schon kennen, und neben ihm war Wilhelm Ludwig Wekherlin (1739–1792) als Publizist tätig, ein unruhiger Stuttgarter, Pfarrerssohn, Gymnasiast, Jusstudent in Tübingen, Schreiber in Ludwigsburg, Hofmeister in Straßburg und Paris, 1776 zu einem Aufenthalt in Wien, doch von dort ausgewiesen, dann in Augsburg, Nördlingen, Ansbach. Er gab die Zeitung *Das Felleisen* heraus, redigierte die *Ansbachischen Blätter* und verlieh durch seine schonungslose Kritik des öffentlichen Lebens den von ihm geleiteten Blättern ein eigenes Gepräge. Seine Feuilletons, wenn wir sie so nennen dürfen, sammelte er in Büchern (»Chronologen«, 1779–1781; »Das graue Ungeheuer«, 1784–1787; »Hyperboreische Briefe«, 1788–1790; »Paragraphen«, 1791) und erwarb sich damit Ruhm in ganz Deutschland.

Nicht als Journalist, sondern als Dichter trat FRIEDRICH SCHILLER (1759–1805) gegen den Druck der Verhältnisse auf. Des Dichters Vater, Johann Caspar Schiller (1723–1796), trat 1745 in das bayrische Husarenregiment Frangipani ein. Er sah ein gutes Stück Welt, kam 1748 sogar bis nach London, geriet in Gefangenschaft, mußte in den Reihen der Franzosen dienen und kehrte erst 1749 nach Württemberg zurück. Er ging zunächst nach Marbach, wo er in der Herberge Zum goldenen Löwen Wohnung nahm und noch im selben Jahre die Tochter seines Wirtes, die sechzehnjährige Elisabetha Dorothea Kodweis, »unter Gottes Beistand« zum Weibe nahm. »Von zwei Leibärzten examiniert und in Marbach zum Bürger aufgenommen«, übte er in dieser Stadt ein paar Jahre die Wundarzneikunst aus, bis ihn der Verfall des Vermögensstandes seines Schwiegervaters nötigte, das Messer des Wundarztes wieder mit dem Schwerte zu vertauschen. Er trat 1753 als Fourier in eines der württembergischen Heere des Herzogs Karl Eugen ein.

Er stand bei seiner Truppe in Unterfranken am Main, als ihm am 10. November 1759 in Marbach sein erster und einziger Sohn Johann Christoph Friedrich geboren wurde. Erst 1764 wurde ein gefestigtes Zusammenleben der Familie möglich. Bis dahin waren die Kinder fast ausschließlich der Liebe der Mutter anvertraut, die mit ihnen zuerst in Marbach, dann in Ludwigsburg wohnte und den Vater öfters in seinem Standquartier besuchte. Sie war ihren Kindern die sorgsamste, aufopferndste Mutter, dem Vater die treueste Lebensgefährtin, die die rauhen Seiten und das manchmal heftige Gemüt des Mannes durch Liebe und Geduld zu besänftigen wußte, und bei den mancherlei schweren Prüfungen stets von freundlichem Sinn und inniger, aufrichtiger Gottergebenheit. Erst in Lorch kam Friedrich unter den bestimmenden Einfluß des Vaters, eines ernsten, frommen und vorwärtsstrebenden Mannes von seltener geistiger Regsamkeit. Seine Lebensgestaltungskraft, sein unbeugsamer Lebensmut und tatkräftiger Wille vererbte sich auf den Sohn, bei dem er sich in der Folgezeit zu einem umfassenden, seiner Selbstbestimmung gewissen, tatkräftigen Idealismus vertiefte. Unter der sorgsamen Pflege der Eltern und an der Seite seiner Schwester Christophine verlebte der Knabe Schiller in Lorch im stillen Remstale glückliche Jahre.

Es begreift sich, daß ein Mann von so entschiedenem Willen und praktischem Sinn wie Schillers Vater vor allem die Erziehung seines Sohnes klar ins Auge faßte; wußte er doch, daß von ihr unendlich viel für ihn und das Gemeinwohl abhänge. Was dem Vater versagt war, eine gelehrte Laufbahn, sollte der Sohn erreichen. Dessen Lernbegierde und Fassungskraft, die er in der Dorfschule bewies, kam dem Wunsche des Vaters entgegen, und daher bat dieser den Ortspfarrer Philipp Ulrich Moser, den gut veranlagten sechsjährigen Knaben an den lateinischen Lehrstunden teilnehmen zu lassen, die er seinem eigenen Sohne erteilte. Unter dem Einfluß des würdigen Pastors, dem er später in den »Räubern« ein Denkmal setzte, entwickelte sich in Schiller früh die Neigung, auch einmal Prediger zu werden.

Die Notlage aber, da der Sold durch zwei Jahre nicht ausbezahlt worden war, nötigte den Vater, den Herzog um die Zurückversetzung in die Garnison nach Ludwigsburg zu bitten, und so mußte denn auch Fritz 1766 das »Paradies seiner Kindheit« mit dem Aufenthalte in der geräuschvollen Residenz des Herzogs Karl Eugen vertauschen. Dort in Lorch ein Atmen in Gottes freier Natur und ein ungezwungener Verkehr mit schlichten Menschen, hier in Ludwigsburg ein von fürstlicher Laune beherrschtes Treiben, die Häuser und die Straßen geregelt und die Alleen und Parkanlagen zugeschnitten nach dem einzigen allmächtigen Willen.

Hier nun lernte Schiller zum erstenmal das Theater kennen, die Stätte also, wo seine Dichtung einst die glänzendsten Triumphe feiern sollte. Da den Offizieren und ihren Familien der Zutritt freistand, wurde Fritz, besonders wenn gute Zensuren von der Schule einliefen, vom Vater öfters in die Vorstellungen mitgenommen. So unverständlich ihm auch die italienische Sprache und der welsche Theaterzauber waren, so wurde doch die Phantasie des künftigen Dramatikers angeregt und der Nachahmungstrieb gereizt. Er war, wie Christophine berichtet, im Theater ganz Aug und Ohr und fühlte sich aus der ländlichen Einsamkeit wie in eine Feenwelt versetzt; er merkte sich alles genau, und zu Hause stellte er aus Büchern eine Bühne zusammen, auf der er Figuren aus Papier, von Fäden geleitet, ihre Rollen spielen ließ. Dessen bald überdrüssig, fing er an, mit Geschwistern und Schulfreunden im Garten Vorstellungen zu veranstalten. Da gab er dann jedem seine Rolle; »aber er selbst war kein vortrefflicher Spieler, er übertrieb durch seine Lebhaftigkeit alles«. In dem dreizehnjährigen Knaben regte sich auch schon der dramatische Gestaltungsdrang, wie sein Trauerspiel »Die Christen« und der episch-dramatische Versuch »Absalon« zeigen. Daß aber Fritz nicht gar zu sehr dem Phantasieleben sich hingab, dafür sorgte die Lateinschule, die er 1767–1772 besuchte, um sich zum Eintritt in eine der Klosterschulen vorzubereiten und die notwendigen Grundlagen für den geistlichen Stand zu gewinnen, für den seine Neigung bis zum vierzehnten Jahre wuchs.

Schiller hatte das »Landexamen« beim Rektor des Gymnasiums, dem sich die Zöglinge der Lateinschulen, wenn sie Theologie studieren wollten, mehrmals unterziehen mußten, jedesmal mit Erfolg bestanden und sollte nun (1772) in eine der »niederen Klosterschulen« übertreten, um dann im Tübinger Stift die theologischen Studien zu beenden. Ehe es aber dazu kam, griff eine höhere Gewalt in sein Leben ein und zwang es in andere Bahnen. – Herzog Karl Eugen suchte fähige Schüler für seine neue »Pflanzschule« auf dem Lustschlosse »Solitude« bei Ludwigsburg und wünschte dort auch den jungen Schiller aufzunehmen, der ihm als aufgeweckter Knabe empfohlen worden war. Vergeblich wagte Vater Schiller untertänigst zu erwidern, daß sein Sohn für das Studium der Theologie bestimmt sei und daher nicht in die Akademie passe, wo dafür nicht gesorgt sei. Aber der fürstliche »Wohltäter« entschied kurzweg, sein Sohn könne ja ebenso Rechtswissenschaft studieren, und nun mußte der Hauptmann, wollte er nicht seine und seiner Familie Existenz opfern, die »Gnade« Serenissimi über sich ergehen lassen. So zog denn am 16. Januar 1773 Friedrich Schiller mit dem Vater zur Solitude hinauf, um unter militärischem Drill zum Juristen ausgebildet und, wie es schien, endgültig dem Fürstendienst verschrieben zu werden.

Für immer losgerissen von einem Lieblingsplan, dem er mit der ganzen Warmherzigkeit erwachenden Tätigkeitstriebes angehangen hatte, und einer Laufbahn entgegengeführt, die er nicht kannte und liebte, erfuhr nun Schiller während seines achtjährigen Aufenthaltes in der »Pflanzschule« täglich die Allgewalt des Fürsten. »Durch eine traurige düstere Jugend schritt ich ins Leben hinein, und eine herz- und gefühllose Erziehung hemmte bei mir die leichte, schöne Bewegung der ersten werdenden Gefühle.« So schrieb Schiller 1789 an Karoline von Wolzogen in Erinnerung an die Militärakademie. Ist nun auch der Vorwurf einer unmenschlichen, jeden Frohsinn tötenden Sklaverei, den man gegen sie erhob, ungerechtfertigt, so ist doch leicht ersichtlich, daß die militärische, jede persönliche, freie Regung unterdrükkende Einrichtung der Anstalt für selbständiger und tiefer angelegte Naturen, wie Schiller eine war, einen schwer erträglichen Zwang in sich schloß. Es wirkten dort zum großen Teil tüchtige Lehrer, und durch die Berufung junger Lehrkräfte war aller Einseitigkeit und Verknöcherung des Unterrichtes vorgebaut. Aber gerade der Gegensatz zwischen der geistigen Höhe und Freiheit des Unterrichtes und der engherzigen Erziehung reizte Schiller und andere zur Auflehnung ihres ganzen inneren Menschen.

Solange das Lateinische im Mittelpunkte des Unterrichtes stand, gehörte Schiller zu den besten Zöglingen; als aber im zweiten Jahr zum allgemeinen Unterricht eine Fachwissenschaft, die Jurisprudenz, kam, der der fünfzehnjährige und oft kränkliche Zögling gar keinen Geschmack abgewinnen konnte, hatte er bald seinen Platz unter den mittelmäßigen. Schon gar nicht konnte sein Betragen die Vorgesetzten befriedigen; es fehlte ihm der militärische Schliff und die peinliche »Propertät«. In den Urteilen seiner Genossen schwankt sein Charakterbild; die einen finden ihn heiter, die anderen schwermütig, viele rühmen seine Aufrichtigkeit und Gottesfurcht, seinen Hang zur Poesie aber haben die meisten beobachtet. Die große herrliche Natur, in deren Mitte die Solitude sich erhob, versetzte den träumerischen Knaben in religiös-dichterische Stimmung, und Klopstock, der Sänger der Freiheit und einer übersinnlichen Welt, war dafür der rechte Dichter. In dessen Oden und in dem eben vollendeten »Messias« fand seine Seele die entsprechende Nahrung und ein begeisterndes Vorbild. So entstand die in reimlosen Rhythmen gehaltene Ode »An die Sonne«, ein Lobpreis des Schöpfers in seinen Werken, und ganz erfüllt von den Anschauungen Klopstocks und biblischem Geiste, wollte er Moses zum Helden eines Epos machen, das freilich über einen Entwurf nicht hinauskam.

Bald bildete sich unter Schillers geistiger Führung ein Kreis von Freunden, die neben ihren wissenschaftlichen Arbeiten mit Eifer Poesie und Literatur studierten. So bemühte sich Hoven, in kleinen lyrischen Gedichten Klopstock und Kleist nachzuahmen, auch Friedrich Scharffenstein versuchte sich in Reimen, und der rheinpfälzische Predigersohn Johann Wilhelm Petersen wollte seine epischen Kräfte Konradin von Schwaben weihen. Anfangs war Klopstock der Abgott des Bundes, aber bald drang die frische Morgenluft der neuen Zeit, die damals in der deutschen Literatur wehte, auch in die Abgeschiedenheit der Akademie, und die Freunde schwärmten für die Erzeugnisse des Sturm und Drangs, um so mehr, da Bücher dieser Art nur als streng verbotene Frucht eingeführt und genossen werden konnten. Vor allem Gerstenbergs »Ugolino« erschütterte durch die im Gräßlichen wühlende Leidenschaft den jungen Schiller, in Lessings »Emilia Galotti« offenbarte sich ihm reifes Kunstverständnis und wohlabgewogene Menschenkenntnis, Goethes »Götz« in seinem Freiheitsdrang und seiner Sehnsucht nach Wahrheit und Größe fand lauten Widerhall, und wie so viele Tausende sahen Schiller und seine Freunde in »Werther« ein Abbild ihres Wesens. Schiller gestaltete die Zeitungsnachricht von dem Selbstmord eines Nassauer Studenten zu dem wertherisch gestimmten Drama »Der Student von Nassau«, das er zu seinem späteren Leidwesen vernichtete.

Zugleich mit der Verlegung der Akademie nach Stuttgart wurde die medizinische Fakultät gegründet, und Schiller, der in der Juristerei mit seinen Genossen nicht mehr gleichen Schritt halten konnte, trat mit einigen Eleven zu ihr über. Hier hoffte er vorwärtszukommen und obendrein für seinen zu philosophischer Gedankenbildung und ethischer Betrachtung neigenden Geist reiche Anregung zu finden, da ja die Medizin sich damals viel mit den Lebenserscheinungen und den geheimnisvollen Beziehungen des Menschen zur Tier- und Geisteswelt beschäftigte. Daß zwischen Poesie und Heilwissenschaft eine Beziehung sich herstellen lasse, sah er an Haller, dem Arzt und Dichter. Daher zog ihn die Physiologie nur insofern an, als sie von der Psychologie erfordert wurde, und in dem nur um acht Jahre älteren Professor Jakob Friedrich Abel (1751–1829) gewann er bald einen liebevoll beratenden Freund. Dieser hatte im Einverständnis mit dem Herzog Karl, der selbst nach dem Ruhme eines Weltweisen strebte, den Betrieb der Philosophie an der Akademie umgestaltet und insbesondere durch seine Vorlesungen über Moral und Psychologie die Zuhörer dafür zu erwärmen gewußt. Er war kein selbständiger Forscher, aber ein anregender Lehrer, dem sein gesamtes Wissen nur als Mittel diente, die Jugend zur Erkenntnis zu leiten und für eine sittliche Lebensführung zu begeistern. Durch Abel wurde auch Schiller der Philosophie gewonnen und seine Denkungsart in den folgenden Jahren entscheidend beeinflußt. Abel machte ihn mit der Leibniz-Wolffschen Lehre und mit der Glückseligkeitsphilosophie der Zeit vertraut und verpflanzte auf ihn seine Vorliebe für abnorme psychische Erscheinungen, namentlich für große Verbrecher; daher Schillers pathologische Schilderungen des Verbrechers in den »Räubern« und dem »Verbrecher aus verlorener Ehre«, den Schiller aus Abels mündlicher Erzählung gebildet hatte, ehe noch dessen »Sammlung und Erklärung merkwürdiger Erscheinungen aus dem menschlichen Leben« (1784–1790) in drei Bänden erschienen war. Und weil Abel als Beispiele und Belege zu den allgemeinen Sätzen mit Vorliebe Stellen aus deutschen und fremden, alten und manchmal auch neueren Dichtern brachte, wurde dem jungen Poeten zugleich eine reiche und von Kritik durchdrungene Literaturkunde vermittelt. Auf diesem Wege lernte Schiller auch Shakespeare, den Abgott der Stürmer und Dränger, kennen.

Was Schiller bei Shakespeare vermißte, das warme, vollschlagende Herz des Dichters in seinen Helden, das sang rein Leisewitzens »Julius von Tarent«, der nebst Klingers Brudermorddrama auf seinen Geist einwirkte. Auch andere kraftgenialische Dramen und empfindsame Romane fanden jetzt ihren Weg in die Akademie und regten die jungen Freunde zu ähnlichen poetischen Versuchen an. Schiller verfaßte das Trauerspiel von dem Brudermord zwischen den Söhnen des »Kosmus von Medici«, zu dem ihm die Quelle seiner Vorbilder den Stoff und »Julius von Tarent« manches Angebinde lieferte. Das Stück, von dem einzelne Gedanken und Züge auf die feindlichen Brüder in den Räubern übergegangen sein sollen, ist nicht erhalten. Das Verlangen der jungen Dichter, ihre Schöpfungen gedruckt zu sehen, erfüllte sich freilich nicht, und erst als Balthasar Haug, Professor der Philosophie und der schönen Wissenschaften an der Akademie, in sein »Schwäbisches Magazin von gelehrten Sachen« zwei Gedichte Schillers aufnahm, von denen der »Abend« ein empfindungsseliges Naturgemälde, »Der Eroberer« das Bild eines wütenden Tyrannen entwirft, hatte dieser die Freude, sich zum erstenmal gedruckt zu sehen.

Die medizinischen, philosophischen und literarischen Studien weiteten zwar seinen Blick, erschütterten aber seinen kindlichen Glauben und riefen eine wilde Gärung in seiner Brust hervor. Da vernahm er, ein williger Jünger, das Evangelium Rousseaus von der allgemeinen Menschenbeglückung, und in ihm fand, nach seinen eigenen Worten, die Indignation seiner verletzten Menschenwürde Gehalt und Gestalt, Erfüllung und Ziel. Wie alle Stürmer verehrte auch Schiller nach dem Beispiele Rousseaus in Plutarch seinen »Lehrer und Tröster«. Dieser antike Geschichtsschreiber (gest. nach 120 v. Chr. in Delphi) hatte seine verderbte Zeit zur Erneuerung der Menschheit aufgefordert und ihr die begeisternden Vorbilder großer Männer vorgehalten; daher fand der junge Dramatiker bei ihm große Charaktere und gewaltige Schicksale, und oft mag er wie Karl Moor gewettert haben: »Mir ekelt vor diesem tintenklecksenden Säkulum, wenn ich meinen Plutarch lese von großen Menschen.« Zugleich erfüllten ihn einzelne Schriften der Aufklärungsphilosophen mit neuen Anschauungen von Gott und der Welt und lösten ihn allmählich von dem Einfluß Klopstocks, bis er dann zur Zeit seiner Reife dem einst verehrten Meister mit bewußter Kritik gegenübertrat und dessen dichterische Art als unzulänglich bezeichnete. Zunächst fesseln ihn noch dessen Jünger, die Dichter des »Hains«, auch Young, Ossian, die Volkspoesie traten in seinen Gesichtskreis, und der Graziendichter Wieland führte ihn weitab von dem Messiasdichter. Kein Dichter aber vermochte das in Schillers junger Seele glimmende Feuer so zu nähren wie sein Landsmann Schubart mit seinen Zornesausbrüchen gegen Fürstenwillkür und Despotenmacht. Durch ihn wurde er zu politisch-satirischen Gedichten entflammt, und ihm verdankt er auch den Stoff zu den »Räubern«, die er noch 1777 begann, dann aber ruhen ließ, weil ihn die »Brotwissenschaft«, wollte er nicht wieder verunglücken, zum ernsten Studium rief.

Die »ästhetische Assoziation« hatte Zuwachs bekommen; Ludwig Schubart, ein Sohn des unglücklichen Dichters, der witzige Friedrich Haug, Sohn des erwähnten Lehrers und späterer Epigrammatiker, und einige Jünglinge aus der Abteilung der »Künstler« waren ihr beigetreten, so Johann Heinrich Dannecker, der später berühmte Bildhauer, der Schillers Gesichtszüge in seiner unvergleichlichen Büste von 1794 naturgetreu und ideal festgehalten hat, dann der Maler Viktor Heideloff, von dem eine Zeichnung vorhanden ist, wie Schiller seinen Freunden im Bopser Walde die »Räuber« vorliest, und der wackere Musiker Rudolf Zumsteeg, der mehrere der frühesten Dichtungen Schillers in Musik setzte. Mit dem Militäreleven Scharffenstein, einem gewandten Edelmann aus dem damals schon halb französisierten Mömpelgard, verband Schiller eine leidenschaftliche, schwärmerische Freundschaft, der er in glutvollen Gedichten Ausdruck verlieh. Es war das erste große Erlebnis seiner Seele und zugleich ihre erste Enttäuschung.

Der Betrieb des Fachstudiums, dem Schiller jetzt mit großem Eifer sich hingab, brachte ihn mehr mit den Medizinern in Verbindung, und die bunte Elevenschar, die aus allen Teilen Europas, ja selbst aus Amerika und Ostindien Zufluß erhielt, weitete seinen Blick. Anregungen eigener Art boten die Festtage der Akademie, deren Glanz durch Gelegenheitsgedichte, Reden und Theaterspiele erhöht wurde. Wiederholt mußte Schiller Proben seines Talentes zur Verherrlichung des Serenissimus und seiner Favoritin darbieten.

Die Heilkunde kam an der Akademie schlecht zu ihrem Rechte, denn es fehlte den Dozenten an Material zu Demonstrationen, und der klinische Unterricht bewegte sich daher in den engsten Grenzen. So kam es, daß eine Erfahrungswissenschaft mehr und mehr ins Abstrakte hinübergeführt wurde und schließlich philosophische Erörterungen medizinischer Probleme alles empirische Studium verschlangen. Diesem Unterrichtsbetriebe entsprachen denn auch die Aufgaben, die Schiller für seine Dissertationen wählte. Von diesen legte er die zuerst deutsch, dann lateinisch verfaßte »Philosophie der Physiologie« 1779 den Professoren als Probestück seiner Reife vor. Obgleich wegen der »guten und auffallenden Seelenkräfte« und der guten physiologischen Kenntnisse des Verfassers gerühmt, fand die Probeschrift dennoch nicht den Beifall der Professoren, und daher hielt es der Herzog, obschon ihm gerade das von jenen getadelte wagemutige Vordringen auf neuen Wegen und das Feuer des Ausdrucks gefiel, für gut, daß der Kandidat noch ein Jahr auf der Akademie bleibe, »wo inmittelst sein Feuer noch ein wenig gedämpft werden kann, so daß er alsdann einmal, wenn er fleißig zu sein fortfährt, ein recht großes Subjektum werden kann». Es lag jedoch darin keine Zurücksetzung Schillers, denn auch die andern Mediziner mußten noch ein Jahr ausharren. Übrigens trugen die Schlußprüfungen des Jahres 1779 Schiller reiche Anerkennung ein, und diese erhielt eine besondere Weihe durch die Gegenwart erlauchter Gäste. Schon früher hatten berühmte und hohe Persönlichkeiten die Anstalt besucht, u. a. Lavater und Kaiser Joseph II. Jetzt aber gegen Ende 1779 erschien auf der Rückreise aus der Schweiz im Gefolge des Herzogs Karl August der Dichter des »Götz« und des »Werther«. Mächtig erregte den Jüngling der Mann, der schon seit Jahren seine Seele erfüllte. »Wie gern hätte er sich ihm bemerkbar gemacht«, erzählt Karoline von Wolzogen, »ein Blick, ein Wort des gefeierten Genius, was wären diese für ihn gewesen!« Goethe konnte nicht ahnen, daß ihm in dem hochaufgeschossenen, bleichwangigen Jüngling in der steifen Uniform, mit Papiloten in dem rötlichen Haupthaar, den fest gedrehten Zopf nach vorgeschriebener Länge im Nacken, der Dichter gegenüberstand, mit dem er einst selbst um den höheren Preis der deutschen Sprache und Dichtung ringen sollte.

Schillers Inneres war 1780 in seinen Tiefen aufgewühlt und ergoß sich voll in die Form des schon lange geplanten Dramas »Die Räuber«. Wo immer es anging, in dem Versteck eines Mansardenzimmers, am Bette eines Kranken, den er beobachten sollte, im Krankenzimmer, wo Licht brennen durfte, am liebsten in der Stille der Nacht, schrieb er insgeheim an seinem Drama. Um sich von dessen Wirkung zu überzeugen, las er, wenn es unbelauscht von den Aufsehern geschehen konnte, im Hause und auf Spaziergängen, den Freunden einzelne Szenen vor oder ließ sie von anderen vortragen. Die medizinischen Vorlesungen nahmen ihn nicht mehr viel in Anspruch, und daher benutzte er die Zeit, um die Vorträge des Professors Rast über die griechische Literatur zu hören und sich durch Professor Drück über ältere Geschichte und Vergil belehren zu lassen. Eine Frucht davon ist die »nicht übel geratene« Übersetzung des ersten Buches der Äneide im Versmaß des Originals, die unter dem Titel »Sturm auf dem Tyrrhener Meer« in Haugs »Schwäbischem Magazin« erschien. Aber die Stunden regster Schaffensfreude wechselten mit solchen, die arge Mißtöne in seine Träume von der Weltharmonie brachten und seine Glückseligkeitsphilosophie aufs tiefste erschütterten. Dunkel sah er die Zukunft vor sich liegen, Verzweiflung erfaßte ihn beim Anblicke der Übel und Rätsel des Lebens. In die Zeit dieser düsteren Stimmung fielen zwei Ereignisse, von denen das eine seine Todesgedanken nährte, das andere ihn davon befreite. Im Juni 1780 starb der jüngere Hoven, ein Zögling der juristischen Abteilung und Bruder seines alten Jugendfreundes. In Briefen und in dem Gedichte »Leichenphantasie« gab Schiller in einem schmerzlichen

Pathos, das an manchen Stellen der »Räuber« wiederklingt, seinen Gefühlen tiefbewegten Ausdruck. Aus seinem dumpfen Brüten wurde der junge Dichter durch den Auftrag gerissen, den gemütskranken Eleven Grammont zu beobachten. Mit großem Geschick kam der angehende Mediziner seiner Pflicht nach. Ebenso verständnisvoll wie überlegen folgte er den seltsamen Irrwegen des Kranken und bekundete aufs neue sein Interesse an psychischen Vorgängen. Dieses Gebiet streifte auch eine der beiden Dissertationen, die ihm den Abgang von der Akademie erwirken sollten. Die eine von ihnen, die, rein medizinischer Art, in lateinischer Sprache »über den Unterschied der entzündlichen und Faulfieber« handelt, wurde von den Professoren nicht für druckreif befunden, die andere aber, *Versuch über den Zusammenhang der tierischen Natur des Menschen mit der geistigen*, brachte ihm die ersehnte Entlassung aus der Akademie.

DER FELDSCHER FRIEDRICH SCHILLER

Am 15. Dezember 1780 verließ Schiller, zur Ausübung der medizinischen Praxis befähigt, die Militärakademie. Wie freuten sich die Seinen über ihn! Sie wohnten seit 1775 auf der Solitude, wo Vater Schiller die Oberaufsicht über die herzoglichen Gärten und Baumschulen führte. Leider dauerte das Glück im Elternhause nur eine kurze Reihe von Tagen; denn es traf ein amtliches Schreiben ein, daß der Medikus Friedrich Schiller zum Feldscher ohne Degenquaste, also ohne Offiziersrang, beim Grenadier-Regiment Augé in Stuttgart mit 18 Gulden Monatsgage ernannt sei. Das also war die »sehr gute Versorgung«, die Karl Eugen seiner »Kreatur« in Aussicht gestellt hatte. Diese Verfügung des Herzogs, der Schillers Begabung wohl kannte, ist so überraschend, daß man sich fragen muß: Wollte der Herzog seine »Erziehung« an Schiller noch fortführen, und glaubte er, in der Tretmühle des Feldscherdienstes dieses freien Geistes am besten Herr zu werden? Der Plan, durch weitere Ausbildung in der Wissenschaft, etwa in der Physiologie, auf eine Professur in Tübingen oder an der Karlsschule sich vorzubereiten, war vernichtet.

Das Regiment Augé erfreute sich, da es meist aus dienstuntauglichen Jammergestalten bestand, die gelegentlich sich auf das Betteln verlegten, keines guten Rufes. »Zum Regiment Augé kommen« war eine spöttische Redensart geworden. Die Freunde fanden den hohen, hageren Feldscher in dem dunkelblauen, frackartig zugeschnittenen Rock, in den knappen weißen Hosen und den Gamaschen von unförmigem Umfang lächerlich genug. Er aber fügte sich mit gutem Humor in seine Lage, die ihm nach dem Schulzwang immerhin als eine Freiheit erschien, und genoß sie in herzlichem und ungezwungenem Umgange mit einem Kreise guter Freunde. Es waren meistens Kameraden von der Akademie her, und wenn sie auch alle nicht viel zu verzehren hatten, so freuten sie sich doch in Schillers armseliger Wohnung oder im Gasthause »Zum Ochsen« zuweilen in kraftgenialischem Übermute der Jugend und des Lebens. Der ungenügende Beschäftigungskreis, den ihm Serenissimus angewiesen hatte, brachte den Vorteil mit sich, daß Schiller, um seine Einnahmen zu verbessern, auf sein eigenstes Gebiet, auf das Berufsschriftstellertum, hingedrängt wurde. Wir sehen den Regimentsmedikus in den nächsten zwei Jahren als dramatischen Autor, als lyrischen Dichter und auch als Redakteur vor der Welt auftreten.

»Die Räuber«

Was Schiller am meisten am Herzen lag, war die Vollendung der »Räuber«. Sie bildeten den Gegenstand des Gespräches, wenn er mit seinen Freunden in der Umgebung von Stuttgart herumstreifte oder seine Eltern besuchte; er änderte daran, rundete ab, und etwa Anfang 1781 war das Stück für den Druck bereit. Aber wo einen Verleger finden? Vergeblich sah sich die dichterische Genossenschaft nach einem solchen in Stuttgat und Mannheim um. Da entschloß sich Schiller, da das Drama nun einmal »heraus mußte«, es in eigenen Verlag zu nehmen. Er borgte dazu etwa 200 Gulden und begann damit, sich in finanzielle Bedrängnisse zu stürzen, aus denen er sich erst im späteren Lebensalter völlig frei machte und die den Flug seines Genius so häufig durch das Bleigewicht der Sorge zu Boden drückten. Nachdem er noch während des Druckes allerlei Veränderungen an dem Stücke vorgenommen, die gar zu derben Stellen gemildert und die bereits gedruckte Vorrede durch eine neue ersetzt hatte, erschien es unter dem Titel: *Die Räuber. Ein Schauspiel.* Frankfurt und Leipzig, 1781. Der Verfasser ist nicht genannt, der Druckort erdichtet. Wie ein Blitz schlug das Drama in Stuttgart ein. Bald war der Name des Dichters bekannt und in aller Mund, und zwar in ganz Deutschland, denn der Eindruck war durchweg groß. Gleich die erste öffentliche Besprechung, die im Juli in der »Erfurtischen gelehrten Zeitung« erschien, sprach das stolze Wort aus: »Haben wir je einen deutschen Shakespeare zu erwarten, so ist es dieser.« Der Verfasser jener Besprechung war

Christian Friedrich Timme, der dadurch seinem Urteil und Scharfblick ein Denkmal gesetzt hat, während seine Romane und Lustspiele der Vergessenheit anheimgefallen sind. Und in der Tat, an dramatischer Kraft, mochte man den großartigen Schwung des Ganzen oder die unvergleichliche Wirkung einzelner Szenen betrachten, ließen die »Räuber« alles hinter sich, was bis dahin an Bühnenstücken in Deutschland erschienen war. Erst der junge Schwabe konnte, was die Genies wollten: mächtige Leidenschaften und gewaltige Gegensätze in dramatischen Gestalten und tragischen Konflikten darstellen und persönliches Leiden mit dem großen Menschenschicksal verflechten. Er packte ein uraltes Thema an: die feindlichen Brüder, die seit Kain und Abel, Eteokles und Polyneikes durch die Weltliteratur schreiten und im engsten Raum der Familie miteinander kämpfen. Dieser Gegensatz, verschärft durch den Streit um dieselbe Geliebte, war dem Geniedrama besonders willkommen, wie der »Julius von Tarent« und die »Zwillinge« zeigen, ohne Tragik auch Goethes »Claudine«. Den Anregungen vom Geniedrama her diente als Kristallisationspunkt eine Erzählung, die Schubart, selbst ein echtes und rechtes Genie, unter dem Titel »Zur Geschichte des menschlichen Herzens« im »Schwäbischen Magazin« 1775 veröffentlicht hatte.

Von den beiden Söhnen eines deutschen Edelmannes ist Karl eine offene, geniale Natur, Wilhelm ein heuchlerischer Frömmling und nüchterner Alltagsmensch. Als die beiden Brüder auf der Universität sind, schreibt der »strenge« Wilhelm dem Vater verleumderische Briefe über die Ausschweifungen Karls, der schließlich wegen eines Duells und hoher Schulden fliehen muß. Er zieht in den Siebenjährigen Krieg, wird verwundet und bittet vom Lazarett aus den Vater reuig um Vergebung. Wilhelm unterschlägt diesen Brief, und Karl dient nun, in die Heimat zurückgekehrt, einem Bauern als Knecht. Als dem Vater Mörder auflauern, will es der Zufall, daß Karl gerade in der Nähe arbeitet; er erschlägt die Mörder bis auf einen, dem das Geständnis entfährt, daß der gestrenge Junker Wilhelm aus Herrschgier den Mord des allzu langlebigen Vaters angestiftet habe. Nun will der Alte schier verzweifeln, da er erkennt, daß er eine »scheußliche Furie, mit Schlangen umwunden, liebend an seinem Herzen gehegt«, dagegen »den Jüngling mit dem fühlenden Herzen in Not und Tod gestoßen habe«. Jetzt gibt sich dieser dem Vater zu erkennen und erwirkt, edelmütig wie er ist, seinem Bruder sogar Verzeihung.

Diese Geschichte gab Schubart »einem Genie« preis, »eine Komödie oder einen Roman daraus zu machen«, doch unter der Bedingung, daß die Szene auf deutschem Grund und Boden eröffnet werde. Der achtzehnjährige Schiller fühlte sich als das Genie, des Stoffes Herr zu werden. Zunächst wurde sein mit biblischen Vorstellungen genährtes Gemüt durch das in der Erzählung liegende Gleichnis vom verlorenen und reuig wiederkehrenden Sohne angezogen, und daher plante er ursprünglich ein Stück, das »Der verlorene Sohn« heißen sollte. Jahrelang trug er den Stoff in seiner unruhigen Brust. Sein persönliches Freiheitsverlangen und sein revolutionärer Drang, genährt durch einen »schweren Erziehungsdruck«, literarische Anregungen,

Stimmungen, wie sie aus dem Widerstreit seines Glaubens an eine Weltharmonie und den beobachteten »Mißklängen auf der großen Laute« entstanden, und die Erfahrungen, die der junge Poet bei seinem Eintritt in die wirkliche Welt machte, all das wirkte zusammen, daß die Dichtung weit über den ursprünglichen Plan hinauswuchs und zum Ausdruck persönlich erlebter Tragik und allgemeinen Leidens, eines subjektiv-sittlichen Pathos und eines ethischen Lebensgehaltes der Zeit, zu einem leidenschaftlichen Ruf nach Erlösung und zu einer flammenden Kriegserklärung gegen die wirklich vorhandenen oder eingebildeten Mißstände in Staat und Gesellschaft wurde. Bezeichnend ist die Titelvignette in der zweiten, in zwei Drucken erscheinenden Auflage des Stückes mit dem sich aufbäumenden Löwen und dem Motto »In Tirannos«. Wenn auch beides nicht von Schiller herrührt, so hatte er doch gewiß das Gefühl, daß seine Dichtung zugleich eine revolutionäre Tat sein werde. »Wir wollen«, äußerte er zu Scharffenstein, »ein Buch machen, das aber durch den Schinder absolut verbrannt werden muß.« Das ist nun freilich nicht geschehen, doch groß war das Entsetzen, das dieses revolutionäre Drama der deutschen Literatur hervorrief. Es fehlte auch nicht an Ausdrücken der moralischen Entrüstung und der ästhetischen Empörung. So meldete Wieland aus Weimar: »Goethe hat einen ebenso großen Greuel als ich an der seltsamen Hirnwut, die man itzt am Neckar für Genie zu halten pflegt.«

Gleichwohl brauste die Sturmkraft dieser Dichtung über die deutschen Lande, fachte die unter der Asche glimmenden Funken an und weckte überall den Drang nach Freiheit, den Haß gegen Heuchelei, die Sehnsucht nach menschenwürdigen Lebensformen. Und die Schöpfung des jungen Dichters wirkt noch heute mit kolossaler Wucht, aber auch durch manche gedämpftere Szene. Sie lebt überall, seitdem in Mannheim Iffland den Reigen des berühmten Franz Moor eröffnet und Fleck in Berlin als Karl Triumphe gefeiert hat. Man spürt wohl, daß das Stück nicht in einem Guß, sondern stoßweise zusammengekommen ist, woher Sprünge, Widersprüche und Schiefheiten rühren, doch nirgends wird man ermüdet, und wenn wir Heutige das Grelle und Übertriebene in der Sprache verurteilen, über den Zynismus uns ärgern, das Ausschweifende in Handlung und Charakteristik tadeln und über die erträumte phantastische Räuberwelt und die vielen Unwahrscheinlichkeiten lächeln, so können wir uns dennoch der Wirkung des genialen Werkes nicht verschließen. Mit ihm trat eine Wendung in der Geschichte der dramatischen Literatur ein, und die ganze fernere Entwicklung des Dichters zeugt von der Kraft des Anlaufes, den er genommen hat.

Wunderbar ist es, wie der jugendliche Dichter gleich mit seinem Erstlingswerke einen so eigenartigen Charakter zeigen konnte, in den Grundzügen wirklich eine neue Form der Tragödie. Es ist der ihm angeborene Idealismus, der ihre Eigenart bildet. Er sieht in den Menschen und ihren Schicksalen die große Bewegung und den Kampf der Ideen: Gott, den Franz in seiner Frechheit leugnete, dem Karl in seiner Vermessenheit vorgriff, hat gesiegt. In ihrem Fall tritt die sittliche Weltordnung selber hervor als eine lebendige Macht, die ihrer nicht spotten läßt und der die Gewalt ist.

Jeder der Brüder wuchs unter den Händen Schillers in der Richtung, die Schubart angedeutet hatte, bis zu den Polen entgegengesetzter Naturen, und entsprechend vertiefte sich die Kluft, die sie trennte. Beide haben aus entgegengesetzten Lebensbedingungen des Dichters ihr Dasein empfangen; eines aber ist ihnen bei aller Ungleichheit gemeinsam: die Kraft des Willens, sich selbst durchzusetzen als einzelne gegen bestehende Lebensordnungen, durch die sie sich eingeengt fühlen. Die Ziele jedoch und der Antrieb zu ihrem Wollen und Handeln sind je nach ihrer Naturanlage verschieden.

»Das Recht ist beim Überwältiger, und die Schranken unserer Gewalt sind unsere Gesetze.« Nach diesem Grundsatze handelt Franz, der bei Shakespeares Bösewichtern in die Schule gegangen ist. Nur dem materiellen Ziele, Herr zu sein, zustrebend, kennt der räsonierende Franz auch nur materielle Hindernisse, und um über die Schranken der Naturgesetze frech hinwegschreiten und die Einwürfe des Gewissens hintansetzen zu können, entkleidet er die innigsten und idealsten Beziehungen des Menschen zu Gott, Welt und Familie ihrer sittlichen Würde. Doch eben weil er die sittlichen Mächte verkennt, ist er bei aller Feinheit und Spitzfindigkeit des Verstandes ein betrogener Betrüger. Innerlich vernichtet, muß er in seinem letzten Trotz gestehen, daß das Gute eine siegreiche Gewalt ist.

Wie an der zerfasernden Dialektik Franzens der Philosoph Schiller und an der weitläufigen zynischen Ausprägung der Mediziner Schiller erkennbar ist, so zeigt sich in schärfstem Gegensatz dazu in Karl die andere Seele des Dichters, sein Tatendrang und sein erhabener Gedankenflug, seine männliche Kraft und seine Empfindsamkeit. Für das Ganze der Menschheit schlägt sein Herz über die schlaffe Zeit hinweg nach dem wahren und vollen Menschentum. Als Räuber hat er, von der Welt verstoßen und vom Vater verflucht, die Freiheit, seinem Drange nach großen Taten zu genügen, zu handeln als Rächer und Richter der Menschheit, die gleich ihm unter der herrschenden Unnatur und Ungerechtigkeit leidet. Aus voller Empfindung verteidigt er das Recht seines Tuns gegen den Pater und im Namen aller Unterdrückten, als deren Vertreter sich ihm der um Braut, Ehre und Freiheit betrogene Kosinsky anschließt, erhebt er die Anklage gegen die Sünden des kirchlichen, staatlichen und gesellschaftlichen Lebens. An der Spitze seiner achtzig Räuber erficht er einen glänzenden Sieg über die an Zahl weit überlegenen Häscher, aber statt sich dessen zu freuen, versinkt er in den Anblick der von den Strahlen der untergehenden Sonne beleuchteten Landschaft und fühlt mit herzdurchschneidendem Weh, wie friedlos, verworfen und befleckt sein Dasein ist. »Ich so häßlich auf dieser schönen Welt – und ich ein Ungeheuer auf dieser Erde.« Mit dem gefallenen Engel Abbadona beklagt er die verlorene Seligkeit, mit Werther sinnt er über den welken Herbst seines Lebens, über Sein oder Nichtsein, Diesseits und Jenseits, bis ihn die Enthüllung des brüderlichen Ränkespiels am Hungerturm des Vaters noch einmal mit dem Hochgefühl seiner Sendung als Rächer berauscht. Aber an der Leiche Amalias kommt er zur Erkenntnis: »O über mich Narren, der ich wähnte, die Welt durch Greuel zu verschönern und die Gesetze durch Gesetzlosigkeit aufrecht zu erhalten! Ich maßte mich an, o Vorsicht, die Scharten deines Schwertes auszuwetzen und deine Parteilichkeiten gut zu machen – aber, o eitle Kinderei –, da steh' ich am Rand eines entsetzlichen Lebens und erfahre nun mit Zähneklappern und Heulen, daß zwei Menschen wie ich den ganzen Bau der sittlichen Welt zugrunde richten würden. Gnade – Gnade dem Knaben, der dir vorgreifen wollte – dein eigen allein ist die Rache.«

Durch den Buchhändler Schwan, dem Schiller während des Druckes der »Räuber« einzelne Bogen nach Mannheim sandte, wurde Reichsfreiherr Heribert von Dalberg mit dem Stück bekannt. Seit kurzem an der Spitze des Mannheimer Nationaltheaters, damals der besten deutschen Bühne, stehend und stets nach neuen, zugkräftigen Stücken Ausschau haltend, richtete er an den Regimentsmedikus ein überaus schmeichelhaftes Schreiben wegen einer Bearbeitung der »Räuber« für seine Bühne und wegen der Aufführung anderer »noch in Zukunft zu verfertigender Stücke«. Sobald als möglich machte sich Schiller an die »Theatralisierung« seines Dramas, das er im Sinne der Geniemänner als »Dramatisierten Roman« und nicht als theatralisches Drama geschrieben hatte, und traf mit Mühe und Entsagung die gewünschten Änderungen, von denen die Versetzung der Handlung aus der Zeit des Siebenjährigen Krieges »in die Epoche des gestifteten Landfriedens und unterdrückten Faustrechts« (1495) und die Umgestaltung des Schlusses die unglücklichsten und einschneidendsten waren. In der neuen Form, die übrigens auch einzelne wertvolle Verbesserungen und neue Motive aufwies, kam das Stück am 13. Januar 1782 auf die Bühne. Schiller, der sich, ohne Urlaub zu nehmen, mit Petersen nach Mannheim begeben hatte, wohnte der Aufführung bei und feierte einen ersten und großen Triumph, wie ihn noch kein deutscher Dramatiker bis dahin erlebt hatte. Noch in demselben Jahr kam das »schauerliche Meisterstück« in Leipzig, Mainz und Frankfurt auf die Bühne, ein Jahr später in Berlin, freilich in der verwässerten, aber auf vielen Bühnen lange benutzten Bearbeitung von Plümicke, und 1784 durfte es sogar in Stuttgart gegeben werden. Nur in Stralsund war es bis zum Ende des Jahrhunderts von der Bühne ausgeschlossen, und in Wien konnte es erst 1808 auf einem Privattheater erscheinen, auf dem Burgtheater gar erst 1850.

Natürlich erweckte Schillers Erfolg eine Reihe von Nachahmern, wie die vielen Räuberromane und Räuberdramen des folgenden Jahrzehnts beweisen. Von jenen entzückte die Leser lange Zeit *Rinaldo Rinaldini* (1798), mit dem der Verfasser, Christian August Vulpius (1762–1827), den Räuberroman nach Italien verlegte und der ganzen Gattung einen romantischen Anstrich gab. Ein Seitenstück dazu und zugleich eine Fortsetzung des Schillerschen Dramas ist das sechsaktige Stück der Frau von Wallenrodt: *Karl Moor und seine Genossen nach der Abschiedsszene beim alten Turm* (1801). Beliebt war auch Zschokkes Roman *Abällino, der große Bandit.* Während der Französischen Revolution errangen in Paris und in der Provinz die deutschen »Räuber« große Erfolge in der freien Bearbeitung »Robert, chef des brigands« des Citoyen de la Martelière (1793), der dann auch eine Fortsetzung »Le Tribunal redoutable«, folgte. Beiden Dramen war schon 1785 eine französische Übersetzung der »Räuber« vorausgegangen, und 1792 erschien in London eine englische, »The Robbers«; auf die englische Bühne aber kamen sie erst in Holmans gemilderter Übertragung »The Crossknights«.

In gehobener Stimmung kehrte Schiller nach Stuttgart zurück. Bereits mit neuen dramatischen Plänen beschäftigt, veröffentlichte er 1782, ohne jedoch alle Änderungen Dalbergs aufzunehmen, die Theaterbearbeitung der »Räuber« als »Trauerspiel«, der einige Monate früher die zweite Auflage des »Schauspiels« vorangegangen war. In dieser mit der ersten ziemlich genau übereinstimmenden Fassung haben 1806 die »Räuber« in Schillers »Theater« Aufnahme gefunden. Zwar fehlte es dem Dichter der »Räuber« nicht an öffentlichen Auszeichnungen, aber desto drückender fühlte er das Mißverhältnis zu seiner kümmerlichen amtlichen und zu der unerfreulichen gesellschaftlichen Stellung, in die er gebannt blieb. Nur eine Beziehung knüpfte sich, die ihn aus dem burschikosen Kneipenleben, dem er mit seinen Kameraden frönte, emporheben konnte, zu Henriette, der Mutter des Akademiezöglings Wilhelm von Wolzogen, die abwechselnd in Stuttgart oder auf ihrem Landgute in Bauerbach wohnte. Sie zollte dem jungen Dichter aufrichtigen Anteil, während ihr Sohn bewundernd zu ihm aufsah. Unwiderstehlich wurde von der Persönlichkeit Schillers der junge Musiker Andreas Streicher gefesselt. Er war der erste, dem Schiller als der edelste unter den Menschen erschien und dem seine Freundschaft zum Glück und Stolz gereichte. Von den vielen Landsleuten aber, die sich damals um Schiller drängten, war nur einer, dessen Urteil für ihn maßgebend sein konnte; es war der unglückliche Schubart. Durch den Festungskommandanten General Rieger wurde es Schiller möglich, ihn auf Hohenasperg mehrmals zu besuchen. Tief war der Eindruck, den er von dem älteren Dichter, dem auch »Großheit und Schauerhöhe« die Seele weiteten, der »Knechtschaft Geklüft« aber sie verengen wollte, jedesmal nach Hause mitnahm. Freilich konnte ihm das erschütternde Bild des Gefangenen auch Gedanken erregen über die Gefahr, die ihm selbst drohte, wenn er rücksichtslos auf seinem Wege fortschritt. Schubart fiel dem Dichter der »Räuber« mit Tränen um den Hals; und hell begeistert war er, als 1782 dessen »Anthologie« erschien.

Wirken als Anthologist, Publizist und Redakteur

Im Zeitalter der Musenalmanache durfte auch in Schwaben, das von den Zeiten der Minnesänger her so manchen Geisteshelden ins Feld gestellt hatte, eine lyrische Blumenlese nicht fehlen. So veröffentlichte denn Gotthold

Friedrich Stäudlin den ersten *Schwäbischen Musenalmanach* auf das Jahr 1782, und es gelang ihm, die schwäbischen Dichter dafür zu gewinnen. Auch ein Gedicht Schillers, »Entzückung an Laura«, fand Aufnahme, aber dessen Verstümmelung und die Ablehnung weiterer Beiträge führte zu persönlichen Auseinandersetzungen, die eine von Schiller mit Humor, vom Gegner zuletzt mit vergifteten Waffen geführte literarische Fehde zur Folge hatten. Nicht um mit Stäudlins Blumenlese »zu rivalisieren«, sondern um sie »zu zermalmen«, veröffentlichte Schiller ohne Namen die *Anthologie auf das Jahr 1782,* von deren 83 Gedichten etwa 50 bis 60 ihn selbst zum Verfasser hatten, während die anderen von seinen Freunden beigesteuert wurden. Um den Eindruck einer großen Zahl von Mitarbeitern zu machen, ließ er nicht weniger als 24 verschiedene Chiffren als Bezeichnung der Verfasser unter seine Gedichte setzen, wodurch heute noch manche Bestimmung sich sehr schwierig gestaltet. Der Gesamteindruck der Beiträge Schillers zur Anthologie ist kein einheitlicher; die grellen Widersprüche, die sich durch seine Jugend hinziehen, klingen in ihnen wieder, und mehr als in den Jugendwerken anderer Dichter stoßen hier die Gegensätze mit ungewöhnlicher Schroffheit aufeinander. Noch fehlte ja dem jungen Dichter der Ausgleich zwischen Phantasie und Erfahrung, zwischen ethisch bestimmter Geistesrichtung und überschäumender Leidenschaftlichkeit, noch hatte er zu ringen mit sich und der Welt. Bewundernswert und vom Dichter später nicht mehr erreicht ist der Reichtum der Stilarten, die Fülle und der Umfang der lyrischen Töne. Von der burlesken Romanze und Ballade im Volkston bis zur Ode und Hymne ist nahezu jede lyrische Gattung vorhanden.

In nicht feiner Weise befehdet Schiller in mehreren Epigrammen den einst von ihm verehrten Klopstock (»Die Messiade«) und erhebt auf dessen Kosten Wieland, der für »Menschen«, also auch für »unsereinen« geschrieben habe (»Klopstock und Wieland«). Auch auf Lavater fährt die Geißel beißenden Spottes hernieder (»Grabschrift eines Physiognomen«), Felsstücke von Anklagen, wie es selbst Schubart nicht wagte, schleudert der Dichter der »Räuber« gegen die »welken Majestäten«, von deren Leibern Würmer besoldet werden, aber mit den Toten werden auch die Lebenden gerichtet (»Die schlimmen Monarchen«). Diesen gesellen sich ein paar nicht minder bittere Epigramme bei (»An den Galgen zu schreiben«, »Aufschrift einer Fürstengruft«). Da aber das Lied nicht nur rächen und strafen, sondern auch die Helden ehren und verherrlichen soll, singt Schiller fast durchweg im Volkston das »Kriegslied« auf Württembergs volkstümlichsten Helden, »Grafen Eberhard den Greiner«, und angeregt durch die Erzählungen des Vaters, ist das Gedicht »In der Bataille« eine mit dramatischer Anschaulichkeit herausgearbeitete Darstellung einer Schlacht und wohl das künstlerisch vollendetste Gedicht aus Schillers Jugendlyrik. Das »Monument Moors des Räubers« soll den Jüngling auffordern, dem »majestätischen Sünder« die Träne des Mitleids und den Zoll der Bewunderung zuteil werden zu lassen, und der Ehre des Mannes, dessen Lehre und Leben den jugendlichen Schiller aufs tiefste bewegt haben, gilt das Gedicht »Rousseau».

Auch der junge Philosoph Schiller offenbart sich in der Anthologie, und das bedeutendste Gedicht dieser Art ist »Die Freundschaft«. Er faßt die Sympathie als kosmisches Weltgesetz auf; dem in Newtons Gravitationslehre begründeten Kreisen der Körperwelt um die zentrale Sonne entspricht das vereinigte Strömen der Geister um die große Geistersonne, der drang- und liebevolle Zug nach dem Weltenlenker. Dieser Gedanke Schillers wird hier zu einem hohen Lied der Liebe, der Menschenliebe im umfassendsten Sinne.

Den tiefsten Einblick in die Seelenzustände und das Gedankenleben Schillers gewähren die *Laura-Oden,* von denen der Dichter im »Repertorium« selber sagt, sie seien »überspannt« und verrieten eine »allzu unbändige Imagination« und böten hie und da auch »eine schlüpfrige, sinnliche Stelle in platonischem Schwulst verschleyert«. Das Urbild für Laura wird wohl die mehr geistreiche als schöne Luise Vischer, Hauptmannswitwe mit sechs Kindern, gewesen sein, bei der Schiller Wohnung genommen hat. Vorgänge und Situationen bleiben in dieser Lyrik fast durchaus schattenhaft, und wenn wir auch zuweilen den Pulsschlag eines stürmischen Herzens hören, so werden doch alle Ausrufe der Leidenschaft von Träumen im Unsinnlichen überflutet. In der Verbindung aber eines persönlichen Erlebnisses mit philosophischen Gedanken ist Schillers spätere Lyrik bereits vorgedeutet.

Die Anthologie erzielte nicht den erhofften Erfolg; sie »zermalmte« weder den Gegner, dessen Almanach durch eine Reihe von Jahren fortbestand, noch mehrte sie des Dichters Ruhm und brachte ihm schon gar keinen Gewinn an Geld. Über die Landesgrenzen hinaus ist das Buch kaum bekannt geworden, und auch in Schwaben selbst wurde es wenig geschätzt. Noch weniger Glück als der Anthologist hatte der Publizist und Redakteur Schiller, obgleich er schon damals das journalistische Talent bewies, das er später noch oft bewähren sollte. Nachdem er kurze Zeit die Mäntlerischen »Nachrichten zum Nutzen und Vergnügen«, ein wöchentlich zweimal erscheinendes Blättchen, redigiert hatte, gründete er im Verein mit Abel und Petersen das *Wirtembergische Repertorium der Litteratur,* eine literarische Vierteljahrsschrift, von der zu Ostern 1782 das erste Stück erschien. Ohne Zweifel wollte

Der Schweizer Schriftsteller und Theologe Johann Kaspar Lavater (1741–1801). Zeitgenössische Zeichnung. Zu diesem Porträt notierte Lavater: »Etwas von Lavater wohl, doch nicht Lavater ganz – ist zu hoffen.«

Szene aus einer Aufführung von Goethes »Iphigenie«. Schauspielhaus Zürich, 1961.

Zwei Zeichnungen Goethes: Die Pyramide des Cestius in Rom (oben) und der Erdgeist, Illustration zu »Faust« (unten).

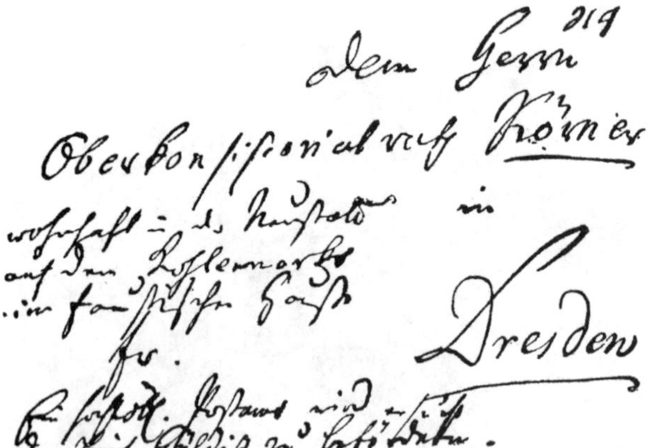
Dem Herrn 219
Oberkonsistorialrath Körner
in
Dresden
wohnhaft in d. Neustadt
auf dem Kohlenmarkte
im Fanischen Hause
fr.

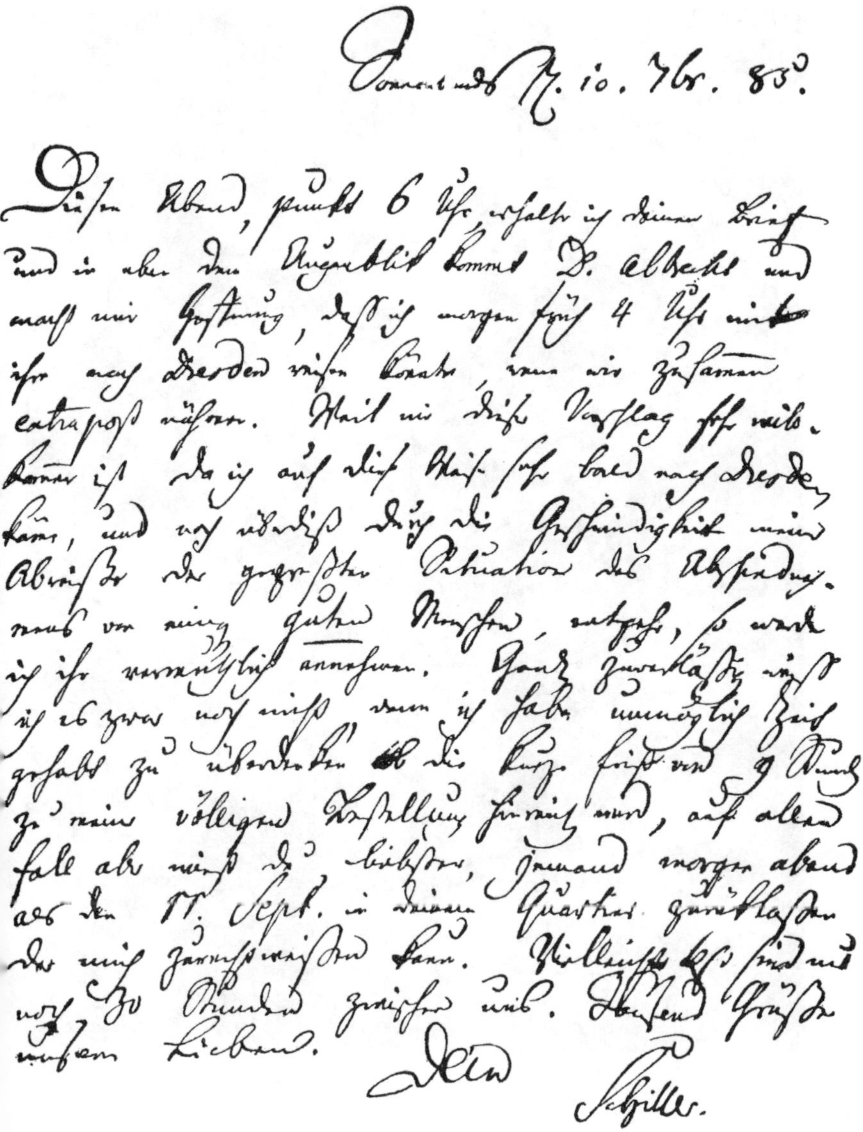

Sonnabends 10. 7br. 85.

Diesen Abend, punkt 6 Uhr erhalte ich deinen Brief und in eben dem Augenblick kommt D. Albrecht und macht mir Hoffnung, daß ich morgen früh 4 Uhr mit ihm nach Dresden reisen könnte, wenn wir zusammen extrapost nähmen. Weil mir dieser Vorschlag sehr willkommen ist, da ich auf diese Weise sehr bald nach Dresden kann, und noch überdieß durch die Geschwindigkeit meiner Abreise der gezwungenen Situation des Abschiednehmens von einigen guten Menschen entgehe, so werde ich ihn vermuthlich annehmen. Ganz zuverläßig weiß ich es zwar noch nicht, denn ich habe unmöglich Zeit gehabt zu überdenken, ob die kurze Frist von 9 Stunden zu meiner völligen Bestellung hinreichend wird, auf allen Fall aber wünschte ich, daß jemand morgen abend als den 11. Sept. in deinem Quartier zurückgelassen würde, der mich zurechtweisen kann. Vielleicht also sind nur noch 30 Stunden zwischen uns. Tausend Grüße unsern Lieben.

Adieu

Schiller.

Ein Brief Schillers an Körner.

Friedrich Schiller (1759–1805). Kupferstich nach einem Gemälde von Anton Graff (1736–1813).

Immanuel Kant (1724–1804), der Begründer eines neuen philosophischen Denkens, zeitgenössisches Porträt.

Der Philosoph im Kreise seiner Tischgenossen in Königsberg: Kant links, ein Manuskript haltend; seine unmittelbaren Nachbarn sind die Königsberger Kaufleute Jacoby und Motherby, neben diesen (vorgebeugt sitzend) der Philosoph Johann Georg Hamann und gegenüber (von Kant angesprochen) der damalige Königsberger Bürgermeister von Hippel.

sich Schiller damit ein Organ schaffen, mittels dessen er seine kunstkritischen Ansichten an den Mann bringen, in die zeitgenössische Kritik eingreifen und je nach Umständen unbehinderte Polemik üben konnte. Wie ernst es Schiller mit der Handhabung einer scharfen, rücksichtslosen Kritik nahm, bezeugen am besten seine im Repertorium abgedruckten Besprechungen der »Räuber« und der »Anthologie«, von denen jene einen Frankfurter Kritiker derart empörte, daß er gegen den ungenannten Verfasser Stellung nahm.

AUFENTHALT IN MANNHEIM

Als das dritte Stück des Repertoriums erschien, weilte Schiller nicht mehr in der Heimat. Seitdem er in Mannheim die Wirkung seiner Dichtung geschaut hatte, war ihm sein Beruf zum Dramatiker gewiß, und fortan schwebte seinem weltfremden Sinn ein verführerisches Bild der Freiheit vor. In seinem poetischen Schaffen gegen die Mächte, die eine freie Selbstbestimmung bedrohten, sich auflehnend, mußte er über kurz oder lang den Widerspruch des Fürsten, der an unbeschränkte Befolgung seines herrischen Willens gewohnt war, herausfordern. Völlige Unterwerfung oder gewaltsame Lösung – vor diese Wahl sah sich der junge Dichter gestellt. Der Herzog mochte sich über den Ruhm seines Zöglings anfangs gefreut haben, aber schon daß die »Räuber« ohne sein Vorwissen zuerst auf der Mannheimer Bühne gegeben wurden, verletzte seine Eitelkeit; die revolutionäre Sprache, die der Regimentsmedikus in den »Schlimmen Monarchen« »über den Zwang des Geistes unter Despotenwillkür« führte und in einem Gedicht auf den plötzlich dahingeschiedenen General Rieger unmittelbar gegen seine Person richtete, reizten vollends seinen Zorn. Schillers zweite heimliche Reise nach Mannheim bot ihm daher eine erwünschte Gelegenheit, sein keckes »Geschöpf« in Kur nehmen zu können. Dem jungen Regimentsarzt wurde für die Dienstverletzung jeder Verkehr mit dem »Ausland« untersagt und ein vierzehntägiger Arrest auf der Hauptwache diktiert. Während dieser Tage, in denen ihm Gegenwart und Zukunft trüb ineinanderrannen, erwuchs aus dem Unmut und Ingrimm seiner verdüsterten Seele der von trotzigem Selbstvertrauen gezeugte rettende Gedanke: Befreiung aus diesen Fesseln um jeden Preis. Er setzte seine Hoffnung auf Dalberg. Bauend auf dessen Wort, ihn unterstützen zu wollen, hatte er schon früher an ihn geschrieben und ihm die »Ideen« angegeben, die geeignet seien, Karl durch kluge Ausnützung seiner

Eitelkeit zu gewinnen. Dalberg antwortete ausweichend, und als ihm Schiller jetzt in einem zweiten Briefe von der Ungnade des Fürsten und dem Arrest meldete, wurde der höfisch-vorsichtige Mann noch mehr von der Einlösung seines Versprechens abgeschreckt und verstummte. Schiller fand sich in seiner Hoffnung, durch Vermittlung Dalbergs in dem »griechischen Klima« Mannheims zum »wahren Dichter« zu werden, getäuscht.

Der Unwille des Herzogs wurde noch durch einen Zufall gesteigert. Eine Stelle im zweiten Akte der »Räuber«, in der Spiegelberg Graubünden in der Schweiz als das »Athen der heutigen Gauner« bezeichnet, wurde dort zur

Das Nationaltheater in Mannheim im Jahre 1782.
Hier wurden die ersten Dramen Schillers aufgeführt.

Staatsaktion aufgebauscht und gab dem Herzog einen neuen Anlaß, gegen den Dichter einzuschreiten, der das »Ausland« beleidigte und gar den fürstlichen Interessen zuwiderhandelte. Für dessen Handlungen sich verantwortlich fühlend, ließ er ihn vor sich kommen, überschüttete ihn mit Scheltworten, drohte mit Festung und Dienstentlassung, verbot ihm auf das strengste, künftighin irgend etwas anderes als medizinische Schriften drucken zu lassen, und schloß mit den Worten: »Ich sage, bei Strafe der Kassation schreibt Er keine Komödien mehr.« Herrischer denn je forderte jetzt die Notwendigkeit die Entscheidung. Schiller entschied sich nach hartem innerem Kampfe für die Flucht, um dem Berufe dienen zu können, den er als den seinen erkannte und dem er jetzt alles, die Heimat, die Eltern, die Lebensstellung, den guten Namen opferte. Er wurde ein vagabundierender Deserteur, aber mit dem stolzen Bewußtsein, daß es die »Gerechtigkeit« gegen sein eigenes Talent erfordere, es »zu seinem Ruhm und Glück anzubauen«. Sein Lebensschicksal war mit diesem Schritt bestimmt. Und weder das Talent noch die zähe Willensstärke haben ihn im Stich gelassen, nur die Kraft des Körpers reichte nicht aus, und er büßte ein ruhmvolles, inhaltsreiches Leben mit frühem Tode.

Für die »heimliche« Reise war die zweite Hälfte des Septembers ausersehen, weil die rauschenden Festlichkeiten, die in dieser Zeit zu Ehren des Besuches des russischen Großfürsten Paul und seiner Gemahlin, einer Nichte des Herzogs, stattfinden sollten, das Gelingen zu begünstigen versprach. Bis dahin beschäftigte sich Schiller eifrig mit dem »Fiesko«, mit dem er sein Glück in Mannheim zu gründen hoffte. Was in der Stille der Nacht gedichtet war, wurde am Morgen dem vertrautesten Freunde dieser drangvollen Tage, Andreas Streicher, vorgelesen und mit ihm besprochen. Um zwei Jahre jünger als der bewunderte Freund, wurde Streicher durch dessen Not gerührt und setzte es bei seiner Mutter durch, daß er schon jetzt und nicht, wie geplant war, erst im Frühjahr die Reise nach Hamburg antreten durfte. So wurde er der paßlose Begleiter des Deserteurs. Was die beiden Freunde in der folgenden Zeit gemeinsam erlebten, hat Streicher in dem schlicht und warm geschriebenen Büchlein »Schillers Flucht aus Stuttgart und Aufenthalt in Mannheim von 1782–1785« erzählt.

Das nächste Ziel des Flüchtlings war Mannheim, wo er seinen fast vollendeten »Fiesko« auf die Bühne zu bringen hoffte. Da aber Dalberg bei den Festlichkeiten in Stuttgart weilte, konnte in dieser Angelegenheit kein entscheidender Schritt getan werden. Nur zu einer Vorlesung des neuen Trauerspieles in einem Kreise von Mitgliedern des Theaters kam es, aber der erhoffte Erfolg blieb aus; des Dichters leidenschaftlich übertreibende Deklamation und schwäbische Aussprache waren, wie nachträglich offenbar wurde, die Ursache des Mißerfolges. Die Mißstimmung des Dichters über die erlittene Enttäuschung hellte sich erst wieder auf, als der Regisseur Meyer, der sich das Manuskript zum Durchlesen erbeten hatte, den »Fiesko« als ein Meisterstück bezeichnete. Gleichwohl konnte ohne den Theaterleiter Dalberg über die Annahme des Stückes keine Entscheidung getroffen werden. Daher war das Verbleiben des Dichters in Mannheim zwecklos und, da jeden Augenblick die Auslieferung erfolgen konnte, auch gefahrvoll.

Begleitet von Streicher, wanderte Schiller als Dr. Ritter nach Frankfurt, wo sie in Sachsenhausen, der Mainbrücke gegenüber, Wohnung nahmen und Dalbergs Antwort abwarteten. In einem rührenden Briefe hatte ihm Schiller seine bedrängte Lage geschildert und im Hinblick auf den »Fiesko« um einen Vorschuß zur Bezahlung seiner Schulden in Stuttgart gebeten. Am 3. Oktober meldete ein Brief Meyers die Entscheidung Dalbergs, der »Fiesko«

bedürfe einer Umarbeitung für die Bühne, und auf einen Vorschuß könne er sich nicht einlassen. Es war klar, daß Dalberg, der doch einst so große Hoffnungen in Schiller geweckt hatte, den unbequemen Deserteur sich vom Leibe halten wollte. Dieser aber verlor den Mut nicht und machte sich an die Umarbeitung des Stückes. Da er aber zu diesen Zwecken den Mannheimer Freunden nahe sein mußte, wanderte er nach dem eine Stunde von Mannheim entfernten kleinen Ort Oggersheim, wo er sich als Dr. Schmidt einquartierte, und nachdem er den Plan zur »Luise Millerin« entworfen hatte, innerhalb einiger Wochen die verlangte Umarbeitung des »Fiesko« zustande brachte. Und doch war sie umsonst; denn ohne jegliche Begründung erklärte Dalberg, das Stück sei auch in dieser Form unannehmbar, und wies sogar den Antrag Ifflands, dem Verfasser »zur Anerkennung seiner außerordentlichen Verdienste« eine Vergütung von acht Louisdor zu geben, entschieden zurück. So niederschmetternd dieses Urteil auch war, der Dichter war zu stolz, um zu klagen. Er befolgte, wie Streicher erzählt, den Vorsatz seines Karl Moor: »Die Qual erlahme an meinem Stolze. Ich will's vollenden!« Er verkaufte um etwa 195 Mark das Manuskript an den Buchhändler Schwan und tilgte mit dem Honorar die Kreidestriche seines Wirtes.

Am schwersten fiel es ihm aufs Herz, den treuen Streicher in sein böses Geschick verflochten zu haben. Der Mittel entblößt, mußte dieser seine Reise nach Hamburg aufschieben und vorderhand in Mannheim durch Klavierunterricht sein Dasein fristen. Vom Herumziehen und Arbeiten erschöpft und in der Pfalz vor den Nachstellungen des Herzogs nicht mehr sicher, erinnerte sich Schiller des Anerbietens, das ihm Frau von Wolzogen nach dem Arrest von Stuttgart gemacht hatte, »ihn auf ihrem in der Nähe von Meiningen gelegenen Gut Bauerbach so lange wohnen und verpflegen zu lassen, als er vom Herzog eine Verfolgung zu befürchten habe«. Ehe er aber nach Thüringen sich begab, wollte er von seiner Mutter und Schwester Christophine Abschied nehmen und bat sie daher, nach Bretten, einem Flecken an der pfälzisch-württembergischen Grenze, zu kommen. Drei Tage weilten sie beisammen; erst nach mehr als einem Jahrzehnt sollten sie sich wiedersehen. Am 30. November ging der landflüchtige Dichter, begleitet von Streicher, Meyer, Iffland und anderen, nach Worms, von wo er am anderen Tage in bitterer Kälte, nur mit einem leichten Überrock bekleidet, über Frankfurt und Gelnhausen nach Bauerbach reiste; es war eine Fahrt von mehr als 60 Stunden.

»*Die Verschwörung des Fiesko zu Genua*«

Mit den begrabenen Hoffnungen, die er auf das »Paradies der Musen« gesetzt hatte, ließ Schiller auch den »Fiesko« in der Pfalz zurück. Er erschien zur Ostermesse 1783 in der Schwanschen Buchhandlung in Mannheim unter dem Titel *Die Verschwörung des Fiesko zu Genua, ein republikanisches Trauerspiel,* und war dem Professor Abel gewidmet. Als einen Verfechter erhabener Tugend, der das Leben ohne Bedenken für die höchsten idealen Güter, Freiheit, Vaterlandsliebe und Menschenwürde, einsetzt, erkor sich der Dichter der »Räuber« nun den Fiesko zum Helden, auf den er schon als Akademiker in seiner medizinischen Entlassungsschrift hingewiesen hatte. Als er sich aber dann dem Studium der geschichtlichen Quellen unterzog, sah er, daß diese mit der Auffassung des Geschichtsphilosophen nicht übereinstimmen. Denn wenn sie auch den Fiesko als einen kühnen, mit bestechenden Eigenschaften ausgestatteten Mann hinstellen, so zeigt doch Robertson, der englische Geschichtsschreiber Kaiser Karls V., daß Fiesko die Doria nur stürzen wollte, um selbst die Herrschaft an sich zu reißen, und sogar der Kardinal von Retz, der in seinen Memoiren den Revolutionär gern mit dem Glorienschein eines Brutus umgeben möchte, bezeichnet Ruhmsucht und tatendurstigen Ehrgeiz als die eigentlichen Beweggründe der Umsturzbestrebungen des Grafen von Lavagna.

In Wirklichkeit gab es keinen Usurpator zu stürzen; denn Andreas Doria landete als Anhänger Karls V. 1528 in Genua, entriß es den Franzosen und stellte, obgleich er sich leicht die Krone hätte auf das Haupt setzen können, die Republik wieder her. Sein mächtiger Einfluß aber erregte die Eifersucht vornehmer Adelsgeschlechter, und die Unzufriedenheit wuchs, als er seinen jungen und übermütigen Neffen Gianettino zum Erben einsetzte. Es kam zu einer Verschwörung, an deren Spitze Giovanni Luigi de' Fieschi stand. Gianettino wurde bei der Empörung getötet, Andreas aber entkam. Fiesko, dessen erste Absicht war, die Herrschaft der Franzosen wiederherzustellen und sich zum Statthalter ernennen zu lassen, wurde von dem Verschwörer Verrina überredet, selbst die Herrschaft zu erstreben. Schon waren Hafen und Stadt in den Händen der Verschworenen, als Fiesko vermißt wurde. Er war von der Verbindungsbrücke, als er das Admiralschiff der Doria betreten wollte, ausgeglitten und durch seine schwere Rüstung auf den Grund des Meeres gezogen worden (1547). Andreas kehrte zurück.

Bei dem Widerspruch der Gesinnungen und Taten des geschichtlichen Fiesko mit den aus Rousseau geschöpften idealen Vorstellungen machte Schiller, um diese nicht aufgeben zu müssen, seinen Helden aus einem großen Tugendhaften zu einem erhabenen Verbrecher und verlegte den Angelpunkt des Konflikts. Nicht dem Kampf gegen die Tyrannen, sondern dem Kampf in der Brust des Helden sollte die Teilnahme sich zuwenden. Ausgestattet mit allen Vorzügen, die zur Größe befähigen, vertraut mit dem Sehnen nach Freiheit, der Gunst des Volkes sich erfreuend, den Gefühlen der Liebe und Freundschaft zugänglich, konnte Fiesko der Wohltäter Genuas werden; aber stärker als alle anderen Neigungen wirkt in ihm der Drang nach Herrschaft. Genuas glücklichster Bürger oder Tyrann, ein Brutus oder Cäsar zu werden – vor diese bange Wahl stellt der Dichter seinen Helden. Der Anblick der »majestätischen Stadt« weckt in Fiesko die kaum niedergekämpften Herrschergelüste, die Kühnheit der Tat besticht seine Phantasie, der Kampfpreis adelt ihm das Verbrechen. »Es ist frech, eine Million zu veruntreuen, aber es ist namenlos groß, eine Krone zu stehlen.« Mit dem Entschluß, nach der Herzogskrone zu greifen, war der tragische Zusammenstoß mit anderen Mächten unausbleiblich; aus seinem Wollen und Handeln entwickelt sich die Tragödie des »Wirkenden und gestürzten Ehrgeizes«. Aber der innere Kampf zwischen Tugend und Selbstsucht, Freiheitsliebe und Ehrgeiz, idyllischer Sehnsucht und heroischen Empfindungen spielt sich zu rasch ab und ist nicht tief genug in das dramatische Gewebe hineingearbeitet.

Daß Fiesko nicht, wie in der Geschichte, durch einen Zufall umkommen dürfe, stand für Schiller schon von vornherein fest. Daher stellte er dem Cäsar-Fiesko einen Brutus-Verrina gegenüber, der ihn ertränkt. Der geschändeten Freiheit war damit ein Rächer, dem erhabenen Verbrecher ein Richter entstanden, denn »wo ein Brutus lebt, muß ein Cäsar sterben«. In Verrinas Zeichnung folgte Schiller ohne Rücksicht auf die geschichtliche Unterscheidung dem republikanisch-heroischen Ideal der Stürmer und Dränger, das der Form und der Darstellung nach an das altrömische Republikanertum anzuknüpfen pflegte. Doch vermag die Katastrophe nicht unser volles tragisches Interesse zu erwecken. Sehr verschieden von dem Idealrepublikaner Verrina sind die Männer, die an der Seite Fieskos stehen, meist dunkle Ehrenmänner, die hoffen, aus einer Staatsveränderung persönlichen Nutzen zu ziehen. Klug werden sie von Fiesko für seine Pläne gebraucht, die er ihnen aber ebenso verhüllt, wie er durch die Rolle eines unpolitischen, genußsüchtigen und eleganten Kavaliers die Dorias in den Schlummer wiegt. Von diesen gewinnt Andreas erst zum Schluß für die Handlung Bedeutung, während in den ersten vier Akten Gianettino als der eigentliche Vertreter der Staatsgewalt erscheint. Um den Verlauf der weit verzweigten Handlung räumlich und zeitlich zusammenzudrängen, hat sich der Dichter in dem allwissenden und allgegenwärtigen Mohren einen dramaturgischen Helfer geschaffen, ihn aber zugleich durch eine Fülle lebensvoller Züge zu einer glänzenden Hauptrolle gemacht.

Die »Vorrede und Zuschrift« zum »Fiesko« verfaßte Schiller in Bauerbach, wo er am 7. Dezember anlangte und acht Monate verweilte. Das Gut seiner Gönnerin war einfach, das Dorf weltverloren, aber was kümmerte es den landflüchtigen Fremdling! Er war froh, einmal etwas wie eine Heimat zu haben, und kam sich vor »wie ein Schiffbrüchiger, der sich mühsam aus den Wellen gekämpft hat«. Und da die Menschen, denen er eben sein volles Herz im Vertrauen auf ihre Verheißungen erschlossen hatte, ihn in seinen Erwartungen getäuscht und in seinem Selbstgefühle verletzt hatten, kam ihm die Einsamkeit gerade recht. Emsige Arbeit sollte sie beleben, und in dem Meininger Bibliothekar Hermann Reinwald, einem Freunde seiner Wohltäterin, lernte er einen Mann kennen, der durch Büchersendungen für seinen Geist reichlich sorgte. Schiller schloß sich in seinem Freundschaftsbedürfnisse voll und innig dem um 23 Jahre älteren Manne an, und das Bündnis hatte für ihn etwas Wohltuendes und Versöhnendes. Denn was der enttäuschte Dichter damals am meisten brauchte, Aufmunterung, Vertrauen und Glauben an seine Zukunft, das gab ihm der bedächtige Reinwald in reichem Maße.

Während des Aufenthaltes in Bauerbach schritt Schillers bürgerliches Trauerspiel »Luise Millerin«, dessen Anregung auf die Zeit seiner Haft auf der Hauptwache in Stuttgart zurückreicht, rüstig vorwärts, und aus den historischen Werken, die Reinwald ihm sandte, schöpfte er neue dichterische Pläne. Doch legte er sie »bis auf weitere Ordre« zurück und arbeitete »nunmehr entschlossen auf einen Don Carlos zu«. Mit jedem Tage wuchs seine Freude an dem Prinzen, und er lebte sich so hinein, daß er sich eins mit ihm fühlte und sein eigenes Liebesbedürfnis und Freundschaftsempfinden für Charlotte, die Tochter seiner Gönnerin, in dem Helden verkörpern wollte. Der Dichter war in der glücklichsten Stimmung und im besten Zuge mit seiner Arbeit, als das historische Drama in der zweiten Hälfte April wieder beiseite gelegt werden mußte. Denn das unterbrochene Verhältnis zur Mannheimer Bühne nahm eine neue Wendung; der Intendant selbst wünschte sofort die »Luise Millerin« zu haben, von der er durch des Dichters Freunde sehr viel Rühmliches gehört hatte. Auch beabsichtigte er, nach einem ziemlich schwachen Theatererfolg des letzten Winters, mit Bearbeitung einiger Shakespearescher Stücke vorzugehen, wobei ihm Schiller gute Dienste leisten zu können schien. Die früheren Bedenklichkeiten des Hofmanns waren geschwunden, da der Herzog auf die Verfolgung des Regimentsmedikus augenscheinlich verzichtet hatte. Durch Erfahrung klüger und weltscheuer, aber auch aufs neue gehoben durch Liebe und Freundschaft, mit frischem Mute beseelt, allen Lebensstürmen zu trotzen, traf er am 27. Juli 1783 in Mannheim ein, um im »Paradies der Muse« zu lernen und zu lehren, zu schaffen und zu wirken. Mit Dalberg kam ein Vertrag zustande, wonach Schiller auf ein Jahr als Theaterdichter angestellt und verpflichtet wurde, innerhalb dieses Zeitraumes drei neue Stücke für die Bühne zu liefern. Zunächst galt es, dem »Fiesko« eine dem Theaterleiter entsprechende Form zu geben. Aber kaum hatte er sich an die Arbeit gemacht, als ihn ein epidemisch auftretendes Sumpffieber befiel, das ihn lange Zeit arbeitsunfähig machte und seine Gesundheit für immer zerrüttete. Noch wiederholt von Fieberschauern befallen, nahm er die Umgestaltung des »Fiesko« vor, denn Dalberg drängte, und die Befürchtung, des Berliner Theaterdichters Plümicke Verballhornung des Stückes könnte auf den Theatern eingeschmuggelt werden, trieb ihn zur Eile.

Schillers »Hauptänderung« an seinem Stück, dessen Umgestaltung Ende November vollendet wurde, betraf den Schluß. Fiesko endet nun nicht mehr als ehrgeiziger Thronräuber von Verrinas Hand, sondern ganz im Widerspruch mit seinem Charakter und leidenschaftlichen Streben entsagt der Ehrgeizige, nachdem Verrina im Angesichte des empörten Volkes den Streich gegen ihn geführt hat, dem heiß ersehnten Purpur. Unter allgemeinem Jubel und großer Rührung schließt das aus einer politischen Charaktertragödie zu einem heroischen Spektakelstücke gewordene Drama. Dessen Aufführung am 11. Januar 1874 fand, obschon die Rollen gut besetzt waren und die Schauspieler ihr Bestes taten, wenig Beifall. »Den Fiesko verstand das Publikum nicht«, schreibt Schiller an Reinwald, »republikanische Freiheit ist hierzuland ein Schall ohne Bedeutung, ein leerer Name, in den Adern der Pfälzer fließt kein römisches Blut.«

Die Anordnung des »Fiesko« auf dem Mannheimer Theater, die Schiller selbst übernehmen mußte, machte ihn zum ersten Male mit dem Getriebe eines Theaters bekannt und gewann ihm das ganze Vertrauen und die Achtung des eifrigen und verständigen Hoftheaterintendanten Dalberg. Dem Eifer und Ernste, der Opferwilligkeit und dem mehr als gewöhnlichen Verständnis dieses für die Kunst begeisterten Mannes gelang es, die Mannheimer Bühne zu einer der angesehensten in Deutschland zu machen. Zu dem Verkehr Schillers mit den Schauspielern kamen, namentlich durch Schwans Vermittlung, auch andere Bekanntschaften; so mit J. G. Jacobi und Sophie von La Roche, der »sanften, guten, geistvollen Frau, die das Herz eines neunzehnjährigen Mädchens hat«. Freilich wurde ihm bei öfterem Verkehr der Unterschied klar zwischen seinen ernsten dichterischen Bestrebungen und der Geschmacksrichtung der Freundin des Graziendichters Wieland, die vor großer Leidenschaft und erschütternder Tragik sich entsetzte und in der Kunst nur ein geistreiches Spiel mit schönen Empfindungen und reizenden Formen erblickte.

»Kabale und Liebe«

Die Bitterkeit des Mißerfolges mit dem »Fiesko« wurde Schiller versüßt durch die Ernennung zum ordentlichen Mitglied der Kurpfälzischen Deutschen Gesellschaft. Um dieser Ehrung sich würdig zu erweisen, ging er mit frischem Eifer an die Bühnenbearbeitung seiner »Luise Millerin«, und zu Ostern 1784 erschien das »bürgerliche Trauerspiel« bei Schwan unter dem Titel *Kabale und Liebe.* Am 15. April wurde es in Mannheim mit aller Vollkommenheit, deren die Schauspieler fähig waren, und unter lautem Beifall und den heftigsten Bewegungen der Zuschauer gegeben. Auf eine damals ungewöhnliche Weise erhoben sich, wie Streicher erzählt, nach dem zweiten Akte alle Zuschauer, um in ein stürmisches, einmütiges Klatschen auszubrechen, wodurch Schiller, der mit dem Freunde in einer Loge der Vorstellung beiwohnte, so überrascht wurde, daß er aufstand und sich gegen das Publikum verbeugte. Es war die dramatische Wucht und tragische

Überzeugungskraft sowie die ergreifende Wahrhaftigkeit seines Gehaltes, die dem Stück zum durchschlagenden Bühnenerfolg verhalfen. In »Kabale und Liebe« betrat er den Boden der Wirklichkeit, um den Zusammenstoß ursprünglichen freien Fühlens mit den starren Satzungen der Gesellschaftsordnung darzustellen.

Unverkennbar spielen in das Drama persönliche Erlebnisse des Dichters hinein; auch er hat den Standesunterschied empfunden, als ihm in seiner Neigung zu Lotte von Wolzogen ein Adeliger vorgezogen wurde, und er las in Bauerbach »Othello« und »Romeo und Julia« mit um so größerem Gewinn, da er zu gleicher Zeit selbst die Schmerzen der Liebe und Eifersucht durchlebte. Die Gegenwart bot ihm eine Folge von Bildern, die, in jedem Strich der Wirklichkeit entsprechend, den Zuschauern ihre eigene Welt mit so erschütternder Tragik vor Augen stellen, daß sie vom tiefsten Leid um die in ihnen selbst entwürdigte Menschheit und von grenzenlosem Ingrimm gegen ihre Peiniger erfüllt werden mußten. Mit den erlebten Motiven verbanden sich auch literarische. So hatte Rousseau mit seiner »Héloise« (1761) das fernhin wirkende Zeichen zum Kampfe für die Naturrechte des Herzens und gegen die beschränkenden Standesurteile gegeben, nachdem schon Diderots »Le père de famille« (1759) das Motiv behutsam angerührt hatte. Dann schuf Lessing mit der »Emilia Galotti« das klassische Musterstück, das mit seinen scharf umrissenen Figuren und dem allerdings gedämpften Gerichte über gewalttätige Fürsten und ihre elenden Helfershelfer auch auf die Dramatiker der Geniezeit einwirkte. Daher wühlt das junge Geschlecht in revolutionären Zerrbildern, sei es nun, daß der Vornehme wie ein Wolf in die bürgerliche Hürde bricht und Bilder von Verführung und Schande aufsteigen oder daß er als edler Liebhaber eines empfindsamen, reinen Bürgermädchens an die Schranken des Standes prallt. Der Fall der Unglücklichen, Kindesmord, Selbstmord, Wahnsinn bildet die Katastrophe. Schiller standen besonders Wagners »Die Reue nach der Tat« und »Die Kindesmörderin« nahe, in der bereits neben den rauhen, aber treu besorgten Vater die eitle, törichte Mutter tritt, die sich von der Ehre blenden läßt, daß ein adliger Offizier an ihrer Tochter Gefallen findet.

Von diesen Vorbildern hat Schiller gelernt, aber sein Idealismus, sein überall auf das Allgemeine gerichteter, vom Tage unabhängiger Sinn erhebt ihn weit über die am einzelnen und Zufälligen haftenden Stürmer und Dränger, und wenn er auch die überlieferten Charakterschablonen und Situationen aufgriff, so hat er sie doch mit seinen Absichten verbunden und mit dem Blut seines warm empfindenden jungen Herzens gefüllt. Den tragischen Konflikt des Liebespaares hebt der Dichter, indem er von ihm aus die Verbindungslinien zu den Höhen und Tiefen der Gesellschaft zieht, aus dem engen Rahmen des Einzelschicksals in den weiten öffentlicher Verhältnisse und macht so das Drama zu einem Spiegel der Zeit. Schiller bietet jene herzerschütternde Szene, in der der alte, im Hofdienst ergraute Kammerdiener mit seinem stumm duldenden Gehorsam der Lady Milford Brillanten bringt, den Erlös eines freilich nicht auf Württemberg beschränkten Menschenschachers, und macht dadurch das Theater zum Tribunal, vor das er den Fürsten wie das Volk, Adel und Bürgertum, die tyrannische Willkür und den faulen Sklavensinn ruft, um jedem zu geben, was er verdient.

Im Mittelpunkte der Dichtung stehen zwei Liebende, die, unbekümmert um das Treiben der Welt, nur ihrer Liebe leben. Diese aber wird durch unüberwindliche Mächte in Schranken gehalten, und obendrein droht ihr von Kreisen Gefahr, die durch das volle Glück der Liebenden in ihren Lebensinteressen gefährdet würden. Das sind der Präsident und seine Kreaturen, neben ihnen Lady Milford, die fürstliche Favoritin. Ferdinand, des Präsidenten Sohn, kennt die Hindernisse, die sich seiner Liebe zu dem Bürgermädchen entgegenstellen werden, aber er achtet sie gering. »Laß doch sehen, ob mein Adelsbrief älter ist als der Riß zum unendlichen Weltall? oder ob mein Wappen gültiger als die Handschrift des Himmels in Luisens Augen: Dieses Weib ist für diesen Mann!« »Wer kann den Bund zweier Herzen lösen oder die Töne eines Akkordes auseinanderreißen?« Den Gang des Verhängnisses beschleunigt die feurige Art und der Bürgerstolz des Musikus Miller. Alles, was Gesundes im Bürgerstande noch vorhanden war und ihn liebenswert macht, hat Schiller in dieser unvergleichlichen, lebensvollen Gestalt zur Darstellung gebracht. Seine ungehobelte Derbheit wirkt gegenüber dem verderbten Hofschranzentum mit befreiendem Humor; aber seine kraftvolle, knorrige Eigenart verhüllt ein unendlich weiches Gefühl, das mit Liebe sein Kind umfängt. Zum erstenmal erhebt in ihm der Bürgerstand seine Stimme, um im erwachenden Selbstbewußtsein seiner Kraft die Gleichberechtigung mit den anderen Ständen zu erkämpfen, und Worte, wie »Euer Exzellenz schalten und walten im Land. Hier ist meine Stube«, die Miller unter dem Eindruck der brutalsten Gewalt dem Präsidenten ins Gesicht schleudert, waren bisher auf dem Theater nie gewagt worden.

An tragischem Gehalt und dichterischer Ursprünglichkeit hat Schiller Lessings »Emilia« übertroffen; an der Geschlossenheit der Handlung kommt er ihm fast gleich. Manches freilich wird in dem Aufbau der Handlung mit mehr oder weniger Recht getadelt; so ist das Verhältnis zwischen Vater und Sohn zu wenig überzeugend dargestellt; unwahrscheinlich wie manches andere klingt, daß Luise zur Abfassung des Briefes sich zwingen läßt; die Einfügung der novellistischen Autobiographie der Lady Milford, einer Nachfolgerin der Millwood in Lillos »Kaufmann von London«, der Marwood, Orsina und Amaldi, hält den Gang der Handlung auf; aber was wollen diese und andere Mängel bedeuten gegenüber dem Gesamteindrucke des Stückes? Wo hat je ein deutscher Dramatiker eine solche Wirkung erzielt wie Schiller mit dem Finale des zweiten Aktes? Wir begreifen die Begeisterung der Zuschauer bei der Aufführung des Stückes in Mannheim und wundern uns nicht, daß es auf allen deutschen Bühnen, einmal sogar in Stuttgart, gegeben wurde. Noch der greise Goethe berichtet, welche elektrische Wirkung das Stück auf ihn und die sämtliche »Sprudeljugend« ausgeübt habe. Und doch wußte die gleichzeitige Kritik gerade an diesem Drama mehr als an den früheren Schillers auszusetzen. Der nüchterne Geschmack der Theaterdichter und des großen Publikums konnte sich für die gewaltige Schöpfung Schillers, in der zum erstenmal die großen Gegensätze des deutschen Lebens tragisch und innerlich wahr in Erscheinung traten, auf die Dauer nicht erwärmen und neigte mehr dem rührseligen Schauspiel mit glücklichem Ausgang zu.

Neben dem leichten Gemisch von Heiterkeit und Rührung, das Iffland bot, mundete die kräftige dramatische Kost, die Schiller auftischte, den Pfälzern nicht mehr, und Dalberg, dem es hauptsächlich auf zugkräftige, kassenfüllende Stücke ankam, suchte daher Iffland an Mannheim zu fesseln. Dazu vereinten sich Mißgunst und Eigendünkel, Ränkesucht und Spießbürgertum, um den Theaterdichter Schiller bei Dalberg als überflüssig erscheinen zu lassen und beim Publikum herabzusetzen. Und so geschah denn, was schon lange vorbereitet war: Schillers Kontrakt mit Dalberg wurde nicht mehr erneuert. Ohne Sang und Klang trat der Dichter am 31. August 1784 von der Mannheimer Bühne ab, deren Ruhm er begründet hatte, und wieder war er der Unsicherheit einer unberechenbaren Lage preisgegeben.

AUFENTHALT IN DRESDEN

Die Freundschaft mit Körner

Mit Dalberg zerfallen, entschloß sich Schiller, eine Monatsschrift herauszugeben, die das Verhältnis des Theaters zum Publikum fester begründen und besonders die Aufführungen der Mannheimer Bühne kritisch beleuchten sollte. Es ist dies die *Rheinische Thalia*, in deren Ankündigung (November 1784) er ein reichhaltiges Programm ihres Inhaltes entwirft und erklärt, daß er sich, nachdem ihm »die Dichtkunst Familie, Vaterland und Fürstengnade gekostet habe, jetzt seinem Volke in die Arme werfen« wolle. »Ihm allein gehör' ich jetzt an. Vor diesem und keinem anderen Tribunal werd' ich mich stellen.« Aber trotz aller Verheißungen fiel die Subskription doch recht mangelhaft aus. Den Hauptanziehungspunkt des Heftes bildete der erste Akt des »Don Carlos«, und er wurde auch der Anlaß, daß Schiller zu dem musenliebenden Herzog Karl August von Weimar, der im Dezember 1784 auf Besuch am Darmstädter Hof weilte, in persönliche Beziehung trat. Durch Vermittlung der Frau von Kalb erhielt der Dichter eine Empfehlung an den Herzog, der gern darauf einging, sich den Anfang des »Don Carlos« von ihm vortragen zu lassen. Karl August bewies sich sehr gnädig und verlieh Schiller den Ratstitel. War dieser nun auch für den in seiner bürgerlichen Existenz noch immer so haltlosen Flüchtling ein großes Geschenk, das in den Augen der »Gesellschaft« sein Ansehen wiederherstellte, so konnte er doch davon nicht leben. Seine Lage in Mannheim wurde immer schwieriger; er sehnte sich fort von dem Ort so vieler Enttäuschungen. Die Entscheidung aber brachte erst ein schweres inneres Erlebnis, das Verhältnis zu Charlotte von Kalb. Um zwei Jahre jünger als Schiller und aus dem Geschlechte der Marschalk von Ostheim stammend, war sie nach einer freudlosen Jugend ohne innere Neigung dem Major von Kalb, der damals in französischen Diensten stand, zum Altare gefolgt. Eine ungewöhnlich tiefe, innerliche Natur, oft von krankhaftem, traumähnlichem Empfindungsleben, fand sie bei ihrem Gatten, wenn sie ihm auch ihre Achtung nicht versagte, kein Verständnis. Im August 1784 war sie nach Mannheim übersiedelt, während ihr Gemahl in Landau, wo er in Garnison lag, blieb und sie wöchentlich ein paarmal besuchte. Beiderseitige Begeisterung für Theater und Poesie hatte zwischen ihr und Schiller zu einem freundschaftlichen Verhältnisse geführt, das sich zur leidenschaftlichen Liebe steigerte, dank der Willenskraft und dem sittlichen Ernste beider aber mit der Trennung endete.

In dieser düsteren Stimmung erwachte in Schiller die Erinnerung an ein freundliches Zeichen herzlicher Zuneigung, das er vor mehreren Monaten erhalten hatte. Es war im Juni 1784, als ihm vier Verehrer und Verehrerinnen aus Leipzig ihre Bilder als Beweis ihrer Huldigung zusandten und die Sendung mit einem bewundernden Brief und kleinen Geschenken begleiteten. Der Wortführer des Freundeskreises war der Jurist CHRISTIAN GOTTFRIED KÖRNER, der Vater des Freiheitsdichters. Wirkte auch die Sendung auf Schiller wie ein Lebensbalsam, so kam er doch erst nach einem halben Jahr dazu, den Freunden, deren Namen (Körner, Ludwig Huber und das den beiden verlobte Schwesternpaar Minna und Dora Stock) er unterdessen erkundet hatte, zu antworten. Auf seinen lebendig empfundenen Brief antwortete Körner mit der Einladung nach Leipzig und mit dem Anerbieten seiner »ganzen Freundschaft«. Und in der Tat wurde er für Schiller ein unschätzbarer, in sein Leben entscheidend eingreifender Freund. Aus einer angesehenen und wohlhabenden Familie des gelehrten Leipziger Patriziates stammend und als der einzige Sohn eines würdereichen Professors der Theologie 1756 geboren, besaß Körner genug Selbständigkeit und Willensfestigkeit, um für des Dichters kühnes Selbstbewußtsein Verständnis zu haben, aber er hatte auch genug klare Besonnenheit und Lebenserfahrung, um auf des Dichters leidenschaftliches Gemüt und sich überstürzende Empfindung klärend, versöhnend und mäßigend zu wirken. So war unserem Dichter »der große Wurf gelungen, eines Freundes Freund zu sein«. Das schönste Denkmal dieser Freundschaft ist der Briefwechsel, der von nun an eine Hauptquelle für Schillers Leben bildet. Flossen auch später, nach Schillers Bekanntschaft mit Goethe, die Briefe zeitweise etwas spärlicher, so blieben sie doch immer reich an Aufschlüssen über äußere und innere Verhältnisse, denn vertrauensvoll legte Schiller dem Freund alles vor, was ihn bewegte.

Körner war seit 1781 Konsistorialassessor in Dresden, von wo er häufig nach Leipzig zu seiner Braut herüberkam. Das Amt hielt ihn dort gefesselt, als Schiller am 17. April 1785 in Leipzig ankam. Durch Huber wurde er in verschiedene Kreise eingeführt; bald trat er zum Theater, insbesondere zum Leiter der Gesellschaft, Reinecke, in Beziehung. Die Zeit der Messe hatte Fremde aller Art herbeigelockt, und nicht selten wurde Schiller »wie ein Wundertier« von einem »fatalen Schwarm« Neugieriger umlagert und angegafft: »Vielen wollte es gar nicht zu Kopfe, daß ein Mensch, der die Räuber gemacht hat, wie andere Muttersöhne aussehen soll.«

Neue Freunde stellten sich ein, als Schiller im Mai mit Huber und den Schwestern Stock in dem nahegelegenen Dorfe Gohlis zum Landaufenthalte sich einmietete. Die Vormittage waren der Arbeit an der »Thalia« und an »Don Carlos« gewidmet, kleine gemeinschaftliche Ausflüge füllten die Nachmittagsstunden aus, und die Abende vereinten den ganzen Freundeskreis am »Geselligen Vergnügen«, einem traulichen Platze auf der nahen Mühlinsel. In diesen Tagen stillen Schaffens vergaß Schiller, von den Wellen der Fröhlichkeit sich tragen lassend, alle Sorgen und wünschte zur Vollendung seines Glücks nur noch die Gegenwart Körners. Erst am 1. Juli kam es nach einem eifrig geführten Briefwechsel auf dem etwa vier Stunden von Leipzig entfernten Rittergute Kahnsdorf der Familie Ernesti zu einem persönlichen Beisammensein. Zwei Tage nach dieser Begrüßung sandte Schiller dem Freunde ein ergreifendes Bekenntnis: die Natur habe mit ihm Großes gewollt, das fühle er; aber teils durch die wahnsinnige Methode seiner Erziehung, größtenteils durch ihn selbst sei es unerfüllt geblieben. »Tief, bester Freund, habe ich das empfunden, und in der allgemeinen feurigen Gärung meiner Gefühle haben sich Kopf und Herz zu einem herkulischen Gelübde vereinigt, die Vergangenheit nachzuholen und den edlen Wettlauf zum höchsten Ziel von vorn anzufangen.« Die stürmische und verworrene Jugend war abgetan; eine lange Zeit mühevoller Selbstbildung folgte, deren »herkulische« Arbeit die Lebenskraft des Dichters untergrub und ihm endlich nur wenige triumphierende Jahre glücklichen Schaffens noch erlaubte.

Im August 1785 fand Körners Hochzeit mit Minna Stock in kleinem Familienkreise in Leipzig statt, worauf das Ehepaar mit Dora nach Dresden sich begab. Im September desselben Jahres folgte Schiller, der das Fest mit einem Hochzeitsgedichte verherrlicht hatte, und bald auch Huber dorthin. Fast zwei Jahre, bald in Loschwitz, wo Körner einen Weinberg und ein Landhaus besaß, bald in Dresden, verweilte Schiller in dem behaglichen Kreise, liebevoll umhegt von weiblicher Fürsorge, angeregt durch die Heiterkeit der Frauen und den geistigen Austausch mit dem Freunde. Seine Seele jauchzte auf, und dieser Jubel ergoß sich in dithyrambischem Schwunge mit überschäumender Begeisterung in den Hymnus *An die Freude.* Vielfach vertont wurde der tief empfundene Hymnus zum Gesellschaftslied, bis Beethoven am Schluß seiner neunten Symphonie dem Triumphgesang zu seiner vollsten Wirkung verhalf.

Anregung in den Freundeskreis brachten auch Künstler und Gelehrte, so der Musiker Naumann, der Maler Graff, dem wir ein herrliches Bildnis Schillers verdanken, der Professor Becker und der Geschichtsschreiber Archenholtz, denen sich auch vorübergehend in Dresden Anwesende anschlossen. In den langen Winterabenden dehnte sich das Gespräch über alle Gebiete des inneren Lebens aus, und die Klarheit und Schärfe von Körners Verstand übten eine heilsame Wirkung auf Schiller aus. Zeugnis davon legen die *Philosophischen Briefe* ab, die im dritten Heft der »Thalia« 1786 erschienen, zu denen im siebten Hefte 1789 ein fünfter und letzter Raphaelbrief kam, der von Körner stammt.

Wie die »philosophischen Briefe« entstanden aus psychologischen Interessen in der Dresdener Zeit auch einige poetische Werke. So erzählt Schiller mit der Absicht, den Geist der Duldung und Gerechtigkeit verbreiten zu helfen, den Lesern seiner »Thalia«, die die »Rheinische« fortsetzte, die »wahre Geschichte« eines *Verbrechers aus Infamie* (später »aus verlorener Ehre«), der die Geschichte des württembergischen Räubers Friedrich Schwan, des 1760 »hingerichteten Sonnenwirtes«, zugrunde liegt. Ein episches Gegenstück zu den »Räubern«, unterscheidet sich diese psychologische Novelle doch dadurch von ihnen, daß sie nicht mehr gegen die bestehenden Verhältnisse zertrümmernd anstürmt, sondern sie zu verstehen und zu verbessern sucht. In denselben Gedankenkreis gehört auch der Roman *Der Geisterseher*, der im vierten Heft der »Thalia« begann, aber trotz des sehnsüchtigen Verlangens der Leser erst 1789 in Weimar als »erster Band« hastig und notdürftig zum Abschluß gebracht wurde.

Andere Schriftsteller haben sich an der Fortsetzung des Romans versucht, und zahlreiche Nachahmungen sind entstanden; aber keine von ihnen reichte an Erfindungskraft und Seelenmalerei an Schiller heran, und doch war für diesen der Roman nur eine Spekulation des Journalisten, der es angezeigt fand, den Stoff für seine »Thalia« »aus dem Momente, aus dem Neuesten zu wählen, was bei der Leserwelt im Umlauf ist«. Und dies war die mystische Sucht nach Wundern, die Geisterseherei, die gerade zur Blütezeit des Rationalismus insbesondere in den Kreisen der Vornehmen, selbst an den Höfen und in geheimen Gesellschaften und Orten gepflegt wurde.

»Don Carlos«

Als Schillers bedeutendste dichterische Tat während der Dresdener Jahre erschien im Juni 1787 *Don Carlos, Infant von Spanien, ein dramatisches Gedicht.* Kein anderes Werk Schillers trägt in sich selbst so deutliche Spuren der fortschreitenden Entwicklung seines Schöpfers, kein anderes hat dem Dichter so viel Mühe gekostet, und von den künftigen sollte nur noch der »Wallenstein« so harte und langwierige Arbeit fordern.

Mit dem ganzen Feuer seiner Seele hatte Schiller sein Drama geschaffen, und bitter klagte er über die kühle Aufnahme, die es im Theater und in der Kritik fand. Vergeblich suchte er in den *Briefen über Don Carlos,* die er 1788 in Wielands »Teutschem Merkur« veröffentlichte, sein Werk gegen die wichtigsten erhobenen Einwürfe zu verteidigen, und auch heute noch erhebt man gerechte Bedenken gegen dessen absoluten Kunstwert, insbesondere gegen die künstlerische Einheit.

Deren Mangel erklärt sich aus der Verschiedenheit der Stimmung des Dichters, in der er an dem Drama arbeitete. Fünf Jahre hat es den Gegenstand gebildet, zu dem er aus allen Zerstreuungen des Verkehrs oder von den Studien immer wieder zurückkehrte. Auf eine »Familientragödie in einem königlichen Hause« war der Bauerbacher Entwurf berechnet. Mit der lyrischen Stimmung, die den Dichter damals umfing, wollte er den »Don Carlos« erfüllen; um die Liebe des Prinzen zur Königin soll sich die ganze Handlung drehen, der Kampf zwischen den Rechten des Herzens und den

Geboten der Verhältnisse wie in »Kabale und Liebe« das Problem bilden. Der aus Anekdoten und Erfindungen zusammengebraute Geschichtsroman des Abbé St. Réal (1672) mit seinem Gemisch von Liebesgeschichten und Hofintrigen, gewürzt mit tendenziösen Betrachtungen und einer fast allgemeinen Verurteilung Philipps II., hatte Schiller nebst der Dramatisierung dieser Erzählung durch den Engländer Ortway und dem »Philippe II roi d'Espagne« des Franzosen Mercier den Stoff gegeben.

Als dann Schiller nach einer fast ein Jahr dauernden Unterbrechung 1784 zum »Don Carlos« zurückkehrte, war in ihm eine große Veränderung vor sich gegangen, die in der Form wie im Gehalt der Dichtung zum Ausdrucke kam. Hatte er als Schüler Rousseaus die einengende Technik der Franzosen befehdet, so wird er jetzt unter verschiedenen Einflüssen, insbesondere Wielands, bewogen, die Begeisterung für die Engländer mit der Achtung vor den Franzosen zu vereinigen und so jenen Mittelweg einzuschlagen, der ihn über dieses Stück hinaus zu den reifen Dramen seines Mannesalters führte. Statt ein realistisches Drama in der Art seiner früheren will er jetzt das Feld der »hohen Tragödie« betreten, und als äußeres Zeichen des idealisierenden Stiles verleiht er jetzt dem »Carlos« das Gewand der Verse. Mit dem Wandel der Kunstform hatte sich auch eine Änderung des Gehaltes und der Absichten des Dramas vollzogen. Die Königin zeigt dem Prinzen nicht mehr wie im ersten Entwurfe offene Gegenliebe, sondern weist die leidenschaftliche Seele des stürmischen Werbers auf seine Pflichten gegen die Völker hin. Posa ist zwar noch sein untergeordneter Freund und Mahner, aber er tritt bereits als »Abgeordneter der ganzen Menschheit« und als Beauftragter der flandrischen Provinzen auf.

In der Dresdener Arbeitsperiode, die uns in der Gesamtausgabe vorliegt, traten Liebe und Freundschaft zurück vor der politischen Tendenz, und nun wird Posa zum Helden und Träger der freiheitlichen Ideen. Er wird der Erzieher des Prinzen, und seine größte und zugleich vollendete Erziehungstat wird nun sein Opfertod, der Carlos den Anstoß gibt, sich als Sieger über alle egoistische Leidenschaft ganz dem Dienste der gemeinsamen Ideale zu weihen. Für Posas »kühnes Traumbild eines neuen Staates« ist ein Herrscher nötig, der als Vater seines Volkes die ewigen Menschenrechte, allgemeine Duldung, Gedanken- und Gewissensfreiheit fördern und verbürgen, der Bürgerglück und Fürstengröße versöhnen will. Für diese Ideale soll Philipp gewonnen werden. Darum stattet ihn der Dichter mit den Tugenden eines Herrschers aus. Er ist der »mächtigste Mensch seiner Zeit« und dennoch vereinsamt, unglücklich auf dem Thron, vergeblich sich nach Liebe sehnend, da er sie selbst zu üben sich nicht entschließen kann. Zwar hat er Posa einen Augenblick geliebt, ihn aber dem Tode und seinen Sohn der Inquisition übergeben, sobald er die Gefahr erkannte, die seinem Streben, das Reich des Absolutismus und der Kirche für alle Zeiten zu befestigen, von jenen Männern drohte. Und über ihn selbst triumphiert der Großinquisitor, der Vertreter der kirchlichen Macht, die den König in ihrem Banne hielt und seine edlen Eigenschaften zur freien Menschlichkeit sich nicht entfalten ließ.

Schillers Geburtshaus in Marbach am Neckar. Zeitgenössischer kolorierter Stahlstich.

Seite 126: Szene aus einer Fernsehaufführung von Schillers Tragödie »Kabale und Liebe«, 1957.

Seite 127/128: Theaterzettel zur ersten Aufführung von Schillers Drama »Die Räuber« in Mannheim.

Sonntags den 13. Jänner 1782.

wird

auf der hiesigen National-Bühne

aufgeführet

Die Räuber.

Ein Trauerspiel in sieben Handlungen; für die Mannheimer Nationalbühne vom Verfasser Herrn Schiller neu bearbeitet.

Personen.

Maximilian, regierender Graf von Moor		Herr Kirchhöfer.
Karl,	seine Söhne	Herr Boeck.
Franz,		Herr Iffland.
Amalia, seine Nichte		Mad. Toscani.
Spiegelberg,	Libertiner, nachher Banditen,	Herr Pöschel.
Schweizer,		Herr Beil,
Grimm,		Herr Rennschüb.
Schufterle,		Herr Frank.
Roller,		Herr Toscani.
Razmann,		Herr Herter.
Kosinsky,		Herr Beck.
Herrmann, Bastard eines Edelmanns		Herr Meyer.
Eine Magistratsperson		Herr Gern.
Daniel, ein alter Diener		Herr Bakhaus.
Ein Bedienter		Herr Epp.
Räuber.		
Volk.		

Das Stück spielt in Deutschland im Jahre, als Kaiser Maximilian den ewigen Landfrieden für Deutschland stiftete.

Die bestimmten Eingangsgelder sind folgende:

In die vier ersten. Bänke des Parterres zur linken Seite	45 kr.
In die übrige Bänke	24 kr.
In die Reserve-Loge im ersten Stock	1 fl.
In eben eine solche Loge des zweiten Stocks	40 kr.
In die verschlossene Gallerie des dritten Stocks	15 kr.
In die Seiten-Bänke allda	8 kr.

Wegen Länge des Stückes wird heute präcise 5 Uhr angefangen.

Der

Verfasser an das Publikum.

Die Räuber — das Gemählde einer verirrten grosen Sel — ausgerüstet mit allen Gaben zum Fürtrefflichen, un mit allen Gaben — verloren — zügelloses Feuer und schlecht Kammeradschaft verdarben sein Herz, rissen ihn von Laster z Laster, bis er zulezt an der Spize einer Mordbrennerband stand, Gräuel auf Gräuel häufte, von Abgrund zu Abgrun stürzte, in alle Tiefen der Verzweifelung — doch erhaben un ehrwürdig, gros und majestätisch im Unglück, und durch Un glück gebessert, rückgeführt zum Fürtrefflichen. — Einen sol chen Mann wird man im Räuber Moor beweinen und hassen verabscheuen und lieben.

Franz Moor, ein heuchlerischer, heimtückischer Schleiche — entlarvt, und gesprengt in seinen eigenen Minen.

Der alte Moor, ein allzu schwacher nachgebender Vate Verzärtler, und Stifter vom Verderben und Elend seine Kinder.

In Amalien die Schmerzen schwärmerischer Liebe, und d Folter herrschender Leidenschaft.

Man wird auch nicht ohne Entsezen in die innere Wirt schaft des Lasters Blicke werfen, und wahrnehmen, wie al Vergoldungen des Glücks den innern Gewissenswurm nic tödten — und Schrecken, Angst, Reue, Verzweifelung ha hinter seinen Fersen sind. — Der Jüngling sehe mit Schrecke dem Ende der zügellosen Ausschweifungen nach, und der Man gehe nicht ohne den Unterricht von dem Schauspiel, daß d unsichtbare Hand der Vorsicht, auch den Bösewicht zu Wer zeugen ihrer Absicht und Gerichte brauchen, und den verwo rendsten Knoten des Geschicks zum Erstaunen auflösen könne.

Mit der Szene zwischen Philipp und Posa dehnt der Horizont der Welt des Schauspiels sich weit über die früheren Grenzen. Aus dem Werk, in dem die revolutionäre Tendenz gegen die Macht der Kirche zu den freiheitlichen Tendenzen der drei ersten Dramen ergänzend hinzutreten sollte, ist eine Dichtung für reformatorische Ideen geworden, die, von der Forderung kirchlicher Toleranz ausgehend, das ganze Leben des Menschen, das individuelle, politische, soziale, umspannen. Der ungestüme Don Carlos war für die freiheitlichen Lieblingsideen Schillers, die da zur Sprache kommen mußten, nicht mehr der geeignete Vertreter. Denn diese Ideen hatten sich unter dem beschwichtigenden Einflusse Körners aus revolutionären zu reformatorischen umgewandelt. Montesquieus vorwärtsweisendes Kultur- und Staatsideal (Esprit des lois) begann Rousseaus rückwärtsschauende Naturlehre zu verdrängen, der Sturm und Drang der aufbauenden Humanität zu weichen. Die so umgewandelten Ideen des Dichters konnte allein der ältere Freund des Prinzen vertreten. Damit aber Posa als würdiger Verfechter dem Weltbeherrscher gegenübergestellt werden konnte, hat ihm der Dichter eine Fülle neuer Züge verliehen. Jetzt erst erscheint er als Grande von Spanien, als Malteserritter, der sich im Kriege und in der Politik mit Ruhm bedeckt, auf weiten Reisen die Welt gesehen und seine Ideen erprobt hat und von dem König »ein Freier, ein Philosoph« und »größerer Fürst« genannt wird als Philipp auf dem Throne.

Wie geschickt auch Schiller in den »Briefen« die Einheit des Werkes verteidigte, so mußte er doch zugestehen, daß ihm die Anpassung des mit der großen Audienzszene einsetzenden zweiten Teiles an den ersten nicht vollständig gelungen sei. Die Fäden der Handlung nimmt schon im dritten Akt Posa in die Hand, und erst im fünften Akte gewinnt Carlos, der bis dahin der Geführte und Leidende ist, wieder mehr äußere Teilnahme. Aber gerade Posas Handlungsweise wird in den beiden letzten Akten verworren und stimmt nicht zu seinem reifen und besonnenen Wesen, wie es sich in den ersten Akten von der impulsiven, heftigen Art des Infanten abhebt. Die Widersprüche zwischen dem anfänglichen und dem späteren Verhalten Posas haben vornehmlich darin ihren Grund, daß ihn der Dichter nie als eine festumrissene Gestalt gesehen hat; so wurde er nur eine Idealfigur, zuerst der Typus eines Freundes, wie ihn Schiller erträumte, dann der Träger der Humanitätsideen, die des Dichters Herz erfüllten. Dagegen ist König Philipp ein individueller, lebendiger, echt dramatischer und tragischer Charakter und zugleich auch die theatralisch wirksamste Person des Stückes. Nicht aus geschichtlicher Kenntnis des Institutes der Inquisition, sondern aus seiner leidenschaftlichen Phantasie hat der Dichter geschöpft, als er die unheimliche Gestalt des Großinquisitors, des Hauptvertreters des furchtbarsten Fanatismus, schuf. Ebenso tendenziös ist Domingo gezeichnet, der gemeine »Gebärdenspäher und Geschichtenträger«, und auch Alba, sein weltliches Gegenstück, ist nur ein Höfling und Intrigant.

In der Königin Elisabeth ist Schiller die vollkommene Darstellung weiblicher Natur gelungen, und sie ist die liebenswürdigste Frauengestalt geblieben, die Schiller geschaffen hat. In der Sprache hoffnungsloser Liebe und stiller Entsagung klingen Stimmungen wider, die Schiller im Verkehr mit Charlotte von Kalb erlebt hat. Im beabsichtigten Kontrast zu dem natürlich schönen Wesen Elisabeths ist die Koketterie Ebolis gezeichnet. Aber auch sie ist ein echtes Weib mit den Vorzügen und Fehlern ihres Geschlechtes. Echt ist ihre Leidenschaft zu Carlos, echt deshalb auch ihre Beschämung, als sie sich zurückgewiesen sieht, und die daraus entspringende Rachsucht, ihre dämonische Sophistik und die Logik ihres Hasses.

Schon in Bauerbach bezeichnete Schiller als eine seiner Hauptaufgaben bei der Abfassung des »Don Carlos«, in der Darstellung der Inquisition »die prostituierte Menschheit zu rächen und ihre Schandflecken fürchterlich an den Pranger zu stellen«. Aber schon die Hauptquelle Schillers für sein Drama entspricht nur sehr wenig den geschichtlichen Tatsachen, wie sie zum Teil erst durch die neuere Forschung bekannt geworden sind.

Der historische Don Carlos, als Sohn Philipps II. und seiner Gemahlin Maria von Portugal 1545 zu Valladolid geboren, war von Natur schwächlich und infolge mangelhafter Erziehung und falscher ärztlicher Behandlung während eines dreijährigen Wechselfiebers an Leib und Seele verkrüppelt. Gleichwohl wurde ihm, als er 14 Jahre alt war, Elisabeth von Valois zur Braut bestimmt; aber im folgenden Jahre vermählte sich der verwitwete Vater selbst mit ihr. Der darüber erbitterte Infant wurde auf die Hochschule von Alcalá gesandt, wo er durch einen Sturz vom Pferde eine Gehirnerschütterung erlitt, die seine geistigen und körperlichen Kräfte gänzlich zerrüttete, zumal er sich den niedrigsten Ausschweifungen hingab. Sein Jähzorn zeigte sich besonders, als Alba zum Statthalter der Niederlande ernannt wurde und der Prinz, der diese Stelle für sich begehrte, ihn mit dem Dolche bedrohte. Deshalb von Philipp unter Aufsicht gestellt, verlor der Infant jeden Halt, dachte an Flucht nach den Niederlanden oder an den kaiserlichen Hof, verhöhnte öffentlich den König und seine Minister und sprach laut Mordgedanken gegen sie aus. Der König, hiervon in Kenntnis gesetzt, ließ nun Don Carlos 1568 verhaften und bis zu seinem Tode, den dieser durch seine unmäßige Lebensweise beschleunigte, rücksichtsvoll behandeln, aber von der Welt abschließen. Da der Hof die Sache ziemlich geheimhielt, setzte schon zu Philipps Lebzeiten die Sagenbildung ein, machte die Familientragödie zu einem politischen Ereignis und führte es auf entgegengesetzte Auffassungen in Glauben und Regierungsgrundsätzen zurück.

Haftet dem »Don Carlos« noch die jugendliche Unreife an, so kann er doch, wie für Goethe die »Iphigenie«, Schillers Läuterungsdrama genannt werden. Denn wie Goethes Beruhigung und Klärung in der Heilung des Orestes, so spiegelt sich Schillers Läuterung in der Entwicklungsgeschichte seines Carlos, der in hartem Kampfe zwischen Neigung und Pflicht lernt, jene dieser unterzuordnen, und von dem Ausleben der Persönlichkeit und von überschäumender, in die Irre gehender Jugendlichkeit zum Aufgehen ins Allgemeine und zu zielsicherer Männlichkeit geleitet wird. Die Abschwächung des Übertriebenen und Schwülstigen, die Beschneidung breiter, deklamatorischer Rhetorik und Ausscheidung des Überschwenglichen stellt den Übergang vom Stil des leidenschaftlichen Jünglings zum Stil des reifen Mannes dar. Noch steht der Vers der Prosa viel näher als die metrische Form der späteren Dramen, aber schon jetzt hebt er sich durch seinen volltönenden Rhythmus von allem ab, was vorher in Deutschland im dramatischen Blankvers gedichtet war, und in der Sprache läßt der Dichter zum erstenmal die edle, ruhige Schönheit der Dramen seiner Reife vorklingen.

In allem aber, was sich im »Don Carlos« als literarischer Niederschlag der Läuterung seines Dichters darstellt, zeigt sich auch die Entwicklung unserer Literatur und Kultur, die schon einige Jahre vorher eingesetzt hat: der Übergang von der leidenschaftlichen Sturm-und-Drang-Periode zur harmonischen Humanitätsepoche unserer klassischen Literatur. Neben Lessings »Nathan« und Goethes »Iphigenie« steht der »Don Carlos« am Eingang der neuen Periode. In jedem dieser Dramen will der Glaube an das Humanitätsideal eine höhere Form menschlichen Daseins schaffen helfen. Im »Nathan« stellt sich jenes erträumte freie und schöne Menschentum dar als vorurteilslose religiöse Duldung, in der »Iphigenie« ist es das persönliche Wesen der Heldin, das die Gebrechlichkeit der Menschen zu sühnen vermag, im »Don Carlos« greift es auch auf das politische Gebiet über und will die Völker befreien, indem es den Staat auf Menschenwürde gründen will – zwei Jahre vor der Erklärung der Menschenrechte in Frankreich. Von diesen drei Dramen der Menschenliebe des Aufklärungszeitalters ist Lessings »Nathan« dem »Don Carlos« innig verbunden durch die Toleranzidee, und die große Ideenszene zwischen Philipp und Posa ist im ganzen wie in Einzelheiten nach dem Vorbild der Unterredung zwischen Saladin und dem jüdischen Weisen geschaffen. Lessings »Nathan« war auch Muster für Schillers fünffüßigen Jambus, in den Goethe ungefähr gleichzeitig seine »Iphigenie« umdichtete. Damit gelangte er für das Drama unserer klassischen Literaturperiode zur Herrschaft. Wenn trotz aller Vorzüge nach Inhalt und Form Schillers »Don Carlos« an theatralischer Vollkommenheit seinen früheren Dramen als Ganzes nachsteht, so enthält er doch Auftritte, z. B. die Szene zwischen dem Infanten und der Eboli, die Eifersuchtsszenen Philipps, Posas Abschied von der Königin, die effektvoll bewegten Schlußszenen des vierten Aktes und den ganzen fünften Akt, die auch an Bühnenwirkung das Höchste leisten und heute noch die Zuschauer in ihren Bann ziehen. So ist der »Don Carlos« trotz aller Mängel, die ihm anhaften, ein bedeutsames Werk unserer Literatur und das erste große Beispiel für die historische Jambentragödie, dem Schiller ein Jahrzehnt später die Meisterwerke dieser Gattung folgen ließ.

Während der Vollendung des »Don Carlos« reifte in Schiller der Plan, Dresden zu verlassen. Seine stolze Seele konnte auf die Dauer die Wohltaten der Freundschaft nicht ertragen, und immer nur ihr zu leben genügte auch nicht der kühnen Anlage seiner Geisteskräfte. Die Notwendigkeit seiner inneren Vervollkommnung erkennend, wünschte er, in eine literarisch bedeutsame und anregende Umgebung zu kommen. Daher trat er mit Wieland in Weimar in Verbindung, richtete seine Blicke nach Meiningen, wo seine Schwester Christophine seit 1786 mit Reinwald verheiratet war, sondierte in Wien und dachte eine Zeitlang an Hamburg, wohin ihn Schröder, der die Leitung des Theaters wieder übernommen hatte, ziehen wollte. Ein Herzenserlebnis mit der neunzehnjährigen Gräfin Henriette von Arnim, der Tochter einer vermögenslosen Offizierswitwe, machte ihm das Leben in Dresden unbehaglich. Dem vereinten Wirken des Freundeskreises gelang es zwar, ihn von der leidenschaftlichen Liebe jener koketten Weltdame, die übrigens wahre Neigung für ihn gehegt zu haben scheint, zu heilen, aber er ließ sich nicht länger mehr halten. Am 20. Juli trat er die Reise nach Weimar an, das bereits der anerkannte Musensitz Deutschlands geworden war. Dort hoffte er von den Großen zu lernen, zugleich als Gleichberechtigter in ihren Kreis aufgenommen zu werden. Eine äußere Anknüpfung hatte er durch die vom Herzog so gnädig aufgenommene Carlos-Vorlesung in Darmstadt.

AUFENTHALT IN WEIMAR UND JENA

Im Kreise der Lengefelds

Als Schiller am 21. Juli 1787 in Weimar eintraf, herrschte dort eine stille Zeit; der Herzog war in preußischem Kriegsdienst, die Herzogin verreist, Goethe in Italien, immerhin Wieland und Herder anwesend. Dieser empfing Schiller mit kühler Höflichkeit, ohne sich anmerken zu lassen, ob er etwas von den Schriften des Gastes gelesen habe, Wieland dagegen nahm den schwäbischen Landsmann freundlich auf und suchte ihn als Mitarbeiter für seinen »Teutschen Merkur« zu gewinnen. Auch zur Herzoginmutter Amalie wurde er geladen, aber eine dauernde Beziehung spann sich nicht an. Besuche in Jena weckten den Wunsch, dort einmal wirken zu dürfen, doch gedachte er nicht, jetzt schon dort zu bleiben. Er kehrte nach Weimar zurück, verkehrte fast nur im Hause Charlotte von Kalbs. Da er aber in dem sich wieder anspinnenden Verhältnis ein Hemmnis für seine Entwicklung sah, unternahm er eine Reise nach Meiningen und Bauerbach, dort die Schwester in leidlich zufriedener Häuslichkeit an der Seite ihres Mannes Reinwald treffend, hier erkennend, daß er seit jener Zeit, da er »als Einsiedler gelebt und geschwärmt hatte«, ein anderer geworden sei. Die mütterliche Freundin sah er zum letzten Mal; sie starb 1788. Ihr Sohn, einst sein Miteleve an der Karlsschule, schlug den Umweg über Rudolstadt vor, wo er seine beiden »superklugen Cousinen«, die Töchter der seit 1776 verwitweten fürstlich schwarzburgischen Landjägermeisterin Luise von Lengefeld besuchen wollte. Die ältere Schwester Karoline, zuerst mit Beulwitz, dann mit Wilhelm von Wolzogen verheiratet, war eine Frau von ungewöhnlicher Bildung und Belesenheit, geistreich und gewandt in der Unterhaltung, aber von einem großen Selbstbewußtsein erfüllt, das durch die freien Ideen der Geniezeit genährt ward, und sie drängte, ihre Persönlichkeit rücksichtslos durchzusetzen. Wir verdanken ihr die wertvollen Aufzeichnungen über Schillers Leben und sehen sie als Dichterin sich betätigen in dem Roman »Agnes von Lilien«. Konnte Karoline (gest. 1847) infolge des Zwiespaltes, der durch ihr Wesen ging, nie zum Genügen an sich und der Welt gelangen, so tritt uns in ihrer nicht minder gebildeten, aber stillen Schwester Charlotte das Bild vollendeter Harmonie entgegen. All ihr Fühlen, Denken und Handeln war vom Lebensodem reinster Weiblichkeit erfüllt, und so ist sie auch Schiller eine Gattin geworden, die nichts anderes wollte und alles dafür hingab, um ihm, dem meist Kranken und nervös Reizbaren, ein Dasein zu bereiten, bei dem sein Geist noch nach Möglichkeit schaffen und sich auswirken konnte.

Beide Mädchen fesselten Schiller in gleicher Weise, ja Karolines geistige Reife, ihr feuriger, lebendiger Geist wirkte auf ihn sogar stärker ein. Schwer trennte sich Schiller von den liebgewonnenen Leuten, und im nächsten Frühling (1788) ließ er sich durch Lotte in Volkstädt, einem Rudolstadt benachbarten Dörfchen, eine Sommerwohnung mieten, die er im Mai bezog, aber im August mit einer solchen in Rudolstadt vertauschte, wo er bis November blieb. Neben eifriger und strenger Arbeit wurde dieses halbe Jahr für Schiller und die Freundinnen eine Quelle reinsten und edelsten Genusses. Auch Aussichten auf eine günstige Stellung eröffneten sich ihm, und zwar durch Karl von Dalberg, den kurmainzischen Statthalter von Erfurt und Koadjutor des Erzbischofs. Die geweckten Hoffnungen konnten freilich nicht erfüllt werden, aber ein Wohltäter ist Dalberg unserem Dichter geworden, und nach dessen Tode sorgte er für eine Pension der Witwe.

Von ganz anderer Bedeutung war das erste Zusammentreffen des aufstrebenden jungen Dichters mit Goethe, der im Kreise der Lengefelds und ihrer Freunde gern verkehrte. Am 7. September war dieser mit Frau von Stein und Frau Herder von Kochberg herübergekommen, um die Familie Beulwitz zu besuchen. Viel hatten sich Karoline und Lotte für ihren Freund von dieser Begegnung mit ihrem Abgotte erwartet, und Schiller sah ihr, ob er gleich die unangenehmen Empfindungen, die ihm die vornehme Weimarer Welt erregte, auf Goethe übertragen hatte, mit Spannung entgegen. »Ich bin ungeduldig, ihn zu sehen, wenige Sterbliche haben mich so interessiert«, schrieb er gleich nach Goethes Rückkehr aus Italien an den Kammerrat Ridel in Weimar. Der hochgespannten Erwartung folgte aber eine schmerzliche Enttäuschung. Goethe, mißgestimmt durch die Wahrnehmung, daß er für seine neugewonnenen Ideale von Kunst und Leben kein Verständnis finde, erblickte in Schiller trotz des »Don Carlos« nur den Stürmer und Dränger, der durch seine Dramen gerade das, wovon er sich in Italien befreit hatte, zum Beachtenswerten machte, und wollte daher jahrelang keine Gemeinschaft mit ihm haben. Aber obwohl unsanft von Goethe abgewiesen, zog es Schiller doch immer wieder zu ihm hin, und eine Reihe von Briefen an Freunde zeigt ihn in beständigem Wechsel von Anziehung und Abstoßung. Durch größere Vollkommenheit will er sich Goethes Achtung geradezu erzwingen.

»Es ist eine Sprache, die alle Menschen verstehen, diese ist: Gebrauche deine Kräfte! Wenn jeder mit seiner eigenen Kraft wirkt, kann er dem andern nicht verborgen bleiben. Dies ist mein Plan.« So antwortete Schiller seinen Rudolstädter Freundinnen auf ihre Verteidigung Goethes; und an der Verwirklichung dieses Planes arbeitete er, als er im November mit schwerem Herzen wieder nach Weimar zurückgekehrt war. An diese Zeit vornehmlich mag Goethe gedacht haben, wenn er Johannes Falk erzählte: »Als Schiller sich noch in Weimar befand, verschloß er sich oft acht Tage lang und ließ sich von keiner Seele sprechen. Abends um 8 Uhr stand noch sein Mittagessen vor seinem Studierpult.« Wohl war Schillers Geschichtswerk über den Abfall der Niederlande vollendet, aber neue geschichtliche Studien ließen ihn nicht los, und obendrein hatte er für drei Zeitschriften Beiträge zu liefern. So schreibt er für die »Thalia« die Fortsetzungen zum »Geisterseher«, liefert für Wielands »Teutschen Merkur« die »Briefe über den Don Carlos« und rezensiert für die »Allgemeine Literaturzeitung«. Das Verlangen, dem »allgewaltigen Mammon« endlich eine bleibende Stätte unter seinem Dache zu bereiten, hieß ihn alle seine Kräfte anspannen. Erst wenn er seine bürgerliche Existenz gesichert hätte, wollte er an die Gründung eines Hauswesens gehen. Die Wege dazu ebnete seine Ernennung zum Professor der Philosophie in Jena. Durch Dalberg war der Herzog, durch Frau von Stein auch Goethe dafür gewonnen worden, und noch im Dezember 1788 setzte dieser, nachdem Schiller »sondiert« worden war, den offiziellen Vorschlag auf, indem er die Erwartung aussprach, daß Schiller sich in der Geschichte »festsetzen« werde, und besonders darauf hinwies, daß »diese Acquisition ohne Aufwand« zu machen sei. Die Stelle war ohne Gehalt, und das war bedenklich. Allein da er mit dieser Professur doch eine Staatsanstellung errang und eher an eine Heirat denken konnte, griff er zu, und am 26. Mai 1789 hielt er in dem größten Hörsaale der Universität Jena unter lebhaftem Beifall der fast 500 Zuhörer seine erste Vorlesung, die er dann später mit der zweiten in feinerer Durcharbeitung unter dem Titel »Was heißt und zu welchem Zweck studiert man Universalgeschichte?« bekanntgab.

Zu einem rechten Ausgleich zwischen seinem inneren Beruf und den äußeren Verpflichtungen ist Schiller nie gelangt, und er wäre sicher nicht in der ihm durch den Neid von Kollegen verleideten Stellung durch zehn Jahre geblieben, hätte ihn nicht etwas anderes dort gefesselt. Schon im ersten Jahre seines Aufenthaltes gründete er dort sein Haus. Als ihm der Herzog ein Jahresgehalt von 200 Talern zugesichert hatte, warb er bei Frau von Lengefeld um Charlotte und erhielt deren Einwilligung. Am 22. Februar 1790 ließ er sich in der Dorfkirche zu Weningen bei Jena ganz im stillen trauen. Dann bezog das junge Ehepaar sein äußerst bescheiden eingerichtetes Heim in Jena. Das Behagen der eigenen Häuslichkeit, die stille, volle Befriedigung erfüllten Glückes spricht aus den Briefen, die Schiller in jenen Tagen an Körner schrieb. Und in Briefen, nicht in Gedichten, ließ Schiller auch sonst sein leicht erregbares, wechselvolles Gefühl sich ausleben. Dadurch wurden sie zur wahren Schatzkammer seiner Seele, aber auch dann, wenn darin wissenschaftliche Fragen behandelt werden, wirken sie mit dem ganzen Zauber seiner Persönlichkeit. Goethe rechnet Schillers Briefe zu dem Vortrefflichsten, was er geschrieben hat, und gewiß sind sie, vor allem der Briefwechsel mit Körner und später mit Goethe und Wilhelm von Humboldt, unerschöpflich an Gedanken, die den Geist nähren, erheben und adeln und den Sinn zum Idealen in den Lesern wecken.

Historisches Schaffen und philosophische Lyrik

Neben dem sonnigen Glück, das jetzt in Schillers Heim eingezogen war, herrschte nach wie vor die rastloseste Tätigkeit, und schon wenige Tage nach seiner Eheschließung widmete er sich wieder mit unermüdlichem Eifer der historischen Schriftstellerei. Ihre gewaltige Ausdehnung war durch äußere Umstände, wie durch die Sorge um das tägliche Brot und um die Begründung einer sicheren Zukunft, gefordert, aber die Hinwendung Schillers zur Geschichte überhaupt lag in seiner Eigenart und Geistesentwicklung begründet. Seine historischen und philosophischen Arbeiten verbinden und trennen die Dichtung seiner Jünglings- und Mannesjahre. Der Historiker Schiller löst den Dramatiker ab; der Philosoph wird von dem mündig gewordenen Dichter verabschiedet; der Philosophie bedurfte er zur Klärung seiner ästhetischen Begriffe, der Geschichte zur Bereicherung seiner Erfahrung; erst beide haben ihn zu dem gemacht, was er seit dem »Wallenstein« geworden ist. Wie Goethe durch seine geschäftliche Tätigkeit, durch die Naturwissenschaften und durch das Studium der Antike zum Klassiker wurde, so erfolgte bei Schillers ganz anders geartetem Wesen die Läuterung durch das Studium der Geschichte und durch die Beschäftigung mit der Philosophie.

Wie Verschwörer und Rebellen die Helden seiner ersten Dramen waren, so plante er nun, noch immer erfüllt von psychologischem Interesse an merkwürdigen Begebenheiten und an großen Verbrechen plutarchischer Art, eine »Geschichte der merkwürdigsten Rebellionen und Verschwörungen«. Sein echter historischer Trieb führte ihn von der Gattung dieser romantischen Episoden, von denen nur ein Band erschien (1788), zur wirklichen Geschichte, und so verfaßte er, durch Watsons Buch über Philipp II. angeregt, seine *Geschichte des Abfalles der Niederlande von der spanischen Regierung* (1788).

Auch von ihr erschien nur ein Band, statt dessen geplanter Fortsetzung folgten ihm die Aufsätze *Prozeß und Hinrichtung der Grafen von Egmont und von Hoorne, Die Belagerung von Antwerpen,* folgten kleinere und größere Arbeiten, die Themen der jüdischen, der griechischen, der mittelalterlichen, besonders der französischen Geschichte behandelten, folgte schließlich die *Geschichte des Dreißigjährigen Krieges* (1791–1793).

Das Werk war für einen größeren Leserkreis berechnet, und daher kam es mehr auf eine glänzende und fesselnde Darstellung als auf eine gründliche Erforschung dieser furchtbaren Zeit an. Diesen Zweck hat Schiller auch erreicht; 7000 Exemplare des Buches wurden in kurzer Zeit abgesetzt, und noch heute ist es die bekannteste aller historischen Arbeiten Schillers. Und doch beruht keine auf so geringen Vorstudien Schillers, denn es liegt fast überall nichts anderes als Khevenhillers »Annales Ferdinandei« zugrunde. Von den fünf Büchern des Werkes heben sich das dritte und vierte, die Wallenstein und Gustav Adolf auf die Kriegsbühne führen, nach Form und Inhalt scharf von den übrigen ab. In dem Schwedenkönig sieht Schiller das Ideal eines wahren Helden in jener trostlosen Zeit, und darum hält er von dem lebensvollen Bilde, das er von ihm entwirft, alles fern, was nur einen Schatten auf ihn werfen könnte. Dagegen erscheint Wallenstein als großartiger Bösewicht, dessen ganzes Sinnen und Trachten von Anbeginn auf die Erfüllung seines hochverräterischen Ehrgeizes gerichtet ist. In dem verbrecherischen Verschwörer erkennt er aber auch den mit Undank belohnten Dichter seines Herrn, »der fiel, nicht weil er Rebell war, sondern rebellierte, weil er fiel«. Unwillkürlich fragt man sich aber, ob nicht dem Dichter bereits das dramatische Bild vor Augen schwebte. Sachlich ist Schillers »Dreißigjähriger Krieg« wie seine anderen historischen Schriften durch die neuen Untersuchungen zum großen Teile überholt.

»Ich fühle meinen Genius wieder«, ruft Schiller, von den trockenen historischen Arbeiten aufatmend, am 5. Juli 1788 freudig dem Dresdener Freunde zu. Schon vorher war ihm in einer humoristisch-satirischen Stimmung das Gedicht »Die berühmte Frau« gelungen, eine launige Epistel, in der ein Ehemann über seine ehrgeizige Frau klagt, die durch ihre Schöngeisterei Liebe und Familienglück zerstört. Auch über das Problem des »Menschenfeindes« begann er wieder nachzusinnen, aber stärker zog ihn der dramatische Entwurf zu den Maltesern an, den er in einer »griechischen Manier« ausarbeiten, zuerst jedoch eine Zeitlang bei sich »kochen« lassen wollte. So wurde Schiller zur Antike geführt, durch deren Studium er die Form für sein künftiges dramatisches Schaffen kennenlernen und seine

Anschauungen über »Regel und Kunst« überhaupt läutern wollte. Vorbereitet war diese Hinwendung zur Antike schon in dem Zögling der Militärakademie; sein Widerwille gegen das »schlappe Kastratenjahrhundert« und sein trotziges Kraftgefühl hatten ihn wie alle Stürmer und Dränger mit Begeisterung für Plutarch erfüllt. Zum erstenmal konnte Schiller zu Mannheim die Welt der antiken Plastik in vortrefflichen Abgüssen beschauen. Im *Brief eines reisenden Dänen* legte er die Eindrücke nieder; es sind nun freilich nur Ansichten Winckelmanns und Lessings, die er hier entwickelt, aber schon die Tatsache, daß er die antiken Kunstwerke auf ihren seelischen Gehalt zu prüfen, die künstlerische Idee, die sie geschaffen hat, aus ihnen herauszulesen sich bemüht, bedeutet eine unerläßliche Vorbedingung für seine späteren ästhetischen Thesen. Zugleich erforderte seine Rezensententätigkeit eine Vertiefung der ästhetischen Anschauungen, und vollends fühlte er sich durch Goethes »Iphigenie«, in der er die griechische Form »bis zur höchsten Verwechslung erreicht« sah, bestimmt, sich den ursprünglichen Quellen der antiken Schönheit zuzuwenden und nicht weiter mehr mit deren Nachbildung in der »tragédie classique« zu begnügen. Den Eindruck, den die griechische Welt auf ihn machte, bezeugt das lyrisch-epische Gedicht »Die Götter Griechenlands«, das außerordentliches Aufsehen erregte, begeisterten Beifall und heftiges Mißfallen. Das Gedicht ist Ausdruck der Sehnsucht nach dem Idealbilde einer Menschheit, in der alle sinnlichen und geistigen Kräfte in freiem, schönem Gleichgewicht wirksam sind, und in der Weltanschauung der antiken Welt glaubte er es, wie so viele andere, verwirklicht.

Des Dichters Rudolstädter Freundinnen fanden in dem Gedicht die »Sehnsucht nach dem Höchsten und Ewigen« ausgesprochen und folgten mit großer Teilnahme Schillers weiterem Streben, sich ganz in den griechischen Geist zu versenken. Er liest Homers »Ilias« in Stolbergs Prosaübersetzung, die »Odyssee« in Vossens Verdeutschung, beschäftigt sich mit Plutarchs Biographien, läßt die griechischen Tragiker auf sich wirken und lernt von dem modernsten unter ihnen, von Euripides, die dramatische »Manier«. Dessen »Iphigenie in Aulis« reizt ihn zum Versuch einer Übersetzung, und bald nimmt er zum gleichen Zwecke die »Phönizierinnen« vor. In dem Leidensjahr 1791 kehrte er zu Vergil zurück, aus dessen Epos er schon als Zögling der Militärakademie den »Sturm auf dem Tyrrhener Meer« übertragen hatte, und übersetzte in den Tagen der Wiedergenesung das zweite Buch der »Äneis«, dem sich das vierte Buch anschloß.

Was die Versenkung in die Antike ihm erschlossen, was die Geschichte ihn gelehrt und eigenes Nachdenken über die Kunst ihm geoffenbart, faßte

Schiller, ehe er auf Jahre hinaus den Musen den Abschied gab, in dem philosophischen Gedichte »Die Künstler« (1789) zusammen.

Schon früher hat ihn die Frage beschäftigt, was die Kunst zur Erziehung des Menschengeschlechtes beitragen könne, und bereits in seinen ersten Abhandlungen hatte er es ausgesprochen, daß die Wirkung des Schönen in einem harmonischen Ausgleich der sich widerstrebenden sinnlichen und geistigen Kräfte des Menschen zu suchen sei. Die Kunst war ihm an die Stelle der Religion getreten. Von der Hauptidee des Gedichtes, die »dem Leser von allen Seiten ins Gesicht spielen« soll, der Verhüllung der Wahrheit und Sittlichkeit in die Schönheit, geht die Behauptung aus, daß alle menschliche Kultur dem Schönheitsgefühl ihren Ursprung verdanke und in der Kunst sich vollende: Auf sie läuft auch der in großen Zügen gehaltene geschichtliche Nachweis dieser Behauptung hinaus.

Im Bewußtsein der hohen Sendung des Künstlers schritt Schiller der Zukunft entgegen. »Ich muß ganz Künstler sein können oder ich will nicht mehr sein«, schrieb er kurz vor seinem Amtsantritt in Jena an Körner. Nur aus dieser hohen Auffassung vom Künstlerberuf erklärt sich Schillers vernichtende Kritik über Bürgers Gedichte, die im Januar 1791 in der »Allgemeinen Literaturzeitung« anonym erschien und einen heißen literarischen Streit erregte. Schiller war im Unrecht; denn seine Lehre von der Idealisierung, wie er sie hier ausspricht, würde die lyrische Dichtung töten, und schon gar nicht kann das von dem Kritiker aufgestellte Ideal so uneingeschränkt für einen Volksdichter von Bürgers Art gelten.

Noch war kein Jahr seit Schillers Vermählung verflossen, als ihn die schwere Krankheit ergriff, die ihn nicht mehr losließ. Zu Neujahr 1791 besuchte er mit seiner Frau die kurmainzische Stadt Erfurt, wo er auf Betreiben Dalbergs als Mitglied der Kurfürstlichen Akademie nützlicher Wissenschaften aufgenommen wurde. Während eines Konzertes befiel ihn ein heftiges Erkältungsfieber; nur mit Anstrengung hielt er sich aufrecht; bald aber wiederholten sich die Anfälle. In Jena ergriff ihn die Krankheit mit voller Gewalt; schwere Erstickungsanfälle, Krämpfe, Blutspeien stellten sich ein; die Kräfte sanken auf das geringste Maß, wochenlang schwebte Schiller zwischen Tod und Leben. Aufopferungsvoll pflegten ihn in diesen Tagen seine Frau und die ihm nahestehenden Studenten. Als er sich allmählich erholt hatte, reiste er im März nach Rudolstadt, wo aber im Mai ein neuer Krankheitsanfall das Schlimmste befürchten ließ. Ein Kuraufenthalt in Karlsbad stellte seine Kräfte wieder leidlich her; aber nun machten sich die Sorgen um das tägliche Brot geltend. An die Wiederaufnahme der Vorlesungen war noch immer nicht zu denken; der Herzog erklärte sich »alleweile außerstande«, das Gehalt aufzubessern, und gewährte nur einen einmaligen Zuschuß von 250 Talern; schriftstellerische Tätigkeit war bei krankem Körper nur schwer möglich. Die Pein Schillers wurde vermehrt durch den

Gedanken an Lotte und durch das bittere Gefühl, daß er das Ziel der Vollendung, nach dem er so heiß gestrebt hatte und zu dem er den letzten Weg schon vor sich sah, nun vielleicht doch nie erreichen werde. Aber dieses bange Dunkel sollte in unerwartet freudiger Weise erhellt werden. Im entscheidenden Augenblick wandten sich dem Bedrängten, wie einst in Mannheim, Freunde hilfreich zu, die seine Worte und Werke ihm geworben hatten.

Vermittelt wurde die Hilfe durch den jungen dänischen Schriftsteller Jens Baggesen, der, von schwärmerischer Begeisterung für »den ersten unter allen Shakespeare-Söhnen«, nach Jena getrieben, Schillers freundliches Wohlwollen erfahren hatte und voll glühender Verehrung auch für den Menschen Schiller in seine nordische Heimat zurückgekehrt war. Er weilte gerade bei dem Erbprinzen Friedrich Christian von Schleswig-Holstein-Sonderburg-Augustenburg, der ebenso wie der Minister Graf Ernest von Schimmelmann für die deutsche Literatur begeistert war. Längst schon hatte Baggesen alles getan, um den Enthusiasmus für Schiller allenthalben zu wecken, und es war ihm gelungen, auch den Erbprinzen für den Dichter des »Don Carlos« und den Verfasser des »Abfalls der Niederlande« zu gewinnen. Am 29. November 1791 ging nun an Schiller ein Schreiben ab, in dem Prinz und Minister dem Dichter »auf drei Jahre ein jährliches Geschenk von tausend Talern« anboten, damit er in Ruhe seine Gesundheit wiederherstellen und Kraft und Freiheit zu weiterem Wirken gewinnen könne.

DIE WEIMARER KLASSIK

GOETHE NACH DER RÜCKKEHR AUS ITALIEN

Während sich Schillers mühevoller Aufstieg vollzog, war Goethe aus Italien zurückgekehrt. In Rom und Neapel hat er neben dem Formensinn auch eine antike Lebensauffassung sich gebildet und deren Wesen in der gleichmäßigen freien Entfaltung aller dem Menschen innewohnenden Kräfte, der sinnlichen und geistigen Triebe erblickt. Indem er nun für sich die völlige Befreiung von allen hemmenden Banden verlangte und diese Gesinnungen auch in Dichtungen zum Ausdruck brachte, setzte er sich in Gegensatz zu dem religiösen und sittlichen Empfinden des deutschen Bürgertums.

Seit dem Erscheinen des »Werther« war Goethe, und mochte auch Klopstock darüber grollen, der Führer der strebenden Dichter in Deutschland. Nun kehrte er aus Italien zurück, durchdrungen von der Anschauung der Antike, erfüllt von dem Streben nach Schönheit, beherrscht von dem Gebot der strengen Form, und hoffte, seine italienische Reise werde auch seinen Freunden zugute kommen; aber die Früchte jener Studien und Erlebnisse, »Iphigenie« und »Tasso«, wurden nur von wenigen gewürdigt. Auch das Verhältnis mit Frau von Stein ging in Brüche, und diesen Bruch beschleunigte das Liebesverhältnis, das Goethe bald nach seiner Rückkehr aus Italien mit der vierundzwanzigjährigen Christiane Vulpius anknüpfte. Durch 17 Jahre lebte er mit ihr in einer Gewissensehe, die er erst 1806 in eine bürgerlich legitime umwandelte. Äußere Rücksichten, vor allem der große Bildungsunterschied, scheinen ihn so lange davon abgehalten zu haben. Denn mochte Goethe auch in Briefen und Gedichten aus der ersten Zeit des Verhältnisses seine glückliche Häuslichkeit preisen, so fehlt es doch nicht an Zeugnissen, daß er zeitweise durch diese Bindung sehr gedrückt war.

Das Liebesverhältnis zu Christiane, das Goethe in den Gedichten »Morgenklagen«, »Der Besuch«, »Metamorphose der Pflanzen« (1798) und in dem Liede »Ich ging im Walde so für mich hin« verherrlichte, bildet auch die Grundlage der *Römischen Elegien,* einer Reihe von 20 Gedichten, die, in Italien begonnen, im Herbste 1788 vollendet wurden. Nach Inhalt und Form antikisierend, erfuhren die Elegien bald viele Angriffe; ganz als Genosse der Alten sich fühlend, besingt Goethe darin in der Weise des römischen

Elegikers Properz das Glück seiner Liebe zu Christiane. Denn mögen auch Erinnerungen an italienische Liebesverhältnisse nachwirken, mag der Dichter nach Rom sich versetzen, das Mädchen Faustina ist doch nur die gegenwärtige Freundin. Züge des antiken und modernen Lebens werden verbunden, und so schwanken die Elegien in ihrer klassischen Formvollendung zwischen dem alten und dem neuen Rom, immer aber voll südlicher Glut und antiker Natürlichkeit. Ihren Verteidiger fanden die Elegien in Schiller, der ihr freies Bekenntnis sinnlicher Liebe von dem Standpunkt des »naiven« Dichters aus beurteilt.

Kann es zweifelhaft sein, ob die Elegie *Der neue Pausias und sein Blumenmädchen* an Christiane gedichtet ist, so verdankt ihr ein großer Teil der *Venetianischen Epigramme* sicher seine Entstehung. Sie wurden 1796 veröffentlicht, aber zum größten Teil 1790 geschrieben, als Goethe, um die Herzoginmutter auf ihrer Rückreise aus Italien abzuholen, in Venedig weilte. Diesmal entsprach Italien seinen Erwartungen nicht; fast nur die Kehrseite italienischen Lebens wurde ihm deutlich. Mißstimmung spricht beinahe aus allen Gedichten dieser Sammlung, nur für seinen Fürsten fand er Worte warmen Lobes. Dieser hatte es ihm erlaubt, alle öffentlichen Ämter niederzulegen, mit Ausnahme der Aufsicht über den Bergbau und über die Landesanstalten für Kunst und Wissenschaft; auch blieb es Goethe gestattet, an den Sitzungen des Staatsrates teilzunehmen; wenn er es tat, räumte ihm Herzog Karl August seinen eigenen Stuhl ein.

Trotz dieser Freiheit für das künstlerische Schaffen schien die dichterische Reife, die er in Italien gewonnen hatte, für die nächsten Jahre wenigstens brachzuliegen. Wohl faßte er den Plan, »die Helden Ossians aufs lyrische Theater zu bringen«, wohl übersetzte er die Chöre aus Racines »Athalie« und veröffentlichte er den »Faust« als »ein Fragment« (gegenüber dem »Urfaust« durch die »Hexenküche« erweitert, die dazu bestimmt ist, die beiden Teile der Dichtung zusammenzufügen, indem der alternde Gelehrte, durch das Bild des Zauberspiegels zu sinnlicher Glut entzündet, durch den Hexentrank an Leib und Seele verjüngt wird). Im übrigen widmete sich Goethe mehr seinen naturwissenschaftlichen Studien, auch auf der Reise ins schlesische Lager, wo sein Herzog als Kommandeur der Magdeburgischen Kavallerie stand (1789), und wunderte sich selbst, daß »in dem prosaischen Deutschland noch ein Wölkchen Poesie über seinem Haupte schwebe«. Es entstanden nur Gelegenheitsdichtungen, Epigramme, Prologe und Epiloge für das Weimarer Hoftheater, das am 7. Mai 1791 eröffnet wurde und bis 1817 unter Goethes Leitung stand. Auf dessen Bühne hat er, gegen den überhandnehmenden

Natur- und Konversationston auftretend, ein maßvolles Pathos gefordert und den idealen Stil der Darstellung begründet, der den Hauptwert auf den Vortrag legte und sich als »Weimarer Schule« lange Zeit auch auf anderen Bühnen hielt. In den *Regeln für Schauspieler* (1803) und im Aufsatz *Über das deutsche Theater* (1815) legte er seine Grundsätze nieder.

Indessen war noch vor der Gründung der Weimarer Musenstätte die Französische Revolution ausgebrochen (1789). Wir kennen die Begeisterung, mit der Klopstock das Ereignis begrüßte; auch Herder, Wieland und Knebel machten aus ihren Sympathien kein Hehl. Goethe jedoch stand ihr ablehnend gegenüber; festhaltend an der Anschauung, daß die Natur nur in zwar unaufhörlicher, stetiger, aber langsamer Arbeit wirke, glaubte er, daß auch die Menschheit nicht durch Umsturz und Revolution, sondern nur durch organische Entwicklung fortschreite, daß der wahre Fortschritt nicht in äußerer, politischer, sondern in der Verbreitung und Vervollkommnung der inneren Bildung bestehe. Gewiß stand er nicht auf seiten der Aristokraten, und gewiß betonte er, daß alle Revolutionen Schuld der Regierenden, nie die des Volkes seien; trotzdem sah er in der Französischen Revolution nur eine Erhebung der rohen Gewalt und erklärte sie für ein Unglück, weil sie »die ruhige Bildung zurückdrängte«. Demgemäß mahnte er in den »Venetianischen Epigrammen« die Herrscher zur Redlichkeit gegen die Untertanen und warnte diese vor der Tyrannei der Menge, der schlimmsten von allen.

Die führenden Männer der Erhebung sah er deshalb für Gaukler an; ihnen galt sein Spott und Hohn in den Lustspielen *Der Großkophta* (1791), *Der Bürgergeneral* (1793), *Die Aufgeregten* (1793). Die Revolution blieb dennoch Tatsache, und als man im ersten Koalitionskrieg den Versuch machte, sie mit militärischen Mitteln niederzuringen, nahm Herzog Karl August am Feldzug teil; auf dessen Wunsch begab sich Goethe im August 1792 zur Armee. Er reiste über Frankfurt, die Mutter wiederzusehen (erstmals seit 1779), und über Mainz vor Longvy, wo er seinen Fürsten und Freund fand. Mit ihm machte er das mißglückte Unternehmen mit, schrieb darüber Tagebücher, die er viele Jahre später in der *Champagne in Frankreich* (1820) zu einem Erinnerungsbericht zusammenfaßte. Darin lesen wir auch von der erfolglosen Kanonade vor Valmy, die auf die Beteiligten niederschmetternd wirkte; Goethe, der seine Umgebung schon öfters mit kurzen Sprüchen erheitert und erquickt hatte, sprach diesmal, um seine Meinung gefragt, das berühmte Wort: »Von hier und heute geht eine neue Epoche der Weltgeschichte aus, und ihr könnt sagen, ihr seid dabei gewesen.« Einige meinen, der Spruch sei damals nicht gefallen, sondern erst später erfunden worden, andere wollen ihn spöttisch deuten, wozu ihnen die Verwendung des Fürworts »ihr« Anlaß gibt, als wollte sich der Sprecher selbst distanzieren. Der Ausspruch hatte jedenfalls seine Richtigkeit.

Anders verhielt sich Schiller zum gleichen Ereignis. Er folgte mit Staunen den für ihn verheißungsvollen Anfängen der Revolution, doch sollte sich seine Meinung ändern, wie es auch bei Klopstock der Fall war. Beiden Dichtern sowie 16 anderen Ausländern, darunter Pestalozzi, die sich um die Sache der Freiheit verdient gemacht hätten, verlieh die Nationalversammlung am 3. September 1792 das Ehrenbürgerrecht der Französischen Republik. Das Diplom mit seiner wunderlichen Adresse (M. Gille publiciste allemand) ohne sonstige Angaben kam erst sechs Jahre später in seine Hände, doch las er die Ernennung zum »Citoyen Français« im amtlichen »Moniteur universel« noch im Oktober, schon jetzt nicht mehr zu seiner Freude, da ihn bereits Ende 1789 mündliche und schriftliche Berichte »ernst und ahnungsvoll« gestimmt hatten. Zur Zeit des Prozesses gegen König Ludwig XVI. hatte er sogar die Absicht, von seinem Bürgerrecht Gebrauch zu machen, um in einer Denkschrift über die Streitsache des Königs einzugreifen. Krankheit hielt die Arbeit daran auf, die Hinrichtung des Königs (1793) machte sie überflüssig. Von nun ab wollte der »publiciste allemand« von diesen »elenden Schindersknechten« nichts mehr wissen.

Goethe aber kehrte von der Front über Pempelfort, wo er fünf Wochen mit Jacobi einen glücklichen Gedankenaustausch pflegte, und über Münster in Westfalen, wo er die Fürstin Gallitzin besuchte, nach Weimar zurück (Ende September 1792). Dorthin hatte er im Jahr zuvor einen seiner Römer Freunde eingeladen, den Schweizer JOHANN HEINRICH MEYER (1760–1832) aus Stäfa bei Zürich; dieser lebte fortan elf Jahre in des Dichters Haus, wurde – Maler und Kunsthistoriker von Beruf – 1795 Professor am »Freien Zeicheninstitut«, erhielt 1807 den Hofratstitel und beeinflußte entscheidend die klassischen Theorien der »Weimarer Kunstfreunde«, zu denen Goethe, Schiller und andere gehörten. Oft hat Goethe gerühmt, was er an seinem »Kunschtmeyer« besaß. Die Einheit der Anschauungen beider war so groß, daß es oft schwer ist, ihre Autorschaft in den zahlreichen gemeinsamen Aufsätzen zu scheiden.

Wo aber blieb der Dichter? »Hatte ich mich bisher an Straßen-, Markt- und Pöbelauftritten bis zum Abscheu übersättigen müssen, so war es nun wirklich erheiternd, in den Hof- und Regentenspiegel zu blicken; denn wenn auch hier das Menschengeschlecht sich in seiner ungeheuchelten Tierheit ganz natürlich vorträgt, so geht doch alles, wo nicht musterhaft, doch heiter zu, und nirgends fühlt sich der gute Humor gestört.« Diese Worte galten dem niederdeutschen »Reinke de Vos« (1498 gedruckt), den Gottsched 1752 in Prosa bearbeitet hatte. Goethe hatte ihn schon früher kennengelernt und unternahm es nun, die »unheilige Weltbibel« einer »zwischen Übersetzung und Umarbeitung schwebenden Behandlung« zu unterziehen. Der Leser genießt mit Schmunzeln die Geschichten von *Reineke Fuchs* (1793), seiner Frau Ermelin, von Malepartus, von Braun dem Bären, Grimart dem Dachsen und König Nobels feiner Hofhaltung. Dabei denkt man gar nicht daran, daß Goethe das Epos zum Spiegel seiner Zeit macht und die zeitgenössischen Verhältnisse verspottet. Dazu verhilft ihm der geschmeidige Hexameter, jener Vers, der in sich selber ruht und einen Schimmer antiker Grazie über den saftigen Humor der Vorlage breitet.

Wie der in Deutschland überall eindringende Streit der politischen Meinungen auch in seinem eigenen Freundeskreis neue Interessen weckte und selbst alte Freundesbande lockerte, hat Goethe in der Einleitung zu den *Unterhaltungen deutscher Ausgewanderten* (1795) geschildert. Es ist dies ein durch eine Rahmenerzählung zusammengehaltener Novellenkranz, der ebenso wie das Tierepos keine neuen Stoffe bringt, sondern ältere Vorlagen übersetzt oder bearbeitet; das Werk war dazu bestimmt, die von den Franzosen aus ihrer Heimat vertriebenen Deutschen in ihrer traurigen Lage zu erheitern. Den Schluß bildet das »Märchen« von Lilie, eine niedliche Spielerei, mit welcher der Autor die später von ihm oft gepflegte Kunst des Mystifizierens und Symbolisierens beginnt.

Dem Wirbel der Ereignisse wäre Goethe gerne weiterhin ferngeblieben, aber im April 1793 mußte er sich ihm nochmals stellen. Mainz war im Oktober des Vorjahres in die Hände der Franzosen gefallen und wurde nun von den Deutschen belagert; auch Karl August war beteiligt, und am 17. Mai traf Goethe bei ihm ein. Wie er den Feldzug von 1792 später beschrieben hatte, so hielt er es auch mit dieser Begebenheit (»Die Belagerung von Mainz«, 1822). Auf der Rückreise besuchte er die Mutter, die sich infolge der Kriegsereignisse in bedrängter Lage befand; sie mußte sich von vielen ihr wert gewordenen Schätzen trennen und zwei Jahre später auch das Haus verkaufen; bis 1863 blieb es in Privatbesitz, dann übernahm es das »Freie deutsche Hochstift«; unter den Bomben des Zweiten Weltkrieges zerstört, wurde es zwar wieder aufgebaut, aber, so genau der Neubau dem alten Haus entspricht, es sind nicht mehr die Räume, in denen Goethe gelebt hat.

Im August 1794 kehrte Goethe nach Weimar zurück; hier vermochte er einen Kreis um sich zu ziehen, in den außer Liebe und Freundschaft, Kunst und Wissenschaft nichts hinein konnte; hier versammelte auch die Herzoginmutter an Feiertagen einen Abendzirkel um sich, der eine edle, wissenschaftlich und künstlerisch wertvolle Geselligkeit pflegte; hier begann 1794 der Bund der Weimarer Dioskuren Goethe und Schiller.

SCHILLER UND KANT

Es ist bezeichnend für Schillers Streben nach Selbsterziehung und Vollendung seiner Persönlichkeit, daß er jetzt (1791), ungehemmt durch die Sorgen um das tägliche Brot, sosehr auch der Gedanke an eine Wallensteintragödie dazu lockte, noch nicht zur Poesie zurückkehrte, sondern sich der Philosophie zuwandte. »Es war nicht seine Sache, mit einer gewissen Bewußtlosigkeit und gleichsam instinktmäßig zu verfahren, vielmehr mußte er über jedes, was er tat, reflektieren«, so urteilte Goethe über Schiller. Der Philosoph, an den er sich wandte, war IMMANUEL KANT (1724–1804) aus Königsberg, durch das gleiche Geburtsjahr Zeitgenosse Klopstocks, den er im zeitlichen Leben nur um ein Jahr, im Nachruhm um vieles übertreffen sollte. Denn Kants System bildet in der Geschichte der Philosophie eine schärfere Grenze als Klopstocks »Messias« in der Geschichte der Poesie. Gewiß, ohne die vorausgehende »Aufklärung« wäre Kant nicht denkbar; aber von diesen Vorgängern unterscheidet er sich schon durch seine schwierige, oft dunkle Sprache, die in langen verwinkelten Sätzen unbeholfen einherschreitet (Schiller redet von »philosophischem Kanzleistil«) und gerade das angreift, was der Stolz der Aufklärer war: die einseitige Vernunftreligion. Der Erstling des »echten« Kant, die *Kritik der reinen Vernunft* (1781), suchte zu erhärten, daß die üblichen Beweise für die Unsterblichkeit der Seele, für die Freiheit des menschlichen Willens, für das Dasein Gottes unzulänglich, ja unmöglich seien. Jede Art und jeder Zweig der Metaphysik wird durch Kant aus dem Betrachtungsfeld der »reinen« Vernunft gewiesen; nur vor der »praktischen« Vernunft können Lehre und Begriffe vom Übersinnlichen als Hypothesen bestehen bleiben; aber auch die *Kritik der praktischen Vernunft* (1788) bedient sich dieser Hilfen nur selten, denn sie baut ihre ethischen Sätze auf dem sogenannten kategorischen Imperativ auf, d. h. auf dem (nach Kant) vor aller Erfahrung gegebenen und von aller Erfahrung unabhängigen, dem Menschen eingeborenen Vernunftprinzip der Sittlichkeit. Wer diesem kategorischen Imperativ gehorcht, ist »glückwürdig« (und darauf kommt es an, nicht auf Glückseligkeit), frei (denn indem der Wille, d.h. die praktische Vernunft, seinem sittlichen Gesetz gehorcht, gehorcht er sich selbst) und ist teilhaftig der sittlichen Hoheit und Würde des Menschen.

Für die Literaturgeschichte von Bedeutung wurde vor allem Kants *Kritik der Urteilskraft* (1790), die als wissenschaftliche Zergliederung des Gefühlsvermögens oder, genauer ausgedrückt, der Empfindung von Lust und Unlust in ihrem ersten Teil eine Ästhetik der Kunst, im zweiten eine Ästhetik der Natur bot. Herder hat gegen die »Kritik der Urteilskraft« die »Kalligone« (1800) geschrieben (gegen die »Kritik der reinen Vernunft« seine »Metakritik«, 1799) und mit vollem Recht das ästhetische Gefallen nicht bloß auf die Form des Kunstwerkes eingeschränkt sehen wollen, sondern auch bezogen auf die Bedeutung oder den inneren Gehalt; vor allem aber hat sich Schiller mit den Ideen Kants auseinandergesetzt.

Schon vor und während seiner Krankheit war Schiller mit dem ästhetischen Teil der kritischen Gedankenwelt beschäftigt, der seine Aufmerksamkeit darum erregte, weil darin, was er in den »Künstlern« ahnend ausgesprochen hatte, das ästhetische Empfinden und die künstlerische Tätigkeit als ein eigenes, von Zweckbegriffen, der Nützlichkeit und insbesondere der Moral unabhängiges, für sich berechtigtes und wertvolles Gebiet des Geisteslebens gewürdigt werden. Die ersten Früchte dieser Beschäftigung mit Kant sind die beiden in der »Neuen Thalia« erschienenen Aufsätze *Über die tragische Kunst* und *Über den Grund des Vergnügens an tragischen Gegenständen* (1792), welche moralische und ästhetische Wirkung nicht streng scheiden und trotz des Wissens ihres Verfassers, daß jedes Kunstwerk ein in sich vollendetes Ganzes sein müsse, auch nach bestimmten, außerhalb des Kunstbildes liegenden Zwecken fragen. Dagegen zeigen die *Fragmente der ästhetischen Vorlesungen* vom Winter 1792/1793 Schiller bereits in Übereinstimmung mit dem Königsberger Philosophen; völlig einig war er mit ihm in der Überzeugung, daß ein ästhetisches Urteil ein Gefühlsurteil sei; er erhob aber Einspruch dagegen, daß es nur ein Subjektiv-Schönes gebe, vorhanden bloß im Betrachtenden, nicht aber ein Schönes, das in den Gegenständen selbst liege. Diese »Lücke« in Kants System wollte nun Schiller, von Körner auf sie aufmerksam gemacht, durch die Aufdeckung des in den Dingen selbst liegenden Gesetzes des Schönen ausfüllen, und zwar mit einer umfassenden Abhandlung *Kallias oder Über die Schönheit;* sie wurde nicht ausgeführt, und nur die Briefe an Körner zu Anfang 1793 (»Kallias-Briefe») gewähren uns Einblick in sein damaliges Denken. Dessen Kernsatz lautet: »Schönheit ist also nichts anderes als Freiheit in der Erscheinung«; auf die moralische

Schönheit übertragen, heißt das, eine Handlung sei dann schön, wenn sie aus freier Neigung mit Leichtigkeit sich vollzieht, so daß »sie aussieht wie eine sich von selbst ergebende Wirkung der Natur«.

Ihre ausführliche und endgültige Fassung erhielt diese Anschauung in der Abhandlung *Über Anmut und Würde* (1793).

Der Mensch ist nicht bloß Naturwesen, sondern auch eine freie Persönlichkeit; die Art seines Erscheinens ist daher nicht bloß durch die Schönheit des Körperbaues bestimmt, sondern auch abhängig von der Art seines Empfindens und Wollens, also von Zuständen, die er selbst in seiner Freiheit und nicht die Natur nach ihrer Notwendigkeit bestimmt. Auch der menschliche Geist bildet sich selbst seinen Körper durch Bewegungen, die er dessen Formen und Zügen auferlegt. Die geistgeborene Schönheit ist es, die Schiller als »Anmut« oder »Grazie« bezeichnet. Diese »Schönheit des Spieles« ist aber nur dann vorhanden, wenn Vernunft und Sinnlichkeit, Pflicht und Neigung so zusammenstimmen, daß die eine ihren Herrscherwillen geltend macht, ohne daß die andere in ihrer Freiheit und Eigenart irgenwie beeinträchtigt wird. »Schöne Seele« nennt Schiller einen Menschen, der seinem Begriffe von der »moralischen Schönheit« entspricht, dem also die Pflicht zur Natur geworden ist, und diese Neigung zur Pflicht ist Tugend. »Anmut ist ihr Ausdruck in der Erscheinung«.

Doch auch die schöne Seele muß im Affekte an das Pflichtgesetz appellieren, jenen Kampf von Neigung und Pflicht durchführen können. Beim Ansturm von Leiden und Leidenschaften muß der Wille, will man die Herrlichkeit der schönen Seele erringen oder wahren, gegen die rebellischen Sinne aufgerufen werden. In diesem Kampfe wird die schöne Seele eine moralisch große oder erhabene, und wir bezeichnen sie in der Betätigung ihrer sittlichen Kraft als »Würde«.

Die Mittel zu seiner ethischen und ästhetischen Erfassung des Begriffes »Würde« hatte Schiller aus Kants Lehre vom Erhabenen geholt. Diese Abhängigkeit des Schülers vom Meister tritt uns auch in der Abhandlung *Vom Erhabenen* (1793) entgegen, die den Untertitel »Zur weiteren Ausführung einiger Kantischer Ideen« trägt.

Wie dieser führt auch Schiller den Eindruck des Erhabenen auf einen Prozeß zurück, der unter der Einwirkung einer übermächtigen Erscheinung im betrachtenden Subjekt sich vollzieht, und es sind nur andere Bezeichnungen für die Kantschen gesetzt, wenn er das Theoretisch-Erhabene und das Praktisch-Erhabene unterscheidet. Ein Beispiel des ersten ist der Ozean der Ruhe, der sturmbewegte Ozean ein Beispiel des zweiten. Dort spottet ein Unendliches, Unermeßliches des rechnenden Verstandes, unserer Vorstellungsfähigkeit; hier spielen furchtbare Naturkräfte mit dem Erdgeborenen. In beiden Fällen aber wird unser Geist durch Erniedrigung der Sinne zum Triumph über die äußeren Naturbedingungen aufgerufen.

Dem Theoretisch-Erhabenen dient eine besondere Abhandlung: *Zerstreute Betrachtungen über verschiedene ästhetische Gegenstände.* Vom Praktisch-Erhabenen handelt Schiller in dem über Kant hinausgehenden Aufsatz *Über das Pathetische.*

Das Pathetisch-Erhabene, der Mensch in der Fülle des Leidens und in der Stärke der moralischen Widerstandskraft, ist der Gegenstand der tragischen Kunst. In der Studie »Über das Pathetische« sucht Schiller die Mitleidstheorie des Hamburger Dramaturgen weiterzubilden, weil er ihm einen zu starken Ton auf das aristotelische Mitleid zu legen schien. Wohl verlangt Schiller auch vor allem eine vollwuchtige Darstellung der leidenden Natur und vom tragischen Helden die zarteste Empfindung für das Leiden, aber er fordert auch vom Dichter, daß er der leidenden Natur »moralische Selbständigkeit« im Leiden hinzufüge. Das Schicksal, das den Helden zermalmt, muß ihn auch erheben. Mitten im Leiden soll die im Menschen ruhende Kraft, sein Wille und seine Freiheit sich erst recht offenbaren.

Wiederum knüpfte Schiller an Lessing an in den *Gedanken über den Gebrauch des Gemeinen und Niedrigen in der Kunst,* beide auf ihre Verwendbarkeit prüfend. So wollte Schiller seine »Ideen über die Philosophie des Schönen« dem Prinzen von Augustenburg mitteilen, als er sich anschickte, die reiche Spende des kunstsinnigen Fürsten mit einer reicheren Gabe seines Geistes zu erwidern. Am 9. Februar 1790 kündigte er dem Prinzen eine Reihe von Briefen an, die sein »System der Ästhetik« umfassen sollten; dieselben Krankheitsanfälle, die den Kalliasbriefen ein jähes Ende bereitet hatten, traten auch hier hindernd dazwischen, und als am 13. Juli 1793 der erste Brief nach Norden abging, enthielt er kein Wort von jenem Thema, sondern lenkte die Untersuchung sofort auf die ästhetische Erziehung. Zwar ist nur ein Teil von den *Briefen an den Augustenburger* in Abschriften erhalten – die meisten gingen bei dem Brand des Kopenhagener Königsschlosses (1794) verloren –, aber Schillers Mitteilungen an Körner zeigen, daß nur die »reichhaltigsten Ideen aus den Künstlern« hier »philosophisch ausgeführt« worden waren. Damit traf Schiller den Geschmack seines Lesers, der dem Problem einer geistigen Wiedergeburt der Menschheit sich mit Wärme hingab und daher seine neue Lösung mit Freuden begrüßte. Er suchte in diesen Briefen theoretisch und historisch den doppelten Nachweis zu führen, einmal, daß das Schöne den Naturmenschen verfeinere und den bloß sinnlichen zum rationalen erziehe, und dann, daß das Erhabene die Nachteile der Erziehung durch das Schöne behebe, dem verfeinerten Kulturmenschen »Federkraft leihe«. Die Briefe dienen, soweit sie erhalten sind, nur der ersten Aufgabe; aber schon tauchen dabei die Gedanken auf, die er später in der ausführlichen Umarbeitung der Briefe philosophisch begründet und mit besonderem Interesse ausgeführt hat: daß der Zustand ästhetischer Betrachtung und Auffassung aus einem eigenen menschlichen Triebe hervorgehe, der zwischen dem sinnlichen und dem sittlichen stehe und darum geeignet sei, beide harmonisch zu versöhnen.

Diese von dem Streben nach einheitlicher, schönheitsvoller Lebensgestaltung eingegebenen Anschauungen bildeten sich in Schiller unter dem fortwährenden Druck seines quälenden körperlichen Leidens. Im Frühling 1793 faßte er den Plan, sich durch die lange ersehnte Reise in die Heimat leiblich und seelisch zu erfrischen. So reiste denn das Schillersche Ehepaar im August

1793 ab, und zwar ging es zuerst nach der freien Reichsstadt Heilbronn am Neckar. Hier wollte Schiller zunächst bleiben, um nicht gleich das eigentliche Gebiet des Herzogs Karl zu betreten, da man immerhin nicht wissen konnte, mit was für Augen dieser seinen vor elf Jahren flüchtig gewordenen Regimentsmedikus ansehen würde. Doch erwies sich die Sorge als unnötig; der Herzog erlaubte dem Vater auf sein Ansuchen, den Sohn in Heilbronn besuchen zu dürfen, und so fand hier das längst ersehnte Wiedersehen statt. Im September 1793 verlegte er seinen Wohnsitz nach Ludwigsburg. Das Familienglück wurde vermehrt, als am 14. September der erste Sprößling einer neuen Schillergeneration das Licht der Welt erblickte. Und als sollte alles zusammentreffen, um Schiller wieder an sein Heimatland zu fesseln, schied in diesem Herbst sein unversöhnlicher Feind, der Herzog, aus dem Leben. Die ganze Stellung des ehemaligen Flüchtlings zu seinem Vaterlande änderte sich dadurch. Die Möglichkeit einer Lebensstellung in Württemberg eröffnete sich, und der Wunsch seines ehemaligen Lehrers Abel, der jetzt Professor in Tübingen war, hatte auch auf ihn Anziehungskraft. Aber alle weiteren Pläne wurden durch Schillers körperliches Leiden gehemmt, das ihm auch in diesem Winter hart zusetzte. Unter solchen Qualen konnte natürlich auch die Arbeit nicht so gefördert werden, wie er es wünschte. Die Briefe an den Erbprinzen setzte er in gewissen Zwischenräumen fort, arbeitete auch an der Ausgestaltung seiner ästhetischen Ansichten, aber ohne rechte Frische und Freudigkeit. Erst als ihm ein besonders milder Frühling ein besseres Wohlbefinden gab, kehrte das Bewußtsein der Leistungsfähigkeit wieder. Dazu fand er in Stuttgart, wohin er im März 1794 übergesiedelt war, wieder geistige Anregung im Verkehr mit Künstlern und Gelehrten. Hier traf er nicht wenige der alten Freunde, vor allem Dannecker, »ein wahres Kunstgenie«, der es sich nicht nehmen ließ, den Freund, für den er eine schwärmerische Liebe und Verehrung hegte, zu verewigen, indem er eine vorzügliche Büste von ihm modellierte, dieselbe, die er nach des Dichters Tode in kolossalem Maßstabe ausführte, denn er könne »nicht anders lebendig sein als kolossal«. In Tübingen wurde er mit dem Buchhändler Johann Friedrich Cotta bekannt und schlug ihm die Begründung einer literarisch-ästhetischen Zeitschrift vor, an der Deutschlands beste Köpfe zur Veredelung des Geschmackes und zur Läuterung des sittlichen Bewußtseins, zur Hebung der gesamten Kultur mitarbeiten sollten. Cotta, ein Mann von außergewöhnlichem Unternehmungsgeist, wies Schillers Plan, obschon er ihm stark idealistisch erschien, nicht zurück, doch ward eine feste Vereinbarung verschoben. Es waren die *Horen*, die hier ihren Ursprung nahmen.

Am 6. Mai 1794 verließ Schiller nach dreivierteljährigem Aufenthalte die Heimat; er hat sie nicht wiedergesehen. Die erhoffte Genesung hat er nicht gefunden, aber das Gefühl wachsender innerer Kraft steigerte seine Arbeitsfreudigkeit, und das Bewußtsein seines hohen Berufes hob den willensstarken Mann über alle Sorgen hinweg, die ihm auf der Bahn zu den Höhen des Lebens noch hindernd entgegentreten sollten. Vorerst galt es, auf der längst beschrittenen philosophischen Bahn die letzten, steilsten Gipfel zu erklimmen. Einem Wunsche des Augustenburgers entsprechend, wollte er zunächst die durch den Brand vernichteten Briefe aus Abschriften wiederherstellen; da sie aber seinem durch erneute Kantstudien und durch den Verkehr mit Fichte, Goethe und W. v. Humboldt bereicherten Geiste nach Inhalt und Form nicht mehr genügten, entschloß er sich zu einer Umarbeitung der Briefe. Die fertigen Teile, im ganzen 27 Briefe, erschienen in den »Horen« vom Jahre 1795 unter dem Titel *Über die ästhetische Erziehung des Menschen, in einer Reihe von Briefen.* Den Abschluß der Gedankenreihe sollte ein besonderes Buch bringen und das Ganze dem fürstlichen Gönner gewidmet werden, aber es kam nicht zustande, und so blieb die erweiterte Umarbeitung ein Bruchstück wie die Originalbriefe.

Der Versuch der Franzosen, sich in die heiligen Menschenrechte einzusetzen und die politische Freiheit zu erringen, hat statt des Vernunftstaates ein Chaos heraufbeschworen, weil die rechten, reifen Menschen gefehlt haben für eine Schöpfung, die nur auf der Grundlage reinen Menschentums, ganzer Persönlichkeiten errichtet werden kann. »Der große Moment fand ein kleines Geschlecht.« Um den künftigen Vernunftstaat, dessen sich das Griechentum erfreute, auch der modernen Zeit zu erringen, ist daher die Erziehung der Bürger vorerst notwendig. Da ist es nun die Kunst, die in ihren unsterblichen Mustern, die Wahrheit und Schönheit vereinigt, auf Geist und Gefühl zugleich wirkt und die Totalität des Charakters zu begründen vermag, auf die allein der Vernunftstaat gebaut werden kann.

Die Frage, ob die künstlerische Kultur imstande sei, den roh sinnlichen Naturmenschen zu veredeln und den verkünstelten Kulturmenschen zur gesunden Natur zurückzuführen, behandelt die zweite Folge der Briefe. In diesen gewinnt die Abhandlung »Über Anmut und Würde« eine Fortsetzung und Umbildung. Die Sinnlichkeit, als die Eindrücke der Außenwelt in sich aufnehmend, wird jetzt »Sach- oder Stofftrieb«, die Vernunft, als die Sinnlichkeit zügelnd und formend, »Formtrieb«, die Versöhnung und Wechselwirkung beider einander widerstrebenden Triebe »Spieltrieb« genannt. Die Schönheit weckt in dem von Trieben und Empfindungen beherrschten Menschen das Gefühl für Form und Harmonie, dem Kulturmenschen aber gibt sie mit der sinnlichen Fülle das gesunde Gefühl und die Achtung vor voller Menschlichkeit zurück. Um diese doppelte Wirkung der Kunst zu erklären, entwickelt Schiller den Begriff des ästhetischen Zustandes, d. h. der Stimmung, die uns bei der Betrachtung des Schönen wohltuend zuteil wird und uns die Freiheit, zu sein, was wir sein sollen, zurückgibt. Dadurch tritt die Schönheit neben die Natur als Schöpferin. Doch nur wenn die Kunst als freie Schöpferin in ihrem eigenen Reiche ihre Gaben austeilt, kann sie ihren Einfluß auf die menschliche Bildung ausüben; ihre Wirkung wird aufgehoben durch die Forderung einer schönen, lehrenden oder bessernden (moralischen) Kunst. In der Kunst soll die Form, die jedem Leben entsprechende Gestalt alles sein und tun, »denn durch die Form allein wird auf das Ganze des Menschen, durch den Inhalt hingegen nur auf einzelne Kräfte gewirkt«. Was früher Schiller in der schönen Seele gefunden hat, nennt er jetzt Erfüllung und

Betätigung des Spieltriebes. Denn wie der Mensch nur spielt, wo er in der vollen Bedeutung des Wortes Mensch ist, und nur da ganz Mensch ist, wo er spielt, so entfaltet sich in der ästhetischen Stimmung frei und freudig die Gesamtheit seiner Kräfte, losgebunden von aller Wissensqual und aller Pflichtennot, von jedem Zwange der Sinnlichkeit und der Zwecke.

Kann aber das Schöne, wie Schiller lehrt, wirklich durch die ästhetische Einheit der beiden Triebe die erhabenste Menschheit herstellen und jene ideale erträumte Welt des ästhetischen Staates, wie sie in dem letzten Briefe geschildert wird, schaffen, dann freilich muß die künstlerische Bildung der Persönlichkeit als »ästhetische Pflicht« erscheinen.

Nicht der ganze Ideenstoff der Briefe an den Augustenburger ist in die neuen Briefe übergegangen. Vier Aufsätze konnte Schiller bei der Umgestaltung des alten Manuskriptes selbständig ausarbeiten; sie dienten alle dem Problem des Einflusses der Schönheit auf die Erziehung. Der Tadel Fichtes an Schillers bilderreichem, philosophischem Stil gab die Veranlassung zu dem ersten, schon früher geplanten Aufsatze *Von den notwendigen Grenzen des Schönen, besonders im Vortrag philosophischer Wahrheiten,* in denen er zu seiner Verteidigung populäre, wissenschaftliche und schöne Darstellung scheidet und für sich die letztere in Anspruch nimmt, weil sie den ganzen Menschen beschäftige. Ein zweiter Aufsatz, *Über die Gefahr ästhetischer Sitten,* wurde später mit dem ersten vereinigt unter dem Titel »Über die notwendigen Grenzen beim Gebrauch schöner Formen«. Wie dort die Gefahren, so wird in dem Aufsatz *Über den moralischen Nutzen ästhetischer Sitten* der Nutzen des ästhetischen Gefühles für das sittliche Wollen und Handeln des Menschen erörtert. Den Geschmack zum uneingeschränkten Gesetzgeber des Willens zu machen und ihm die Verbindlichkeit der Pflicht zu opfern, gefährde die Sittlichkeit; andererseits aber versetze der Geschmack den Menschen in eine für die Tugend zweckmäßige Stimmung. Mit dem Aufsatz *Über das Erhabene* erhält das große Gedankenwerk eine wesentliche Ergänzung, indem Schiller nachträglich auch den Wert der »energischen Schönheit«, des Erhabenen, für die ästhetische Erziehung erörtert.

Wie Schiller uns hier das tiefe Weh des Lebens zeigt, so deutet er uns auch die über alle Lebensnot siegreiche Kraft aus seiner persönlichen Lebenserfahrung, und ihr entstammt gleich das Wort, das allen Betrachtungen zugrunde liegt: »Alle anderen Dinge müssen; der Mensch ist das Wesen, welches will.« Zwei »Genien« sind uns zu Führern durch das Leben gegeben: die Schönheit und das Erhabene. Jene macht uns die Fesseln der Notwendigkeit leicht, dieses trägt uns empor und hinüber über die schreckensvollen Tiefen, wo unsere Sinne zagen und vor den Übermächtigen sich in den Staub werfen wollen. Zu dieser Willensgröße werden wir am besten gestärkt und gerüstet durch das Lust- und Wehgefühl, das der Anblick des tragischen Leidens, des Pathetisch-Erhabenen, uns einflößt. Das erdichtete Unglück, das die Tragödie bietet, soll uns widerstandsfähig machen auch gegen das wirkliche Leiden und uns lehren, auch das ernsthafteste Unglück in eine erhabene Rührung zu verwandeln.

Mit den »Briefen über ästhetische Erziehung« war der Kreis der künstlerischen Kultur geschlossen und Schillers Interesse an der Lösung der allgemeinen philosophischen Probleme eigentlich befriedigt. Seine schöpferische Kraft drängte ihn zu freiem poetischem Schauen und Bilden, und aus allen Briefen des Sommers 1795 spricht die freudige Überraschung, daß eine neue Epoche dichterischen Schaffens für ihn gekommen sei, reiner und größer als die frühere. Bereits verhießen einzelne Blüten einen neuen Frühling poetischen Gestaltens, aber noch hemmte eine letzte Sorge die freie Entfaltung. Je mehr er infolge der inneren Umbildung und Vertiefung in den letzten Jahren auch im Poetischen einen völlig neuen Menschen angezogen hatte, desto mehr drängte es ihn, über das Recht und das Ziel der fortan einzuschlagenden Richtung sich wissenschaftlich Rechenschaft zu geben. Zwei Einwirkungen waren es vornehmlich, die ihn dazu aufforderten: die unablässig steigende Verehrung für die Griechen und die beginnende Freundschaft mit Goethe. Jene weckte in ihm das schmerzliche Bewußtsein, wie sehr ihm die an jenen bewunderten Eigenschaften mangelten, und der Verkehr mit Goethe ließ ihn jenen Mangel nur noch tiefer fühlen. Zugleich aber erkannte er auch, daß der Gegensatz zwischen antiker und moderner Dichtkunst nicht an Ort und Zeit gebunden sei, sondern in den schaffenden Persönlichkeiten selbst begründet sein müsse. Daraus erwuchs für Schiller die Doppelfrage, ob die Neueren im Vergleich zu der Vortrefflichkeit der antik-hellenischen Poesie überhaupt noch echte Dichter seien und ob er bei seinem Naturell sich gegenüber dem ganz anders gearteten Goethe als Dichter behaupten und seine angeborene Eigenart in einer den höchsten und reinsten Kunstforderungen entsprechenden Weise zum Ausdruck bringen könne. Gründlich wie er war, schlichtete er diesen inneren Widerstreit in der großen Abhandlung *Über naive und sentimentalische Dichtung* (1795/1796), die in dem Nachweis der Berechtigung seines eigenen (sentimentalischen) dichterischen Wesens neben dem naiven der Alten und Goethes ihren Höhepunkt erreicht.

Nach einem einleitenden Abschnitt über das Naive erörtert Schiller dessen verschiedene Arten und die Gründe des Wohlgefallens, das der Kulturmensch an naiven Erscheinungen empfindet. Das Naive erfreut uns, weil es alles Künstliche und Gekünstelte beschämt; es stimmt uns zur Wehmut und Sehnsucht, weil es uns zeigt, was wir unter den Anforderungen des Lebens und auf dem Wege zur Kultur verloren haben: ein einheitliches, in sich geschlossenes, auf sich ruhendes Dasein. Naiv sind die Kinder und Naturvölker; naiv ist auch jedes Genie, denn dadurch allein beglaubigt es sich als solches, daß es, unbekannt mit allen Regeln, in schlichter Einfalt über alle Künstlichkeit triumphiert. Diese geniale Naivität macht das eigenste Wesen der Griechen aus. Der Grieche, noch eins mit der Natur und mit sicherem Heimatgefühl in ihr lebend, braucht das Vorhandene nicht zu suchen, und daher finden wir bei ihm so wenig von dem sentimentalen Interesse, mit dem wir Neuere an Naturszenen und Naturcharakteren hängen. So ist unser Gefühl für die Natur einerlei mit dem Gefühl, das wir für die Alten haben; es ist die Sehnsucht nach der verlorenen Unmittelbarkeit, nach dem verlorenen Glück der Kindheit. »Die Griechen empfinden natürlich, wir empfinden das Natürliche. Unser Gefühl für die Natur gleicht der Empfindung des Kranken für die

Gesundheit.« Anders war das Gefühl, das Homer beseelte, wenn er seinen göttlichen Sauhirten bewirten ließ, als jenes, das die Seele des jungen Werther empfand, da er nach einer lästigen Gesellschaft diesen Gesang las.

Aus diesem Gegensatz des Naturempfindens entspringen zwei verschiedene Dichtweisen: die naive und die sentimentalische. Wenn der Dichter das Ganze seiner Natur in Übereinstimmung mit der Wirklichkeit fühlen darf, dann wird die ruhig-behagliche, möglichst getreue Wiedergabe der erschauten und erlebten Wirklichkeit das Lebenselement seiner Dichtung bilden. Der sentimentalische Dichter dagegen sucht die Natur. Denn da die innere Harmonie zwischen Denken und Empfinden, die den Naturmenschen auszeichnet, durch die Einflüsse der Kultur gestört ist, kann der Mensch nur nach jener Einheit streben. Demgemäß ist seine Aufgabe nicht die Wiedergabe der Wirklichkeit und des einfachen Seins, sondern die Darstellung der Dinge in ihrem Verhältnisse zum Ideal, die kühne Aufstellung großer Bilder eines höheren Seins über dem wirklichen Leben. Verschieden ist auch die Darstellungsart: Der naive Dichter geht mit seiner Empfindung ganz im Gegenstande auf; »wie die Gottheit hinter dem Weltgebäude, so steht er hinter seinem Werk«; sein Gegenstand ist eine endliche, der des sentimentalischen Dichters eine unendliche Größe; demnach kann keiner der Maßstab des andern sein. Hat jener die Anschaulichkeit und Lebendigkeit der Darstellung dessen, was sinnlich darzustellen ist, voraus, so gibt uns dieser den Gegenstand, wie er sich in seiner von hehrer Sehnsucht nach dem Ideal bewegten Seele spiegelt; er ergreift unser Gemüt durch die Macht seiner Ideen, erschüttert unser Gewissen durch die sittliche Wucht, reißt uns empor aus der Enge unseres Daseins zur Anschauung unseres reinen Selbst und unserer wahren Bestimmung.

Aus diesen Untersuchungen wurde Schiller klar, daß die Begriffe des Naiven und Sentimentalischen sich oft, aber nicht immer mit denen des Antiken und Modernen decken. Denn ob naiv oder sentimentalisch, hängt vor allem von der Eigenart des Dichters und von zufälligen Einflüssen ab, die in die Entwicklung seiner Persönlichkeit spielen. So fand Schiller im Altertum in Horaz den »wahren Stifter der sentimentalischen Dichtungsart« und anderseits in der neuen Zeit naive Dichter, so Goethe.

In der Schlußbetrachtung findet Schiller, daß dem naiven Dichter im allgemeinen eine realistische, dem sentimentalischen eine idealistische Charakteranlage entspreche. Jede hat ihre Berechtigung, nur ihre Entartungen, der gemeine Empiriker als das Zerrbild des Realisten und der Phantast als Karikatur des Idealisten, sind verderblich und verächtlich. Wie nun das Ideal vollendeter Menschlichkeit nur aus der möglichst innigen Verbindung und Durchdringung des Realistischen und Idealistischen, so kann auch das Ideal vollendeter Kunst nur aus der wechselseitigen Durchdringung der naiven und sentimentalischen Dichtung hervorgehen.

Man wird im einzelnen manches an Schillers großer Abhandlung bemängeln, die Einteilung der Dichtercharaktere in zwei Klassen bedenklich finden und die Anschauungen über die Wirkung der Kunst auf das sittliche Leben des Menschen als Übertreibung bezeichnen, den großartigen Gedankenentwicklungen, der gewaltigen Kraft und Hoheit sittlichen Wollens wird sich niemand entziehen können. Es ist der erhebende Kampf für die unveräußerlichen Rechte des sittlichen und künstlerischen Idealismus, der gegen das Niedrige und Gemeine keine Nachgiebigkeit kennt, sondern unablässig auf die Unendlichkeit der Idee, d. h. auf die letzten und höchsten Ziele der Menschheit hinweist und sich bewußt ist, daß dieser Idealismus einst siegen müsse. Daß diese seine dichterische Eigenart, die ihn freilich in ihrem sich nie genugtuenden Pathos der Gefahr des Rhetorischen aussetzte, neben der

Goethes berechtigt sei, war Schiller durch seine Betrachtungen zu dem freudigen Bewußtsein geworden, dem er später in einem Epigramm Ausdruck verleiht:

Wahrheit suchen wir beide; du außen im Leben, ich innen
In dem Herzen, und so findet sie jeder gewiß.
Ist das Auge gesund, so begegnet es außen dem Schöpfer,
Ist es das Herz, dann gewiß spiegelt es innen die Welt.

Die wissenschaftliche Philosophie findet in dieser Serie von Schillers Schriften Widersprüche oder zumindest Inkonsequenzen; aber sowenig jener Schiller, der geschichtliche Arbeiten veröffentlichte, ein Historiker im strengsten Sinn des Wortes war, so wenig war der Schiller zwischen 1791 und 1795 ein wissenschaftlicher Philosoph, auch dies im strengsten Sinn des Wortes gemeint. Geschichte und Philosophie waren dennoch immer das Leben und Weben des Dichters betreuende Geleiterinnen; so mußte er sich mit ihnen auseinandersetzen, bevor er zur Meisterschaft gelangte.

SCHILLER UND GOETHE

Schillers Weg zur künstlerischen Vollendung ist ohne das Kant-Erlebnis nicht zu denken. Von ebensolcher Bedeutung aber war für ihn die Freundschaft mit Goethe. Die beiden Dichter standen lange Zeit einander ferne, wobei die Einstellung zueinander verschieden war: die Goethes eher feindselig, die Schillers kühl. Nachdem es diesem gelungen war, mit Cotta bezüglich der Herausgabe einer Zeitschrift ins reine zu kommen, lud er auch Goethe zur Mitarbeit an den »Horen«, wie das neue Organ hieß, ein. Der sagte zu, weniger um Schillers willen, sondern weil auch Fichte mitmachte, auf den er damals gewisse Hoffnungen setzte. Das war im Juni 1794; ungefähr einen Monat später weilte Goethe einige Tage in Jena. Am 21. Juli fand nach einem naturwissenschaftlichen Vortrag das entscheidende Gespräch zwischen den beiden Männern statt, das der Ältere später so erzählte: »Er schien an dem Vorgetragenen teilzunehmen, bemerkte aber sehr verständig und einsichtig und mir sehr willkommen, wie eine so zerstückelte Art, die Natur zu behandeln, den Laien, der sich gern darauf einließe, keineswegs anmuten könne.« In Schillers Haus angekommen, trug Goethe die Metamorphose der Pflanzen vor und ließ, mit manchen charakteristischen Federstrichen, eine symbolische Pflanze vor Schillers Augen entstehen. »Er vernahm und schaute das alles mit großer Teilnahme, mit entschiedener Fassungskraft; als ich aber geendet, schüttelte er den Kopf und sagte: ›Das ist keine Erfahrung, das ist eine Idee.‹ Ich stutzte, verdrießlich einigermaßen, denn der Punkt, der uns trennte, war dadurch aufs strengste bezeichnet ... ich nahm mich aber zusammen und versetzte: ›Das kann mir sehr lieb sein, daß ich Ideen habe, ohne es zu wissen, und sie sogar mit Augen sehe.‹ ... so ward viel gekämpft und dann Stillstand gemacht; keiner von beiden konnte sich für den Sieger halten, beide hielten sich für unüberwindlich ... Wenn er das für eine Idee hielt, was ich als Erfahrung ansprach, so mußte doch zwischen beiden irgend etwas Vermittelndes, Bezügliches obwalten.« Wie beim Bericht über Valmy gibt es auch für dieses Gespräch Zweifel an der völligen Richtigkeit der Erinnerung Goethes. Schiller dagegen schrieb in einem Brief an Körner: »Wir hatten vor sechs Wochen über Kunst und Kunsttheorie ein langes und breites gesprochen und uns die Hauptideen mitgeteilt, zu denen wir auf ganz verschiedenen Wegen gekommen waren. Zwischen diesen Ideen fand sich eine unerwartete Übereinstimmung, die um so interessanter war, weil sie wirklich aus der größten Verschiedenheit der Gesichtspunkte hervorging. Ein jeder konnte dem anderen etwas geben, was ihm fehlte, und etwas dafür empfangen.«

Goethe aber, um zu ihm zurückzukehren, schließt: »Der erste Schritt war jedoch getan. Schillers Anziehungskraft war groß.« Sie zeigte sich noch größer, als der Professor von Jena aus dem Exzellenzherrn in Weimar zum Geburtstag gratulierte und in diesem ausführlichen Schreiben haargenau die Summe der Goetheschen Existenz zog, nicht ohne auch seine Eigenart exakt zu umschreiben. Der Briefwechsel schwoll im Laufe der Jahre auf sechs Bände an; Goethe hat ihn 1824 herausgegeben und dazu bemerkt, es sei eine große Gabe, die den Deutschen, ja den Menschen geboten werde. Das Beste aber sagten sie einander mündlich, wenn sie sich anfangs meistens in Jena, später in Weimar, wohin Schiller 1799 übersiedelte, zusammenfanden. Da empfand der Ältere des um zehn Jahre Jüngeren vorwärtsstrebende Natur: »Alle acht Tage war Schiller ein anderer, ein vollendeterer«, heißt es 1825 in den Gesprächen mit Eckermann: »Jedesmal, wenn ich ihn wiedersah, erschien er mir vorgeschritten in Belesenheit, Gelehrsamkeit und Urteil.« Und Schiller sagte von Goethe: »Ich kann nie von ihm gehen, ohne daß etwas in mir gepflanzt worden wäre.« Es war ein gegenseitiges Nehmen und Geben, Fördern und Anregen, ein gemeinsames Weiterbilden und Weiterkämpfen, wobei bald der eine, bald der andere der Aktivere war, wobei jedoch beide ihre Selbständigkeit und Eigenart ungebrochen behielten.

Wie verschieden sie waren, zeigt ihre Stellung zur Natur: Schiller empfand Goethes Naturnähe als dessen dichterische Überlegenheit, und der Sinn seines philosophischen Weges war Naturgewinnung. Von seiner Naturferne mag das Wort eines seiner Jugendfreunde Zeugnis geben: »Eine dichterische Beschreibung einer Gegend machte mehr Eindruck auf ihn als der Anblick der Natur selbst.« Ihre Verschiedenheit zeigt ferner ihre Stellung zum Christentum. Schiller nennt die Religion des Kreuzes die einzige ästhetische Religion; für Goethe war Christus die Mensch gewordene Liebe Gottes, aber das Kreuz lehnte er ab. Ein wichtiger Unterschied in der Eigenart der beiden Dichter liegt auch in der Stellung zum Tragischen, in einer Diskussion über Goethes »Egmont«, sagte Schiller:

»Das ist keine Tragödie, das ist künstliche Harmonisierung. Ich weiß, Sie haben auch das Ende Ihrer Ottilie mit Engelsköpfen auf Goldgrund ummalt; Sie haben Ihrem Gretchen aus unbestimmter Höhe zurufen lassen: ›Gerettet!‹ Sie haben Ihren Kämpfer Faust vor unseren Augen in den Schoß der ewigen Liebe eingehen lassen. Sie haben also die ›Idee‹ als Deum ex machina aufgerufen, wenn Sie Ihr letztes Losungswort sagen wollten. Bleiben wir doch näher bei der Lebensfülle der Erfahrung! Wenn der tragische Mensch auf Erden zerbricht, so redet sein Inneres allein deutlich genug von den Grenzen, an denen er steht. Und der Dichter, indem er dieses Letzte berührt, versetzt auch den mitleidenden Beschauer nur durch innere Mittel in die Bewegung, die aus Widerspruch der Welt und Widerstand der Seele den Ausgang in eine höhere Sinnordnung erzwingt. Das ist nicht pflanzenhaft, das ist das Stirb und Werde, das im Reich des Willens und der Schicksalsüberwindung waltet. In Ihrem Alter haben Sie bekannt, es bleibe nur Idee und Liebe. Wir sind uns also einig über die Kraft der Idee. Sie aber haben sie sinnlich darstellen wollen. Mir gab der Gott, im Leiden selbst das Leiden zu befreien. Unsere Sprache ist verschieden, unser Geist ist sich verwandt ... Alles Große ist tragisch, und es will nicht anders sein.«

Diese Verschiedenheiten geben Gerhard Fricke recht, wenn er schreibt: »Schiller von Goethe her zu begreifen ist ebenso unmöglich wie Kant oder Hegel von Platon her zu deuten – Schiller hat gelegentlich an Fichte geschrieben, daß Goethe ihn seiner Natur nach gar nicht verstehen könne – wohl aber ist es möglich, von der Schillerschen Stufe her die Idee des Goetheschen Lebens zu deuten. Das Problem, das für Schiller gerade darin bestand, daß das Unbedingte des Geistes, das heilige Soll, das Unendliche war, demgegenüber der Begriff der Entsagung überhaupt nicht statthat, und daß für ihn die Vollendung die Unendlichkeit gerade nicht aus-, sondern einschloß, wird nicht gesehen.«

Trotzdem: Groß war der Reichtum, der den beiden Dioskuren aus ihrer Verbindung zuströmte, groß auch der Gewinn, den sie für ihre Stellung zur Außenwelt daraus zogen. Bedingungslose Achtung der Eigenart des andern war das Grundgesetz des Bundes.

Organ des Freundschaftsbundes sollten die *Horen* sein, eine Zeitschrift, deren Aufgabe es war, unter Ausschluß der politischen und religiösen Fragen die uneinige Welt unter der Fahne der Wahrheit und Schönheit wieder zu sammeln. Nur drei Jahrgänge lang (1795 bis 1797) konnte sich das Unternehmen halten, ein Zeichen dafür, wie einsam die Weimarer Klassik dastand; dadurch unterscheidet sie sich von ihren Vorgängerinnen: Die attische war wirklich der geistige Ausdruck des Perikleischen Zeitalters, Horaz und Vergil (auch hier zwei verschiedene menschliche Naturen und poetische Wesen) verkündeten die Ideale der Augusteischen Ära, und der dichterische Kreis um den Sonnenkönig gab dem Denken und Fühlen seiner Zeit Wort und Weihe; daß sie dies vermochten, war möglich, weil damals Griechenland, das Römerreich und Frankreich Zentren besaßen, die für alle Gebiete des nationalen Zusammenlebens führend waren; Weimar dagegen war kein Zentrum der deutschen oder gar der europäischen Welt, sondern ein kleiner Fürstenhof.

Den Geist dieses »zweiten Humanismus« trug bald darauf der Freiherr WILHELM VON HUMBOLDT (1767–1835) ins deutsche Bildungswesen hinein. Eng mit Schiller befreundet (er lebte seit 1794 als Privatgelehrter in Jena) und wie sein jüngerer Bruder, der Naturforscher Alexander (1769–1859), Goethe nahestehend, förderte er die Annäherung der beiden Dichterfürsten und kann beinahe als der Dritte in diesem Bunde bezeichnet werden. Er hat später seinen Briefwechsel mit Schiller herausgegeben und in der Vorrede dazu eine schier unübertreffliche Zeichnung des philosophischen Dichters und ästhetischen Denkers gegeben, er hat andrerseits Goethes »Hermann und Dorothea« kommentiert und an diese Dichtung seine *Ästhetischen Versuche* (1799) angeknüpft, durch die er ebenso die Theorie des Epos wie die Erkenntnis von Goethes Wesen förderte. Als Leiter des preußischen

Wilhelm von Humboldt.
Zeichnung aus dem Jahre 1814.

Unterrichtswesens (1809–1819) im Innenministerium (unter ihm Gründung der Universität Berlin, 1810) leitete er die klassische Humanitätsidee in die Bahnen der höheren Bildung.

SCHILLERS PHILOSOPHISCHE UND POLEMISCHE LYRIK

Ideen- und Gedankenlyrik

In den »Horen« veröffentlichte Schiller die ersten reifen Früchte seines poetischen Schaffens; die meisten sammelten sich in dem *Musenalmanach*, einem poetischen Jahrbuche, das er 1796–1800 herausgab. Wieder machte ihm das Sammeln und Sichten der Beiträge viel saure Arbeit und Ärger, und nur Goethes eifrige Teilnahme kam ihm hilfreich zustatten. Innerlich nach ihrem höchsten Berufe schon lange zurückverlangend, waren Goethe und Schiller nach ihrer Begegnung Hand in Hand wieder in das Reich der Poesie gewandert. Nach seiner Art richtete sich darin jeder aufs neue ein: Schiller, indem er das heimgebrachte Gold der Gedanken zu Gedichten ausmünzte.

Der Höhepunkt seiner »Reflexionspoesie über Ethisches und Ästhetisches«, seiner sogenannten Ideen- und Gedankenlyrik, fällt in den Anfang dieser zweiten dichterischen Periode (1795–1805), und viele der in diesen Kreis gehörigen Gedichte sind geradezu Ausgestaltungen von Gedanken, die er in den philosophischen Abhandlungen der Zwischenzeit niedergelegt hatte. Das philosophische Wort wird dichterische Tat, das in den »Künstlern« verheißene Zukunftsreich harmonischer Vollendung soll vor unseren Augen erstehen. Wie aus einem Füllhorn schüttet er Meisterwerke vor dem Volke aus; bald sind es umfangreiche Gedichte, die eine ganze Welt von Ideen vor uns erschließen, bald solche von wenigen Strophen, die einem einzigen wertvollen Gedanken gewidmet sind, wieder andere, die ihren Inhalt in Bilder der verschiedensten Art kleiden, in Sage und Allegorie, endlich eine fast unerschöpfliche Fülle in gedrängter, kurzer und kürzester Form bis zu jenen zweizeiligen Epigrammen, in denen er nach Goethes Urteil ein ganz besonderer Meister war.

Wer das Wesen der Lyrik nur in der Verklärung des Liebes- und Naturempfindens sieht oder verlangt, daß jedes lyrische Gedicht, wie das Goethesche, von einer »Gelegenheit aufgeregt« und der unmittelbare Eindruck eines Erlebnisses sei, wird freilich Schillers Dichtung nicht als »wahre« Poesie gelten lassen, weil sie selten oder nie jenen Charakter trägt. Aber warum soll ein aufgeweckter Sinn nicht denselben Zauber empfinden wie bei einem Goetheschen Liede, wenn aus einem Gedichte ein schöner oder ergreifender Gedanke in einer Form ihm entgegentritt, die den Gedanken in der höchsten Vollkommenheit ausspricht und in dem Hörer zugleich alle die Gedanken und Stimmungen miterregt, von denen jener eine umwoben sein kann? Denn aus Schillers »ganzer Menschheit« sind seine philosophischen Gedichte geboren, und darum sind sie Lebensbekenntnisse, freilich in anderem Sinne als Goethes Gelegenheitsdichtungen. Wohl ist der Antrieb dieser sinnschweren Lyrik Schillers die »Reflexion«, aber jeder große Gedanke setzt sich bei ihm in Gefühl um und wird zur inneren Erfahrung. In dieser Begeisterung treten die Ideen, die er aus dem Leben geschöpft hat, dem sinnenden Poeten in deutlichen Gestalten entgegen, und da zeigt er sich nun als Meister der Kunst, indem er das geschaute Geistige mit schöpferischer Phantasie erfaßt, mit der Wärme des Gefühls belebt und in anschaulichen Sinnbildern zur Darstellung bringt. Das Feuer und der hohe Schwung, die Anschauungskraft und Sprachgewalt sind dem gereiften Dichter von der Jugend her geblieben, aber seine Phantasie ist jetzt gezügelt durch das Streben nach schönem Maß und gegenständlicher Veranschaulichung.

Die »Brücke« von Schillers philosophischer Tätigkeit zu seinem neuen poetischen Schaffen bildete die gereimte Epistel *Poesie des Lebens* (1794). Unmittelbar anknüpfend an die »Künstler«, führt er darin als Lehrer des »schönen Scheins« einem Realisten, der sich über die Poesie verwerflich ausspricht, weil die Kunst überhaupt auf dem Scheine beruhe und keine Wahrheit biete, zu Gemüte, wie bar der Reize das Leben wäre ohne das Walten und Weben der Phantasie. Dem Dichter, der im »Land der Träume« weilend bei der *Teilung der Erde* zu spät gekommen ist, bietet Zeus den Mitgenuß olympischer Freiheit und Freuden. Durch die Poesie, will Schiller sagen, verbindet der Dichter die sichtbare Welt mit der idealen, für die die olympische ein Sinnbild ist.

Das tief ergreifende Gedicht *Die Ideale* (1796) ist Schillers Abschiedslied von der Jugend. Vor dem nüchternen Blick der Wirklichkeit haben sich ihm die Ideale als trügerisch erwiesen, und nur zwei Gestalten »von all dem rauschenden Geleite« der Jugend harrten treu bei dem nach des Lebens Höhen strebenden Dichter aus: das Bewußtsein der Einigkeit mit Gleichgesinnten und die Freude an der Arbeit selber. Mit diesem tröstenden Hinweis schließt das elegisch empfundene Gedicht, das Schiller selbst als »das treue Bild des menschlichen Lebens« bezeichnet hat. Wohl ist ihm noch oft der Abstand des Wollens und Vollbringens zum schmerzlichen Bewußtsein gekommen, aber nie ermattete seine Kraft, um sich zu erringen, was anderen glücklicheren Naturen von Haus aus verliehen war, jene Sicherheit des naiven Wesens, die er in dem ursprünglich »Natur und Schule«, später *Der Genius* überschriebenen Gedichte preist.

Das Ideal und das Leben ist die duftendste Blüte der Gedanken, die in den Briefen über ästhetische Erziehung niedergelegt sind, und über keines seiner Gedichte hat sich Schiller selbst so befriedigt geäußert wie über dieses. Schillers Weltanschauung, die sich aus dem Gegensatz und der Zusammengehörigkeit von Ideal und Leben ergibt, findet hier einen bildkräftigen Ausdruck. In den Gestalten der Olympier zeigt sich uns die vollendete Harmonie, die in der zwiespältigen Menschenwelt nicht gedeiht, denn »Zwischen Sinnenglück und Seelenfrieden/Bleibt dem Menschen nur die bange Wahl«. Doch kann auch dieser wenigstens zeitweise jene Einheit zwischen Neigung und Pflicht in sich herstellen, so daß er »frei ist in des Todes Reihen«. Im Leben Kampf, im Reiche des Ideals Sieg, dieser Grundgedanke des Gedichtes wird für vier verschiedene Lebensgebiete im einzelnen ausgeführt, und zwar so, daß jedesmal der Schilderung eines mühevollen Kampfes die »Erquickung des Erschöpften«, die Heilung durch das Ideal folgt.

Um »Das Ideal und das Leben« gruppieren sich andere Gedichte, die in mannigfach getönter Weise dieselbe wehmütige Sehnsucht der heroisch strebenden Seele zum Ausdruck bringen. So klagt er, wie einst als theosophischer Schwärmer, nun als gereifter Dichter in *Licht und Wärme,* daß die Erkenntnis der Wahrheit dem Menschen verschlossen bleibe, und preist jene glücklich, die »des Wissens Gut nicht mit dem Herzen (dem frommen Glauben) zahlen«. Dieselbe Grundstimmung durchweht *Die Worte des Glaubens* wie *Die Worte des Wahns, Das verschleierte Bild zu Sais,* und noch am Ende seiner Wanderfahrt klagt *Der Pilgrim* (1803), daß ihm die Lösung der Weltgeheimnisse versagt sei. Ewig ist die Sinnenwelt von der übersinnlichen getrennt, aber nur für den Erdgebundenen, der auch dorthin den Verstand zum Führer wählen möchte. Nur dem Aufschwung der Phantasie, der verehrungsvollen Hingabe an das Erhaben-Unerforschliche öffnet sich das Wunderland. »Du mußt glauben, du mußt wagen, denn die Götter leih'n kein Pfand.« (»Sehnsucht«, 1802.)

Lieder und Epigramme

Schillers große philosophische Gedichte »sind nicht für die Masse geschrieben«; aber er sprach gleichzeitig auch in kleineren, verständlicheren Dichtungen, in Liedern und Epigrammen, den Ertrag seines Denkens und Erfahrens aus, und diese sich leicht einprägenden, schnell von Mund zu Mund gehenden Gedichte haben sehr viel dazu beigetragen, ihn populär zu machen. Seine volle Kraft zeigt der Dichter in der epigrammatischen Form, mag sie sich nun im einzelnen Distichon darstellen oder eine Anzahl von ihnen zum größeren Ganzen zusammenfügen.

Für alle Fragen der suchenden Seele hat Schiller ein erlösendes Wort: Das Verhältnis von Natur und Geist, des Ästhetischen zum Sittlichen, des ästhetischen Lebensideals zur kategorischen Forderung Kants, des Menschen zum Menschen, Wissenschaft und Religion, kurz alles, was für den inneren Kulturmenschen Bedeutung hat, bildet den Gegenstand dieser Epigramme (»Übereinstimmung«, »Die Führer des Lebens«, »Das eigene Ideal«, »Unterschied der Stände«).

Begeistert durch die Ausgrabungen von Pompeji und Herkulanum, entwirft er auf Grund dürftiger Berichte ein reich belebtes Bild antiken Lebens so wahr und lebendig, daß man meinen möchte, er sei in Italien gewesen. Dann wieder gibt er seiner Zuversicht, daß dem kräftigen Wollen die Wirklichkeit sich fügen werde, den stolzesten Ausdruck in der Distichenreihe *Kolumbus.*

Die Reihe der geschichtsphilosophischen Gedichte erreicht ihren Höhepunkt in der »Elegie« oder, wie sie später überschrieben wurde, im *Spaziergang.* Die Anregung zu der belebenden Grundidee des Gedichtes empfing Schiller durch einen Besuch des Hohenheimer Parkes; heimatliche Erinnerungen lieferten die reizvollen Umrisse der freundschaftlichen Landschaftsbilder, Matthissons Alpenlyrik wirkte auf die »Wildnis«, und die Französische Revolution schwebte bei der Schilderung der fessellosen Menschheit vor. Die Landschaftsbilder, die dem Wanderer sich darbieten, werden zu Sinnbildern des Entwicklungsganges der Menschheit und sind breiter ausgeführt, als es sonst bei Schiller der Fall ist. Die Entwicklung der menschlichen Kultur in ein allgemeines dichterisches Bild zu fassen hatte für Schiller immer einen besonderen Reiz.

Der durch das Walten der Sitte, durch den Geist der Ordnung ausgebildete Zustand, die Verkettung des einfachen Menschenlebens mit den großen völkererhaltenden Mächten des Staates und der Gesellschaft wird im *Lied von der Glocke* verherrlicht. Schon 1788 hatte Schiller in Rudolstadt den Plan gehegt, ein »Glockengießerlied« zu dichten, aber erst 1799 hat er ihn ausgeführt und das Gedicht in dem Musenalmanach für 1800 veröffentlicht. Mit dem Glockenliede schließt die Reihe der kulturhistorischen Gedichte

Schillers und erreicht seine gesamte Lyrik ihren Höhepunkt. Denn dieses Glanzstück vereinigt in einziger Weise Fülle und Form, reifsten Lebensgehalt und leichtfaßliche Darstellung, unerschöpfliche Gedankentiefe und klarste Anschaulichkeit, mannigfaltigste Bewegung und straffste Verbindung der Stimmungen und Bilder zum einheitlichen Ganzen. Hier ist nicht mehr die Rede von der Menschlichkeit als solcher; wir schauen die große Folge von lauter sprechenden Einzelbildern aus dem Menschenleben, von Erlebnissen; aber es sind die Erlebnisse, die als die ewig wiederkehrenden jedes menschliche Dasein neu erfüllen, und in diesem Sinne ist es das große Lied vom Leben selber. Was immer wiederkehrt in jedem menschlichen Dasein, Leid und Freud, Not und Tod, Sichfinden und Sichtrennen, empfängt in dieser majestätischen Symphonie des Lebens seine verklärende, dichterische Weihe.

Das glückliche Gelingen der Ideendichtung regte in Schiller die Lust zu poetischem Schaffen auf anderen Gebieten an, aber alle Pläne blieben unausgeführt, denn seine ganze Kraft erforderte jetzt der Kampf, den es im Verein mit Goethe zu führen galt. Nicht ohne Widerspruch hatte sich die öffentliche Meinung dem Einfluß Goethes und Schillers ergeben; der Geschmack für das Schöne sollte sich eben erst an ihren Dichtungen bilden.

Die »Xenien«

Es war kein Wunder, daß die Beherrscher des Marktes, als die »Horen« an höhere Interessen und an ein höheres Verständnis appellierten, von allen Seiten Sturm liefen und das Gute und Treffliche der Zeitschrift zerpflückten oder totschwiegen, die Schwächen aber mit Schadenfreude herausgriffen und vergrößerten. In Halle veröffentlichte Professor Jakob in seinen »Annalen der Philosophie«, in Leipzig der Breslauer Gymnasialdirektor Manso in der bei Dyk erscheinenden »Neuen Bibliothek der schönen Wissenschaften« hämische Besprechungen; Nicolai benutzte seine endlose »Beschreibung einer Reise in Deutschland«, um die Gelegenheit zu giftigen Ausfällen vom Zaune zu brechen. Und diesen drei Wortführern sekundierten mit der Bereitwilligkeit des Hasses eine Reihe anderer. Durch solche Kritiker fühlten sich Goethe und Schiller verletzt, und es wurde ihnen klar, daß die »göttliche Plattitüde« ihre schlimmste Feindin und das größte Hindernis jedes geistigen und dichterischen Aufschwunges in Deutschland sei. Dieser Mittelmäßigkeit noch weiter das Wort zu lassen, schien ihnen in ihrem eigenen Interesse nicht erlaubt, und daher schrieb schon im Mai 1795 Goethe mit scharfer Polemik die Abhandlung *Literarischer Sanskulottismus* gegen einen Berliner, der, um sich selbst mit seiner Mittelmäßigkeit groß zu machen, erklärte, die große Periode der deutschen Literatur sei mit Klopstock und Wieland abgelaufen. Auch in den *Episteln* Goethes wird, freilich mehr in humorvoller als satirischer Form, über die zeitgenössische, namentlich die frivole Literatur Gericht gehalten und in dem Scherzgedichte »Musen und Grazien in der Mark« die »biedere und natürliche« Lyrik des Märkers Friedrich Wilhelm August Schmidt (1764–1838) verspottet. Ungefähr zur gleichen Zeit hielt Schiller in den beiden Schlußstücken seiner Abhandlung »Über naive und sentimentalische Dichtung« »eine kleine Hasenjagd in unser Literatur« ab, auf der er gegen deren Auswüchse, die Plattheit und den Schwulst, manch scharfes Geschoß richtete.

Um die Gegner der »Horen« mit einem Schlage zu vernichten, wollte Goethe alles, was gegen sie geschrieben wurde, sammeln und am Schluß des Jahres in den »Horen« darüber Gericht halten, denn »wenn man dergleichen Dinge in Bündel bindet, brennen sie besser«. Zu Weihnachten 1795 teilt er Schiller den Plan mit, wie man solchem Strafgerichte auch eine künstlerische Form gegen könnte. Es war ihm beim Lesen der Xenien Martials der Einfall gekommen, auf alle deutschen Zeitschriften Epigramme, »jedes in einem einzigen Distichon«, zu machen, die man ihnen als humoristisch-satirische »Gastgeschenke« etwa in Schillers Musenalmanach des nächsten Jahres darbieten solle; er schickt gleich einige Probedisticha mit und fügt behaglich hinzu: »Mit hundert Xenien, wie hier ein Dutzend beiliegen, könnte man sich sowohl dem Publico, als seinen Kollegen bestens empfehlen.« Schiller griff den »prächtigen« Gedanken mit Freuden auf, und bald war nicht mehr bloß von Zeitschriften, sondern auch von einzelnen Personen und Werken die Rede. Nicht nur die eigenen Gegner, sondern jede Verkehrtheit und Halbheit in Kunst und Wissenschaft, im gesellschaftlichen und politischen Leben, jede Plattheit und Überhebung, alles Gemeine und Philiströse, das dem Vordringen zu Höherem ernstlich im Wege stand, sollte aufs Korn genommen werden. Das Werk wurde sofort begonnen, mit der Freude an der »wahren poetischen Teufelei« wuchs der Vorrat. Schillers Zuruf »Nulla dies sine epigrammate« wurde von beiden Dichtern befolgt, und bald stieg die Zahl auf mehrere hundert; tausend war das Ziel, und wir wissen aus der von Suphan und Erich Schmidt 1893 besorgten Ausgabe der Xenien in ihrer ursprünglichen Fülle und Anordnung, daß sie es nahezu erreicht haben. Kein Posttag zwischen Weimar und Jena sollte leer an Epigrammen sein, und wenn Goethe in Jena oder Schiller in Weimar weilte, dann sprudelten die Distichen nur so hervor. Oft gab der eine den Gedanken, der andere die Form; der eine schrieb den Hexameter, der andere den Pentameter, oder der eine dichtete das Epigramm, der andere gab die Überschrift. Es war im vollkommensten Sinne eine gemeinsame Arbeit; daher wollten sie auch niemals ihr Eigentumsrecht auseinandersetzen, sondern in ihre Gedichtsammlungen die Xenien jeder ganz aufnehmen. Später aber hat jeder nur eine geringe Zahl für sich auserwählt, und nur wenige stehen in den Werken beider.

Doch nicht nur Pfeile, sondern auch freundliche Lichtstrahlen wurden abgesandt, denn die Musen »sind keine Scharfrichter«. Der Almanach erschien für die Menge und Bedeutung der Distichen zu eng; man wollte sie daher in einem besonderen Bande herausgeben, mußte aber, da dieser Plan an dem Verleger Cotta scheiterte, doch wieder zu dem Almanach zurückkehren. Der Versuch Schillers, die Distichen nach Gruppen zu ordnen, gelang nicht, und so zerschnitt er mit entschlossener Hand die ganze Masse in zwei Teile: einen ernsthaften, »unschuldigen«, der unter den anderen Gedichten des Almanachs erscheinen, und einen richtenden und vernichtenden, den »lustigen«, der die eigentlichen *Xenien* umfassen und den Almanach für das Jahr 1797 abschließen sollte, und brachte im ersten Teile die »Tabulae votivae« (103), die zum großen Teile von Schiller stammen und den Grundgedanken seiner philosophischen Abhandlungen, eine Schönheits- und Weisheitssymphonie, bringen. Die eigentlichen Xenien (414) bilden den Schluß des Almanachs.

Daß es bei dem Strafgerichte ohne Leidenschaft, ohne eine gewisse Einseitigkeit, ja Ungerechtigkeit im einzelnen nicht abging, darf uns nicht wundern. Es bleibt eben der Krieg »ein gewaltsam Handwerk«. Mancher hat, wie z. B. Stolberg, den Spott weniger verdient als andere das Lob, das sie, wie Voß, geerntet haben. Aber die Xenien waren keineswegs nur ein Strafgericht; sie sind auch eine selbständige künstlerische Leistung von höchster Bedeutung; sie erst erhoben das tiefgesunkene Epigramm wieder auf die Höhe freier Kunst. Ein Zug von überlegener Größe durchweht das Ganze; Schillers Distichen sind schärfer und treffen genauer, die Goethes sind in der Form vollendeter und reicher an allgemeinem Inhalt. So ergänzten sich die beiden Großen auch hier und wurden unüberwindlich. Denn völlig einig waren sie in der Sache; »Ganzheit«, Größe, Strenge im Sinne der Alten war es, was sie forderten. Plattheit und Geschmacklosigkeit schwanden zwar nach dem Xeniensturme nicht, Zeitschriften, Anthologien und kleine Bühnen trieben ringsum im Lande ihre Pfuscherei nach wie vor, aber sie waren in ihre Schranken zurückgewiesen und der denkende Teil des Publikums vor ihnen gewarnt. Die begabte Jugend vor allem wurde durch den mächtigen Kriegsruf zum Unterscheiden geweckt und auf die neue Gestaltung der Dinge aufmerksam gemacht. In klarer Absonderung standen, nachdem der Staub verflogen war, die beiden »Dioskuren« da, begrüßt von dem Beifall der Besten, und angesichts ihrer Kundgebung durften es die überwundenen Vertreter veralteter Grundsätze nur unter der Gefahr der Lächerlichkeit wieder wagen, Goethe und Schiller mit kleineren Geistern oder gar mit ausgemachten Stümpern auf gleiche Stufe zu stellen. Wie sehr sich diese von der Züchtigung getroffen fühlten, zeigt der ungeheure Sturm, der sich von allen Seiten gegen die Xeniendichter erhob.

Fort ins Land der Philister, ihr Füchse mit brennenden Schwänzen,
Und verderbet der Herrn reiche papierene Saat.

Das war die Losung, mit der die beiden Verbündeten den Krieg eröffnet hatten, und schon wenige Tage nach dem Erscheinen des Almanachs konnte Goethe dem Freunde melden: »Unsere mordbrennerischen Füchse haben schon angefangen, ihre Wirkung zu tun. Des Verwunderns und Ratens ist kein Ende.« Jeder, der selbst schrieb, war entweder irgendwo persönlich bedacht, oder er hatte doch unter den Opfern des Massenmordes einen Vetter oder Paten. Schmähungen gegen den Almanach erschienen in Menge; Nicolai nannte ihn den »Furienalmanach«, andere schrieben »Gegengeschenke für die Sudelköche in Weimar und Jena«, einen »Mückenalmanach«, »die Ochsiade« und dergleichen; alle übertraf an Geschmacklosigkeit und niedriger Gehässigkeit Christian Fulda, Lehrer am Pädagogium in Halle, der Verfasser der »Trogalien (Knusperwerk) zur Verdauung der Xenien«. Rein persönliche Angriffe, besonders gegen Goethes häusliche Verhältnissse, und Verspottung Schillers, des vom ruchlosen Meister verführten »Schülers«, waren beliebt. Gleichwohl neigte sich die »öffentliche Meinung« auf die Seite der beiden Bundesgenossen, und wenn deren kecker Streich noch einer Rechtfertigung bedurft hätte, so lag sie in der Beschaffenheit der Gegenxenien: Sie waren durchweg plump und geistlos, zum Teil von unglaublicher Erbärmlichkeit.

GOETHE ALS ERZÄHLER UND EPIKER

»Wilhelm Meisters Lehrjahre«

Goethe und Schiller waren entschlossen, auf die Antixenien nichts zu erwidern, denn es lag durchaus nicht in ihrem Plane, ihre Zeit fernerhin mit journalistischen Fehden hinzubringen. Goethe zumal wahrte die volle königliche Ruhe des Olympiers. Und die einzige ihrer würdige Antwort empfiehlt er dem Freunde bereits am 15. November 1796 mit den Worten »Nach dem tollen Wagstück mit den Xenien müssen wir uns bloß großer und würdiger Kunstwerke befleißigen und unsere poetische Natur zur Beschämung aller Gegner in die Gestalten des Edlen und Guten verwandeln.«

Goethe konnte so sprechen, denn er fühlte wieder die volle schöpferische Kraft in seinem Busen; hatte er doch neben dem Spiele mit den Xenien soeben ein Werk vollendet, dessen nach Gestaltung ringende Masse seit seiner Jugend wie eine drückende Last auf ihm gelegen war und das er nun endlich als eine «Pseudokonfession» sich vom Herzen und Halse schaffte: *Wilhelm Meisters Lehrjahre.* Zwanzig Jahre hatte das Werk gebraucht, um sich zu gestalten, und erst nach zwei weiteren Jahrzehnten traten als Fortsetzung der »Lehrjahre« »Wilhelm Meisters Wanderjahre« hervor (1821–1829). Wie Goethes anderes Lebenswerk, der »Faust«, reicht auch der Roman »Wilhelm Meister« mit seinen Anfängen bis an die Sturm- und Drangjahre heran; schon 1777 wurde er begonnen, besonders 1782–1786 gefördert, nach der italienischen Reise aber liegengelassen und erst in der Epoche männlicher Reife und klassischer Abgeklärtheit zu Ende geführt. Er erschien in acht Büchern bei Unger in Berlin als dritter bis sechster Band von »Goethes neuen Schriften« (1795–1796). Die erste Fassung des Romans unter dem Titel »Wilhelm Meisters theatralische Sendung« wurde 1909 in einer Abschrift, die im Besitze der Zürcher Freundin Goethes, Frau Barbara Schultheß, war, aufgefunden.

Die entscheidende Erfrischung seiner Lebenskraft verdankte das Werk der Teilnahme Schillers. Dieser drang überall auf deutlichere Hervorhebung der Hauptidee, auf folgerichtigen Zusammenhang und Durchsichtigkeit für den Verstand; Goethes Sinn aber war auf dichterische Anschauung, auf reine Stimmung der Situation, auf die innere Bedeutung des Vorganges gerichtet. Mochte er daher auch viele Winke des Freundes dankbar verwerten, seinen Wunsch, den Grundgedanken im Roman selbst auszusprechen, hat er nicht erfüllt. Ja Goethe sagte einmal gerade aus Anlaß des »Wilhelm Meister«, das Suchen nach einem solchen Grundgedanken, der die Hülle der Ereignisse und Gestalten zusammenhalte, sei »schwer und nicht einmal gut«. »Ich sollte meinen«, fährt er fort, »ein reiches, mannigfaches Leben, das vor unsern Augen vorbeigeht, wäre auch an sich etwas ohne ausgesprochene Tendenz, die doch bloß für den Begriff ist.« Jene aber, die »dergleichen durchaus wollen«, verweist er auf die Worte am Schluß: vom Saul, der ausging, seines Vaters Eselinnen zu suchen, und ein Königreich fand. Ergänzend können wir einen Ausspruch aus Goethes »Annalen« über die Anfänge des »Wilhelm Meister« hinzufügen: »Sie entsprangen aus einem dunklen Vorgefühl der großen Wahrheit, daß der Mensch oft etwas versuchen möchte, wozu ihm Anlage von der Natur versagt ist ... Hierzu kann alles gerechnet werden, was man falsche Tendenz, Dilettantismus usw. genannt hat ... Gar viele vergeuden hierdurch den schönsten Teil ihres Lebens und verfallen zuletzt in wundersamen Trübsinn. Und doch ist es möglich, daß alle die falschen Schritte zu einem unschätzbaren Guten hinführen.«

Wenn also Wilhelm Meister in dilettantischer Selbsttäuschung sich zum Schöpfer einer neuen Ära der deutschen Schauspielerkunst berufen glaubt, von deren Bedeutung für das geistige Leben er schwärmerische Vorstellungen hegt, und wenn er ferner meint, im schauspielerischen Beruf den Trieb, der ihn über die engen Schranken seiner Existenz hinausweist, befriedigen zu können, so sollte er ein typischer Vertreter aller solcher Selbsttäuschungen sein, wie ja auch Goethe eine solche hinsichtlich seiner Berufung zu den bildenden Künsten durchlebt hatte. Mußten in Goethes Erstlingswerken die Helden (Werther, Tasso) an der Überspannung ihrer persönlichen Ansprüche, an dem Mißverhältnisse zwischen den Forderungen ihrer Natur und den Satzungen der Welt zugrunde gehen, so konnte Wilhelm Meister durch Irrtum zur Erkenntnis, durch Fehl zur Vervollkommnung, durch weise Selbstbeschränkung und volle Selbsterkenntnis zur Freiheit gelangen. In den langen Jahren, die über der Vollendung des Romans dahinstrichen, hat der Dichter, besonders während und nach der italienischen Reise, sich immer mehr in dem Bildungsideal bestärkt, das zu gleicher Zeit Schiller in seinen philosophischen Schriften begründete: Die ethische Kultur soll durch die ästhetische vermittelt werden. Wie später Faust, so muß auch Wilhelm, um zum wahren Inhalt des Lebens zu gelangen, seinen Durchgang durch die Kunst nehmen. Er läßt die Welt des schönen Scheins, die Bühne, in der er zuerst das Ziel seiner Ausbildung gesucht hat, hinter sich, um als Mitglied einer frei organisierten, gemeinnützigen Gesellschaft die Befriedigung seines menschlichen Strebens in der wirklichen Welt zu finden, aber so, daß er dabei die idealisierende Kraft nicht einbüßt. Der Träumer hat ein Reich gefunden, aber billig fragen wir, ob er bei seinem Mangel an Pflichtgefühl und Willenskraft, bei seiner Beweglichkeit und Bestimmbarkeit, insbesondere durch die Frauen, wohl auch imstande sein wird, es zu regieren.

Der Roman, der seinen Helden durch verschiedenartige Gesellschaftskreise geleitet und so mit der Lebensgeschichte zugleich auch ein zeitgenössisches Sittenbild vorführt, war durch Übersetzungen und Nachahmungen der Meisterwerke der englischen Erzählungsliteratur in

Deutschland längst heimisch, als der »Wilhelm Meister« entstand. Außerdem zeigt dieser eine gewisse Verwandtschaft mit Wielands »Agathon«, dem einst so berühmten Erziehungs- und Bildungsroman; auch Goethe schildert uns, nicht ohne gelegentliche Vermischung einer gewissen ironischen Überlegenheit, die Entwicklung eines schwärmerisch veranlagten Jünglings, der öfters mit der kühl berechnenden Welt in Konflikt gerät, aber er verlegt die Geschichte nicht in das alte Griechenland, sondern in das Deutschland seiner Zeit, für die es nichts Interessanteres gab als die Frage der Erziehung. Rousseau, Basedow, Pestalozzi, Fichte studierten und übten die Erziehung des einzelnen; Lessing, Herder, Schiller erhoben das Problem der Erziehung des ganzen Menschengeschlechtes; Goethe aber faßt in seiner Art beides in eines zusammen; ihm ist die Ausbildung des einzelnen Menschen nur ein Beispiel der großen allgemeinen Regel.

Mehr als die literarischen Vorbilder boten dem Dichter Leben und Erfahrung für seinen Roman. Oft schon wurde darauf hingewiesen, daß die »Lehrjahre« fast zu einer Galerie von Porträts geworden sind, für die freilich das Wort Goethes im »Sammler« gilt: »Kein Porträt kann etwas taugen, als wenn es der Maler im eigensten Sinne erschafft.« Darum hat er den Gestalten des Romans nur so viel von ihren Vorbildern eingegossen, als »es braucht, um zu tingieren«. Dies gilt auch von der Hauptperson, die Goethe als sein »geliebtes dramatisches Ebenbild« bezeichnet. Der Dichter konnte für die Rolle seines Helden Großes und Kleines geben, jedoch nicht seine »Totalität«; einem Tasso und Faust konnte er Modell stehen, einem Durchschnittsmenschen aber nur Kostümstücke leihen. Was Goethe bei seinem Verkehr in den aristokratischen Kreisen »für seine Tasche einheimste«, läßt sich im einzelnen nicht durchweg nachweisen. Wohl hat er im dritten Buch des Romans die Kultur der Edelleute von ihrer äußerlichen Seite gezeigt, im Grunde aber war er, wie der Schluß des Romans dartut, überzeugt, daß die von Wilhelm angestrebte allgemeine persönliche Ausbildung im wirklichen Leben nur in den höheren Gesellschaftskreisen möglich sei, und da ihm diese verschlossen sind, läßt er ihn sein Lebensziel in der Welt des Scheins, im Schauspielerstand, suchen. Falsch aber wäre es, wollte man daraus folgern, daß Goethe den Bürgerstand verachtet habe. Nach seiner Meinung sollten die einzelnen Stände unter Anerkennung ihrer Rechte friedlich zusammenwirken; von einer Aufhebung der naturgemäß gewordenen Gliederung der Stände, wie sie nach dem Verzicht des französischen Adels auf seine Vorrechte (1789) auch in Deutschland leidenschaftlich gewünscht wurde, fürchtete Goethe nur Unheil. Übrigens hat er in die Schilderung seines eigentlichen Ideals einer Geburts- und Geistesaristokratie manche Züge eingeflochten, die uns ahnen lassen, daß er über die wichtigsten Fragen der Heranbildung des Einzelmenschen und seiner Stellung zur Gesamtheit noch einmal sprechen werde. Es geschieht dies in den »Wanderjahren«; die »Lehrjahre« schließen damit, daß der bürgerliche Wilhelm von der adeligen Gesellschaft, in der geistige, harmonische Ausbildung der Persönlichkeit allein entscheidet, als ebenbürtig anerkannt wird.

»Ruhig und tief, klar und doch unbegreiflich wie die Natur, so wirkt es und so steht es da, und alles, auch das kleinste Nebenwerk, zeigt die schönste Gleichheit des Gemütes, aus der alles geflossen ist.« So urteilte Schiller in einem Brief an Körner über Goethes Roman und bezeichnete es als das schönste Glück seines Daseins, dessen Vollendung noch erlebt zu haben. Aber nicht überall vernahm man diesen Ruf hingebender Bewunderung. Bald wurden moralische Bedenken heftig und zahlreich geäußert; man vermißte Einheitlichkeit des Aufbaues, wünschte statt der Schauspieler andere Personen gezeichnet, fand in den »Bekenntnissen« eine Empfehlung der Herrnhuterei; allmählich jedoch schlugen die Kritiker, darunter auch solche, die von den Xenien hart mitgenommen waren, freundlichere Töne an und setzte sich nach einigem Tasten und Suchen eine gerechte Würdigung des Kunstwerkes fest. Den breiten Massen des Volkes aber blieb »Wilhelm Meister«, da er nicht so innig wie der »Werther« mit den sittlichen und literarischen Bestrebungen der Zeit zusammenhing, eine fremdartige Erscheinung.

Wohl hat er mit der herkömmlichen Romantechnik noch manches gemein, aber bei wem hätte der Dichter lernen können, eine solche Fülle von Gestalten durch ihr Reden und Handeln lebenswahr zu schildern und zu einer fortschreitenden Handlung zu verbinden? Und er weiß die Charaktere, obschon er sie, im Gegensatze zum realistischen Roman, alle die gleich vornehme Sprache reden läßt, dennoch auseinanderzuhalten. Niemand vor ihm hat die üblichen Abschweifungen über Fragen der Ästhetik und Lebensweisheit in gleicher Weise als naturgemäß sich ergebende Teile in die Gesamthaltung zu verflechten verstanden. So geben uns die Gespräche über »Hamlet« nicht bloß den tiefsten Einblick in dieses vielseitige Werk, sondern lassen zugleich auch die Charaktere der Teilnehmer immer plastischer und anschaulicher hervortreten. Die »Bekenntnisse« gewähren der armen Aurelie Trost im Sterben und bereiten uns durch die Erzählung von den Verwandten der »schönen Seele« auf jene neue Welt vor, in der Wilhelm Ideal und Wirklichkeit versöhnt erblickt. Und wie ungezwungen kommen die Figuren dazu, auszusprechen, was dem Dichter am Herzen lag! Es ist Aurelie ebenso natürlich, Goethes Anschauungen über die »Vorempfindung der ganzen Welt« im dichterisch gestimmten Gemüte auszusprechen, wie dem Oheim, des Dichters durchgebildete Kunst- und Lebensanschauung zu verkünden. Nicht selten spricht dieser auch in eigenem Namen seine Ansichten aus, und unbefangen hat er dann von seinem Rechte, hervorzutreten, Gebrauch gemacht. Die eigentümlichen Lebensbestimmungen und Erfahrungen des gereiften Mannes, die im Roman ihren Niederschlag fanden, haben ihn zu einer Schatzkammer Goethescher Sprüche und Lehrsätze gemacht. Das wurde von der Kritik auch jederzeit anerkannt, und nicht minder hat man des Dichters Sprachgewalt angestaunt, die ihn für ruhige Erzählungen, wie für heiteren Scherz, für tiefste Sehnsucht (Mignon), niederbeugenden Schmerz (der Harfner) und höchste Leidenschaft den rechten Ton treffen ließ. Noch muß hervorgehoben werden, daß Goethe in seinem Werke eine Eigentümlichkeit des herkömmlichen Romanstils zu unvergleichlichen Wirkungen ausgestaltet hat: die Einführung lyrischer Gesänge. Aus dem tiefsten Innern des Dichters hervorquellend, erklären sie die Umstände, durch die sie hervorgelockt wurden, und erglänzen, auch losgelöst vom Roman, als Perlen Goethescher Lyrik (»Kennst du das Land?«, »Wer nie sein Brot mit Tränen aß«).

Nebst Schiller, Humboldt und Körner gehörten die um jene Zeit auftretenden Führer der romantischen Kritik und Theorie zu den unbedingten Bewunderern des »Wilhelm Meister«. In ihm erblickt Friedrich Schlegel den »faßlichsten Inbegriff, um den ganzen Umfang von Goethes Vielseitigkeit, wie in einem Mittelpunkte vereinigt, einigermaßen zu überschauen«; ein anderes Mal erklärte er das Werk neben Fichtes Wissenschaftslehre und der Französischen Revolution für die größte Hervorbringung des Jahrhunderts, und wie in den Briefen an Goethe und Körner hat Schiller in den »Kritischen Fragmenten« mit hingebender Bewunderung die Bedeutung des Goetheschen Romans dargelegt.

»Hermann und Dorothea«

Noch war die Xeniendichtung in vollem Zuge, als Goethe seinen Freund Schiller mit der schönen Elegie *Alexis und Dora,* die ursprünglich den Namen Idylle führte, überraschte und mit Bewunderung erfüllte; »so voll Einfalt ist sie bei einer unergründlichen Tiefe der Empfindung«. In der Elegie *Euphrosine* gab Goethe dem Schmerz Ausdruck, der ihn bei dem Tode der von ihm väterlich geliebten jungen Schauspielerin Christiane Becker ergriff, und *Der neue Pausias und Amyntas* verherrlichen sein Verhältnis zu Christiane.

Im Dezember 1796 dichtete Goethe die Elegie »Hermann und Dorothea« und kündigte darin sein neues, bereits halbvollendetes Werk an, das bürgerliche Epos *Hermann und Dorothea.* Im Herbst desselben Jahres hatte er es begonnen und unter dem fördernden Verkehr mit Schiller und Humboldt im Juni 1797 vollendet. Das Werk, das Herder einst herbeigesehnt und vorausgesagt hatte, das die Vermählung des griechischen und deutschen Geistes vollziehen sollte, ein deutsches Gedicht im Geiste Homers, hier ward's Ereignis. Damit war jenes hohe Ziel, nach dem die deutsche Dichtung seit dem Eindringen der Renaissancebildung gestrebt hatte, erreicht, noch voller und eigentümlicher als in der »Iphigenie«. Es war auf das glänzendste bewiesen, daß modern innerliche, im Sinne Schillers sentimentalische Stoffe und naive Auffassung und Behandlung, daß deutsches Leben und stilvoll klassische Form nicht unvereinbare Gegensätze seien. Wie in den Hauptfiguren der gute, tüchtige, aber etwas unbeholfene Jüngling mit dem deutschen Namen neben der griechisch benannten Jungfrau voll reinen Ebenmaßes und sicherer Anmut steht, so stellt die Dichtung selbst das ideale Paar aus dem »Märchen« dar: deutsches Herz und antike Kunst haben sich hier zusammengefunden. Daher ward denn auch seit »Götz« und »Werther« kein Werk

Goethes mit solcher Freude begrüßt. In großer Zahl erschienen die Ausgaben, zahlreich auch Besprechungen, darunter die A. W. Schlegels (1797), die zum Schluß das Epos rühmt als ein »vollendetes Kunstwerk im großen Stil und zugleich faßlich, herzlich, vaterländisch, volksmäßig, ein Buch voll goldener Lehren der Weisheit und Tugend«. Schiller bezeichnet es als den »Gipfel Goethes und unserer ganzen neueren Kunst«. Bereits im Mai 1798 hatte W. von Humboldt seine eingehenden »Ästhetischen Versuche« über Goethes Werk abgeschlossen und an ihm das Wesen des Epos und des Dichters künstlerische Grundsätze tiefsinnig erörtert. Goethe selbst war »Hermann und Dorothea« vor anderen Werken teuer; während er von manchen seiner Dichtungen, nachdem sie vollendet waren, wie von einer Lebensperiode, die nun überwunden war, sich abwandte, ist er zu diesem Gedicht immer wieder zurückgekehrt. Bald wurde Goethes Dichtung nachgeahmt, mit Erläuterungen und Illustrationen versehen, in alle modernen Sprachen, ja auch ins Lateinische und Griechische übersetzt. Freilich wurde die hohe Kunstvollendung des Gedichtes erst allmählich gewürdigt, ja es fehlte auch nicht an Tadlern, die es nur als eine Nachahmung der »Luise« ansahen. Deren Verfasser selbst meinte, obschon er sich gegen einzelne Schönheiten des Gedichtes nicht verschloß, daß es die »Luise« nicht der Vergessenheit überantworten werde. Klopstock verhielt sich kühl, und Vater Gleim erklärte das Werk als eine »Sünde gegen den heiligen Voß«.

Goethes Homerstudium, dem er seit den Werthertagen getreu geblieben war, hatte durch die vor kurzem erschienene Iliasübersetzung von Voß neue Nahrung bekommen, und als 1795 des Hallenser Professors Friedrich August Wolf »Prolegomena ad Homerum« erschienen, in denen der scharfsinnige Philologe den Dichter Homer als eine Mythenbildung zu beseitigen und die allmähliche Entstehung der »Ilias« und »Odyssee« aus epischen Volksgesängen zu erweisen suchte, gewann Goethe Lust, mit Vossens Idyllen den Wettkampf aufzunehmen.

Dankbar hat Goethe in Briefen und Aussprüchen bekannt, daß ihm Vossens »Luise« den Weg zu seiner Dichtung gezeigt habe. Die Anregung dazu bot sich ihm zunächst in den durch die Französische Revolution hervorgerufenen Unruhen und Umwälzungen, die ihn aufs tiefste ergriffen und ihm zu einer Reihe von Dichtungen Veranlassung gaben. Gerade die bei der großen Bewegung vielfach hervortretende Aufhebung der staatlichen und bürgerlichen Ordnung erfüllte Goethe mit großer Besorgnis, so daß ihm die Betonung der Ordnung geradezu eine Herzenssache wurde. Da erinnerten ihn die Wanderzüge französischer Emigranten, von denen sich 1795 viele über die Umgebung von Eisenach und Weimar zerstreuten, an die ältere Emigrationsgeschichte der aus dem Erzbistum Salzburg um ihrer Religion willen im Jahre 1731 vertriebenen Lutheraner, und hier fand er ein Einzelereignis, in dem die Gegensätze einer ins Schwanken geratenen bürgerlichen Gemeinschaft und eines festgeordneten Gefüges persönlich lebendig werden und durch ein Eheverlöbnis zum Ausgleich gelangen.

Wahrscheinlich kannte Goethe diese Anekdote aus der Flugschrift »Das liebtätige Gera gegen die Salzburgischen Emigranten« (1732). Um aber daraus ein Kunstwerk von rein poetischer Wirkung für das gesamte deutsche Volk zu gestalten, entfernt er den konfessionellen Charakter und macht die Salzburger Emigranten zu linksrheinischen Deutschen, die vor den sengenden Franzosen an das rechte Rheinufer geflohen sind. Dadurch werden die Vertriebenen zu Vertretern der ins Schwanken geratenen bürgerlich-staatlichen Weltordnung, die für jeden Gesitteten die gleich hohe Bedeutung hat. Durch die in Bewegung geratene Masse aber ist Deutschland bedroht; um so wichtiger wird die im Einzelfall sich offenbarende Wiederherstellung der Ordnung und der gerade an ihr sich aussprechende Entschluß, an dem errungenen Gute festzuhalten und, wenn es nötig sein sollte, es mit Leib und Leben zu verteidigen. Hierdurch verliert das Einzelereignis, die Gründung der Familie, den idyllischen Charakter und gewinnt den echt epischen, durch den der Zusammenhang mit dem großen Weltgeschick sich offenbaren muß. »Ich habe«, schreibt der Dichter im Dezember 1796 an Meyer, »das reine Menschliche der Existenz einer kleinen deutschen Stadt in dem epischen Tiegel von seinen Schlacken abzusondern gesucht und zugleich die großen Bewegungen und Veränderungen des Welttheaters aus einem kleinen Spiegel zurückzuwerfen getrachtet. Die Zeit der Handlung ist ohngefähr im vergangenen August.«
Übrigens ist die Abhängigkeit Goethes von Homer mehr eine innere als äußere. Er verzichtet auf das mythologische Beiwerk, dessen sich die Renaissance-Epiker bedienen, macht von den epischen Stilmitteln Homers, den malerischen Gleichnissen und stehenden Beiwörtern einen sparsamen Gebrauch und wählt eine Sprache, die der Ausdruck einer einfachen und natürlichen, naiven, jeder Sentimentalität abholden Empfindung ist. Einfach und wahr sind auch die auftretenden Personen. In diesen naiv kräftigen Naturen weiß die Liebe bei aller Zartheit und Seeleninnigkeit nichts von moderner Überschwenglichkeit und Empfindungsseligkeit, denn sie ist unbefangen, fast möchte man sagen urwüchsig-elementar, wie sie der Dichter bei Homer und in der biblischen Patriarchenzeit gefunden hat. Nicht minder atmet die Schönheit, Klarheit und Gegenständlichkeit der Darstellung den Geist Homers. Alles ist Gestalt, Bewegung, Handlung, das Nebeneinander in ein Nacheinander verwandelt, die Schönheit nicht trocken beschrieben, sondern durch ihre Wirkung dargestellt. Die Menschen in Goethes Epos sind den Gestalten Homers zwar ähnlich, aber es sind doch in ihrem innersten Kern moderne, aus der Gegenwart des Dichters.

Deutschen selber führ' ich euch zu, in die stillere Wohnung,
Wo sich nah' der Natur, menschlich der Mensch noch erzieht.

Alle auftretenden Personen erscheinen uns als liebe Bekannte, aber in ihrer großen linearen Zeichnung machen sie auf uns einen hoheitsvollen Eindruck. Es sind Urbilder (Typen) ihres Standes von allgemeingültigem Werte, wenigstens für die deutsche Entwicklung. Es zeigt sich an ihnen die erhaltende Kraft der Familienbande und der Liebe, der Segen des Friedens und der ruhigen Sicherheit eines fest umschriebenen Kreises im Gegensatze zu der Verwirrung der äußeren Verhältnisse, zu der Heimatlosigkeit der Flüchtlinge. Völlig auf das Element der ruhigen Sicherheit, der Behaglichkeit im häuslichen Kreise ist das Elternpaar gestellt. Es ist das typische, gut bürgerliche Elternpaar, der grundbrave, wohlhabende, tüchtige, wohlwollende, aber etwas leicht erzürnte Gatte, die liebevolle, heitere, geschäftig-mütterliche Gattin, die Vermittlerin zwischen Vater und Sohn. Dieser ist ganz Tüchtigkeit, Ernst, Liebe, aber mit einem Zusatze von Schüchternheit und Ungewandtheit. Bei diesem soliden Charakter genügt ein Moment der Prüfung und

Entscheidung, um in ihm die Männlichkeit zu entfalten. »Wahre Neigung vollendet so zum Manne den Jüngling.« Als Hausfreunde erscheinen der milde, weitblickende und gebildete Pfarrer und der unruhig-geschäftige, immer dienstfertige, stets bedenkliche und etwas egoistische Kleinstädter. In ihm ist das Element des Bewahrens und Beharrens zum komischen Extrem gebildet. Liegt schon über der Wirtsfamilie im Gegensatz zu den neumodischen Kaufmannsleuten ein leichter, behaglicher Hauch unmodernen Wesens, so ist der Apotheker veraltet. Dem Wirte und seiner Gruppe steht Dorothea gegenüber, neben ihr insbesondere der Richter, das Haupt der bedrängten Volkswanderung, an die biblische Patriarchenzeit erinnernd. Was Goethe an italienischen Kunstwerken rühmt, zeigt uns die Gestalt Dorotheens mit ihrer ruhigen Sicherheit. Wir sehen sie neben dem Wagen wandeln, die Stufen herabschreiten, zum Brunnen gebeugt und den Krug emporhebend. Wir erblicken sie, wenn sie die Kinder freundlich versorgt und wenn sie die Alten mit Wohlwollen beschauen. Der Tod ihres Bräutigams, dem sie ein treues Andenken bewahrt, hat sie gereift: eine klare, besonnene Jungfrau, steht sie vor uns, dem Manne eher überlegen. Und um den Deutschen das Epos noch mehr zu Gemüte zu führen, hat Goethe den Hexameter nicht in antiker Art nach strenger Beobachtung der Quantität gebaut, sondern, dem Wesen der deutschen Metrik entsprechend, die Betonung als Hauptsache betrachtet und ihm dadurch eine natürliche, anmutige und wohllautende Bewegung des Wortflusses verliehen.

Lange tönten in Goethe die epischen Töne nach; er plante ein Epos, »Die Jagd«, deren Stoff er 30 Jahre später in der Novelle dichterisch bearbeitete. Auch die Sage von »Wilhelm Tell« wollte er, durch die dritte Schweizerreise (1797) dazu angeregt, episch behandeln, und gegen Ende dieses Jahres wagte er es sogar, Homeride im strengen Sinne des Wortes zu sein und Homer dort fortzusetzen, wo er eine Lücke zu finden glaubte, vom Ende der Ilias bis zum Tode des Achilles. So sehr lebte er in den Werken des großen Dichters, daß ihm, Gleiches und Ähnliches zu schaffen, als der höchste Ruhm erschien. Aber was ihn Herder einst in Straßburg lehrte, daß der Dichter von dem großen Genius eines anderen Volkes zwar lernen und sich Bewunderung für sein Schaffen holen, ihn aber nie wirklich nachahmen könne, sollte Goethe während der Arbeit erfahren. Nur der erste Gesang der Achilleis wurde ausgeführt, dann aber hat er den verfehlten Versuch, gleichsam in einer fremden Sprache aus dem Geist einer längst vergangenen Zeit heraus ein neues Werk zu schaffen, aufgegeben, obgleich ihn Schiller zu dessen Vollendung anspornte.

DAS BALLADENJAHR

Während so Goethes Schaffenstrieb auf epischem Gebiete sich betätigte, hatte Schiller die Studien zu seinem Wallenstein wieder aufgenommen. Unter gegenseitiger Aufmunterung und Anregung mit klärendem Urteil und Rat blieb ihre Aufmerksamkeit dem Entstehen und Fortschreiten ihrer Arbeiten zugewandt. Aus den Erörterungen darüber entspannen sich theoretische Untersuchungen über die allgemeinen Gesetze dichterischer Schöpfungen, insbesondere über das Wesen, die technischen Bedingungen und die Kunstmittel des Epischen und Dramatischen. Was Schiller schon lange anstrebte, war auch für Goethe Bedürfnis geworden: Klarheit über die Eigenschaften dichterischer Stoffe und die jeweiligen Erfordernisse ihrer Behandlung. Zu diesem Zwecke nahm Schiller die großen Dramatiker Sophokles, Euripides, Shakespeare wieder zur Hand, vertiefte sich mit Goethe aufs neue in die homerische Welt, in Wolfs Prolegomena und las zum ersten Male die Poetik des Aristoteles. Die Ergebnisse ihrer Studien und ihres Nachdenkens faßte dann Goethe in dem kurzen, aber bedeutsamen Aufsatze *Über epische und dramatische Dichtung von Goethe und Schiller* zusammen, der in ihrem Briefwechsel gegen Ende des Jahres 1797 eine Stelle gefunden hat.

Noch während solcher Erörterungen fanden sich beide Genossen wetteifernd in einer Dichtart zusammen, die sich auf der Grenze von Epos und Lyrik bewegt und des innigsten Bundes mit der dramatischen Dichtung fähig ist, in der Balladendichtung. Das Jahr 1797 nennt Schiller »unser Balladenjahr«, und derselbe Almanach, in dem die beiden Dioskuren als vereinigte Bekämpfer alles Mittelmäßigen aufgetreten waren, zeigte in dem Jahrgange 1798 ihre Einheit und Stärke durch große und bleibende Dichtungen fruchtbar und schöpferisch. Die Ballade, das moderne, echt volkstümliche Gegenstück der antiken Rhapsodie, mit besonderem Eifer zu pflegen, beschlossen die beiden Freunde im Sommer 1797 während eines längeren Zusammenseins in Jena, und bald darauf schrieb darüber Goethe an Meyer, es komme darauf an, den Ton und die Stimmung der alten Dichtart beizubehalten, sie aber mit würdigeren und mannigfaltigeren Stoffen zu erfüllen und zu vertiefen. Es ist dies nichts anderes als die von Schiller oft ausgesprochene Forderung, sentimentalischer Inhalt in naiver Form, Ideendichtung in der sinnlichen Gegenständlichkeit der Erzählung. Mag nun die Anregung zur Balladendichtung von Goethe oder von Schiller ausgegangen sein, gewiß war Schiller, obgleich er die Überlegenheit des Genossen anerkannte, auch hier der Anregende und Anfeuernde, und unverkennbar ist seine Einwirkung auf die künstlerische Behandlung der Ballade.

Goethes Balladen aus der Jugendzeit sind in Singspiele eingeschaltet und stehen unter dem Einfluß Bürgers und des Volksliedes. Gedichtet aus der Bewunderung für die altenglische Volksballade, haben sie den kunstlosen, naturwahren, einfachen Ton der Sprache des Volkes, die knappe, oft nur andeutende, sprunghafte dramatische Darstellung. Sie atmen das tief innerliche Gefühl naiver, unverbildeter Menschen, ergreifen und wirken durch das Ereignis, das sie schildern, und durch die Stimmung, die der Dichter mit unnachahmbarer Kraft über das Ganze verbreitet. Ganz anders sind die Balladen aus der Schillerschen Zeit. Nicht mehr das geheimnisvolle Naturelementare, wie im »Erlkönig« und im »Fischer«, nicht mehr Sang von Treue und Untreue, wie im »König von Thule« und im »Untreuen Knaben«; keine Personifikationen von Blumen, Veilchen und Heidenröslein; statt der Laute der Natur hören wir die Sprache der Kunst, statt der einfachen sangbaren Form des Volksliedes das kunstvolle, für den Vortrag berechnete Metrum.

Wohl sind diese Kunstballaden Goethes nicht minder groß in der Malerei der Stimmung, in der ergreifenden Darstellung des Ereignisses, noch größer in der Plastik, der Reinheit und Schönheit der Farben; aber sie sind nicht mit innerer Notwendigkeit aus der Empfindung des Dichters erwachsen, sondern Darstellungen eines fremden Stoffes, und wenn sie auch nicht in unkünstlerischer Weise eine Lehre predigen, begnügen sie sich nicht mehr mit der bloßen Schilderung, sondern vertreten eine Idee. Im *Zauberlehrling* (1797) straft der Dichter die Dilettanten, die immer in den Erscheinungen ihrer Gestalten schwelgen und sie nicht zu bannen wissen; der Meister geht nicht, wie die Romantiker, verschwenderisch mit Naturbeseelungen und Allegorien um, sondern ruft sie erst dann hervor, wenn sie seinen Zwecken dienen. Der Grieche Lukian lieferte Goethe dazu den Rohstoff, Weltbeobachtung und persönliche Erfahrung haben ihn vertieft: Wilhelm »Lehrling« und Wilhelm »Meister« sind in einer Person vereint. Als eine Umhüllung von des Dichters Verhältnis zu Christiane erscheint die an indische Sagen und Vorstellungen sich anlehnende Ballade *Der Gott und die Bajadere*. In den Hauptmotiven ist in dieser Ballade schon angedeutet, was Goethe viele Jahre später in der trilogischen Ballade *Paria* (1824) unter dem Bilde des Brahmanismus ausführlich von seinem Gottesbegriffe mitteilt. Der Gegensatz der moralischen Anschauungen des Verfassers der »Römischen Elegien« und der »Lehrjahre« zu denen Fritz Jacobis und Stolbergs wird zu einem Angriff auf die christliche Moral überhaupt in der *Braut von Korinth*.

Die Richtung auf das Ideenhafte entsprach auf die Dauer der Natur und Neigung Goethes nicht; daher kehrte er schon mit dem *Balladenzyklus von der schönen Müllerin* (1797) und mit dem *Blümlein Wunderschön* (1798) wieder zur volkstümlichen Form seiner Jugendlyrik zurück. Und wenn Goethe in den späteren Balladen eine Idee zur Darstellung bringen wollte, hat er sie so verhüllt, daß wir wohl meinen können, das Erzählte sei es einzig und allein, was er uns habe sagen wollen; so im *Hochzeitslied* (1802), in

Ritter Kurts Brautfahrt (1803), im *Getreuen Eckart* (1813) und in der *Ballade vom vertriebenen und zurückkehrenden Grafen* (1816).

Während also Goethe bald wieder in den bewährten »Dunst- und Nebelweg« der alten Ballade einlenkte, strebte Schiller immer mehr aus dem Halbdunkel der Sage in die Sonnenhelle geschichtlichen, bewußten Lebens und führte die Gattung auf der klar erkannten Bahn einer neuen, herrlichen Entwicklung entgegen. Seine Balladen bildeten eine besondere Kunstform aus, in der das episch-dramatische Element das lyrische überwiegt. Bei Goethe der kurze knappe Inhalt auf dem Boden des Volksglaubens, bei Schiller die ausführliche und breite Darstellung der Ereignisse, beherrscht von einer Idee; bei Goethe Malen der Stimmung, Ausdruck der Empfindung, einfache, natürliche Sprache, dramatisch und musikalisch belebt, bei Schiller glänzender Vortrag, Fülle und Pracht. Das Hauptkennzeichen aber der Ballade, so wie sie Schiller geschaffen hat, ist, daß sie eine Idee darstellt, und darin liegt das Moment, daß uns diese Balladendichtung eine folgerichtige Erscheinung in Schillers Entwicklung erklärt. Die Idee rein zu erfassen und auszudrücken, Stoff und Form zu ihr hinaufzuläutern war seit den Tagen der philosophischen Klärung die Richtschnur seines Schaffens. Daher sehen wir ihn immer bestrebt, die sein Inneres mächtig bewegende Idee in voller Gegenständlichkeit erscheinen zu lassen, den idealen Gehalt durch plastische Fülle, Klarheit der Zeichnung und charakteristische Färbung zur lebendigsten Anschauung zu bringen. Und das ist das Entscheidende: Mit der Balladendichtung vollendet Schiller den Übergang aus dem Reiche des Gedankens zu rein anschaulicher Darstellung. Darin blieb Goethe sein Vorbild; andererseits hat Schillers Kunst in der Balladendichtung niemand mehr bewundert und verteidigt als Goethe. Und wie dessen Beifall, so haben Schillers Kunstschöpfungen auch den Weg zum Herzen des Volkes gefunden, und durch nichts ist Schiller so populär, so sehr zum Volksdichter geworden, ohne doch eigentlich volkstümlich zu sein, als eben durch seine Balladen.

Mehrmals schon sahen wir Schillers Neigung zur epischen Produktion auftreten, aber erst in der Ballade fand er die seiner Natur zusagende Form, und mit dem *Taucher* (1797) begann die glänzende Reihe seiner Balladen. Gleich in der ersten begegnen wir dem Zug ins Erhabene, der der Darstellung erst ihren tieferen Wert verleiht. Zwar sehen wir ihn schon in manchen Gedichten Bürgers vorgebildet, aber die Opfer- und Liebestaten, wie im »Lied vom braven Mann«, steigern sich bei Schiller meist zu gewaltigen Heldenkämpfen und kühnen Betätigungen des Menschengeistes. Die Darstellung des Erhabenen in der Menschenseele, ihres stolzen Selbstvertrauens und ihrer heldenmütigen Ergebung in das Notwendige reizte immer wieder diesen tatenfrohen, männlichen Dichter. Er stellt seine Helden in den schwersten Kampf mit der fühllosen, blinden Gewalt der Elemente und mit der eigenen Sinnennatur; er läßt sie auch im Unterliegen noch Triumphe in echter Tragik feiern oder führt sie zu weiser Selbstbeschränkung und tapferer Selbstüberwindung, die Kraft durch Demut krönend. Der Taucher stürzt sich hinab in den furchtbaren Strudel, um herrliche Lebensgüter, Ehre und Liebe zu gewinnen, und der Ritter im *Handschuh* (1797) vollbringt das grauenvolle Wagnis, um mannesstolz auf die Gunst des frevlerischen Weibes verzichten zu können. Der Johanniterritter siegt durch ausharrenden Mut und größte Besonnenheit im *Kampf mit dem Drachen* (1798), erficht aber dann, umbraust und emporgetragen vom Jubel des Volkes, den größeren Sieg über sich selbst. Der Triumph einer Treue, die stärker ist als alle Schrecknisse der Welt und mächtiger als der Tod, bildet den Grundgedanken der *Bürgschaft* (1798). Durch diesen Adel der Gesinnung des Helden strebt Schillers Ballade hinaus über die nächtliche Sagenstimmung und die geheimnisvolle Naturmystik der Volksballade in die lichte Welt bewußten Strebens, und mag die Gottheit als unentrinnbares Verhängnis im Sinne der alten Griechen oder als der allwaltende Gott des christlichen Glaubens in der Natur und im Leben des einzelnen Menschen sich offenbaren, immer erscheint das Schicksal als eine gerechte Fügung und als ein von den Sterblichen staunend und verehrend erkanntes Walten göttlicher Weltordnung. Entsprechend dem antiken Gedanken vom Neide der Götter mahnt im *Ring des Polykrates* (1797) ein unheilverkündendes Wunder den in seinem Glücke schwelgenden König an die Wandelbarkeit alles Irdischen und deshalb zum Maßhalten. Durch die Natur selbst gebietet die Gottheit der abenteuernden Verfolgungswut des *Alpenjägers* und drängt durch unvernünftige Geschöpfe zur Sühne des Verbrechens in den *Kranichen des Ibykus* (1797).

Aus dem Briefwechsel der beiden Freunde ersehen wir, wie Schiller, der früher die Natur nur im großen und ganzen anschaute, jetzt auch deren einzelne Erscheinungen beobachten lernte. Was dem in einen engen Kreis Gebannten an reicher Erfahrung und unmittelbarer Naturbetrachtung versagt war, ersetzte ihm eingehendster Fleiß. Dadurch gelingt es ihm, sich durch die realistische, unter seinen Dichtungen fremd anmutende *Nadowessische Totenklage* (1797) ebensogut in die Stimmung eines einfachen Naturvolkes zu versetzen wie in die romantische Empfindung des schwärmerisch liebenden Ritters Toggenburg. Wir staunen über die Kunst des Dichters, mit der er von ihm selbst nie geschaute Naturwunder malerisch-anschaulich zu schildern versteht; aus der Beschreibung der Charybdis in der Odyssee und dem Eindrucke eines rauschenden Mühlenbaches wird seiner Phantasie das ganze furchtbare, reichbewegte Schauspiel eines Meeresstrudels lebendig.

In den »Kranichen« wie im *Gang nach dem Eisenhammer* wird die Phantasie durch die sinnliche Anschaulichkeit der Vorgänge von den Verbrechern abgelenkt, um dann mit einer plötzlichen Wendung vor die jäh und überraschend einschlagende Katastrophe gestellt zu werden. Und wie die episch-dramatischen, so zeichnet dieselbe feste Gegenständlichkeit auch jene Balladen aus, in denen der Drang nach Gefühlsaussprache das epische Element einschränkt. Zu diesen gehört *Die Klage der Ceres* (1796), der Klage- und Trostgesang einer von herbem Verlust erschütterten Seele. In dem poetischen Bilde des in die Erde gesenkten Kornes, dessen Wurzeln in nächtlicher Finsternis von verborgenen Quellen genährt werden, dessen Blatt aber zum Himmel emporstrebt und das Licht der Sonne einsaugt, hat der Dichter die Idee der Versöhnung zwischen Nacht und Licht, Tod und Leben bedeutungsvoll verkörpert, darin aber zugleich den Schmerz und Trost der Mutter versinnbildet.

Aus der Zeit des Zusammenwirkens mit Schiller stammen Goethes gesellige Lieder, von denen mehrere in dem von ihm und Wieland auf das Jahr 1804 herausgegebenen Taschenbuch, andere in späteren Jahren erschienen (»Stiftungslied«, »Die glücklichen Gatten«, »Weltseele«). Das Gesellschaftslied, das seit der zweiten Hälfte des 16. Jahrhunderts an die Stelle des Volksliedes getreten und noch kurz vor Goethes Geburt in voller Blüte gestanden war, erwachte in diesen Gesängen und den gleichartigen, weniger zahlreichen Schillers (»Punschlied«, »Die vier Weltalter«, »An die Freunde«) zu neuem, erhöhtem Leben. Von größerer Bedeutung sind die Gelegenheitsgedichte, zu denen die politischen Verhältnisse Schiller anregten. Wohl hatte er, durch die Greuel der Französischen Revolution und das unreife Geschwätz von Freiheit erbittert, vom »jetzigen Weltlauf« sich ferne halten wollen, aber er konnte ihm nicht immer aus dem Wege gehen. Der Dichter des »Wallenstein« konnte seinen Blick nicht abwenden von der Verheerung, die über den deutschen Südwesten dahinflutete, und nicht gleichgültig bleiben gegen die gegenwärtigen Ereignisse, die schicksalsgewaltig über Völkerleid und Völkergröße entschieden. Mit Riesenschritten eilte das Reich gegen Ende des Jahrhunderts dem Untergang entgegen.

Immer glänzender stieg über den sich glättenden Wogen der Revolution der Stern ihres abenteuerlichen Zwingherrn empor, dessen Kommen unser

Dichter prophetisch geahnt hatte. Seit Campo Formio (1797) galt Napoleon Bonaparte, der siegreiche junge Heerführer, den meisten als Friedensstifter, und als Menschheitsbeglücker und Freiheitsbringer wurde er in schwungvollen Gedichten gefeiert. Unter denen aber, die dem Zauber des dämonischen Mannes sich nicht gefangengaben, war Schiller. Seiner freien Seele war »dieser Charakter durchaus zuwider«. Die Folgezeit hat dem Mißtrauen Schillers nur zu sehr recht gegeben. Auf den trüben Eindrücken, die Schiller von den Zeitereignissen empfangen hat, beruht sein Gedicht *Der Antritt des neuen Jahrhunderts.* Das Verhängnis des alten deutschen Staates konnte der Dichter nicht hemmen und wenden; aber mahnen konnte er seine Landsleute, ihr Eigenstes zu wahren und zu mehren. Da ist keine Rede mehr von den einstigen weltbürgerlichen Träumen; der vaterländische Sinn war im Dichter erwacht. In kleineren Gedichten (»Die Antiken zu Paris«, »Die deutsche Muse«) hat er einzelne Gedanken des Entwurfs zu dem großen lyrisch-dithyrambischen Gedichte *Deutschlands Größe* geformt.

GOETHES SCHAFFEN UM 1800

Wiederaufnahme der »Faust«-Dichtung

Das Dichten an eigenen Balladen und das Studium nordischer Balladenform einerseits sowie das Drängen Schillers andrerseits führte Goethe zum *Faust* zurück. Was schon vorhanden war, das »Fragment« von 1790, legte er dem Jüngeren in die Hände, es in schlafloser Nacht durchzudenken. Schiller forderte eine philosophische Vertiefung, und Goethe beugte sich der doppelten Forderung, das Werk wieder aufzunehmen und aus dem individuellen Faust der Sturm- und Drangzeit einen Repräsentanten der irrenden und strebenden Menschheit zu machen. Die Arbeit ging nur langsam vonstatten; Goethe war kein »Heros am Schreibtisch« wie Schiller, ward auch durch wiederholte Krankheiten, von denen eine den Dichter dem Tode nahe brachte (1801), durch Badekuren, durch die Redaktion der »Jenaischen Literaturzeitung«, schließlich durch Schillers Tod behindert, so daß fast elf Jahre vergingen (vom Juni 1797 an gerechnet, da der Entschluß zur Vollendung des »Faust« gefaßt worden war), bis *Faust, der Tragödie erster Teil* erschien (Ostern 1808). Gleich zu Beginn der Neubeschäftigung mit diesem Thema hat Goethe den ganzen Stoff in zwei ein Ganzes bildende Teile zerlegt und durch den dreifachen Ring: »Zueignung«, »Vorspiel auf dem Theater«,

»Prolog im Himmel« – Schlußszene im Himmel, Abkündigung auf dem Theater, Epilog, zusammengeschlossen; allerdings wurden diese drei Szenen nicht ausgeführt.

Die »Zueignung«, ein Edelstein im Geschmeide von Goethes Lyrik, verrät uns, wie heftig des Dichters Schaffenskraft durch die Figuren des Dramas, jene »schwankenden Gestalten, die früh sich einst dem trüben Blick gezeigt«, aufgerührt wurde. Die Gegenwart verblaßte, und die Schemen der Vergangenheit wurden klarer und deutlicher:

Was ich besitze, seh' ich wie im Weiten,
Und was verschwand, wird mir zu Wirklichkeiten.

Das »Vorspiel auf dem Theater« hat mit der unmittelbaren Haupthandlung wenig zu tun und bringt, scherzhaft und bewegt, allgemeine Fragen der Sendung des Theaters zur Sprache.

Der »Prolog im Himmel« bildet die Exposition der Tragödie. Nach einem herrlichen Hymnus der Engel auf die kosmische Ordnung (»Und alle deine hohen Werke sind herrlich wie am ersten Tag«) und die Harmonie der Welt tritt Mephistopheles auf, dem der Mensch »so wunderlich als wie am ersten Tag« erscheint, und wettet mit dem Herrn um die Seele Doktor Faustens. Der göttliche Optimist baut dabei auf das Streben des Menschen: »Es irrt der Mensch so lang' er strebt« und faßt die Idee dahin zusammen: »Ein guter Mensch in seinem dunklen Drange ist sich des rechten Weges wohl bewußt.« Der höllische Pessimist hingegen baut auf das menschliche Irren. In besonderer Weise wird im »Prolog« die Gestalt des Mephisto vom Dichter gezeichnet; den Herrn läßt er sagen:

Ich habe deinesgleichen nie gehaßt;
Von allen Geistern, die verneinen,
Ist mir der Schalk am wenigsten zur Last.

Was aber ist ein Schalk? Im Schweizer Sprachgebrauch, wie ihn sich Goethe 1797 notiert hat, sind schiefe Antworten auf Fragen, »nichts loben, alles, wo nicht tadeln, doch nicht recht finden und das Gegenteil wünschen« Äußerungen der Schalkheit, wie wir sie auch als Charakterzüge Mephistos feststellen können.

Auf den »Prolog« folgen alte Stücke: der erste Monolog des Faust, die Beschwörung des Erdgeistes, das Gespräch mit dem Famulus Wagner.

Faust, eine mächtige Feuerseele, die sich mit dem der Menschheit beschiedenen Wissen nicht begnügt, strebt nach aller Erkenntnis und nach Glück. Darum hat er sich der Magie ergeben, er beschwört den Erdgeist, dessen Anblick er nicht gewachsen ist: Faust bricht zusammen. – Dem nach Aufschluß über die höchsten Geheimnisse des Lebens ringenden Faust wird der Famulus Wagner, »der trockene Schleicher«, gegenübergestellt, eine Karikatur des Pedanten und Stubengelehrten.

Neu ist nun der die längst empfundene »Lücke« füllende zweite Monolog Fausts nach dem Abgang Wagners.

Von seinem Drang nach Selbstmord wird Faust durch den Klang der Osterglocken, die in ihm Erinnerungen an vergangene Tage wecken, geheilt. Auf dem anschließenden Osterspaziergang begegnen der Gelehrte und sein Famulus erstmals jenem Pudel, der sich später in der Studierstube als Mephisto entpuppt. Er erscheint dort als fahrender Scholast, in der Folge als flotter Junker;

immer aber ist er der Dämon mit seinem ganzen diabolisch schillernden Wesen, der böse Geselle, der reizt und wirkt »und muß als Teufel schaffen«, der Geist der Verneinung und doch zugleich ein Teil jener Kraft, »die stets das Böse will und stets das Gute schafft«.

Die Aufgabe Goethes bei der Paktszene war keine leichte. Er mußte ohne merkbare Fuge das im Fragment von 1790 schon vorhandene Endstück an das Neugedichtete anschieben. Wie aber ist die Aufgabe gelöst? Fraglos gehört die Paktszene zu dem Gedankenreichsten und Gewaltigsten im »Faust«. Hier, wo es sich um die volle Krisis Fausts handelt, wo alle Stimmungen vom hohen Selbstbewußtsein gegen den Versucher bis zur tiefsten Verzagtheit in ihm auf und ab wogen, da werden alle Register des Pathos und der Leidenschaft, des Geistes und Witzes, der Ironie und verstandesmäßigen Schärfe gezogen und stilistisch ein Höchstes von dramatisch packender Kraft erreicht.

Hier wird im Vertrage genau formuliert, was die von nun an äußerlich verbundenen, aber gegeneinander ringenden Gesellen erstreben. Die Gegensätzlichkeit der Gesinnung und Erwartung bildet den Angelpunkt des Paktes. Er deckt sich mit seinen Bestimmungen genau mit der Wette im Himmel. Wenn Faust in die Tiefen der Sinnlichkeit versinkt und auf das Streben verzichtet, gehört er Mephisto; Faust schließt eine Wette darauf ab, daß er nie in den Genüssen, die ihm Mephisto in Aussicht stellt, beharren werde, sich nie befriedigt auf ein Faulbett legen werde:

> Werd' ich beruhigt je mich auf ein Faulbett legen,
> So sei es gleich um mich getan ...
> Werd' ich zum Augenblicke sagen:
> Verweile doch! Du bist so schön!
> Dann magst Du mich in Fesseln schlagen,
> Dann will ich gern zugrunde gehn.

Aus der Bedingung, die Faust dem Teufel macht, folgt, wie Goethe 1815 zu Boisserée sagte, alles Weitere. Faust sucht nach einer Stelle im Leben, die ihm Befriedigung, d. h. einen Genuß von dauerndem Wert gewährt. Mephisto verspricht Faust die Befriedigung und hofft, daß der Genuß, den er zu bieten vermag, die Freuden der Sinne und des Verstandes, Faust schließlich Genüge tun werden. Faust aber gelangt bei diesem Suchen zu immer richtigerer Einschätzung der Werte, und am Schluß ergibt sich für ihn die Erkenntnis, daß der einzige wertvolle Genuß im rastlosen Schaffen für andere beruht. Das höchste Glück entdeckt er in dem, was ihn früher zur Verzweiflung trieb, in dem unbefriedigten Streben.

Der Genuß wird nun das einigende Element der alten und der neueren Teile der Fausttragödie, und zwar sieht Goethe in den Erlebnissen des Faust drei Hauptarten des Genusses vertreten, von denen jede einer besonderen Art des Strebens, einer besonderen Anschauung von irdischer Glückseligkeit entspricht. Der niedrigsten Form des Glückverlangens entspricht der Sinnengenuß; erst der geläuterte Mensch, dessen Wille sich gestärkt, wird fähig, in der Betätigung menschlicher Kraft sein Glück zu suchen, und dann muß er wieder den Egoismus überwinden, um der Wonne des schöpferischen Wirkens, des reinsten Genusses, der dem Sterblichen beschieden ist, sich erfreuen zu können. Der Träger dieser Entwicklung ist das Streben, das die dem Menschen für die Zeit seiner Erdenlaufbahn gestellte Aufgabe bildet; so ist Faust als typischer Vertreter seines Geschlechtes zwischen Gott und den Teufel gestellt, damit er zeige, ob er sich durch diesen zum Verzicht auf das Streben verführen lasse oder ob der in seine Brust gelegte göttliche Same sich als wirksam erweise.

Daraus ergab sich ein doppeltes Thema der Dichtung: Fausts Aufsteigen von der tiefsten bis zur höchsten Stufe des Genusses, daneben seine fortschreitende Läuterung durch Erfahrung und ästhetische Bildung, beides anhaltend bekämpft durch Mephisto, dessen Angriffe freilich immer schwächer und schließlich wirkungslos werden. Wenn dieser Grundgedanke in dramatischer Form versinnlicht werden soll, so ergeben sich von selbst zwei Hauptteile der Dichtung, von denen jeder wieder in zwei Abschnitte zerfällt. Der erste hat die Verzweiflung zu schildern, in die das übermenschliche Wollen den Helden stürzt, der zweite (Gretchentragödie) die Gefahr, in Sinnenlust unterzugehen; der zweite Hauptteil hat in seinem ersten Akt die Erfahrung zu erweitern und das Wesen des Helden von den Schlacken gemeiner Sinnlichkeit zu läutern, so daß im letzten Akte sein Blick bis zu dem Ziele seiner irdischen Bestimmung, der praktischen Tätigkeit, vordringen kann.

An die Paktszene schließt die Schülerszene (sie zeigt uns Mephisto als Verneiner aller geistigen Tätigkeit) und sodann die Ausfahrt in die Welt an. In Auerbachs Keller soll Faust Befriedigung in niedrigsten Freuden finden, doch Mephistos erster Versuch mißlingt. Sinnliche Liebe soll nun Fausts Streben ersticken. Dem in der Hexenküche verjüngten Faust führt Mephisto Gretchen zu. Auch in der Liebe zu dem Mädchen, das seinetwegen in tiefe Schuld fällt, findet der Ruhelose keine Befriedigung. Mephisto lockt ihn in die satanischen Freuden der Walpurgisnacht. Hier, am tiefsten Punkte sinnlicher Verstrickung, liegt die entscheidende Wendung des ganzen Dramas: die stärksten Reize, die jetzt auf Fausts geschwächte Widerstandskraft einwirken, bleiben wirkungslos.

Für die Szene »Trüber Tag. Feld«, eines der ältesten Stücke aus kraftgenialischer Sturm-und-Drang-Zeit, hat Goethe die Prosaform aus dem »Urfaust« beibehalten. Die Szene erhielt jetzt ihren Platz nach der »Walpurgisnacht«. Diese schiebt sich mitten in die Gretchentragödie hinein, in der außerdem noch die längst geplante Ermordung Valentins und die aus dem »Urfaust« übernommene Schlußszene hinzugekommen sind, diese jetzt ebenso wie schon früher »Auerbachs Keller« in Versen. Das Intermezzo »Walpurgisnachtstraum oder Oberons und Titanias goldene Hochzeit« war ursprünglich als zweiter Teil einer Blocksberg-Szene gedacht und ist eine Reihe von Spottversen auf Zeiterscheinungen und Zeitgenossen, die aus dem Xeniensturm übriggeblieben waren.

Das Publikum begrüßte den »Faust« allgemein begeistert; nur die Bühne verschloß sich ihm oder wagte nur Ausschnitte aufzuführen. Eine einigermaßen vollständige Inszenierung des ersten Teils des »Faust«-Dramas unternahm erst Otto Devrient 1876.

Kunstkritische Schriften

Neben der Arbeit am »Faust« widmete sich Goethe vor allem der bildenden Kunst. Mit seinem Freunde Johann Heinrich Meyer gab er die Zeitschrift *Die Propyläen* (1798–1800) heraus, charakterisierte ferner in der Novelle *Der Sammler und die Seinigen* durch Rede und Gegenrede der auftretenden Personen die herrschenden Kunstrichtungen und -verirrungen und betonte darin, daß die künstlerische Darstellung wohl den Schein des Wahren haben, niemals aber wahr sein solle; die Kunst fasse das Bleibende, Typische in den Erscheinungen der Natur auf, ahme aber nicht das Gewirr der Einzelheiten nach; wer nur nach Naturwirklichkeit strebe, erniedrige sich auf die unterste Stufe. In der Gedenkschrift *Winckelmann und sein Jahrhundert* (1805) setzte er dem Manne, der zuerst in früher Jugend, dann wieder seit der italienischen Reise sein Führer geworden war, ein schönes Denkmal. Alle Kunstbetrachtung Goethes beschränkte sich übrigens auf die Werke der Plastik und der Skulptur; er, der einst den Straßburger Dom bewundert hatte, wetterte nun gegen die neue Begeisterung für das Mittelalter, die zuerst in Schriften Tiecks und Wackenroders aufflammte, gegen die »neukatholische Sentimentalität, das klosterbrudernisierende, sternbaldisierende Unwesen« und warnte vor der »Halbkultur« der romantischen Malerschule.

Auf die Theatertätigkeit Goethes sind wir schon in anderem Zusammenhang zu sprechen gekommen; für die Musenstätte Weimars übersetzte er Voltaires »Mahomet« (1799) und »Tancred« (1800), später bearbeitete er Shakespeares »Romeo und Julia« (1811) und schrieb zur Rechtfertigung seines freien Bearbeitungsverfahrens den Aufsatz *Shakespeare und kein Ende*, worin er behauptet, daß der große Brite wohl ein höchst dramatischer Dichter, aber kein »Theaterdichter« gewesen sei.

Daneben finden wir die grundsätzliche Nachahmung der Antike. Charakteristisch dafür ist der Übergang vom Blankvers zum Trimeter, um den feierlichen Stil der griechischen Tragödie zu erreichen. Es entstanden Entwürfe und Pläne für eine Helena-Tragödie, ein Danaiden-Singspiel und ein Prometheus-Drama, es entstand das zum Geburtstag der Herzogin Amalie gedichtete Festspiel *Paläophron und Neoterpe* (1800), worin der Streit und die Versöhnung der alten und der neuen Zeit dargestellt sind, und das Festspiel *Was wir bringen* (1802); in diesen beiden sowie in den Aufführungen von Lustspielen des Plautus und des Terenz griff er auf die antike Maske zurück, weil nur so die Persönlichkeit des Künstlers der Rolle völlig gemäß gemacht werden könnte.

»Die natürliche Tochter«

Das Greifen nach der Maske ist das äußere Zeichen für einen Wandel im geistigen Bereich. Schon in der »Walpurgisnacht« fällt Goethes Neigung zum Symbolisieren auf; sie macht sich auch in den eben erwähnten Festspielen geltend und schafft in der *Natürlichen Tochter* (1803) das erste große symbolische Drama. Die wesentlichen Züge zu diesem Drama entnahm Goethe einem französischen Memoirenwerk (1798), in dem die Schicksale der illegitimen Prinzessin Stephanie Luise de Bourbon-Conti enthüllt werden. Als Frau von Staël äußerte, daß »das Original in der guten Societät durchaus nicht beachtet sei«, erwiderte Goethe, er lehne »solche Instanzen« ab. Die Prinzessin war ihm gleichgültig, aber er erkannte in ihrer Geschichte das »Gefäß«, worin er alles, was er so manches Jahr über die Französische Revolution und deren Folgen geschrieben und gedacht, mit geziemendem Ernste niederzulegen hoffte. Das Schicksal der Stephanie Luise erschien ihm als ein symbolischer Fall; solche jähen Glückswechsel hatte die Revolution zu Tausenden gebracht. Die beiden einander entgegenarbeitenden Tendenzen, jenes Herabzerren der besitzfrohen Privilegierten und jenes Emporheben der besitzlosen unteren Schichten kam in diesem Einzellos klar zur Anschauung. Das getretene, von der Willkür der herrschenden Mächte in seinem Leben und in seiner Ehre bedrohte Volk verkörperte sich ihm im Schicksal der Prinzessin, und darum faßte er den Entschluß, die Ursachen der Revolution und sie selbst, den Zerfall einer festen Ordnung, in der Darstellung dieses typischen Falles zu schildern. Eigene Erlebnisse und Empfindungen traten hinzu, um das Werk seinem Herzen näherzubringen.

Die Personen sind, mit Ausnahme der Heldin Eugenie, nur mit den ständischen Bezeichnungen, König, Herzog, Graf, Weltgeistlicher, Äbtissin, Mönch, auf die Bühne gestellt, um dadurch anzudeuten, daß der im Drama dargestellte Einzelfall symbolisch auf ein Allgemeines hinweise. Trotzdem sind sie nicht leblose Schemen, sondern lebenswahre Individuen. So insbesondere Eugenie, die idealistische Royalistin, deren Wesen die Liebe zum Vaterland durchzieht. Und alles ist in hohem Stil gegeben, denn wie das

Natürliche in den Personen, so soll auch deren Sprache in einer höheren, edleren Form erklingen. Dabei aber wird der Dichter mitunter seltsam geziert und erschwert den unmittelbaren Eindruck.

Goethe hatte übersehen, daß nur wenige die Kraft der Phantasie besitzen, solche symbolische Umrißzeichnung mit Farbe und Form auszufüllen. So stieß das Stück allgemein auf Ablehnung, und nur Schiller war von Bewunderung für die Symbolik erfüllt.

Noch einmal beschäftigte sich Goethe mit Frankreichs Geschichte, als er Diderots »Le neveu de Rameau« ins Deutsche übertrug; nicht »Rameaus Neffe« (1805), der Typus eines Zynikers, zog ihn an, sondern die bewundernswerte Schilderung des Zeitcharakters, jener merkwürdigen Mischung tiefster Verderbtheit und höchster Blüte der Kunst. In den Anmerkungen stellt Goethe Betrachtungen über diesen Stoff an und kommt dabei zu einem Lob Voltaires, »des höchsten unter den Franzosen denkbaren, der Nation gemäßesten Schriftstellers«. Von dieser Übersetzung handeln die letzten Briefe Schillers, auf dessen Bitte Goethe sich dazu entschlossen hatte.

SCHILLERS MEISTERDRAMEN

Ihr kanntet ihn, wie er mit Riesenschritte
Den Kreis des Wollens, des Vollbringens maß,
Durch Zeit und Land, der Völker Sinn und Sitte,
Das dunkle Buch mit heitrem Blicke las.

Diese Worte, die Goethe nach des Freundes Tod geschrieben hatte, können als Devise über Schillers Leben stehen, besonders jedoch über dem knappen Jahrzehnt der Freundschaft mit dem Älteren. Der Schule der Geschichte und der Philosophie entwachsen, trat Schiller wieder als Dramatiker vor die Öffentlichkeit, und dies ein Jahr nachdem Schelling, der Philosoph der Romantik, und die ersten deutschen Romantiker eine neue Sturm-und-Drang-Periode einzuleiten schienen und Goethe in »Hermann und Dorothea« die aus den Fugen stürzende Welt im idyllischen Epos sammelte, d. h. im gleichen Jahr, als Coleridge und Wordsworth mit ihren »lyrischen Balladen« die englische Romantik eröffneten und Chateaubriand, der kommende Begründer der französischen Romantik, noch revolutionär und antichristlich eingestellt war. Schiller, der einst in den »Räubern« alle Fesseln der

Moral, der Gesellschaft und der Kunst zu sprengen gedroht hatte, hat sich zum Klassiker entwickelt. Aber wofür hatte er sich entschieden, für das Vorbild Griechenlands oder Frankreichs? Er hatte sich offenbar mit beiden befaßt und, wie wir schon wissen, des Euripides »Iphigenie in Aulis« sowie später Racines »Phädra« (1805), dazu – im Dienste der Weimarer Bühne – des fruchtbaren französischen Theaterdichters Picard »Parasit« und »Der Neffe als Onkel« (1803), aber auch Shakespeares »Macbeth« übersetzt und Gozzis »Turandot« (1801) bearbeit, wobei gerade diese beiden letzten Bearbeitungen zeigen, wie sehr es ihn drängte, den Briten und den Italiener ins Antike, ja ins Französische umzubiegen. Die Straße von Athen nach Weimar mied also den Umweg über Paris keineswegs; dies festzustellen ist Pflicht gegenüber der Kontinuität innerhalb der europäischen Dichtung, aber auch gegenüber Schiller selbst, dessen in klassischen Dramen angewandte analytische Technik durch diesen Hinweis eine Erklärung findet.

Aber – und das unterscheidet Schiller auch von Goethe – es findet sich bei ihm weder in den ausgeführten Bühnendichtungen noch unter den Fragmenten oder Skizzen für neue Pläne irgendein griechischer Stoff, wie er bei den Attikern mit natürlicher Selbstverständlichkeit, bei allen Epigonen als künstliche Nachahmung auftritt; im Gegenteil, die Geographie seiner Meisterdramen nimmt einen eigenartigen Weg: Sie führt aus Deutschland (»Wallenstein«) nach England (»Maria Stuart«), dann in die romanischen Länder Frankreich und Italien (»Jungfrau von Orléans« und »Braut von Messina«), von hier in die Schweiz (»Wilhelm Tell«), d. h. in die Mitte Europas, um im leider unvollendeten »Demetrius« sogar den Osten einzubeziehen. Der Stoff aller dieser Dramen ist nicht so sehr in die Zukunft gerichtet, sondern bietet eine Revue der Vergangenheit; sie sind »historische« Dramen, allerdings nicht auf ein bestimmtes Land bezogen wie jene Shakespeares, sondern auf einen Erdteil und eine Lebensform, die damals zum Teil schon untergegangen, zum Teil dem Untergang geweiht war; denn der gemeinsame Nenner aller dieser Dichtungen ist nicht mehr wie in den Jugenddramen die Freiheit schlechthin, sondern die Freiheit in der Ordnung.

»Wallenstein«

Schon in den Haupt- und Staatsaktionen der Wanderbühnen hatte Wallenstein seine Bühnenrolle gespielt, und noch 1786 war von dem Oldenburger Gerhard Anton von Halem (1752–1819), einem äußerst fruchtbaren Dichter und Schriftsteller, ein fünfaktiges Schauspiel »Wallenstein« veröffentlicht worden. Schiller war jedoch nicht durch irgendwelche Dichtungen, sondern durch seine Geschichte des Dreißigjährigen Krieges mit dem habsburgischen Feldhauptmann bekannt geworden. Aber gerade zur Zeit (1791), als den Dichter die Lust ergriff, den Wallenstein-Konflikt dramatisch zu behandeln, packte ihn das Siechtum und zerstörte die ersten Keime des Entwurfs. Erst während des schwäbischen Aufenthaltes (1794) unterbrach er die philosophische Korrespondenz mit dem Augustenburger, um den Plan weiter auszuarbeiten, der ihm als die Hauptsache erschien. Denn wohl wissend, daß es sich um die Schaffung eines neuen Dramastils handle, richtete er sein Augenmerk auf die Herstellung eines in sich geschlossenen Ganzen und auf die Gesamtwirkung, während in seinen Jugendwerken nur Einzelheiten wirksam waren.

Wieder aber ließ er die Arbeit fallen, um sie dann erst im März 1796 mit allem Ernste aufzunehmen und die ihn lockenden »Malteser« zurückzustellen, in denen er sein Lieblingsthema, die schmerzlich-schöne Hingabe der Neigung an die Pflicht, die Aufopferung der Lebenshoffnung des einzelnen im Interesse des Ganzen, die Läuterung des selbstsüchtigen Dranges zu der Erhabenheit des sittlichen Willens darstellen wollte (das Fragment ist uns aus dem Nachlaß erhalten). Und wenn auch fortan Krankheiten, Besuche, Arbeiten für den Almanach ihn störten, seine Gedanken weilten bei dem Werk, mochte es ihm auch noch so viel Schwierigkeiten bereiten, die dürre Staatsaktion in eine menschliche Handlung umzusetzen. Nichts versäumte der Dichter, was seinem Werke nützen konnte; hatte er doch schon 1794 in Karlsbad im Gedanken an diese Tragödie mit höheren österreichischen Offizieren verkehrt und sich durch Gespräche mit ihnen militärische Vorstellungen nahezurücken gesucht. Er fuhr nach Eger und besah sich das Haus, in dem Wallenstein ermordet wurde, und die ganze Örtlichkeit auf das genaueste. Nicht mehr seine subjektiven Ideen und Empfindungen wollte der gereifte Dichter geben, nicht mehr leidenschaftlich Partei ergreifen für seinen Helden, wie der Schöpfer von Karl Moor, Fiesko und Marquis Posa es getan hatte, sondern objektive Gegenständlichkeit schwebte ihm als Ideal vor Augen. Vor allem begann er, da er als realistischer Dichter dem Gegenstande nicht anders als durch das genaue Studium der Zeitgeschichte »beikommen« konnte, bereits im April 1796 mit dem Studium der Quellen und schritt, als er einen sicheren Blick über das Ganze gewonnen hatte und sich über den »Geist« der Behandlung klargeworden war, zur Ausführung.

Dabei wurde ihm bald deutlich, daß er die Armee Wallensteins, diese »unendliche Fläche«, innerhalb der eigentlichen Tragödie nicht gut vorführen und charakterisieren könne; daher meldete er dem Verleger, daß dem Trauerspiel ein dramatisches Vorspiel vorangehen werde, und im Mai 1797 konnte er Goethe bereits »Die Wallensteiner« vorlesen. So lautete der ursprüngliche Titel des Stückes, für das Schiller nach Goethes Vorgang im »Faust« mit glücklichem Griff den Knittelvers, der Muse »altes deutsches Recht, des Reimes Spiel«, gewählt hatte. Das eigentliche Stück begann er erst auf Humboldts Rat in Prosa zu schreiben, die damals auf der Bühne die Herrschaft hatte, vertauschte sie aber bald mit fünffüßigen Jamben, die wie bei Shakespeare an nachdrücklichen Stellen, besonders am Aktschluß und bei Abgängen, gereimt wurden.

In erweiterter Gestalt fand am 12. Oktober 1798 die erste Aufführung von *Wallensteins Lager* statt, von Goethe als ein wichtiges Ereignis in der Cottaschen Allgemeinen Literaturzeitung angekündigt. Eine heitere militärische Musik gab die Stimmung des zu erwartenden Schauspieles, ein wildes Soldatenlied, das Goethe zum Verfasser hatte, ertönte, ehe der Vorhang in die Höhe ging. Der von Schiller gedichtete »Prolog«, den der Schauspieler Vohs im Kostüm des Max Piccolomini sprach, wies die Hörer auf die Bedeutung der neuen Bühnenkunst hin. In der ernsten Zeit, da auf des Lebens Bühne um der Menschheit große Gegenstände gerungen werde, müsse auch die Kunst auf ihrer Schattenbühne höheren Flug versuchen, wenn sie nicht durch die gemeine Wirklichkeit beschämt werden solle. Das Stück erntete großen Beifall; »die Neuerung mit den gereimten Versen« hatte sich zur Freude Schillers, der mit Lotte schon zur Hauptprobe gekommen war, bewährt.

Am 30. Januar 1799 wurden *Die Piccolomini* zur Feier des Geburtstages der Herzogin in Weimar gegeben. Auch diesmal konnte der Dichter mit dem Erfolg des Stückes und den Leistungen der Darsteller zufrieden sein. Die allgemeine Erwartung auf das Schlußstück war aufs höchste gespannt. »Ein unschätzbares Geschenk« war nach Goethes Wort mit dem am 17. März 1799 vollendeten Drama der Bühne anvertraut. »Wenn Sie davon urteilen, daß es nun wirklich eine Tragödie ist, daß die Hauptforderungen der Empfindung erfüllt, die Hauptfragen des Verstandes und der Neugierde befriedigt, die Schicksale aufgelöst und die Einheit der Hauptempfindung erhalten sei, so will ich höchlich zufrieden sein«; so schrieb Schiller an Goethe, der noch Eckermann gegenüber das Werk so groß nennt, daß in seiner Art zum zweitenmal nicht etwas Ähnliches vorhanden sei. Die Aufführung war so schnell ins Werk gesetzt, daß, nachdem am 15. April 1799 das »Lager«, am 17. »Die Piccolomini« wiederholt worden waren, am 20. die Vorstellung von

Wallensteins Tod stattfinden konnte, das damals noch den Titel »Wallenstein« hatte. Der Erfolg war gewaltig; auch die Unempfindlichsten wurden mit fortgerissen; alles habe im Theater geschluchzt, schrieb Lotte an Schillers Schwester Christophine, alle waren einig über die außerordentliche Wirkung, und es war in den nächsten acht Tagen von nichts anderem die Rede. Der Dichter war hochbeglückt durch den reinen Widerhall, den sein Werk in den Herzen der Freunde weckte. Bald wurde es auch auf anderen Bühnen dargestellt, und im Juni 1800 erschien es als »dramatisches Gedicht« bei Cotta in Tübingen im Drucke.

Der Stoff, den Schiller sich für sein Trauerspiel gewählt hatte, war ihm seit Jahren vertraut; aber es war ein anderes, als Historiker eine Charakteranalyse zu entwerfen, ein anderes, ihn dichterisch zu verkörpern. In der Geschichte des Dreißigjährigen Krieges hatte er den Verrat des Herzogs von Friedland, dessen Charakterbild auch heute noch in der Geschichte schwankt, psychologisch erschlossen, ohne doch einen bündigen Beweis vorzulegen. Im Drama genügte das nicht; hier mußte er Farbe bekennen und motivieren. Es war dies eine große Aufgabe, und wiederholt spricht er in den Briefen an Körner und Goethe von den Schwierigkeiten, die ihm der Charakter des Helden und die Masse des Stoffes bereiteten, der in eine künstlerische Form gebracht werden sollte.

Um das Haupt des geschichtlichen Wallenstein weht kein poetischer Hauch; finster ragt seine Gestalt aus einer schrecklichen Zeit hervor. Er ist der Realist, wie ihn Schiller in seiner philosophischen Schlußabhandlung zeichnet. Er wird zum Verräter an seinem Herrn und Kaiser und ist wie Karl Moor und Fiesko ein erhabener Verbrecher; aber nicht dadurch, sondern durch Mangel an Größe und Kraft entzieht er sich nach Schillers philosophischer Darlegung der ästhetischen Wertschätzung. Nur der machtvolle Erfolg kann in uns Staunen vor einem Charakter wie Wallenstein erwecken, aber gerade die Wirkung, auf die er alles berechnet, mißlingt. Ein blindes Ungefähr stürzt ihn von der Höhe herab. Und dennoch hofft Schiller, »auf rein realistischem Wege einen dramatisch großen Charakter in ihm aufzustellen, der ein echtes Lebensprinzip in sich hat«.

An dem Grundwesen des Helden war unbedingt festzuhalten, aber um ihm unsere Teilnahme zu gewinnen, mußte er gerade das, was an ihm groß erscheinen konnte, das Ungeheure und Rohe, entfernen und durch Ideenschwung ersetzen. So stattet er seinen Helden mit dem hohen Sinn für die Ideen der Freiheit, der Glaubenstoleranz und des Friedens aus. Wohl sinnt er, nachdem er auf dem Reichstage zu Regensburg abgesetzt worden war, auf persönliche Rache gegen den Kaiser; aber sein Blick ist nicht bloß auf den eigenen Vorteil, sondern auch auf das Ganze bedacht: ihn jammert das Land, und er will ihm durch die Beendigung des Krieges wieder zur Ruhe und zum Wohlstand verhelfen. Diesen Frieden aber, den er nach seiner zweiten Berufung vom Kaiser erzwingen will, kann er nur dann dauernd erhalten, wenn er nach Beendigung des Krieges noch die Macht dauernd in Händen hat und ein deutscher Reichsfürst neben dem Kaiser bleibt. Nur aus diesem Grunde strebt er nach der böhmischen Krone und verhandelt, um sie zu gewinnen, mit den Schweden. Verbrechen und patriotische Absicht, Mittel und Zweck widersprechen sich, aber nur nach dem Gelingen der Tat wird, wie Gräfin Terzky sagt, das Urteil über Wallensteins Vorhaben sich richten:

Entworfen bloß ist's ein gemeiner Frevel,
Vollführt, ist's ein unsterblich Unternehmen.

Wallenstein hat nicht bloß ein warm fühlendes Herz für seine Truppen; es sind ihm auch die sanfteren Tugenden des Menschen nicht fremd: die Liebe zu Weib und Kind und das Gefühl für Freundschaft, wenn sie auch den ehernen Schritt seines Ehrgeizes nicht zu hemmen vermögen. Um dem düsteren Helden unsere Teilnahme zu gewinnen, läßt Schiller uns ihn in dem verklärenden Lichte des jungen Piccolomini schauen, der allein von allen Truppenführern aus reiner Hingabe zu Wallenstein steht. Nur er hat ein Gefühl für des Feldherrn Herrschergröße, für die Kühnheit und den besseren Sinn des groß gedachten Planes, den Ländern den Frieden zu geben. Er verteidigt ihn, bis er mit einem Schlage aus seiner Unbefangenheit herausgerissen und in den furchtbaren Kampf zwischen Neigung und Pflicht gestürzt wird.

In der großen Auseinandersetzung zwischen Max Piccolomini und Wallenstein prallen zwei Weltanschauungen aufeinander: der Idealist steht auf dem Boden der sittlichen Notwendigkeit und richtet seinen Blick auf das Ewige; der Realist will seine Macht behaupten und rechnet nur mit den zeitlichen Verhältnissen. Max ist die schöne Seele der philosophischen Schriften Schillers, die, nicht ohne Beihilfe Theklas, im Konflikt zur erhabenen wird. In Max und Thekla stellt Schiller, wie er selbst sagt, dem unruhigen und planlosen Streben der übrigen die Liebe, ihr ruhiges Bestehen und ihre Freiheit von allen »Zwecken« gegenüber. Im Gegensatze zu allen anderen, den Realisten, lassen sich die beiden Liebenden nur von ihrem lauteren, natürlichen Gefühl und dem sich darin offenbarenden Gesetz des Guten leiten. Nicht wozu eine Sache gut sei, fragen sie, sondern ob sie selbst gut sei und vor Gott und ihrem Gewissen bestehen könne. Aber in dieser rauhen kriegerischen Welt der Leidenschaften gibt es keine Stimme für das Gute, keine Befriedigung für die Bedürfnisse des Gemütes. »Nicht dem Guten gehört die Welt.« Ihre Ideale brechen zusammen, sie werden von den grausamen Gewalten der Welt zerrieben, alles versinkt, worauf ihr Glaube an die Menschheit und damit ihr Leben gegründet war. »Das ist das Los des Schönen auf der Welt.« Indem aber Max nach dem Recht seines Gewissens sich von Wallenstein loslöst, ist dessen Schuld auch vor dem sittlichen Bewußtsein gerichtet, und aus dem Gemüte des verzweifelten Max fällt auch auf die Vertreter der gegnerischen Politik ein Schimmer idealer Berechtigung.

Meisterhaft ist Schiller die Vergegenwärtigung des Dranges der äußeren Umstände gelungen, so daß schon Zeitgenossen den »Wallenstein« mit der antiken Schicksalstragödie in Verbindung brachten und erklärten, durch die Aufnahme des astrologischen Motivs sei der Zusammenhang zwischen dem Tod des Helden und seinem Charakter aufgehoben worden. Freilich ist vom »Schicksal« im Drama viel die Rede, keineswegs aber hat der Dichter den Sternenglauben, einen charakteristischen Zug der Zeit Wallensteins, als ein äußeres, die Taten des Helden bestimmendes Verhängnis eingeführt, sondern das Schicksal nur durch die Verblendung des Helden wirksam werden lassen. Der magische Glaube Wallensteins wächst empor aus den Tiefen seines Charakters und ist ein gesteigerter Ausdruck seines grenzenlosen Selbstvertrauens und seines Willens zur Selbstbehauptung. Das Vertrauen auf eine glückliche Konstellation der Sterne wiegt ihn in gefährlicher Sicherheit und verschleiert seinem Blick die Größe der drohenden Gefahren. »O! du bist blind mit deinen sehenden Augen«, ruft ihm Illo mit Recht zu, als er in seiner selbstherrlich überlegenen Weise den Feind nicht merkt, den er sich in Oktavio Piccolomini an seiner Seite großgezogen hat. »In deiner Brust sind deines Schicksals Sterne«, sagt ihm derselbe General, und daß Wallensteins letzte Entscheidung von seinem Willen abhängt, ist im Drama oft genug betont.

Aus dem Widerstreit der Freiheit des Helden mit dem Drang der Umstände erklärt sich auch Wallensteins Zaudern. Sein Ziel, emporzusteigen zu selbständiger königlicher Macht, verliert er nie aus dem Auge, aber zur Tat will er erst schreiten, wenn alle Bürgschaften des Erfolges dafür gegeben sind. Die Tat soll ganz sein eigen sein; sich selbst will er die Freiheit der Entschließung wahren, und es ist nur eine Maske, wenn er seine letzten sittlichen und praktischen Bedenken mit dem Warten auf die glückliche Sternenstunde erklärt. Allmählich aber zieht sich das Netz um den zögernden Feldherrn zusammen, und der Mann des Willens kommt in die Lage zu müssen, was er seiner Freiheit hat vorbehalten wollen.

Die »Umstände« nötigen Wallenstein zum Handeln. Der Argwohn und die feindseligen Absichten des Hofes, die, wie ihm von verschiedenen Seiten gemeldet und durch seine ins Heerlager berufene Familie bestätigt wird, auf eine zweite, schimpflichere Absetzung zielen, verschärfen das Drängende der Lage und geben ihm das Gefühl einer gewissen Berechtigung zum Abfall. Doch erst als Sesina, der mit wichtigen Schriftstücken auf dem Wege zu den Schweden war, gefangen wird und damit dem Hofe die Beweise des Verrates in die Hand gegeben sind, ist für Wallenstein die Zeit zum Handeln gekommen. Illo und Terzky nahen als dienstbeflissene Versucher, als böser Engel leuchtet die Gräfin Terzky, eine andere Lady Macbeth, mit ihren Worten in die dunkelsten Gründe seines leidenschaftlich-herrschsüchtigen Charakters und treibt durch die Auslegung seines innersten Wesens nur seinen eigensten Entschluß hervor. Und Wallenstein begeht den Verrat. Er vertraut auf den Zauber seiner willensmächtigen Persönlichkeit, durch den er das Heer bisher zu allem bereit gefunden hat. »Seine Macht ist's, die sein Herz verführt, sein Lager nur erkläret sein Verbrechen.« Doch für diese wilde Soldateska, die, zusammengewürfelt aus den verlorenen Söhnen aller Länder, um den dämonischen Feldherrn sich schart, liegt dieser Zauber nur im »Glück« ihres Feldherrn, in seinen fast übermenschlichen Erfolgen, die den Abergläubischen nur aus dem Eingreifen höllischer Mächte erklärlich sind. Als dieser Zauber zerfällt, fallen auch die Zügel, an denen der Fürst des Krieges die Schar der Abenteurer hält. Realisten sind aber auch die Truppenführer, mit Ausnahme der unbedingten Anhänger Wallensteins, und im Augenblicke des Verrates am Kaiser werden sie zu Verrätern an dem abtrünnigen Feldherrn und besiegeln somit seinen Untergang.

Die tragische Durchführung wie auch das geniale Gestaltungsvermögen in der Darbietung der Charaktere und die sprachliche Darstellung im »Wallenstein« haben jederzeit allgemeine Bewunderung erregt. Insbesondere aber offenbart sich Schillers Kunstverstand in dem Riesenbau, den er der chaotischen Masse abgerungen hat, und je mehr man sich in das Innere, in das kunstvolle Gewebe und Gefüge dieser dramatischen Welt vertieft, desto bewundernswerter erscheint die konzentrierende und vereinfachende, die gestaltende und erfindende Dichterkraft, mit der hier eine ungeheure Masse von Weltwirklichkeit in die engen Grenzen der dramatischen Form gezwängt ist und veranschaulicht wird.

Um die gewaltige Stoffmasse zu bezwingen, läßt Schiller den Beginn des Dramas unmittelbar vor der Katastrophe einsetzen, um dann mit stetig beschleunigter Bewegung dem Ende zuzueilen. Die Handlung beschränkt sich auf die letzten vier Tage vor der Ermordung Wallensteins (25. Februar 1634). Um die Basis des Unternehmens, die Armee, und zugleich auch die Stimmung am Kaiserhofe zu vergegenwärtigen, bringt er in einem Vorspiele die Armee wirklich vor das Auge, die Vorgänge in Wien aber bringt er durch den kaiserlichen Gesandten Questenberg, die Berichte der Herzogin, das Reden der Soldaten, die Strafrede des Kapuziners, für die er die Schriften Abrahams a Sancta Clara verwertete, und durch die Gespräche der Offiziere Wallensteins ebenso lebendig vor die Phantasie des Zuschauers. Nicht mehr wie in seinen Jugenddramen läßt der Dichter nach Shakespeares Muster den Schauplatz von Partei und Gegenpartei abwechseln.

Die Geschlossenheit der Handlung zwang zur Konzentration des Ortes, der Personen und der Zeit. Da muß Wrangel die zahlreichen Vermittler darstellen, durch die Wallenstein mit den Schweden verkehrt, und Oktavio, der allein von den abtrünnigen Generalen bis in die letzte Zeit in Pilsen anwesend ist, die Gegner im Lager. Die Handlung ist auf einen engen, wenig wechselnden Schauplatz zusammengedrängt; der Schauplatz ist durch acht Akte Pilsen, in den beiden letzten Eger. Mit staunenswerter Kunst weiß uns der Dichter über die Kürze der Zeit, in der sich das Drama abspielt, hinwegzutäuschen, denn es ist der Verlauf des Dreißigjährigen Krieges, vom Fenstersturz an, was uns durch die Audienzszene Questenbergs und die Erinnerungen Wallensteins und anderer vor Augen geführt wird.

Schillers Stellung als Führer des deutschen Dramas war mit dem »Wallenstein« entschieden. Wie hoch er über die rührenden Familienstücke und häuslichen Gemälde, die damals die Bühne beherrschten, emporragte, das fühlten alle Empfänglichen schon zu seiner Zeit. Selbst der strenge Kritiker Tieck läßt mit der Erscheinung »dieses großen und merkwürdigen Dramas« eine »neue Epoche« in unserer dramatischen Literatur beginnen. Erst mit dem »Wallenstein« gelangte der Blankvers im deutschen Drama zur Vorherrschaft und wurde die historische Jambentragödie begründet, die mehr als 70 Jahre hindurch als die vornehmste Gattung des ernsten Dramas in Ansehen blieb. Bei der Aufführung des von Goethe verdeutschten »Mahomet« Voltaires rühmte Schiller, daß wir, auf der Spur der Griechen und Briten in das Heiligtum der dramatischen Kunst eindringend, uns unsere eigenen Lorbeeren geholt haben; eben mit seinem »Wallenstein« war der neue deutsche Tragödienstil geschaffen worden.

»Maria Stuart«

Im Vollgefühle der neu errungenen Herrschaft über die dramatischen Mittel und einer stolzen entfesselten Schöpferkraft schritt Schiller rasch und kühn zu neuem Werk, entschlossen, die Bühne durch Verwirklichung seiner künstlerischen Absichten zu einem weihevollen Bezirk umzuschaffen. Gleich seiner nächstfolgenden Arbeit gab das, was er in heißem Ringen mit dem Riesenstoff und in der Berührung mit dem Theater erlebt und erlernt hatte, einen neuen Schwung und einen entschiedenen Gang. Schon von seiner Wintereinsamkeit in Bauerbach hatte er 1782 den Gedanken an eine »Maria Stuart« mitgebracht, aber der mit Eifer aufgenommene Plan unterlag damals dem packenderen Stoffe des »Don Carlos«. Jetzt, nach Vollendung des

Der Schweizer Schriftsteller Heinrich Zschokke (1771–1848).

August von Kotzebue (1761–1819), der Verfasser publikumswirksamer Theaterstücke, wurde aus politischen Gründen von dem Studenten Karl Ludwig Sand ermordet. Zeitgenössische Darstellung.
▼

Dorothea von Schlegel (1763–1839).

Friedrich von Schlegel (1772–1829).

Jena, das Zentrum der älteren Romantik.

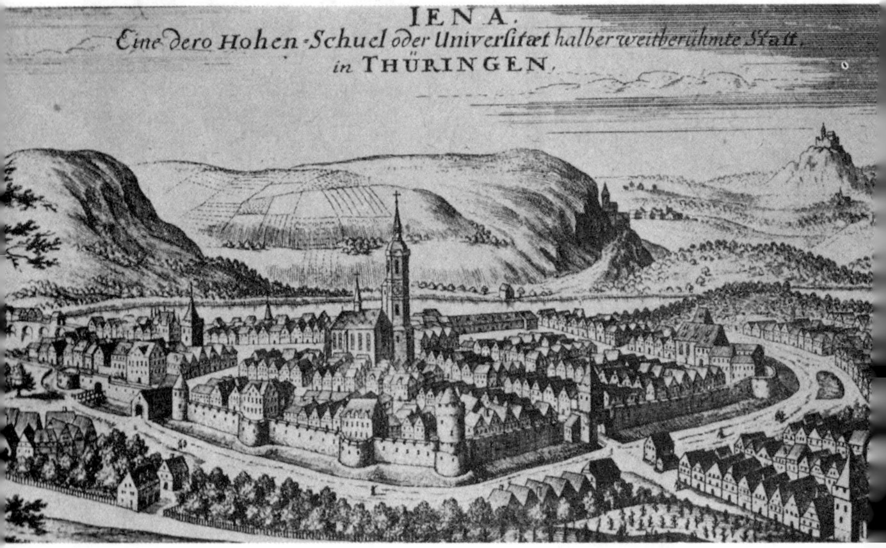

August Wilhelm von Schlegel (1767–1845).

Caroline Schlegel-Schelling (1763–1809).

Heidelberg, das Zentrum der jüngeren Romantik.

Ludwig Tieck (1773–1853). Porträt von Josef Stieler (1781–1858).

Friedrich Schleiermacher (1768–1834). Zeitgenössischer Stich.

Jean Paul (1763 – 1825) im Garten dichtend. Zeichnung von E. Förster.

»Wallenstein«, schwankte er eine Zeitlang zwischen der »Stuart« und den »Maltesern«, gab aber, da ihn diese wieder zur Darstellung von vorwiegend kriegerischen Szenen genötigt hätten und er Soldaten, Helden und Herrscher von jetzt an satt hatte, der »Maria Stuart« den Vorzug. Schon im April 1799 machte er sich an das Studium der Quellen und im Juni an die Ausarbeitung. Andere literarische Arbeiten aber und die Sorge um seine schwer erkrankte »liebe Lolo« nötigten ihn, die Arbeit zu unterbrechen. Eine weitere Störung verursachte die Übersiedlung von Jena nach Weimar (Dezember 1799), die im Verein mit Goethe schon früher beschlossen worden war. Nach Weimar zog ihn das Theater, dessen beständige Anschauung ihm für seine fernere dramatische Tätigkeit sehr wertvoll sein mußte und dem er andrerseits als Dramaturg große Dienste leisten konnte. Goethe wünschte die Übersiedlung des Freundes dringend und wußte auch den Herzog dafür zu gewinnen. In einem liebenswürdigen Schreiben willfahrte dieser der Bitte Schillers um Erhöhung des Gehaltes auf 400 Taler.

Ganz anders als bei seinem ersten Eintritt in Weimar wurde Schiller bei seiner Wiederkehr von Hof und Gesellschaft empfangen. Sein Name hatte jetzt einen anderen Klang als damals; er kam, zu spenden und zu bereichern, wo er ehemals nur als Fordernder und Empfangender erschienen war. Nicht mehr durch räumliche Entfernung getrennt, konnte er nun an jedem Tage mit Goethe verkehren; zwanglos gingen die Freunde beieinander ein und aus, und häufig war bei ihren Zusammenkünften der Herzog der dritte. Und wie Goethe zählte auch Meyer zu den nächsten Freunden des Schillerschen Hauses, und neben Schwager von Wolzogen wurde die mütterlich um »Lolo« besorgte Frau von Stein als zur Familie gehörig betrachtet. Mit vereinten Kräften wandten sich nun Schiller und Goethe der Reform des Weimarer Hoftheaters zu. Wenn aber der Herzog, der kein unbedingter Bewunderer von Schillers dramatischer Dichtung war, hoffte, auf ihn einwirken zu können, so täuschte er sich, denn nur darin fand er Berücksichtigung seiner Wünsche, daß das seit Lessings kritischem Strafgericht geradezu in Mißkredit gekommene klassizistische Drama der Franzosen doch wieder etwas gepflegt wurde. Zu all der äußeren Unruhe, durch die Schiller von intensiver Arbeit an seinem neuen Drama abgezogen wurde, kam eine schwere Erkrankung, die ihn wieder dem Tode nahe brachte. Trotz alledem wurde *Maria Stuart* am 8. Juni 1800 beendet; bereits sechs Tage darauf ging das neue Stück über die Weimarer Bühne, und wenige Tage später wurde es mit Frau Bethmann als Maria unter ungeheurem Beifall auf dem Sommertheater in Lauchstädt wiederholt, wo neben der vornehmen Gesellschaft hauptsächlich Hallesche Professoren und Studenten das Publikum bildeten. Gleichen Beifalls erfreute sich die Buchausgabe (1801).

Auch der Dichter selbst war mit sich zufrieden und fühlte nach der Vollendung des Werkes, daß er sich jetzt »des dramatischen Organs« bemächtigt habe und sein »Handwerk« verstehe. Zwei Momente sind es, die aus dem erfahrungsmäßigen Eindruck des Stückes für dessen Beurteilung sich ergeben. Fürs erste bietet das Drama nicht die Darstellung eines rücksichtslos vorschreitenden und durch diese Einseitigkeit sich in Schuld verstrickenden Handelns, sondern des Leidens der Heldin oder, um Schillers Ausdruck beizubehalten, des Zustandes. Darauf ist die Handlung konzentriert; denn obgleich die Heldin vom Anfang bis zum Ende leidend erscheint, gehen doch von ihrer Person alle Antriebe der Handlung aus, wie sich auch alle Bestrebungen der Parteien auf sie zurückbeziehen. Darin entdeckte der Dichter auf den ersten Blick den Vorzug dieses Stoffes: »Besonders scheint er sich zu des Euripides Methode, welche in der vollständigsten Darstellung des Zustandes besteht, zu qualifizieren, denn ich sehe eine Möglichkeit, den ganzen Gerichtsgang zugleich mit allem Politischen auf die Seite zu bringen und die Tragödie mit der Verurteilung zu beginnen.« Damit deutet der Dichter das zweite Moment an: Nicht an der Darstellung der politischen Handlung, sondern an der des rein menschlichen Charakters der Heldin war dem Dichter alles gelegen. Deshalb hat er aus der verlockenden Fülle leidenschaftdurchwirkter Ereignisse und Abenteuer, die das Leben Maria Stuarts bietet, bloß das scheinbar ärmste Stück, die Jahre der Gefangenschaft, gewählt und selbst diese auf die drei letzten Leidenstage der unglücklichen Königin zusammengezogen, alles übrige aber als gereifter Dramatiker in den Hintergrund als Voraussetzung für die dramatische Handlung geschoben.

Gleich zu Beginn des Stückes sehen wir Marias Haupt dem Schwert verfallen. Nun erhebt sich die letzte, die schwerste Frage: Soll der tödliche Stoß geführt werden oder nicht? Um diese Frage dreht sich alles, was geschieht; Maria zu retten oder zu verderben ist Kampfziel der streitenden Parteien. So schwebt vom ersten Anbeginn wie ein unabwendbares Verhängnis das Todesurteil über der rastlos Verfolgten und blickt, was der Dichter an Sophokles' »König Ödipus« immer bewundert hatte, schon in den ersten Szenen die Katastrophe herein. Und wie im antiken Drama, so wird auch in Schillers Dichtung die Handlung, je weiter sie sich von der Katastrophe zu entfernen scheint, ihr immer näher und näher geführt. Es wirkt wie die tragische Ironie der sophokleischen Tragödie, wenn wir sehen, wie alle Motive und Mittel, die auf Marias Rettung hinzielen, ihr Verderben nur beschleunigen.

Der Dichter wollte die drei letzten Tage der verurteilten Maria dramaturgisch gestalten, und er entledigte sich seiner schwierigen Aufgabe durch drei zum Teil an die Geschichte anknüpfende erfundene Handlungsgruppen: durch Leicesters Verhältnis zu Maria, durch Mortimer und durch die Begegnung der beiden Königinnen. Diese drei Erfindungen des Dichters dienen im Getriebe der Handlung dem Zweck, für die schon Verurteilte noch Hoffnung zu erwecken. Es geschieht in zweifacher Art, indem eine Milderung ihres Verhältnisses zu Elisabeth angestrebt und eine gewaltsame Befreiung in Aussicht gestellt wird. Dem ersten Zweck dient die Zusammenkunft der beiden Königinnen mit allem, wodurch sie vorbereitet und eingeleitet wird, dem anderen Mortimer, während Leicester mit beiden Unternehmungen verknüpft ist. Die Begegnung findet im dritten Akt statt und fällt völlig zu Marias Verderben aus. Zu gleicher Zeit ist der Plan Mortimers, der im ersten Akt lebhaft und stürmisch entworfen, im zweiten durch Leicesters Ängstlichkeit in der Ausführung gehemmt wurde, durch voreiliges Handeln eines Genossen für immer vereitelt worden. So bleibt am Schluß des dritten Aktes noch die Hoffnung auf Leicester. Da aber dieser am Beginn des vierten Aktes sich rasch von Maria abwendet und, um sich selbst in Sicherheit zu bringen, Mortimer preisgibt, hat der Haß Elisabeths freie Bahn; es erfolgt am Schluß des vierten Aktes die Unterzeichnung des Todesurteils und im fünften dessen Vollstreckung.

Von der Parteien Gunst und Haß verwirrt erscheint Marias Bild in den Schriften ihrer Zeitgenossen, und zwar sind es die zwei schwersten Schuldfragen, in denen sie auseinandergehen: Marias Mitwisserschaft um die Ermordung ihres zweiten Gatten Darnley (1567) und die Teilnahme an Babingtons Verschwörung gegen das Leben Elisabeths (1586). Die Werke des 18. Jahrhunderts, Robertsons Geschichte von Schottland, David Humes englische Geschichte und Rapin de Thoyras halten mit ihrem Urteil mehr zurück. Aus diesen Schriften schöpfte Schiller die historischen und politischen Motive, und indem er mit rückblickender Analysis die ganze Vorgeschichte in die Handlung einbezieht, erreichte er eine innere Verknüpfung der schottischen Schicksale mit dem späteren Los der Gefangenen in England. Entgegen dem Ergebnis der neueren Geschichtsforschung, durch die Marias Unschuld am Gattenmorde festgestellt ist, baute Schiller sein Drama auf die beiden Annahmen, daß Maria an dem Morde Darnleys schuldig ist, aber ebenso unschuldig an Babingtons und Parrys Hochverrat. Die alten Vergehen malt er mit den schwärzesten Farben, während er Maria von den Anklagen entlastet, um deretwillen sie den Tod erleidet.

Nach Darnleys Ermordung in ihrem Dasein bedroht, floh Maria nach England, um bei der königlichen Verwandten, deren Thron sie als ihr rechtmäßiges Eigentum betrachtete, Schutz zu suchen. Mit langjähriger Kerkerhaft muß sie ihren Irrtum büßen. Nichts ist der einst so Glänzenden von aller Liebe und Lust geblieben als das bittere Leid, die zehrende Reue über die entsetzliche Tat. In dieser Stimmung achtet sich Maria »gleich einer Sterbenden« und will als Sühne für ihre einstige ungezügelte Leidenschaft sich in demütiger Ergebung und Verzeihung üben. Aber durch das Bewußtsein, Gewalt ohne rechtlichen Grund zu leiden, wird sie aus mühsam errungener Entsagung immer wieder zu trotziger Auflehnung wider ihr Geschick gereizt. So insbesondere, als ihr bei der Auseinandersetzung mit Elisabeth trotz aller Demütigungen statt Erhörung ihrer Bitte um Leben und Freiheit nur tückischer Hohn und bitterste Ehrenkränkung zuteil wird.

Ihre Schönheit und Jugend üben auch noch inmitten der Leiden einen starken Zauber auf die Männer aus, und sie will diese weibliche Herrschermacht gebrauchen, um der gewaltsamen Politik ihrer Feinde zu begegnen. Dabei erwacht in ihrem Herzen das Verlangen nach neuem Liebesglück. Die Freiheit will sie erlangen um jeden Preis, nur nicht um den ihrer innersten Persönlichkeit. Als nun dieser gefordert wird, da bricht ihre Natur siegend durch und überwindet alle Lockungen des Lebens wie die Schrecken des Todes. Durch freiwillige Ergebung in ihr unverdientes und doch selbst geschaffenes Leid löst sie allen Zwang des Schicksals in persönliche Freiheit auf und macht, bis zum letzten Augenblick sich selbst getreu, die letzte schwerste Leidensnotwendigkeit, das Sterben, zu einem Akte ihres Willens. Durch diesen Akt der Freiheit erst werden Mariens Schuld und Tod ursächlich verknüpft, und dies läßt uns ihren Tod in einem höheren Sinn tragisch erscheinen, als das letzte Glied von verhängnisvollen Geschicken, deren Anfang eben die Blutschuld bildet.

Maria endet in königlicher Hoheit; Elisabeth aber, die politische Siegerin, steht am Schluß vereinsamt, feige und verachtet da. Nichts ist ihr geblieben als die Herrscherwürde, aber ihr äußerer Sieg bedeutet die moralische Niederlage. So vollzieht sich auch in ihrem Geschick die sittliche Weltordnung mit innerer Notwendigkeit. Schiller hat die mächtige Herrscherin von England nicht schlechthin als Theaterbösewicht behandelt, sondern sie unter den Zwang der Notwendigkeit gestellt, der sie so handeln läßt, wie ihr Charakter und ihre Lage es verlangen. Einer kirchlich ungültigen Ehe entsprossen, erscheint sie in den Augen der katholischen Welt als unrechtmäßige

Königin; aber alle die Einwände und Angriffe, die sich gegen ihre Krone richten, sieht sie in ihrer Rivalin Maria Stuart verkörpert und kann daher erst frei aufatmen, wenn diese »aus dem Leben vertilgt« ist. Der Haß der politischen Gegnerin erhält eine persönliche Färbung durch den bitteren Neid und die stachelnde Eifersucht, da Maria, selbst im Staube liegend, noch den höchsten Triumph des Weibes, den Sieg der Schönheit, über Elisabeth davonträgt. Und dieser Sieg kostet Maria das Leben. Elisabeth aber sucht sich nach der Vollstreckung des Urteils reinzuwaschen, um die Gunst des Volkes nicht zu verlieren, auf die allein ihre selbst erworbene Macht sich gründet.

Nicht gegen die Person Marias ist der Haß des Großschatzmeisters Burleigh gerichtet, sondern er erkennt in ihrer Hinrichtung eine Staatsnotwendigkeit. Der durch die Gunst Elisabeths emporgehobene Leicester läßt sich charakterlos, voll unersättlicher Sinnlichkeit und maßlosem Ehrgeiz auf ein doppeltes Spiel mit den beiden hohen Frauen ein. Aber als es ihm trotz aller Schlauheit und Verstellung ans Leben geht, da wird aus dem feigen Schwächling ein entschlossener und gewandter Bösewicht. Um sich selbst zu retten, gibt er Maria preis. Den Standpunkt der Gerechtigkeit vertritt der ehrwürdige Shrewsbury. Nicht weniger englisch und protestantisch gesinnt als die anderen Peers sucht er durch den Hinweis auf das königliche Vorrecht der Gnade und die menschliche Pflicht zu vermitteln zwischen starrem Recht und politischer Notwendigkeit. Als Retter Marias bietet sich Mortimer an, einer jener religiös fanatischen Verschwörer, die sich Marias Befreiung zum Ziel gesetzt haben. Aber von ihrer Schönheit hingerissen, will er sie für sich retten und stürzt sie durch sein wahnwitziges Begehren aufs neue in Seelenangst.

Von dem historischen Shrewsbury weicht der des Dramas weit ab; auch bei den anderen Charakteren hat es Schiller nicht auf eine möglichst getreue Nachahmung der geschichtlichen Überlieferung abgesehen. Den beiden Frauen gab er ein weit jugendlicheres Alter, als ihnen in Wirklichkeit zukommt. Unhistorisch und von Schiller selbst als dramatisch unmöglich bezeichnet ist die Begegnung der Königinnen, aber der beherrschende Konflikt verlangte ein Aufeinanderprallen der beiden entgegengesetzten Naturen und Willensrichtungen in dramatischer Anschaulichkeit. Erdichtet ist ferner die Gestalt und Intrige Mortimers und erfunden endlich auch das Liebesverhältnis Marias und Leicesters. Gewahrt aber ist die Gesamtanschauung der Zeit Elisabeths; doch darf man, obgleich die historischen Mächte, die Ideen der Reformation und Gegenreformation in das Drama hineinspielen, nicht glauben, Schiller habe den Sieg der einen Weltanschauung über die andere darstellen wollen. Maria und Elisabeth bleiben durchaus in dem Bezirk rein menschlicher Leidenschaft, und der Gegensatz der religiös-politischen Anschauungen hat für die Handlung keine größere Bedeutung als die anderen dramatischen Motive.

»Die Jungfrau von Orléans«

»Es ist nichts als die Tätigkeit nach einem bestimmten Ziel, was das Leben erträglich macht«, hat Schiller einmal an Körner geschrieben. Das Wort bezeichnet ihn. Sein rastloser Arbeitstrieb verlangte, sich stets aufs neue zu äußern; das behaglich stille Genießen des Augenblickes, in dem Goethes beschaulicher Sinn sich so wohl fühlte, war nicht Schillers Neigung. Noch bevor er eine Arbeit abschloß, suchten seine Gedanken schon nach einer neuen, und es verstimmte ihn, wenn ein widerspenstiger Stoff oder andere Hemmnisse die Ausführung des Entschlusses verzögerten. Mitten in der Arbeit an dem Trauerspiel der Schottenkönigin stieß Schiller durch Zufall auf die Geschichte des »Warbeck«, des letzten und gefährlichsten der Usurpatoren, die als angebliche den Mörderhänden Richards III. entronnene Königssöhne das Thronrecht Heinrichs VII. anzufechten suchten. Die Dramatisierung des Stoffes aber gedieh nicht über den ersten Akt und eine Skizze des zweiten, während von den übrigen bloß ein Szenar zustande kam, und auch als der Dichter 1804 den Entwurf nochmals aufnahm, ließ er ihn wegen der sich bietenden Schwierigkeiten bald wieder fallen. »Demetrius« trat an seine Stelle.

Den Stoff dazu schöpfte er aus der Übersetzung der »Merkwürdigsten Rechtsfälle nach Pitaval«, die er selbst durch eine Vorrede beim Publikum eingeführt hatte. Dem vierten Teile dieses Sammelwerkes verdankte er wohl auch die erste Kenntnis eines Stoffes, der ihm dann während der Studien zu »Maria Stuart« in wechselnder Beleuchtung in den Geschichtswerken von Rapin de Thoyras und Hume wieder entgegentrat und ihn zu fesseln begann: die Geschichte der *Johanna von Arc oder des Mädchens von Orléans.* Schon zwei Tage nach der ersten Aufführung der »Maria Stuart« schrieb er an Körner, daß er zu einer neuen Arbeit Anstalten gemacht habe, und unter dem 1. Juli 1800 erscheint in seinem Kalender die lakonische Notiz: »Jungfrau von Orléans.« Außer einzelnen Bemerkungen in den genannten und ähnlichen Geschichtswerken benutzte er hauptsächlich das Quellenwerk de l'Averdys über den peinlichen Prozeß gegen Jeanne d'Arc und ihre spätere feierliche Rechtfertigung im dritten Bande der »Notices et extraits des manuscrits de la bibliothèque du Roi« (Paris 1790). Am 16. April 1801 konnte der Dichter die Vollendung des Dramas in seinem Hauskalender verzeichnen und es Goethe zur Lektüre vorlegen. »Es ist so brav, gut und schön, daß ich ihm nichts zu vergleichen weiß.« So lautete das kurze und bündige Urteil Goethes, und wie dieser, so stellte es auch Körner über alle früheren Werke Schillers. Im Oktober 1801 erschien das Werk bei Unger in Berlin als Taschenkalender auf das Jahr 1802 unter dem Titel: *Die Jungfrau von Orléans. Eine romantische Tragödie.* Des Dichters Zeitgenossen nahmen, mit Ausnahme der Romantiker, das Drama mit großem Beifall auf, so daß noch im gleichen und in den folgenden Jahren mehrere Auflagen notwendig wurden. Auch ins Ausland hat die »Jungfrau« bald ihren Weg gefunden. Eingebürgert aber hat sich die französische Nationalheldin in der Gestalt, die ihr Schiller gegeben hat, nur in Deutschland, denn hier wirkte die Dichtung eben unmittelbar ins Leben. Auch der Herzog Karl August, der, vertraut mit Voltaires frechem Epos »La Pucelle«, die Mitteilung von Schillers Arbeit zuerst mit Befremden aufgenommen hatte, sprach dem Dichter seine Bewunderung aus, riet aber aus Gründen rein persönlicher Art von der Erstaufführung des Stückes in Weimar ab. Diese Ehre wurde Leipzig zuteil, und bei einer späteren Aufführung konnte es auch den Dichter im Theater sehen.

KALENDER

AUF DAS JAHR 1802

DIE

JUNGFRAU VON ORLEANS.

EINE ROMANTISCHE TRAGÖDIE

VON

SCHILLER.

BERLIN.

Bei Johann Friedrich Unger

Titel der ersten Ausgabe von Schillers Tragödie »Die Jungfrau von Orléans«.

Mögen auch Schiller die wechselvollen Schicksale, die seine Heldin in der Geschichte und in der Poesie erfahren hat, nie ganz bekannt geworden sein, uns zeigen sie wenigstens erst recht die Größe seiner Aufgabe und seiner Leistung. Shakespeares dramatisches Genie konnte ihm zwar einzelne Anregungen geben, und er folgte ihm auch in der Konzentration der Stoffmassen und insbesondere in der Zeichnung des Heldenmädchens als einer persönlich kämpfenden Kriegerin, während die geschichtliche Johanna von Arc nur mit der Fahne dem von ihr begeisterten und geleiteten Heere voranzog, selbst aber das Schwert nur zur Abwehr gebrauchte und nie einen Menschen verwundete. Die Entstellung der Wahrheit in der britischen Behandlung der Jungfrau, in der sie als Hexe erscheint, konnte Schiller nicht täuschen, und seinem Gegensatz zu Voltaires Dichtung hat er wiederholt Ausdruck gegeben, am stärksten bald nach Beendigung der Tragödie in dem Gedicht »Voltaires Pucelle und die Jungfrau von Orléans«.

Der Dichter lebt in seinem Werk; aus der zarten, dem Verstande unbegreiflichen Gestalt der Jungfrau weht ihn Geist von seinem Geiste an, jene aus reiner Begeisterung strömende Hingabe des ganzen Wesens an eine Idee, die kühn über die Materie hinschreitende Energie eines hochgespannten Willens. Dieselbe Gewalt, die ihn selbst aus dunklen Nöten aufwärts zu lichten Höhen getragen hat, offenbart sich ihm in dem tatkräftigen Idealismus der Jungfrau als eine weltgeschichtliche Macht. Dem nüchternen Menschenverstande sind die Handlungen der geschichtlichen Johanna und ihr Wesen unerklärlich; ihre visionären Erscheinungen, ihr Verkehr mit den

Heiligen, deren »Stimmen« ihr in entscheidenden Stunden Weissagungen erteilten, die Gabe des Hellsehens räumlich entfernter Dinge, all das hebt sie über die gewöhnlichen Menschen hinaus. Den superklugen Menschendünkel schlägt ein einfaches schwaches Geschöpf, an dem alle Vernunftrechnung sich als nichtig erweist, zu Boden, weil eine große Idee es über sich selbst hinaushebt und weil die Gnade Gottes mit ihm ist.

Als den Freiheitskampf eines geknechteten Volkes gegen die Herrschergelüste fremder Eroberer faßt Schiller den hundertjährigen Kampf zwischen England und Frankreich, der in seinem Ursprung ein Streit der Dynastien um die Thronfolge war. Frankreich und sein Königshaus schienen einem schmählichen Untergange geweiht zu sein. Fast ganz Nordfrankreich bis zur Loire mit der Hauptstadt Paris hatten die Engländer in ihren Händen. Orléans wurde von ihnen belagert. Den jungen schwächlichen, unkriegerischen und genußsüchtigen König Karl VII. bedrohte überdies sein Vasall und Vetter, Philipp der Gute von Burgund, ja seine eigene Mutter Isabeau hielt zum Feinde. Da erschien im Frühling 1429 Jeanne d'Arc, die siebzehnjährige Tochter eines Landmannes aus Domremy, die sich im festen Glauben an ihre göttliche Sendung für berufen hielt, ihr schwer bedrängtes Vaterland und den angestammten König zu retten. Und wirklich, sie zwang die Engländer, die Belagerung von Orléans aufzuheben, und führte den König in raschem Siegeslauf nach Reims zur Krönung (Juli 1429). An der Erreichung ihres weiteren Zieles, Frankreich ganz von den Engländern zu befreien, wurde sie durch den Neid und die Mißgunst der Heerführer und durch die Tatenlosigkeit des Königs gehindert. Sie geriet in die Hände der Burgunder und wurde, von diesen an die Engländer ausgeliefert, nach Rouen gebracht, wo sie von einem aus französischen Theologen und Juristen zusammengesetzten Gerichte als Hexe verurteilt und am 30. Mai 1431 verbrannt wurde.

Weil es sich um ein ganzes Volk handelt, hat Schiller alle Stände in einzelnen Vertretern in Bewegung gesetzt, jeden in seiner Beziehung zum Königtum und zum Vaterlande. Und diese Welt, der Bauer, der Bürger, der Adel, der Soldat, einzig getragen von dem Gedanken an das Vaterland, bewegt sich um den König, in dem man den Inbegriff von jenem erblickt. In der allgemeinen Not, in der nur ein Wunder helfen kann und selbst der wagmutige Idealismus als solches erscheint, tritt Johanna auf. Sie bringt den ersten Sieg und damit das Vertrauen. Und in diesem, dem ungebrochenen Vertrauen Frankreichs zu sich selber, liegt die Kraft, die allein Rettung bringen kann und muß, die tief verborgene Kraft des vaterländischen Gedankens. Dieser ist es, der in allen die Hoffnung wieder weckt.

Die Jungfrau selbst kommt aus den Kreisen urwüchsigen Volkes, diesen gleich an kindlicher Schlichtheit und kraftvoller Natürlichkeit des Wesens. Und doch ist sie den Ihren auch ganz fremd. Der Zug des Herzens führt die jugendliche Hirtin abseits von ihren Gefährtinnen in die Stille, wo sie im Rauschen der Quellen und Bäume überirdische Stimmen vernimmt. Zur Jungfrau herangewachsen, verschmäht sie die Freier, denn weit hinaus über ihre Umgebung ist sie durch das dunkle Gefühl eines hohen Berufes gehoben. Und diesem dunklen Drange gibt die wachsende Not Frankreichs Ziel und Richtung. Frei von Selbstsucht ist ihre Liebe zum Vaterland. Frankreich erscheint ihrem tiefgläubigen, kindlichen Gemüte als der Herd und Hort des wahren Christentums, die Vormacht gegen das Heidentum; in dem König aber erblickt sie den von Gott selbst bestellten Herrscher dieser heiligen Erde. Als sie Maria um die Befreiung ihres Landes anfleht, erhält sie von ihr den Auftrag, das französische Heer anzuführen, den Dauphin nach Reims zu geleiten und dort zum König zu krönen. Die Durchführung des Auftrags hängt von der Erfüllung zweier Bedingungen ab: Johanna darf nicht lieben, und sie darf keinen Feind verschonen.

Johanna verpflichtet sich, ihre Aufgabe zu erfüllen. Unter allgemeiner Siegeszuversicht bricht sie an der Spitze des Heeres auf. Orléans wird entsetzt, die Feinde werden geschlagen. Bald sehen wir auch Proben ihres begeisterten Mutes. Sie begegnet dem zitternden Walliserjüngling Montgomery. In Mitleid schmilzt ihre Seele und die Hand erbebt, aber die »erhabene Jungfrau« rüstet ihre

Seele, »wenn es not tut«, mit Stärke. So erfüllt sie dann ihre furchtbare Pflicht. Den abtrünnigen Herzog von Burgund bezwingt sie durch den Eindruck ihrer kindlichen, in reiner Vaterlandsliebe erglühenden Versöhnungsrede. Mit dem Übertritt des mächtigen Burgund ist der Umschwung im Kriege vollzogen. Als dann Johanna den Herzog von Burgund mit Du Chatel versöhnt hat, steht sie auf dem Gipfel ihres irdischen Wirkens. Noch aber gilt es, die Entscheidungsschlacht vor Reims zu gewinnen. Sie neigt sich zugunsten Frankreichs, als der nie besiegte Talbot von ihr auf den Tod verwundet wird. Da tritt ihr Lionel entgegen. Sie siegt; er stürzt und erwartet den Todesstoß des schon über ihm gezückten Schwertes. Die Jungfrau reißt ihm den Helm vom Haupte, um es zu durchbohren, da fällt ein Blick auf sein männlich schönes Antlitz – und das Schwert sinkt herab, der Arm ist wie gelähmt, sie kann den Todesstreich nicht führen. Das Weib ist in ihr erwacht, sie tötet nicht und liebt. Sie ist unterlegen und wird von Scham und Verzweiflung gepackt. Der Krönungszug wird für sie zum Sühnegang. Der Anblick der in ihrem Selbstvertrauen Gebrochenen macht auch die Menge irre. Verkannt, verlassen selbst von dem beharrlichen Dunois, geht sie, nur begleitet von Raimond, der einst um ihre Hand geworben, ins Elend. In der Einsamkeit vollendet sie die Buße, und der Friede zieht wieder in ihr Herz.

So hat sich Johanna durch Selbstbezwingung zu ihrer ursprünglichen, jetzt auch im Leid erprobten Seelengröße erhoben. Daher die Fassung, mit der sie, von der Königin Isabeau gefangengenommen, Lionel entgegentritt und all sein Liebeswerben zurückweist. Der Kampf ist aufs neue entbrannt, aber den Sieg kann den Franzosen nur die Jungfrau bringen. Schon scheint die Sache der Franzosen verloren; da sendet Johanna ihr Gebet zum Himmel, und dieser antwortet mit dem Wunder. Die Jungfrau zerreißt die Ketten, eilt auf das Schlachtfeld und führt die Ihren zum Siege. Ihre Aufgabe ist erfüllt, der König ist gerettet, das Vaterland frei! In gehorsamer Erfüllung ihrer Pflicht empfängt sie die tödliche Verwundung und stirbt als verklärte Heldin, eins mit sich und eins mit Gott.

Johanna ist die Verkörperung der »schönen Seele«; der Charakter der Jungfrau erscheint zuerst in vollkommener Einheit mit der Natur (naiv), ihr beschränktes Sein harmonisch abgerundet, aber verdienstlos, da die Möglichkeit, anders zu empfinden, für sie noch nicht vorhanden ist. Ihr Charakter wird erst ein moralischer, nach Schillers Terminologie ein bestimmter, als die Entzweiung von freiwillig übernommener Pflicht und weiblicher Neigung eintritt. Jetzt, »von ihren Göttern deseriert«, wie Schiller an Goethe schreibt, und auf sich allein gestellt, muß sie die verlorene Einheit ihres Inneren im Kampfe wiedererringen; diese ist aber jetzt eine bewußte, verdienstvolle geworden, die erprobte Tugend erscheint nun als Tugend im eigentlichen Sinne des Wortes. Pflicht und Neigung sind nun in Johannas schöner Seele verschwistert, der Wille ist durch seine Selbstvernichtung frei geworden.

Das Wunderbare in allen seinen Abstufungen von der reinsten und duftigsten Idealität bis zum trivialsten Aberglauben und zur seltsamsten Phantastik bildet einen Hauptzug der mittelalterlichen Poesie, und hauptsächlich mit Rücksicht auf deren hervorragendste Elemente, Religion, Rittertum und Minnewesen, hat Schiller seine Tragödie, für die er sowohl den Stoff als die Hauptmotive aus dem Mittelalter schöpfte, eine »romantische« genannt. Keineswegs aber hat Schiller damit der Dichtung der Romantiker seiner Zeit huldigen wollen, obschon Tieck allen Ernstes glaubte, seine »Genoveva«

habe die Anregung zur »Jungfrau« gegeben. Denn ehe noch die Romantiker mit ihrer Verherrlichung des Mittelalters einsetzten, hatte sich der ideale Gehalt, das Menschlich-Große in der Form mittelalterlichen Lebens Schiller schon erschlossen. Wohl aber weist die breitere Entfaltung des gesamten Stoffes ebenso wie der kriegerische Inhalt und das mittelalterliche Kostüm auf die Ritterdramen der vorausgehenden Jahrzehnte zurück, und auch in Einzelheiten der Technik hat Schillers Tragödie mit ihnen manches gemein. An dichterischem Wert und an dramatischer Kunst jedoch überragt sie weit alle diese Vorgänger. Sie zeichnet sich vor ihnen durch meisterliche Gliederung der Szenen, durch die unvergleichlich sichere und lebendige Behandlung der Massen und durch den bis ins kleinste sorgsam überdachten und wirkungsvoll angelegten Bau des Ganzen aus, denn alles dient hier der Titelheldin, und es scheint, als ob die anderen Personen nur da seien, um der seelischen Entwicklung dieses außerordentlichen Mädchens Anstoß oder Hemmnis zu sein.

Gleich nach Beginn der Arbeit hatte Schiller erkannt, »daß das Mädchen von Orléans sich in keinen so engen Schnürleib einzwingen lasse« wie die Königin von Schottland. Der Stoff, der dadurch noch an Fülle gewann, daß Schiller den Tod Talbots und die Versöhnung des Herzogs von Burgund mit Du Chatel, entgegen der Geschichte, aus Shakespeare übernahm, widerstrebte der knappen Beschränkung. Daher ließ Schiller die Form durch den Stoff bestimmen und gab sich auch hierin der Freiheit Shakespeares hin. So schaltete er denn frei mit Ort und Zeit, hatte keine Bedenken, einen häufigen Szenenwechsel einzuführen, wußte aber die Ergebnisse, die in Wirklichkeit sich über Jahrzehnte erstrecken und an verschiedenen, mitunter weit voneinander entfernten Orten spielen, so geschickt zusammenzudrängen und das eine aus dem andern herzuleiten, daß sich das Ganze in wenigen Wochen abzuspielen scheint. Mit sicherem Fuß wandelte er in der Montgomery-Szene auf der Grenze der dramatischen und epischen Kunst und läßt wiederholt in breiten lyrischen Ergüssen die Heldin ihr Seelenleben unmittelbar aussprechen, namentlich an den beiden entscheidenden Wendepunkten ihres Geschickes. Und hier tritt der lyrische Charakter auch in der äußeren Form hervor: Jamben wechseln mit Anapästen, neben den regelmäßigen Blankversen stellen sich längere und kürzere ein, gereimte jambische und trochäische Strophen, darunter regelrechte Stanzen treten auf, am Schluß größerer Szenenreihen und in den Reden der Jungfrau sind die Verse oft mit Reimen geschmückt, und die Montgomery-Szene hat der Dichter, angeregt durch eine Vorlesung von Goethes »Helena«, in antiken Trimetern geschrieben.

Und alle diese bunt wechselnden Versformen stehen mit dem Moment der Empfindung und mit dem Gemütsinhalt in innigstem Einklang; wir werden erhoben durch den Wohlklang der bald edle Würde und Hoheit, bald zarte Empfindung atmenden Sprache. Wohl auch wegen des bunten Wechsels der Versformen und des Glanzes und opernhaften Pompes hat der Dichter seine Tragödie eine »romantische« genannt. Es war eine neue Form des Dramas. Gerade in der unablässigen Neubildung zeigt sich, wie sehr Schiller reiner Künstler ist. Er ließ sich durch keinen Griff des Tragisch-Dramatischen fesseln. »Jeder Stoff«, schreibt er an Körner, »will seine eigene Form, und die Kunst besteht darin, die ihm anpassende zu finden. Die Idee eines Trauerspiels muß immer beweglich und werdend sein und nur virtualiter in hundert und tausend möglichen Formen sich darstellen.«

»Dieses Stück floß aus dem Herzen, und zu dem Herzen sollte es auch sprechen.« So urteilte der Dichter über sein Werk, und er hat es zu dem Herzen der Mit- und Nachwelt gesprochen. Freilich setzte neben der begeisterten bald auch eine tadelnde und nörgelnde Kritik ein, und so erfuhr die Dichtung ein ähnliches Los wie die geschichtliche Persönlichkeit der Heldin. Zunächst rief Schillers Drama eine Reihe von Prosadarstellungen des geschichtlichen Stoffes hervor, so die der Romantiker Fr. Schlegel, Görres, Fouqué, auf denen später noch Hebbels Aufsatz beruht. Ganz nach der Theorie Tiecks und Solgers, wonach der Dichter sich als Genius der Geschichte fühlen und gerade durch die geschichtliche Wahrheit wirken sollte, dichtete Fr. G. Wetzel seine »Jeanne d'Arc« (1817), der trotz ihrer Formlosigkeit später manche den Vorzug gaben. Auch an einer »Travestierten Jungfrau von Orleans« (1803) fehlte es nicht, und ihrem Verfasser, dem Vielschreiber Julius von Voß, folgten andere mit ähnlichen Erzeugnissen. Bald dichterisch frei nach Schiller, bald im engeren Anschlusse an die Geschichte wurde in den folgenden Jahrzehnten derselbe Stoff in und außer Deutschland als Drama oder Oper (mit Musik von Verdi, Gounod u. a.) bearbeitet. Einzelne Motive und Gedanken der Schillerschen »Jungfrau« wirkten auf spätere Erzeugnisse unserer dramatischen Literatur ein, die anderen Stoffkreisen entstammten; so auf Kleists »Penthesilea«, Grillparzers »Sappho«, Immermanns »Trauerspiel in Tyrol« und in gewissem Sinne selbst auf Hebbels »Judith«.

»Die Braut von Messina«

Der Herbst des Jahres 1802 brachte Schiller die Erhebung in den erblichen Reichsadelstand, die der Herzog bei Kaiser Franz beantragt hatte. Da

Adelsdiplom ließ den Dichter kühl. »Sie werden gelacht haben, da Sie von unserer Standeserhöhung hörten«, schrieb er an W. v. Humboldt: »Es war ein Einfall von unserem Herzog, und da es geschehen ist, so kann ich's um der Lolo und der Kinder willen mir auch gefallen lassen.« Er steckte damals bereits mit allem Ernste in der Arbeit an einem Werke, daß mehr als irgendein anderes seine Verehrung und sein Verständnis für den Geist der Antike, zugleich aber seine eigentümliche Selbständigkeit bekunden sollte. Es war »Die Braut von Messina«. Den letzten Federstrich tat er am 1. Februar 1803, und wenige Tage darauf las er es einem größeren Kreise vor oder, wie er sich selbst launig ausdrückt, »vor einer sehr gemischten Gesellschaft von Fürsten, Schauspielern, Damen und Schulmeistern«, und zwar, wie er hinzusetzt, mit großer und übereinstimmender Wirkung. Die erste Aufführung fand am 19. März 1803 auf der weimarischen Bühne statt und machte einen ungewöhlich starken Eindruck. Iffland schrieb darüber an Schiller: »Totaleffekt? Der höchste, tiefste, ehrwürdigste! Die Chöre wurden meisterhaft gesprochen und senkten sich wie ein Wetter über das Land.« So war denn das Experiment, dem Schiller mit Bangen entgegengesehen hatte, gelungen. Im Herbst 1803 erschien das Drama bei Cotta im Druck unter dem Titel *Die Braut von Messina oder die feindlichen Brüder. Ein Trauerspiel mit Chören.* »Bewundert viel und viel gescholten«, hält es sich auch heute noch im Repertoire unserer größeren Bühnen, wenn es auch weit seltener erscheint als andere Dramen Schillers.

Nach der ersten Aufführung der »Braut von Messina« in Weimar sagte Schiller, er habe zum ersten Male den Eindruck einer wahren Tragödie bekommen. Auch Goethe war tief beglückt von dem künstlerischen Ereignis und meinte, der theatralische Boden sei durch diese Erscheinung zu etwas Höherem eingeweiht worden. Mit Körner bewunderte Humboldt die Hoheit und Pracht der poetischen Form, in der das Stoffliche rein aufgegangen sei, alles streng aufeinander folge und sein eigenes Leben habe. Sosehr Schiller der Beifall der Freunde beglücken mochte, gab er sich doch keinen trügerischen Hoffnungen hin. Und wie er es vorausgesehen hatte, ist seine Tragödie ein Gegenstand »ewigen Streites« oft schroff entgegengesetzter Meinungen geworden und geblieben. Selbst über das Eigentümlichste der künstlerischen Leistung Schillers, die durchaus moderne Wendung, die er der antiken Schicksalsidee gab, geriet die Kritik auf verhängnisvolle Abwege. Die einseitig vom »König Ödipus« abgeleitete Anschauung, daß die antike Tragödie durchweg Schicksalstragödie gewesen sei, führte Kritiker dazu, auch Schillers in technisch-formaler Hinsicht antikisierenden Versuch als eine solche zu bezeichnen und ihn daher als einen Abfall vom Geiste des neueren Dramas zu erklären. Noch schlimmer wurde die Sache, als geistlose Nachahmer zu Schillers Ärger sich seines Schicksalsbegriffes bemächtigten und ihn ins Rohe und Fratzenhafte verzerrten. Die Blütezeit der sogenannten Schicksals- und Zufallsdramen der Werner, Müller und Genossen, die 1815–1825 die Bühne beherrschten und mit dem fatalistischen Geiste des Napoleonischen Kriegszeitalters zusammenhingen, erlebte zwar Schiller nicht mehr, aber als dieses fatale und schale Zeug der Verachtung anheimfiel, wirkte das ungünstige Urteil auf die »Braut« zurück, in der man die Mutter jener Mißgeburten erblickte. Und doch ist dieses antikisierende Drama so »modern« wie nur irgendeine andere Tragödie Schillers. Wie von Wallenstein kann man auch von jeder der im Drama handelnden Personen sagen: »In deiner Brust sind deines Schicksals Sterne.« Denn im letzten Grunde fällt das Verhängnis, das über den Gestalten zu schweben scheint, zusammen mit deren sittlicher Beschaffenheit, mit ihrem Charakter, der nun freilich in seiner Entstehung wie in seinem Wirken durch Umstände bedingt ist, die sich dem Willen und der Berechnung völlig entziehen.

Daß der Fluch der bösen Tat fortzeugend Böses gebären muß, daß aber die Aufopferung der selbstischen Triebe sogar aus tiefster Erniedrigung erlösen und über alles Verhängnis hinaus erheben kann, diese Anregung fand Schiller bei Äschylus, von dem er damals vier Stücke in der Übersetzung Fr. Stolbergs las. Nach einer auf uralter Menschenerfahrung beruhenden Beobachtung, die auch Schiller als Grundgedanke vorschwebt, üben der Ahnen Fluch und Segen, ihre Taten und Leiden eine große Macht auf die Enkel aus.

In diesem Sinne gehört das Erbteil der Väter, die angestammte Natur, auch für das normannische Herrschergeschlecht in Messina zu den Schicksalsmächten, die am Gewebe seines Unheils mitspinnen helfen. Am schärfsten ist die wilde Sinnesart in dem alten Fürsten ausgeprägt und am deutlichsten der Zusammenhang zwischen Charakter und Leben offenbar. Rücksichtslos reißt er, eine gewalttätige, ganz der selbstisch-sinnlichen Leidenschaft hingegebene Despotennatur, die dem eigenen Vater bestimmte Braut an sich und erntet dafür den väterlichen Fluch.

Der Gedanke an die Schuld verdüstert dem Paar die Erinnerung an die Vergangenheit, die Geburt zweier Söhne den Blick in die Zukunft. In einer besonderen Glaubensvorstellung lebend, sehen sie in Traumbildern Botschaften einer höheren Macht. Das Herrscherhaus, so legt ein Magier den Traum aus, werde durch eine zu erwartende Tochter vernichtet werden. Als nun als drittes Kind eine Tochter zur Welt kommt, gibt der Fürst den Befehl, sie zu töten. Die Fürstin, Isabella, hat Erbarmen und versteckt ihr Kind in einem Kloster. Lange Jahre wahrt sie das Geheimnis.

Als der Fürst stirbt, reißt der Haß der beiden Söhne ganz Messina in seine Wirbel und stürzt das Volk in Parteiungen. Wohl hat der Seher der Mutter geweissagt, die Tochter werde die streitenden Söhne zu heißer Liebesglut vereinen, aber Isabella achtet nicht auf diesen Spruch. Schon nimmt das Schicksal seinen Lauf: Der ältere der Brüder, Don Manuel, ist in den Frieden des Klosters eingebrochen und steht dort, ohne es zu wissen, der Schwester gegenüber. Aus der rasch in beiden auflodernden Leidenschaft wird ein Liebesbund, und daß die Liebenden über ihre Herkunft im Dunkeln bleiben, erhöht den Reiz dieser romantischen Liebe. Als Beatrice, jedoch ohne Willen des Geliebten, der Leichenfeier des Fürsten von Messina beiwohnt, erblickt sie der jüngere Bruder Don Cesar und entbrennt in Liebe zu ihr. Beatrice, getreu der Heimlichkeit, dem Erbe ihres Hauses, verschweigt dem Geliebten das Liebeswerben Don Cesars, dessen Bild sie nicht aus der Seele zu bannen vermag. So knüpft sich durch ihr Schweigen der Unheilsknoten nur noch fester, wo ein Wort ihn hätte lösen können.

Der Tag, an dem die Gebannte ihren Ursprung erfahren und der Mutter zugeführt werden soll, ist gekommen. Da reißt Manuel, aus Furcht, daß eine Enthüllung sein »verschwiegenes Glück gefährden könnte«, in »verwegen-räuberischer Tat« die Geliebte mit ihrer Einwilligung aus der Hut des Klosters und verbirgt sie in Messina. Schon aber haben die Späher Don Cesars ihr Versteck gefunden. All dies wird allmählich in analytischer Weise auf der Bühne aufgedeckt. Der weitere Gang der Handlung ist folgender: Die Brüder sind versöhnt, der unselige Zwist ist zu Ende. Die Fürstin will den beiden Söhnen die Schwester, jeder von diesen der Mutter seine Braut zuführen. Cesar findet die Geliebte in den Armen Manuels und ersticht in aufwallendem Zorn den Bruder. Beatrice, die Geliebte, wird als Schwester erkannt. Don Cesar macht, als er erfährt, wen er geliebt hat, seinem Leben ein Ende.

Nicht ein wild waltendes Schicksal treibt die Personen zu ihren Entschlüssen; das Verbrechen ist nur deshalb unabwendbar, weil dem Verhältnis dieser Menschen zueinander das rechte Vertrauen und die Wahrheit fehlt, jedem Selbstprüfung und Selbstkenntnis mangelt. Lieber als sich selbst schieben sie die Schuld ihrer Übeltaten und Versäumnisse anderen zu; böse Sterne und neidische Himmelsmächte sollen die Verantwortung tragen, und für alles Unbegriffene bietet ihnen ihr Dämonen- und Schicksalsglaube eine bunte Reihe von Vorstellungen und Bezeichnungen dar. Alles, was die handelnden Personen als »Schicksal« und »Fluch« auslegen, sind doch nur Einflüsse, deren eigentliche Quelle in der menschlichen Seele liegt. Erst durch leidvolle Erschütterungen sollen die Personen des Dramas eine tiefere Einsicht in den Grund aller ihrer Übel gewinnen.

Freiwillig stellt Don Cesar seine Tat, zu der die Leidenschaftlichkeit seiner Natur ihn mit Notwendigkeit gedrängt hat, unter die Herrschft der sittlichen Vergeltung. Nur durch seine Selbstopferung, so glaubt er, kann der Mord gesühnt und die Schuld in seinem Inneren getilgt werden: »Der freie Tod nun bricht die Kette des Geschicks.« Frei von allem selbstischen Wünschen bringt er sich am Sarge des Bruders zum Opfer dar, erfüllt von dem Bewußtsein, Leben und Schuld überwunden zu haben: »Das Leben ist der Götter höchstes nicht, der Übel größtes aber ist die Schuld.«

Das finstere Geheimnis des Schicksals, an das alle Menschen glauben, hat sich aufgelöst und entschleiert als die natur- und sittengesetzliche Folge menschlichen Wollens und Handelns.

»Mein erster Versuch einer Tragödie in strenger Form wird Ihnen Vergnügen machen. Sie werden daraus urteilen, ob ich als Zeitgenosse des Sophokles auch einmal einen Preis davongetragen haben möchte.« So schreibt Schiller am 17. Februar 1803 an W. v. Humboldt, der ihn einst den »modernsten aller neueren Dichter« nannte. Wie im Stoff schloß sich Schiller in der »Braut« auch im Gebrauch von Kunstmitteln der antiken Tragödie an; daher die Einheit der Zeit, sehr seltener Szenenwechsel, beschränkte Zahl der Personen, die Eröffnung des Stückes durch einen Prolog, die Ankündigung der neu auftretenden Personen, die lebhafte Wechselrede in einzelnen Versen und die Verwendung des Chors. Christentum und Maurentum, wilde Wikingerart und mittelalterlicher Rittersinn haben den Geist der Personen in der »Braut« bilden helfen, aber auch antikes Fühlen und Denken gibt einen bedeutenden Einschlag in ihr Wesen. Vor allem ist die Einfachheit ihrer Lebensführung ein edles Erbe der Antike. Das Leben vollzieht sich öffentlich: Die Herrscher stehen mit dem Volke in unmittelbarer Berührung. Um dieses auch zur Anschauung zu bringen, zeigt der Dichter eine besondere

Gruppe denkender und fühlender Menschen, durch die des Volkes Stimmung zum Ausdruck kommt. Es ist der Chor der antiken Tragödie, den der Dichter in umgestalteter Form in seine Dichtung einführt. Wie er das analytische Drama im Sinne seiner ästhetischen Grundanschauungen faßt, so sucht er auch für den Chor eine tiefere Begründung, und der dem Stücke vorangestellte Aufsatz *Über den Gebrauch des Chors in der Tragödie* versucht die Gründe, die seine Erneuerung im modernen Drama als wünschenswert erscheinen lassen, aus den Grundsätzen seiner Ästhetik abzuleiten.

Es ist eine geistvolle Auffassung vom Wesen des Chores, die Schiller in der »Vorerinnerung« zum Ausdruck bringt; doch geht er im Eifer seiner Verteidigung zu weit, wenn er den Chor in der Tragödie für durchaus notwendig erklärt. In der »Braut« allerdings kommt es der Handlung wirklich zustatten, daß sie durch den Chor von der lyrischen Empfindung und gedankenvollen Betrachtung entlastet und gereinigt wird, und auch als beruhigendes Element fördert er die rein künstlerischen Wirkungen; aber er ist nicht bloß »idealer Zuschauer«, sondern auch »handelnde Person«. Der mittelalterliche Stoff nötigte den Dichter zur Abweichung von dem alttragischen Chor. In der antiken Tragödie war der Chor, aus dem sie sich selbst entwickelt hat, etwas Selbstverständliches, der moderne Dichter mußte dessen Auftreten begründen. Deshalb läßt Schiller den Chor als dienendes Gefolge des Fürsten, und zwar, deren feindlichem Verhältnisse entsprechend, in zwei Halbchöre geteilt, erscheinen, die die Entzweiung ihrer Herren mit der natürlichen Teilnahme des Dienenden begleiten. Je nach der dramatischen Lage oder Stimmung tritt bald die eine, bald die andere Eigenschaft des Chores mehr hervor. Als Zuschauer steht er, wie Schiller selbst erklärt, mit der Überlegenheit des Ruhigen über den Leidenschaftlichen betrachtend gleichsam am Ufer, während das Schiff mit den Wellen kämpft; als handelnde Person aber soll der Chor die ganze Blindheit, Beschränktheit und Leidenschaftlichkeit der Massen darstellen und so die Hauptgestalten herausheben helfen. Damit die doppelte Eigenschaft des Chores nicht zu störenden Widersprüchen führe, hat Schiller die beiden Hälften verschieden charakterisiert: Die älteren, ruhigeren Ritter folgen dem gesetzteren Manuel, die jüngeren, leidenschaftlicheren dem stürmischen Cesar. Aber auch die älteren Ritter lassen sich von der Leidenschaft zu gehässigem Wort hinreißen und greifen zum Schwert, so daß Isabella vom Chore sagt: »O diese wilden Banden, die euch folgen, die raschen Diener eures Zorns.« Es war eben nicht möglich, die beiden Eigenschaften zu vereinen; der Chor kann nicht bald Partei sein, bald über den Parteien stehen. Daß der Dichter nicht an eine bloße Nachahmung des antiken Chores dachte, zeigt auch die metrische Behandlung der lyrischen Teile des Dramas; alles Fremdartige und Gekünstelte verschmähend, hat er sich an deutsche Versmaße und Rhythmen gehalten; mit gereimten Zeilen wechseln ungereimte, mit freieren Rhythmen strenger gebundene.

Mag man nun die Verpflanzung des Chores auf unsere Bühne billigen oder verwerfen, der großartig künstlerischen Weise, mit der Schiller in kühnem Wagemute den Versuch machte, kann niemand seine Bewunderung versagen. Die Chorlieder in der »Braut« sind die glänzendsten Perlen Schillerscher Lyrik und gehören zu dem Schönsten und Erhabensten, was die deutsche Poesie je geschaffen hat. »Das hohe Künstlerische« des Werkes zu empfinden, hielt Humboldt nur wenige für fähig, und Körner riet dem Dichter: »Rechne hier nicht auf lärmenden Beifall der jetzt lebenden Menge, aber auf dauernden Ruhm bei echten Kunstfreunden der künftigen Geschlechter.«

»Wilhelm Tell«

Dem »ersten Versuch einer Tragödie in strenger Form«, den Schiller im »Wettstreit mit den alten Tragikern« übernahm, ließ er, getragen von der Erkenntnis, daß es mit »griechischen Dingen eine mißliche Sache auf unserm Theater« sei, ein »Volksstück« folgen, das »Herz und Sinne interessieren« soll, ein »echtes Stück für das Publikum«. Und ein Stück »für alle«, wie es der auf Bühnenwirksamkeit bedachte Theaterdirektor Iffland in Berlin wünschte, ist Schillers *Wilhelm Tell* in der Tat geworden. In ihm hat er den bis jetzt noch nicht wieder erreichten, wenn auch viel gesuchten Typus des deutschen Volksschauspiels geschaffen, das nicht bloß ungelenkes und undramatisches Spiel, sondern zugleich wirkliches, festgefügtes Drama ist. Mit dem »Tell« hat er erreicht, was seine dramatische Kunst als ihr Höchstes erstrebte: strenge, hohe Kunst zu bleiben und doch wieder volkstümliches Spiel zu werden, mit höheren dramatischen Kunstmitteln wieder aufzunehmen, was das nationale deutsche Volksspiel des 16. Jahrhunderts mit noch unzureichenden, mehr epischen Mitteln begonnen hatte. Durch mancherlei Einflüsse war Schillers Interesse für die Schweiz schon seit Jahren geweckt und genährt worden. Lotte kannte ja die Schweiz aus eigener Anschauung, und durch ihre Erzählungen von dem Gesehenen und Erlebten lernte Schiller allmählich in das Wesen von Land und Leuten sich einfühlen. Unmittelbar und anschaulich erschloß sich dem Empfänglichen auch aus Goethes Berichten die Eigenart der Eidgenossen, ihre Sitten und Gebräuche und die großartige Natur ihres Landes.

Die Gestalt des Tell war ja auch Goethe Gegenstand menschlichen und poetischen Interesses, und er dachte lange Zeit – selbst noch, nachdem Schiller das »Tell«-Drama vollendet hatte – daran, ihn zum Helden eines Epos zu machen. Eckermann hatte Goethes Skizze festgehalten; nach ihr wäre Tell ein urkräftiger, in sich selbst zufriedener, kindlich-unbewußter Heldenmensch geworden, der als Lastträger die Urkantone durchwandert, überall gekannt und geliebt ist, hilfreich, ruhig sein Gewerbe treibend, für Weib und Kind sorgend, und sich nicht kümmernd, wer Herr oder Knecht sei. Man sieht, wie schon den äußeren Umständen nach ein ganz anderer Tell als jener Schillers entstanden wäre, und wird das Aufgeben des Planes bedauern, sich aber dessen bewußt bleiben dürfen, daß der größere Erfolg Schiller verblieben wäre, nicht nur weil dem Drama mehr Durchschlagskraft eignet als dem Epos, sondern auch weil die tiefe Symbolik des Lastträgers wohl nur von wenigen verstanden worden wäre.

Bezüglich der Quellenbeschaffung sah sich Schiller einer langen Tradition in der Behandlung des Stoffes gegenüber. Bereits im 14. Jahrhundert hatte der dichtende Volksgeist sich der Geschichte von der Befreiung der Waldstätte bemächtigt. Ausgebildet erscheint die Sage, die die Begründung der Eidgenossenschaft auf den Geheimbund des Rütli zurückführt, schon in der Chronik des »Weißen Buches« (1470), dann gedruckt zuerst in Etterlins »Chronika von der löblichen Eydtgenossenschaft (1507), noch ausführlicher in Ägidius Tschudis Schweizerchronik (geschrieben 1570, gedruckt 1734) und in den Liedern und Schauspielen, die in poetischer Form die Befreiung der Schweiz feierten. Alle späteren Erzähler und Dichter fußten auf der treuherzigen Darstellung Tschudis, der noch der große Historiker Johannes von Müller in seiner Geschichte der schweizerischen Eidgenossenschaft gläubig folgte. Mit der Befreiungssage wurde vom Beginn der Überlieferung an die Sage vom Tell dadurch verbunden, daß er einen der Vögte, Grießler oder Geßler, aus Privatrache tötet, während die andern Bedrücker durch Erstürmen von den Genossen des Rütlibundes vertrieben werden. Es ist eine alte germanische Sage, die sich schon in der nordischen Überlieferung vom Schützen Egil findet; ebenso bei dem dänischen Geschichtsschreiber Saxo Grammatikus (um 1180), der sie in die Zeit des Königs Harald Blauzahn (um 950) setzt: Der König nötigt den berühmten Schützen Palna Toko, einen Apfel vom Haupte seines Sohnes zu schießen; Toko nimmt drei Pfeile aus dem Köcher und vollführt mit dem ersten den glücklichen Schuß; auf Haralds Frage, warum er die anderen Pfeile herausgenommen, antwortet er: »Um dich, falls der erste gefehlt hätte, zu treffen«. Harald wird schließlich von Toko aus dem Hinterhalt erschossen. Wie diese Sage in die Schweiz kam, wo der Schütze dann »Tell« genannt wurde, ist nicht nachweisbar.

Mit rastlosem Eifer, in größerem Umfang und mit größerer Umsicht betrieb Schiller die Vorstudien zum »Tell«. Für das Historische war ihm Tschudi Hauptquelle, daneben auch Müllers Geschichte und die Chroniken von Etterlin und Stumpf; auch das eine oder andere Schweizer Drama, zunächst das älteste, das sogenannte Urnerspiel (1514), mag ihm einen Zug geliehen haben. Wie sehr die Quellen nicht bloß stofflich, sondern auch geistig auf Schiller eingewirkt haben, zeigt die staunenswerte Erfassung des schweizerischen Wesens und die Wiedergabe der Landschaft.

Doch mit dem Gesagten ist noch nicht geklärt, warum eigentlich Schiller diesen Stoff aufgriff, der doch der Tendenz seiner übrigen Dramen widerspricht; in jenen gehen bekanntlich die Helden unter, um nach dem verderblichen Zusammenstoß mit der Realität dennoch den moralischen Sieg davonzutragen, im »Tell« aber erringt das Volk der Waldstätte, sein Repräsentant Tell, ja – selbst im Widerspruch zum Wortlaut des ersten Bundesbriefes der Eidgenossenschaft – der Hörige die erstrebte Freiheit, ohne den Sieg der Idee mit dem körperlichen Untergang bezahlen zu müssen. Besonders kraß wirkt der Gegensatz, wenn man die kurze Zeitspanne von bloß einem Jahr bedenkt, die zwischen dem tragischen Geschehen der »Braut von Messina« und dem im Firnenlicht der Alpen siegreich stehenden »Wilhelm Tell« liegt, wenn man sich ferner klar wird, daß die sizilianische Schicksalstragödie nach Form und Inhalt Nachahmung der Attiker sein will, während die dramatische Weise des Gedichts von der Schweizer Freiheit zweifellos Einflüsse Shakespeares nicht leugnen kann. Man darf hinzufügen, daß der Dichter selbst die Andersartigkeit der Idee dieses Schauspiels empfand, als er die Tat Tells durch die Parricida-Szene zu rechtfertigen suchte. Könnte es sein, daß Schiller die Träume seiner Jugend und die Hoffnungen für die Zukunft in dem Geschehen erfüllt sah, das er im »Tell« dramatisierte? Daß er angesichts der Männer auf dem Rütli ein einziges Mal Freiheit und Ordnung harmonisch verbunden sah?

Am 18. Februar 1804 konnte Schiller in seinen Kalender eintragen: »Den Tell geendigt.« Im Oktober desselben Jahres erschien der erste Druck bei Cotta in Tübingen »zum Neujahrsgeschenk auf 1805« unter dem Titel *Wilhelm Tell. Ein Schauspiel.* Der Erfolg war so groß, daß noch 1805 eine zweite Auflage notwendig wurde. »Bei einem neuen Stoff die Form neu zu erfinden«, dieser von Schiller schon früher aufgestellte Grundsatz leitete ihn auch diesmal bei seinem Schaffen. Zwischen den Schweizern und der Naturumgebung besteht ein inniger Zusammenhang. Daher verlangte der Tellstoff, wie Schiller ihn auffaßte, ein Mitspielen der äußeren Natur. Der heroische Charakter der Natur verleiht den menschlichen Vorgängen ihre Wucht und Größe, die Liebe zur Heimat, in der alle Kräfte wurzeln, gibt den bescheidenen Menschen den Entschluß zum Handeln, und das gemeinsame Fühlen vereinigt sie zu einem mächtigen Ganzen. Es handelt sich in dem Drama um ein Volk, daß unter fremdem Druck zum Bewußtsein seines Wertes erwacht und im Kampf um Sein oder Nichtsein zur Erkenntnis des politisch Notwendigen, der einheitlichen Zusammenraffung aller Kräfte zur Wahrung des völkischen Selbstbestimmungsrechtes heranreift. An dieser Einsicht entzündet sich der Gemeingeist, aus der Heimatsliebe und dem Freiheitssinn der zu Schutz und Trutz bereite Vaterlandsgedanke, ein zur Tat gewappnetes nationales Selbstbewußtsein. Aber selbst in dieser höchsten Not und Begeisterung bleibt dieses schlichte Bergvolk seiner Art treu, und darin zeigt sich die Meisterschaft des ganz auf gegenständlich wahre Darstellung gerichteten Dichters. Nicht von hochfliegenden Plänen wird das Volk der Schweizer geleitet, sondern seiner Natur gemäß bleibt es maßvoll und gefaßt auch im gerechten Kampfe der Notwehr, ein Gegenbild zu des Dichters jugendlich trotzigem und phantastischem Räuberschauspiel. Der Sinn für die Wohlfahrt des Ganzen zügelt den stürmischen Drang des einzelnen; nicht von gewaltiger Selbsthilfe, sondern von der ordnungsgemäßen Durchführung des allgemeinen Willens wird das Heil erwartet. Die französische Revolution, sagt der Dichter in den Widmungsstanzen an seinen Gönner Dalberg, sei »kein Stoff zu freudigen Gesängen«;

Doch wenn ein Volk, das fromm die Herden weidet,
Sich selbst genug, nicht fremden Guts begehrt,
Den Zwang abwirft, den es unwürdig leidet,
Doch selbst im Zorn die Menschlichkeit noch ehrt,
Im Glücke selbst, im Siege sich bescheidet:
– Das ist unsterblich und des Liedes wert.

Da also das Schweizervolk als Ganzes der Träger der Bewegung, der Held des Dramas ist, mußte der Dichter das Wesen dieser Volkspersönlichkeit im Bilde darstellen. Es war der erste Versuch, die Massenpsychologie an Stelle der Einzelcharakteristik zu setzen, die zuvor, z. B. in Shakespeares »Julius Cäsar« und Goethes »Egmont«, auch zur Zeichnung einer Volksmasse dienen mußte. Hat nun auch der Dichter bei der Zeichnung der Charaktere, seinem Zwecke entsprechend, mehr das Gemeinsame, das Typische betont, so entbehren die Vertreter der Volksgemeinschaft doch nicht der besonderen

Züge. Alle Lebensalter und Lebensverhältnisse sind im Drama vertreten, vom Kinde bis zum Greise, vom Knecht bis zum Edelmann; individuell sind die Antriebe, die den einzelnen zum Kampfe auffordern, aber erst durch die Beziehung zum Ganzen erhält jeder einzelne seine volle Bedeutung.

Im Adel scheidet sich die Jugend vom Alter, die neue von der alten Zeit. Wie eine Verkörperung der alten, patriarchalischen Zustände der Schweiz ragt der ehrwürdige Freiherr von Attinghausen in die von neuen Wünschen bewegte Zeit herein. Sterbend prophezeit er seinem Lande eine glückliche, auf eine neue, freie Gesellschaftsordnung sich gründende Zukunft und findet die Gewähr für die Erfüllung in der selbständigen Willensentschließung seiner geeinigten Landsleute. Zugunsten eines solchen Volkes ist er bereit, aus seiner Vorzugsstellung zurückzutreten. Sein Neffe Rudenz aber, vom höfischen Glanz verführt, trennt sich von den bäuerlichen Volksgenossen, um sich auf die Seite der Unterdrücker zu stellen. Erst die Geliebte zeigt ihm den Weg zur Pflicht, und der Vorgang auf der Wiese zu Altdorf beschleunigt seine Rückkehr. So wenig anziehend die Gestalt des schwankenden Junkers und so ungefüge auch seine Liebesepisode mit der edler und kräftiger veranlagten Bertha von Bruneck ist, im Drama hat Rudenz eine nicht unwichtige Bedeutung: erst sein Zusammenwirken mit den Eidgenossen vollendet durch den Ausgleich die Gemeinschaft des Volkes und gibt den bedächtig zagenden Landleuten den entscheidenden Antrieb zum Handeln vor der auf dem Rütli förmlich beschlossenen Zeit. Das Förmliche und Bedächtige in der Freiheitsbewegung einer von starrem Rechtsgefühl durchdrungenen Masse kommt auch in ihren Führern zum Ausdruck. Die Vertreter der drei betroffenen Kantone, Greis, Mann, Jüngling, sind schlichte Naturen, aber schon das durch ihr Alter bestimmte Temperament bedingt ihr verschiedenes Verhalten zu den Ereignissen. Arnold Melchtals leicht entflammte Jugend ist zu unüberlegter Selbsthilfe immer bereit, er lernt aber um des Ganzen willen seinen Feuergeist zügeln. In der Unerträglichkeit der Lage sind die beiden Älteren mit ihm einig, aber ihr Gewissen, die Achtung vor der Obrigkeit hält den greisen Walter Fürst und den männlich erwägenden Stauffacher von jeder Gewalttat zurück. Neben dem verständig sorgenden Manne steht, anspornend und zu jedem Opfer bereit, sein Weib Gertrud, eine andere Terzky oder Portia. So tief ist die Not gedrungen, daß selbst das Weib, die Hüterin des häuslichen Friedens, zum Kampfe aufruft, und an der Flamme ihres reinen Gefühls entzündet sich auch das von schweren Sorgen niedergehaltene Feuer in der Brust des Mannes zu weiterzündender Glut.

Im Gegensatze zu der heroischen Gertrud steht Tells Gattin, die ganz im engsten Familienkreise aufgehende Hedwig. Sie ist die Mutter zweier Kinder und Gattin eines Mannes, dessen Waghalsigkeit ihre Phantasie stets in Aufregung und Sorge um das Leben ihres Schützers und des Vaters ihrer Kinder hält. An den Seinigen hängt Wilhelm Tell mit der ganzen Wärme und Innigkeit einer starken Natur. Außer ihnen kennt er nur seinen Beruf. Das einsame Schweifen auf den Spuren des Wildes hat den Hang des wortkargen Mannes noch verstärkt. Im Kampfe mit den Elementen auf sich allein gestellt, lernt der Alpenjäger seiner Kraft und Kunst vertrauen, und mit der sicheren Naturmacht verbindet sich der zielbewußte Lebenswille. Wie er sich immer zu helfen weiß, so ist er auch anderen zu Hilfe stets bereit; aber dem Reden und Raten, dem heimlichen Planen und Verschwören ist er abgeneigt. Gilt es bestimmte Tat und ruft die Not, so wird er seinen Mann stellen. Das wissen die Schweizer und vertrauen dem »Träumer« als einem ihrer Besten, wenn auch erst die bitteren persönlichen Verhältnisse die anfangs schwachen sozialen Regungen entwickeln müssen. Mit dem Willen dieser tatkräftigen Persönlichkeit setzt sich auch der nach dem gleichen Ziele drängende Volkswille durch, und Tell selbst erkennt, daß die furchtbare Tat der Notwehr seinem ganzen Volke so gut wie seinem Hause gegolten hat: »Frei sind die Hütten!« Weil er allen die rettende Tat bringen soll, darf er in seiner Selbständigkeit nicht gehemmt sein durch den förmlichen Beschluß einer Allgemeinheit, die das Befreiungswerk hinausschiebt und es nur auf ein gemeinsames Vorgehen begründet sehen will, jeden Akt der Selbsthilfe aber streng untersagt. Deshalb wohl läßt Schiller, abweichend von Tschudi und älteren Dichtungen, Tell an der Verschwörung auf dem Rütli nicht teilnehmen und bringt ihn so zu den erwägenden Eidgenossen scheinbar in Gegensatz.

Tells Gegner und zugleich der Typus der das Volk bedrückenden Vögte ist Geßler. Er ist scharf und grell gezeichnet, ein hochfahrender und harter Gewaltmensch, entschlossen, dieses stiernakkige Volk zu beugen und seinem Willen gefügig zu machen; zu diesem Zweck ist ihm jedes Mittel recht, das seiner kurzsichtigen Despotennatur dienlich erscheint. In diesem Sinne handelt er durchaus zielbewußt und planmäßig. Gesetz und Menschlichkeit bieten ihm keine Schranken, und auch seine ungeheuerliche Zumutung an Tell beruht auf teuflisch-feiner Berechnung seines Charakters. Mit ihm fürchtet Stauffacher »schweren Stand«. »Nicht ohne Blut räumt er das Feld; ja selbst vertrieben bleibt er furchtbar noch dem Land; Schwer ist's und fast gefährlich, ihn zu schonen.« Den Mord als politisches Mittel haben die gewissenhaften Eidgenossen abgelehnt; wie aber soll ihnen sonst die Befreiung werden? »Die Zeit bringt Rat. Erwartet's in Geduld! Man muß dem Augenblick auch was vertrauen.« So tröstet der Landammann die Genossen; und der Augenblick bringt eben die Tat des Tell, die alle Zweifel löst.

Die Überlieferung bot dem Dichter drei große Hauptszenen: Rütli, Tells Apfelschuß und die Ermordung Geßlers. Aus diesen gestaltete Schiller sein reich bewegtes Drama, dessen eigenartiger Bau sich als einheitlicher erweist, sobald man sich das gemeinsame, von allen Schweizern angestrebte Ziel vor Augen hält. Dann offenbaren sich die drei scheinbar nebeneinander herlaufenden Handlungen im Grunde nur als eine. Denn sie laufen alle in einem Brennpunkt zusammen, und jeder Teil steht in Beziehung zum anderen und zu der gemeinsamen Idee der Befreiung des väterlichen Bodens von dem unerträglichen Druck der fremden Herrschergewalt. Auf dieses Ziel ist das Sinnen der Vertreter des Volkes von vornherein gerichtet, auch Tell reift auf Grund seines Familiengefühles dazu heran, und das Streben der anfangs auseinandergehenden adeligen Gruppe mündet schließlich gleichfalls in den allgemeinen Strom der Volksbewegung. Bald wird auf die Masse unser Blick gewendet, bald tritt Tell oder eine Einzelgruppe mehr hervor, aber immer werden wir bei dem einen an das andere erinnert, und jede, wenn auch noch so persönliche Bedrängnis steht symbolisch für die allgemeine Not und ist eine Folge der alle treffenden Zwangslage. Durch Tells Tat wird zugleich das, was auf dem Rütli geplant wurde, erreicht; denn nachdem einer der Vögte gefallen ist, bricht vorzeitig der Sturm gegen alle los, und der fünfte Akt zeigt uns die errungene Freiheit und die helle Aussicht in die Zukunft des freien Landes.

Tells Befreiungstat wird von manchem als Meuchelmord bezeichnet, und doch hat Schiller die Lage Tells und der Seinigen so geschildert, daß die Ermordung Geßlers, mag sie auch aus dem Hinterhalte geschehen, als ein Akt der Notwehr erscheint. Dieser wird allerdings durch Tells Monolog besser begründet als durch die nachträglich eingeschobene Parricida-Szene, die wie eine Erwiderung auf den erhobenen Vorwurf klingt. Die Tat, schon auf der Wiese zu Altdorf und auf der Seefahrt geplant, widerspricht den Neigungen des friedliebenden Mannes, aber weil er sie als eine Notwendigkeit erkennt, will und muß er sie mit klarem Bewußtsein, mit innerer Freiheit, ohne Zwang und Zweifel erfüllen. Darum mußte er noch alles durchprüfen und überdenken. Der Dichter hielt den Monolog für ganz unentbehrlich, ja für »das Beste im ganzen Stück«. Gegenüber einem Einwande Ifflands bemerkte er: »Gerade in dieser Situation, welche der Monolog ausspricht, liegt das Rührende des Stückes, und es wäre ja gar nicht gemacht worden, wenn nicht diese Situation und dieser Empfindungszustand, worin sich Tell in diesem Monolog befindet, mich dazu bewogen hätten.« Daß Tell, der einfache und wortkarge Mann, hier in Reflexionen sich ergeht, wer wollte deshalb mit dem Dichter rechten? Im allgemeinen zeigte indessen gerade die Redeweise im »Tell« des Dichters Bestreben nach charakteristischer Abstufung der einzelnen Personen, wie er denn auch alte Formeln und Wortgebilde, volkstümliche Sprüche und Wendungen aufnimmt, um den Eindruck der Lebenswahrheit und Naturtreue zu erhöhen.

Die Uraufführung des »Tell« in Weimar am 17. März 1804 erzielte einen noch größeren Erfolg als die früheren Stücke des Dichters. Dem Eindruck der Telldichtung gaben sich auch die Brüder Schlegel hin und bezeichneten sie als die Krone der Schillerschen Schöpfungen; Gabriel Merkel, Schillers alter Widersacher und ein Jünger Nicolais, huldigte dem Genie Schillers mit volltönenden Lobeshymnen, der Däne Knud Lyne Rahbek, ein Jugendbekannter Schillers aus der Mannheimer Zeit, eröffnete die Reihe der Übersetzungen, die das Werk im Laufe des Jahrhunderts der ganzen Kulturwelt erschlossen haben. Schon 1804 äußerte der Berner Schriftsteller Höpfner den Wunsch, die gesamte Eidgenossenschaft möge durch gemeinschaftliche Aufführung des Stückes, »nahe oder bei der Quelle der Handlung«, die fünfhundertjährige Gründung ihrer Freiheit feiern und damit zugleich »deren Sänger Dank und Lob aus allen Teilen der Schweiz zufließen« lassen. Dieser Wunsch wurde in den folgenden Jahrzehnten erfüllt, das Stück wurde aus der Enge der Kulissenwelt hinausgeführt in Gottes freie Natur und in die Sonnenhelle des Tages. Was alle früheren Tellspiele den Schweizern nicht hatten geben können, ein wahrhaft vaterländisches, künstlerisch durchgebildetes, alle in tiefster Seele bei ihrem gemeinsamen Empfinden packendes Volksdrama, das war ihnen nun durch den schwäbischen Dichter geworden.

SCHILLERS LETZTE SCHAFFENSPERIODE

Mit dem »Tell« schloß die Reihe der vollendeten Schöpfungen unseres größten Dramatikers. Während der letzten Jahre hatte sich die Krankheit, deren bange Mahnung ihn eigentlich nie verließ, immer weiterentwickelt, wenn auch Monate kamen, in denen er sich freier fühlte und voll Hoffnung in die Zukunft blickte. Im Jahre 1804 schien noch einmal die Möglichkeit an Schiller heranzutreten, seinem äußeren Leben eine ganz neue Bahn zu geben. Auf Betreiben Ifflands reiste Schiller im April nach Berlin. Überall begegnete man ihm mit der höchsten Auszeichnung und Verehrung, auf der Straße, in Gesellschaft und im Theater. Er hatte eine Audienz bei der Königin Luise, und es kam zu Verhandlungen mit der Regierung, die ihn dauernd für Berlin gewinnen wollte. Das freundliche Entgegenkommen des Herzogs aber, der sein Gehalt auf 800 Taler erhöhte, die Pflicht der Dankbarkeit, Neigung und Freundschaft hielten ihn in Weimar fest. Hier wurde im November die Ankunft des Erbprinzen Karl Friedrich und seiner jungen Gemahlin, der russischen Großfürstin Maria Paulowna, erwartet. Zu dem Empfang des fürstlichen Paares dichtete Schiller in wenigen Tagen das Festspiel *Die Huldigung der Künste,* in der er noch einmal seine besten Gedanken von der schöpferischen und beglückenden Macht der Kunst aussprach. Es ist seine letzte ausgeführte Dichtung.

Noch während der ersten Theaterproben des »Tell« trug er am 10. März 1804 in seinen Kalender ein: »Mich zum Demetrius entschlossen«, und unter fortwährenden Hemmungen und Unterbrechungen gelang es ihm, den gewaltigen Torso der Tragödie *Demetrius oder die Bluthochzeit von Moskau* zu schaffen. Wohl hat er nur die ersten anderthalb Akte ausgearbeitet und für die Fortsetzung nur ein in Akte eingeteiltes Szenar und Skizzenblätter hinterlassen, aber das einheitliche, aus der Tiefe der Menschenbrust geschöpfte sittliche Problem des Stückes mit seiner aus dem Charakter des Helden folgerichtig erwachsenden Tragik, die rasch fortschreitende wohlgefügte Handlung und der Glanz der Darstellung, soweit sie schon vorliegt, zeigen unseren Dichter auf einer Höhe, die noch immer wieder ein Aufwärts und Vorwärts in seinem künstlerischen Können und Schaffen bezeichnet. Unverkennbar steht die erste Hälfte des Stückes unter der Einwirkung des »König Ödipus« und kommt diesem sogar viel näher als die »Braut von Messina«, aber von der Peripetie an scheiden sich die Wege des modernen und antiken Dichters: nicht eine Schicksalstragödie, sondern eine erschütternde Willenstragödie sollte »Demetrius« werden.

Noch kühner als Sophokles setzt Schiller gleich mit einem dramatischen Höhepunkt ein, indem er uns in der Eröffnungs- und Expositionsszene den Helden sofort auf seiner schwindelnden Höhe zeigt. Es ist der Jüngling Demetrius, der vor dem polnischen Reichstage erscheint und »Rußlands Krone in Anspruch nimmt als Iwans echter Sohn«. »Krieg, Krieg mit Moskau!« erschallt es in der Versammlung, von der Schiller ein mächtiges figuren- und farbenreiches Bild entwirft. Doch das Veto des Woiwoden von Sendomir, der vor dem neuen Zaren warnt, zerreißt die Beschlüsse des Reichstages, der sich nun unter heftigem »Tumult und Säbelgeklirr« auflöst. Die Republik muß daher Frieden halten mit Moskau, aber die Großen werden auf eigene Faust handeln. König Sigmund ist damit einverstanden und gibt Demetrius väterliche Ermahnungen für sein künftiges Wirken. Im Gegensatz zu den stürmischen Auftritten des ersten Aktes führt uns der Anfang des zweiten in ein griechisches Nonnenkloster in öder Wintergegend am See Belosero, wo Marfa, die unglückliche Witwe des Zaren Iwan, als Verbannte seit 16 Jahren den Tod ihres Sohnes beweint. In diese Totenstille tönt nun plötzlich der Ruf: »Prinz Dimitri lebt!« »Ich weiß, daß es ein Wahn ist«, ruft sie schmerzlich aus, und doch fühlt sie, wie ihr »das Herz im Busen wankt«. Das ganze Volk der Litauer und Polen, meldet ein Hirte, greife für den Prinzen zu den Waffen und »der große Fürst in seiner Hauptstadt erbebe«. Es ist dies Boris Godunow, der nach dem Tode des Zaren Feodor, des älteren Sohnes Iwans, das Zepter sich widerrechtlich angemaßt hat und von Marfa als der Mörder ihres Sohnes Dimitri angesehen wird. Unverrichteter Sache muß daher Boris' Abgesandter von Marfa scheiden, die er bewegen sollte, den »frechen Trugner«, der den edlen Namen ihres Sohnes mißbrauche, zu entlarven. Sie rafft sich vielmehr zu immer festerer Überzeugung empor. »Er ist mein Sohn, ich glaub' an ihn, ich will's.«

Nach Demetrius' Einzug in Rußland bricht die dichterische Ausführung ab, und nur aus dem Szenar können wir die Hauptlinien der Handlung erkennen. Demetrius, getragen von dem Glauben an sich selbst, ebenso herrschwürdig als lobenswert, wirft jeden Widerstand nieder. Sein Gegner gibt sich selbst den Tod. Da, auf dem Höhepunkt seines Glückes, als ihm die Schlüssel der unterworfenen Städte und die Insignien der Zarengewalt überbracht sind und »alles an ihn glaubt und für ihn begeistert ist«, erfährt er, daß er nicht der ist, für den er sich hält, sondern das Opfer eines Betrügers geworden und der echte Dimitri tot sei. Durch die Gewohnheit des Herrschens völlig mit der Zarenrolle verwachsen, sieht er sich von dem Gipfel menschlicher Macht in das Nichts hinabgeschleudert und der Rache der von ihm Betrogenen preisgegeben, sobald das Geheimnis seiner wahren Abstammung bekannt wird. In dumpfer Verzweiflung stößt er den Schurken, der ihn zum willenlosen Werkzeug seiner Rachepläne erzog, nieder. Nun weiß niemand um das Geheimnis. Zu den selbstischen Motiven tritt auch der Gedanke an die Pflichten, die er mit seiner Rolle übernommen hat und die ihn zwingen, sie durchzuführen. So hat die Kunst des Dichters den Helden in eine Lage gebracht, in der er durch seinen Charakter auf die Bahn des Verbrechens getrieben und einem tragischen Ende zugeführt wird. Der Sinn für Wahrheit und Recht aber empört sich in Demetrius gegen die Lüge, die er nun durchführen soll. Die innere Unsicherheit, Groll und Trotz gegen sein Geschick lassen ihn gegen seine Leute argwöhnisch, hart und herrisch auftreten. Mit dem Glauben an sein Recht ist auch der Zauber, der von ihm ausging, gewichen. Er kann das Element, das ihn trägt, nicht mehr beherrschen. Die Polen drängen sich mit frechen Ansprüchen an ihn, die Russen betrachten ihn mit argwöhnischen Augen, bis er zuletzt, da Marfa im entscheidenden Augenblick ihn verleugnet, einer Verschwörung zum Opfer fällt.

»Er wurde der Welt in der vollendetsten Reife seiner geistigen Reife entrissen und hätte noch Unendliches leisten können. Sein Ziel war so gesteckt, daß er nie an einen Endpunkt gelangen konnte, und die immer fortschreitende Tätigkeit seines Geistes hätte keinen Stillstand besorgen lassen.« So schreibt Humboldt in der Charakteristik Schillers, und in der Tat, es ist ein erschütternder Gegensatz, die aufs höchste gesteigerte dichterische Schöpferkraft, die sich siegreich in immer neuen, lebensvollen Gestalten der Welt offenbarte, und die immer tiefer zerrüttete Kraft seines Körpers.

Die Freundschaft zwischen Schiller und Goethe hatte, trotz zeitweilig schwieriger, durch Kotzebue und die Romantiker verursachter Verhältnisse, unerschütterlich Probe gehalten bis zu jenem Abend, da sie sich, zum letzten Male, an Schillers Haustüre verabschiedeten. Am 9. Mai 1805, umgeben von der Liebe und Trauer der Seinen, starb Friedrich von Schiller im 46. Jahre seines arbeitsvollen und ruhmvollen Lebens. Es war in Weimar Sitte, die Begräbnisse in der Stille der Nacht ohne jedes Gepränge zu begehen; dabei ging das Recht, den Toten gegen Lohn zu Grabe zu tragen, unter den Handwerkszünften nach der Reihe herum.

Äußerer Prunk und lautes Wortgepränge sind daher dem Grabe Schillers ferngeblieben; einfach und still, wie er einst in die Musenstadt eingezogen, »unangemeldet und ohne Aufsehen zu erregen«, nach Goethes Wort, ist der Dichter auch wieder von Weimar geschieden. »Kein Trauergesang«, berichtet Schwabe, »kein dem Andenken des Begrabenen geweihtes Wort unterbrach das Schweigen der Mitternacht.« Freundschaft und Liebe gaben ihm das letzte Geleit; sie sind ihm treu geblieben auch über das Grab hinaus. Die Verehrung einer zahllosen Gemeinde, die Herzenstrauer eines ganzen Volkes hat dem Frühverblichenen die erhabenste Totenfeier bereitet. Aus allen Nachrufen klang es wieder, viele Zeitungen und Zeitschriften sprachen es aus, daß Schiller, »der Sohn der Zeit und ihr Schöpfer«, dem gesamten deutschen Volk, dem ganzen Zeitalter verlorengegangen sei, aber auch, daß er allen gehöre und für alle fortlebe. Goethe stellte in seinem *Epilog zu Schillers Glocke* das Wesen und Wirken Schillers, des Dichters, Denkers und Menschen in großen, klaren, tief empfundenen Zügen dar. Und wie die Teilnehmer an der Schiller-Gedenkfeier in Lauchstädt am 10. August 1805, bei der jener Hymnus zum ersten Male gesprochen wurde, mag er auch uns stets daran mahnen, warum für die Verehrung und Geltung Schillers niemals ein letzter Tag kommen kann.

Denn er war unser! Mag das stolze Wort
Den lauten Schmerz gewaltig übertönen!
Er mochte sich bei uns, im sichern Port,
Nach wildem Sturm zum Dauernden gewöhnen.
Indessen schritt sein Geist gewaltig fort
Ins Ewige des Wahren, Guten, Schönen,
Und hinter ihm, in wesenlosem Scheine,
Lag, was uns alle bändigt, das Gemeine.

DIE ZEITGENOSSEN GOETHES UND SCHILLERS

Wenn man heute auf die Zeit der Weimarer Klassik zurückschaut, ragen Goethe und Schiller so hoch über ihre literarisch tätigen Zeitgenossen hinaus, daß uns diese wie Nebenfiguren erscheinen. Damals allerdings waren sie nicht so gering eingeschätzt.

Als Goethe das Weimarer Theater eröffnete, ließ er weder ein eigenes Stück noch eines von Schiller als erstes aufführen, sondern Ifflands »Jäger«. AUGUST WILHELM IFFLAND (1759–1814), gleichaltrig mit Friedrich von Schiller, gebürtiger Hannoveraner, entdeckte, nachdem er zunächst Theologie studiert hatte, schon früh seine Liebe zur Bühne, er kam zuerst ans Gothaer Hoftheater, 1779 auf einen Ruf Dalbergs ans Mannheimer Nationaltheater, wo er als Charakterdarsteller seinen Ruhm begründete und als erster die Rolle des Franz Moor in Schillers »Räubern« spielte. 1796 wurde er Direktor des Königlichen Preußischen Nationaltheaters in Berlin, 1811 Generaldirektor der Königlichen Schauspiele. In Berlin ist er auch gestorben. Im Gegensatz zur Weimarer Richtung forderte und förderte er als Theaterleiter ein möglichst natürliches, lebensnahes Spiel, verfaßte auch schauspieltheoretische Schriften (»Fragmente über Menschendarstellung auf den deutschen

Bühnen«, 1785; »Theorie der Schauspielkunst für ausübende Schauspieler und Kunstfreunde«, 1815), gab Bericht über *Meine theatralische Laufbahn* (1798) und schrieb nicht weniger als 65 geschickt und theaterwirksam aufgebaute Rühr- und Familienstücke aus dem Leben des deutschen Kleinbürgertums, die ihn zum meistgespielten Bühnenschriftsteller seiner Zeit machten.

Dieses Genre begründete OTTO HEINRICH FREIHERR VON GEMMINGEN-HORNBERG (1755–1836) mit dem *Teutschen Hausvater* (1780) nach Diderots »Père de famille«; er führte damit Lessings Neuerungen in das niedere Drama über; ihm gleich handelten WILHELM GROSSMANN (1746–1796) mit dem Familiengemälde *Nicht mehr als sechs Schüsseln* (1780), HEINRICH FERDINAND MÖLLER (1745–1798) mit *Graf Waltron oder die Subordination* (1776) und *Sophie oder der gerechte Fürst* (1777), der große Schauspieler FRIEDRICH LUDWIG SCHRÖDER (1744–1816) mit Übersetzungen, Bearbeitungen und Nachahmungen ausländischer Werke sowie mit Originalarbeiten wie *Der Fähndrich* (1782), *Der Vetter in Lissabon* (1784), *Viktorine* (1784), *Das Porträt der Mutter oder die Privatkomödie* (1786).

Iffland nun verstand es am besten, »Stimmung für das Gute« zu wecken, die Bühne zu einer »Schule der praktischen Weisheit«, zu einem »Wegweiser durch das bürgerliche Leben« zu machen. Am bekanntesten wurden das *Verbrechen aus Ehrsucht (1784)*, kurz vor Schillers »Kabale und Liebe« in Mannheim uraufgeführt, *Die Jäger* (1785), das schon erwähnte Eröffnungsstück für das Weimarer Theater, das Soldatenstück *Die Spieler* (1796) und das Lustspiel *Die Hagestolzen* (1791), das einzige Bühnenwerk, in dem der Verfasser, wie Goethe sagte, »aus der Prosa ins Ideelle geht«. Als es das große Publikum müde wurde, immer nur sich selbst auf der Bühne zu sehen, war der Theaterdirektor und Schauspieler Iffland verständig genug, seine eigenen Stücke vom Repertoire abzusetzen, doch auch genug neidlos, der aufstrebenden hohen Tragödie in Berlin eine Heimstätte zu bereiten.

Der eigentliche Konkurrent Ifflands war AUGUST VON KOTZEBUE (1761–1819). In Weimar geboren, dort auch eine Zeitlang Advokat, ging er 1781 als Sekretär des Generalgouverneurs nach Petersburg und nahm 1790 seine Entlassung. Er lebte nun als Privatmann oder Theaterdichter bei Reval, in Paris, Mainz, Wien, kehrte 1800 nach Rußland zurück, wurde dort wegen eines Theaterstückes *Der alte Leibkutscher Peters III.* (1799) verhaftet, nach Sibirien verschickt, nach vier Monaten vom Zaren Paul zurückberufen und zum Direktor des deutschen Theaters in Petersburg ernannt; 1802–1806 lebte er in Berlin und war dort Herausgeber des *Freimütigen*, dann wieder in Petersburg, wo er die antinapoleonischen Blätter *Die Biene* und *Die Grille* herausgab, wechselte anschließend seine Ämter im Dienste des Zaren sowie seine Aufenthaltsorte in Rußland und Deutschland. Schließlich edierte er ein *Literarisches Wochenblatt,* mit dem er sich den Haß der Burschenschaften zuzog, aus denen ein Mitglied, der Jenaer Theologiestudent Karl Ludwig Sand, den als Spion und Verräter angekreideten Schriftsteller in dessen Wohnung zu Mannheim ermordete. Als Dramatiker war Kotzebue der gewandteste und fruchtbarste Vielschreiber unter seinen Zunftgenossen, nach Goethe »ein vorzügliches, aber schleuderhaftes Talent«, im Gegensatz zu Iffland wenig um Moral bekümmert, je nach Lust und Laune sentimental oder frivol, Verfasser von Possen, in denen er durch einen flotten Gang der Handlung die Schwerfälligkeit Schröders und Ifflands überwand, von Lust- und Schauspielen, sogar von historischen Stücken. Erfolg und Ruhm brachte ihm das Schauspiel *Menschenhaß und Reue* (1787), oftmalige Nachahmung das Lustspiel *Die Indianer in England* (1789); den Text der Fastnachtsposse *Der Rehbock* benützte der Komponist Albert Lortzing für seinen »Wildschütz«. Neben seinen 211 Theaterstücken schrieb Kotzebue Romane, Novellen, Liebesgeschichten, lyrische Gedichte (»Es kann ja nicht immer so bleiben«), Autobiographisches und Historisches, wobei ihn, wie Goethe sagte, »die Nullität seines Wesens nötigte, das Treffliche herunterzuziehen, damit er selber trefflich erscheinen möchte«.

Einer der fruchtbarsten Bühnendichter und längere Zeit Hauptrivale Ifflands und Kotzebues war FRIEDRICH WILHELM ZIEGLER (1760–1827). Er liebte das Gräßliche und Peinigende, was schon aus den Titeln seiner Stücke *Barbarei und Größe* (1793), *Rache für Weiberraub* (1796) erhellt. Zu seinen besseren Arbeiten gehört das Schauspiel *Der Lorbeerkranz oder die Macht der Gesetze* und das Lustspiel *Die vier Temperamente* (1821). Eine ungeheure Wirkung aber hatte das in der ersten englischen Revolution spielende und ganz auf spannende und peinigende Wirkung hinarbeitende Schauspiel *Parteiwut oder die Kraft des Glaubens* (1817).

Mit wirklichen poetischen Intentionen trat AUGUST KLINGEMANN (1777–1831) in die Dichtung ein, kam aber nicht über die Nachahmung hinaus. Er hielt sich bald an Schiller und Goethe, bald an die Romantiker Werner und Müller, und zwar mehr an das Äußerliche, da es ihm hauptsächlich um Wirkung zu tun war. Seinen ersten großen Erfolg erzielte er mit dem Trauerspiel *Die Maske* (1797); doch auch sein *Faust* (nach Goethe, 1815) hatte Glück und *Heinrich der Löwe, Martin Luther* (nach Werner) und *Deutsche Treue* fanden nicht minder Beifall. Sein *Schweizerbund* (1805) und *Heinrich von Wolfenschießen* (1806) wurden durch den »Tell« Schillers angeregt, mit dem er für die Einführung des Chores in die moderne Tragödie eintrat.

In Wien hatte um 1770 nach langem Kampfe das regelmäßige Schauspiel über die Stegreifkomödie gesiegt. Sonnenfels hat den Hanswurst vom Burgtheater verbannt, aber aus Wien nicht völlig verdrängen können, denn schon hatte dieser durch Philipp Hafner auch in die regelmäßigen Stücke Aufnahme gefunden und lebte an den Wiener Vorstadtbühnen unter den veränderten Namen eines Kasperl, Staberl, Thaddädl, Lipperl lustig fort. Seit Stranitzky ist der Hanswurst der gefräßige, unflätige, feige Diener des Helden und Liebhabers, der seinem Herrn auf den verliebten Abenteuern, obwohl er über den schweren Dienst murrt, treulich folgt, die idealen, überspannten Äußerungen seines Herrn mit höchst prosaischen, albernen oder gemeinen Bemerkungen begleitet, die Dienerin der Auserwählten seines Gebieters liebt und von den Geistern, die seinen Herrn schützen, mit Schlägen bedacht wird. Mit den gleichen Eigenschaften ausgestattet, tritt nun Hanswurst auch als Knappe in die Ritterstücke Schikaneders, Henslers, L. Hubers und anderer ein und übernimmt hier naturgemäß die Rolle des Sancho Pansa.

Karl Friedrich Hensler (1761–1825), geboren zu Schaffhausen, lebte von 1784 bis zu seinem Tode in Wien als Theaterdichter und Leiter verschiedener Bühnen. Unter den Wiener Dramatikern der klassischen Periode ist Hensler der vielseitigste und fruchtbarste; mit jeder der gangbaren Gattungen des Dramas versorgte er die neuerstandene regelmäßige Schaubühne Wiens. In seinen *Ritterpossen* aber und ihrem Gemisch von herkömmlichen ernsten Ritterszenen und komischen Volksszenen, zu denen die beliebteren älteren Hanswurststücke und die volkstümlichen Zauber- und Geisterpossen der unmittelbaren Vorgänger ihm die Elemente lieferten, schuf Hensler eine ganz neue, zugleich echt volkstümliche Gattung, die aus dem Wiener Boden unmittelbar hervorgewachsen war. In der fortgesetzten Reihe verwandter Figuren, die sich von dem Hanswurst Stranitzkys bis zu dem Valentin Raimunds hinzieht, steht Henslers Kasperle gerade in der Mitte. Sein *Donauweibchen* (1792) wurde bis in die sechziger Jahre des 19. Jahrhunderts häufig aufgeführt, und seine *Teufelsmühle am Wienerberg* (1801) galt lange als Faschingsdienstagstück.

Eine entschiedene Wendung zu Henslers Ritterpossen weisen bereits die Ritterstücke des Wiener Theaterdirektors Schikaneder (1751–1812) auf, und der komische Papageno in der sonst ernst gehaltenen *Zauberflöte* (1791) ist geradezu ein Vorläufer des Henslerschen Kasperle. Auch Joachim Perinet (1765–1816) zeigt in seinen zahlreichen Possen und Singspielen eine große

Verwandtschaft mit Hensler, und besonders der Knappe Kaspar Vita, der Begleiter des Prinzen Amidoro von Eldorado, in dem Singspiel *Der Fagottist oder die Zauberzither* (1801) gleicht bis ins einzelne dem Knappen Henslers.

Neben der Österreich ganz eigentümlichen Ritterposse fand hier das ernste Ritterstück und das ihm verwandte historische Drama in den letzten Jahrzehnten des 18. Jahrhunderts bis in die zwanziger Jahre des folgenden seine Vertreter. JOHANN VON KALCHBERG (1765–1827) verherrlichte einige Helden seiner steirischen Heimat; der Tiroler PRIMISSER (1757–1812) dichtete ein Schauspiel *Friedrich mit der leeren Tasche* und Schikaneder eine *Philippine Welserin oder die schöne Herzogin von Tirol;* in späterer Zeit folgten der Historiker HORMAYR mit Dramen aus der Babenbergerzeit, MATTHÄUS VON COLLIN wollte diese in einem großen Zyklus von Dramen verherrlichen, dichtete aber nur den *Tod Friedrichs des Streitbaren* und *Belas Krieg mit dem Vater* (1813).

Neben den Theaterfreunden gab es die Romanleser; auch deren Hunger mußte gestillt werden. Einen vielbeachteten Zeitroman mit dem Titel *Herr Lorenz Stark* (1801) um einen Vater–Sohn-Konflikt im Kaufmannsmilieu bot (neben andern literarischen Produkten) der Mecklenburger JOHANN JAKOB ENGEL (1741–1802). Über 160 Bände füllte mit sentimentalen Familiengeschichten und -romanen, auch mit dramatischen Versuchen gleichen Inhalts, der wohlbeleibte Hallenser Pastor AUGUST HEINRICH JULIUS LAFONTAINE (1758–1811) aus ehemals französischer Emigrantenfamilie; so schrieb er auch eine rührende Emigrantengeschichte, die *Clara du Plessis.* Leser schickten dem Autor Geldbeträge für seine armen verfolgten Helden. Höher steht KAROLINE PICHLER geb. v. Greiner (1769–1843). Diese Wienerin führte den literarischen Salon ihrer Eltern fort, den Treffpunkt der romantischen und vormärzlichen Kreise, das Zentrum des kulturellen Lebens Alt-Wiens. Was sie selbst an patriotischen Romanen, weitschweifiger Lyrik, steifen Dramen schrieb, war in keiner Weise von Bedeutung; nur der von Wieland abhängige Briefroman *Agathokles* (1808) zeigt Niveau; kulturhistorisch interessant sind ihre *Zeitbilder* (1839–1841), von literarhistorischem Interesse ihre *Denkwürdigkeiten* (1844).

Eine besondere Gruppe in der Romanflut um die Jahrhundertwende bilden die pädagogische Absichten verfolgenden Erzählwerke zahlloser Verfasser. Der Braunschweiger Joachim Heinrich Campe wurde schon als Robinson-Bearbeiter vorgestellt.

Als Erziehungsschriftsteller gehört hierher auch CHRISTIAN GOTTHILF SALZMANN (1744–1811), der Gründer der Erziehungsanstalt in Schnepfental bei

Gotha, der durch seinen *Karl von Karlsberg oder über das menschliche Elend* (1783) die Aufklärungsideen im Volke zu verbreiten suchte.

Heinrich Zschokke, der, 1771 in Magdeburg geboren, eine Zeitlang Hauslehrer war, dann Theologie studierte und später in der Schweiz zur Zeit der politischen Wirren durch seine Einsicht und Tatkraft das Bürgerrecht erwarb, machte sich einen berühmten Namen mit seinen *Stunden der Andacht,* die in der Zeit des wässerig-tugendhaften Rationalismus eines der verbreitetsten Erbauungsbücher waren. Wir kennen ihn als Verfasser des *Abällino* (1794), dem er verschiedene andere Schauerstücke (»Die Maske oder der Totenkopf«, »Das rächende Gespenst«) folgen ließ; später aber gab er diese Richtung auf, schrieb launige und moralisierende Erzählungen (»Der tote Gast«, »Alamontade«, »Der Flüchtling im Jura«) und fand insbesondere mit dem *Goldmacherdorf* (1817) großen Beifall, worin er, der modernen Schulmeisterei schmeichelnd, das Ideal einer Dorfgemeinde schildert, in der »Bildung und Wohlfahrt für alle« durch den jungen Schulmeister Oswald erreicht wird. Anziehend wegen der Persönlichkeit des Schriftstellers und der vielseitigen Beziehungen, die er zu schildern wußte, ist seine Lebensbeschreibung *Die Selbstschau.* Geschätzt waren auch seine geschichtlichen Arbeiten, und seine beiden historischen Novellen *Addrich im Moos* (1826) und der *Freihof von Aarau* gehören zu den besten, die unter Walter Scotts Einfluß entstanden sind.

Die Lieblingslektüre des Volkes bildeten die Ritter-, Gespenster- und Räuberromane, die im Gefolge von Goethes »Götz«, Schillers »Räubern« und »Geisterseher« in Masse erschienen. Die Motive und Stoffe sind dieselben wie in den Ritterdramen, nur sind sie womöglich noch verzerrter, roher und gemeiner. Die weißeste Tugend wird immer vom schwärzesten Laster verfolgt, Feen und Berggeister, Zwerge und Räuber treten in Menge hinzu; Gespenster, die nicht umzubringen sind, und wollustatmende Szenen in Hülle und Fülle. Das Ganze ist von einem Meer von Blut, von Notzucht, Entführung und Blutschande, von Burgverliesen, Totengrüften, Folterqualen, Rad, Galgen und Mord erfüllt, daß dem Leser die Haare zu Berge stehen. Der Schauplatz wird gern in das Mittelalter verlegt, wo die Verfasser ebenso ungehindert schalten können wie »in des Waldes düsteren Gründen«. Denn von einer historischen Färbung der deutschen Vergangenheit ist keine Spur, dagegen wird mit einer förmlichen aufklärerischen Wut über die »finsteren Zeiten des Mittelalters« losgezogen, über den allgemeinen Mangel an Bildung, den Stolz der Fürsten und bevorzugten Stände. Die Ritter werden als Säufer und Räuber, die Mönche als abgefeimte Schurken, die

Nonnenklöster als »Pflanzstätten der Buhlerei« geschildert; neben den rekkenhaften Helden stehen minnige Fräulein, dann wieder Weiber wie Dragoner und boshaft wie die Hölle. Es ist eine Welt der Roheit und der Greuel, in der sich Verfasser und Leser gefielen. Die Ritterromane sind vielfach dialogisiert und gleichen äußerlich den Ritterdramen, die ihrerseits häufig in Nachahmung der ersten Ausgabe des »Götz« den Beisatz »dramatisierte Geschichte« im Titel führen und seitenlange Monologe oder Berichte vortragen.

Einer der ersten Romanschriftsteller, die der durch Goethes »Götz« eingeschlagenen Richtung in die mittleren Zeiten folgten, ist LEONHARD WÄCHTLER (1762–1837), der in seinen *Sagen der Vorzeit* (7 Bände, 1787–1798), eigentlich wüsten Erfindungen seiner Phantasie, unter dem Pseudonym VEIT WEBER die Sprache des Mitterlalters und in der frivolen *Betfahrt des Bruders Gramsalbus* die alten Schwänke in der derbsten Verhöhnung der Mönche nachahmt. Obwohl voll der rohesten Plattheit, abenteuerlichsten Unnatur und üppigsten Wollust, wurden die zahllosen Ritter- und Spitzbubengeschichten des meiningischen Hofrates KARL GOTTLOB CRAMER (1758–1817) in vornehmer Gesellschaft wie in Wachtstuben und Herbergen mit gleichem Entzücken gelesen. Besonderen Ruf erlangte sein *Deutscher Alcibiades* (1802), die Geschichte eines jungen Grafen, der von allen Frauen und Mädchen geliebt wird und immer ein paar zu gleicher Zeit liebt. Großen Beifall fanden auch Cramers *Schnackische Geschichten* (»Der Polterabend«, »Reise zur Hochzeit«) und politische Romane (»Leben und Meinungen des Erasmus Schleicher«, 1789), zumal sie gegen das verrottete Leben an den Höfen, gegen Beamtendruck und fürstliche Willkür eifern. Mit seinem Roman *Hasper a Spada* (1792), der die naive Sprache des Goetheschen »Götz« verballhornt, mit den Kraftausdrücken der Schillerschen »Räuber« herumwirft und von Klingers Haß gegen die Geistlichen durchtränkt ist, stellt Cramer geradezu das Vorbild für die Ritterromane auf. Nicht ohne poetische Züge ist *Das Jägermädchen*, ein tolles Werk aber der Räuberroman *Der Domschütz und seine Gesellen* (1805).

Bietet die Bühne jener Zeit in Iffland und Kotzebue zwei Männer, die über den Durchschnitt emporragen, so darf das gleiche von der Lyrik gelten. Natürlich konnte man sich nicht an den unnachahmbaren Goethe halten, wenn man ein Muster suchte; so wandte man sich an die Göttinger-Hain-Dichter, an Klopstock und Haller. War der Niedersachse Hölty ein Naturtalent, so ist sein Landsmann FRIEDRICH VON MATTHISSON (1761–1831, geboren in Hohendodeleben bei Magdeburg) ein Kunsttalent. In verschiedenen

Dienststellungen bei Hocharistokraten oder an fürstlichen Höfen war er viel auf Reisen, amtlich und privat, ließ sich bald am Genfer See oder in Südfrankreich, bald in Rom oder Neapel nieder, liebte das »Elysium«, den berühmten Park von Wörlitz bei Dessau, dichtete seine lyrischen Landschaftsbilder (Ausgabe der »Gedichte« 1781 und 1787), das Entzücken der galanten Welt und von Schiller hochgepriesen (man sollte sie deshalb vielleicht doch genauer besehen, um sie besser zu würdigen). Auch schrieb er als kluger und gebildetet Mann gerne Briefe und erweiterte sie zur Buchausgabe seiner *Erinnerungen* (1810–1815).

Freundschaft verband Matthisson mit dem Schweizer Johann Gaudenz Freiherr von Salis-Seewis (1762–1834) aus altem Graubündner Adelsgeschlecht; auf Schloß Bothmar bei Malans geboren, beim Dichter Pfeffel in Kolmar erzogen, diente er, ein Freund deutscher Kultur, als Offizier in der Schweizergarde zu Paris bzw. Versailles. Er verbrachte die Revolutionsjahre als Privatmann in Frankreich, kehrte 1793 ins Vaterhaus heim, vermittelte den Anschluß Graubündens an die Eidgenossenschaft, brachte es in der militärischen Karriere bis zum Oberst und zog sich 1817 auf sein Stammschloß zurück, wo er auch starb. Die Zahl seiner Gedichte ist nicht groß; seit 1783 las man sie in Almanachen und Zeitschriften, 1793 gab sie Matthisson zu einem Buch gesammelt heraus. Sie formten sich zu antiken Strophen oder zu altalemannischen Tanzweisen, ganz wie es dem Gegenstand und der Seelenlage des Dichters entsprach, der wie sein Freund das Reisen liebte (er war auch in Weimar bei Goethe und bei Schiller) und genau beobachtete Landschaftsbilder zu entwerfen verstand. Obwohl er kräftiger und männlicher als jener in die Saiten griff, war er dennoch der Wehmut fähig und schöpfte gerade aus heimwehkrankem Herzen seine schönsten Elegien und Lieder.

Die beiden Freunde fanden ihrerseits Nachahmer, doch waren die Urformen zu sehr abgeschwächt, als daß sich diese Imitationen halten konnten. Nur die eigentlichen Liederdichter blieben, wenigstens mit einigen Stücken, in Erinnerung, sofern ein Komponist von Rang und Wirkung ihren Text über die Jahrzehnte hinaustrug; so Franz Schubert den *Wanderer* (»Ich komme vom Gebirge her«) von Georg Philipp Schmidt von Lübeck (1766–1849), dem Justizrat in Hamburg.

An Klopstock und an Wieland schlossen sich nicht wenige epische Versuche an; man kann sie übergehen. Die Idylliker zogen Vossens »Luise« Goethes »Hermann und Dorothea« vor; so der Greifswalder Professor Gotthard Ludwig Theobul Kosegarten (1758–1818), der Verfasser der »ländlichen Dichtungen« *Die Inselfahrt oder Aloysius* (1805) und *Jucunde von Castel* (1806). Er trat außerdem als empfindsamer, oft schwülstiger Lyriker und zudem als Autor von meist süßlichen Legenden hervor, die Gottfried Keller reizten, ihnen seine »Sieben Legenden« entgegenzustellen. Der Schwabe LUDWIG NEUFFER (1760–1839), ein Freund Hölderlins, widmete sich gleichfalls der Idyllendichtung (»Die Herbstfeier«, »Der Tag auf dem Lande«, beide 1802), übersetzte Vergil sowie andere antike Dichter und dichtete Oden gegen Napoleon im Stile des Horaz.

Von den Satirikern sei der Liederdichter und Dramatiker AUGUST MAHLMANN (1771–1826) angeführt, der Kotzebues vielbeweinte »Hussiten vor Naumburg« mit seinem »Schau-, Trauer- und Tränenspiel« *Herodes von Bethlehem oder der triumphierende Viertelsmeister* (1803) gründlich lächerlich machte. Ferner muß ein Didaktiker namhaft gemacht werden, CHRISTOPH AUGUST TIEDGE (1752–1841), der noch zu den jüngeren Freunden Gleims gehörte und das sentimental-rationalistische Lehrgedicht *Urania über Gott, Unsterblichkeit und Freiheit* (1801) schuf, das damals weitverbreitete Andachtsbuch für Freunde poetischer Philosophie oder philosophischer Poesie; es hielt sich etwa drei Jahrzehnte, bis Leopold Schefers »Laienbrevier« (1834), das Gegenstück zu Rückerts »Weisheit des Brahmanen« (1836–1839) es verdrängte.

Johann Peter Eckermann (1792–1854), seit 1823 einer der engsten Mitarbeiter Goethes, zeichnete die Äußerungen des Dichters in den »Gesprächen mit Goethe« auf. Zeichnung von Johann Josef Schmeller (1796–1841).

Goethe diktiert seinem Sekretär John in seinem Arbeitszimmer. Gemälde von Johann Josef Schmeller, 1831.

»Le Juge ou la cruche cassée« (Der Richter oder der zerbrochene Krug). Stich nach einem Gemälde von Philibert Debucourt (1755–1832). Diese Darstellung regte Heinrich von Kleist (1777–1811) zu seinem Lustspiel »Der zerbrochene Krug« an.

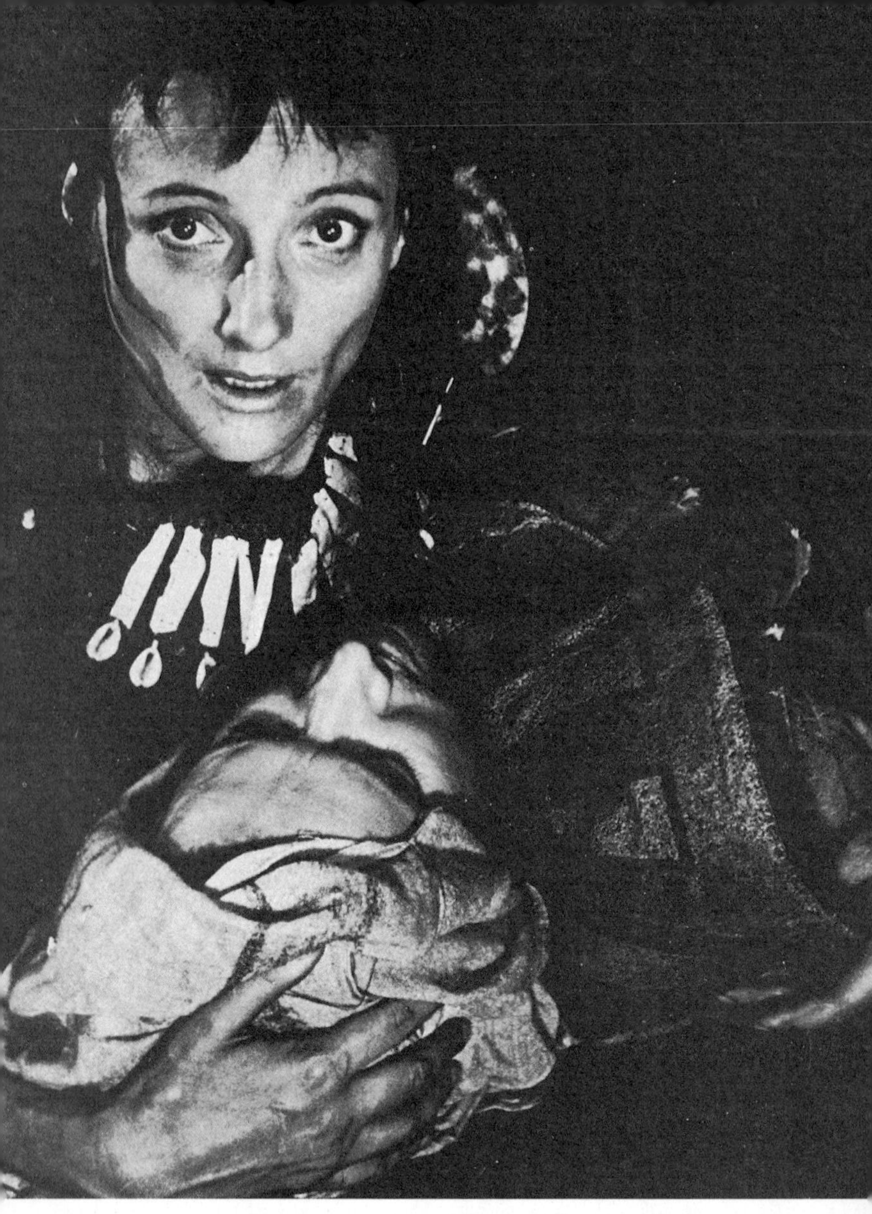

Szene aus einer Aufführung von Kleists Tragödie »Penthesilea«. Deutsches Schauspielhaus Hamburg, 1954.

DAS ZEITALTER DER ROMANTIK

DIE ÄLTERE ROMANTIK

Wie in politischer Beziehung beginnt das 19. Jahrhundert auch in literarischer Hinsicht nicht kalendermäßig, also mit dem Jahr 1801, sondern ein paar Jahre früher. Das bedeutet aber, daß wenigstens die ältere Romantik zeitlich mit der Weimarer Klassik zusammenfällt, mit der sie sich vorübergehend auch örtlich berührt – ist doch ihr erstes Zentrum Jena – und anfänglich sogar persönliche Beziehungen pflegt. Das Zerwürfnis der Brüder Schlegel mit Schiller und ihr Wegzug von Jena sind allerdings nur äußere Zeichen für eine wesentliche Trennung. Nach Fritz Strich ist »Ewigkeit der oberste Grundbegriff menschlicher Kultur«, doch gibt es für ihn »eine zweifache Ewigkeit, zwei Möglichkeiten der Dauer ... Vollendung und Unendlichkeit«. »Vollendung« identifiziert er mit Klassik, »Unendlichkeit« mit Romantik. In dieser wieder sieht er zwei Strömungen, die christliche und die dionysische (so kann er auch Hölderlin und Kleist zu den Romantikern zählen, was man jetzt kaum mehr tut). Eichendorff, der »letzte Ritter der Romantik», läßt nur die erstgenannte gelten und sagt deshalb: »Die christliche Poesie ist ... übersinnlich, wunderbar, mystisch, symbolisch; und das ist eben der unterscheidende Charakter des Romantischen.« Allerdings wird sich herausstellen, daß keineswegs alle Romantiker mit Bewußtsein die beiden Begriffe »christlich« und »romantisch« in völlige Übereinstimmung brachten (und keiner wußte das besser als Eichendorff selbst), ja daß die ersten Anregungen zur Romantik wenig mit Christentum zu tun hatten, aber viel mit der Sehnsucht nach Unendlichkeit. Das wird klar werden, sobald uns die einzelnen Persönlichkeiten entgegentreten.

Hier bedarf es nur noch der Worterklärung: Der Klassiker Friedrich von Schiller hat bekanntlich seine Dichtung »Die Jungfrau von Orléans« eine »romantische Tragödie« genannt, und zwar offenbar wegen der visionären Erscheinungen der Jeanne d'Arc, wegen ihres Verkehrs mit den Heiligen, wegen ihrer »Stimmen« usw.; man darf dabei freilich nicht vergessen, daß damals die Romantik schon geboren war. Das trifft nicht zu für die Zeit, da Wieland im »Oberon« den »Ritt ins alte romantische Land« antrat. Das Vorbild für diese epische Dichtung hatte der deutsche Dichter in Frankreich gefunden; dort war, von England her, das Wort »romantic«, abgeleitet vom mittelalterlichen »romanticus« (wunderbar), neben dem gleichbedeutenden »romanesque« am Ende des 17. Jahrhunderts, besonders aber seit der Mitte des 18. Jahrhunderts zur üblichen Bezeichnung geworden für wunderbare Vorkommnisse oder für Personen, in welche Romanciers ihre Gefühle und Stimmungen verlegten; auch ist der Zusammenhang mit den mittelalterlichen »Romanen« selbstverständlich. Wenn also das Wort »romantisch« seinen Weg über England und Frankreich nach Deutschland nahm, so ist dies nicht nur von sprachgeschichtlicher Bedeutung; denn die romantische Literaturbewegung blieb keineswegs auf den Raum der deutschen Sprache beschränkt; fast gleichzeitig, jedenfalls zunächst unabhängig von deutschen Vorbildern, trat sie auch in Frankreich (Chateaubriand) und in England (Wordsworth und Coleridge) auf, um schließlich von Deutschland aus die skandinavischen Länder und die slawischen Völker zu erfassen. Allerdings zeigt die Romantik in den verschiedenen Nationen je ein anderes Gesicht, ja selbst die deutsche Romantik muß in verschiedene Gruppen eingeteilt werden. Zunächst beschäftigt uns also die sogenannte ältere oder Frühromantik, nach einem ihrer Zentren auch Jenaer Romantik genannt.

Idealistische Philosophie

Wenn man die Reihe der Vertreter der älteren Romantik mit zwei Philosophen beginnen läßt, so will damit nicht gesagt sein, daß die literarische Romantik die Tochter der philosophischen sei; vielmehr ist es so, daß beide Richtungen aus dem gleichen Urgrund hervorgehen und parallel nebeneinander herlaufen; Parallelen aber treffen sich, wie die Mathematik sagt, erst im Unendlichen, d. h. dem Zielpunkt der romantischen Bewegung.

Der erste romantische Philosoph ist JOHANN GOTTLIEB FICHTE (1762–1814); zu Rammenau in der sächsischen Lausitz geboren, war er durch seine von Kant veröffentlichte Schrift *Versuch einer Kritik aller Offenbarung* (1792) berühmt geworden. Zunächst Anhänger des Königsbergers und seines Systems, bekannte er: »Es ist unbegreiflich, welche Achtung für die Menschheit, welche Kraft uns dieses System gibt! Welch ein Segen für ein Zeitalter, in welchem die Moral von ihren Grundfesten aus gestört und der Begriff Pflicht in allen Wörterbüchern durchstrichen waren.« Doch schon die *Wissenschaftslehre* (1794) läßt Kants Kritizismus und Kategorienlehre weiter hinter sich. Denn nach ihr ist das Ich Grund und Zweck der Dinge, ist das gesamte All abzuleiten aus der unendlichen Schöpfertätigkeit des denkenden

Ich; was ist, ist nur im Ich und für das Ich; das Ich ist für Fichte der eigentliche Schöpfer und der souveräne Herr der Welt. In dieser gleich phantastischen wie radikalen Verabsolutierung des Ich ist natürlich kein Platz für die drei von Kant aufgestellten Postulate der Vernunft: für Freiheit, Unsterblichkeit, Gott, die der Vollender des Rationalismus als Warner und Erzieher des menschlichen Willens noch anerkannt wissen wollte. Fichtes Wort: »Kehre deinen Blick von allem, was dich umgibt, ab und in dein Inneres«, ist die erste Forderung, welche die Philosophie an ihre Lehrlinge tut. »Es ist von nichts, was außer dir ist, die Rede, sondern lediglich von dir selbst!«, dieses Wort fand Echo im romantischen Geschlecht, war Bestätigung seiner Forderung nach schrankenloser Geistesfreiheit und Erfüllung seiner Phantasie. In der Tat lehrte Fichte 1794–1799 mit tiefster Wirkung an der Universität zu Jena, bis ihn eine Anklage der sächsischen Regierung auf Atheismus um diese Lehrkanzel brachte. Seitdem lebte er bis zu seinem Tod meist in Berlin, seit 1810 als Professor an der dort neu gegründeten Universität. Hier schränkte er seinen »reinen Idealismus« selbst ein und bildete ihn zu einem sozialen Idealismus und mystischen Pantheismus um; aus dieser neuen Haltung stammen die im Winter 1807/1808 gehaltenen *Reden an die deutsche Nation* mit ihrer Absage an die Selbstsucht als den letzten Grund des Verderbens und der Anerkennung des sittlichen Willens als der Vorbedingung zur Rettung. Dieser, wenn man will, »neue« Fichte fand abermals Widerhall, diesmal in der vaterländischen Richtung der Romantik.

Johann Gottlieb Fichte als Landwehrmann. Zeitgenössische Zeichnung.

Der eigentliche Philosoph der Romantik aber war Friedrich Wilhelm von Schelling (1775–1854). Dieser Württemberger (sein Geburtsort ist Leonberg bei Stuttgart) lehrte kurze Zeit neben dem Sachsen Fichte in Jena, wo er mit den Frühromantikern und mit Goethe in Beziehung trat, von Fichte dagegen sich mehr und mehr entfernte. Von 1803 an finden wir ihn in Bayern (Würzburg, Erlangen, München); 1841 wurde er nach Berlin berufen, »um die Drachensaat des Hegelschen Pantheismus zu vernichten«, was ihm allerdings nicht gelang. Sein Sterbeort ist Bad Ragaz in der Schweiz. Die ersten Schriften Schellings standen noch im Banne Fichtes, vornehmlich die *Ideen zu einer Philosophie der Natur* (1797): Nach ihnen wäre die Natur ein Organismus, in dem sich der sie gestaltende unbewußte Geist zum selbstbewußten Ich entfaltet. Die Schriften seit 1800 vertreten dagegen das »Identitätssystem«

Jugendbildnis Friedrich Wilhelm von Schellings.

(zuerst »System des transzendentalen Idealismus«), nach welchem Geist und Natur in einem unterschiedslosen »Absoluten« identisch wären, sich in der Zweiheit des Reellen und des Ideellen entfalteten, um schließlich wieder zur Einheit zurückzustreben. Fichtes Ich-Konstruktion verglich Schelling mit einem einarmigen Hebel, an dem das beschwerende Gewicht des völlig toten Objekts oder der starren Natur hängt; er fügt nun den zum Gleichgewicht erforderlichen anderen Arm hinzu, indem er der Entwicklung des Ich, »um zur Natur zu kommen«, die der Natur, »um zum Geiste zu kommen«, zur Seite stellt und als treibende Kraft die »Weltseele« postuliert. Der Schlüssel zur Natur liegt also im Geist, ein Gedanke, der, wie Schelling selbst wußte, mit den antiken Mythologien verwandt ist, mit ihrer Beseelung des Alls, mit ihrer Vergeistigung der Natur. Damit wies er den Romantikern, denen er auch mit seinen Gedichten zugezählt werden darf, den Weg zur Mythologie. Von da aus begreifen wir Schellings Interesse an der Religionsphilosophie, insbesondere an der Frage der Offenbarung. Daneben beschäftigten ihn bald Fragen der Ethik, besonders das damals aktuelle Freiheitsproblem. Der

Einfluß Baaders, die »Luft« Bayerns veranlaßten Schelling – von etwa 1809 an – zu einer christlichen Neubegründung seiner Lehre von der Welt. Gerade in dieser dritten Schaffensperiode war aber seine schriftstellerische Tätigkeit am geringsten, so daß für die Nachwelt die genaue Fixierung der Schellingschen Gedanken jener Zeit recht schwerfällt, zumal sich der Philosoph auch damals, wie eben schon vorher, in einer steten Entwicklung befand.

Das Werden dieses Mannes ist geradezu typisch für den Weg der deutschen Romantik. Ihr Ausgangspunkt ist eine durchaus säkularisierte Philosophie, genau wie bei der Weimarer Klassik; aber die Wege spalten sich, wie sich schon der Weg Gottscheds von dem der Zürcher trennte, obwohl auch sie einen gemeinsamen Ursprung hatten. Fortan bleibt die Klassik theoretisch auf der Stufe des rein Menschlichen stehen, um es freilich in einer Höhe zu zeigen, die ohne Gott unerreichbar ist; die Romantik dagegen bewegt sich auch bekenntnismäßig diesem Gott zu, vermag aber kein Werk, weder ein künstlerisches noch ein philosophisches, hervorzubringen, das dieser neuen Ansicht von Gott, Welt, Mensch würdig wäre. Das ist wohl zu einem Teil darin begründet, daß diese Romantiker wie Schelling allzu beweglich waren; nur wenige von ihnen zogen die äußersten Konsequenzen für ihr Leben, teils weniger begabte Naturen, teils erst in einem Alter, da die Gestaltungskräfte zu versickern begannen.

Die Brüder Schlegel

Zu den hervorragendsten und vielseitigsten Persönlichkeiten der älteren Romantik zählen die Brüder Schlegel, deren Onkel jener Johann Elias Schlegel gewesen, der von Gottsched zu den Bremer Beiträgern überging, zu denen auch Johann Adolf Schlegel gehörte. Von dessen Söhnen war August Wilhelm von Schlegel (1767–1845) zu Hannover geboren, hatte in Göttingen erst Theologie, dann Philologie studiert, war hierauf Hauslehrer in Amsterdam und wurde auf Schillers Veranlassung nach Jena berufen, wo er 1796–1801 als Professor der Ästhetik wirkte. Er hatte schon früh die Aufmerksamkeit einflußreicher Leute auf sich gelenkt, und zwar durch Gedichte (im damals von Bürger redigierten »Göttinger Musenalmanach«), durch Übersetzungen aus Petrarca, Shakespeare, Dante, durch literarische Aufsätze und Kritiken – poetische und gelehrte Tätigkeiten, Interesse an eigen- und fremdsprachlichem Schrifttum gingen in seinem Wirken nebeneinander her. 1796 heiratete er Caroline Böhmer geborene Michaelis, die nach der 1803 erfolgten Scheidung den Philosophen Schelling ehelichte. Von

Jena aus gaben die Brüder Schlegel die Zeitschrift *Athenäum* heraus, der jedoch Friedrich die größere Teilnahme erwies. Von Jena übersiedelte August Wilhelm nach Berlin, wo er als Privatgelehrter lebte; seit 1804 war er Reisebegleiter und literarischer Berater der Madame de Staël (in Coppet am Genfersee, in Italien, Frankreich, Skandinavien und England), mit ihr floh er 1812 vor Napoleon und kehrte er nach Frankreich zurück, wo er nach 1816/1817 Sanskrit-Studien betrieb. 1813–1816 lebte er als Geheimsekretär an der Seite des schwedischen Kronprinzen Bernadotte, der ihm und seinem Bruder die Erlaubnis erwirkte, den früher im Hause Schlegel bestandenen Adelstitel wieder zu führen. 1818 erhielt er einen Ruf an die Universität in Bonn. 1819 verheiratete er sich wieder, doch lebte er von seiner Gattin Sophie geborene Paulus, getrennt.

Sein literarisches Wirken kann man in drei Gruppen aufteilen: die Tätigkeit als Dichter, Übersetzer und Gelehrter. Dem Dichter wurde kein großer Ruhm zuteil; obwohl er sich zuerst von Bürger, später von Schiller angeregt fühlte, blieb seine Poesie Rhetorik, glatt und erklügelt, echt empfunden nur in dem der verstorbenen Auguste Böhmer gewidmeten Sonettenkranz. Der Tod löste nicht bloß bei diesem, sondern bei fast allen Romantikern die tiefsten Gefühle aus und damit die Fähigkeit, sie in Versen auszusagen. Das veranlaßte Goethe, die junge Generation zu warnen: das stete Trauern fördere nicht, man halte sich an das stets fortschreitende Leben; von einem Totenkult, der bloß Erinnerung und Sehnsucht wäre, wollte er nichts wissen. Für den Romantiker hingegen mußte auch die Trauer unendlich sein.

Dauernde Geltung erwarb sich A. W. v. Schlegel aber als Übersetzer. Diese Tätigkeit übte er schon in seinen Anfängen; sie erreichte ihren Höhepunkt in der Übertragung von 15 dramatischen Werken Shakespeares (1797–1801), denen noch »Richard III.« (1810) folgte. Tieck, dessen Tochter Dorothea sowie Graf Wolf Baudissin ergänzten, was noch fehlte, und so erschien die erste gemeinsame *Ausgabe Shakespeares in der Übersetzung von Schlegel und Tieck* in neun Bänden (1825–1833). Dieser »Shakespeare« ist ein Wunder an Übersetzungskunst (wenn Schiller Shakespeares »Macbeth« oder Gozzis »Turandot« übertrug, übersetzte er in seinen eigenen, klassischen Stil und nahm das Ferne und das Vergangene in seine Gegenwart; Schlegel versenkte sich in die fremde Individualität und leitete diese in seine eigene Sprache) und ein einmaliger Fall in der Weltliteraturgeschichte; denn seitdem ist der Engländer Shakespeare gewissermaßen Gemeingut der deutschen Literatur geworden, ein Vorgang, der wohl ohne Parallele dasteht (die Bibel, an die man denken könnte, wurde Besitztum fast aller Völker, jedoch nicht aus literarischer, sondern aus religiöser Veranlassung).

Damit war Schlegels Nachdichtertätigkeit keineswegs erschöpft, wenn auch die anderen Übersetzungen nicht eine gleich starke Wirkung hatten. Im Zusammenhang mit seinen noch zu erwähnenden Berliner Vorlesungen entstanden die *Blumensträuße italienischer, spanischer und portugiesischer Poesie* (1804) und erschlossen den Deutschen die romanische Lyrik. Im Jahr zuvor hatte A. W. v. Schlegel in der Zeitschrift »Europa« seines Bruders mit dem Aufsatz *Über das spanische Theater* (1803) Calderón verherrlicht und damit seine Übersetzung Calderónscher Dramen angekündigt (es handelt sich hier allerdings nur um 5 Stücke), die unter dem Titel *Spanisches Theater* erschienen (1803 und 1809). Später haben Gries, Malsburg, Schack, Eichendorff, Rapp, Lorinser und andere die hier begonnene Arbeit fortgeführt und den großen Einfluß begründet, den das spanische Theater auf die deutsche Bühnendichtung ausüben sollte. In Bonn schlossen sich Übersetzungen aus indischen Werken an. Wenn die Romantik, wie noch gezeigt werden soll, einerseits ihren Blick auf die deutsche Literatur des Mittelalters richtete, so schaute sie andrerseits, wie am Beispiel Schlegels dargelegt wurde, auch aus nach den literarischen Werten fremder, sogar ferner Länder; das kommt nicht von ungefähr, sondern hat ein und dieselbe Quelle: die Hingabe an das Unendliche, das Sichversenken in die Tiefen der Geschichte und in die Weite der Welt. Daher waren die Romantiker die geborenen Übersetzer oder, wie Brentano einmal sagte, Romantik ist Übersetzen.

Im Zusammenhang mit seiner Übersetzertätigkeit und in Fortführung der Bestrebungen Herders unternahm es A. W. v. Schlegel, den Deutschen die großen fremdsprachigen Literaturwerke zuzuführen. Seine deutende Tätigkeit begann mit einem Aufsatz über Dantes »Göttliche Komödie«, wandte sich dann Schillers »Künstlern« zu und verwendete in beiden Arbeiten die gleiche, damals neue Methode, die Sprache und Stil, Vers und Rhythmus, Motivierung der Handlung, Charakteristika und Kostüm der Zeit, Verhältnis des Dichters zu Stoff und Vorbildern in gleicher Weise unter die Lupe nimmt. In Jena lieferte er in den fünf Jahren seines dortigen Aufenthaltes rund 300 Rezensionen poetischer und wissenschaftlicher Schriften für den »Göttinger Gelehrten Anzeiger« und für die Jenaische »Allgemeine Literaturzeitung«, darunter wahre Meisterwerke der Kritik (Goethes »Hermann und Dorothea«, Vossens »Homer«, Herders »Terpsichore«, Schillers »Musenalmanach«). In den »Horen« erschienen seine *Briefe über Poesie, Sylbenmaß und Sprache*, denen man noch nicht ansieht, daß sich die Romantiker von den Kunstanschauungen Goethes und Schillers trennen würden. Das taten sie oder zunächst die Brüder Schlegel im »Athenäum«. Diese

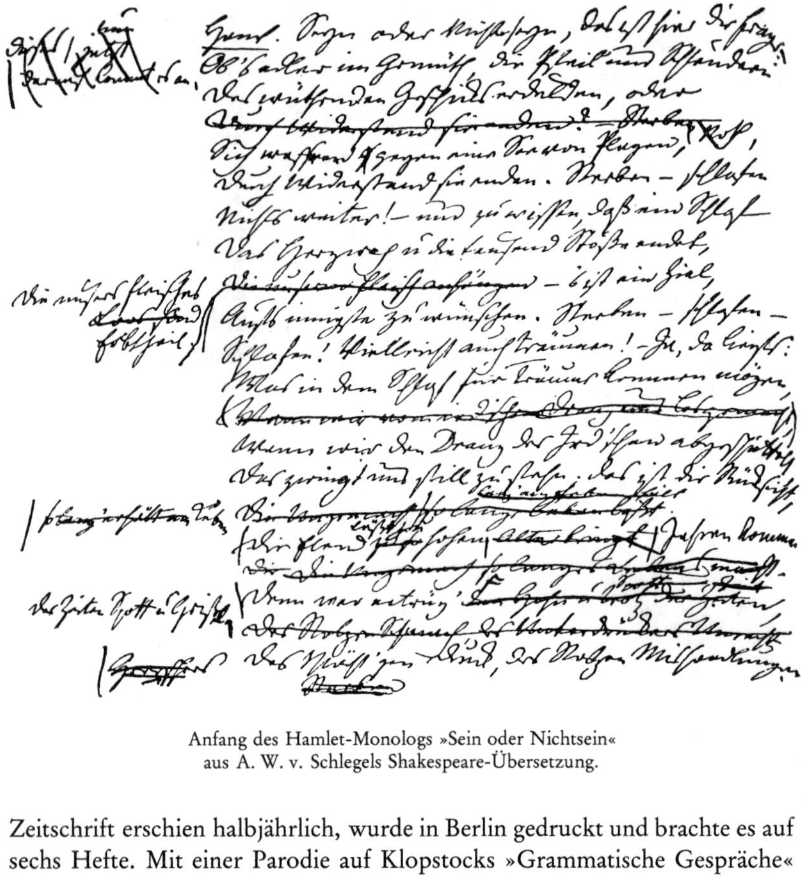

Anfang des Hamlet-Monologs »Sein oder Nichtsein«
aus A. W. v. Schlegels Shakespeare-Übersetzung.

Zeitschrift erschien halbjährlich, wurde in Berlin gedruckt und brachte es auf sechs Hefte. Mit einer Parodie auf Klopstocks »Grammatische Gespräche« begann scheinbar harmlos ihre Kritik, die sich dann in den *Fragmenten* des zweiten Heftes (550 Stück) und in den *Notizen,* auch »Teufeleien« genannt, des vierten Heftes mehr und mehr steigerte und die seinerzeitigen »Xenien« Schillers und Goethes an Schärfe übertraf. Nachdem das »Athenäum« eingegangen war, gaben die Brüder die *Charakteristiken und Kritiken* (1801) als Buch heraus. August Wilhelm gestaltete seine Kritik auch in Verssatiren (das Beispiel hatte Tieck gegeben); als besonders gelungen gilt *Ehrenpforte und Triumphbogen für den Theaterpräsidenten von Kotzebue bey seiner gehofften Rückkehr ins Vaterland* (1800), eine in ihrer Art einzig dastehende parodistische Dichtung. Der Beifall, den diese Verulkung des modischen Dramatikers gefunden hatte, mochte den Dichter aufgemuntert haben, sich auch wieder der ernsten Poesie zu widmen; aber das Drama *Ion* (1802), das ein Gegenstück zu Goethes »Iphigenie« sein wollte, doch durch die darin geäußerte Auffassung der Ehe mehr Nähe zur »Stella« hat, und die Elegie *Rom* (1805), eine Geschichte der Ewigen Stadt bis zur damaligen Gegenwart, zeigen die gleichen Schwächen wie Schlegels Lyrik.

Größeren Erfolg hatte der Gelehrte mit seinen Berliner *Vorlesungen über schöne Literatur und Kunst* (1801–1803); sie behandelten zuerst die Kunstlehre, in der die Naturnachahmung befeindet und die Poesie über alle Künste gestellt wurde; daran schloß sich die Geschichte der klassischen Literatur und im dritten Teil die romantische Literatur der Germanen und Romanen. Und wie Schlegel schon früher den Wunsch ausgesprochen hatte, es sollten die Dichtungen des Mittelalters durch Übertragungen der Gegenwart nähergerückt werden, so kam auch in der Skizze über die deutsche Literatur die ältere Dichtung des germanischen Zeitraumes zum ersten Mal zu ihrem Recht.

Im Dienste des schwedischen Kronprinzen stehend, verfaßte Schlegel die meisten von dessen Proklamationen gegen Napoleon und mehrere politische Schriften in französischer und in deutscher Sprache. Der ersten bediente er sich auch, um die »Phaedra« des Euripides mit der Racines zu vergleichen (1807), und erregte mit dieser Studie großes Aufsehen bei den französischen Gelehrten. Anläßlich eines vorübergehenden Aufenthaltes in Wien (1808) hielt er vor gebildetem Publikum die dann in zwei Bänden gesammelten Vorlesungen *Über dramatische Kunst und Literatur* (1809–1811). Sie bildeten das am meisten gelesene Buch der Romantik und trugen mehr als Lessings »Dramaturgie« dazu bei, das klassizistische Drama der Franzosen um seine Geltung zu bringen. Die Grundanschauung dieses Werkes ist, daß nur das, was mit allen Fasern in dem Boden wurzelt, aus dem es hervorgegangen, Berechtigung habe zu bestehen und alle Nachahmung lebensunfähig sei. Von dieser These aus werden die Griechen und Shakespeare als bodenständige Dichter gelobt, die nachahmenden Franzosen getadelt; dem großen Engländer wird absichtliche Ironie untergeschoben, wo gewiß nur an theatralische Wirkung gedacht war. So lassen sich viele Einseitigkeiten nachweisen, die Schlegels Hauptwerk zwar wissenschaftlich entwerten, doch nicht ausreichen, es als Gesamtkomposition um seinen Ruhm zu bringen.

Die dritte Serie sind die Bonner Vorlesungen *Über Theorie und Geschichte der bildenden Künste* (1827); zur Hauptsache aber widmete sich A. W. v. Schlegel an der rheinischen Universität dem schon in Paris begonnenen

Studium von Sprache und Literatur Indiens; in diesem Fach wirkte auch seine Zeitschrift *Indische Bibliothek.*

Wie sein Bruder August Wilhelm war FRIEDRICH VON SCHLEGEL (1772–1829) in Hannover geboren, doch zunächst in Leipzig in der Kaufmannschaft tätig; 1788 gab er diese Laufbahn auf, holte in kürzester Zeit die Gymnasialfächer nach und widmete sich in Göttingen und Leipzig philologischen Studien. Dresden, Jena, Berlin und nochmals Jena waren die nächsten Stationen seines Lebens; sie brachten ihm die Freundschaft mit Schleiermacher, Dorothea Veit, Novalis und Tieck, den kurzfristigen Kontakt mit Schiller. Im Winter 1800/1801 hielt Schlegel in Jena philosophische Vorlesungen, nachdem er zuvor Abhandlungen über griechisches Leben und Wesen (»Über das Studium der griechischen Poesie«, 1797; »Die Griechen und Römer«, 1797; »Geschichte der Poesie der Griechen und Römer«, 1798) geschrieben hatte, gewissermaßen als Bausteine eines großen kulturhistorischen Werkes, das freilich nie zustande kam; ein Aufsatz über Cäsar und Alexander war für die »Horen« bestimmt, wurde aber von Schiller nicht angenommen. Diese Ablehnung führte Schlegel ganz in die Arme Fichtes und der romantischen Schule, deren Organ das schon genannte »Athenäum« wurde. Die kritischen »Fragmente« desselben ergänzte Friedrich durch andere aphoristische Aufsätze, die eine Verbindung von Philosophie und Poesie anstrebten, doch in einem ganz anderen Sinne als bei Schiller. Dieser wurde (und mit ihm Kant) abgelehnt, Goethe dagegen (und mit ihm Fichte) anerkannt; Goethes »Wilhelm Meister«, Fichtes »Wissenschaftslehre« und die Französische Revolution galten dem Verfasser als die drei wichtigsten Erscheinungen der damaligen Gegenwart, Dante, Shakespeare und Goethe als die größten Dichter Europas, der Roman als die Summe aller Poesie.

Damit war die Griechensucht der Jugendjahre, von Schiller und Goethe in den »Xenien« gegeißelt, überwunden, nicht freilich die Liebe zu Griechenland; in ihm sah Friedrich von Schlegel gleichsam eine Blume, die blühte, reifte und verblühte, den ewigen Kreislauf der Natur vollendend; nur eines fehlte dieser Blume: die Unendlichkeit des Weges und des Zieles, die unendliche Sehnsucht nach dem Ideal (Schiller dagegen war der Meinung, der Untergang im Leben sei die Bedingung für die Dauer im Gesang; ihm und Goethe war Griechenland als eine zeitlose Idee gegenwärtig, verwirklichbar in ihrer eigenen Kunst). Der junge und vor allem der ältere Schlegel sahen im Gegensatz zum Griechenbild Winckelmanns und Goethes, das von der griechischen Plastik her gewonnen war, den Schlüssel zur griechischen Mythologie nicht in der klassischen Kunst und Literatur, sondern in den

Mysterien, die als sinnbildliche Geheimlehre über das unbegreifliche Wesen der unendlichen Natur aufgefaßt wurden. Das Unendliche aber läßt sich in einem geschlossenen Kunstwerk nicht einfangen, daher die romantische Vorliebe für das Fragment, für das Aphoristische (nur Lichtenberg ging ihr darin voraus). Nur scheinbar widerspricht Friedrich von Schlegel dem eben Gesagten, wenn er fordert: »Ein Fragment muß gleich einem kleinen Kunstwerk von der umgebenden Welt ganz abgesondert und in sich selbst vollendet sein wie ein Igel«; er sagt nämlich damit nur das, was Novalis »Abbreviatur« der Unendlichkeit nennt; die Stacheln seines »Igels« sind gerade gegen die Vollendung der klassischen Form gerichtet.

Das Maß der Vollendung war nun für die Klassik der Maßstab der Kritik, mit ihm maß Schiller Bürger und Matthisson, Goethe antike und moderne Kunstwerke. Friedrich von Schlegel hat keinen solchen Maßstab zur Verfügung, oberstes Gesetz ist für ihn und für seine Gesinnungsfreunde die Willkür des Dichters, dessen unmeßbare Individualität nicht kritisiert, sondern charakterisiert werden müsse.

Was soll nun geschehen, wenn es keinen Maßstab, keine Regeln gibt? Auf diese Frage antwortet Friedrich von Schlegel:

> »Die romantische Poesie ist eine progressive Universalpoesie. Ihre Bestimmung ist nicht bloß, die getrennten Gattungen der Poesie wieder zu vereinigen und die Poesie mit der Philosophie und Rhetorik in Berührung zu setzen. Sie will und soll auch Poesie und Prosa, Genialität und Kritik, Kunstpoesie und Naturpoesie bald mischen, bald verschmelzen, die Poesie lebendig und gesellig und das Leben und die Gesellschaft poetisch machen, den Witz poetisieren und die Formen der Kunst mit gediegenem Bildungsstoff jeder Art anfüllen und sättigen und durch die Schwingungen des Humors beseelen. Sie umfaßt alles, was nur poetisch ist, vom größten, wieder mehrere Systeme in sich enthaltenden Systeme der Kunst bis zu dem Seufzer, dem Kuß, den das dichtende Kind aushaucht in kunstlosem Gesang.«

Wie sein Bruder August Wilhelm versuchte auch Friedrich von Schlegel die Theorie in die Praxis umzusetzen, als Romancier, Lyriker und Dramatiker. Sein Roman heißt *Lucinde* (1799); er besteht aus einer losen Aneinanderreihung von Briefen, Betrachtungen, Allegorien, Märchen, Erzählungen in absoluter Freiheit von jeder Regel, aber auch von jeder moralischen Hemmung. Heinrich Heine hat später das Buch eine »unzüchtige Nichtigkeit« genannt, der Verfasser selbst vorher von der Aufnahme des Romans in seine gesammelten Werke abgesehen. Schleiermacher allerdings wies in seinen *Vertrauten Briefen über Friedrich Schlegels Lucinde* (1800) darauf hin, wie ernst es dem Dichter um die Harmonie von Leib und Geist zu tun gewesen sei; er hätte auch hinzufügen können: um Sehnsucht und Ruhe. Der romantische Mensch von der Art Lucindes ist nur ruhig, wenn er sich sehnt; das bedeutet zugleich, daß romantische Liebe unstillbare Sehnsucht ist, nicht auf einen Gegenstand gerichtet, daher von keiner Grenze beengt:

Wenn ich unverstanden bliebe,
Ohne Gegenstand mein Streben,
Keine Liebe mir gegeben,
Würd' ich dennoch innig lieben.

Solche Liebe, da sie ja nicht etwas begehrt, nach etwas strebt, kann nicht aktiv, kann nur passiv sein; auf dieser Passivität fußt das Lob des Müßigganges, der »gottähnlichen Kunst der Faulheit« in der »Lucinde«. Die romantische Ironie erlaubt es, dieses Lob zugleich als Verklärung und als Karikatur zu deuten:

»O Müßiggang, Müßiggang! Du bist die Lebensluft der Unschuld und der Begeisterung, dich atmen die Seligen, und selig ist, wer dich hat und hegt, du heiliges Kleinod! Einziges Fragment von Gottähnlichkeit, das uns noch aus dem Paradies blieb ... In der Tat, man sollte das Studium des Müßiggangs nicht so sträflich vernachlässigen, sondern es zur Kunst und Wissenschaft, ja zur Religion bilden! Um alles in eins zu fassen: Je göttlicher ein Mensch oder ein Werk des Menschen ist, je ähnlicher werden sie der Pflanze; diese ist unter allen Formen der Natur die sittlichste und die schönste. Und also wäre ja das höchste, vollendetste Leben nichts als ein reines Vegetieren.«

(Für Schiller war der Müßiggang der griechischen Götter Zustand der Vollendung, für Schlegel ist der Müßiggang Verzicht auf ein Wirken nach außen, ein Rückgang nach innen, Absage an jede Entäußerung, in der er nur Veräußerlichung sehen mußte.)

Im ganzen war die »Lucinde« Programm einer Sinnlichkeitsphilosophie, die in Wahrheit die Philosophie zur Schwärmerei und die Sinnlichkeit zur Nüchternheit macht, der literarische Niederschlag einer von weiten Kreisen eingenommenen Haltung gegenüber den Hauptproblemen des gemeinsamen Lebens, vor allem gegenüber der Ehe. Nach Varnhagen von Ense hat damals »eine Religion der Liebe gegolten, in der jedes echte Gefühl für heilig angesehen wurde; diesem Gefühl zu folgen, hielt man für Pflicht, ihm zu widerstreben für Haß und Gemeinheit«. Gerade unter den Romantikern der ersten Zeit hielt man es hierin recht frei, wobei die Frauen nicht anders waren als die Männer. So trat Friedrich von Schlegel in Berlin zur verheirateten Tochter Moses Mendelssohns, Dorothea Veit, in Beziehung und veranlaßte sie, ihm 1799 nach Jena, später nach Paris zu folgen, wo sie seine Gattin wurde.

Friedrich aber gab, nachdem er schon früher Gedichte veröffentlicht hatte, ein *Poetisches Tagebuch* (1805/1806) heraus, das nebst kleinen lyrischen Beiträgen das Heldengedicht *Roland* in 15 Romanzen enthielt; 1809 folgte ein weiterer Band *Gedichte*. Seinem Bruder August Wilhelm als Dichter (wie als

Denker) überlegen, vermochte sich Friedrich von Schlegel als Lyriker dennoch nicht durchzusetzen, mag er auch mit einer gewissen Meisterschaft Vers und Reim gehandhabt haben; dafür ein Beispiel:

Wenn ich still die Augen lenke
Auf die abendliche Stille
Und nur denke, daß ich denke,
Will nicht ruhen mir der Wille,
Bis ich sie in Ruhe senke.

Weil noch mild der Mittag glühte,
Wollt' ich an der Quelle liegen,
Mich in süße Bilder wiegen,
Da kam Anmut ins Gemüte,
Alle Wehmut zu besiegen.

Wenn ich an das Bild gedenke,
Auf die abendliche Stille
Nun die stillen Augen lenke,
Will nicht ruhen mir der Wille,
Bis ich sie in Ruhe senke.

Das Gedicht zeigt, wie für den romantischen Dichter das Ende in den Anfang mündet, ein Thema, das Schlegel des öfteren variiert. Diese unendliche Bewegung kann nicht wie in Goethes Gedicht »Dauer im Wechsel« oder in Schillers Elegie »Der Tanz« »den Anfang mit dem Ende ... in eins zusammenziehn«, kann nicht »an des Rhythmus goldenem Zügel« »die brausende Lust« lenken, »die verwilderte« zähmen, kann daher auch nicht in einem Idyll, mag man es mit Goethe als die notwendige Naturform, mit Schiller als das ideale Sein auffassen, zur Ruhe kommen. Wohl gibt es bei romantischen Dichtern Idyllen, aber sie sind entweder Zeichen der Ermüdung üder vorübergehende Ruhepunkte, Durchgangsstationen:

So bleibt Beschränkung gern in tiefem Frieden;
Wie draußen auch die wilden Stürme toben,
Es lockt die stille Welt da zu verweilen.
Den kühnern Geist hat immer Ruh vermieden;
Will sinnend auch Gemüt die Stille loben,
Er muß auf wildem Flügel weitereilen.

Schlegel eilte »auf wildem Flügel« der Bühne zu, und Goethe öffnete ihm jene von Weimar, jedoch erfolglos, denn der *Alarkos* (1802), ein Drama, das infolge ganz unzureichender Motivierung wie eine grause Mordgeschichte wirkt, versuchte vergebens spanische Leidenschaft mit antiker Formstrenge zu verbinden, nicht nur Harmonie zu wirken, sondern die Grenzen zu zerstören, die Tiefe des Menschentums zu erschöpfen, das unendliche Chaos herzustellen. Der romantische Verschmelzungstrieb bot hier eine völlig unorganische Vermischung von antikem Schicksal und christlicher Vorsehung, von antikem Rhythmus und romantischem Reim, ein bloßes Nebeneinander von griechischen und Shakespeareschen Stilelementen.

Die »Lucinde« hatte einen Skandal ausgelöst, der »Alarkos« keinen Erfolg gebracht, das »Athenäum« mußte eingestellt werden; es gab nur ein Mittel gegen die Enttäuschung: Reisen. So reiste Schlegel nach Dresden, nach Berlin, 1802 nach Paris. Hier widmete er sich, wie es später sein Bruder auch tat, orientalistischen Studien, deren Ergebnisse er in dem berühmt gewordenen Buch *Über die Sprache und Weisheit der Inder* (1808) niederlegte. Die Wissenschaft ist seither über des Verfassers Anschauungen vielfach hinweggeschritten, aber im Keime sind ihre Errungenschaften schon in dem nunmehr veralteten, aber trotzdem noch wertvollen Buche enthalten; nicht bloß die mythischen Tendenzen in Friedrichs eigenen Schriften, sondern die ganze orientalische Richtung in der neueren Literatur ist darauf zurückzuführen.

Nicht mehr in der Rückkehr zur Natur, sondern in der Hinwendung zum Orient erblickte jetzt Schlegel das Mittel zur Herstellung der Harmonie; den Deutschen stellte er die Aufgabe, als Vermittler unter den Nationen des zerklüfteten Europa zu handeln. Diesem Zweck sollte die Zeitschrift *Europa* dienen, die er in Paris herausgab (1803–1805); sie brachte es aber nur auf zwei Bände. Ihrem kosmopolitischen Charakter entsprechend sollte in ihr von allen Seiten und von allen Richtungen her zur künstlerischen und geistigen Ausbildung des Menschen beigesteuert werden.

Die ökonomischen Verhältnisse Schlegels in Paris waren eine Zeitlang sehr mißlich. Sie besserten sich erst, als die Brüder Boisserée, Sulpice (1783–1854) und Melchior (1786–1851), die angehenden Kunstgelehrten aus Köln, bei ihm Wohnung nahmen und sich von ihm Vorlesungen über altdeutsche Kunst geben ließen. Das Dreiblatt begeisterte sich nun an der Kunst des Mittelalters: Paris bot ihm das Anschauungsmaterial, d.h. die eigenen und die während der Revolutionskriege aus ganz Europa dorthin gebrachten Schätze. Die Brüder Boisserée kauften zahlreiche Gemälde auf, die aus den aufgehobenen Klöstern auf dem Markt feilgeboten wurden, und ihre Sammlung, die sie nach Köln mitnahmen und die 1827 König Ludwig I. von Bayern erwarb, gab Gelegenheit zum Studium der altdeutschen Malerei. Paris und Köln, wohin Schlegel den Freunden 1804 folgte, erregten auch sein Interesse an der gotischen Baukunst, die er als Ausdruck des rein und natürlich Gefühlten pries, während er das seitherige »Verderben in der Kunst« von Raffael ableitete.

Das Ergebnis dieser Studien und der Einfluß der Ideen des Dichters Novalis war die Konversion Schlegels und seiner Gemahlin zur katholischen Kirche. Dieser Schritt erregte Aufsehen, ja weithin Unmut. Und doch hatte ihn, wie Fritz Strich, gewiß ein unvoreingenommener »Richter«, mit großem Verständnis sagt, »die Sehnsucht nach Erlösung aus der Einsamkeit des abgeschlossenen Selbst getrieben. Der romantische Mensch konnte nicht selig in sich selber sein, weil die Unendlichkeit, die seine Sehnsucht war, niemals in Form zu schließen war. Daher die romantische Öffnung aller Form von Anfang an, die neue Liebe und das neue Chaos, und alles, was den Zwischenraum vernichtet und Geist dem Geiste verbindet. So fand denn Friedrich von Schlegel endlich in der Kirche diese geistige Gemeinschaft vorgebildet, die nichts als Sinnbild jener Einheit ist, von der die Seele abfiel, um auf dem Wege der Zeit in sie zurückzukehren.« Man pflegt den romantischen Katholizismus, in den so viele Romantiker endeten, einen ästhetischen zu nennen. Aber das Wort besagt gar nichts, wenn man ihn etwa mit dem ästhetischen Staat der Klassiker vergleicht. Es war nicht die Schönheit der Form von Kunst und Kultur, welche die Romantik in die gemeinsame Kirche zog, sondern ihre unendliche Bedeutung, ihre geistige Schönheit. Sie sah nicht Bild, sondern Sinnbild. Es war die Auflösung der geschlossenen Persönlichkeitsform in die Gemeinschaft Gottes. Als Schlegel diesen Schritt tat, gab er dennoch die Forderung nach »Eigentümlichkeit« nicht auf, sei es doch der höchste Weltzweck, daß in der Einheit die unendliche Mannigfaltigkeit und Fülle entwickelt werde (der weniger konsequente A. W. v. Schlegel dagegen beschloß, wie er 1838 an eine Dame schrieb, »zuletzt wahr zu sein gegen mich selber und dem Zweifel und Gedanken Raum zu lassen«).

Friedrich von Gentz, den Friedrich von Schlegel in Berlin kennengelernt hatte, vermittelte die Berufung des Konvertiten nach Wien (1808). Dort war er zunächst Sekretär der Hof- und Staatskanzlei, 1809 im Hauptquartier Erzherzog Karls, 1812/1813 Herausgeber des *Deutschen Museums*, mit Adam Müller und Gentz Redakteur der »Armeezeitung«, Herausgeber des *Österreichischen Beobachters*, Mitarbeiter an den »Wiener Jahrbüchern«, ferner Teilnehmer an den Beratungen des Wiener Kongresses, 1815–1818 Legationsrat bei der österreichischen Gesandtschaft am Bundestag in Frankfurt a. M., 1820–1823 Herausgeber der konservativen Zeitung *Concordia*. In dieser Zeit des publizistischen Staatsdienstes verfaßte er kraftvolle und mächtig auf den Geist des Volkes einwirkende Proklamationen gegen Napoleon und trat der ehemalige Schwärmer für die französische Revolution politisch ins andere Lager über. Dabei wurde die wissenschaftliche Arbeit nicht vernachlässigt, im Gegenteil: sie bekam jetzt erst Sinn und Weihe. Vom Zorn gegen den Korsen und dessen Schwertkaisertum erfüllt sind die Vorlesungen *Über die neuere Geschichte* (1811), die dem Emporkömmling die mittelalterliche Kaiseridee gegenüberstellen. Darin ist Schlegel keineswegs ein Sonderfall, sondern echter Romantiker. Er hatte in jüngeren Jahren im *Versuch über den Radikalismus* den auf Gleichheit und Freiheit beruhenden Staat philosophisch zu rechtfertigen gesucht und diesen Versuch untermauert mit dem Hinweis auf Größe und Schönheit der griechischen Kunst, die aus der freien, d. h. republikanischen Staatsform der Athener zu erklären sei; jetzt aber merkte er, daß die Revolution mit ihrer absoluten Freiheit, Gleichheit und Einheit alle Farben und Stufen des Lebens, dadurch den religiösen Zweck der Welt, d. h. die unendliche Fülle vernichtete.

Es folgten die Vorlesungen über die *Geschichte der alten und neuen Literatur* (1815, in 2 Bänden gesammelt), durch die er die Literaturgeschichte zur Wissenschaft erhob. Diese Weltliteraturgeschichte behandelt selbstverständlich Griechen und Römer (und anerkannte deren selbständige Aneignung einer zunächst fremden Literatur), das deutsche Mittelalter (schrieb darin das Nibelungenlied Heinrich von Ofterdingen zu), Spanier und Engländer (und stellte Calderón über Shakespeare), Okzident und Orient und überrascht durch das hohe Lob für Schiller, den sonst die Romantiker, auch später noch, eher ablehnten, in dem aber Schlegel den Begründer der deutschen Bühne sieht.

Angeschlossen wurde die Ausgabe der *Sämtlichen Werke* in zehn Bänden (1822–1825), allerdings unter Ausschluß vieler Publikationen früherer Zeit, die zu seinen veränderten Ansichten in Widerspruch standen. Diese entwikkelte er in öffentlichen Vorträgen über die *Philosophie des Lebens* (1827), in denen der einstigen »Lucinde«-Haltung nunmehr die höchste sittliche Würdigung des Lebens entgegengesetzt wurde, in den Vorträgen über die *Philosophie der Geschichte* (1828), die die Weltereignisse vom christlichen Standpunkt aus beurteilen, endlich in den zu Dresden, wo ein Schlagfluß seinem Leben ein Ende setzte, gehaltenen *Philosophischen Vorlesungen*, insbesondere über die *Philosophie der Sprache und des Wortes.*

Das gemeinsame Schicksal beider Protagonisten der deutschen Romantik ist es, daß heute nur wenige ihre Werke kennen und gerade deshalb nicht wissen, wieviel ihnen auch die Gegenwart noch zu danken hat. Der jüngere Schlegel hat einmal gesagt: »Der Himmel behüte uns vor ewigen Werken.« Dieser Wunsch ging in Erfüllung; er entsprach dem Traditionsgefühl der Romantiker, das, um mit Fritz Strich zu sprechen, den Zusammenhang der

Friedrich Hölderlin. Zeitgenössisches Pastellbild.

73.b

Frage nicht durch welche Pforte
Du in Gottes Stadt gekommen,
Sondern bleib' am stillen Orte,
Wo du einmal Platz genommen.

Schaue dann umher nach Weisen,
Und nach Mächtigen, die befehlen,
Jene werden unterweisen,
Diese That und Kräfte stählen.

Wenn du, nützlich und gelassen,
So dem Staate treu geblieben,
Wisse! Niemand wird dich hassen,
Und dich werden viele lieben

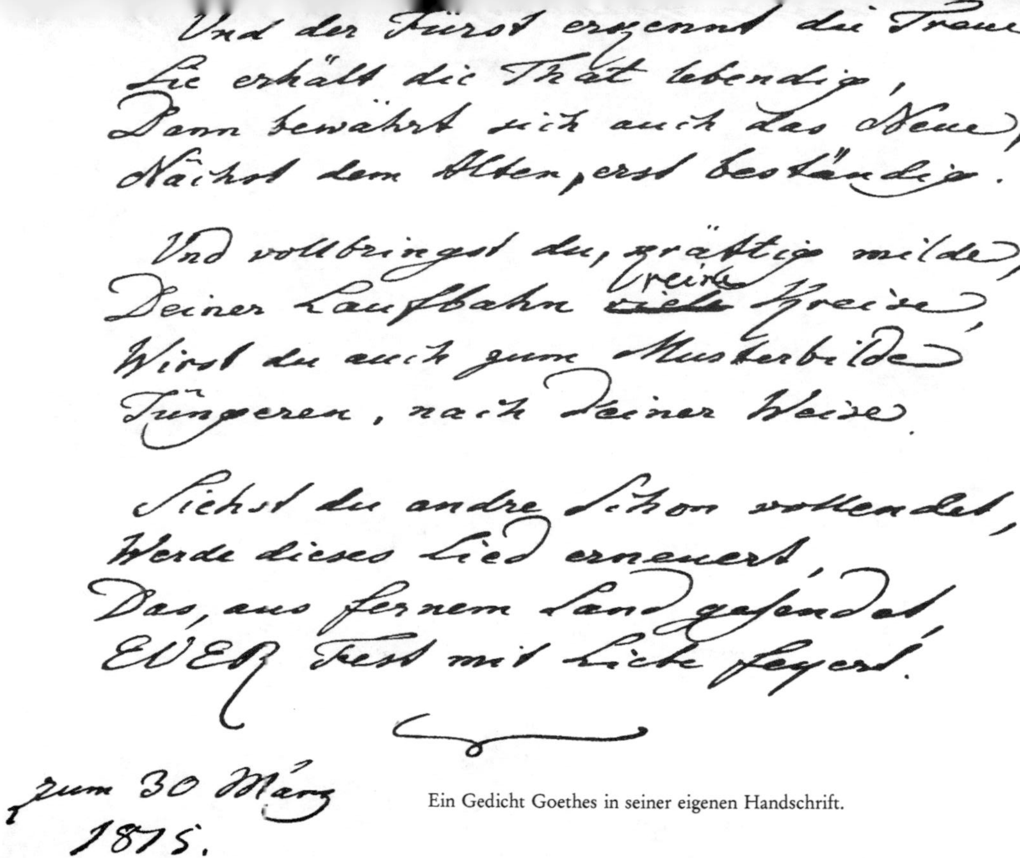

Und der Fürst erkennt die Treue,
Sie erhält die That lebendig,
Dann bewährt sich auch das Neue,
Wächst dem Alten, erst beständig.

Und vollbringst du, kräftig milde,
Deiner Laufbahn reine Kreise,
Wirst du auch zum Musterbilde
Jüngeren, nach Deiner Weise.

Siehst du andre schon vollendet,
Werde dieses Lied erneuert,
Das, aus fernem Land gesendet,
EUER Fest mit Liebe feyert.

zum 30 März
1815.

Ein Gedicht Goethes in seiner eigenen Handschrift.

Heinrich von Kleist. Zeitgenössische Miniatur.

Zeiten im unendlichen Wachstum einer Melodie sah, die weiterzusingen ihnen als ihre Sendung erschien.

Sie hatten noch ein anderes erreicht: die geistige Emanzipation der Frau. Wilhelm von Humboldt hatte in einer Abhandlung über die männliche und weibliche Form ein Urbild des klassischen Menschen aufgestellt, der kein bestimmtes Geschlecht mehr besitzt, sondern einfachhin Mensch sei. Friedrich von Schiller freilich sah im Bund der Geschlechter das Gleichgewicht der menschlichen Hälften und hielt es mit Goethe für das Menschentum wesentlich, daß der Mensch in den Grenzen des Geschlechtes bleibe; sein Frauenideal stieß, als er es im »Lied der Glocke« verklärte, im Kreise der älteren Romantik auf ablehnendes Gelächter.

Frauengestalten der älteren Romantik

In ihrem frühesten Stadium pries die Romantik die freie Liebe, der auch die beiden berühmtesten Frauengestalten des Jenaer Kreises, Caroline Schlegel-Schelling (1763–1809) und Dorothea Schlegel zeitweise huldigten.

Die erste hieß mit ihrem Mädchennamen Caroline Michaelis (ihr Vater war Orientalist in Göttingen), heirate 1784 den Bergarzt Böhmer in Clausthal, lebte nach dessen Tod (1788) in Göttingen, Marburg und Mainz, trat hier in Beziehung zu den »Klubisten«, den Anhängern der Französischen Revolution, wurde deshalb nach der Besetzung von Mainz durch die Preußen verhaftet (1793) und in Königstein am Taunus gefangengesetzt. Friedrich von Schlegel erwirkte ihr die Freilassung, machte sie mit seinem älteren Bruder bekannt, der sie 1796 heiratete und sich 1801 von ihr scheiden ließ, weil sie bereits Beziehungen mit dem Philosophen Schelling eingegangen war; diesem 1803 angetraut, trug sie fortan seinen Namen und hieß nun Caroline von Schelling oder auch Caroline Schlegel-Schelling. Sie starb 1809 zu Maulbronn.

Charlotte von Schiller, die Caroline von Jena her kannte, haßte die »Dame Luzifer« samt deren fragwürdiger Vergangenheit und Gegenwart, war sie doch selbst eine musterhafte Gattin. Den Kritikern ihrer wechselnden Liebe hielt Caroline die höchste Treue gegen sich selbst entgegen; damit meinte sie die Treue gegen die unendliche Liebe. Schelling hingegen nannte sie an ihrem Totenbett »eine seltsame Frau von männlicher Seelengröße, von dem schärfsten Geist mit der Weichheit des weiblichen, zartesten, liebevollsten Herzens vereinigt«. Für die Jenaer Romantiker war sie der Mittelpunkt des gemeinschaftlichen Lebens; im Gespräch und im Brief gab sie sich ganz. Der Tod ihres Kindes Auguste bot ihr das Erlebnis einer höheren, über das Irdische hinausgehenden Gemeinsamkeit; ihre Reaktion darauf war echt romantisch:

»Wenn die Wolken des eigenen Jammers mir auch das Haupt eine Weile umhüllen, es befreit sich bald wieder und wird vom reinen Blau des Himmels über mir beschienen, der mein Kind einschließt wie mich. Die Allgegenwart, das ist die Gottheit – und meinst du nicht, daß wir einmal allgegenwärtig werden müssen, alle, einer in dem anderen, ohne deswegen eins zu sein? Denn eins dürfen wir nicht werden, weißt du wohl, dann würde das Streben, sich zu eins zu machen, aufhören.«

Zum Unterschied von Dorothea war sie selbst nicht schriftstellerisch tätig, aber ihre *Briefe aus der Frühromantik* (erstmals 1871 herausgegeben) gehören zur Literatur jener Zeit als Zeugnisse der eigenen Persönlichkeit und der ganzen Periode. Goethe war ihr Liebling, für Schiller und überhaupt für ihre Gegner kannte sie nur Spott. Charakteristisch für sie sind nicht nur die folgenden Zeilen:

»Oh, mein Freund, wiederhole es dir unaufhörlich, wie kurz das Leben ist, und daß nichts so wahrhaft existiert als ein Kunstwerk. Kritik geht unter, leibliche Geschlechter verlöschen, Systeme wechseln, aber wenn die Welt einmal aufbrennt wie ein Papierschnitzel, so werden die Kunstwerke die letzten lebendigen Funken seyn, die in das Haus Gottes gehen – dann erst kommt Finsternis.«

Mutter zweier Künstler, besonders des Malers Philipp Veit (1793–1877) aus der romantischen Schule der Nazarener, war Dorothea von Schlegel (1763–1839), die Tochter des aufklärerischen jüdischen Philosophen Moses Mendelssohn, seit 1783 mit dem Bankier Simon Veit verheiratet, 1798 von ihm geschieden. Berlin war ihr Geburtsort, Berlin die Stadt, wo sie Friedrich Schlegel kennenlernte. Mit ihm lebte sie zusammen in Jena und in Paris; hier wurde sie zunächst protestantisch, offenbar, um Schlegel heiraten zu können (1804), mit ihrem Mann – nach ihrer Rückkehr nach Deutschland – katholisch (1808); als Witwe lebte sie bei ihrem Sohn Philipp in Frankfurt a.M., wo sie auch starb. Wie Caroline Schlegel-Schelling war auch Dorothea eine fleißige Briefschreiberin, darüber hinaus als Übersetzerin tätig (1804 im ersten Band der »Sammlung romantischer Dichtungen des Mittelalters« Übertragung des altfranzösischen Merlinromans; 1807 der »Corinna« von Madame de Staël) und Verfasserin des fragmentarischen Romans *Florentin* (1801). Dieser sollte wie andere romantische Romane ein Gegenstück zu Goethes »Wilhelm Meister« sein und wurde Vorbild zu Eichendorffs »Ahnung und Gegenwart« (den Titel gab dem jüngeren Dichter eben Dorothea von Schlegel). So braucht es über ihn nicht vieler Worte, es seien denn jene, die von der Autorin selber stammen und an Friedrich von Schlegel gerichtet sind:

»Und hiemit soll es nun endigen? So wirst du freilich nicht fragen, aber du siehst voraus, daß es viele andere fragen werden, die einen ordentlichen, befriedigenden Schluß ungern vermissen. Befriedigenden Schluß! Sieh, mein Freund, bei diesem Wort mußte ich aufhören und konnte lange nicht weiterschreiben. Es war mir, als müßte ich mich besinnen, was denn wohl ein befriedigender Schluß sei? Was den meisten so erscheint, ist es nicht für mich. Ach, da in der Wirklichkeit, in der Gewißheit, da geht mir erst alle Wehmut und alle Unbefriedigung recht an. Meine Wirklichkeit und meine Befriedigung liegt in der Sehnsucht und in der Ahnung.«

Das ist echte Romantik, die dann in eine Art Ekstase verfällt und dithyrambisch das Aufgehen des Mondes am abendlichen Himmel beschreibt und daraus den Schluß zieht: »Was mir klar geworden; nämlich daß ein Gedicht keinen schließlicheren Schluß zu haben braucht als ein schöner Tag.«

Wilhelm Heinrich Wackenroder und Johann Ludwig Tieck

Zu den Aufgaben der Romantik gehörte es, die Ergebnisse der Dichtung und Philosophie aus der Blütezeit der Literatur am Ende des 18. Jahrhunderts der Allgemeinheit zugänglich zu machen. Aus der Enge Jenas und Weimars ließ sich das Ziel schlecht erreichen, weil es an einem größeren empfänglichen Publikum fehlte. Darum zog es viele Romantiker in die Großstädte, besonders nach Berlin, wo sich schon ein hochentwickeltes gesellschaftliches Leben vorfand, das lediglich dem freien Gedankenaustausch galt und bildungsfähige und begabte Leute aller Stände und Berufsarten umfaßte. Dieses geistig-gesellige Leben spiegelt sich am getreuesten in Johann Ludwig Tieck. Für seine Entwicklung von größter Bedeutung wurde WILHELM HEINRICH WACKENRODER (1773–1798).

Als Sohn eines hohen preußischen Beamten in Berlin geboren, saß er schon auf der Schulbank neben Tieck, dem Sohn eines Handwerkers. Kurze Zeit führte sie das Leben auseinander, doch das gemeinsame Semester in Erlangen (1793) verband die beiden Berliner zu fester Freundschaft; sie unternahmen gemeinsam Wanderungen nach Bamberg und Nürnberg und begeisterten sich an der neuentdeckten altdeutschen Baukunst. Der Jurist Wackenroder wurde schließlich Kammergerichtsassessor in Berlin, wo er bald nach seiner Ernennung starb. Seine ersten schriftstellerischen Arbeiten waren Romane (»Die Unsichtbaren«, 1794; »Der Demokrat«, 1796; »Das Schloß Montfort«, 1796) und Erzählungen (»Kloster Netley«, 1796); sie sind der Vergessenheit anheimgefallen, nicht dagegen die, fast möchte man sagen, Bekenntnisschriften, die *Herzensergießungen eines kunstliebenden Klosterbruders* (1797) und die *Phantasien über die Kunst, für Freunde der Kunst* (1799). An beiden hatte allerdings auch Ludwig Tieck einen nicht unbedeutenden Anteil, wahrscheinlich in Form und Formulierung mehr als im Gedankengut; daher gelten sie mit Recht als Wackenroders Werk. Sie bedeuten die poetische Entdekkung des Mittelalters, eine neue Kunst- und Musikauffassung und zeigen wie kaum sonst eine romantische Äußerung, die Tiefe und Erschütterung des ganz aus der subjektiven Innerlichkeit bestimmten Lebensgefühls. Vernehmen wir Wackenroder selbst:

»Nürnberg! du vormals weltberühmte Stadt! Wie gerne durchwanderte ich deine krummen Gassen; mit welcher kindlichen Liebe betrachtete ich deine altväterischen Häuser und Kirchen, denen die feste Spur von unsrer alten vaterländischen Kunst eingedrückt ist! Wie innig lieb' ich die Bildungen jener Zeit, die eine so derbe, kräftige und wahre Sprache führen. Wie ziehen sie mich zurück in jenes graue Jahrhundert, da du, Nürnberg, die lebendig-wimmelnde Schule der vaterländischen Kunst warst und ein recht fruchtbarer, überfließender Kunstgeist in deinen Mauern lebte und webte: – da Meister Hans Sachs und Adam Krafft, der Bildhauer, und vor allem Albrecht Dürer mit seinem Freunde Wilibaldus Pirkheimer und so viel andre hochgelobte Ehrenmänner noch lebten! Wie oft hab' ich mich in jene Zeit zurückgewünscht!«

Der »kunstliebende Klosterbruder«, vorgestellt als Tonkünstler Josef Berglinger, ist natürlich Wackenroder selbst. Im Gegensatz zur klassischen Kunstauffassung Winckelmanns schreibt er:

»Nicht nur unter italienischem Himmel, unter majestätischen Kuppeln und korinthischen Säulen, auch unter Spitzgewölben, krausverzierten Gebäuden und gotischen Türmen wächst wahre Kunst hervor.«

Trotz solcher Äußerungen wäre es falsch, Wackenroder eines engen Nationalismus zu zeihen, denn er hat auch andrerseits die Künstlerbiographien des Italieners Giorgio Vasari (1511–1574), des Michelangelo-Schülers, eifrig studiert und preist mit heller Begeisterung auch Raffael, Michelangelo und den Petersdom. Goethe und sein Kunstfreund Meyer schüttelten über Wakkenroders »christelnde Manier« den Kopf, aber auch Eichendorff war mit ihr nicht zufrieden; wohl anerkannte er »diese religiöse Vertiefung der Kunst« als höchst ehrenwert, lehnte zugleich jedoch die Identifikation von Kunst und Religion, »das Nebeln und Schwebeln, das bloße Gefühle mit Luft in Luft malt, ohne es zum lebendigen Bilde zu bringen«, ab:

»Jenes Mißverständnis hat daher wie einerseits einen künstlerischen Dilettantismus, so auch ein dilettantisches Katholisieren in Mode gesetzt, das die Kirche fast nur als eine grandiose Kunstausstellung betrachtete und sich für berechtigt hielt, ihre Geheimnisse nach seiner Weise und Stimmung zu deuten.«

In der Tat setzte Wackenroder den Genuß eines Kunstwerkes dem Gebet gleich; vor allem aber dachte er dabei an das musikalische Kunstwerk. In einer seiner Novellen läßt er einen Konvertiten erzählen:

»Auf einmal ward alles stiller, und über uns hub die allmächtige Musik, in langsamen, vollen, gedehnten Zügen an, als wenn ein unsichtbarer Wind über unseren Häuptern wehte: sie wälzte sich in immer größeren Wogen fort, wie ein Meer, und die Töne zogen meine Seele ganz aus ihrem Körper heraus. Mein Herz klopfte, und ich fühlte eine mächtige Sehnsucht nach etwas Großem und Erhabenem, was ich umfangen könnte. Der volle lateinische Gesang, der sich steigend und fallend durch die schwellenden Töne der Musik durchdrängte, gleichwie Schiffe, die durch die Wellen des Meeres segeln, hob mein Gemüt immer höher empor. Und indem die Musik auf diese Weise mein ganzes Wesen durchdrungen hatte, und alle meine Adern durchlief – da hob ich meinen in mich gekehrten Blick, und sah um mich herum –, und der ganze Tempel ward lebendig vor meinen Augen, so trunken hatte mich die Musik gemacht.«

Das musikalische Element hat auch in der Lyrik Tiecks, des Freundes Wackenroders, eine große Rolle gespielt. Johann Ludwig Tieck (1773–1853), gelegentlich unter den Pseudonymen Peter Lebrecht und Gottlieb Färber schreibend, war in Berlin, wo er auch später starb, geboren. Sein Vater war ein gebildeter und wohlhabender Seilermeister, schickte den Sohn auf das Gymnasium und an die Universität (Halle, Göttingen, Erlangen) und verwehrte es ihm, Schauspieler zu werden, also einen Beruf zu ergreifen, zu dem er vieles mitgebracht hätte; denn schon als Jüngling zeigte er nebst einem scharfen Verstand eine leicht bewegliche Phantasie und eine staunenswerte Fähigkeit, sich in die Gedanken und Empfindungen anderer hineinzuleben, und man weiß, daß ihm in späteren Jahren seine Vorlesungen dramatischer Dichtungen und seine mimischen Kunststücke in ganz Deutschland Ruhm eingebracht haben. Für sein dichterisches Schaffen allerdings wurde jene Gabe der lebhaften Nachempfindung fremder Dichtungen verhängnisvoll. Denn sie verschuldeten es, daß man aus seinen vielen Dichtungen und selbst aus den besten einen Nachklang der Vorbilder vernimmt. Wolfgang Pfeiffer-Belli sagte von ihm: »Der hochbegabte Knabe, dessen frühreife Phantasie sich an Shakespeares Helden, an Goethes ›Götz‹ und Schillers ›Räubern‹ entzündet, entwickelt sich nicht zum aufgeklärten Musterbürger, sondern zu einem gespaltenen Menschentum, wie es uns auch in Brentano und Hoffmann engegentritt, irritierend und erschreckend. Da ist sozusagen ein offizieller Tieck, ein angenehmer Poet, glänzender Gesellschafter, schauspielerisch begabt; daneben aber eine zweite Natur, düster grübelnd und fragend. Hatte man im damaligen Berlin Verständnis für die Beunruhigungen des jungen Zweiflers? Natürlich nicht; man wies ihn mit den trivialsten Antworten ab, denn die Erziehung der jungen Romantikergeneration war braven, ahnungslosen Optimisten anvertraut, die die Zweifel ihrer Kinder und Zöglinge unmöglich verstehen konnten. Dieses zweite, dunkle Ich bricht bei Tieck immer wieder durch, er hat es als Knabe durch nervenaufpeitschende Vielleserei früh genährt. Hamlets Grübeln, Franz Moors Raserei hat er nachzuempfinden gesucht, ein übriges tat der zeitgenössische Schauerroman. Freilich hatte der so bedenklich begabte Jüngling einen guten Genius zur Seite, den gleichaltrigen Freund Wilhelm Heinrich Wackenroder, der mit ihm 1792–1795 in Halle, Erlangen und Göttingen studierte.«

In dessen Todesjahr heiratete Tieck die Pfarrerstochter Amalie Alberti (gestorben 1837); 1799 kam er nach Jena in den Kreis der Frühromantiker (von jetzt an kann man von der romantischen Schule reden) und wurde natürlich auch mit Schiller und Goethe bekannt. 1801–1803 lebte er in Dresden und verkehrte mit H. Steffens, dann auf Schloß Ziebingen bei Frankfurt a. d. O.; 1804/1805 bereiste er Italien. In München hielt ihn auf der Rückkehr aus dem Süden eine längere Krankheit fest; hier (oder in Wien) wollte er Fuß fassen, doch gelang es ihm nicht; so wanderte er weiter; Baden-Baden, Prag, Frankreich, England. Von 1819 an lebte er wieder in Dresden, wo er 1825 Hofrat und Dramaturg des Hoftheaters wurde; 1841 berief ihn Friedrich Wilhelm IV. nach Berlin als Vorleser des Königs, Geheimen Hofrat und Berater der Königlichen Schauspiele, an denen er mit Inszenierungen, besonders der Dramen Shakespeares, bahnbrechend wirkte.

Schon in jungen Jahren griff Tieck zur Feder, ohne damals bereits ein bestimmtes Ziel vor Augen zu haben; schwankend zwischen reichlich frivoler und nüchtern aufklärerischer Belletristik, schrieb er unter Anlehnung an den zeitgenössischen Greuelroman seine beiden Romane *Abdallah* (1795) und die *Geschichte des Herrn William Lovell* (1795 ff. in 3 Bänden, 1813 auf 2 Bände verkürzt). Beide Erzählwerke schildern den Abstieg aufgeklärter Jünglinge, dort im orientalischen Gewand, hier im englischen Kostüm, ins Dunkel nihilistischer Verzweiflung. Sozusagen gleichzeitig ließ sich der Autor vom Erzaufklärer Nicolai bewegen, für die von ihm protegierte Zeitschrift »Straußfedern« Erzählungen zu schreiben (1795–1798) ; davor entstand das Schicksalsdrama *Karl von Berneck* (1793–1795), ferner der Roman *Peter Lebrecht* (1795), eine dem Lob der Mittelmäßigkeit geltende humoristische Ich-Erzählung, die zwar über gewöhnliche Späße nicht hinauskommt und sich gegen alles Phantastische richtet, zum ersten Mal aber auf die alten Volkslieder und Volksromane hinweist und diese dem modernen Roman vorzieht.

Konsequenterweise folgt die dreibändige Sammlung *Volksmärchen* (1797), »herausgegeben von Peter Lebrecht«, der Übergang Tiecks vom aufklärerischen Rationalismus ins Lager der Romantiker. Anders als bei Wieland und Musäus werden hier Märchen frank und fromm erzählt, so die *Geschichte von den Haymonskindern,* so *Die schöne Magelone;* aber was das Volk nicht tat, das tut nun Tieck: er schmückt mit romantischen Naturschilderungen aus und streut Lieder ein (Brahms hat sie vertont), in die »Melusine« sogar Stanzen und Sonette, von den Romantikern gern gebrauchte Strophenformen, die aber nicht sehr volkstümlich sind. Tieck ging noch weiter und dichtete Naturphilosophie in Märchenpracht um; das ergab eine erschütternde Synthese mit der im Dichter stets schlummernden Schwermut, etwa im *Blonden Eckbert* und im *Runenberg*. Nixen, Kobolde, Elfen, Geister spielen mit im Märchen *Der getreue Eckart und der Tannhäuser*, das Gestalten der Sage und der mittelalterlichen Literaturgeschichte auftreten läßt und in glücklichster Weise Menschenwelt und Geisterwelt verbindet. Ein andermal verzichtet er auch nicht auf satirische Ausfälle gegen Iffland und Kotzebue sowie gegen das ganze musenfeindliche Zeitalter, z. B. in der *Denkwürdigen Geschichtschronik der Schildbürger* (1796).

Im Zusammenhang mit diesen Buch-Märchen stehen die Bühnen-Märchen Tiecks: der »Ritter Blaubart«, »Der gestiefelte Kater« (1797), »Prinz Zerbino oder die Reise nach dem guten Geschmack« (1797), »Die verkehrte Welt«. Schon im *Ritter Blaubart* mischen sich Tragik und Komik, Satire und Märchen kunterbunt, so daß man nicht recht weiß, ob es der Verfasser ernst meint oder nur Spaß machen will; hier setzt jene romantische Ironie ein, die den »zwei Seelen« in der Brust Tiecks besonders gut entsprach, aber auch anderen Romantikern nicht ferne lag. Ihre Funktion ist es, die Atmosphäre des Wunderbaren und Zauberhaften zu unterbrechen, wenn nicht sogar zu sprengen. – Das wird deutlich im *Gestiefelten Kater*. In diesem Stück reden Tiere wie Menschen, regiert der märchenhafte Zufall; doch auf der Bühne sitzen auch ein Müller, ein Schlosser, ein Fischer, ein Böttcher und spielen »Zuschauer«, die just an den romantischen Höhepunkten des Märchenspiels ihre überaus einfältige Kritik laut werden lassen. Diese »Zuschauer« sind natürlich Leute, die unfähig sind, ein reines Phantasiegebilde genießen zu können, und werden selbst Opfer der Tieckschen Ironie. Dergleichen war in deutscher Sprache neu.

Im *Prinzen Zerbino* betritt Nestor (eigentlich Nicolai) den »Garten der Poesie«, wird von Wald und Blumen mit herrlichen lyrischen Klängen empfangen, von Dante, Ariost, Cervantes verwundert begrüßt, da sie nicht ihn, sondern Goethe erwartet hatten; der an seiner Empfindsamkeit kränkelnde Titelheld wird mit ironischen Seitenhieben bedacht, und der romantische König, der die Wirklichkeit des Lebens verachtet, spielt am Ende mit Zinnsoldaten; selbst der Chor klagt, daß man ihn nicht ins Spiel hineinlasse und er außerhalb von ihm stehenbleiben müsse. – Die *Verkehrte Welt* zeigt die Übersteigerung der »Kater«-Manier. Das Stück nennt sich ein »historisches Schauspiel«, weil darin Römer auftreten; einer von ihnen sagt: »Seht Leute, wir sitzen hier als Zuschauer und sehen ein Stück, in jenem Stück sitzen wieder Zuschauer und sehen ein Stück, und in jenem dritten Stück wird jenen dritten Akteurs wieder ein Stück vorgespielt«, beispielsweise die Waldeinsamkeit mit einem Bauern und einem Esel; das Stimmungsbild verfällt jedoch rasch der Desillusionierung durch die Zuschauer, die das Eingreifen des Theatermaschinisten fordern; der seinerseits erzeugt wohl ein romantisches Gewitter mit Blitz und Donner, zerstört aber selbst den von ihm hervorgerufenen Eindruck durch die Mitteilung der technischen Einzelheiten. Daß es sich um eine verkehrte Welt handelt, wird noch dadurch unterstrichen, daß die Einleitung ein Epilog, der Schluß ein Prolog ist, daß der aufgeklärte Skaramuz als falscher Apollo auf dem Parnaß installiert und – zum Entsetzen des Publikums – vom echten vertrieben wird. Diese »Verkehrte Welt«, nur ein Bild im Spiegel eines Publikums, ist ironische Verwirklichung der Formel des jüngeren Schlegel, daß Romantik auch unendliche Reflexion, eine unendliche Spiegelung von Spiegelbildern sei.

»Die verkehrte Welt« führte den endgültigen Bruch mit Nicolai herbei; Tieck schloß sich nun offen der Romantik an. Die Mitarbeit an Wackenroders schon genannten Werken wurde gekrönt durch den Künstlerroman *Franz Sternbalds Wanderungen, eine altdeutsche Geschichte* (1798). In diesem Franz Sternbald steckt viel von Tiecks frühverstorbenem Freund; das Buch ist sozusagen sein Grabdenkmal. Die Form war durch Goethes »Wilhelm Meister« bestimmt; wie dessen Titelfigur ist auch Sternbald eine träumerische Natur, zugleich jedoch ein Virtuose der Stimmung wie Heinse Ardhingello. Als junger deutscher Maler, der lange Zeit Schüler Dürers (unc des Lukas van Leyden) war, wandert Sternbald nach Rom, um in Raffaels unc Michelangelos Werken sein Schönheitsideal zu suchen. Auf der Wanderun kommt er wieder zu Dürer. Dessen Gestalt ist mit großer Liebe herausgearbeitet; sonst freilich ist das Bild des Mittelalters unhistorisch, ein Traumbil der Phantasie. Auch die Handlung zerflattert bald: Viele Personen schwirre an uns vorüber, viel Allegorie mischt sich ein, Träume spielen eine groß Rolle, prächtige Naturschilderungen wechseln mit Betrachtungen über Eh und freie Liebe, über Musik und Malerei, über die Mischung aller Künste z einem Kunstwerk; alles ist Stimmung. Sternbalds Wandern hat eigentlic kein Ziel, es kommt aus der Sehnsucht und dem Trieb in die lockende Ferne deshalb kann der wandernde Sternbald weder an ein Ziel noch zu sich selbe kommen. Zahlreiche eingestreute Lieder verleihen dem Roman einen musi kalischen Charakter, ja sogar die menschlichen Gestalten sind wie Stimmen einer unendlichen Weltharmonie behandelt. Und diese Weltharmonie steht unter dem Zeichen des Kreuzes: die Landschaft wird christlich gedeutet und so zu einem Sinnbild; nach Tiecks Plan sollte Sternbald in Rom katholisch werden. Da offenbart sich die historische Ahnungslosigkeit des Dichters (denn in der Zeit, in der Sternbald angeblich lebte, wandten sich gerade tiefreligiöse Künstler, wie Dürer und Grünewald, von der damals durch zeitweilige Mängel entstellten alten Kirche ab) und wohl auch sein Verkennen des Katholischen, doch immerhin etwas von der Konversionsstimmung um die Jahrhundertwende (Tieck selbst gab ihr nicht nach).

Aus dieser Stimmung heraus mag auch die dramatische Dichtung *Leben und Tod der heiligen Genoveva* (1800) entstanden sein. An ihr hatte Tieck seit 1799 gearbeitet, war dabei beeinflußt von Maler Müllers »Golo und Genoveva« und von der Absicht erfüllt, Calderón und Shakespeare zu verschmelzen; aber die reale Bühne hatte er nicht berücksichtigt. Wie im »Sternbald« finden wir auch in der »Genoveva« nicht das echte Mittelalter, sondern nur Menschen, die sich nach jener Zeit sehnen; daher das starke lyrische Element, daher der Mangel einer festgefügten Handlung, die durch Erzählung mühsam weitergeführt wird. Aber da es dem Stück nicht an Poesie fehlt, hatte sogar Goethe einen tiefen Eindruck davon. In die gleiche Linie gehört der *Kaiser Oktavianus* (1804), den Tieck um des glücklichen Ausganges willen ein Lustspiel nannte. Der ältere Schlegel wollte es Goethes »Faust« an die Seite stellen, während Brentano erklärte, er wünschte nicht, es geschrieben zu haben. So sind nicht einmal die Romantiker im Urteil einig gewesen. Das alte Volksbuch über das gleiche Thema bot den Stoff, der ebenso lyrisch-episch behandelt wurde wie jener der »Genoveva«; die musikalische Stimmung ist vorherrschend.

Zwischen den beiden Großwerken entstand eine Reihe kleinerer Arbeiten, die er im *Poetischen Journal* (1802) veröffentlichte, *Briefe über Shakespeare*, das Gedicht *Die neue Zeit* (das Kunstprogramm der Romantik), das Fastnachtsspiel *Der neue Herkules am Scheidewege* und die zynische, gegen Nicolai gerichtete Satire *Das jüngste Gericht – eine Vision.* Es folgten die Übertragungen der *Minnelieder aus dem schwäbischen Zeitpunkt* (1803), verunglückte Studien auf dem Feld der deutschen Philologie, das *Altenglische Theater* (1811), Übersetzungen zweifelhafter oder unechter Shakespearedramen, das *Deutsche Theater* (eine Auswahl von Rosenplüt bis Lohenstein), der *Phantasus* (1812–1816) in drei Bänden, eine Sammlung eigener kleinerer Stücke, die Altes und Neues durch eine Rahmenerzählung verband, die

Dramaturgischen Blätter (1826), gesammelte Theaterkritiken, *Das deutsche Drama* (1827), eine Geschichte des deutschen Schauspiels von den Anfängen bis zur damaligen Gegenwart, Ausgaben der Werke befreundeter Dichter und Schriftsteller (Maler Müller, Heinrich von Kleist, Solger, Reinhold Lenz, Schröder, Novalis) und *Shakespeares Vorschule* (1823–1829), eine Ergänzug seiner Sammlung altenglischer Theaterstücke.

In dieser Zeit des Sammelns eigener und fremder Schriften veröffentlichte Tieck auch eine Sammlung seiner *Lyrischen Gedichte* (1821–1823) in drei Bänden. Verhältnismäßig wenige von ihnen sind um ihrer selbst willen gedichtet, ein Großteil ist eingestreut in die Romane und dramatischen Gedichte. Gewissermaßen Motiv von Tiecks Lyrik sind die Verse, die dem »Kaiser Oktavianus« als Leitmelodie dienen:

Mondbeglänzte Zaubernacht,
Die den Sinn gefangenhält,
Wundervolle Märchenwelt,
Steig auf in der alten Pracht.

Diese vier Zeilen wie die vier anderen:

Süße Liebe denkt in Tönen,
Denn Gedanken steh'n zu ferne,
Nur in Tönen mag sie gerne
Alles, was sie will, verschönen.

haben den Vorteil, daß man sie leicht zu variieren vermag, so wie in der Musik ein Thema in verschiedenen Variationen immer wieder aufgenommen werden kann. Friedrich von Schlegel hat in der »Glosse« der Tieckschen Anregung Folge geleistet und – nach spanischen Vorbildern – zu jeder der zuletzt zitierten vier Zeilen neun Verse dazugedichtet. Tieck selbst aber stellte einmal die Frage: »Wie, es wäre nicht erlaubt und möglich, in Tönen zu denken und in Worten und Gedanken zu musizieren?« Vielleicht war nun Tieck zu wenig musikalisch begabt; das oft gewagte Experiment gelang eigentlich nie. So konnte Jean Paul Tiecks Prosa poetischer finden als dessen Poesie. Ein Beispiel aus »Phantasus« mag diese Feststellung unterstreichen:

»Ist diese Gegend nicht, durch welche wir wandeln, fing Theodor an, einem schönen, romantischen Gedichte zu vergleichen? Erst wand sich der Weg labyrinthisch auf und ab durch den dichten Buchenwald, der nur augenblickliche, rätselhafte Aussicht in die Landschaft erlaubte: so ist die erste Einleitung des Gedichtes; dann gerieten wir an den blauen Fluß, der uns plötzlich überraschte und uns den Blick in das unvermutete frisch-grüne Tal gönnte: so ist die plötzliche Gegenwart einer innigen Liebe; dann die hohen Felsengruppen, die sich edel und majestätisch erhuben und höher bis zum Himmel wuchsen, je weiter wir gingen: so treten in die alten

Erzählungen erhabene Begebenheiten hinein und lenken unseren Sinn von den Blumen ab; dann hatten wir den großen Blick auf ein weit ausgebreitetes Tal, mit schwebenden Dörfern und Türmen auf schön geformten Bergen in der Ferne, wir sahen Wälder, weidende Herden, Hütten der Bergleute, aus denen wir das Getöse herüber vernahmen: so öffnet sich ein großes Dichtwerk in die Mannigfaltigkeit der Welt und entfaltet den Reichtum der Charaktere... Wie wird sich diese reizende Landschaft nun ferner noch entwickeln? Schon oft habe ich Lust gefühlt, einer romantischen Musik ein Gedicht unterzulegen, oder gewünscht, ein genialer Tonkünstler möchte mir vorausarbeiten, um nachher den Text seiner Musik zu suchen...«

In der letzten literarisch fruchtbaren Periode seines Lebens kehrte schließlich Tieck gewissermaßen zu den Anfangen zurück, zur Novelle. Ungefähr 40 Erzählungen dieser Art enstanden in den beiden Jahrzehnten von 1821 bis 1840, zeigen aber den Verfasser von einer ganz neuen Seite: Das Märchenhafte tritt hinter dem Realistischen zurück, das gelegentlich noch auftretende Phantastische nimmt humoristische Züge an. Das Einbeziehen der den Dichter und die Zeit bewegenden Fragen (soziales und politisches Leben, Religion, Kunst, Literatur) erweitert nicht nur den Umfang, sondern auch den Gehalt der Novelle und macht sie, die bisher fast nur Episode im Roman war oder – mit anderen verbunden – der Klammer einer Rahmenerzählung bedurfte, selbständig, beeinträchtigt aber die künstlerische Geschlossenheit, zumal Tieck keine der Unarten seines Dichtens und Denkens, auch in den reiferen Jahren, aufgab. Gewissermaßen Grenzfälle sind die beiden historischen Novellen *Der Aufruhr in den Cevennen* (1826) und *Vittoria Accorombona* (1840); die erste, eine poetische Darstellung des Kampfes der Hugenotten gegen den Katholizismus, lehnt deutlich jeden religiösen Fanatismus, der bis zum Wahnsinn neige, ab; die andere, kreisend um die schöne, geistreiche Gemahlin Giordano Orsinis, des Mörders ihres ersten Gatten Francesco Peretti, läßt die von der Moral her zu stellende Frage offen. Der »Aufruhr« wurde darum mit Begeisterung aufgenommen, das Renaissance-Gemälde dagegen mit Befremden.

Der Shakespearefreund und -übersetzer entwarf im *Dichterleben* ein Bild des großen Dramatikers und schloß daran *Das Fest zu Kenilworth*, ein Kleinod der Novellensammlung. Dem Portugiesen Camões setzte Tieck in *Des Dichters Tod* ein Denkmal, das das Ende dieses Nationaldichters zum Gegenstand hat. Aus der eigenen Zeit geboren ist *Des Lebens Überfluß* (1839), darin ein mittelloses Liebespaar mit der Unbill der Wirklichkeit kraft eines beglückenden Humors fertig wird (zuletzt verfeuert es im strengen Winter die zu seiner Dachkammer führende Stiege); es ist kein Zufall, daß Carl Spitzweg (1808–1885) im gleichen Jahr das Bild »Der arme Poet« malte (Biedermeierzeit!). Das ist wohl kaum eine Verwandlung, eher eine Anwandlung des stets wandlungsfähigen Ludwig Tieck.

Sein romantisches Empfinden übertrug Tieck auf seine Schwester Sophie Bernhardi, in zweiter Ehe von Knorring (1775–1836), die in den achtzeiligen Stanzen von *Flore und Blanchefleur* den bekannten mittelalterlichen Stoff in breiter Darstellung anbot, 1802 *Wunderblumen und Träume in elf Märchen* veröffentlichte, 1804 *Dramatische Phantasien* herausgab, in denen je am Schluß der drei Stücke ein alter König durch seine glücklichen Kinder aus dem Schlaf oder aus einer Einsiedelei ins Leben zurückgerufen wird, und im Roman *Evremont* ein lebendiges Gemälde preußischer Geschichte zwischen 1806 und 1813 entwarf; Ludwig Tieck edierte ihn aus dem Nachlaß seiner Schwester. Er selbst, den man den »Propheten der Romantik« genannt hat, geriet, wenn man von seiner Beteiligung am Schlegel-Tieckschen »Shakespeare« absieht, beinahe in Vergessenheit. Erst die neueste Zeit deutet ihn neu, findet in seinen Märchen die spezifisch modernen Themen (Fragwürdigkeit des Ich-Begriffs, Zweifel an der Wirklichkeit, das Faszinierende der Maske, das Unwirkliche des uns umgebenden Alltags), in seinen Dramen einen vorweggenommenen Pirandello oder Brecht (Desillusionierung, Verfremdung, episches Theater).

Novalis

Ein echter Dichter war zweifellos Friedrich Leopold von Hardenberg (1772–1801), genannt Novalis. Auf Gut Oberwiederstedt bei Mansfeld als Sproß eines verarmten Adelsgeschlechtes geboren, war er wie seine zehn Geschwister von der Schwindsucht bedroht (nur ein einziger Sohn überlebte die Eltern) und wurde schließlich ihr Opfer. Die wichtigsten äußeren Stationen seines kurzen Lebens sind Eisleben (Gymnasium), Jena (Universität), wo er Reinhard, Schiller und Fichte hörte, Leipzig und Wittenberg, die Orte seines Rechtsstudiums, Tennstädt in Sachsen (im Verwaltungsdienst der Kreishauptmannschaft), Weißenfels (Akzessist und Salinenauditor unter seinem Vater), Freiberg in Sachsen (Studium an der Bergakademie), wieder Weißenfels (Salinenassessor), wo er starb, nachdem er im Dezember 1800 zum Amtshauptmann im Thüringischen Bergkreis ernannt worden war, seit August 1800 von der Todeskrankheit befallen. Hardenbergs Innenleben bestimmten die pietistischen Eltern, seit den Tagen in Jena der Umgang mit den Romantikern, die Lektüre von Young, Ossian, J. Böhme, das Erlebnis des Todes (in der eigenen Familie und seiner ersten Braut, der dreizehnjährigen Sophie von Kühn, gestorben zu Jena am 19. März 1797 an der Schwindsucht), die Verlobung mit der Berghauptmannstochter Julie von Charpentier (1798) und die Ahnung des eigenen frühen Sterbens.

Die ältesten Spuren seines Singens und Sagens sind wohl unter den *Vermischten Gedichten* zu suchen, deren freundlich helle Naturbegeisterung und leiser Humor das Geschenk der Jugend und der Zeit des ersten Liebens gewesen sein mögen. Doch 1797 kam die Wende: Es starb die Braut und für Novalis wich die Sonne aus dem Leben; es entstanden die *Hymnen an die Nacht,* Gebilde in rythmischer Prosa, die erst in einer Überarbeitung teilweise zu weichen Versen wurde, die wohl eigenartigste Erscheinung der gesamten romantischen Literatur in deutscher Sprache und zugleich eine der seltsamsten, aber auch wehmütigsten Blüten am Baume der Weltliteratur, keineswegs jedoch ein bloß sentimentales Wühlen im eigenen Schmerz, sondern ein wunderbarer Ausdruck für die Sehnsucht nach einer höheren Welt, nach der Ewigkeit. Wenn die fünfte dieser Hymnen das Griechentum als »ewiges Fest der Götter und Menschen« feiert, macht sie ihm doch den Vorwurf, ganz dem Tage zugetan zu sein; erst Christus erschließe im Tod das ewige Leben; so preist dann der sechste Hymnus die Nacht des Todes als das wirkliche Sein.

In engem Zusammenhang mit diesen Hymnen in Prosa stehen die *Geistlichen Lieder;* wenn sie auch gesammelt 1799 herauskamen, so müssen sie doch zu verschiedenen Zeiten entstanden sein, denn es finden sich pantheistische Elemente neben unanfechtbarer Christologie, deutlich evangelische Auffassungen neben starker Neigung zum Katholischen (Novalis hat nie konvertiert, wohl aber zwei seiner Brüder). Was über jeden Zweifel erhaben bleibt, ist jedoch die persönliche Ergriffenheit von den dargestellten Gegenständen der Offenbarung. So kam es nicht von ungefähr, daß einige dieser Lieder zum unverlierbaren Eigentum der Christenheit im deutschen Sprachraum geworden sind (vor allem »Wenn ich ihn nur habe« und »Wenn alle untreu werden«); das auch vom poetischen Standpunkt aus schönste Gedicht unter ihnen ist das schlackenlose Marienlied:

> Ich sehe dich in tausend Bildern,
> Maria, lieblich ausgedrückt,
> Doch keins von allen kann ich schildern,
> Wie meine Seele dich erblickt.
>
> Ich weiß nur, daß der Welt Getümmel
> Seitdem mich wie ein Traum verweht,
> Und ein unnennbar süßer Himmel
> Mir ewig im Gemüte steht.

Als Lyriker früh vollendet, wandte sich Novalis – einer allgemeinen Vorliebe der Romantiker für diese literarische Form folgend – dem Roman zu. Seine beiden Romane blieben Fragment, der erste hat den Titel *Die*

Lehrlinge von Sais und ist Niederschlag der naturwissenschaftlichen und naturphilosophischen Studien des Dichters; denn – so sagt er selbst – »Naturforscher und Dichter haben durch *eine* Sprache sich immer wie ein Volk gezeigt«. Für Novalis ist die Natur in ihrem innersten Wesen ein bewußtes, aber wundersam in sich verschlossenes Gemüt, das sich nur den Dichtern und den Liebenden offenbart. Schelmisch flüsternd enthüllt den Sinn des Romans das eingeschaltete Märchen von *Hyazinth und Rosenblüth*, erzählt von einem »munteren Gesell, dem Rosen und Winden die Schläfen zieren«; ihn freilich lockt ein fremder, bärtiger Mann zum Reisen und Forschen, bis er zum Tempel von Sais gelangt und zum verschleierten Isisbild vordringt. Schiller hat es in seiner bekannten Ballade vermessen genannt, den Schleier der geheimnisvollen Göttin zu heben, und den, der es wagte, mit dem Tode bestraft. Diesbezüglich sagt Fritz Strich: »Die Klassik blieb vor den Toren der Mysterien stehen, und ihr Weg ging auch hier nicht nach innen... Aber die Romantik wollte gar nichts anderes, als den Schleier heben ...; ihr Weg ging ... nach innen.« So sagt es Novalis selbst: »Nach innen geht der geheimnisvolle Weg.« In der Tat, da Hyazinth den glänzenden Schleier lüftet, findet er Rosenblüth, seine Geliebte. Das will besagen: Der Mensch dringt zu den tiefsten Geheimnissen der Natur nur in und durch die Liebe vor. Der Sinn des Fragments offenbart auch folgendes Distichon:

Friedrich Leopold von Hardenberg, genannt Novalis.

Einem gelang es – er hob den Schleier der Göttin von Sais,
Aber was sah er? – er sah – Wunder des Wunders – sich selbst.

Dieses Distichon widerspricht der Handlung des Romans nicht; denn auch Hyazinth und Rosenblüth sind – eines, der Mensch. Das will vielleicht dem

Verstand nicht ganz eingängig sein, doch hält ihm Hardenberg entgegen: »Das Denken ist nur ein Traum des Fühlens, ein erstorbenes Fühlen.« Dieser Satz könnte auch in den Fragmenten stehen, die Novalis nach dem Vorbilde Friedrich von Schlegels schrieb und unter dem Titel *Blütenstaub* im »Athenäum« (1798) veröffentlichte. Auch erst nach des Verfassers Tod edierte weitere Fragmente und Studien zeigen, wie der »Blütenstaub« einen Mann, der über viele Fragen nachdenkt, besonders über die politischen Verhältnise der eigenen Heimat und des ganzen Abendlandes, über die Aufgaben der Poesie und den Beruf des Schriftstellers, über Philosophie und Religion; ja, es wäre schwer, ein Thema zu finden, das er nicht berührt, und es wäre leicht, ganz modern scheinende Gedankengänge schon bei Novalis nachzuweisen. Religionsgeschichtliche und -philosophische Fragen beinhaltet die Abhandlung *Die Christenheit oder Europa* (1799) mit ihrer scharfen Ablehnung der Aufklärung, der überraschenden Deutung der französischen Revolution als einen Anfang allgemeinen Umschwungs zur Religion und der Verkündigung einer »neuen« oder besser erneuerten Religion, mit ihrem Bekenntnis zur altehrwürdigen Idee des übernationalen christlichen Abendlandes, dem Zurückgreifen auf die Grundlagen unserer europäischen Kultur und dem Glauben an »die heilige Zeit des ewigen Friedens«.

Man macht der Romantik heutzutage den Vorwurf, keinen Sinn für die Wirklichkeit gehabt zu haben. Im vollen Umfang ist dieser Vorwurf unberechtigt, vom Standpunkt der Poesie aus geradezu ungeheuerlich. Vielleicht wollte gerade dies Novalis mit seinem leider nicht vollendeten *Heinrich von Ofterdingen* zeigen. Dieser Roman sollte, wie er an Tieck schrieb, »eine Apotheose der Poesie sein« und schon in der äußeren Form des Buches die Konkurrenz zu Goethes »Wilhelm Meister« andeuten, in dem Hardenberg bloß eine »bürgerliche und häusliche Geschichte« sah und den er darum mit den Worten ablehnte: »Künstlerischer Atheismus ist der Geist des Buches.« Tatsächlich geht Wilhelm Meister den Weg vom geplanten Schauspielerberuf ins bürgerliche Leben, Heinrich von Ofterdingen dagegen bleibt seiner Berufung zum Künstlertum, in diesem Fall zum Dichtertum, treu. Sein Name gehört nicht der Geschichte an, aber für Novalis ist der Roman »gleichsam die freie Geschichte«, »die Mythologie der Geschichte und aus Mangel der Geschichte entstanden«. Darum kann in ihm Wirklichkeit zum Märchen und Märchen zur Wirklichkeit werden. Daß dies in der Gegenwart gelänge, glaubte der Dichter kaum; deshalb versetzte er seinen Helden ins Mittelalter, in die Zeit der Minnesänger; deshalb läßt er dessen Geschichte mit einem Traum beginnen, »in welchem er unbeschreibliche Begebenheiten träumte«; daraus weckte ihn »eine andere Erleuchtung... er sah nichts als die blaue Blume«. Diese blaue Blume ist zum Sinnbild der Romantik geworden, sie ist blau wie der ferne Himmel über der Erde, also Symbol der romantischen Sehnsucht. Blau sollte deshalb alles in diesem Roman sein, wie der Dichter selbst sagt; denn nach ihm ist die romantische Poetik Kunst, einen Gegenstand fremd zu machen und doch bekannt und anziehend. Dem letztgenannten Ziel dient Hardenbergs schlichte Prosa mit ihrem einfachen Satzbau, die klare, feste Formung in Anlage und Aufbau, dem erstgenannten jedoch das Durchsichtigwerden der verklärenden Wirkung der Poesie in den Gestalten und Begebenheiten.

Heinrich reist mit seiner Mutter von Eisenach nach Augsburg und hat dabei die Ahnung, er werde nach langer Wanderung in sein Vaterland zurückkommen; diese Ahnung wird bestätigt, da er auf seine Frage: »Wo gehen wir denn hin?« die Antwort erhält: »Immer nach Hause.« Während

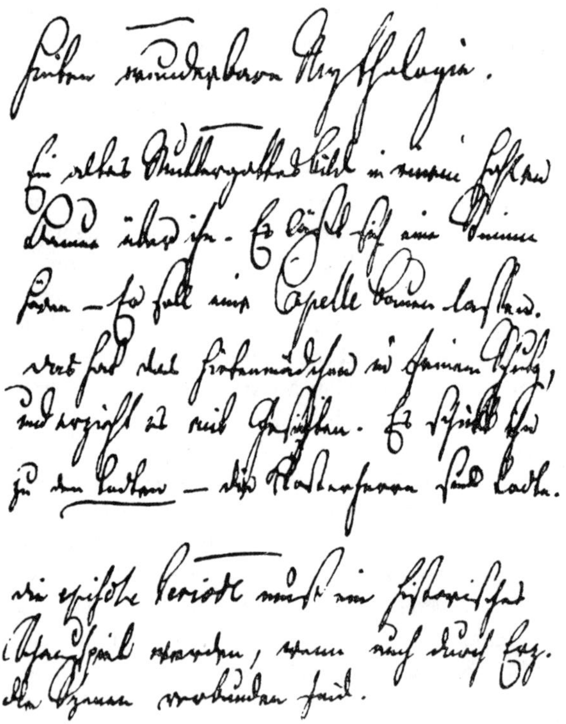

Aus Novalis' handschriftlichen Aufzeichnungen zu seinem Roman »Heinrich von Ofterdingen«.

der Fahrt öffnen sich die verschiedensten Welten, die des Zauberers Klingsor und seiner Tochter Mathilde, das Reich der Kreuzzugsritter, das Arbeitsfeld des Bergmanns, die Klause des ritterlichen Einsiedlers, selbst der ferne beschauliche Orient. Es gibt keine Begegnung, keine Begebenheit, die nicht die geistige Entwicklung Heinrichs förderte, die durch Klingsor ihren Abschluß erhält. Zum Dichter gereift, darf er in das Land der verklärten Realität hinübersteigen, wo sich um ihn und von ihm aus die poetische Welt entfaltet. Wie es um diese bestellt ist, zeigt die »Vermählung der Jahreszeiten«, mit welcher der Roman enden sollte, d. h. die Verbindung der Zukunft mit Gegenwart und Vergangenheit, das Werden der Zeit zum gemeinsamen Leben. Natürlich findet Heinrich auch die blaue Blume, die in sie verzauberte Tochter Klingsors Mathilde.

Ehe der Roman vollendet war, starb sein Dichter und fand in der Ewigkeit, was er auf Erden vergebens gesucht hatte.

Romantische Ästhetik und Religionsphilosophie

Sein und der älteren Romantik ästhetisches Programm faßte KARL WILHELM FRIEDRICH SOLGER (1780–1819), in Schwedt (Brandenburg) geboren, in Berlin gestorben, in Jena Schüler Schellings, 1809–1811 Professor in Frankfurt a. d. O., seit 1811 in Berlin, in *Erwin, vier Gespräche über das Schöne und die Kunst* (1815) sowie in den *Philosophischen Gesprächen* (1817) zusammen. Man hat sein System Philosophie der ironischen Dialektik genannt, faßbar auch noch in den *Nachgelassenen Schriften,* die Ludwig Tieck 1826 ediert hat, in den gleichfalls postum publizierten *Vorlesungen über Ästhetik* (1829) sowie im Briefwechsel, besonders mit Ludwig Tieck. Wie dieser und die beiden Schlegel betätigte sich Solger als echter Romantiker auch als Übersetzer (z. B. des Sophokles).

Der Religionsphilosoph der Romantik war FRIEDRICH ERNST DANIEL SCHLEIERMACHER (1768–1834) aus Breslau, doch hauptsächlich in Berlin wirksam. Zugleich Gegner der Aufklärung, Hegels und der Orthodoxie, eindrucksvoller Prediger und gewiegter Kirchenpolitiker, faßte er – in seinem Hauptwerk *Über die Religion, Reden an die Gebildeten unter ihren Verächtern* (1799) und späteren Schriften – Religion auf als »Anschauung des Unendlichen im Endlichen, des Ewigen im Zeitlichen«, später als Frömmigkeit, in der »wir unserer selbst als schlechthin abhängig bewußt sind«, als Ausströmung des All, die mit Offenbarung, Kult, Dogma nichts zu tun habe; dafür kamen dann Freundschaft, Liebe, Kunst sozusagen in den Rang dieser subjektiven Religiosität. Schleiermachers gesammelte Werke umfassen 30 Bände, von denen die über ein Jahrhundert lang maßgebende Platon-Übersetzung (1804–1828) über das Gebiet des protestantischen Bekenntnisses weit hinaus wirkte.

Im katholischen Lager ist es nicht ein offizieller Vertreter der Gotteswissenschaft, der die Verromantisierung der Theologie durchführte, sondern

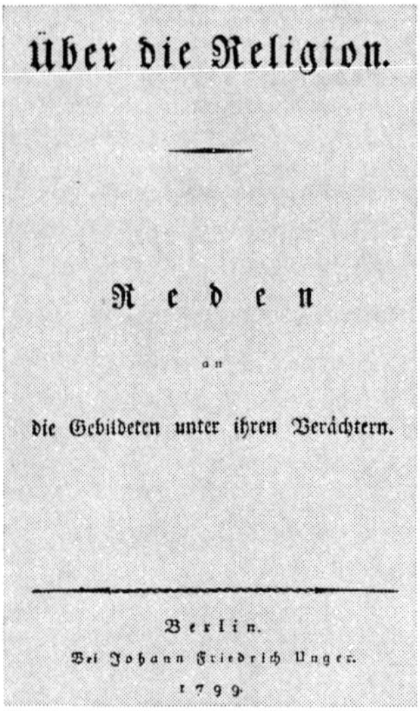

Über die Religion.

Reden

an

die Gebildeten unter ihren Verächtern.

Berlin.

Bei Johann Friedrich Unger.

1799.

Titelseite
von Schleiermachers Schrift
»Über die Religion«.

der Arzt, Naturwissenschaftler und Philosophieprofessor Franz Xaver von Baader (1765–1841) in München, der die Lehren Kants, Fichtes, Schellings, die Aufstellungen der französischen Restaurationsphilosophie, die Theosophie Jakob Böhmes zu einem selbständigen System verarbeitete; Wissen war ihm Teilnahme am göttlichen Wissen, Erkennen Empfängnis aus dem Urwissen, d. h. aus dem Glauben; die drei göttlichen Personen verstand er als Momente der ewigen Lebensgeburt Gottes, für den die Weltschöpfung eine Notwendigkeit sei. Von seiner religiösen Idee her bedingt war auch Baaders Soziologie mit der Forderung nach »Einbürgerung des Proletariats«. Die umfangreichste Darstellung seines Denkens findet sich in den *Fermenta cognitionis* (1822–1824), mehr eine Sammlung von »Gärstoffen der Erkenntnis«, was ja der Titel des Buches bedeutet, als ein durchgeführtes System. Es ist Baaders Verdienst, Schelling auf Jakob Böhme aufmerksam gemacht, aber auch in die Nähe der katholischen Gedankenwelt gebracht zu haben, der er selbst immer treu sein wollte; sein größerer Landsmann Sailer hat dafür gesorgt, daß die Fäden nie abrissen.

Johann Michael Sailer (1751–1832), der Sohn eines armen Schuhmachers aus Aresing in Oberbayern, kurze Zeit Mitglied der Gesellschaft Jesu, nach der Aufhebung des Ordens Weltpriester (seit 1775), bald Professor für Pastoraltheologie und Ethik (in Dillingen, Ingolstadt, Landshut), später Domkapitular, schließlich Koadjuktor und Bischof von Regensburg. Die glücklichste Zeit dieses infolge von Verdächtigungen oft schweren Lebens waren wohl die Dillinger Jahre (1784–1795), die den akademischen Lehrer zum gefeierten Professor, den Schriftsteller zur anerkannten Größe machten. Schon das 1783 erschienene *Vollständige Lese- und Betbuch zum Gebrauch der Katholiken* machte den Namen seines Verfassers bekannt, innerhalb und außerhalb Deutschlands, bei Katholiken und Protestanten. Denn in der Sprache der Heiligen Schrift und der Kirchenväter geschrieben, wollte dieses Buch »das katholische Volk von dem Zufälligen unserer Religion zum

Wesentlichen, und von dem Mechanischen zum Geistigen desselben hinführen«. Der Berliner Aufklärer Nicolai bezichtigte daraufhin Sailer der aufdringlichen Werbung für seinen Glauben und wiederholte diesen Angriff nach Erscheinen der *Übungen des Geistes* (1799). Ebenso hatten engherzige Geister innerhalb der Kirche fünf Jahre vorher die Eliminierung Sailers von Dillingen erzwungen wegen dessen angeblich aufklärerischer Haltung. Diese suchte man vergebens in den 40 Bänden seiner gesammelten Werke. Sie gehören größtenteils der wissenschaftlichen Literatur an; darunter findet sich eine Schrift *Über den Selbstmord* (1785), veranlaßt durch Goethes »Werther« und zugleich ein Zeugnis für das rege Interesse, das Sailer, der im gleichen Jahr wie Goethe starb, am zeitgenössischen Schrifttum nahm. Den Ideen der Weimarer Klassik stand er allerdings fern, nicht minder denen der Romantik; aber sein Bild gehört immerhin in diese Zeit und ergänzt deren geistiges Antlitz, das außerdem noch weitere Züge aufweist, die im nächsten Kapitel zur Darstellung kommen.

JENSEITS VON KLASSIK UND ROMANTIK (PARAKLASSIK)

Die Weimarer Klassik ist die Vollendung der Bestrebungen, die seit dem Barockzeitalter nach neuen literarischen Gestaltungen suchten. Insofern gehört sie dem 18. Jahrhundert an. Gleichzeitig mit der Weimarer Klassik beginnt aber auch die ältere Romantik und leitet das 19. Jahrhundert ein. Zwischen den beiden Richtungen steht eine Gruppe von Dichtern, die weder zu den Klassikern noch zu den Romantikern zu zählen, auch untereinander kaum in Kontakt zu sehen sind, jeder von ihnen eine eigenwillige und eigenständige Persönlichkeit. Sie schaffen ihr dichterisches Werk außerhalb der Klassik – übrigens auch jenseits der Romantik – und können als Paraklassiker bezeichnet werden. Zu ihnen zählt man neben Jean Paul, Friedrich Hölderlin und Heinrich von Kleist auch jenen Dichter, der ursprünglich von der Klassik herkommt und in seinen Alterswerken nicht mehr Klassiker ist: Johann Wolfgang von Goethe.

Jean Paul

Jean Paul hieß eigentlich Johann Paul Friedrich Richter (1763–1825) und war zu Wunsiedel im Fichtelgebirge geboren. Wie manch anderer Schriftsteller jenes Zeitalters war auch er der Sohn eines protestantischen Pfarrers (auch

Lehrers und Organisten) und entwuchs dem Glauben des Vaterhauses; besonders Rousseau hatte es ihm angetan, und was Jean Jacques den Franzosen war, wollte er den Deutschen werden; darum legte er sich den Schriftstellernamen Jean Paul bei. Schon der Knabe liebte das Lesen und das Exzerpieren; als bloß Fünfzehnjähriger hatte er mehrere zwei- bis dreihundert Quartseiten starke Bände solcher Auszüge; später wuchs diese eigenartige Bibliothek ins Unermeßliche. Aus diesem Zettelkasten entstanden alle Unarten von Jean Pauls Stil und alle Beschränktheiten seines an sich recht weiten Horizontes. Der frühe Tod des Vaters (1779) brachte zudem Armut in die Familie und machte ein geregeltes, jedenfalls ein sorgenloses Studium unmöglich. Aber das Lesen blieb Leidenschaft, und das Schreiben wurde Notwendigkeit. Aufsätze, die er für verschiedene Zeitschriften lieferte, zeigen Jean Paul auf dem Weg Rousseaus, Lessings, Kants. Er erklärte die »verschiedenen Religionen der Welt« als eine Folge der verschiedenen Anlagen der Menschen. Über diesen Standpunkt kam er nicht hinaus; seine aufklärerische Haltung blieb unverändert, wenn sie auch nicht in allen Werken gleich deutlich zutage trat; deshalb stand er der Romantik nur sehr vorübergehend nahe, bald lehnte er sie völlig ab.

Das Bücherschreiben eröffnete Jean Paul mit den *Grönländischen Prozessen* in zwei Bänden (1783–1785), einer Satire, die mit schneidender Ironie und gewandter Dialektik die Gebrechen der Zeit tadelte. Noch schärfer und verbitterter ist die Zeitkritik in der *Auswahl aus des Teufels Papieren* (1787), die für Freiheit in religiösen Dingen (im selben Jahr erschien Schillers »Don Carlos«) und gegen Fürsten, Adel, Höflinge kämpft (zwei Jahre vor der Revolution in Frankreich). Aber die Schriftstellerei brachte nicht den gewünschten Erfolg, weder literarischen Ruhm noch klingenden Lohn. Auf ganz andere Weise wandte sich das Schicksal: Jean Paul wurde Leiter einer Privatschule (in Schwarzenbach an der Saale, südlich von Hof), wobei er selbst erzogen wurde, indem er erzog, und schloß Freundschaft mit Christian Otto; das Denkmal dieses Bundes ist der Briefwechsel der beiden Männer, sein Ergebnis die Zeit fruchtbarsten poetischen Schaffens für Jean Paul (1790–1804). Erste Frucht dieser glückhaften Periode ist die Satire auf einen pedantischen Schulmeister *Des Rektors Florian Fälbels und seiner Primaner Reise nach dem Fichtelberg* (1790) und das Gegenstück dazu, die köstliche Idylle *Leben des vergnügten Schulmeisterlein Maria Wuz in Auenthal* (1791).

Nach diesem Auftakt folgen Romane und Idyllen in langer und bunter Folge. Als Idyllendichter ist Jean Paul am leichtesten zugänglich; denn da er, um mit Schiller zu sprechen, seinen inneren Streit nicht in der geistreichen Harmonie einer völlig durchgeführten Bildung endigen konnte, war ihm das

Zurückgreifen in naive Zustände und Stimmungen Bedürfnis, deckten sich in der Andacht zum Kleinen, in der Bescheidung in rührend anspruchslose Verhältnisse, in der Betrachtung des Kreises armer Dorfschulmeister, Landpastoren, Kandidaten, Erwachsener, Jugendlicher sowie Kinder Gehalt und Gestalt. In die Reihe der Idyllen gehören, mehr oder weniger streng gerechnet, *Das Leben des Quintus Fixlein* (1796), voll von gesundem, kräftigem Realismus, *Der Jubelsenior* (1797), worin das Glück des Familienlebens warm und lebendig geschildert wird, *Dr. Katzenbergers Badereise* (1808), eine Burleske mit oft derbem Ton, und *Des Feldpredigers Schmelzle Reise nach Flätz* (1809), eine an Humor und Witz reiche Zeichnung eines übervorsichtigen Mannes.

Schwieriger zu verstehen ist Jean Paul als Verfasser von Romanen; dennoch wurden sie von seinen Zeitgenossen verschlungen und galten als Gegenstücke der Engländer Sterne, Fielding und Goldsmith, als Gegengewicht zur absichtsvollen Lehrhaftigkeit Wielands und zur Frivolität der Franzosen sowie als Fortsetzung der »Werther«-Sentimentalität; denn bei Jean Paul ist der Mensch nur da ganz Mensch, wo er fühlt. Aber weil nicht nur seine Romanhelden, sondern auch der Dichter in Gefühlen aufgeht und sie durcheinandermischt, leidet das für den Roman notwendige epische Element, bleibt die Fabel überall das Schwächste, gewinnen die bereits erwähnten stilistischen Unarten das Übergewicht, wechseln die »Dampfbäder der Rührung« mit den »Kaltbädern der Satire«; dennoch, wenn man sich an seinen Stil gewöhnt hat, ergreift der Humor seines liebenswürdigen Herzens, seines tiefen und reinen Gemüts.

Dieser gewann zum erstenmal, aber auch für immer, das damalige Lesepublikum durch den *Hesperus oder die 45 Hundsposttage* (1795), das schnörkelhafteste, daher für die Gegenwart am wenigsten genießbare Buch aus Jean Pauls Zettelkasten, gewidmet »den lieben müden Seelen, die entweder einen trüben Tag oder ein überwölktes Jahr oder einen Menschen, der sie gekränkt, oder einen, der sie liebt, oder eine entlaubte Jugend oder ein ganz schweres Leben zu vergessen haben«. Wie sein weniger bedeutender Vorgänger *Die unsichtbare Loge* (1793) ist auch der »Hesperus« ein Erziehungsroman; er soll die Entwicklung eines Schwärmers zum brauchbaren Menschen zeigen und läßt den Dichter auf einer Insel im Fürstentum Scheerau leben, wohin ihm ein Hund Berichte überbringt über die Ereignisse, die sich im Fürstentum Flachsenfingen, dem Schauplatz der Geschichte, abspielen. Damit wird die Einteilung in »Hundsposttage« statt in Kapitel begründet.

Fragment blieben die *Biographischen Belustigungen unter der Hirnschale einer Riesin* (1796) mit der an erhabenen Naturschilderungen und faustischen Ideen reichen Vorrede. Das gleiche Jahr 1796 führte Jean Paul zum ersten Mal nach Weimar (1798–1800 folgte sogar ein längerer Aufenthalt dortselbst). Charlotte von Kalb hatte ihn eingeladen, Goethe empfing den »armen Teufel in Hof« (nach Aufgabe der Lehrtätigkeit war Jean Paul zu seiner Mutter nach Hof gezogen) kühl und geheimrätlich. Schiller nannte den »Hesperus« einen »Tragelaphen« (Bockhirsch), nur Herder würdigte seinen »reichen, überströmenden Dichtergeist«, und seine Gattin schwärmte geradezu über den originellen jungen Poeten; darum hat Jean Paul Herder stets herzlich verehrt, auch als er selbst kein junger Poet mehr war und sein wohlgenährter Leib eher an einen Wirt denn an einen Dichter gemahnte. In den nächsten zwei Jahren (1796/1797) erschienen die drei Bände des Romans mit dem langatmigen Titel *Blumen-, Frucht- und Dornenstücke oder Ehestand, Tod und Hochzeit des Armenadvokaten F. St. Siebenkäs im Reichsmarktflecken Kuhschnappel;* ja, Ehestand, Tod und Hochzeit, diese Reihenfolge ist kein Druckfehler; vielmehr leistet sich Siebenkäs das Possenspiel des Scheintodes und des Scheinbegräbnisses, um von seiner ersten Frau loszukommen und ein zweites Mal heiraten zu können.

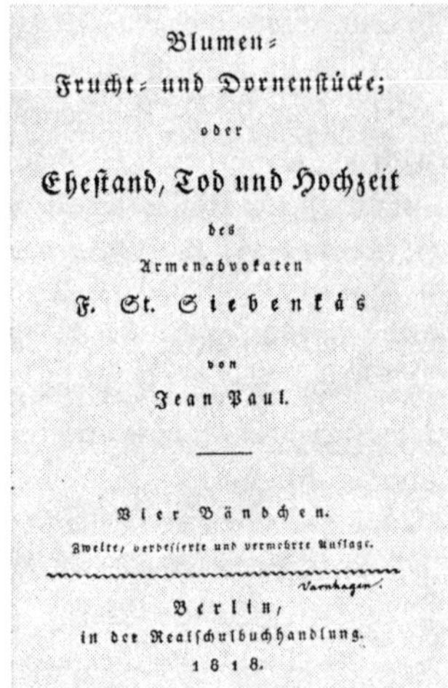

Blumen-,
Frucht- und Dornenstücke;
oder
Ehestand, Tod und Hochzeit
des
Armenadvokaten
F. St. Siebenkäs
von
Jean Paul.

Vier Bändchen.
Zweite, verbesserte und vermehrte Auflage.

Berlin,
in der Realschulbuchhandlung.
1818.

Titelseite von Jean Pauls Roman »Siebenkäs«.

Nachdem Jean Paul im Jahre 1800 nach Berlin übergesiedelt war, heiratete er 1801 Karoline Mayer; mit ihr zog er zunächst nach Meiningen, dann nach Coburg, endlich nach Bayreuth (1804), wo er bis zu seiner Erblindung (1824) und zu seinem Tode seßhaft blieb. 1799 mit dem Titel eines herzoglichen Legationsrates (Meiningen) ausgezeichnet, erhielt er seit 1808 vom Fürstprimas Karl Theodor von Dalberg, später von der bayrischen Regierung ein Jahresgehalt.

In Berlin schwärmten für ihn die Frauen nicht weniger als anderswo; die Enkelin der Karschin, Hermine von Chézy, nannte ihn den ethisch religiösen Erlöser des Romans; er weise immer auf Gott hin, seiner Zeit aber gehe die Form über alles. Doch Jean Paul zog die ruhigeren Bereiche der Provinz dem lauten Getriebe der Hauptstadtsalons vor und hielt Gericht in seinem Hauptwerk, das damals allerdings weniger Beachtung fand als andere Schriften des Dichters: im vierbändigen *Titan* (1800–1803), von dem er selbst sagte: »Titan sollte heißen Anti-Titan; jeder Himmelsstürmer findet seine Hölle... Das Buch ist der Streit der Kraft mit der Harmonie.«

Sein Hauptheld ist Albano, der aus dem Sturm und Drang schrankenloser Gefühlsidealität in einer partienweise unwahrscheinlichen, mit allerlei Geistergeschichten aufgeputzten Handlung in die Bahnen des Maßes, in die Schranken der Natur geleitet wird. Frauengestalten, zu denen er in Beziehung tritt, sind gekennzeichnet durch die Eigenschaften der Zeit, wie exaltierte Sentimentalität und emanzipierte Freigeisterei, oder strahlen in harmonischer Seelenschönheit. Das Gegenstück zu Albano ist Roquairol, eine mephistophelische Natur, die zuletzt eine Beute der Verzweiflung wird. Von ihm heißt es einmal: »Er stürzte sich in gute und böse Zerstreuungen und Liebeshändel und stellte hinterher alles auf dem Papier und Theater wieder dar, was er bereute oder segnete, und jede Darstellung höhlte ihn tiefer aus.«

Mit diesen Worten meinte Jean Paul in gleicher Weise Goethe und die Romantiker bzw. deren gefährliches ästhetisches Hantieren mit sittlichen Bindungen. Wie alle Romane des Verfassers hat auch der »Titan« seine Schwächen, doch auch seine Schönheiten, ja unerschöpflich scheint in ihm der geistige Reichtum der Einfälle, der Tiefsinn der Gedanken, der Glanz der Bilder und Vergleiche, die Farbigkeit der Naturschilderungen und gerade diese aus Landschaften, die ihr Darsteller nie mit den Augen gesehen hatte: dem Lago Maggiore, Rom, Neapel usw. Vierbändig wie der »Titan« erschienen auch die 1802 begonnenen *Flegeljahre* (1805) mit dem Untertitel »eine Biographie«. Man könnte beinahe von einer Autobiographie sprechen, hat doch ihr Autor auch sein eigenes Wesen in die beiden Zwillingsbrüder Walt und Vult hineingelegt: kindlich, ohne Falsch, ewig entzückt, dabei scheu, schüchtern, unerfahren der eine, der andere genau das Gegenteil, voll Wirklichkeitssinn und Weltkenntnis, aber seinem Bruder treu, anhänglich, ein Retter und Helfer.

Der letzte Roman Jean Pauls, der *Komet oder Nikolaus Markgraf* (1820–1822), ist trotz seiner drei Bände ein Torso geblieben. Es handelt sich hier um eine Art Don Quijote der Deutschen, scheinbar nur die Geschichte eines Halbverrückten, in Wahrheit aber in ihrer echten Komik tiefe und erhabene Gedanken bergend. Neben den poetischen Werken stehen noch andere Schriften: patriotische (»Dämmerungen für Deutschland«, 1809; die »Politischen Fastenpredigten während Deutschlands Marterwoche«, 1810–1812), antireaktionäre (»Friedenspredigt«, 1818), philosophische (»Palingenesien«, 1798, gegen die Kantianer und die Weimarer Klassiker, die er wegen ihres eingeäscherten Herzens bedauert, die »Clavis Fichteana« gegen Fichtes »unsinnige« Philosophie, »Das Kampanertal oder über die Unsterblichkeit der Seele nebst einer Erklärung der Holzschnitte unter den zehn Geboten Gottes«, 1797, unter dem Einfluß des jüngeren Jacobi), die *Levana oder Erziehungslehre* (1807) mit Gedanken, die selbst modernen Eltern und Erziehern zusagen könnten, und als wichtigste die *Vorschule der Ästhetik* (1804), die ohne wissenschaftliche Systematik eine Fülle großartiger und fruchtbarer Gedanken über Wesen und Zweck der Poesie im allgemeinen ausstreut und besonders treffende Bemerkungen über das Komische, den Witz, den Humor ausspricht; diesen bezeichnet Jean Paul als »Parodie des Großen durch das Kleine«. Dieses Zitat allein bezeugt die Bedeutung, die dieser krause Humorist für die Theorie des Humors besitzt.

Doch auch in sprachlicher Hinsicht darf seine Fähigkeit nicht verkannt werden:

> Und ich ging ohne Ziel durch Wälder, durch Täler und über Bäche und durch schlafende Dörfer, um die große Nacht zu genießen wie einen Tag ... Weiße Nachtschmetterlinge zogen, weiße Blüten flatterten, weiße Sterne fielen, und das lichte Schneegestöber stäubte silbern in dem hohen Schatten der Erde, der über den Mond steigt und der unsere Nacht ist. Da fing die Aeolsharfe der Schöpfung an zu zittern und zu klingen, von oben herunter angeweht, und meine unsterbliche Seele war eine Saite auf dieser Laute. Das Herz des verwandten ewigen Menschen schwoll unter dem ewigen Himmel, wie die Meere schwellen unter der Sonne und unter dem Mond. Die fernen Dorfglocken schlugen um Mitternacht gleichsam in das fortsummende Geläute der alten Ewigkeit.«

Während Nietzsche Jean Paul ablehnte und ihn als ein »Verhängnis im Schlafrock« bezeichnete, wurden vom jungen Börne bis zu Hermann Hesse immer wieder Worte hoher Anerkennung für ihn gefunden. Madame de Staël sagte von ihm: »Jean Pauls Romane sprengen jede herkömmliche Form; sie sind so grunddeutsch, daß nicht einmal alle Deutschen etwas mit ihm anfangen können. Leider schadet die äußerliche Originalität, die er erstrebt, der innerlichen, die er hat... Seine Wirkung steht und fällt mit der Fähigkeit und Willigkeit des Lesers, mitzugehen.«

Friedrich Hölderlin

Der zweite Name, welcher der Paraklassik zuzuordnen ist, lautet JOHANN CHRISTIAN FRIEDRICH HÖLDERLIN (1770–1843). Sein Leben begann in Lauffen am Neckar. Der junge Schwabe verlor früh den Vater und auch den Stiefvater; zum Theologiestudium bestimmt, besuchte er das Seminar in Maulbronn und das Stift in Tübingen (1788–1793); hier verband ihn Freundschaft mit Hegel und Schelling, gewann die schwärmerische Liebe zur Dichtung die Oberhand über den ihm von Mutter und Großmutter vermittelten Christenglauben und den bisher angestrebten Pfarrerberuf. Sein Landsmann Schiller vermittelte ihm die erste Hauslehrerstelle (bei Charlotte von Kalb in Waltershausen), eine Stellung, über die er nie hinauskam. Er übte diese Beschäftigung zeitweise auch im Ausland aus (z. B. 1801 in Hauptwil bei St. Gallen in der Schweiz, 1802 in Bordeaux in Frankreich), am längsten jedoch im Hause des Frankfurter Bankiers Gontard (1796–1798), dessen Gattin Susette Hölderlins Liebe gewann und erwiderte (sie ist die »Diotima« seiner Dichtungen). In Kassel, wohin er die Familie Gontard begleitete, lernte er Heinse, in Frankfurt Goethe kennen. Schon im Juni 1802 meldeten sich die ersten Anzeichen einer Geisteskrankheit, nach vorübergehender Genesung wurde Hölderlin erneut davon bedroht; 1808 verfiel er völlig der Umnachtung. Seit 1807 lebte er in der Pflege des Tischlerehepaares Zimmer in Tübingen, wo er schließlich starb. Das erste Buch, das seinen Namen trug, war der Briefroman *Hyperion oder der Eremit in Griechenland* (1797–1799) in zwei Bänden,

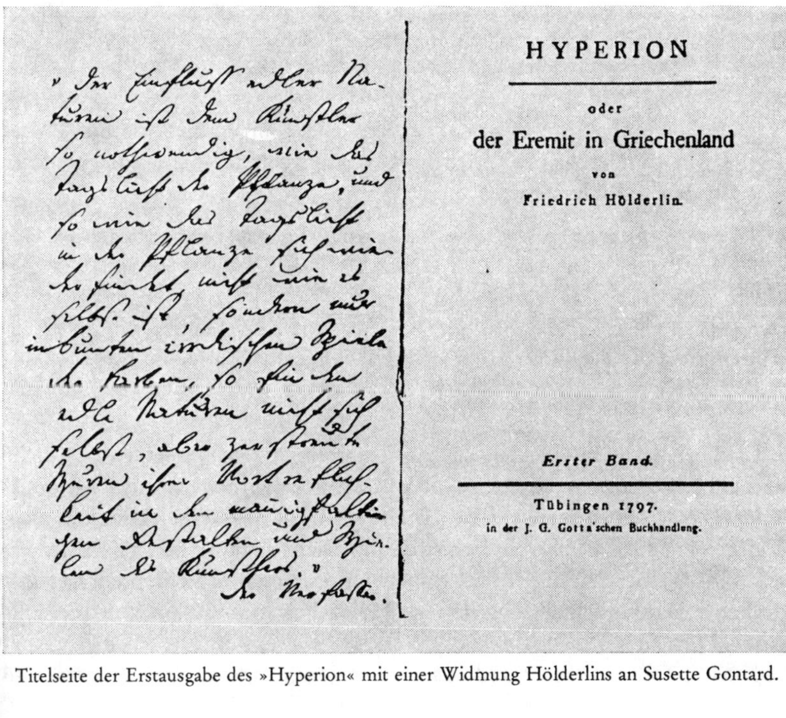
»Der Einfluß edler Naturen ist dem Künstler so nothwendig, wie das Tageslicht der Pflanze, und so wie das Tageslicht in der Pflanze sich wieder findet, nicht wie es selbst ist, sondern nur im bunten irrdischen Spiele der Farben, so finden edle Naturen nicht sich selbst, aber zerstreute Spuren ihrer Vortreflichkeit in den mannigfaltigen Gestalten und Spielen des Künstlers.«
der Verfasser.

HYPERION

oder

der Eremit in Griechenland

von

Friedrich Hölderlin.

Erster Band.

Tübingen 1797.

in der J. G. Cotta'schen Buchhandlung.

Titelseite der Erstausgabe des »Hyperion« mit einer Widmung Hölderlins an Susette Gontard.

in einigen Teilen zunächst in Schillers »Thaila« veröffentlicht. Schon dies scheint seinen Verfasser in die Nähe der Weimarer Klassik zu rücken; sowohl Schiller wie Goethe haben sich stets um Hölderlin bemüht, doch ging dieser seinen eigenen Weg, der aber auch nicht in den der Romantik mündete, obwohl zu ihr ebenfalls persönliche Beziehungen bestanden.

Die Handlung des Romans spielt in den Tagen des Jahres 1770, da sich die Griechen, von den Russen begünstigt, gegen die Türken erhoben. Der schwärmerische junge Hyperion (sein Name bedeutet ungefähr »Sohn der Höhe« oder »der in Sonnennähe über uns Wandelnde«) wächst im weltfernen Tina in Südgriechenland auf. Ein weiser Lehrer namens Adamas begeisterte ihn für die griechischen Götter und die große Vergangenheit seines Landes. Hyperion nimmt an dem Aufstande seines Volkes teil, erkennt aber, daß bei dem Unwert seines Volkes die Erlangung der Freiheit unmöglich sei. Da auch sein Verhältnis zu Diotima, einer platonisch edlen Frau, durch seine Leidenschaft zerstört wird, sucht er den Tod, wird aber von seinem Freund Alabanda davon abgehalten. Er flüchtet nach Deutschland, und dessen Bewohner erfahren durch ihn eine harte Kritik. Wohin er schaut, überall Jammer, Elend, Abkehr von dem göttlichen Urbilde. Die Gegenwart ekelt ihn an, und sein Vertrauen in die Zukunft ist nicht stark genug. Mit elegischer Trauer klagt er über den unwiederbringlichen Verlust der schönen Griechenwelt, die das geschichtliche Dasein der freien und schönen Menschlichkeit gewesen sei. Hyperion, der die Geliebte verließ, um dem Ganzen zu dienen, steht einsam. Sein Leben ist ihm zu unbedeutend geworden, um es durch freiwilligen Tod bedeutend zu machen. In stiller, wehmütiger Resignation kehrt er zurück zur Freude seiner Kindheit, zur Zwiesprache mit der Natur. In ihrer All-Einheit fühlt er sich geborgen. Mit dem Trost im »Zurückfließen in die Natur« schließt der in Briefform geschriebene Roman.

Seine Handlung ist verworren, feierlich aber klingen die lyrischen Prosaergüsse, in wunderbar melodischem Rhythmus dahinfließend und gehüllt in eine sinnreiche Bildersprache.

»...Ich habe mich des Stückwerks überhoben, das die Menschenhände gemacht, ich hab' es gefühlt, das Leben der Natur, das höher ist, denn alle Gedanken – wenn ich auch zur Pflanze würde, wäre denn der Schade so groß? – Ich werde sein. Wie sollt' ich mich verlieren aus der Sphäre des Lebens, worin die ewige Liebe, die allen gemein ist, die Naturen alle zusammenhält? wie sollt' ich scheiden aus dem Bunde, der die Wesen alle verknüpft? ... Nein! bei dem Geiste, der uns einiget, bei dem Gottesgeiste, der jedem eigen ist und allen gemein! nein! nein! im Bunde der Natur ist Treue kein Traum. Wir trennen uns nur, um inniger einig zu sein, göttlicher-friedlich mit allem, mit uns. Wir sterben, um zu leben.« (Brief der Diotima, 4. Buch.)

Im Verhältnis des Helden zu Diotima spiegelt sich die leidenschaftliche Liebe Hölderlins zu Susette Gontard. Alle Erfahrungen seines Gefühlslebens, seine schwärmerische Begeisterung für die Wiederbelebung des alten Hellas, sein Gram über die Erniedrigung Deutschlands, sein Pantheismus, seine Ideen über Schönheit und Kunst sind in diesem Roman niedergelegt.

Eine Eigentümlichkeit der Sprache Hölderlins ist die Nähe zur orientalischen Form des Parallelismus. Interessanterweise wollte er auch in seiner Sophokles-Übersetzung (»Ödipus«, »Antigone«, 1804), dem zweiten und letzten Buch, das er noch mit wachen Sinnen sah, die griechische Kunst dadurch lebendiger als gewöhnlich darstellen, daß er »das Orientalische, das sie verleugnet hat«, mehr heraushob.

Alle anderen Werke Hölderlins sind nicht von ihm ediert worden: 1826 haben Kerner, Uhland und Schwab Gedichte ihres Landsmannes, die bisher nur in Zeitschriften und Taschenbüchern zu finden waren, gesammelt, um dem armen Dichter eine kleine Einnahme zu verschaffen. Gesamtausgaben erschienen erst nach Hölderlins Tod; die erste, wenn auch noch recht unvollständige, enthielt auch die dramatische Dichtung *Der Tod des Empedokles*, die ein Fragment blieb, da Hölderlins Geisteskrankheit die Vollendung verhinderte. Der sizilianische Grieche Empedokles ist eine historische Gestalt; um die Mitte des 5. vorchristlichen Jahrhunderts hatte er gelebt, sich als Politiker, als Arzt, als Philosoph, als Dichter betätigt. In seinen nur bruchstückweise erhaltenen Werken kreuzen sich orphische Mystik und ionische Fragestellungen so sehr, daß ihre Deutung noch heute umstritten ist. Rasch hat sich um seine Person Legendäres gereiht. Das war zweifellos die richtige Gestalt, die Hölderlin brauchen konnte, um die eigenen Probleme an ihr sichtbar zu machen, und es ergeht dem Hölderlinschen »Empedokles« nicht anders als seiner Urgestalt, auch er entzieht sich einhelliger Deutung. Sicher ist nur, daß es sich um ein religiöses Drama handelt, dessen Aufgabe es ist, die Rückbeziehung der Menschen auf die Götter darzustellen. Hölderlins »Götter« sind weder in dieser Dichtung noch in seiner Lyrik eindeutig faßbar; glaubte er im Ernst an die Götter der Griechen, die für die Weimarer Klassik nur eine ästhetische Funktion hatten, identifizierte er sie – im Sinne eines Pantheismus – mit der Natur und ihren Kräften, sah er neben oder hinter ihnen den Christengott und den Gottmenschen? Diese Fragen werden verschieden beantwortet, man muß sie also offenlassen. Übereinstimmung herrscht aber darüber, daß es für Hölderlin wichtig war, ob der Mensch in der »Nähe« oder in der »Ferne« zu den Göttern steht.

Sein Empedokles beginnt damit, daß der innere Zustand des Helden durch die Ferne der Götter charakterisiert ist, an diesem Zustand leidet er, weil der andere der »Innigkeit«, d. h. der Gegenwart des Göttlichen, der vollkommenen Einheit mit den Göttern voraus- und dadurch verlorengegangen war, daß Empedokles das »Unauszusprechende«, das Geheimnis der Gottheit, das verschwiegenen Herzens geglaubt werden muß, verwegen ausgesagt hatte. Von Volk und Priesterschaft verstoßen, wird er zur Opfergestalt, die durch den Sturz in die Flammen des Ätna Sühne leistet für seine und seines Volkes Schuld. Sein Tod bedeutet eine Wiedergeburt durch Rückkehr in die göttliche Gemeinschaft.

Geschrieben ist dieses dichterische Werk in Jamben, denen man nachgesagt hat, sie seien »glockenrein, bilderatmend, gedankenträchtig, von der Charis vergoldet«. Von der Sprache aber sagt der Dichter selbst, sie sei größer als der Menschengeist, und so lange sei der Geist im Menschen noch nicht der vollkommene, als die Sprache ihn nicht all-einig hervorrufe. Bettina von Arnim bestätigt dies: »Gewiß ist mir doch bei diesem Hölderlin, als müsse eine göttliche Gewalt wie mit Fluten ihn überströmt haben, und zwar die Sprache, in übergewaltigem raschem Sturz seine Stimme überflutend und diese darin ertränkend; und als die Strömungen sich verlaufen hatten, da waren die Sinne geschwächt und die Gewalt des Geistes überwältigt und ertötet...«

Dieses Zitat gilt für des Dichters gesamtes Werk, also auch für seine Lyrik. Die ältesten Gedichte standen unter dem Einfluß der Kantschen Philosophie, der Winckelmannschen Griechenvorstellung, der Schillerschen Verskunst; die poetische Selbständigkeit war erreicht, sobald er sich von den gereimten Strophen seines großen Vorbildes zu den antiken Maßen wandte. Wohl beherrscht auch Hölderlin Hexameter und Distichon, aber die Vorliebe für die griechischen Odenformen unterscheidet ihn von Goethe und Schiller; dazu gab Klopstock die Anregung, wurde aber bald überflügelt. Schließlich übte Pindar Einfluß, jener griechische Dichter, vor dessen Nachahmung der römische Klassiker Horaz gewarnt hatte, und Hölderlin formte die Lyrik des Griechen, die er zum Teil übersetzte, und seine eigenen Gedichte in freien Rhythmen. Erst die Krankheit brachte eine Abwendung von den griechischen Texten; er las nun Uz, Gleim und andere ältere, beruhigende Autoren und dichtete selbst in gereimten Vierzeilern:

Die Linien des Lebens sind verschieden,
Wie Wege sind und wie der Berge Grenzen;
Was hier wir sind, kann dort ein Gott ergänzen
Mit Harmonien und ewigem Lohn und Frieden.

Was der letzte Vers besagt, war immer schon das Ziel Hölderlinschen Dichtens, ob er die Feier der Natur durch den frommen Menschen (»Die Eichbäume«, »Der Morgen«) zum Thema wählte oder den Preis seiner Liebe sang (Diotima-Gedichte) oder in Griechenland ein Leben in Schönheit, Ganzheit, Heiterkeit verwirklicht sah (»Sonnenuntergang«, »Achill«) und seinen Auftrag, seinem Erleben im Gedicht Dauer zu verleihen, beglückend und bedrückend zugleich empfand, wie in der Ode »An die Parzen«; oft genug sprach er freilich davon, daß die beseligende Einheit dem Menschen nicht vergönnt sei:

Doch ist uns gegeben,
Auf keiner Stätte zu ruhn,
Es schwinden, es fallen
Die leidenden Menschen
Blindlings von einer
Stunde zur andern,
Wie Wasser von Klippe
Zu Klippe geworfen,
Jahrlang ins Ungewisse hinab.

Dennoch glaubte er daran, daß alles Bleibende die Dichter stiften. In diesem Glauben feierte er auch die im »Hyperion« gescholtene Heimat mit den Worten »O heilig Herz der Völker, o Vaterland!« und sang ihr den »Gesang der Deutschen« und das Gedicht »Der Tod fürs Vaterland«, in dem sich die Ahnung ausspricht, daß die Deutschen vor allem berufen seien, das Ideal einer harmonischen Ausbildung zu verwirklichen. Die deutschen Ströme waren es sodann, mit denen seine Gefühle und Gedanken schweifend in die Ferne zogen: »Der Main«, »Der Neckar«, »Der Rhein«, »Am Quell der Donau«, sie enthüllten ihm die tiefsten Zusammenhänge des Lebens. Nicht vergessen freilich wurde die griechische Inselwelt, die er in der Elegie »Archipelagus« besang, doch von ihr ging der Blick nach dem Osten, ja weiter ins Mythisch-Zeitlose, wozu auch Schweizer Eindrücke Anregungen gaben: »Heimkunft«. Manche Vision dieser Zeit ist äußerst schwierig zu interpretieren, so z. B. die erst 1954 aufgefundene Endfassung der »Friedensfeier«, andere machen es wohl eindeutig klar, daß Hölderlins Religiosität zu Christus zurückstrebte, wenn nicht zu ihm zurückgefunden hat: »Versöhnender, der du nimmer geglaubt«, »Der Einzige«, »Patmos«, »Madonna«.

Heinrich von Kleist

BERND WILHELM HEINRICH VON KLEIST (1777–1811) war ein Großneffe Ewald von Kleists, aus preußischer Offiziersfamilie. Geboren zu Frankfurt a. d. O., trat er mit 14 Jahren in das Potsdamer Gardekorps ein, mit dem er an der Belagerung von Mainz (1793) und am Rheinfeldzug von 1796 teilnahm. 1797 Leutnant geworden, schied er schon 1799 freiwillig aus dem Dienst und widmete sich verschiedenen Studien an der Universität in seiner Geburtsstadt. Er verlobte sich mit Wilhelmine von Zenge und begab sich auf Reisen (Würzburg, 1800; mit seiner Stiefschwester Ulrike 1801 Reise nach Paris; Schweiz, 1801/1802; auf der Rückreise Vorsprache bei Schiller und Goethe in Weimar und Besuch bei Wieland in Oßmannstedt; 1803 Schweiz, Oberitalien und Frankreich; Rückreise über Paris, Mainz und Potsdam).

1802 löste Kleist sein Verlöbnis; er erhielt 1805 nach vielen Bemühungen eine Anstellung bei der Domänenkammer in Königsberg, die er 1807 wieder aufgab. Im gleichen Jahre wurde er von den Franzosen als vermeintlicher Spion vor Berlin verhaftet und auf Fort de Joux im französischen Jura gefangengehalten (bis Juli 1807); es folgte ein längerer Aufenthalt in Dresden (August 1807 bis April 1809), der Kleist in engsten Kontakt mit führenden Romantikern brachte. Er war hier als Herausgeber des *Phöbus* beschäftigt; die Ereignisse des Jahres 1809 lockten den Dichter nach Österreich, doch zur Schlacht von Aspern kam er zu spät und jene von Wagram bestimmte ihn zur Rückkehr nach Berlin (Februar 1810), wo er mit Adam Müller die *Berliner Abendblätter* herausgab und Mitglied der »Christlich-deutschen Tischgesellschaft« wurde. Die Zeitschrift mußte nach erfolgreichem Beginnen infolge Zensurschwierigkeiten aufgegeben werden; so scheiterte ihr Herausgeber als Journalist, wie er sich auch als Dichter nicht anerkannt fühlte; dies sowie die politische Situation veranlaßten ihn gemeinsam mit der unheilbar kranken Henriette Adolfine Vogel am Wannsee in den selbstgewählten Tod zu gehen. »Die Wahrheit ist«, schrieb er im letzten Brief, »daß mir auf Erden nicht zu helfen war«; ein andermal bekannte er, daß er durch eine »höhere, festgewurzelte und unheilbare Traurigkeit« dazu verurteilt war, »das allerqualvollste Leben« zu führen, »das je ein Mensch geführt hat«.

Für Heinrich von Kleist hätte es vielleicht eine Rettung gegeben, wenn seine drei Wünsche nach »Freiheit, einem eigenen Haus und einem Weib« in Erfüllung gegangen wären. Diese zu verwirklichen war er bei seinem ersten Schweizer Aufenthalt bestrebt. Dem stand freilich ein anderer Charakterzug entgegen, der sich in den Worten ausdrückte, mit denen er seine Braut verabschiedete: »Ihr Weiber versteht in der Regel ein Wort in der deutschen Sprache nicht, es heißt Ehrgeiz.« Ein anderes Mal sah er es deshalb als das höchste Glück an, zu sterben, nachdem ihm drei Dinge gelungen wären: »ein Kind, ein schön' Gedicht und eine große Tat«. Die Hilfe, die er, fast noch ein Knabe, bei der Philosophie gesucht hatte, versagte, als er die Werke Kants kennenlernte und dadurch zur Meinung kam, es gäbe keine absolute Erkenntnis. Hier ist die Wurzel seiner persönlichen Unrast, doch auch seines dichterischen Schaffens.

Man ist versucht, weite Teile von Kleists Gesamtwerk eine großartige Poesie des Hasses zu nennen, angefangen von der ersten dramatischen Dichtung: »Die Familie Schroffenstein«, mit dem uralten Motiv der feindlichen Häuser, an deren Hader ein Liebespaar zugrunde geht, weiter zur »Penthesilea«, der Tragödie von der Haßliebe der Amazonenkönigin zu

Achilles, und zur chauvinistischen »Hermannsschlacht« bis zur meisterlichen Novelle »Michael Kohlhaas«, deren Titelheld, in seinem Rechtsgefühl gekränkt, rachedurstig sich und sein Land in Mord und Brand stürzt.

Das Werk, mit dem Kleist zuerst vor die Öffentlichkeit trat, war die 1802 vollendete und 1803 gedruckte Tragödie *Die Familie Schroffenstein.* Sie ist eine Romeo-und-Julia-Tragödie (das Shakespearesche Vorbild leuchtet überall durch), aber – und das unterscheidet den deutschen vom englischen Dramatiker und ist für Kleist typisch – die beiden Familienzweige Roßitz und Warwand sind an sich völlig unschuldig und geraten nur auf Grund falscher Indizien, falschen Verdachts und falscher Meinungen in Schuld und Verderben. Es ist, wie Benno von Wiese schreibt, die Scheinhaftigkeit der Welt, der hier alles menschliche Tun und Erkennen verfallen ist, oder, wie er weiter ausführt, die Welt ist bei Kleist so angelegt, daß wir uns handelnd über unser Verhältnis zur Wirklichkeit so täuschen müssen, daß unser Bösewerden erst aus dieser Täuschung entspringt. Weit davon entfernt, einem gnostischen Glauben an einen bösen Schöpfergott zu huldigen, schrieb der Dichter in einem späteren Brief: »Es kann kein böser Geist sein, der an der Spitze der Welt steht; es ist ein bloß unbegriffener.« In das Dunkel des Zwistes fällt allerdings ein Licht: die Liebe – und was für eine Liebe!

Agnes, wie Ottokar dem Familienhaß verfallen und daher vermutend, das Wasser, das ihr Ottokar reicht, enthalte Gift, trinkt es – in der Bereitschaft, an den anderen zu glauben – dennoch, damit der Geliebte »das Ungeheuerste« an ihr vollende. Die verfeindeten Familien freilich gönnen dieser Liebe keinen Raum, und so werden die Liebenden auf Grund neuer Mißverständnisse von ihren eigenen Vätern getötet; erst über den Leichen des jungen Paares versöhnen sich die Streitenden.

Zufälligkeiten und Irrtümer geben dem Stück das Grausige und Spukhafte, doch bestimmen nicht sie, sondern die Charaktere der Personen die Handlung, die durch die Innigkeit und Zartheit in der Zeichnung der Liebenden erträglich wird.

Nach diesem Drama begann Kleist den *Robert Guiskard*, mit dem er Goethe und Schiller niederringen und die antike Tragödie mit der Shakespeares vereinen wollte; doch 1803 verbrannte er in Paris das Manuskript: »Der Himmel versagt mir den Ruhm, das größte der Güter der Erde.« 1807 freilich stellte er den ersten Akt wieder her und veröffentlichte ihn im »Phöbus«: Der Titelheld, ein Normannenherzog, will Byzanz erobern, doch wird er, von der Pest befallen, sein Ziel nicht erreichen. Gegner Guiskards also ist der Tod, dem er die Sinngebung des menschlichen Lebens geradezu abzwingen will. Schon Jahre zuvor hatte Kleist geschrieben: »Ach, daß wir ein Leben bedürften, zu lernen, wie wir leben müßten, daß wir im Tode erst ahnden, was der Himmel mit uns will.« Diese Briefstelle zeigt, warum das Drama nicht fertig werden konnte.

Die stets geliebte und für ihren Bruder stets sorgende Schwester Ulrike hatte dem Dichter nach der Rückkehr aus Paris das Versprechen abgenommen, der Poesie gänzlich zu entsagen. Aber lang konnte er sein Wort nicht halten. Er bearbeitete zunächst La Fontaines Fabeln, in dessen »Beiden Tauben« er sein eigenes Liebesleid rührend ausklingen läßt. Dann ging er an eine Umdichtung von Molières *Amphitryon* (1807). Die Geschichte stammt aus Griechenland: Während der thebanische Feldherr Amphitryon im Feld weilt, betrügt Zeus ihn, der sich Alkmene, der Gattin des Feldherrn, in Amphitryons Gestalt nähert. Ein uns unbekannter griechischer Komödiendichter hat das Thema behandelt, Plautus es von diesem übernommen und der Franzose Molière von dem Römer; an ihn hielt sich Kleist weithin, doch ist er darin von jenem unterschieden, daß er Alkmene so lange glücklich zeigt, als sie in ihrem irdischen Gemahl Amphitryon immer auch zugleich das Göttliche liebt, aber verwirrt in ihrem Denken, sobald sie Jupiter und Amphitryon trennen muß. Auch hier zeigt sich Kleists Auffassung von der Welt, in der wir uns über unser Verhältnis zur Wirklichkeit täuschen müssen. Im Lustspiel konnte eine befriedigende Lösung der »Verwirrung der Gefühle« (Goethe) nicht gefunden und nicht gegeben werden.

In die Welt der Antike führt auch die Tragödie *Penthesilea* (1808):

Die Amazonenkönigin liebt den Griechenhelden Achill und haßt ihn zugleich, weil sie ihn nicht besiegen kann. Auch Achill liebt Penthesilea, will sie besänftigen und bietet sich ihr, fast unbewaffnet, zum Kampfe an; doch in der auf Täuschung angelegten Welt kann es keinen Ausgleich geben: die Liebende muß den Geliebten töten, ihn zerstückeln und ihm schließlich in den Tod folgen. Bevor dieses letzte geschieht, begießt eine Freundin Penthesilea mit Wasser, durch das diese gereinigt und lieblich »wie ein junger Schwan« zum Leben zurückkehrt (eine mächtige, wenn auch nicht völlig wirksame Erinnerung an die christliche Taufe); nach des Dichters Absicht erhält Penthesilea das Kleid der »Unschuld« zurück und kann jetzt durch den Tod in den Olymp eingehen.

In diesem Drama, über das der Dichter alle Reize seiner melodiösen und doch nie süßlichen Sprache, seiner stimmungsvollen und malerischen Bilder ausgegossen hat, das er nicht in Akte aufsplitterte, sondern zu einer musikalischen Gesetzen folgenden Szenenfolge gestaltete, liegt nach seinen eigenen Worten »sein innerstes Wesen, der ganze Schmerz zugleich und Glanz seiner Seele« – der Schmerz über die heillose Welt mit ihrer fragwürdigen Ordnung. Wenn Penthesileas Liebe tragisch endigt, liegt dies nur daran, daß die Königin dem bei den Amazonen gültigen Gesetz Folge leisten muß; das mußte in Barbarei endigen (so hat es Goethe empfunden), Kleist aber meinte, Penthesileas Tat sei nur Folge der Qual durch die Dämonen dieser Welt, in

Der Dichter Clemens Brentano (1778–1842) gehörte zum Kreis der Heidelberger Romantiker. Am bekanntesten wurden seine phantasievollen Märchen, seine Gedichte und seine Volksliedersammlung. Radierung von Ludwig Emil Grimm (1790–1863).

»Des Knaben Wunderhorn«
Gemälde von Moritz von Schwind zur Liedersammlung von Achim von Arnim und Clemens Brentano.

Titelseite des zweiten Bandes von Achim von Arnims und Clemens Brentanos Volksliedersammlung »Des Knaben Wunderhorn«.

Doktor Bartholo aus Mozarts »Hochzeit des Figaro«.
Zeichnung E. T. A. Hoffmanns aus dem ersten Heft seiner
»Sammlung grotesker Gestalten nach Darstellungen auf dem Königlichen Nationaltheater in Berlin«, 1807/1808.

ihrem innersten Wesen wäre sie von dem Geschehen unberührt geblieben. Sie nimmt es dann freilich in ihr Bewußtsein auf und löst damit ihre tragische Existenz.

Zwei Jahre später veröffentlichte der gleiche Dichter, der inzwischen auch mit Erzählungen hervorgetreten war, das *Käthchen von Heilbronn* (1810), das genaue Gegenteil zur »Penthesilea«, wie Kleist selbst gestand. Hatte er in die Tragödie der Amazonenkönigin den ganzen Schmerz seiner Seele gelegt, so versinnbildlicht das »Käthchen von Heilbronn« sein ganzes Glücks- und Liebesverlangen, das allerdings nur in einer Traumwelt befriedigt werden konnte. In ihr steht Kleist der Romantik nahe, wie schon die Szenerie zeigt: deutsches Mittelalter, Burg und Rittertum, Waffenschmiede und Waldeinsamkeit.

Käthchen, einfach, züchtig, von kindlichem Reiz, ist eine echte Somnambule. Als sie bei ihrem Vater in der Waffenschmiede den Ritter Wetter vom Strahl sieht, der sich seine Rüstung ausbessern läßt, ist sie von seinem Anblick wie gebannt und fühlt sich unwiderstehlich zu ihm hingezogen. Sie springt, da sie in hellseherischem Zustand den Ritter davonreiten sieht, auf das Straßenpflaster herab, wo sie mit gebrochenen Lenden liegenbleibt. Kaum geheilt, sucht sie wandernd den Geliebten, der, von ihrem Vater der Zauberei angeklagt, von dem Femgerichte unschuldig befunden wird. Überallhin folgt ihm die Getreue; selbst Peitschenhiebe schrecken sie nicht ab. Sie stürzt sich für ihn sogar in ein brennendes Schloß, aus dessen zusammenbrechenden Trümmern sie durch ein Wunder gerettet wird. Nach und nach wird dem Grafen seine Liebe zu dem Mädchen klar. Als dann der Kaiser Käthchen als seine natürliche Tochter erkennt, steht auch der äußerlichen Verbindung der Liebenden nichts mehr im Wege.

»Die Feuerprobe«, wie das Stück im Untertitel heißt, wurde noch zu Kleists Lebzeiten in Wien aufgeführt, ohne jedoch einen starken Eindruck zu hinterlassen. Auch andere Bühnen nahmen sich dieses Schauspiels an, erst die Meininger führten es zum Erfolg.

Nicht besser erging es dem Dichter zunächst mit der Komödie *Der zerbrochene Krug* (1811). Noch bevor sie gedruckt erschien, erlebte sie ihre Uraufführung auf der Weimarer Bühne (1808), für die sie Goethe annahm, während er das »Käthchen« ablehnte. Unter seiner Leitung endete die Premiere mit einem Mißerfolg, woran die Regie nicht unschuldig war. Und doch gilt immer noch Hebbels Urteil über dieses Lustspiel, von dem er 1854 schrieb, es gehöre zu jenen Stücken, denengegenüber nur das Publikum durchfallen könne. Es ist ein mit der niederländischen Genremalerei in ihrer Liebe zum Detail verwandtes ländliches Spiel in Form einer Gerichtsverhandlung, wobei sich schließlich der Richter als der Schuldige erweist. Bei aller Verschiedenheit der Szenerie steht der »Zerbrochene Krug« dem »Amphitryon« sehr nahe und ist doch anders als jener: In beiden Fällen birgt die Nacht ein Geheimnis, das der Tag enthüllen muß; in beiden Fällen geht es um ein reines Weib, dessen Unschuld durch Betrug bedroht wird; aber im »Zerbrochenen Krug« bleiben wir in der Sphäre der Menschen und der konkreten Dinge (das Mädchen heißt mit Recht »Eva«, der Verführer »Adam«, ebenso bedeutungsvoll heißt der Gerichtsschreiber, der Akten schreibt und den äußeren Sachverhalt protokolliert, »Licht«; dieses Licht des Verstandes, der Aufklärung versagt, sobald es um tiefere Zusammenhänge geht). Das Ding, um das sich scheinbar alles dreht, ist ein zerbrochener Krug, in Wirklichkeit die Reinheit der Frau, die mit knapper Not der Verführung entging. Das Lustspiel ist endlich nicht nur ein Spiel, sondern hat auch einen tiefen Sinn; wie tief er ist, zeigt die Absicht des Dichters, mit seiner Komödie ein Gegenstück zur Sophoklestragödie »Ödipus« zu geben, darum die gleiche analytische Technik, die Identität von Richter und Schuldigem, darum auch die gleiche in der Aufführung Tempo erfordernde Komposition, die das Ende im Anfang vorwegnimmt. Wer diese gewollte Parallele bedenkt, mag weniger die Unterschiede als vielmehr die Verwandschaft der komischen und der tragischen Situation begreifen.

Erst 1821, als Tieck Kleists hinterlassene Schriften edierte, wurden die beiden historischen Bühnendichtungen Kleists weithin bekannt: die 1808 vollendete *Hermannsschlacht* und der 1810 abgeschlossene »Prinz von Homburg«. Das, wie schon erwähnt, chauvinistische Drama, welches den Sieg des Cheruskerfürsten Arminius über die Römer und die Uneinigkeit der germanischen Stämme zeigt, ist – wie Kleists patriotische Lyrik jener Jahre, sein *Katechismus der Deutschen* und andere politische Schriften – das Ergebnis grimmigsten Zornes und ohnmächtiger Wut über Napoleons damalige Herrschaft in Preußen und Deutschland. Das Stück ist somit nur von der Zeit her verständlich. Als die »Hermannsschlacht« gedruckt wurde, war sie bereits überholt. Von der Zeit unüberholbar ist *Prinz Friedrich von Homburg*. Das Stück hat einen historischen Vorgang zum Hintergrund: Friedrich II. hat in seinen »Memoiren« (1746) bei Gelegenheit der Schlacht von Fehrbellin von dem anekdotenhaften Konflikte zwischen dem Großen Kurfürsten und dem Prinzen von Homburg berichtet, wo dieser durch sein übereiltes Angreifen das Heer in größte Gefahr gebracht hatte. Nach Kriegsrecht hätte der Prinz den Tod verdient, doch der Kriegsherr verzieh ihm. Kleist läßt nun die Verurteilung tatsächlich eintreten, ja er macht sie zum Mittelpunkt seines Stückes.

Prinz Friedrich ist Reitergeneral unter dem Großen Kurfürsten. Seine Ruhmbegierde und seine schwärmerische Liebe zu Natalie, der Nichte des Kurfürsten, sowie die Kämpfe der letzten Zeit haben den sensiblen Helden in einen somnambulen Zustand versetzt, so daß er den Schlachtenplan überhört. Entgegen dem Befehle des Kriegsherrn greift er in die Schlacht bei Fehrbellin ein und siegt. Trotzdem wird er wegen seines Ungehorsams zum Tode verurteilt. Um sein Leben zu retten, ist er bereit, auf seine Liebe zu verzichten. Erst Natalie öffnet ihm die Augen über seine Schwäche. Er erkennt seine Schuld und lehnt selbst die angebotene Begnadigung ab, anerkennt also das Gesetz der Pflicht und des Gehorsams, dem die individuelle Freiheit unterzuordnen ist. Damit aber hat er dem Gesetz Genüge getan: Der Kurfürst hebt die Strafe auf und führt den Prinzen der Geliebten zu.

Vom Standpunkt des Dramaturgen aus ist der »Prinz von Homburg« Kleists bestes Stück. In folgerichtiger Entwicklung der Charaktere, kurz und lebendig spielt sich Szene um Szene ab. Im Prinzen hat der Dichter den eigenen inneren Widerstreit zwischen individueller Freiheit und soldatischem Gehorsam, aber auch seine ungestüme Vaterlandsliebe und seine Siegeshoffnungen verkörpert.

Aus dem »Prinzen von Homburg« stammt das Wort, das jetzt auf Kleists Grabstein über dem Wannsee steht: »Nun, o Unsterblichkeit, bist du ganz mein.« Früher lautete die Inschrift anders:

Er lebte, sang und litt
In trüber, schwerer Zeit,
Er suchte hier den Tod
Und fand Unsterblichkeit.

Daß »er lebte und litt«, bezeugt sein Leben, bezeugen seine Dramen, schließlich seine Novellen. Die bekannteste unter ihnen ist *Michael Kohlhaas* (1810). Auch in ihr wurde ein bis in seine letzten Konsequenzen gesteigertes Gefühl, der scharf ausgeprägte Sinn für Recht und Gerechtigkeit, dichterisch behandelt. Den Stoff fand Kleist in einer Chronik bereits vorgebildet. Seine dichterische Arbeit bestand darin, dem Charakter des Helden Tiefe und Größe zu verleihen. Er schildert ihn als einen von Haus aus biederen, rechtschaffenen, harmlosen Menschen, seines Gewerbes Roßtäuscher (Pferdehändler), der, als er sich in seinem Rechtsgefühl verletzt fühlt, zum Räuber und Mordbrenner wird. Hier, wie allgemein in seiner erzählenden Prosa, schreibt der Dichter ein Deutsch, das wie aus Aktenstücken entnommen erscheint und durch seine altertümlichen, steifen Wendungen das zu schildernde Grauen zugleich tarnt und bändigt.

Trotzdem ist die zügelnde Kraft des Dichters nicht die der Weimarer Klassik, welcher es unerlaubt schien, das Unendliche anders als im Spiegel des Endlichen zu zeigen; vor allem für Goethe fielen die Begriffe von Dasein und Vollkommenheit zusammen, war der Einbruch des Göttlich-Absoluten in die Sinnenwelt mit aufwühlender Wirkung ein unmögliches Geschehen. Solches ereignet sich dagegen in Kleists Novelle *Das Erdbeben in Chili* (um 1805), in welcher zwei Schuldige, ein junger, zur Hinrichtung bestimmter Mann und eine junge, sich mit Selbstmordgedanken tragende Dame durch das Erdbeben vor dem Tod errettet werden, um schließlich doch, während sie in die Stadt zurückkehren, um Gott für Rettung und Wiedervereinigung zu danken, vom fanatisierten Pöbel in den Untergang gezogen zu werden. Ähnliches findet sich auch in der einzigen Kleistnovelle religiösen Inhalts mit dem Titel *Die heilige Cäcilie,* wenn auch in ihr die Gewalt des religiösen Gefühls trostlos in nur spukhaften Wahnsinn ausschlägt. Düsterer Pessimismus spricht aus dem *Findling,* die Ehre einer Frau wird bedroht in der *Marquise von O ...,* Liebestragik waltet in der *Verlobung in St. Domingo,* und gespenstisch geht es zu im *Bettelweib von Locarno;* in einem Gottesurteil endigen die Intrigen im *Zweikampf,* der wie das »Käthchen von Heilbronn« im Mittelalter spielt und Zeugnis für die Berührung Kleists mit der Romantik gibt.

Bezeichnend für den Dichter ist sein Essay *Über das Marionettentheater,* in welchem ihm die Marionette Symbol für das höchste Menschliche und zugleich für das Göttliche wird. Man ist versucht, aus den Gedankengängen dieser kleinen Schrift das ganze Werk zu interpretieren. Aber die Deutung Kleists wie die Hölderlins ist noch im Werden. Das dichterische Werk beider verlangt, daß man seine Rätsel mit Ehrfurcht zu lösen unternehme.

Goethes Alterswerk

Was Hölderlin und Kleist lange versagt blieb, das war Goethe von Anfang an gegeben: die, wenn auch nicht immer volle, Anerkennung der Mit- und Nachwelt. Eigentlich war es um die Zeit der Befreiungskriege, in welcher zwischen Goethe und seinem Volk Mißverständnisse walteten. Schiller hatte jene Zeit nicht mehr erlebt, doch auch er hätte für den damals einsetzenden Nationalismus nicht viel Verständnis gehabt. Wohl konnte er – im Gegensatz zu Goethe – Napoleon nicht bewundern. »Dieser Charakter ist mir durchaus zuwider – keine einzige heitere Äußerung vernimmt man von ihm«, das war sein Urteil, dem Karoline von Wolzogen hinzufügte, es sei nicht in Schillers Natur gewesen, sich irgendeiner nicht mit Mäßigung und Weisheit wirkenden Macht zu unterwerfen. Sein Verhältnis zur eigenen Nation erkennt man aus dem Entwurf zu einem, allerdings nicht ausgeführten, Jahrhundertgedicht *Deutsche Größe* (1797 skizziert). Aus ihm spricht ein geheimer Stolz auf das Volk, dem er angehört und das ihn von den Befreiungskriegen an noch bis ins 20. Jahrhundert hinein als einen »nationalen« Dichter mißverstand. Bei Goethe sucht man vergebens dergleichen; seit der Rückkehr aus Italien gab es für ihn nur *eine* Menschheit, in der er nur verschiedene Grade der Annäherung an das Ideal des möglichst vollkommenen Menschen erkannte, nicht aber nationale Verschiedenheiten. Daher hielt er es für nötig, dem Übergreifen der patriotischen Bewegung auf das künstlerische Gebiet entgegenzutreten, indem er 1801 schrieb:

»Vielleicht überzeugt man sich bald, daß es keine patriotische Kunst und keine patriotische Wissenschaft gebe. Beide gehören, wie alles Gute, der ganzen Welt an und können durch allgemeine freie Wechselwirkung aller zugleich Lebenden in steter Rücksicht auf das, was uns vom Vergangenen übrig und bekannt ist, gefördert werden.«

Das Goethehaus am Frauenplan in Weimar.

Die kriegerischen Ereignisse zwangen ihn mehrmals, Weimar zu verlassen, und nötigten ihn, über die Möglichkeit der Wiederaufrichtung Deutschlands nachzudenken – jenseits der Erneuerung der Wehrkraft und der materiellen Grundlage des nationalen Wohlstandes, lediglich auf der Basis einer Erneuerung von innen heraus, auf dem Wege der geistigen Kultur. Zur Beratung über dieses Thema plante er eine Berufung ausgezeichneter deutscher Männer nach Jena oder Weimar. Gern ergriff er 1808 die Idee eines historisch-religiösen Volksbuches und einer »Liederbibel«, die der ungebildeten, doch bildungsfähigen Menge eine richtige Geistesnahrung bieten sollten; er verlangte aber auch hier, »man müßte ausdrücklich auf Verdienste fremder Nationen hinüberweisen«.

Die Begegnung mit Napoleon gar erweckte in ihm den Eindruck der überwältigenden Macht des Korsen. »Schüttelt immer an Euren Ketten, der Mann ist Euch zu groß, Ihr werdet sie nicht zerbrechen.« So erlaubte er auch seinem Sohne nicht, am Krieg teilzunehmen; so trat er, geschmückt mit dem Orden der Ehrenlegion, den »Befreiern« Weimars entgegen; so erschütterte ihn der Sturz des Kaisers der Franzosen. Dennoch bat man Deutschlands großen Dichter, für die in Berlin geplante Befreiungsfeier das Festspiel zu verfassen. *Des Epimenides Erwachen* (am 31. März 1815 aufgeführt) entsprach in seiner antik-symbolischen Haltung den Erwartungen nicht, ist auch als dichterisches Werk nicht von erstem Range. Aber es ist nicht Goethes letztes Wort.

Noch ein volles Vierteljahrhundert nach Schillers Tod hat er in der sich wandelnden und ihm immer fremder werdenden Zeit gelebt, sein persönliches Leben fertig lebend und dem Leben der Zeit nur soviel Zutritt gestattend, als es seiner schon fest umgrenzten Persönlichkeit zusagte; er erweiterte die Grenzen noch, indem er ruhige Umschau hielt in aller Welt und ihren Literaturen und Anteil nahm an allem, was ihm als Förderung von Kultur und Wissenschaften erschien; aber er verschloß sich mehr und mehr dem, was in der nächsten Nähe sich vollzog, was in den Tiefen der Nation trieb und drängte, denn er fühlte, daß er nicht mehr berufen sei, an dem Neuen mitzuarbeiten, das sich als Aufgabe der Nation im neuen Jahrhundert langsam und unklar herausbildete. Es ist, als ob sich sein ganzes Leben nach innen wendete und als ob er vermiede, es durch äußere Sinneseindrücke zu stören. Geht er einmal in die Fremde, so heißt es bald: »Es ist der Außenwelt nun genug, wir wollen es nun wieder im Innern versuchen.« Sein Haus wird seine Welt. Hier versammelt er die Mittel der Anschauung, deren sein Denken und Forschen bedarf, antike Bronzen und italienische Majoliken, Handzeichnungen und Kupferstiche der großen Meister aller Schulen, Schädel und Mineralien, physikalische Apparate und Herbarien. Das Treffliche aus dem Bildersaale der Zeiten vermittelt ihm neben seiner eigenen reichen Büchersammlung die Weimarer und Jenaer Bibliothek. Durch Badereisen gewährt er seinem Körper fast alljährlich die beste Erholung. Am häufigsten hat er die böhmischen Heilquellen aufgesucht. Da trat er in Karlsbad, das er neunmal besuchte, zu der Aristokratie Europas in Beziehung und war von diesen Großen der Welt als ein Gleichstehender angesehen. Er aber hat im Verkehr mit ihnen nie das Bewußtsein des Standesunterschiedes verloren, denn er sah in der historischen Gesellschaftsordnung etwas Ehrwürdiges, das er durch gewissenhafte Beobachtung der höfischen Formen seinerseits aufrechtzuerhalten suchte. Denselben steif gemessenen Charakter tragen die Gedichte, die er 1812 den beiden österreichischen Majestäten und ihrer Tochter Marie-Louise, der Gemahlin Napoleons, darbrachte. Freier gab er sich in den Gelegenheitsgedichten, die an Karlsbader Bekannte gerichtet sind und unter den *Inschriften, Denk- und Sendeblättern,* den Gedichten *An Personen* einen beträchtlichen Raum einnehmen.

Um Goethe war es allmählich still geworden. Christiane starb 1816; die Herzogin Amalie war schon 1807 dahingegangen, ein Jahr später seine Mutter, 1813 Wieland, 1827 Frau von Stein, 1828 Karl August, zwei Jahre später die Großherzogin Luise.

Von allen Freunden und Genossen seiner Jugend- und Mannesjahre waren Goethe nur Knebel und Meyer geblieben. Die neuen Verbindungen, die er im Alter anknüpfte, konnten ihm die alten Freunde nicht ersetzen. In Weimar gewann er treu ergebene Gehilfen, die aber zu weit unter ihm standen, als daß eine Gemeinsamkeit des Fühlens und Denkens möglich gewesen wäre. Da war Friedrich Wilhelm Riemer, der als Augusts Lehrer 1803 in Goethes Haus gekommen war und sein Mitarbeiter zunächst in allen philologischen Dingen wurde, dann aber auch bei der Herausgabe der Werke ihn unterstützte. Am innigsten verbunden mit Goethe war seit 1823 JOHANN PETER ECKERMANN (1792–1854), der von des Freundes Lippen die Worte las, die er in seinen *Gesprächen mit Goethe* (1836–1848) aufzeichnete und als das schönste Denkmal von der menschlichen Größe Goethes im Alter der Nachwelt überlieferte.

Einen ähnlichen Charakter tragen die Unterhaltungen Goethes mit dem Kanzler von Müller. In den mineralogischen und botanischen Arbeiten fand er Förderung durch Friedrich Jakob Soret. Auch mit bildenden Künstlern und Musikern stand er in reger Verbindung. Seine Lieblingskomponisten waren jene, die sich in einfachen, leicht verständlichen Formen bewegten, so insbesondere Karl Friedrich Zelter, mit dem er einen lebhaften Briefwechsel (6 Bände) unterhielt. Vornehmlich künstlerischen Zwecken diente der briefliche Verkehr mit Sulpice Boisserée, der Goethe gern für die mittelalterliche Kunst erwärmen wollte, und die Begeisterung für die Naturwissenschaft verband Goethe mit Alexander von Humboldt. Noch vielseitiger waren die literarischen Beziehungen, die Goethe unterhielt. Er versuchte die poetische Gesamtentwicklung Europas zu überschauen und alle bedeutenden Geister zu fördern und ihnen durch die Zeitschrift *Kunst und Altertum* Anerkennung zu verschaffen. Aber nur einige deutsche Dichter von Rang vermochten seine Teilnahme zu wecken. So erregte Heinrich von Kleist mit dem tiefsten Zwiespalt höchster Begabung und unglückseliger Gemütsverfassung in dem klaren Goethe »immer Schauder und Abscheu«. Dagegen fand eine Zeitlang die geniale Begabung Zacharias Werners seine Teilnahme, und Grillparzer, der bedeutendste unter den Dichtern, die auf der schönheitsvollen Spur der Klassiker weiterschritten, erfreute sich seiner vollen Anerkennung. Heine aber wurde wegen seiner Pietätlosigkeit kurz abgewiesen.

Durch den Verkehr mit ausländischen Dichtern hat Goethe die deutsche geistige Kultur auch über die Grenzen Deutschlands hinausgetragen. So hat Frau von Staël-Holstein, die 1804 in Weimar weilte, durch ihr Buch über Deutschland die deutsche Philosophie und Dichtung nach Frankreich verpflanzt. Und wie in Frankreich, so hatte Goethe es auch in England und Italien erreicht, daß in der ersten Hälfte des 19. Jahrhunderts der früher verachtete deutsche Geist bewundert und nachgeahmt wurde. Er stand in Beziehung zu Walter Scott, zu Carlyle, der seinen Landsleuten das Leben Schillers beschrieb und ihnen Meisterwerke deutscher Romantik in vier Bänden gab, und zu Lord Byron, den er allein als ebenbürtig anerkannte. Erfreut, auch in Italien die romantische Dichtung heranwachsen zu sehen, verkündete er das Lob Manzonis und veranstaltete 1827 eine Ausgabe von dessen poetischen Werken. Der russische Dichter Schulowsky, Adam Mickiewicz, der größte Dichter der Polen, und die Dänen Baggesen und Öhlenschläger pilgerten zu Goethe, um den Mann kennenzulernen, an dessen Schriften sie sich bildeten.

Befremdend wirkt, daß Goethe die Romantik im Auslande noch förderte, als er sie in Deutschland nicht mehr gelten lassen wollte. Denn wenn er auch auf dem literarischen Gebiete nicht offen gegen sie auftrat, so kämpfte er doch in der bildenden Kunst gegen die herrschende Zeitströmung für das Ideal antiker Größe und plastischer Schönheit. Damit steht nicht im Widerspruch, daß Goethe in der letzten Epoche seines Schaffens der christlichen und nationalen Kunst des Mittelalters mehrfach Anerkennung gespendet hat. Denn nur ihre Nachahmung hielt er für schädlich, weil er vom Kunstwerke vor allem den Eindruck der Heiterkeit und Freiheit forderte. Dies ist auch der Grundton der zahlreichen *Aufsätze über bildende Kunst,* die er gemeinsam mit Meyer verfaßte. Mit den Jahren aber erscheint er immer freier von jedem beengenden Kunstdogma und gab sich unbefangen dem Genuß der verschiedenartigsten Erscheinungen hin, mochten sie nun der Antike, der Renaissance oder der Gegenwart angehören. Dieselbe Entwicklung zeigen Goethes *Aufsätze zur Literatur* aus den letzten Jahrzehnten. Er sucht in das innerste Wesen der Werke anderer einzudringen, die Absichten der Verfasser zu erkennen und an ihren Dichtungen sich zu erfreuen. Seine polemischen Neigungen wurden immer schwächer, und wo er ihnen Ausdruck gab, kleidete er sie in das poetische Gewand. So entstanden die *Zahmen Xenien* (1820–1827), die in sechs Abteilungen erschienen und Goethes Unmut über die mangelnde Anerkennung und die Anmaßung der Jugend die Zügel schießen lassen. Die erkünstelten Talente und die überreizten Phantasten, wie E. T. A. Hoffmann, erfahren seine Abwehr; die deutsche Kunstlyrik der Zeit bleibt, bis auf ein paar freundliche Worte für Rückert, unbeachtet, und ebenso ergeht es den Epikern und Dramatikern bis auf den jungen Hagen und den durch scharfes und gesundes Urteil ausgezeichneten Berliner Michael Beer (1800–1833), den Dichter des eindrucksvollen, die Judenfrage behandelnden Trauerspieles *Der Paria* (1823), zahlreicher Novellen und der Tragödie *Struensee* (1829), die, in München entstanden, wegen der zugehörigen Musik des Bruders (Meyerbeer) sich auf der Bühne gehalten hat. Freudig aber begrüßte Goethe namentlich die alten und neuen Erzeugnisse der Volks- und Naturdichter. In diesem Sinne erfährt auch Johann Heinrich Voß eine warme Anerkennung seiner lyrischen Gedichte, begeistert schlürft Goethe den Quell echter Poesie, den Arnim und Brentano in »Des Knaben Wunderhorn« hervorsprudeln lassen, und lenkt die allgemeine Aufmerksamkeit auf die Dialektdichtung, wie sie unter dem Einflusse der Romantik als eine Reaktion gegen die antik-idealistische Richtung der Klassiker zunächst in Süddeutschland erblüht war.

Mehr als die deutsche Literatur werden in Goethes »Kunst und Altertum« die neuen Erzeugnisse des Auslandes gewürdigt, und hier sind es neben den Führern, die zu Goethe in persönliche Beziehung treten, namentlich die Lieder, »die ein jedes Volks eigentümlich bezeichnen und, wo nicht den ganzen Charakter, doch gewisse Haupt- und Grundzüge desselben glücklich darstellen«. In diesem Sinne preist er Béranger und Mérimée, die spanischen Romanzen, die serbischen Lieder, die altböhmischen Gedichte, die neugriechischen und litauischen Nationallieder, und in seiner Begeisterung für eigentümliche Volksgesänge greift er zuletzt über Europa hinaus und macht die indische und chinesische Dichtung zum Gegenstande seines aufmerksamen Studiums. Und wie er bei fremden Erzeugnissen den hergebrachten

Maßstab verschmähte, so kümmerte er sich auch bei seinen eigenen Schöpfungen nicht mehr um den eigentlichen ästhetischen Wert, sondern betrachtete sie historisch als Zeugnisse seiner Entwicklung und suchte sie daher möglichst vollständig den Lesern vorzulegen. So erschien denn seit 1827 bei Cotta die »vollständige Ausgabe letzter Hand«, von der er mit Hilfe seiner Mitarbeiter 40 Bände herausbrachte; nach seinem Tode folgten noch 20 weitere, von Riemer und Eckermann auf Grund der Verfügung des Dichters besorgt. Dieses gewaltige Anschwellen der Bändezahl seit der dreizehnbändigen Ausgabe von 1806–1810 rührt zum großen Teile von der Masse der kritischen Aufsätze, der Übersetzungen und namentlich der naturwissenschaftlichen und autobiographischen Schriften her.

Durch die Arbeit an den Selbstbiographien *Cellinis* und *Philipp Hackerts,* eines Freundes aus der Zeit der italienischen Reise, wurde in Goethe der Gedanke geweckt, dasselbe für sich zu tun, was er bereits für andere getan hatte. Außerdem hatte die Herzogin Amalia schon 1802 gegen ihn und Zelter geäußert, jedermann sei verpflichtet, sein Leben zu rekapitulieren; auch die Gesamtausgabe seiner Werke (1808) ließ ihm eine Art Kommentar durch Schilderung seines schriftstellerischen und menschlichen Entwicklungsganges als wünschenswert erscheinen. Ferner mußten der Tod der Mutter (1808) und der Zusammenbruch der alten Ordnung in ihm den Wunsch verstärken, das Bild der alten freien Reichsstadt und die ganze vielgestaltete Welt, in der seine Jugend sich gebildet hatte, im geschichtlichen Rückblick wieder aufzubauen. Auch fehlte es nicht an großen Vorbildern. Xenophon und Cäsar, Sully und Friedrich II. schildern die weltbewegenden Ereignisse, an denen sie als Führende teilgenommen haben, der heilige Augustinus teilt in seinen »Confessiones« seine Bekehrungsgeschichte mit und, dadurch angeregt, erzählt Rousseau in den »Confessions« seine Lebensgeschichte. Würde nun auch ohne Rousseaus Schrift Goethes Autobiographie kaum entstanden sein, so unterscheidet sich diese von jener auch dadurch, daß darin nicht, wie bei Rousseau, die einzelne Persönlichkeit gegen und über ihr Zeitalter gestellt erscheint, sondern vielmehr die im »Wilhelm Meister« behandelte Frage »Wie bildet sich der Mensch?« den leitenden Gedanken abgibt. Was die Zeitverhältnisse, bald begünstigend, bald widerstrebend, aus ihm gemacht, wie ihre Einwirkungen seine Welt- und Menschenansicht gebildet haben und wie er selbst die errungene in seinen Werken wieder nach außen abspiegelt, will er in seiner Schrift *Aus meinem Leben. Dichtung und Wahrheit* darstellen. Davon erschienen 1812–1814 drei Bände, ein vierter, der die Erzählung bis zur Übersiedlung nach Weimar fortführt, wurde erst nach Goethes Tode durch Eckermann zum Abschluß gebracht (1832). Die ursprüngliche Absicht, die Darstellung bis zum Jahre des ersten Entwurfes (1809) fortzuführen, hat Goethe schon 1813 aufgegeben. Aber auch das Gebotene ist längst als unser größtes Memoirenwerk anerkannt. Keine Lebensbeschreibung Goethes kann sich damit vergleichen, und auch er selbst hat in den Schriften, die spätere Epochen seines Lebens behandeln, niemals den Glanz und die Fülle der Schilderung seiner Jugend erreicht. In den *Schweizer Reisen* (1808), in den *Italienischen Reisen* (1816–1817), in der *Campagne in Frankreich* (1822) und in der *Belagerung von Mainz* (1829) war es ihm nur um Reiseberichte zu tun, und noch mehr fehlte ein zusammenfassender Gedanke und die künstlerische Absicht in den *Tages- und Jahresheften (Annalen)*, die auf Grund der sorgfältig geführten Tagebücher entstanden und die Jahre von der Rückkehr aus Italien bis 1822 umfassen.

Ein paar Jahre vor der Beschäftigung mit der Autobiographie hatte Goethe eine lebhafte, aber unerwiderte Neigung zu Minna Herzlieb, der Pflegetochter des Buchdruckers Frommann in Jena, hingezogen. Das siebzehnjährige Mädchen ahnte nichts von der Neigung des »lieben alten Herrn«, und dieser hat wohl auch kein wärmeres Gefühl in ihr zu erwecken gesucht. Nur der Dichtung hat er sein Gefühl anvertraut, und zwar in der Form des Sonetts, die ihm durch die eben neu erschienene Ausgabe Petrarcas, des Meisters der Sonettendichtung, und durch die Nachahmungen des in Jena anwesenden Zacharias Werner nähergebracht worden war. Ursprüngliches Gefühl vermählt sich darin mit bewußter Kunst, jugendliche Leidenschaft mit der hellen Klarheit des beruhigten Empfindens, nirgends ist die Grenze des Erlebten und Erdichteten erkennbar. Es ist eine eigentümliche Art von Liebeslyrik, wie sie sein Alter noch in reicher Fülle hervorbringen sollte und auch die Liebeslieder des »Divan« zeigen. Mit ihr kehrte Goethe unter dem Einfluß der Romantik von der einseitigen Verehrung des Altertums zu einer bunten Mannigfaltigkeit der lyrischen Formen zurück.

Schon in dem *Maskenzug* (1810) verherrlicht er die Poesie der Minnesänger und der Nibelungen. Unter Anwendung des romantischen Refrains erzählt er in der Art Bürgers volkstümlich und kunstvoll zugleich die kühne Tat der *Johanna Sebus*, und dieselbe Stilart zeigen *Die wandelnde Glocke* und der grausig humorvolle *Totentanz*. Zu reiner Kunst erhebt sich *Der getreue Eckart* und die durch den raschen Gang der Handlung fast dramatische Ballade vom vertriebenen und zurückkehrenden Grafen nach englischem Vorbild.

Neben der reinen Lyrik machte sich in anderen Schöpfungen des alternden Dichters ein lehrreicher Zug geltend, Lebensweisheit und ursprüngliches

Fühlen, lyrische und belehrende Elemente sind hier vereinigt. Ein Vorbild für diese Art Poesie fand er nach Herders Anleitung in der Bibel und bei den Persern. Bereits in der Jugend hatte er mit seinem Mahomet-Drama und seiner Verdeutschung des »Hohen Liedes« der Welt des Orients ihre Geheimnisse abzulauschen versucht; ganz fühlte er sich dorthin versetzt, als ihm im Frühling 1813 der »Divan des Mohammed Schems ed-din Hafis« in der Verdeutschung Josef von Hammer-Purgstalls zuging. Aber erst nach Verscheuchung der Kriegssorgen im Juni 1814, als er sich zum Besuche der alten Heimat rüstete, begann er die von dem persischen Dichter Hafis empfangenen Eindrücke in eigene Lieder umzusetzen. Nicht die äußere Form der Gedichte jener Spruchsammlung, das bedeutet das Wort »Divan«, strebte er nachzuahmen, nur stoffliche Elemente entnimmt er ihnen, zumal zum Preise des Weines und der Liebe, sowie das orientalische Gewand. Allmählich dringt Goethe tiefer in die Literatur und Geschichte des Orients ein; zu Hafis gesellten sich die übrigen großen Dichter der Perser und Araber, an allen bereichert er seine Anschauung ihrer Welt, seinen Schatz morgenländischer Vorstellungen und Bilder. Die beiden Reisen an den Rhein weckten die lyrische Schaffensfreudigkeit wieder, und namentlich brachte die zweite (1815) die an Zahl und Wert bedeutendste Ausbeute, denn damals entstanden die meisten Gedichte des Buches »Suleika«, das den Höhepunkt der Alterslyrik Goethes und der großen Sammlung von Gedichten bildet, die Goethe 1819 unter dem Titel *Westöstlicher Divan* zusammenfaßte.

Will man den »Östlichen Divan vom westlichen Verfasser«, wie Goethe das Werk zuerst benannte, als Ganzes charakterisieren, so kann man ihn als lyrische Konfessionen in epischer Einrahmung und mit dramatischen Einlagen kennzeichnen. Das Werk hat keinen anderen Mittelpunkt als den Dichter selbst, der in aufsteigender Wanderung über Zeit und Welt Ausschau hält. Wenn auch eine Anzahl der Gedichte des Divans Übersetzungen und Überarbeitungen persischer und arabischer Verse sind, so kann man doch nicht eigentlich sagen, daß Goethe sich diese aneignete; vielmehr wurden sie ihm nur zur Gelegenheit, sich alten Eigentums bewußt zu werden. Die Fülle der Divangedichte machte eine Teilung in Bücher nötig. Goethe wählt die heilige Zwölfzahl und läßt den Sänger an Hafis' Hand durch Liebe, Betrachtung, Unmut, erneute und weitere Betrachtung zu Suleika gelangen und dann durch mehrere Grade der Seligkeit (die Trinkseligkeit, die Seligkeit symbolischen Schauens und die Glaubensseligkeit) zum Paradies aufsteigen. Hafis wird ihm, was Vergil für Dante war; Suleika wird ihm zu Beatrice, Wirklichkeit und zugleich Allegorie. Neben Hafis aber ist Firdusi als zweiter Schutzpatron des Divans anzusehen; denn durch die Bekanntschaft mit seinem »Schahnameh« wurde Goethe die symbolische Betrachtung politischer Verhältnisse und auch das tiefsinnig variierte Thema des Paradiesgedankens nahegelegt.

Das Buch »Suleika« verdankt seinen Ursprung dem Verhältnisse Goethes zu Marianne von Willemer, der Gattin eines Frankfurter Bankiers, einer aus Linz, wo ihr Vater Instrumentenmacher war, stammenden Österreicherin. Hatem ist Goethe, Suleika Marianne. Alles, was hier als unbeschränkte Hingabe in heißer Neigung erscheint, war in Wirklichkeit bei Goethe wie bei Marianne tiefste und entsagungsvolle geistige Liebe. Nur im Reiche der Phantasie wandelten sie zusammen: da erblickten sie einander gekleidet in Turban und Schleier, da singt ihnen Bülbül, die persische Nachtigall, ihre schönsten Lieder und die Schloßterrasse von Heidelberg verwandelt sich in die Gärten von Schiras. Suleikas Lieder, mit denen sie auf Goethes Huldigungen antwortet (»An vollen Büschelzweigen«, »Wiederfinden«, »In tausend Formen magst du dich verstecken«), wußte sie – durch das Liebeserlebnis zur Dichterin erwacht – ebenso wie er mit den innigsten Gefühlen zu durchdringen (»Hochbeglückt in deiner Liebe», »Was bedeutet die Bewegung«, »Ach um deine feuchten Schwingen«), so daß sie, getragen von den Tönen Felix Mendelssohn Bartholdys und Schumanns, als Ausdruck tiefsten Empfindens in aller Welt erklungen sind.

Zu besserem Verständnis hat Goethe den »Divan« mit *Noten und Abhandlungen* begleitet, die in die orientalische, hauptsächlich persische Geschichte, Poesie, Kultur und Denkungsart einführen. Auch hier ist Herder Goethes Prophet. Den westöstlichen Klängen antworteten alsbald zahlreiche Stimmen aus dem deutschen Dichterwalde, so daß Immermann spotten konnte:

> Alter Dichter, du gemahnst mich als wie Hamelns Rattenfänger,
> Pfeift nach Morgen, und es folgen all die lieben kleinen Sänger.

Rückert und Platen, in der äußeren Form getreuer, in der inneren moderner als der Meister, gingen voran, Leopold Schefer, der Nürnberger Georg Friedrich Daumer (1846), Friedrich Bodenstedt (»Lieder des Mirza Schaffy«, 1851) und andere schlossen sich an. Aber den Ton des westöstlichen Divan traf keiner von den Nachahmern; ein Maler hat ihn getroffen: Feuerbachs »Hafis an der Quelle« in der Schackschen Galerie zu München, der heitere Weise von europäischem Typus, der der Schönheit einer Wasserträgerin freundlich zulächelt, wie Hermann Dorotheen am Brunnen, gleicht so recht dem Hatem des »Divan«.

Nach der Veröffentlichung des »Westöstlichen Divan« entstanden noch einzelne Gedichte, aber sanft und freundlich begannen die Kräfte des Lyrikers Goethe nachzulassen, es sei denn, sie wurden wachgerufen durch eine neue Liebe wie jene letzte, die der über Siebzigjährige zur siebzehn Jahre zählenden Ulrike von Levetzov empfand. Das halb ungewisse, halb verleugnete Gefühl wurde zur Leidenschaft, dergegenüber es ihm gelang, die Form zu wahren. Durch den Großherzog hielt er bei der Mutter um die Hand der Tochter an, schwieg jedoch dem Mädchen gegenüber, nachdem die Werbung abgelehnt worden war. Das poetische Ergebnis dieses Herzensabenteuers ist die *Marienbader Elegie* (Mittelstück der »Trilogie der Leidenschaft«), für Goethe selbst ein unschätzbares Kleinod, für uns ein höchster Gipfel der gesamten abendländischen Lyrik, wie Emil Staiger meint.

Den Rest seiner Kraft widmete der Dichter der erzählenden Gattung der Poesie und seinem großen Lebenswerk, dem »Faust«.

Der Novellendichtung hatte sich Goethe erst in reiferen Jahren zugewendet. Ganz nach dem Muster von Boccaccio, Bandello, Margareta von Navarra, den »Cent nouvelles« hatte er in den »Unterhaltungen deutscher Ausgewanderten« eine Reihe kleiner Erzählungen durch einen Rahmen, der die Absicht geistreichen, geselligen Zeitvertreibes hervorhebt, zusammengefaßt. Den hier bereits gefundenen echten, behaglich berichtenden Novellenstil wendet er weiter an in dem geselligen Scherz *Die guten Weiber* (1800), wo wieder eine Anzahl kurzer Geschichten durch Gespräche verbunden sind. Dieselbe leicht gefügte Form gedachte Goethe auch der Fortsetzung von »Wilhelm Meisters Lehrjahren« zu geben, von der 1821 ein erster Teil unter dem Titel *Wilhelm Meisters Wanderjahre oder die Entsagenden* entstand. Umgearbeitet und vollendet erschien der Roman 1829 in der »Ausgabe letzter Hand«, in der er mit den eingefügten Novellen und dem Melusinenmärchen drei Bände füllte.

Wilhelm lernt in seinen Wanderjahren die Pflicht, der Leidenschaft und den Lieblingsneigungen zu entsagen, die Pflicht der Unterordnung des eigenen Willens unter den der Gemeinschaft, des Staates. Durch das Leben wird er zur Selbstüberwindung erzogen, und das Wundermittel, das zu dieser Höhe der Anschauungen führt, ist die Tätigkeit, das Aufgehen in einem bestimmten auserwählten Beruf. Der Dilettant, der Dichter, Künstler, Schauspieler, Ästhetiker Wilhelm wird am Schlusse seiner Erziehung – Wundarzt. So enthalten die »Wanderjahre« denselben Grundgedanken wie der zweite Teil des »Faust«: daß der ruhelos umhergetriebene, nach einem hohen Ziel leidenschaftlich Strebende durch eine in großem Sinn unternommene praktische Wirksamkeit für das allgemeine Wohl den Frieden in seinem Innern gewinnt. Allerdings ist für eine anschauliche und überzeugende Darstellung einer solchen Lehre der Roman eine weit angemessenere Form als das Drama; aber in dem großen Bilde einer anschaulichen Tätigkeit, das in den »Wanderjahren« geschildert wird, tritt der Held, den wir schon in den »Lehrjahren« so oft zu einer passiven Rolle verurteilt sehen, noch mehr zurück.

Lose, wie der Zusammenhang mit den »Lehrjahren«, ist auch das ganze Gefüge der »Wanderjahre«. Der Grundgedanke, Wilhelms Ausbildung zu einem bestimmen Berufe, wird überwuchert durch das Beiwerk von allgemeinen Ideen, Nebenhandlungen und eingeschobenen Geschichten, das sich im Laufe der langen Jahre (seit 1807) daran heraufgerankt hat und den Stamm der Handlung seiner besten Kraft beraubte. Es ist Goethe nicht gelungen, den Hauptpersonen Fleisch und Blut und Daseinsfrische zu geben; sie leben kein eigenes Leben, sondern sind nur da, um gewisse Ideen des greisen Dichters zu verkörpern und ihm Gelegenheit zur Mitteilung seiner angesammelten Weisheit zu bieten. Und mag diese auch in sonderlicher, in »Makariens Archiv« selbst in schrullenhafter Einkleidung vorgetragen werden, es sind doch die abgeklärten Ergebnisse reicher Erfahrung und tiefsinnigen Erfassens, wie sie vor allem in Erziehungsgrundsätzen zum Ausdruck kommen.

Da führt er die Fiktion einer »pädagogischen Provinz« ein, wo die Knaben abgesondert vom Elternhause, unter einer zentralen Leitung je nach ihrer Veranlagung für die verschiedensten Arbeitsgebiete vorbereitet und für den Gemeinsinn erzogen werden. Gemeinsam aber bei allen Zöglingen soll die Ehrfurcht sein, denn in der Erziehung zur Ehrfurcht vor Gott, den anderen und vor sich selbst erblicken die Vorsteher der Provinz das Heil der Zukunft. Auf diese Weise individuell zur Freude an der Arbeit und zur Unterordnung unter das Ganze erzogen, soll das Geschlecht reif werden für den Idealstaat, den Goethe in den »Wanderjahren« aufbaut. In diesem Staat gibt es keine religiösen Parteiungen und keine politischen Streitfragen. Die staatliche Form, in der das soziale Ideal verwirklicht werden soll, ist für Goethe von untergeordneter Bedeutung. Doch ahnt er, daß, wie in England und Frankreich, so auch in Deutschland der Sozialismus die größte Frage der Zukunft sein werde. Ganz modern klingt es, wenn er erklärt, daß in der erträumten sozialen Gemeinschaft alle Arbeiter, einerlei aus welchem Gebiete, als gleichwertige Mitglieder willkommen sein sollten, daß die Angehörigen der höheren Stände auf ihre Privilegien verzichten müssen und auch die höhere oder niedere Bildung keinen Unterschied bilden dürfe. Goethe erkannte aber auch die furchtbare Macht, die seinem Zukunftsbilde in den Weg trat: die Maschine, die den Menschen selbst zur Maschine macht. Als ihm Meyer von der Notlage berichtet, in die die Weber am Zürichsee durch die Einführung der Maschine geraten seien, deutet er, wieder in ganz moderner Art, in der Bildung von Arbeitergenossenschaften und in der Gründung von Kolonien ein Mittel zur Abhilfe an.

Die unkünstlerische Anlage der »Wanderjahre«, die auch verschiedene, zum Teil schon früher veröffentlichte und oft nur gezwungen mit dem Helden verknüpfte Erzählungen enthalten, hat bald eine absprechende Kritik hervorgerufen; dagegen fehlte es auch nicht an Stimmen (Platen, Immermann), die dem greisen Dichter, mochte auch seine Kraft einmal ermattet sein, die ihm gebührende Achtung zu wahren suchten.

Für die»Wanderjahre« war ursprünglich auch die *Novelle,* die Geschichte vom Kinde und dem Löwen, bestimmt (1816). Novelle heißt diese Dichtung, weil sie den Typus der Novellen im Goetheschen Sinne,»eine sich ereignete unerhörte Begebenheit« darstellt. Die Vorgänge sind geringfügig, aber gerade darin zeigt sich das Können des Dichters, daß sie innerlich belebt und mit reichem Schmucke prachtvoller Schilderung ausgestattet sind. Wieder eine andere für die »Wanderjahre« bestimmte Erzählung erweiterte sich zu einem breit ausgeführten Seelengemälde, das sich nicht mehr in den Rahmen fügte und als Roman erschien. Es sind dies die aus einer tief leidenschaftlichen

Wunde emporsprießenden *Wahlverwandtschaften* (1809), in denen er im Gegensatze zu dem weit und lose ausgesponnenen Rahmen des »Wilhelm Meister« durch den enggeschlossenen Kreis des zwischen vier Personen sich abspielenden Empfindungslebens den tiefsten Eindruck erzielte. Modern in den Charakteren und Gesellschaftsformen, sind die »Wahlverwandtschaften« Anfang und zielzeigendes Vorbild aller modernen Sozialromane.

Der Dichter nannte den Roman die Grabesurne herben Geschickes. Es sei kein Strich in ihm, den er nicht selbst erlebt, wenn auch keiner so, wie er ihn erlebt habe. Minna Herzlieb, des Jenaer Buchhändlers Frommann Pflegetochter, hatte in dem eben vermählten Dichter eine warme Neigung erweckt und ihn in arge Bedrängnis gebracht. Dankbarkeit aber gegen Christiane und vor allem das Gesetz von der Heilighaltung der Ehe hielten ihn von deren Trennung zurück und nötigten ihn zur Entsagung.

Baron Eduard und Charlotte leben in glücklicher Ehe, bis der Hauptmann und Ottilie, Charlottens Pflegetochter, in ihren Kreis treten. Wie chemische Stoffe infolge bestimmter Anziehungskraft eine Mischung lösen und eine neue Verbindung eingehen, so werden auch die Menschen durch die Naturnotwendigkeit einer Wahlverwandtschaft zueinander gezogen. Allmählich führt eine leidenschaftliche Verstrickung Eduard zu Ottilie (Minna Herzlieb) und Charlotte zum Hauptmann. Dem Naturtriebe stellt sich aber die Heilighaltung der Ehe entgegen. Eduard beantragt die Scheidung, und auf diese hofft auch Ottilie; Charlotte aber dringt auf die Aufrechterhaltung der Ehe, auf die Pflicht der Entsagung und mit ihr der Hauptmann. Dieser entfernt sich, seine Leidenschaft niederzukämpfen, und Eduard stürzt sich in den Krieg, um durch äußere Gefahr der inneren das Gleichgewicht zu halten. Ottilie, von jetzt an die Hauptperson des Romans, wird immer in sich gekehrter; hoffen kann sie nicht, und wünschen darf sie nicht. Der Tod des Kindes Eduards und Charlottens, durch eine Unvorsichtigkeit Ottiliens herbeigeführt, gilt Charlotten als eine Mahnung des Schicksals, in die Scheidung zu willigen. Ottilie aber wird durch jenes Unglück zur Erkenntnis der Notwendigkeit völliger Entsagung gebracht. Ein unglücklicher Zufall aber führt sie mit Eduard zusammen. Der dämonischen Naturgewalt, die sie in Schuld gestürzt, folgend, kehrt sie mit ihm zurück, legt sich aber das Gelübde ewigen Stillschweigens auf und sucht durch Enthaltung von allen irdischen Bedürfnissen ihre Schuld zu sühnen. Doch die geheimnisvolle Kraft, die die Liebenden aneinander kettet, wirkt über ihren Tod hinaus. »Versprich mir zu leben«, das ist das letzte Wort, das Ottilie, in der Todesstunde das Schweigen brechend, Eduard zuruft. Es zieht ihn aber zu ihr hinüber. Er verzehrt sich in Schmerz und Gram. Bald umschließt sie dasselbe Grabgewölbe.

Vieles in dem Roman, wie z.B. die Erscheinung der verklärten Ottilie, deren magnetisches und hellseherisches Vermögen, die über Vernunft und Willen triumphierende Macht des Wunderbaren und anderes erinnert an die Dichtungen der Romantiker (Novalis), doch hebt er sich von ihnen ab durch die strenge, an die Antike gemahnende Kunst des Aufbaues, die bis ins einzelnste gefeilte und berechnete Durchführung und durch die feine Zeichnung der seelischen Zustände.

»Nach einem selbstgesteckten Ziele mit holdem Irren hinzuschweifen«, dieser Gepflogenheit des Alters begegneten wir vor allem in Goethes »Wanderjahren«. Aber auch in den anderen Schöpfungen seines Alters macht sich die Neigung, ins Breite zu gehen und die strengen Gesetze der Kunstform zu durchbrechen, bemerkbar, und schon daraus erklärt es sich, daß ihm in dieser Epoche das Drama mit seiner engen Gebundenheit weniger als eine andere Gattung zusagen konnte. Nur einmal noch hat er sich, bald nach Schillers Tod, zu einem neuen großen Werke in dramatischer Form entschlossen, und zwar um dem Gedanken, von dem er nie abgewichen ist, daß es für den Dichter und Weisen noch etwas Höheres gebe als den Besitz irdischer Güter und als das Vaterland, poetischen Ausdruck zu verleihen. Er tat es in dem tiefsinnigen allegorischen Gedichte *Pandora*, dem Hohenliede der Kunst und Schönheit (1809).

Nur der erste Teil der »Pandora« wurde vollendet; bei ihrer mythologischen Einkleidung, sehr schwierigen Formgebung und symbolischen Behandlungsart konnte sie nicht auf weite Kreise wirken. Sie schließt sich dem Gedankeninhalt nach an die symbolischen Dichtungen Goethes an, die uns aus der letzten Zeit der Verbindung mit Schiller bekannt sind, und bezeichnet in dieser Richtung einen Schritt weiter. Auch durch die Mannigfaltigkeit des Versmaßes, das einer jeden Person, ihrer Lage und ihren Empfindungen, ihrem Charakter und Geschlecht entsprechen soll, bezeichnet die Dichtung etwas Neues. Der Sprache und Sprachform nach wird »Pandora« immer ein Meisterwerk deutscher Dichtung und als die Verherrlichung des stillen, ganz den Idealen zugewandten Empfindungslebens stets eine Quelle edelster Erhebung bleiben.

Der den Idealen nachstrebenden Seele kann die Gottheit die Vereinigung mit sich nicht versagen. So lehrt Goethe in der »Pandora«, so auch im »Faust«. Wehmütig der lieben Schatten froher Tage gedenkend, ließ Goethe 1808 den ersten Teil seines Lebenswerkes in die unbekannte Menge hinausgehen. Die Dichtung hatte aber noch keinen Abschluß, und so schuf denn Goethe am Ende seines Daseins den *zweiten Teil des Faust.* Nur wenige Stücke davon hat der Dichter der Öffentlichkeit übergeben, das vollendete Werk erschien als sein teuerstes Vermächtnis erst nach seinem Tode (1832), und zwar als der erste Band seiner »Nachgelassenen Werke«. Der lange Zeitraum, der zwischen dem ersten und dem zweiten Teile lag, und der Unterschied ihrer Stile hat die falsche Meinung erweckt, daß der zweite eine nachträgliche Zutat sei, und sie wurde dadurch begünstigt, daß die beiden Teile in ihrem Charakter verschieden sind.

Im ersten macht sich die Neigung, von der Haupthandlung abzuschweifen, nur selten geltend, und den Vorgängen und Personen wohnt, bis auf einige

Gestalten der Walpurgisnacht, eine einfache und reale Bedeutung bei; im zweiten fühlt man überall das Streben nach symbolischer Bedeutung durch die Überladung mit Beiwerk, darunter satirischen Ausfällen und Anspielungen, lenkt von der Hauptsache, dem Schicksal des Helden, auf lange Strecken hin die Aufmerksamkeit ab, und ist es um so schwerer, sich in dieser Fülle von Geschichten zurechtzufinden, da der Dichter sich von allen Beschränkungen des Raumes und der Zeit frei gemacht hat. Die reiche Symbolik, die bunte Fülle von Tönen weist auf die romantischen Märchenlustspiele hin, und von den schillernden Farben und klingenden Versen der »Genoveva« und des »Oktavianus« von Tieck hat der zweite Teil manche Anregung empfangen. Doch hält Goethe im Gegensatze zu den Romantikern die Bedingungen der dramatischen Gattung fest. Alles, selbst das scheinbar Fernliegende, ist durch feste Verzahnungen mit dem Hauptgerüst verbunden. Und wie geschlossen ist die Kette der Handlungsglieder, wie steigern sich die dramatischen Vorgänge bis zum Schluß! Die Aufgabe, den Helden durch die Vorgänge einer reichen Erfahrungswelt zu seinem Ziele zu führen, verlangte, daß die Umwelt mit reicher Phantasie dargestellt werde, und nötigte den Dichter, von den herkömmlichen Regeln der dramatischen Gattung abzuweichen, etwa ebenso wie die Passionsspiele des ausgehenden Mittelalters, mit denen Goethes »Faust« in der Größe des Gegenstandes wie in Einzelheiten der Technik verwandt ist.

Der Plan aber zu dem zweiten Teile des »Faust« war zugleich mit dem zum ersten schon 1797 unter dem Einfluß Schillers entstanden. Schon 1800 führte Goethe den Anfang der Helena–Szene aus und trug sich 1806 mit dem Plane, den zweiten Teil bald folgen zu lassen. Andere Arbeiten traten dazwischen, und der Dichter schien den »Faust« ganz aufgeben zu wollen, als er 1816 für seine Autobiographie die Inhaltsangabe des zweiten Teiles diktierte. Da trat 1823 Eckermann in den Kreis von Goethes Lebensgenossen. Wie einst Schiller, drängte auch er zur Vollendung des »Faust«, und so entschloß sich denn Goethe, den Rest seiner Zeit und seiner Kräfte dem Drama zu widmen. Erst die Hinzufügung des zweiten Teiles hat dem »Faust« seine universelle Bedeutung gegeben, da erst dieser den Helden durch die große Welt der wichtigsten Lebensinteressen der neueren Menschheit hindurchführt, auf die schon im ersten Teile gleich bei Beginn der Ausfahrt hingewiesen wird.

Kühn bahnt sich der Dichter den Übergang von der kleinen, bürgerlichen Welt des ersten Teiles in diese neue. Ein überleitendes Vorspiel entlastet Fausts Seele symbolisch durch gütige Elfen im Schlummer von allem, was sie bedrückt. Mit klaren Blicken schaut Faust den neuen Morgen und faßt den Entschluß, zum höchsten Dasein, das innerhalb dieser irdischen Welt zu erringen ist, immerfort zu streben. Nicht zu einem göttergleichen Dasein, wie zu Beginn der Tragödie; denn er hat erkannt, daß unser Auge nur den Abglanz des Göttlichen in der farbenreichen Wirklichkeit zu ertragen vermag, und auf sie, auf das Wirken in seinen Grenzen, richtet sich nun sein Blick. Schon das alte Faustbuch weiß von verschiedenen Erscheinungen zu erzählen, die Faust dem Kaiser Maximilian vorgeführt haben soll, und auch Hans Sachs berichtet von Vorstellungen am Kaiserhofe. An die mittelalterliche kaiserliche Pfalz versetzt auch Goethe seinen Faust, da nach der Anschauung des Mittelalters der Kaiser allein Gelegenheit zu einer großen Wirksamkeit verleihen konnte. Der Vergnügungssucht, die sich im wilden Treiben des Karnevals austobt, soll auch die Zauberkunst Fausts dienstbar werden. Der Kaiser verlangt von ihm die Erscheinung der Helena, der Schönsten der Schönen. Faust verspricht es im Vertrauen auf Mephisto. Dieser aber hat über das Schöne keine Gewalt; durch eigene Tatkraft muß Faust in das zeit- und raumlose Reich der Mütter (Ideen) hinabsteigen, um den Schatten Helenas heraufzuziehen. Der erste Schritt Fausts zur Brechung von Mephistos Macht ist damit geschehen. Und während dieser und die Hofgesellschaft in der Erscheinung bloß ein Fratzengeisterspiel sehen, ergießt sich in dem hellsichtig gewordenen Faust zu seinem Heile die Quelle der Schönheit. Aber gerade hier vermag ihm sein teuflischer Geselle nichts zu gewähren; soll ihm Befriedung werden, so wird sie ihm nur durch das Streben aus eigener Tatkraft zuteil. Ihm ist Helena die Verkörperung der Idee und, von leidenchaftlicher Liebe ergriffen, verlangt er nach ihrem Besitz. Aber als er sie an sich reißen will, wird er durch eine Explosion ohnmächtig zu Boden geworfen.

Mephisto, nicht ahnend, was Faust überwältigt hat, trägt ihn in sein altes Studierzimmer. Hier haust der einstige Famulus Wagner, jetzt eine Leuchte der gelehrten Welt. Seit Monaten ist er bemüht, auf chemischem Wege ein Menschlein zu schaffen, und mit Hilfe Mephistos gelingt es. Nach der allgemeinen Ansicht besitzt ein solcher künstlich geschaffener Mensch, ein Homunkulus, ein übermenschliches Erkenntnisvermögen. So erkennt denn auch der kleine Mann in der Phiole, daß Faust, nachdem er des Anblickes der höchsten Schönheit teilhaftig geworden ist, im düsteren Norden nicht erwachen darf, ohne sogleich von der unerfüllten Sehnsucht getötet zu werden. Er rät, ihn nach Griechenland zu bringen.

So wird denn Faust auf dem Zaubermantel, geführt von dem wegkundigen Homunkulus, nach Thessalien getragen, wo gerade in dieser Nacht die Geister der antiken Dämonen, zu neuem Leben erwacht, sich auf den Pharsalischen Gefilden versammeln. Kaum hat Faust den Boden des Landes der Schönheit berührt, da erwacht er, und sein einziges Verlangen ist nunmehr der Besitz der Helena. Von den ägyptischen Sphinxen an durch die ganze Welt des klassischen Altertums bis zur Entschiedungsschlacht zwischen Cäsar und Pompejus werden wir durch die Erscheinungen der thessalischen Zaubernacht geleitet. Es ist jene Epoche der Menschheitsgeschichte, die für Goethe selbst die bedeutsamste gewesen ist. Faust soll die verschiedenen Epochen der Menschheit kennenlernen und als deren Vertreter in sich aufnehmen, was für diese insgesamt bestimmt ist. Teils im Scherz, teils im Ernst hat dabei der Dichter die ihn selbst bewegenden naturwissenschaftlich-philosophischen Fragen in die Zaubernacht hineingeheimnißt. So ist die klassische Walpurgisnacht nicht wie die Szene auf dem Blocksberg bloß ein episodenhaftes Zerstreuungsmittel, sondern ein wesentliches Glied in Fausts Entwicklungsgang. Die Läuterung des Helden sollte nach Goethes im Verein mit Schiller gewonnener Anschauung von der ästhetischen Erziehung des Menschengeschlechtes durch die Schönheit erfolgen. Denn nur der, der die Schönheit erkannt und in sich aufgenommen hat, erlangt die Fähigkeit, erhaben zu denken und zu handeln. Zur poetischen Verkörperung dieses rein innerlichen Vorganges bot sich ungezwungen das Zusammenleben mit der schönen Helena dar, von dem Sage und Puppenspiel berichten. Durch Helenas Einfluß mußte Faust auf den Höhepunkt edelster menschlicher Gesinnung gelangen und so diese Episode zum Gipfel des ganzen Werkes werden.

Fausts einziges Forschen unter den Geistern gilt daher der Auffindung der Helena. Vergebens fragt er nach ihr bei den Sphinxen, die nicht bis zu ihren Tagen hinaufreichen; er wendet sich an den Kentauren Chiron, der einst auf demselben Rücken, auf dem er jetzt Faust trägt, Helena getragen hat. Der Weise erklärt Fausts Begehren für verrückt und bringt ihn zu der klugen Seherin Manto, der Tochter Äskulaps, damit sie ihn heile. Aber diese erklärt: »Den lieb' ich, der Unmögliches begehrt«, und führt Faust auf dunklem Gange hinab in das Reich der Schatten vor den Thron der

Königin Persephone, zu der sie auch einst Orpheus geleitet, als er die geliebte Gattin wiedergewinnen wollte. Leider kennen wir die Rede, mit der Faust die Helena losbittet, nur aus einem Entwurfe und aus Ansätzen; sie auszuführen fand der gealterte Dichter nicht mehr die notwendige Kraft und Stimmung, und so klafft hier in dem Zusammenhange des Faustdramas die empfindlichste Lücke. Persephone sollte, wie der Dichter mitteilt, durch Fausts Bitten zu Tränen gerührt, der Helena die Rückkehr gestatten, aber nur unter der Bedingung, daß sie sich nirgends als auf dem eigentlichen Boden von Sparta des Lebens erfreue und daß alles übrige, auch das Gewinnen ihrer Liebe, auf menschlichem Wege zugehen müsse. Da aber diese wichtigste Szene fehlt, sehen wir ganz unvorbereitet Helena vor dem Königspalaste in Sparta mit dem Chor der gefangenen Trojanerinnen auftreten. Sie meint von Troja zu kommen und von Menelaos vorausgeschickt zu sein. Als sie sich anschickt, die Opfer vorzubereiten, tritt ihr ein Weib, die häßlichste aller Gestalten, hindernd entgegen. Es ist Mephisto, der, um in der antiken Welt als Handelnder auftreten zu können, die Maske von den häßlichsten der antiken Dämonen, den Phorkyaden, geliehen hat. Als Phorkyade schreckt er die Frauen mit dem Vorgeben, daß sie von Menelaos zum Opfer bestimmt seien, und sucht sie dahin zu bringen, sich in den Schutz Fausts, eines edlen deutschen Ritters, zu begeben. Nach einigem Zaudern entschließen sich Helena und ihr Gefolge dazu. Faust gewährt ihr Schutz und Liebe, sie ergeben sich einem wonnevollen arkadischen Leben. Vergeblich sucht Phorkyas die Wonne der Liebenden zu stören mit der Nachricht, Menelaos rücke heran. Vielmehr umschlingen sie einander vor den Augen des Volkes in seliger Hingabe.

Das »Wohldurchdachte« in den »langgeschwänzten Zeilen« des griechischen Trimeters mischt sich in ihren Wechselreden mit den Lauten deutscher Reimworte, und aus der Verbindung von klassisch-antikem und mittelalterlich-romantischem Wesen entsteht die neuere Poesie, Euphorion. Doch nicht lange soll der Knabe auf Erden weilen; kühn klimmt er, der Vertreter der modernen Geistesrichtung, die Felsen hinauf; aber Schwindel erfaßt ihn, er stürzt, und klagend umstehen ihn die Eltern und die Frauen Helenas. Seine schreiende Stimme zieht die Mutter in das Totenreich nach; sie verschwindet, und Faust hält bloß ihr Gewand. Kurz nur, will der Dichter sagen, ist die Dauer der vollendeten Schönheit im Leben der Menschen wie des einzelnen. Helena, das antike Schönheitsideal, hat sich aufgelöst, aber schon ihre Hülle, die göttlichen Attribute, die sie zurückläßt, hebt über das Gemeine empor und weckt Lust und Mut zu großen Taten.

> Die Göttin ist's nicht mehr, die du verlorst,
> Doch göttlich ist's. Bediene dich der hohen,
> Unschätzbaren Gunst und hebe dich empor,
> Es trägt dich über alles Gemeine rasch,
> Am Äther hin, so lange du dauern kannst.

Faust schwebt auf einer Wolke, in die sich Helenas Gewänder auflösen, davon, und im Hochgebirge an Deutschlands Grenze senkt sie sich mit ihm nieder. Hier trifft ihn Mephisto, und Faust teilt diesem seine neuen Lebenspläne mit. Nicht zum Herrscher, der jedes Gelüst unbeschränkt befriedigen darf, wie Mephisto meint, will er werden; nicht Ruhm will er erwerben, sondern Taten vollbringen. Er will dem Meere den täglich von der Flut überschäumten Küstensaum abringen, so den bewohnbaren Erdboden erweitern und sich selbst Herrschaft, Eigentum erwerben. Um dies zu erreichen, muß er vom Kaiser mit dem Strande belehnt sein. Durch die Hilfe, die ihm Faust, von Mephistos Geisterscharen unterstützt, in der Entscheidungsschlacht mit dem Gegenkaiser gewährt, erlangt er die Belehnung mit der Meeresküste. Faust hat nun für ein Wirken im höchsten Sinne den Boden gefunden. Nicht das fruchtlose Forschen nach den Urrätseln aller Dinge, nicht Sinnengenuß, nicht das bunte Treiben am Hofe konnte ihm Genüge geben, der beseligende Bund mit Helena wurde nach kurzem Glück zerrissen; wird ihm jetzt endlich Befriedigung werden? Mephisto hofft es noch immer; der letzte Akt des zweiten Teiles gibt die Antwort.

Nach Jahrzehnten schafft Faust dort, wo einst die Brandung tobte, ein fruchtbares Land, das ihm gehört und von wo aus seine Flotten das Meer beherrschen. So erreicht er als Hundertjähriger die Grenze menschlichen Daseins. Aber sein leidenschaftliches Verlangen ist noch ungebrochen. Der Weltbesitz genügt ihm nicht; ein Hügel, auf dem zwei alte Leute wohnen, Philemon und Baucis, und eine Kapelle verkümmern ihm seine Freude, und er gibt Mephisto den Auftrag, die Alten fortzuschaffen auf ein Gütchen, das er ihnen bestimmt hat. Mephisto aber handelt in seinem Sinne, sie gehen in Flammen unter. Faust flucht dem wilden Streich und versinkt in Gedanken. Da schweben vier graue Weiber an ihn heran. Drei von ihnen, Mangel, Schuld, Not, können nicht zu ihm dringen; aber die Sorge schleicht sich durch das Schlüsselloch und steht plötzlich an seiner Seite. Die Sorge, die er einst als die Feindin des Glückes verwünscht und seit dem Bunde mit Mephisto nicht mehr gekannt hat, naht sich ihm wieder, denn er ist jetzt so weit, zu erkennen, daß nicht übermenschliches Streben und übermenschliche Erkenntnis dem Leben Wert verleihen, sondern das Wirken in den Grenzen des Irdischen, das nun einmal von der Sorge notwendig begleitet werden muß. Zu solchem Wirken aber bedarf es nicht der Magie, der Verbindung mit über- und unterirdischen Mächten. Unbekümmert um sie ist das Glück in rastlosem Fortschreiten auf dem Wege zu einem höheren Schaffen, zum unerreichbaren Ziel der Befriedigung zu finden. »Nur der verdient sich Freiheit wie das Leben, der täglich sie erobern muß.«

Mit dieser Erkenntnis hat Faust die Macht Mephistos überwunden. Er ist zum klaren Bewußtsein seines Menschendaseins gelangt: ruhmlos für andere zu wirken, solange es Tag ist. Selbst erblindet und hochbetagt, treibt der Kolonisator Faust die Knechte an, das neue Werk zu vollenden, durch das er einem tatenfrohen und tatenfreudigen Geschlechte der Zukunft Räume schaffen will. Nicht als Herrscher will er unter ihm stehen, sondern als freier Mann mit freiem Volke. Dann glaubt er die Zeit der Befriedigung gekommen, dann glaubt er, ruhen zu dürfen, und im Vollgefühl solch hohen Glückes ruft er aus: »Zum Augenblicke dürft ich sagen: Verweile doch, du bist so schön! Es kann die Spur von meinen Erdentagen nicht in Äonen untergehn ... Im Vorgefühl von solchem Glück genieß ich jetzt den höchsten Augenblick.« Auf dieses Wort hat Mephisto schon lange gelauert. Er läßt sofort durch seine Lemuren für Faust das Grab graben und glaubt, als dieser nun in den Sand sinkt, seine Wette gewonnen zu haben; er hält den Vertrag für erfüllt. Und dazu hat er ein gewisses Recht; denn tatsächlich erklärte sich Faust für befriedigt, und somit war scheinbar der Fall eingetreten, für den Faust seine Seele als Gegenwert eingesetzt hatte. Nach dem Wortlaute des Vertrages konnte Mephisto auf Fausts Unsterbliches Anspruch erheben. Aber dem Sinne nach war der Vertrag doch nicht erfüllt; denn Faust hatte zwei Bedingungen gestellt: »Werd ich beruhigt je mich auf ein Faulbett legen« und »kannst du mich mit Genuß betrügen.« Die Befriedigung, die Faust beim Abschlusse des Vertrages meinte, ist bedingt durch das Ersticken jedes höheren Dranges und durch das Aufgehen im sinnlichen Genießen. Nun aber ist der Genuß im Sinne des Mephisto von Faust längst in seiner Wertlosigkeit erkannt worden, und wie wenig das Streben in ihm ertötet worden ist, zeigt sich darin, daß er im Augenblicke des Todes die unablässige Tätigkeit als das Wünschenswerteste bezeichnet und in ihr das Wesen und den Zweck des menschlichen Daseins erkennt: »Im Weiterschreiten find' er Qual und Glück, Er, unbefriedigt jeden Augenblick.« Der Augenblick, dessen Verweilen Faust wünscht, liegt in weiter, für den Hochbetagten unerreichbarer Ferne. Es ist also kein Zweifel, daß der Herr im Himmel und nicht Mephisto die Wette gewonnen hat.

Als sündiger Mensch freilich ist Faust, wie in der Schlußszene vorausgesagt wird, der Hölle verfallen, aber weil er trotz allem schweren Irren ein Strebender geblieben ist und sich dadurch die Teilnahme von oben zuwandte, hat ihm die göttliche Liebe aus unverdienter Gnade die Aufnahme in das Reich der Seligen gewährt. Nicht Glaube und Reue also, wie im alten Faust-(Theophilus-) Drama des Mittelalters, sondern die sühnende Tat, das unablässige schöpferische Streben weckte die »Liebe von oben«. Nicht im christlichen Sinne, sondern im Geiste seiner Zeit hat Goethe das Faustproblem zu lösen versucht, und nur äußerlich ist die Einwirkung jenes christlichen Faustdramas auf die Gestaltung der Schlußszenen. Himmlische Heerscharen schweben herab, vertreiben die Teufel und tragen das Unsterbliche Fausts empor, während Mephistos Blick an der Schönheit der Engel gebannt hängt. Vorüber an den Heiligen der Bergwüste, die sich im Dienste der Gottheit von allem Irdischen zu läutern suchen, an den Chören der seligen Knaben, die gleich nach der Geburt zum Dasein der Engel eingingen, steigt Fausts Unsterbliches zu der höchsten Höhe, wo der Chor der Büßerinnen die »Mater gloriosa«, die Vertreterin der verzeihenden göttlichen Liebe, umringt. Als eine von ihnen bittet Gretchen die Strahlenreiche, Faust die Erlösung verkünden zu dürfen. So schwebt sie ihm voran zum Throne der Jungfrau, Mutter, Königin, und es ertönt der »Chorus mysticus«, noch einmal die geheimnisvolle Macht der Liebe, die sich im Ewig-Weiblichen verkörpert, preisend.

Seitdem die Erkenntnis durchgedrungen ist, daß die beiden Teile des »Faust« eine Einheit bilden, haben sich die Versuche gemehrt, den ganzen »Faust« der Bühne zu erobern. Nachdem schon Eckermann die Episode am Kaiserhof inszeniert hatte, brachte Eduard Wollheim da Fonseca 1854 in Hamburg den ganzen zweiten Teil auf die Bühne, und seine von 7498 auf 1570 Verse gekürzte und mißglückte Bearbeitung ging auch über andere Bühnen Deutschlands, aber ohne dauernden Erfolg. Erst Otto Devrient hat durch seine Inszenierung in Weimar 1876 auch für den zweiten Teil die Bahn gebrochen und trotz allen Mängeln seiner Bearbeitung den Beweis geliefert, daß die Dichtung keineswegs eine Zusammenhäufung unverständlicher Allegorien sei. An dichterischem Werte steht der zweite Teil kaum, an Tiefe der Ideen gewiß nicht hinter dem ersten zurück, und es ist nur hergebrachtes Vorurteil, das viele zurückhält, sich in ihn zu vertiefen. Nahezu zwei Menschenalter hat Goethe die Fausttragödie beschäftigt. Als er mit den Leipziger Liedern sein poetisches Schaffen begann, waren Gellert und die Anakreontiker die Tonangeber in der literarischen Welt, als er das Faustmanuskript versiegelte, war die Romantik bereits im Schwinden. Rastlos strebend wie Faust, hat er in dieser langen Zeit sich bemüht, die Pyramide seines Lebens zu vollenden.

Was er gewesen ist und geleistet hat, kann wohl am besten mit den Worten eines andern Dichters gesagt werden; Eichendorff wies darauf hin, wie Goethe mitten unter den Geniemännern seinen Anfang genommen und, gleich ihnen, sein Dichten auf die Natur gestellt hatte. »Aber«, fuhr er fort, »während jene nur die Titanen spielten und sich zuletzt wohlfeil genug mit der flachen Wirklichkeit abfinden ließen, hielt er ernst, stark und treu zu der Mutter, die dafür ihr Wunderkind in alle ihre Geheimnisse einweihte. Seine Poesie war und blieb eine Naturpoesie in höherem Sinne. Da ist nichts Gemachtes; in gesundem, frischem Trieb greift sie fröhlich und ahnungsreich in die schöne, weite Welt hinaus, sich von allem Nektar der Erde nährend und stärkend. Sie gibt alles, was die Natur Köstliches geben kann: plastische Vollendung und sinnliche Genüge, aber sie gibt auch nicht mehr. Ihre Harmonie ist ihre Schönheit, die Schönheit ihre Religion; so wächst sie unbekümmert in steigender Metamorphose bis zur natürlichen Symbolik des Höchsten, vor dem sie scheu verstummt ... Allein die Natur ist in ihrem Wesen auch mystisch, als ein verhülltes Ringen nach dem Unsichtbaren über ihr. Das fühlte er, wie sehr er sich auch sträubte, und so beschloß er, wie die Natur ihr Tagewerk mit Symbolik, so das seinige im zweiten Teil des ›Faust‹ mit einer unzulänglichen Allegorie der Kirche.«

DIE HEIDELBERGER ROMANTIK

Die ältere Romantik nennt man, wie erinnerlich, auch die Jenaer Romantik. Als die ihr angehörenden Philosophen und Poeten Jena verließen, ihr Kreis sich also auflöste, bildete sich in Heidelberg eine neue romantische Schule (die »jungere Romantik«). Für sie war die Stadt »selbst eine prächtige Romantik«, mehr als für die älteren Romantiker Jena. Das efeuumrankte, in den Blüten der Bäume wie verschneite Schloß, die Türme der alten Dome drunten in der sonnigen Ebene, die geborstenen Ritterburgen – wie Schwalbennester an den Felsen hängend – alles erinnerte an eine hochgemute Vorzeit, die der Sehnsucht so viel tröstlicher schien als die nüchterne Gegenwart. Daher war denn auch das von den Heidelberger Romantikern angestrebte Ziel kein anderes als die Weckung des stolzen Selbstbewußtseins vaterländischer Eigenart durch Erschließung der eigenen Vergangenheit. Das ist aber auch der einzige Punkt, indem sich die Heidelberger mit den älteren Romantikern berühren. Persönliche Beziehungen bestanden kaum, nur Tieck war 1806 auf der Rückreise aus Italien, doch bloß zu kurzem Aufenthalt, in die Neckarstadt gekommen. Länger lebte dort Gries, den man als außerordentliches Mitglied des Kreises bezeichnen kann, dessen Kern das Triumvirat Clemens Brentano, Achim von Arnim, Josef von Görres war.

Wie bei den Jenaern fehlen auch hier Frauennamen nicht (die Günderode und Bettina von Arnim), fehlen auch nicht unbedeutendere Teilnehmer, wie JOHANN DIEDRICH GRIES (1775–1842). Er wurde in Hamburg, wo er auch starb, als Sohn eines Senators und Kaufmanns geboren, widmete sich zuerst dem Beruf des Vaters und ging dann zum Studium der Jurisprudenz über, das er in Jena und Göttingen betrieb und mit dem Doktorat abschloß. Sein Hauptinteresse jedoch galt der Literatur und dem Reisen; so finden wir ihn in Jena (Bekanntschaft mit Schiller, Herder, Goethe, Fichte, Steffens, Novalis, den Brüdern Schlegel, Tieck und Savigny), wieder in der Vaterstadt Hamburg, wo er Reimarus und F. H. Jacobi besuchte, in Dresden, wo er Schelling kennenlernte, in Göttingen, Frankfurt, Wetzlar, in Heidelberg (1806), anschließend in der Schweiz und in Oberitalien, später in Stuttgart, wo er mit den schwäbischen Dichtern Kontakt aufnahm. Seit 1837 leidend, zog er sich in die Heimat zu seinem Bruder zurück. Seine eigene Lyrik entbehrt nicht des poetischen Schwunges, seine Bedeutung jedoch beruht auf seiner Übersetzertätigkeit (Tassos »Befreites Jerusalem«, 1800–1803; Ariosts »Rasender Roland«, 1804–1808; Calderóns Schauspiele, 1815–1842; Forteguerris »Ricciardetto«, 1831–1833; Bojardos »Verliebter Roland«, 1835–1839), die von einer erstaunlichen Beherrschung der deutschen Sprache Zeugnis gibt, der er mit seltenem Fleiß Rhythmus und Reim der Originaltexte abrang. Brentano freilich scheute sich nicht, die Tasso-Nachdichtung des Hamburgers in seinem Roman »Godwi« zu verspotten.

Clemens Maria Brentano

Clemens Maria Brentano (1778–1842) hatte im September 1804 in Heidelberg seinen Wohnsitz genommen. Folgende Verse, vom Dichter noch in Jünglingsjahren verfaßt, geben Aufschluß über sein Wesen:

Ohn' Glauben und ohn' Hoffen,
Nur Lieben, nichts als Lieben,
Ohn' Ziel bin ich geblieben
Drum hab' ich nichts getroffen.

Die Unstetigkeit seines Charakters, die sich in dem Vierzeiler ausdrückt, zeigt sich auch in seinem Lebenslauf: Geboren in Ehrenbreitstein als Sohn des aus Oberitalien stammenden reichen Frankfurter Kaufmanns Pietro Antonio Brentano, wuchs er im Hause seiner Großmutter Sophie von La Roche auf, der Freundin Wielands und Goethes. Deren Tochter Maximiliane war noch nicht achtzehnjährig, als Vater Brentano, ein ernster Mann, Witwer und bereits Vater von vier Kindern, um sie warb. Die schöngeistige Mutter, die schriftstellernde Großmutter waren gewiß ideale Voraussetzungen für einen künftigen Dichter, der andrerseits aber unter den Mißhelligkeiten litt, unter welchen das Eheleben seiner Eltern stand (Albert und Lotte im zweiten Teil von Goethes »Werther« spiegeln die Verhältnisse im Hause Brentano wider), und somit der familiären Nestwärme entbehrte. Auch im Koblenzer Hause seiner unglücklich verheirateten Tante Luise, in das er 1781 kam, fand er nicht, wessen er bedurft hätte; dafür lernte er dort allzufrüh die ihm angeborenen Gaben des Witzes und des Spottes üben, welche ihn später zu einem unterhaltenden, aber nicht Liebe weckenden Gesellschafter machten.

1794 begann er gegen seinen, doch nach des Vaters Willen die Laufbahn des Kaufmanns, aber gereimte Geschäftsbriefe, mit Randglossen und Karikaturen versehene Quittungen zeigten bald, daß Clemens für die Handelstätigkeit ungeeignet war. Goethes Mutter, die alte Freundin des Hauses, legte sich ins Mittel: Brentano durfte studieren (zuerst in Bonn, dann in Halle), doch kann man von wirklichem Studium kaum sprechen, sondern nur von einem lustigen Studentenleben. Als 1797 der Vater starb und der Sohn in den Besitz eines ausreichenden Vermögens kam, trieb es der Neunzehnjährige, jeglichen Haltes und jeglicher Mahnung beraubt, toller denn je, übersiedelte an die Universität Jena, um Weimar nahe zu sein und doch Herder wie Goethe zu verspotten (»Zwischen den blühenden Büschen wandeln Deutschlands größte Geister, eingehüllt in den Nimbus ihres Namens«, schrieb er an seine Schwester Bettina) – und in Jena selbst mit den Romantikern in Kontakt zu kommen, die ihn aber eher ablehnten. Ein Glücksjahr war 1801, das ihn nach Göttingen führte und die Freundschaft mit Arnim vermittelte. Die Freunde unternahmen 1802 eine gemeinsame Rheinreise und trafen einander 1804 in Heidelberg wieder.

Inzwischen aber war Brentano zu der Jenaer Professorengattin Sophie Mereau, geb. Schubert (1770–1806), einer literarisch tätigen Dame, Mitarbeiterin an Schillers Musenalmanach, Romanschriftstellerin (»Das Blütenalter der Empfindung«, 1794; »Amande und Eduard«, 1803) und Übersetzerin (Boccaccios »Fiammetta«, 1806) sowie Lyrikerin (Gedichte, 1800–1802) in leidenschaftlicher Liebe entbrannt. Sie ließ sich 1801 von ihrem ersten Mann scheiden und wurde 1803 Brentanos Frau. Das Glück währte nicht lange; an den Folgen der Geburt ihres Kindes starb Sophie 1806 in Heidelberg. Verwandte seiner zweiten Frau überredeten ihn zu der Ehe mit Auguste Busmann (1807), doch endete diese bald mit einer Scheidung. Das nächste Jahrzehnt (1808–1818) verbrachte Brentano meist in Berlin, wo er – wie Kleist – Mitglied der »Christlich-deutschen Tischgesellschaft« wurde und die in Heidelberg begonnene Bekanntschaft mit Eichendorff erneuerte. Von Berlin aus reiste er nach Böhmen und nach Wien (1813/1814); in Berlin lernte er die geistvolle und später als Dichterin bekannt gewordene Luise Hensel kennen, die damals vor ihrer Konversion zur katholischen Kirche stand und dem Dichter, der ihr sein inneres Elend klagen wollte, sagte: »Was hilft es für Sie, daß Sie einem jungen Mädchen das sagen? Sie sind Katholik, sagen Sie

Ihrem Beichtvater, was Sie drückt!« Tatsächlich kehrte Brentano 1817 zur angestammten Religion zurück, lebte 1819–1824 in Dülmen (Westfalen) an der Seite der stigmatisierten Nonne Anna Katharina Emmerick (1774 bis 1824) und begann nach deren Tod wieder sein unstetes Leben: Koblenz, Paris, Regensburg (zu Bischof Sailer), Frankfurt, nochmals Regensburg, München und Aschaffenburg, wo er starb, sind die Stationen seiner weiteren irdischen Wanderschaft.

Als Dichter hat sich Brentano schon früh versucht; an die Öffentlichkeit trat er zuerst mit der Satire *Gustav Wasa* (1800), gegen die Kritiker der Romantik gerichtet, dann mit dem, wie er selbst ihn nannte, »verwilderten« Roman *Godwi oder das steinerne Bild der Mutter* (1801), einer Kreuzung von Goethes »Wilhelm Meister«, Tiecks »Lovell« und Schlegels »Lucinde«. Das an sich recht unbändige Werk hat dennoch seine schönen Stellen und enthält vor allem wundervolle Gedichte, die in die ihnen aufgezwungene Umgebung nicht recht passen wollen, aus ihr befreit jedoch den ganzen Schlegel-Tieckschen Musenalmanach von 1802 weit übertreffen. Eines derselben, *Die lustigen Musikanten,* erweiterte Brentano bald zu einem schwermütigen Singspiel gleichen Titels (1803). Inzwischen hatte Goethe einen Preis ausgeschrieben für ein Intrigenstück ohne zeitgemäße Weinerlichkeit und flache Moral. Darauf reagierte Brentano von Göttingen aus mit dem *Ponce de Leon* (1801, gedruckt 1804), einem in Spanien spielenden Lustspiel von loser dramatischer Komposition, ausgezeichnet durch Valerias, der weiblichen Hauptfigur, tief angelegten Charakter, jedoch überwuchert von Wortwitz, Situationskomik und lyrischen Einlagen, so daß Brentano, aber auch alle seine Mitbewerber, den ausgesetzten Preis nicht errangen.

Von Göttingen zog Brentano nach Heidelberg (Herbst 1804), wo er mit den bald nachfolgenden Arnim und Görres zusammenarbeitete und, solange Sophie lebte, der glücklichste der Sterblichen zu sein glaubte. Dieser Stimmung entsprangen die Ansätze zu zwei Werken, die erst später, zwar nicht zu Ende, aber doch zu einer gewissen Vollendung gebracht werden sollten. Es handelt sich um die Rahmenerzählung *Aus der Chronika eines fahrenden Schülers* und um die »Romanzen vom Rosenkranz«. Das erste Werk (es sollte ursprünglich »Der Ritter und die Seinigen« heißen) ist echt romantisch, verklärt das Mittelalter, erzählt im treuherzigen Ton alter Chroniken von Johannes, dem armen fahrenden Schüler, der an einem Maimorgen im Hause des Ritters Veltlin zu Straßburg erwacht und uns als ein kindlich reiner, also verwandelter Godwi entgegentritt. Wie durch den älteren Roman wandelt auch durch die »Chronika« die Gestalt der verklärten Mutter; dort war die romantische Ironie noch imstande, im zweiten Teil ein Gegenstück zu liefern, hier fehlt dieses Pendant; auf die »Laurenberger Els«, wie sie heißt, hat der Dichter die Erinnerung an die eigene Mutter übertragen. Alle Herzinnigkeit keuscher Liebe tönt nach Eichendorffs Wort aus dem Nachtigallenlied der schönen Els (»Der Spinnerin Lied«). Eine Parallele zur Chronik war das *Tagebuch der Ahnfrau*, flüchtige Skizzen, die zum Teil mit dem größeren Werk zusammenschmolzen. Zum Druck gelangte das Fragment, eines der wichtigsten Fragmente der deutschen Literatur, erst 1818. In den Jahren 1880 und 1882 erschienen Versuche, Brentanos Dichtung fortzusetzen und zu einem Ende zu bringen, aber weder die Wortkunst der Frau von der Elben (Auguste von der Decken) noch die Holzschnittkunst des Nazareners Eduard von Steinle konnten geben, was der Dichter uns versagte.

Ein Torso sind leider auch die *Romanzen vom Rosenkranz*, in denen »ein weitgespannter Grundriß nur im Sinn der eindringlichen Ausschöpfung von Einzelheiten ausgeführt wurde« (Oskar Walzel). Ort der Handlung ist die vom Dichter nie besuchte Heimat der Familie Brentano: das mittelalterliche Bologna um 1200 (dort gibt es schon ein Opernhaus, auf dessen Bühne die schöne Biondette ihre Marienhymnen zur Harfe singt – ein echt romantischer Anachronismus!), wo sich, wie der Dichter an den Maler Runge schrieb (er wollte ihn als Illustrator für sein Buch gewinnen; dessen Tod mag mit schuld daran sein, daß das Werk nicht vollendet wurde), »eine unendliche Erbschuld, die durch mehrere Geschlechter geht und noch bei Jesu Leben entspringt, durch die Erfindung des katholischen Rosenkranzes löst«. Die äußere Form ist die spanische Romanzenstrophe wie in Herders »Cid«; aber Herder verzichtete auf den Reim, Brentano ersetzte ihn durch Assonanzen und erreichte in diesem Kunstmittel wie in der Fülle der Farben, im Reichtum der Töne, im Kontrast der Liebeserklärungen und der Glaubensbekenntnisse eine von keinem anderen errungene Meisterschaft, entsprungen aus der Einheit von Dichter- und Menschentum. Rückt Brentano auch alles in die Ferne des Raumes und der Zeit, so hat er dennoch in diesem apokryphreligiösen Gedicht eine Art Autobiographie geschrieben. 1810 brach er die Arbeit daran leider ab.

Zu Ende gebracht und 1815 veröffentlicht wurde hingegen das in Böhmen begonnene lyrische Riesendrama *Die Gründung Prags*. Sein Kern ist die tschechische Sage von den drei mit übernatürlichen hellseherischen Kräften begabten Töchtern des Krokus, die Erhebung des Stammvaters der böhmischen Könige Primislaus durch Libussa und die Gründung der Stadt Prag mit dem folgenden Kriege der böhmischen Amazonen. Das Werk hätte ein

Volksschauspiel werden sollen; aber das Gesamt von 14000 Versen theatermäßig zu kürzen, ist schon deshalb beinahe unmöglich, weil von den poetischen Schönheiten und den abwechselnden kunstvollen Versen (fünffüßige gereimte Jamben, begeisterte Rhapsodien, einförmige Klagelieder, erhabene Weissagungen, wilde Gesänge) zu viel geopfert werden müßte und weil in der Fülle der Motive und dem Reichtum der einzelnen Szenen der Faden der Haupthandlung unrettbar verlorengeht. Dem Lesedrama, wie wir »Die Gründung Prags« bezeichnen müssen, folgten, dem Verlangen der Zeit entsprechend, patriotische Bühnenstücke (»Viktoria und ihre Geschwister«, »Am Rhein, am Rhein«) und eine Bearbeitung des »Ponce de Leon« unter dem Titel »Valeria«; die Aufführung in Wien war allerdings kein Erfolg.

Um so besser gelangen Erzählungen und Märchen (»Die mehreren Wehmüller«, »Die drei Nüsse«, »Die Geschichte vom braven Kasperl und dem schönen Annerl«, »Gockel, Hinkel und Gackeleia«, »Legende von der hl. Marina«), jene, neben den entsprechenden Werken Stillings und Pestalozzis, Anfänge der Dorfgeschichte darstellend, diese, im Gegensatz zu denen des Volkes und volkstümlicher Dichter, auch die Welt der Gebildeten in ihren Zauberspiegel auffangend. Eine hervorragende Stellung in Brentanos Erzählkunst nimmt *Die Geschichte vom braven Kasperl und dem schönen Annerl* ein, die in spannender Weise das Thema des falsch verstandenen Ehrbegriffes behandelt und gleichzeitig Dimensionen in das Reich des Dämonischen aufreißt.

Viele Jahre seines Lebens hat Clemens Brentano dann der Sichtung und Drucklegung der 24 Bände füllenden Aufzeichnungen der Visionen der Seherin von Dülmen, Anna Katharina Emmerick, einer stigmatisierten Nonne, gewidmet; erst ein Jahrhundert später meldeten sich Zweifel, ob der Herausgeber des *Bitteren Leidens unseres Herrn Jesu Christi nach den Betrachtungen der gottseligen A. K. Emmerich* (1833) und der Verfasser weiterer, erst postum veröffentlichter Bände sich nur an das zu Dülmen Erfahrene gehalten oder seiner eigenen Phantasie freien Lauf gelassen habe.

In den letzten Wanderjahren ließ Brentanos schöpferische Schaffenskraft nach; es entstanden, unter wenig anderem, die *Bilder und Gespräche aus Paris* und *Die barmherzigen Schwestern,* eine Huldigung an deren Mutterhaus in Nancy. Der als Dichter aus dem irdischen Vaterhaus ausgezogen war, kehrte als Pilger in die ewige Heimat zurück. Doch auch die Erde hält seine Erinnerung fest, vor allem die an den Liederdichter. Der Lyriker Brentano – er hat seine Lieder, solche im Volkston und solche in den romanischen Kunstformen teils in seine Prosawerke eingestreut, teils selbständig erscheinen lassen – steht recht nahe bei Goethe, der freilich einmal feststellt, jenem fehle die Schule, die gleichmäßige Durchbildung und die gerundete Vollendung. Erstaunlich ist sein Reichtum an Phantasie – nicht zu seinem Glück, denn hier lag die nur selten überwundene Gefahr, bei Nebensächlichem zu verweilen und nicht von ihm loszukommen; hierin wurzelt auch das Fragmentarische seiner Kunst.

Achim von Arnim

Lange war Brentano mit dem märkischen Edelmann LUDWIG ACHIM VON ARNIM (1781–1831) in Freundschaft verbunden. Dessen Geburtsstadt ist Berlin, wo der Vater im preußischen Staatsdienst stand. 1798/1799 studierte er in Halle Naturwissenschaften, besonders Physik, die seit Johann Wilhelm Ritters Entdeckungen auf dem Gebiete der Elektrizität in den Augen der Romantiker den Reiz des Geheimnisvoll-Wunderbaren besaß und daher auch in der Naturphilosophie Schellings eine große Rolle spielt. Das Studienjahr in Göttingen (1800/1801) brachte die Bekanntschaft mit Brentano, die in der gemeinsamen Rheinreise zur Freundschaft wurde, besonders noch dadurch gefördert, daß Arnim 1811 Brentanos Schwester Bettina heiratete. Vorher hatte er die damals übliche Kavalierstour absolviert, die ihn durch Süddeutschland, Oberitalien, Frankreich, die Schweiz, die Niederlande, England und Schottland führte. Mit dem Frühjahr 1805 begannen die Heidelberger Jahre, die, von kurzen Unterbrechungen abgesehen, bis 1808 dauerten; daran schlossen sich bis 1812 die Berliner Jahre, das Kriegsjahr 1813, das Arnim als Hauptmann eines Landsturmbataillons sah, die kurze Tätigkeit als Schriftleiter des »Preußischen Korrespondenten« (1814), der Rückzug ins Privatleben eines Landwirtes und Schriftstellers auf Gut Wiepersdorf, wo er kurz vor seinem 50. Geburtstag nach einer Jagd im Kreis Bekannter einem Nervenschlag erlag.

Während Arnims Reise durch halb Europa erschienen seine ersten Bücher: die Romane *Hollins Liebesleben* (1802) und *Ariels Offenbarungen* (1804), von denen der erste noch ganz unter dem Einflusse »Werthers« steht, der zweite unvollendet ist und an Phantastik alle Absonderlichkeiten der Romantik übertrifft. Erst nach Jahren erschien wieder ein Buch vom gleichen Verfasser: *Armut, Reichtum, Schuld und Buße der Gräfin Dolores* (1810), der die Schicksale einer in Armut gesunkenen Familie erzählt; im Mittelpunkt stehen zwei Töchter, die fromme und ernste Clelia und die leichtsinnige Dolores. Um diesen Kern rankt sich ein fast unentwirrbares Geflecht von Liedern, dramatischen Szenen, frivolen und anderen Geschichten, satirischen

Ausfällen, kurz von allen romantischen Untugenden. Bedauerlich dagegen ist, daß der Roman *Die Kronenwächter* nicht fertig wurde; sein erster Teil erschien 1817, der zweite Teil postum, der dritte und der vierte existieren nur in Skizzen. Den Blick auf die Gegenwart richtend, d. h. auf die nach den Freiheitskriegen sich aufdrängende Frage des Kaisertums, entwarf er ein buntes Bild spätmittelalterlicher Städteherrlichkeit und staufischen Kaiserglanzes, um es den Zeitgenossen als Erbe und Verpflichtung nahezubringen. Mit den »Kronenwächtern« beginnt die Reihe der historischen Romane; sie selbst sind jedoch als historisierend zu bezeichnen: Das Mittelalter ist ganz romantisch gefaßt. Die Titelpersonen bilden einen geheimen Bund, der auf einem märchenhaften Glasschloß die deutsche Krone bewacht, dem Hause Habsburg (Zeit Maximilians I.) feindlich gesinnt ist und nur Nachkommen der Hohenstaufen erheben möchte. Zauberische Kräfte umspielen die verwickelte Handlung, die auch tragischer Liebesgeschichten nicht entbehrt und märchenhafte Sinnigkeit mit tüchtigem Realismus paart, der sich nicht scheut, den Dr. Faustus – trotz Goethe – als verkommenen Quacksalber vorzuführen.

Neben den breiteren Romanen schuf Achim von Arnim auch eine Reihe kürzerer Erzählungen, gesammelt unter verschiedenen Titeln (»Der Wintergarten«, 1809; »Isabella von Ägypten«, 1812; »Landhausleben«, 1826, und postum »Sechs Erzählungen«, 1835). Von diesen zeichnen sich durch bunte Farben die Spuk- und Zauberwelt der *Isabella von Ägypten,* durch Annäherung an Kleists Stil und Dämonie *Der tolle Invalide auf dem Fort Ratonneau* und durch die Vorwegnahme von E. T. A. Hoffmanns Phantastik *Die Majoratsherren* aus. Der im Leben wackere, zuverlässige, ehrenhafte Edelmann scheint als Schriftsteller eine besondere Vorliebe für das Seltsame, Groteske, ja zuweilen krankhaft Widerwärtige gehabt zu haben.

Den dramatischen Versuchen des Dichters war wohl am wenigsten Glück beschieden; es handelt sich bei ihnen meistens um Bearbeitungen älterer Stücke, etwa bei *Halle und Jerusalem* (1811) nach des Andreas Gryphius blutigem Trauerspiel »Cardenio und Celinde« und bei der *Schaubühne* um zehn Bühnenstücke früherer Zeiten mit Angabe der Quellen; der brandenburgischen Geschichte entstammen *Der echte und der falsche Waldemar,* von Abenteuerlichkeiten strotzend, sowie der am ehesten bühnengerechte *Glinde oder der Bürgermeister von Stralsund.* Im Drama *Die Gleichen* (1819) wird unter Einbezug der Märchenwelt die alte Geschichte vom Grafen von Gleichen so aufgebaut, daß es nicht zur Doppelheirat kommt; in buntem Szenenwechsel wird neben dem Konflikt eines schon verheirateten Mannes, der einem zweiten Weib die Ehe verspricht, die Lösung eines auf seinem Hause lastenden Fluches geboten. Das Puppenspiel *Die Apelmänner* schrieb Arnim für ein ideales Theater, »das nirgends vorhanden ist« (an Goethe, 1819).

Daß er 1818 auch *Briefe über das Theater* veröffentlichte, kann bei seinem Interesse an der Bühne nicht überraschen.

Der Lyriker Achim von Arnim sang 1806 *Kriegslieder,* die, nach Art fliegender Blätter gedruckt, von ihm an die durch Göttingen ziehenden Soldaten Blüchers verteilt wurden, dichtete Romanzen und Balladen, für die ihm Goethe Vorbild war, und andere Gesänge, in denen er nur selten den rechten warmen Ton traf (z. B. »Gib Liebe mir und frohen Sinn«).

Arnims literarhistorische Bedeutung liegt auf anderem Gebiet. Gemeinsam mit seinem Freunde Brentano begann er in den Heidelberger Jahren jene Sammlung deutscher Volkslieder, die unter dem Titel *Des Knaben Wunderhorn, alte deutsche Lieder* in drei Bänden (1806–1808) veröffentlicht wurde. Die Lieder sollten bei den Lesern das Heimweh nach der Vergangenheit wecken, die erstarrte Gegenwart wieder erwärmen und beleben und so mitwirken, die Verbindung der Gegenwart mit der alten Zeit wiederherzustellen. Aus alten Handschriften, fliegenden Blättern und unmittelbar aus dem Munde des Volkes hatten die beiden Dichter die Lieder gesammelt; nicht alle sind lebendig geblieben, aber viele kennt man noch heute (»Guten Abend, gute Nacht«, »Abends, wenn ich schlafen geh'«, »Schlaf, Kindlein schlaf«, »Maikäfer flieg«, »Morgen muß ich fort von hier«, »Wenn ich ein Vöglein wär'«, »O Tannenbaum«, »In Straßburg auf der Schanz« usw.). Es finden sich hier neben historischen und politischen Liedern Kinderlieder, neben Legenden, mystischen und religiösen Liedern auch Lieder auf viel genannte Verbrecher, auf einzelne Stände, neben Liebesliedern auch Satiren, Rätsel und Allegorien. Nicht immer gingen die Herausgeber textkritisch vor; sie nahmen Änderungen vor, kürzten oder ergänzten. – Groß war die Freude, die die Sammlung hervorrief. Goethe, dem der erste Band gewidmet war, begrüßte sie freudig und wünschte, daß sie in keinem Hause fehlen sollte, wo frische Menschen wohnen.

Aus dem gleichen Bestreben, die Liebe für das Vaterland zu wecken, gründete Achim von Arnim die *Zeitung für Einsiedler,* die alle literarischen, künstlerischen und wissenschaftlichen Kräfte, die an der Erweckung der deutschen Vergangenheit mitwirken wollten, vereinigen sollte. Brentano, Görres, Runge, Fouqué, Zacharias Werner, Bettina Brentano, die beiden Schlegel, Uhland, Kerner, die Gebrüder Grimm, Tieck und Jean Paul zählten zu den prominenten Mitarbeitern. Mag auch die Zeitung nach fünfmonatigem Erscheinen eingegangen sein (1808), so hat sie doch die Wellen der romantischen Bewegung vom Norden nach dem Süden getragen und ein Programm der neuen Bestrebungen geboten. Die in den einzelnen Nummern veröffentlichten Aufsätze gab Arnim als Buch heraus unter dem Titel: *Tröst Einsamkeit.*

Eichendorff hat Arnim als durchaus edle Erscheinung geschildert; er war unabhängig und wahrhaftig in seiner Gesinnung, beseelt von herzlicher Liebe zum Vaterland und von unverwüstlicher Hoffnung auf dessen Rettung zu einer Zeit, da Napoleon Herr von Europa war.

Frauengestalten der jüngeren Romantik

Nach Achim von Arnims Tod verwaltete dessen literarische Hinterlassenschaft seine Gemahlin Bettina von Arnim geb. Brentano (1785–1859). Geboren wurde sie in Frankfurt a. M., gestorben ist sie in Berlin, wo sie seit 1831 lebte. Erst als Witwe begann sie, wie ihr Bruder Clemens ewig ein Kind, eine eigene literarische Tätigkeit. Durch die Mystifikation *Goethes Briefwechsel mit einem Kinde* (1835) erregte sie sogleich Gefallen. Der Wert des Buches liegt vor allem darin, daß es zeigt, wie sich »Deutschlands größter Dichter in einer ungewöhnlichen Frauenseele spiegelte«. Briefe hat Bettina von Arnim selbst gerne geschrieben, etwa an junge Leute, an deren Zukunft sie glaubte, wie z. B. an den jungen Philosophen Philipp Nathusius – veröffentlicht unter dem Titel *Ilius Pamphilius und die Ambrosia* (1844) – oder zur

Bettina von Arnim.
Radierung von Ludwig Emil Grimm, 1809.

Grundlage eines anderen Werkes gewählt, wie die Korrespondenz mit ihrem Bruder für *Clemens Brentanos Frühlingskranz* (1844), der leider unvollendet blieb. Diese Frau wagte sich auch auf das Glatteis der politischen Schriftstellerei: *Dies Buch gehört dem Könige (1843), Gespräche mit Dämonen* (1852), *An die aufgelöste preußische Nationalversammlung* (1849). Von literarhistorischer Bedeutung ist das Buch *Die Günderode* (1840), fußend auf dem Briefwechsel mit der Jugendfreundin KAROLINE VON GÜNDERODE (1780–1806) aus Karlsruhe. Diese hatte 1804 in Heidelberg den Gelehrten Georg Friedrich Creuzer kennen und lieben gelernt; schon wollte er sich von seiner eigenen Frau scheiden lassen, um Karoline zu heiraten, da erkrankte er schwer, wurde von seiner Gattin gesundgepflegt und opferte ihr seine Liebe zur Günderode. Als diese davon Kenntnis erhielt, erdolchte sie sich auf dem Friedhof zu Winkel am Rhein. In ihren zwischen 1804 und 1806 entstandenen Prosaskizzen, dramatischen Entwürfen und Gedichten (»Gedichte und Phantasien«, 1804; »Poetische Fragmente«, 1805; »Melete von Jon«, Gedichte, 1806) wußte sie ihrem exaltierten Glauben an die vergötternde Kraft der Liebe einen entfernt an Hölderlin gemahnenden Ausdruck zu geben; ihr Selbstmord beschwor noch einmal die Zeiten der älteren Romantik herauf.

Karoline von Günderode.

Johann Joseph von Görres

Dem Geist der älteren Romantik verfallen war JOHANN JOSEPH VON GÖRRES (1776–1848). In Koblenz geboren (sein Vater war Floßhändler, seine Mutter eine Italienerin aus dem Geschlecht Mazza, so daß sich in ihm wie bei Brentano deutsches und italienisches Wesen mischten), schloß er sich nach den Gymnasial- und nicht abgeschlossenen Universitätsstudien (Medizin und Naturwissenschaften in Bonn) dem republikanischen Klub in Koblenz an

(1793), der den Idealen der französischen Revolution huldigte, wurde dessen Sprecher und Leiter, schuf ihm 1797 ein öffentliches Organ im *Rothen Blatte* (nach dessen Unterdrückung durch die Franzosen: im »Rübezahl im blauen Gewande«), saß in Mainz, wo er gegen die Willkür des französischen Generals Leval prostestieren wollte, mit seinen drei Freunden zwanzig Tage in Haft, gelangte trotzdem an die Spitze einer Gesandtschaft nach Paris (1799), wo ihm anläßlich einer Audienz beim »ersten Konsul«, in dem er den künftigen Kaiser erkannte, die Augen aufgingen. Nach seiner Rückkehr klärte er mutig seine Mitbürger durch die *Resultate meiner Reise nach Paris* (1800) auf. Doch Frankreichs Hauptstadt hatte ihm auch die Herrlichkeiten der antiken, der italienischen, der mittelalterlichen Kunst gezeigt und ihm den Weg zur Romantik gewiesen.

Zunächst freilich ging Görres einen scheinbaren Umweg; er gab seine publizistische Tätigkeit auf, wurde Lehrer der Physik an der Sekundarschule seiner Geburtsstadt (1799) und veröffentlichte naturwissenschaftliche Schriften. In seinem Denken machte sich bald der Einfluß von Schellings Naturphilosophie bemerkbar, die Anregungen des Freundes Lasaulx, dessen Tochter Katharina er 1801 heiratete, und die Beziehungen zu Brentano, der in jenen Jahren, zuweilen von Savigny begleitet, öfters von Jena nach Koblenz kam. Aus dem Revolutionär wurde der Romantiker, doch einer von der Jenaer Richtung. Das bezeugen seine *Aphorismen über Kunst* (1802), geistreiche Fragmente im Sinne der Brüder Schlegel und des Novalis, aufgebaut auf dem Gedanken der Polarität, besonders der Geschlechtsduplizität, getragen vom Glauben an die Liebe, die neues Leben und dadurch neue Gegensätze erzeugt, vorgetragen mit einem unaufhörlich strömenden Redefluß und einem fortreißenden Bilderreichtum. Nichts anderes bezeugt auch die Schrift *Glauben und Wissen* (1805), eine phantastische Vereinigung des Heidentums mit der christlichen Lehre.

Die Wendung erfolgte, als dem vitalen Mann die Heidelberger Universität einen Lehrauftrag erteilte (1806); hier hielt er Vorlesungen über Naturphilosophie, Literatur und Ästhetik, besonders über altdeutsche Dichtung, hier schloß er sich an die zwar jüngeren, aber doch reiferen Freunde Arnim und Brentano an. Im Jahr 1808 verließen alle drei Heidelberg, und Görres begab sich wieder nach Koblenz. Als Spätfrucht der Heidelberger Tätigkeit publizierte er noch die *Mythengeschichte der asiatischen Welt* (1810), ein wissenschaftlich längst überholtes Werk, das aber damals Aufsehen erregende Kunde von der ursprünglichen Einheit aller Völker und Religionen gab.

Was Görres nach Koblenz zurücktrieb, war der Umstand, daß ihn gelehrte Tätigkeit auf die Dauer nicht befriedigte, wie sehr er auch als akademischer Lehrer von der studierenden Jugend gefeiert wurde. Was er anstrebte, zeigen uns die *Reflexionen über den Fall Teutschlands und die Bedingungen seiner Wiedergeburt* (1810, in Perthes' »Vaterländischem Museum«):

Den Fall begründet er damit, daß das deutsche Volk »seine Eigentümlichkeit, seine Bestimmung, seine Geschichte und sich selbst vergessen« habe. Deshalb wandte er sich gegen den übertriebenen Kult der Antike, wie ihn die Weimarer Klassik und zeitweise die ältere Romantik betrieb, und erklärte: »Die Stiftung, deren Zinsen noch die gegenwärtige Nation zieht, ward im christlichen Mittelalter gegründet; wer es verleugnet, verleugnet seine eigene Ehre; wer es herabsetzt gegen die alte klassische Zeit in Griechenland, den würden die Griechen selbst für einen Helden halten, der sich mit seines Herrn Sitte nach gemeiner Sklavenweise bläht.«

In diesem Geist trat Görres wieder in die politische Arena, wurde er wieder Publizist. Als der Entscheidungskampf gegen Napoleon unausweichlich war, gründete er den *Rheinischen Merkur* (23. Januar 1814), dessen politische Artikel regelmäßig in englische Journale übersetzt wurden und dem Verfasser seitens des Franzosenkaisers den Titel »fünfte Großmacht« eintrugen. Nach der Verbannung des Korsen auf die Insel Elba entwarf sein grimmiger Gegner mit beißender Ironie und seltener Sprachkraft die zur klassischen Publizistik zählende *Proklamation an die Völker Europas vor seinem Abzug.* Nach dem endgültigen Sieg wurde die Stimme des Mahners unbequem, der »Rheinische Merkur« durch die preußische Regierung verboten (am 10. Januar 1816 erschien die letzte Nummer). Doch Wahrheit und Freiheit ließen sich nicht verbieten; Görres veröffentlichte geradezu mit Welterfolg *Teutschlands künftige Verfassung* (1816), *Teutschland und die Revolution* (1819), *Europa und die Revolution* (1821). Die zweite Schrift dieser Reihe brachte Görres die Verbannung ein; er sollte ungehört und ohne richterlichen Beschluß nach Spandau abgeführt werden, erfuhr jedoch rechtzeitig davon, konnte erst nach Straßburg, im Frühjahr 1820 in die Schweiz, 1821 wieder nach Straßburg flüchten. Hier kehrte er, ungefähr 1822, in den Schoß der katholischen Kirche zurück und setzte sich fortan mutig, wie er immer war, für die Freiheit seiner Glaubensgenossen ein. Als König Ludwig I. von Bayern den Thron bestieg (1825), richtete er an ihn einen Mahnruf, in dem er ihm das Ideal eines »rechten Fürsten von Gottes Gnaden« vor Augen führte. Ludwig verstand den »Wächterruf« und berief trotz aller Schwierigkeiten 1826 den vom deutschen Boden Ausgewiesenen als Professor an die von Landshut nach München verlegte Universität.

Görres hatte nämlich die wissenschaftliche Arbeit auch in seiner zweiten Journalistenzeit nicht völlig aufgegeben (Übersetzung des Heldenbuches von

Iran, 1820, altdeutsche Forschungen und Sammlungen in Straßburg und in der Schweiz, Briefwechseel mit dem Freiherrn vom Stein bezüglich der Herausgabe der »Monumenta Germaniae«). Sein Ideal für die Gelehrtentätigkeit in München wurde nun die früher mißverstandene Vereinigung von Wissenschaft und Glauben, die Hauptfrucht derselben *Die christliche Mystik* (1836–1842) in vier Bänden, eine erstaunliche Materialsammlung, die allerdings vor neuerer wissenschaftlicher Kritik nicht standhält. Daneben lief eine umfangreiche publizistische Tätigkeit, jetzt für die kirchliche Freiheit (»Athanasius«, 1837; »Kirche und Staat nach Ablauf der Kölner Irrung«, 1842; »Die Wallfahrt nach Trier«, 1845; »Spiegel der Zeit, Gesicht des Sehers«, 1848). Viele Freunde von einst verließen nun Görres, doch sein Sohn Guido und andere gründeten die *Politisch-historischen Blätter,* die den Kampf des großen Mannes fortsetzten, solange dies nötig schien; die anläßlich der Säkularfeier seiner Geburt gegründete Görres-Gesellschaft übernahm das wissenschaftliche Erbe und betreut es mit den Mitteln und Methoden neuzeitlicher Forschung.

Für die Literaturgeschichte wesentlich war aber die Zeit, da in Heidelberg Arnim, Brentano und Görres zusammenarbeiteten. Den Anfang hatten Arnim und Brentano mit der Herausgabe der Sammlung »Des Knaben Wunderhorn« gemacht. Görres aber veröffentlichte *Die teutschen Volksbücher* (1807). Mit diesem Buch wollte er zeigen, wie diese von den Gebildeten vernachlässigte, ja verachtete Literaturgattung im Volk stets lebendig geblieben sei. Seine Ausführungen (im Vor- und im Nachwort) über die Volksbücher sind wohl das Schönste, das je über die Bedeutung der Erkenntnis der nationalen Vergangenheit für das deutsche Volkstum gesprochen worden ist. 1808 hielt er seine Vorlesung über die altdeutsche Literatur, die erste in ihrer Art, 1813 gab er den »Lohengrin« heraus, 1817 *Altdeutsche Volks- und Meisterlieder* (nach Handschriften der Heidelberger Bibliothek). Eine vergleichende Sagengeschichte, aus der er 1823 vorläufig *Altdeutschland* drucken lassen wollte, wurde von ihm beabsichtigt, aber nicht ausgeführt. In dieser Zeit gemeinsamer Arbeit – dazu gehört auch die für uns heute unverständliche Satire *Wunderbare Geschichte von BOGS dem Uhrmacher,* die Brentano und Görres 1807 an die Öffentlichkeit brachten, und deren Gegenstück *Der Philister vor, in und nach der Geschichte,* 1811 – besuchten Eichendorff und sein Bruder das Heidelberger Triumvirat. Nach seinem Bericht verhielten sich Arnim und Brentano wie fahrende Schüler zum Meister und in ihrer Beziehung zueinander wie ein seltsames Ehepaar, wovon der ruhige, mildernste Arnim den Mann, der ewig bewegliche Brentano den weiblichen Part darstellte. Mag man dieses einen gewagten Vergleich nennen, der andere Teil jener Erinnerungen Eichendorffs stimmt: Arnim erschien ihm wie ein Dichter, Brentano dagegen wie ein Gedicht.

Die Brüder Grimm

Im engsten Zusammenhang mit den Bestrebungen der »Heidelberger« steht die Begründung der Germanistik; die eigentlichen Gründer sind die Brüder JAKOB GRIMM (1785–1863) und WILHELM GRIMM (1786–1859), in Hanau am Main geboren, als Mitglieder der Berliner Akademie der Wissenschaften gestorben. Sie vollendeten die Bestrebungen Arnims, Brentanos und Görres'. – Von der Rechtswissenschaft wandten sie sich der Erforschung des Heimatlichen und Volkstümlichen zu. Schon 1806 faßten sie den Plan zur Sammlung der *Kinder- und Hausmärchen,* und erst jetzt gewann die Sagen- und Mythenforschung lebendige Triebkraft. Als gemeinsames Werk erschie-

Radierung zu den »Kinder- und Hausmärchen« der Brüder Grimm von ihrem Bruder Ludwig Emil Grimm, 1810.

nen 1816 die *Deutschen Sagen* und 1854 der erste Band von ihrem *Deutschen Wörterbuch*. Dazwischen veröffentlichte Jakob Grimm seine *Deutsche Grammatik*, ein für die historische Sprachforschung grundlegendes Werk, 1828 die *Deutschen Rechtsaltertümer*, 1835 die *Deutsche Mythologie*, 1840 die *Geschichte der deutschen Sprache*, während der poetischer veranlagte jüngere Bruder viele altdeutsche Gedichte edierte und 1829 seine Sammlung der Zeugnisse für die *Deutsche Heldensage* erscheinen ließ.

MUNDARTDICHTUNG UND VOLKSTÜMLICHES SCHRIFTTUM

Den Bestrebungen der Heidelberger Romantik liefen parallel das Aufblühen der Mundartdichtung und die bewußte Pflege eines volkstümlichen Schrifttums. Zwei Schweizer Autoren haben auf diesem Gebiet Wertvolles geleistet: der Berner Johann Rudolf Wyss (1782–1820), dessen Gedichte vielfach zu Volksliedern wurden (das 1811 veröffentlichte »Rufst du, mein Vaterland« war bis vor wenigen Jahren offizielle Landeshymne), der *Idyllen, Volkssagen, Legenden und Erzählungen aus der Schweiz* (1815) veröffentlichte und im *Schweizer Robinson* den vom Vater geführten Gesprächen eine literarische Fassung gab, endlich im Dialektgedicht *Herz, mys Herz* für das Schweizer Heimweh klassischen Ausdruck fand – sowie der Zürcher Johann Martin Usteri (1763–1827), der den alten Bodmer noch persönlich kannte und als Zwanzigjähriger zu dessen altenglischen Balladen die Bilder gezeichnet hatte. Er liebte die bildende Kunst nicht weniger als die Dichtkunst; noch mehr als sein Berner Freund Wyß bevorzugte er den Dialekt und verwendete ihn für novellenartige Erzählungen und größere Idyllen (»De Herr Heiri«, »De Vikari«) in Hexametern; aus seiner schriftdeutschen Lyrik ist wohl das Lied *Freut euch des Lebens* am weitesten bekannt.

An der Seite dieser beiden steht ein dritter Alemanne, der zwar kein Schweizer war, aber in Basel geboren wurde und auch in Basel seine Bücher hatte drucken lassen: Johann Peter Hebel (1760–1826). Die *Alemannischen Gedichte* sichern ihm nach Goethes Wort einen eigenen Platz auf dem deutschen Parnaß, und die im *Rheinländischen Hausfreund* der Jahrgänge 1808–1815 veröffentlichten, dann im *Schatzkästlein* gesammelten Kalendergeschichten sind unübertroffene Muster volkstümlicher Erzählkunst.

Endlich sei auch der Glarner Thomas Legler (1782–1835) erwähnt, der, wie er in seinen *Denkwürdigkeiten aus dem russischen Feldzug 1812* selbst erzählte, in den bitteren und kalten Stunden an der Beresina seinen mit ihm sich von Moskau zurückziehenden Kameraden das seither Beresina-Lied genannte Gedicht *Unser Leben gleicht der Reise …* zum Trost vorsang, in Text und Ton eines der seltsamsten Kriegslieder innerhalb der gesamten Weltliteratur. Der Text allerdings stammte nicht von ihm, sondern vom Quedlinburger LUDWIG CHRISTIAN GISEKE (1756–1852), und ist nur ein Stück aus der 1792 im »Göttinger Musenalmanach« veröffentlichten *Nachtreise.*

Verwandte Schriftsteller sind der Mainzer FRIEDRICH LENNING (1797–1838) der *Etwas zum Lachen* auftischte, der Frankfurter Polizeioffizier KARL MALSS (1792–1848), dem im *Borjerkapitän* und im *Hampelmann* köstliche Possen gelangen, der Nürnberger Klempnermeister JOHANN KONRAD GRÜBEL (1736–1809), der in der Mundart seiner Vaterstadt mit knorrigem Humor Leben und Treiben seiner Mitbürger als ein Hans Sachs der Jahrhundertwende schilderte; aus der niederdeutschen Dialektdichtung seien genannt DIEDERICH GEORG BABST (1741–1803) aus Rostock (»Allerhand schnaakische Sagen zum Tietvertriew«), WILHELM BORNEMANN (1767–1851) aus der Altmark (plattdeutsche Gedichte, Natur- und Jagdgemälde usw.), bekannt durch sein Lied *Im Wald und auf der Heide,* sowie der Schulmeister und Küster auf der Insel Sylt JAN PETER HANSEN (1776–1855), der Begründer des nordfriesischen Schrifttums und Verfasser von Theaterstücken, Novellen und Gedichten.

ROMANTIK UND PATRIOTISMUS

Die von den Heidelberger Romantikern angeschlagene nationale Note mußte zum Furioso anschwellen, als das Schwert Napoleons die Freiheit Europas im allgemeinen, die der Deutschen im besonderen bedrohte. Als Sänger der Freiheitskriege gelten hauptsächlich die in der Folge behandelten, denen sich natürlich zeitweise auch andere (ältere wie Stolberg, gleichaltrige wie Heinrich von Kleist, jüngere wie Uhland) anschlossen. Ihr Vorläufer ist sozusagen JOHANN GOTTFRIED SEUME (1763–1810), zu Poserna bei Weißenfels an der Saale als armer Bauernsohn geboren, der nach abgeschlossener Gymnasialzeit und abgebrochenem Theologiestudium in Leipzig auf einer Reise nach Paris von hessischen Werbern aufgegriffen, den vom Landgrafen Friedrich II. an England verkauften Truppen eingereiht und nach Amerika verschifft wurde. Bei der Rückkehr desertierte er in Bremen (1783), fiel jedoch preußischen Werbern in die Hände und erhielt schließlich nach zwei vergeblichen Fluchtversuchen Urlaub gegen Kaution, die er abverdiente. Er lebte hierauf zunächst in Leipzig (1787–1793) als Privatsprachlehrer, Magister und Hofmeister, wurde 1793 Sekretär eines russischen Generals in Warschau und russischer Leutnant, kehrte 1796 nach Leipzig zurück (wieder als Sprachlehrer) und wurde endlich Korrektor bei Göschen in Grimma. 1801/1802 machte er seinen berühmten Spaziergang nach Syrakus, 1805 eine Reise nach Rußland, Finnland und Schweden. Am Lebensabend arm und krank geworden, starb er bei einem Kuraufenthalt zu Teplitz in Böhmen. Den *Spaziergang nach Syrakus* berichtete er 1802, von Wanderungen in Rußland und Skandinavien im Buch *Mein Sommer im Jahre 1805* (1806). Diese und andere Schriften verwandter Art sind in klarer, präziser, sachlicher Prosa verfaßt und berücksichtigen besonders die sozialen, wirtschaftlichen und kulturellen Verhältnisse der bereisten Länder, bilden somit ein wichtiges kulturhistorisches Dokument jener Zeit. In seinem Nachlaß fand man eine Tragödie *Miltiades,* Aphorismen und die unvollständig gebliebene Autobiographie (fortgesetzt von C. A. H. Clodius). Von seinen Gedichten ist besonders jenes vom Huronen bekannt, der Europas übertünchte Höflichkeit nicht kannte (es stand noch zu Anfang des 20. Jahrhunderts in fast allen Lesebüchern), geschrieben in der Erinnerung an jene Tage, da Seume gegen die um ihre Selbständigkeit kämpfenden Amerikaner hatte fechten müssen. Begreiflicherweise trat er später unter die gegen Napoleon auftretenden Freiheitssänger: »Ein Wahrzeichen nur gilt: das Vaterland zu retten.«

Lauter und kräftiger schlug in die Saiten Ernst Moritz Arndt (1769–1860), der »preußische Tyrtäus«. Groß-Schoritz auf Rügen war seine Heimat, wo er als Sohn eines früheren leibeigenen Pächters geboren wurde. Evangelische Theologie und Geschichte studierte er in Greifswald und Jena. Fußwanderungen, wie sie auch Seume liebte, führten ihn durch Deutschland, Österreich, Ungarn, Frankreich, Belgien, später durch Schweden. Als Gelehrter wirkte er in Greifswald und (seit 1818) in Bonn, wo er starb und ein Arndt-Museum und -Archiv sein Andenken lebendig erhält. Von seinen wissenschaftlichen Arbeiten stehen im engsten Zusammenhang mit seinem Leben der *Versuch einer Geschichte der Leibeigenschaft in Pommern und Rügen* (1803) und die *Geschichte der Veränderungen der bäuerlichen und herrschaftlichen Verhältnisse in Pommern und Rügen* (1817). Im tiefsten Unmut über den bevorstehenden Zusammenbruch des Reiches veröffentlichte er den ersten Teil des Buches vom *Geist der Zeit* (1806), worin er mit rücksichtsloser Offenheit in der ihm eigenen derben Sprache seinen Zeitgenossen schmähliche Feigheit und dem französischen Gewalthaber niedrige Selbstsucht vorwarf. Seiner antinapoleonischen Haltung wegen mußte er zunächst nach Stockholm, später – nach Inkognito-Aufenthalt in Berlin – nach Petersburg flüchten. 1808 rief er von Schweden aus die Völker Europas in der Monatsschrift *Nordischer Kontrolleur* zur Erhebung gegen den Korsen auf; in Berlin bekehrte er sich zur bisher als friderizianisch abgelehnten preußischen Sache, in Rußland war er als Privatsekretär des Ministers Stein für Preußen tätig. 1813 kehrte er nach Deutschland zurück, begeisterte mit Freiheits- und Vaterlandsliedern und einer Fülle patriotischer Schriften zum Volksaufstand, gründete und redigierte nach dem Sieg die Zeitschrift *Der Wächter* (1815/1816), wurde nach Kotzebues Ermordung vom Amt suspendiert, wegen demokratischer Tendenzen in Kriminaluntersuchung gezogen und 1840 von König Friedrich Wilhelm IV. rehabilitiert. Im Frankfurter Parlament bemühte er sich um ein deutsches Erbkaisertum unter preußischer Führung und trat, da er keinen Erfolg hatte, aus der Nationalversammlung aus. Sein bewegtes Leben beschrieb er in mehreren autobiographischen Schriften (»Reisen durch einen Teil Deutschlands, Ungarns, Italiens und Frankreichs«, 1801–1803; »Märchen und Jugenderinnerungen«, 1814–1843; »Erinnerungen aus dem äußeren Leben«, 1840; »Nothgedrungener Bericht aus seinem Leben«, 1847; »Meine Wanderungen und Wandelungen mit dem Reichsfreiherrn H. K. F. v. Stein«, 1858).

Als Historiker und Politiker hinterließ er ein reichhaltiges Schrifttum (»Ansichten und Aussichten der deutschen Geschichte«, 1814; »Versuch in vergleichender Völkergeschichte«, 1843; »Kurzer Katechismus für deutsche Soldaten«, 1812; »Der Rhein Teutschlands Strom, aber nicht Teutschlands Gränze«, 1813; »Über künftige ständische Verfassungen in Teutschland«, 1814; »Schriften für und an seine lieben Deutschen«, 1845–1855). Der Dichter trat früh mit allerlei nachempfundenen Poesien (»Gedichte«, 1803) hervor, bedeutungsvoll wurde er jedoch erst seit 1806. Zunächst waren Gleims »Grenadierlieder« das Vorbild, doch löste sich Arndt schnell aus der bloßen Nachahmung und fand bald knappe und wuchtige Töne (»Lieder für Teutsche«, 1813; »Bannergesänge und Wehrlieder«, 1813); das gilt nicht nur für Arndts politische Lyrik, sondern auch für die spätere Tätigkeit (»Gedichte«, 1818; »Geistliche Lieder«, 1855; »Gedichte, vollständige Sammlung«, 1860; »Spät erblüht«, 1899). Manche seiner Lieder stehen heute noch in den studentischen Kommersbüchern (»Sind wir vereint zur guten Stunde«, »Aus Feuer ward der Geist geschaffen«), andere haben noch zur Zeit des Ersten Weltkrieges Widerhall gefunden (»Der Gott, der Eisen wachsen ließ«, »Was ist des Deutschen Vaterland?«) oder dienen christlichen

Gemeinden zur Erbauung (»O lieber heil'ger frommer Christ«, »Ich weiß, woran ich glaube«). Daß Arndt allmählich an Bedeutung verliert, liegt zum Teil daran, daß bei ihm der Nationalgedanke Neigungen zum krankhaften Nationalismus zeigt, ja besonders in mancher seiner Prosaschriften aus der Nachkriegszeit antikatholische und beinahe chauvinistische Tendenzen aufweist, zum andern, daß die Zeiten und mit ihnen die Kriegführung sich gewandelt haben.

Der innigen Schwärmerei der Romantik, im besonderen der Frühromantik, steht der Ostpreuße MAX VON SCHENKENDORF (1783–1817) viel näher. Er war in Tilsit geboren, besuchte nach einer freudlos verbrachten Jugend die Universität zu Königsberg, wurde dort 1805 Referendar bei der Regierung, siedelte aber während des russisch-französischen Krieges nach Karlsruhe über (1812), wo ihn Jung-Stilling ganz für seine Ideen gewann. Die Volkserhebung rief auch ihn zu den Waffen, und da er wegen seiner bei einem Duell zerschmetterten Hand nicht mit dem Degen in der Faust kämpfen konnte, mußte er sich begnügen, bei der deutschen Zentralverwaltung in Frankfurt a. M. seine Kräfte in den Dienst des Vaterlandes zu stellen. An seinem 34. Geburtstag ist er als Regierungsrat in Koblenz verstorben.

Schenkendorfs dichterische Erstlinge sind geistliche Lieder, poetische Bearbeitungen von biblischen Stoffen, so des Hohen Liedes. Bald aber erwachte auch bei ihm die Vorliebe für das deutsche Altertum, die ihm schon in den Werken der Romantiker begegnet war. Die ganze Pracht des Mittelalters steht ihm vor Augen; er, der »Kaiserherold«, wie ihn Rückert preisend nannte, möchte diese Zeit mit der alten Kaiserherrlichkeit, mit einem einigen Deutschen Reiche und mit der Einheit des Glaubens wieder aufleben lassen. Im Grunde sind das Stimmungen, wie sie die Romantiker pflegten. Von ihnen hat er auch die äußeren Formen für seine Gedichte übernommen, mit ihnen stimmt er ein in das Lob Goethes. In seinen Gedichten ist keine solch fortreißende Begeisterung wie etwa in denen Arndts; eine elegische Sehnsucht ist eher für sie bezeichnend. Ganz besonders verwandt in der Stimmung ist er Novalis, an den er sich manchmal sogar wörtlich anlehnt. Die Ähnlichkeit wird noch vermehrt durch die in Schenkendorfs religiösen Gedichten ziemlich stark hervortretenden mystischen Neigungen. Dagegen sind die Anklänge an Arndt viel äußerlicher. Schenkendorf hat auch viele wohllautende Natur- und Liebeslieder, Balladen und Romanzen gedichtet, doch mußten diese vor den vaterländischen Gedichten zurückstehen, von denen das Freiheitslied »Freiheit, die ich meine«, das Soldatenlied »Erhebet euch von der Erde, ihr Schläfer, aus der Ruh«, das Rheinlied »Es klingt ein heller Klang«, »Als der Sandwirt von Passeier«, »Auf Scharnhorsts Tod« und das innige Gedicht von der Muttersprache (»Muttersprache, Mutterlaut«) heute noch bekannt sind.

Die aufreizenden und fortreißenden Töne Arndts, die dem weicheren Schenkendorf versagt blieben, nahm der jugendliche THEODOR KÖRNER (1791–1813) mit Begeisterung auf.

Er wurde in Dresden dem Appellationsgerichtsrat Körner, Schillers bestem und vertrautestem Freunde, als einziger Sohn geboren und war von dem feingebildeten Vater und der mit allen Tugenden echter Weiblichkeit geschmückten Mutter sorgsam erzogen. Auch die Bekanntschaft mit bedeutenden Männern und Frauen, mit Schiller, dann mit Goethe, Öhlenschläger, Kleist, den Brüdern Schlegel, Karoline von Wolzogen und anderen mag damals schon auf ihn gewirkt haben. 1808 ging er nach Freiberg zur Bergakademie, 1810 als Kameralist nach Leipzig an die Universität. In allerhand studentische Händel und Duellangelegenheiten verwickelt, entzog er sich 1811 der drohenden Relegation durch die Flucht nach Berlin, begab sich aber noch im selben Jahre nach Wien, um dort seine Studien fortzusetzen. Hier erwachte mehr und mehr in ihm der Dichter. Seine Neigung zog ihn zum Theater und wurde dadurch noch verstärkt, daß eine Anzahl seiner vielen dramatischen Stücke mit großem Beifall aufgeführt wurden. Vom Theater holte er sich auch seine Braut Antonie Adamberger, eine der beliebtesten Schauspielerinnen am Hofburgtheater, die seine tiefe Neigung herzlich erwiderte. Sein Glück schien vollständig, als er zum Hoftheaterdichter ernannt wurde. Aber die allmählich erwachende kriegerische Begeisterung riß auch ihn mit fort, und als Friedrich Wilhelm III. seinen Aufruf erließ, verzichtete er auf sein sicheres Lebens- und Liebesglück und begab sich nach Preußen, wo die kampflustige Jugend von allen Seiten zusammenströmte. Als Lützowscher Jäger wurde er in dem Gefecht bei Kitzen (17. Juni) durch einen Säbelhieb schwer verletzt. In Karlsbad kaum geheilt, eilte er wieder zu seinem Freikorps, aber wenige Tage nach seinem Eintreffen tötete ihn bei Gadebusch in Mecklenburg eine feindliche Kugel.

Körner besaß in ungewöhnlichem Maße die Gabe, viel und schnell zu produzieren. Daß dabei von wirklicher Originalität nicht eigentlich die Rede sein kann, ist selbstverständlich. Vor allem zeigen seine Gedichte und Dramen den Einfluß Schillers, namentlich in ihrer pathetischen Sprache. Aber auch Anklänge an die Werke anderer Gäste seines Elternhauses, an Goethe, Kleist, Novalis, sind nicht selten. Doch muß man im Auge behalten, daß Körner, als er starb, erst in seinem dreiundzwanzigsten Jahre stand und daß schon darum die uns vorliegenden Dichtungen neben manchen Vorzügen, wie der idealen Begeisterung, auch viele Mängel der Jugendlichkeit zeigen müssen.

Die unbedeutende Jugendlyrik Körners gab sein Vater noch zu Lebzeiten des Dichters unter dem Titel *Knospen* heraus. Natur, Liebe, Religion sind die darin angeschlagenen Themen. Aber erst durch die nach Theodors Tode unter dem Titel *Leyer und Schwert* (1814) gleichfalls von seinem Vater veröffentlichten Gedichte ist er dem Volke und besonders der Jugend ans Herz gewachsen. Manche Stücke lesen sich freilich wie unfreiwillige Schiller-Parodien, doch versöhnt die unverdorbene Frische und Jugendlichkeit, die all dem bunten Inhalt Leben gibt. Frohe Zecher- und Studentenlieder, schwärmerische Liebeshymnen wechseln mit witzigen Epigrammen und Rätseln und mit flotten Romanzen, deren beste »Harras der kühne Springer« ist. Den höchsten Schwung, die kräftigste Wirkung erreicht er aber in seinen vom Augenblick geborenen glühenden Vaterlandsliedern. In diesen Gelegenheitsgedichten, von Carl Maria von Weber vertont, haben sich Schauplätze und Taten jener Kriegszeit lebendig erhalten.

Leyer und Schwert

von

Theodor Körner

Lieutenant im Lützow'schen Freikorps.

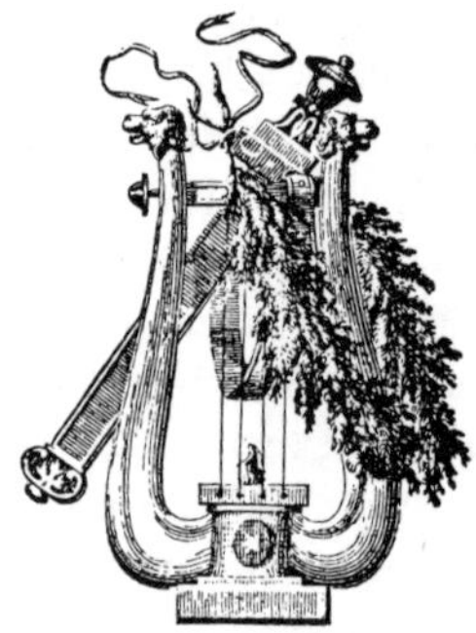

Zweite rechtmäßige, vom Vater des Dichters veranstaltete Ausgabe.

Berlin, 1814.

In der Nicolaischen Buchhandlung.

Titelseite der Ausgabe von Theodor Körners Gedichten »Leyer und Schwert«.

Seine kleinen Novellen und Erzählungen sind zwar fließend geschrieben, doch ohne sonderliche Tiefe. Aber auch seine Dramen erheben sich kaum über den Durchschnitt, obwohl ihn seine innere Neigung zu dramatischem

Schaffen trieb. Körners Bühnenstücke, die das Studium von Schiller sowohl wie von Kotzebue, von Goethes Jugendstücken und Zacharias Werners Schicksalsdramen verraten, sind glücklich im Entwurf, aber ohne tiefere Ideen. Besser als die Singspiele sind die im Hans Sachsschen Vers abgefaßten humoristischen Stücke und heiteren Possenspiele, wie *Der Nachtwächter*, ein ausgelassenes Studentenstück, nach einem Leipziger Erlebnis ausgearbeitet. Etwas mehr dramatische Gestaltungskraft zeigt von den Lustspielen noch *Die Gouvernante* mit der drastischen Schilderung eines pedantischen, steif gemessenen alten Fräuleins.

Höheren Zielen strebte Körner mit seinen ernsten Schauspielen zu. Das erste und zugleich schwächste, *Toni*, verflocht die Kleistsche Novelle »Die Verlobung in St. Domingo« mit ihrer schlichten Erzählung und konsequenten Entwicklung zu einem glücklich ausgehenden Dutzendbühnenstück. Mit dem zweiten Drama, *Die Sühne*, wandelt er auf dem Pfade der Schicksalsdramatiker. Im Frühjahr 1812 schuf Körner in ungefähr drei Wochen sein bekanntestes Werk, das Trauerspiel *Zriny*, das sich lange Zeit auf dem Theater hielt. Es behandelt die heldenmütige Verteidigung der Festung Szigeth durch Zriny gegen die Türken unter Soliman II.

Dem »Zriny« gegenüber bedeutet das Trauerspiel *Hedwig* (1812) einen Rückschritt. Das Grausige des Inhalts – man denke nur an die Szene, in der Rudolf von Hedwig erschlagen wird – ist durch psychologische Motivierung in keiner Weise gemildert. Stofflich deckt es sich teilweise mit einem Plane Schillers für eine Fortsetzung der »Räuber«. Viel ausgereifter, ja man kann wohl sagen, Körners reifstes Stück, ist die im November 1812 vollendete *Rosamunde*, ein historisches Drama, das durch zwei Balladen aus Percys berühmter Liedersammlung, besonders durch »Fair Rosamond« angeregt wurde. Es handelt sich um die Liebes- und Leidensgeschichte der schönen Rosamunde Clifford, die, mit Heinrich II. von England heimlich vermählt, schließlich dem Zorne Eleonorens von Poitou, seiner rechtmäßigen Gattin, zum Opfer fällt. Körner hat sich bei der Dramatisierung dieses Stoffes von aller Effekthascherei freizuhalten verstanden. Ähnliche Schlichtheit, dazu den guten Willen, zu charakterisieren, zeigt das im Februar 1813 erschienene vaterländische Stück in Prosa *Josef Heyderich oder: Deutsche Treue*, dem eine Anekdote aus dem österreichsichen Kriegsleben des Jahres 1800 zugrunde liegt.

Von der patriotischen Begeisterung der Befreiungskriege nahm auch das Dichten eines Mannes seinen Ausgang, dessen reifste Entwicklung in eine spätere Epoche fällt, Friedrich Rückerts, des sprachbeherrschenden Sängers der »Geharnischten Sonette«, dem es wegen seiner schwächlichen Gesundheit versagt war, selbst ins Feld zu ziehen. Diese patriotischen Gedichte, 74 an der Zahl, erschienen zusammen mit den »Kriegerischen Spott- und Ehrenliedern« im Jahre 1814 unter dem Titel *Deutsche Gedichte von Raimund Reimar.* Sie sind gleichsam eine Chronik des Befreiungskrieges in Einzelgedichten, von der ersten Erhebung des Volkes an bis zum endlichen Siege, voll Jubel und Preis über die große nationale Heldentat, durch die Napoleon gestürzt ward. Aber dieser trunkenen Begeisterung folgte bald der tiefe Unmut wegen der nicht erfüllten Hoffnungen auf ein einiges deutsches Vaterland. Aus dieser Stimmung heraus ist das berühmte Gedicht »Barbarossa«, das Lied vom verzauberten Kaiser, entstanden, das in der zweiten, erst 1817 erschienenen und leider zu wenig beachteten Sammlung *Kranz der Zeit* enthalten ist.

Körner und Schenkendorf, Arndt und Rückert sind die vier markantesten unter den Freiheitsdichtern. In ihrer Poesie kündigen sich teilweise schon die politischen Töne der kommenden Revolutionsjahre an. Es ließen sich ihnen noch ganze Chöre patriotischer Lyriker anreihen, aber von besonderer Artung oder Wirkung kann nur bei wenigen die Rede sein. Altmodischen Charakter zeigen die vaterländischen Gesänge des preußischen Staatsrats FRIEDRICH VON STÄGEMANN (1763–1840). In seinen *Kriegsliedern aus den Jahren 1806–1813* ahmt er Ramler, Klopstock und Stolberg nach: auch Schillers Pathos ist ihm nicht ungeläufig. Der gelehrte, steife Klassizismus ließ seine Poesie trotz der echten und edlen Gesinnung nicht volkstümlich werden. Auch die eigentlichen romantischen Dichter stimmten in den patriotischen Chor mit ein, so Friedrich von Schlegel, der beim Beginn des Krieges von 1809 die österreichischen Proklamationen gegen Napoleon redigierte und in demselben Jahre in seinem »Gelübde« die deutschen Stämme zum Zusammenschluß gegen die Fremdherrschaft aufforderte. Fouqué und Eichendorff, die beide mit der Waffe in der Hand für die Sache des Vaterlandes eintraten, steuerten gleichfalls manches begeisternde Lied bei, der eine vor allem sein Jägerlied »Frisch auf zum fröhlichen Jagen«, der andere das Gedicht an die »Neuen Kameraden« (1813) und das Friedensprogramm »An die Freude« (1815). Clemens Brentano, der für Wiener Bühnen im Jahre 1813 die Festspiele »Am Rhein« und »Viktoria und ihre Geschwister« verfaßte, dichtete sein Siegeslied »Blücher« (»Grüß Dich Gott! Siegespreis!«). Neben Friedrich Förster (1791–1868), dem Freunde und Kampfgenossen Körners, und Heinrich Josef von Collin, der 1809 aus Anlaß der patriotischen Erhebung in Österreich seine »Lieder österreichischer Wehrmänner« herausgab, ist endlich noch Ludwig Uhland zu nennen. Unter den »Vaterländischen Gedichten«, die in seinen Werken Aufnahme fanden, ist das vielgesungene »Dir möcht ich diese Lieder weihen« das innigste und schönste.

Auch der Volksgesang bemächtigte sich der patriotischen Motive und schuf während des Krieges manche gute Lieder oder verhalf wenigstens manchem Liede, dessen Schöpfer jetzt kaum mehr genannt wird, zu langanhaltender Volkstümlichkeit. Der bekannte Germanist FERDINAND MASSMANN (1797–1874) verfaßte das herzliche Vaterlandslied »Ich hab mich ergeben, mit Herz und Hand«; August Freiherr von Binzer dichtete das bekannte »Wir haben gebaut ein stattliches Haus«, und voll von burschenschaftlicher Begeisterung erklangen Lieder der Brüder August Adolf Ludwig und Karl Follen. Die volle ergreifende Macht des alten Heldenliedes und ein hoher Adel vaterländischen Sinnes tritt in Ludwig Follens später gedichteten »Epischen Bildern aus der Schweizergeschichte« zutage. Gegen Ende des Jahres 1840 weckte das Verlangen der französischen Regierung nach den Rheinlanden eine Nachblüte patriotischer Lyrik. Damals sang der Bonner NIKOLAUS BECKER (1809–1845) sein Rheinlied (»Sie sollen ihn nicht haben«) und der Schwabe MAX SCHNECKENBURGER (1817–1849) das feurige Lied *Wacht am Rhein*, das, damals wenig beachtet, durch Karl Geroks neue Ausgabe (1870) zur allgemeinen Trutz- und Siegeshymne wurde.

Im Zusammenhang mit den genannten Namen sei auch der des Freiherrn FRIEDRICH VON GENTZ (1764–1832) angeführt. Gentz stammte nicht aus Österreich, und doch wurde dieses Land seine Wahlheimat. Er hatte ursprünglich für die Französische Revolution geschwärmt, doch das Studium Burkes machte ihn zum Legitimisten, ja später zum ausgesprochenen Reaktionär (»Ruhe um jeden Preis«); die Zeit der Freiheitskämpfe aber fand ihn auf der Höhe seines journalistischen Wirkens und erhob ihn, den beweglichen Geist, den Meister des Stils und der Darstellung, zum glanzvollen Schriftsteller und vielleicht größten politischen Publizisten deutscher Sprache, dem allerdings zu dauernder Wirksamkeit die Tiefe des Gemüts und die Größe des Charakters fehlten. Was in jenen Tagen eine Feder leisten mußte, hat Gentz besorgt (besonders in der Schrift »Fragmente aus der neuesten Geschichte des politischen Gleichgewichts in Europa«, 1804, und im »Kriegsmanifest über Österreichs Lage, Machtstellung und Beruf« 1809).

NORDDEUTSCHE ROMANTIKER

Friedrich de la Motte-Fouqué

Mit A. W. v. Schlegels Vorlesungen über Literatur und Kunst war der erste Versuch gemacht worden, die preußische Hauptstadt für die romantische Bewegung zu gewinnen, und bereits 1804 vereinigten sich mehrere Dichter zu dem sogenannten »Polar- oder Nordsternbunde«, der die romantischen Ideen förderte und in dem von Chamisso und Varnhagen herausgegebenen »Grünen Almanach« (1804–1806) sein literarisches Organ besaß. Obwohl nicht Mitglied des Bundes, stand zu ihm doch in reger Beziehung Baron FRIEDRICH HEINRICH KARL DE LA MOTTE-FOUQUÉ (1777–1843). Er stammte aus einer französischen Familie, die, an dem reformierten Glauben festhaltend, nach der Aufhebung des Ediktes von Nantes nach Norddeutschland auswanderte, und war ein Enkel jenes Generals, dem sein königlicher Freund Friedrich II. für den bei Landeshut (1760) bewiesenen Heldenmut in seiner »Histoire de la Guerre de sept Ans« ein ehrendes Denkmal gesetzt hat. Nachdem er den Rheinfeldzug mitgemacht und in den namhaftesten Schlachten des Jahres 1813 mitgekämpft hatte, lebte er als Privatmann in Halle und später in Berlin, wo ein Schlaganfall sein Ende herbeiführte.

Vielleicht hat niemand mehr die Wandelbarkeit der Leser erfahren als Fouqué; einst der vergötterte Liebling, starb er verlassen und vergessen; von den zahlreichen Romanen, Epen, Novellen, Dramen und Gedichtbänden dieses formgewandten und in bestimmten Grenzen erfindungsreichen Dichters erfreut sich heute nur noch die vorzüglichste seiner Schöpfungen, die Nixenerzählung »Undine«, wohlverdienter Beliebtheit. Den treuesten und entschiedensten Partisan der Romantik nennt ihn Eichendorff, allein gerade er hatte am meisten ihre Mißachtung verschuldet. Mit Arnim vertiefte er sich in das ritterliche Mittelalter, wandte aber, die Romantik in seiner Weise weiterbildend, den Blick auch bis in das Nordlandsreckentum zurück und schuf sich ein phantastisches Ideal, dem er in Vers und Prosa nachstrebte.

Für ihn ist es kein äußerliches poetisches Spiel, wenn er, seine romantischen Lebensanschauungen in naiver Weise in die Dichtung hineintragend, sich in die kampfdurchwogte, minnefrohe Welt des Mittelalters hineinträumt, Sängerfahrten und Turniere schildert, die christlichen Ritter an den fernsten Schwedenmarken gegen die zauberkundigen Finnen, in Spanien gegen die Mohren kämpfen läßt, dann wieder Recken vorführt, die mit Drachen und Riesen ringen, Herzen brechen, Feen und Nixen in die Netze fallen und den wunderbarsten Geister- und Gespensterspuk erfahren. Eine Zeitlang hat

Fouqué mit dieser Heldenromantik die Welt entzückt, und in der Tat verstand es der Reiteroberst wie kein anderer, den Zauber des mittelalterlichen Rittertums in das moderne Soldatenwesen überzuführen und in jedem Leutnant und Kornett auf seinem »Lichtbraunen« das wahre Rittertum wiedergeboren zu sehen; aber sobald der Reiz der Neuheit schwand, mußte die Teilnahme in ihr Gegenteil umschlagen, und der Dichter zog sich durch die einseitige Hingabe an sein ritterlich-religiöses Ideal den Spottnamen eines »Don Quijote der Romantik« zu.

Und doch ist eine Geringschätzung Fouqués nicht gerecht; denn mag auch seinen Schöpfungen noch die philosophische Vertiefung fehlen, die uns in den stofflich verwandten Nibelungendramen Wagners und in Dahns altdeutschen Romanen begegnet, in der Geschichte unserer Literatur und der Germanistik nimmt er durch die dichterische Behandlung nationaler Stoffe eine hervorragende Stellung ein.

Der in sich kunstvoll abgerundete und an Verwicklungen und farbenprächtigen Bildern überreiche Roman *Zauberring* (1813, 3 Bände) gehörte zu den meistgelesenen Büchern. An Stelle eines verlangten vierten Bandes schrieb Fouqué die eigenartige und spannende nordische Mär *Sintram und seine Gefährten,* nach dem Dürerschen Holzschnitte vom Ritter mit Tod und Teufel ersonnen und im Grunde die bizarre, aber höchst stimmungsvolle Umdichtung der Sage von »Robert dem Teufel«. Das Motiv des Teufelsbündnisses hat der Dichter auch in der prächtigen Erzählung *Das Galgenmännchen* verwertet, einem Gegenstück zu Chamissos »Peter Schlemihl«. Es ist die Geschichte vom »Spiritus familiaris«, wie sie auch Annette von Droste-Hülshoff in ihrer bekannten Erzählung vom Roßtäuscher brachte. Nach dem Norden und nach Konstantinopel führen *Die Fahrten Thiodulfs des Irländers,* in der *Sängerliebe* wird die Uneigennützigkeit eines provenzalischen Sängers verherrlicht; der in der romantischen Schule vereinigten Freunde und besonders des von ihm verehrten Jakob Böhme gedenkt er in dem Roman *Alwin,* und eine Umdichtung der Erzählung Jörg Wickrams ist die in mannigfaltigen Versarten abgefaßte *Historie vom edlen Ritter Galmy und einer schönen Herzogin aus Bretagne.*

Die Zahl der Romane Fouqués, sagt Heine, ist Legion; nicht geringer ist die der Novellen und kleinen Erzählungen. Die schönste von diesen und zugleich eine der lieblichsten und sinnigsten Blüten der Romantik überhaupt ist die Nixenerzählung *Undine,* die zuerst 1811 in den »Jahreszeiten« erschien und gleich glücklich im Inhalt wie anmutend in der Form das Geheimnis der Romantik ausspricht: die Beseelung der elementaren Natur.

Trotz seiner ritterlichen Geziertheit ein echtes Märchen, in dem das Nixenhafte mit dem Menschlichen sich glücklich mischt, wurde die »Undine« noch zu des Dichters Lebzeiten in mehrere Sprachen übertragen; bald bemächtigte sich ihrer auch die bildende Kunst, und 1815 begrüßte C. M. v. Weber Hoffmanns musikalische Dramatisierung des lieblichen Wellenkindes als eines der geistvollsten Werke der neueren Zeit, das Lortzing als Oper auf die Bühne brachte.

Fouqué war mit sechs dramatischen Spielen durch A. W. v. Schlegel unter dem Namen »Pellegrin« in die Literatur eingeführt worden (1805). Der Dichter hat sie als »redliches Schülerwerk« bezeichnet, und selbst den Romantikern freundlich Gesinnte ließen ihn nur für einen formenfertigen Nachahmer des Schlegelschen Calderón gelten. Als aber 1806 Schlegel seinen Schüler Fouqué aufforderte, historische Schauspiele zu schreiben, die Epochen der deutschen Geschichte darstellten, »wo gleiche Gefahren uns drohten und durch Biedersinn und Heldenmut überwunden wurden«, antwortete dieser mit der Trilogie *Der Held des Nordens* (1810) und den »Vaterländischen Schauspielen«. Jene setzt sich zusammen aus den Heldenspielen *Sigurd der Schlangentöter* (1808), *Sigurds Rache* und *Aslauga* (Sigurds und Brynhildens Tochter) und nimmt ihren Stoff aus der Niflungasage der Edda. Wenig Erfolg erzielte er mit seinen zahlreichen, der deutschen Sage und Geschichte entnommenen Dramen. Länger erhielten sich seine feurigen *Kriegslieder* und die durch Glanz und Leichtigkeit gefälligen lyrischen Gedichte.

Drei Jahre vor dem Tode gab Fouqué seine Lebensgeschichte heraus; schon nach 1820 hatte ihm die Leserwelt ihre Gunst versagt. Seine kampfglühenden, tugendlich frommen Helden haben den von der Romantik genährten, in den Tagen der Not und des Kampfes in aller Herzen lebenden Idealen entsprochen. Die über die Teilnehmer des Wartburgfestes hereinbrechende Verfolgung zwang dem deutschen Volke andere Gefühle und Wünsche auf. Zwar suchte man im Kreise von Geibels Studienfreunden dem gefallenen Ruhme Fouqués wieder zu seinem Rechte zu verhelfen, allein neben Walter Scotts und Alexis' historischen Romanen waren Fouqués Heldengestalten einer phantastisch behandelten Vorzeit verblaßt.

Adalbert von Chamisso

Fouqué, der Enkel aus Frankreich geflüchteter Protestanten, stand in freundschaftlichem Verhältnis zu Chamisso, dem Sohne einer Emigrantenfamilie. Louis Charles Adelaide de Chamisso, der sich in Deutschland ADALBERT VON CHAMISSO (1781–1838) nannte, wurde auf dem Schlosse Boncourt in der Champagne geboren, wo schon seit Jahrhunderten seine Ahnen, die von Chamizzot oder Chamissot, ihren Stammsitz hatten. Als um 1790 die revolutionäre Bewegung der Hauptstadt in die Provinz drang und das Landvolk gegen seine Gutsherren aufstand, wurde auch das Schloß der streng royalistischen, ja der Königsfamilie nahestehenden Familie Chamisso de Boncourt ein Opfer der allgemeinen Wut. Vertrieben und der Habe beraubt, suchten die Eltern unseres Dichters, der als neunjähriger Knabe mit mehreren Geschwistern die Flucht mitmachte, eine Zufluchtsstätte auf deutschem Boden und fanden sie erst in den Niederlanden, dann in Würzburg und Bayreuth, endlich in Berlin (1796). Hier blieb er, 1801 zum Leutnant bei dem Regiment von Goeze ernannt, obwohl seine Eltern später nach Frankreich zurückkehrten, beschäftigte sich mit deutscher Literatur und machte auch deutsche Verse. Schon damals zeigte er sich als besonderer Mensch; innerlich feinfühlig und feinnervig, hat er sein ganzes Leben lang nach gewinnender äußerer Form umsonst gerungen; er war und blieb ein Rousseauscher Naturmensch, ein Verächter allen gesellschaftlichen Zwanges, einzig nach inneren Werten strebend, harmlos, bieder, naiv-ehrlich bis zur Grobheit. Behaglich gestaltete sich sein Dasein in Berlin durch die Annäherung an gleichstrebende junge Deutsche.

Adalbert von Chamisso. Radierung nach einer Zeichnung von E. T. A. Hoffmann.

Vor allen gewann er sich den ein Jahr älteren Referendar EDUARD HITZIG, der, selbst wenig dichterisch veranlagt, für Chamissos Leben und Dichten bis zu dessen Tode der Steuermann blieb und sein Leben beschrieb, wie er auch der älteste Biograph von Zacharias Werner und E. T. A. Hoffmann ist. Der

Freundeskreis, der sich um Chamisso bildete und den Nordstern zum Symbol wählte, erhielt einen romantischen Anstrich, als AUGUST VARNHAGEN VON ENSE (1785–1858) hinzutrat. Aus den jüdischen Salons, in denen er mit der romantischen Strömung vertraut wurde, holte er sich seine Gemahlin Rahel Levin, aus deren literarischem Nachlaß er *Rahel, ein Buch des Andenkens für ihre Freunde* (3 Bände, 1834) und *Galerie von Rahels Umgebung und Briefwechsel* (2 Bände, 1836) zusammenstellte. In seinen Dichtungen unselbständig, erwarb sich Varnhagen, seit 1809 in österreichischen, dann in russischen und zuletzt in preußischen Staatsdiensten, durch seine zeitgeschichtlichen und biographischen Werke einen Namen (»Biographische Denkmale«, 5 Bände, 1824–1831; »Denkwürdigkeiten und vermischte Schriften«, 9 Bände, 1837–1858). In seinem ganzen Wesen A. W. v. Schlegel ähnlich, zeigt der glatte Diplomat auch in seinen Schriften Leichtigkeit der Auffassung und eine Selbständigkeit des Stils wie wenige seiner Zeitgenossen, richtet aber seine Aufmerksamkeit auf das Kleine und Nebensächliche und gibt daher von den Dingen, Menschen und Begebenheiten selbst nur ein abgeschwächtes Bild.

In diesem Kreise hatte sich Chamisso gleich zu Anfang als Dichter legitimiert durch einen dramatisierten *Faust* (1803), in dem er die Wirren, in die ihn das Studium Kants geführt und aus denen ihn nur der Glaube gerettet hatte, dichterisch gestaltete. Der Dichter nennt seinen »Faust« später selbst einen knabenhaften metaphysischen Versuch, und in der Tat, wenn auch manches darin den Leser goethisch anmutet, Faust ist in Chamissos Händen doch nur eine spekulative Puppe geworden, der alles menschliche Leben abgeht. Immerhin zeigt der Faustversuch, wie schnell Chamisso sich in die deutsche Sprache hineingelebt hat. Für seine und der Freunde Dichtungen gründete er mit Varnhagen einen *Musenalmanach*. Mit diesem »grünen Almanach», wie die Genossen, nicht ohne ironischen Nebensinn, das grün broschierte, nur drei Jahre erschienene neue Büchlein nannten, war Chamisso in den Kreis der deutschen Dichter eingetreten und galt fortan als Schüler der Romantik. Er studierte Griechisch, Lateinisch und die modernen Sprachen, fühlte aber, daß seine Lage, »geklemmt zwischen schwerwandelnden Rekruten und griechischen Lexika« auf die Dauer unerträglich sei, und war daher froh, als es ihm möglich wurde, die preußische Uniform auszuziehen und sein Leben der Wissenschaft zu widmen. Durch Fouqué erst wurde ihm die Romantik voll erschlossen, und so wollte er denn in einem *Fortunat* nach dem Muster von Tiecks »Oktavian« alle seine Kräfte zusammenfassen und nicht nur in Formenreichtum mit dem Meister wetteifern, sondern auch etwas Neues schaffen, »ein Drama, wo die für sich höchst tragischen Figuren das höchste Komische gebären und wiederum die für sich höchst komischen das gräßlichste Tragische«. Das Werk blieb unvollendet.

Vom Militärdienste losgelöst, mußte Chamisso sechs Jahre herumirren (1806–1812), ehe er zielbewußt die neue Lebensbahn einschlagen konnte. Er ging nach Frankreich, kehrte wieder nach Berlin zurück, um gleich darauf in Frankreich eine neue Enttäuschung zu erfahren. »Irr an sich selber, ohne Stand und Geschäft, gebeugt, geknickt«, verbrachte er die düstere Zeit. In Paris übersetzte er im Auftrage Schlegels dessen Vorlesungen und wurde durch ihn in den literarischen Hof eingeführt, der Frau von Staël in Chaumont umgab. Dann wieder trieb er bei dem gebildeten Prosper de Barante, dem Präfekten der Vendée, altfranzösische Studien und im Sommer 1811 finden wir ihn in Coppet wieder bei Frau von Staël, bis ein Jahr später auch sie von hier flüchten mußte. In Genf übersetzte er Guillaume Étiennes berühmtes und später angefochtenes Lustspiel »Deux gendres«, las Shakespeare und Calderón im Original, wandte sich dann aber, von seinem Landsmann und Waffengefährten de la Foye in einem Briefe aufgefordert, der Botanik zu und unternahm botanische Wanderungen. Damit hatte er endlich seinen Lebensberuf gefunden, und als er nach Berlin zurückgekehrt war (1812), ließ er sich, »um sich dem Studium der Natur zu widmen«, bereits 31 Jahre alt, als Student der Medizin an der aufblühenden Universität immatrikulieren. Während des Befreiungskrieges gegen Napoleon eröffnete sich ihm in Kunersdorf auf dem Landgute der Familie Itzenplitz ein Asyl, wo er seinen botanischen Studien leben konnte. Und obgleich er ganz in ihnen aufging, brachte er jetzt die inneren und äußeren Erlebnisse der letzten Zeit poetisch zum Ausdrucke, aber gerade deshalb, weil sein *Peter Schlemihl* im besten Sinne Gelegenheitsdichtung ist, hat er eine im Verhältnis zu Umfang und Form so ungeheure Wirkung erzielt.

Es ist der Dichter selbst, der uns in Peter Schlemihl entgegentritt, und bis in die einzelnen Züge wird der Eingeweihte Beziehungen auf persönliche äußere und innere Erlebnisse des Dichters aufdecken können. Dem Leser aber, der nicht über dessen Lebensschicksale unterrichtet ist, tritt aus Chamissos Märchen eine Idee klar und deutlich entgegen: Wer schnödem Gewinn zuliebe ein Gut hingibt, das er selbst gar nicht schätzt, auf das jedoch die Welt, wenn auch mit Unrecht, einen hohen Wert legt, der wird ein für allemal der öffentlichen Meinung als verfemt gelten. Diese wird ihn verfolgen, und er wird ihr erliegen, wenn er nicht rechtzeitig sich zu der Erkenntnis durchringt, daß er die Menschen nicht braucht, um glücklich zu sein.

Auch der Dichter hatte unter der öffentlichen Meinung zu leiden; einmal, weil er nicht geschaffen war, durch weltmännisches Auftreten sich geltend zu machen, und überdies war er vaterlandslos, und gerade im Jahre 1813 kam ihm die Vaterlandslosigkeit stark zum Bewußtsein. »Die Weltereignisse vom Jahre 1813, an denen ich nicht tätigen Anteil nehmen durfte – ich hatte ja kein Vaterland mehr und noch kein Vaterland –, zerrissen mich wiederholt vielfältig.« Er konnte in den Jubel Deutschlands nicht einstimmen und mußte der Welt, da er seine Gefühle für Frankreich nicht verbarg, als ein zweckloses, ja verdächtiges Glied der Gesellschaft erscheinen. Um ihrem Drucke sich zu entziehen, flieht er nach Kunersdorf und rettet sich in die Wissenschaft. So also ist das Märchen, wie Chamisso selbst einmal erklärt, auf den Gegensatz von Sein und Scheinen aufgebaut. Das Wesen des Menschen, sein Wert und seine Bedeutung blieben unberührt, wenn auch der Schatten, der Schein, fehlt. Nur die Welt legt dem Scheine zu viel Wert bei. Wie in »Adelbergs Fabel« spiegeln sich auch im »Schlemihl« die seelischen Konflikte ab, die Chamisso vor ihrer dichterischen Gestaltung durchlebt hat. Doch während er die »Fabel« mit allegorischem Gedankenballast beschwerte und dadurch unverständlich machte, hat er im Märchen zahlreiche volkstümliche Züge, wie z. B. den Pakt mit dem Teufel, die Geschichte vom Glückssäckel und den Siebenmeilenstiefeln, die Sage von den traurigen Folgen des Schattenverlustes, verwertet und es dadurch jedermann lieb und verständlich gemacht. Die Detailmalerei, die den einfachsten, schlichtesten Vorfall bis in seine letzten Züge ausmalt, solche schmucklose Wiedergabe der Wirklichkeit war damals in Deutschland selten zu finden. Goethe hat in seinem »Wilhelm Meister« damit den Anfang gemacht, und Kleists Novellen haben gerade in ihrem herben Realismus dem epischen Berichte neue Formen gegeben.

Der Name Schlemihl ist nach Chamissos Erklärung hebräischen Ursprunges und bezeichnet bei den Juden einen ungeschickten und unglücklichen Menschen, dem nichts gelingt. »Peter Schlemihl« bürgerte sich allmählich bei allen Kulturvölkern ein und ist heute ein internationales Volksbuch geworden. Was der Dichter im »Fortunat« bieten wollte, eine echt romantische Mischung von Ideal und Karikatur, von tragischen und komischen Elementen, hat er im »Schlemihl« durchgeführt.

Durch Hitzigs Vermittlung wurde er zum Naturforscher der Expediton ernannt, die mit russischem Gelde unter Leitung Ottos von Kotzebue unternommen werden sollte und vom Grafen Romanzoff ausgerüstet wurde. Verlief diese Weltreise ihrem Hauptzwecke nach erfolglos, so ergab sie doch für die Schiffahrt, Naturgeschichte und Physik nachhaltige Ergebnisse. Für

Chamisso jedenfalls war sie der Ausgangspunkt seiner wissenschaftlichen Tätigkeit, indem sowohl seine ethnographischen Arbeiten, vor allem die *Bemerkungen und Ansichten*, die ein reiches Vokabular dreier polynesischer Dialekte bieten, der *Versuch über die hawaiische Sprache* (1837) und das *Reisetagebuch* (1835), trotz der Stacheln, die es gegen Kapitän Kotzebue richtet, eine Leistung ersten Ranges, als auch seine botanischen und zoologischen Schriften fast ausschließlich Ergebnisse seiner Reiseerfahrungen sind. Nicht minder wurde sie in seinem bürgerlichen Leben der Abschluß der Irr- und Wanderjahre. Denn bald nach der Rückkehr verheiratete er sich mit Antonie Piaste, einer Pflegetochter Hitzigs, mit der er 18 Jahre in glücklicher Ehe lebte. Nun gab es auch äußere Ehren; er wurde Mitglied gelehrter Gesellschaften, Ehrendoktor und als Adjunkt am botanischen Garten angestellt (1819). Seit 1833 Kustos, blieb er in dieser Stellung, mit Hingebung und Erfolg tätig, bis zur Entlassung, um die er im Frühjahr 1838 nachsuchte.

Wie ein Jüngling fühlt Chamisso, als ihm das eheliche Glück erblühte, sich gedrängt, sein Empfinden in Liedern ausströmen zu lassen; viele von ihnen sind in seinem »Poetischen Hausbuche« verschlossen geblieben, andere Früchte aber seiner Liebeslyrik, in denen das Gefühl zu klassischer Vollendung ausgestaltet ist, wie die Zyklen *Frauen-Liebe und -Leben, Thränen, Lebens-Lieder und -Bilder* (dann auch »Die Blinde«, »Die Braut«, »Klapperstorch«), alle ohne Antonie nicht denkbar, hat er später dem Publikum geschenkt. Getragen von den schönsten Tönen und ausgezeichnet durch eine außerordentliche Kunst des Aufbaues, sind von Chamissos lyrischen Schöpfungen die Liederzyklen am populärsten geworden und haben seinem Namen auch heute noch einen guten Klang bewahrt. Sie entstanden zu einer Zeit, in der der Dichter über die Romantik, unter deren Ägide er zuerst vor das Publikum trat, schon hinausgegangen war.

Ganz aber konnte er sich dem Einfluß der Romantik nicht entziehen. Dies zeigt schon seine Übersetzungstätigkeit auf Gebieten, die durch die Romantik erst erschlossen wurden, so die des »Armen Heinrich« Hartmanns von Aue und der »Thrymskvida« aus der poetischen Edda, und selbst seine Übersetzungen aus dem Malaiischen und aus der Tongasprache dürfen mit der von den Romantikern angeregten Idee einer Weltliteratur in Zusammenhang gebracht werden. Auch individuelle Anregung hat Chamisso von den Romantikern empfangen. Er schreibt Balladen im Stile Uhlands; seine *Deutschen Volkssagen* sind ein Gegenbild zu Uhlands Balladen vom Grafen Eberhard, »Herzog Huldreich und Beatrix«, das »Burgfräulein von Windeck«, »Die Löwenbraut«, »Abdallah«, »Des Gesellen Heimkehr« erhalten durch die Form einen Uhlandschen Anstrich. Oft geht Chamisso auf Uhlands Vorbilder zurück und dichtet Schauerballaden im Stile Bürgers, deren Humor zugleich an Kopisch gemahnt (»Lied von der Weibertreue«, »Der rechte Barbier«, »Das Urteil des Schemjáka«, »Der Szekler Landtag«, »Tragische Geschichte vom Zopfe«). Auch darin kommen sich Chamissos und Uhlands Balladen nahe, daß sie die Stoffe nicht philosophisch vertiefen und darum das Schillersche moralische Pathos meiden. Doch führt Chamisso mit den politischen Motiven etwas Analoges in seine Balladen ein und entfernt sich dadurch von Uhland. Er ist ein radikaler Fortschrittsmann und kämpft wie nur irgendeiner vom jungen Deutschland für die politische Befreiung des Volkes und gegen die Reaktion der Zeit. Wie Heine und Börne begrüßt er die Französiche Revolution von 1830 mit Begeisterung.

Wie Börne und Heine und deren Schüler glaubt auch Chamisso, die französische Bewegung werde in Deutschland Nachfolge finden, und unablässig mahnt er die Fürsten an die uneingelösten Versprechungen, und immer wiederholt sich in seinen Gedichten der Refrain, daß eine neue Zeit angebrochen sei (»Schiller«, »Die Ruine«, »Nachtwächterlied«, »Die goldene Zeit«). Er preist die russischen Freiheitshelden Woinarowski und Bestujeff, besingt den Freiheitskampf der Griechen gegen die Türken und verfolgt die Pfade W. Müllers und Byrons, der ihm als ein Vorbild vorschwebt. Chamisso hat auch realistische Bilder aus dem Volksleben seiner Zeit entworfen, und gerade dieser Schritt über Uhland und die weltfremde poetische Erzählung seiner Tage hinaus bedeutet eine wesentliche Erweiterung des Gebietes der Poesie, und wenn man ihm früher oft den Vorwurf machte, er habe seine Schöpfungen durch abnorme Stoffe und gräßliche Motive entstellt, so beweist heute, was man ihm früher nicht verzeihen konnte, daß er seiner Zeit vorangeeilt ist. Gleich Gottfried Keller hat er die krankhafte Scheu vor dem modernen Leben, seinem Leide und seinem Glücke, überwunden und seinen dichterischen Blick nicht in die ideale Ferne, sondern auf die ihn umgebende Welt gerichtet (»Lieder von der alten Waschfrau«, »Der Bettler und sein Hund«, »Der Tochter Verzweiflung«, »Des Basken Etchehons Klage«, »Das Dampfroß«). Insbesondere tritt diese realistische oder, wie man heute sagen könnte, naturalistische Tendenz im Terzinengedichte hervor; so in den gewaltigen Schöpfungen *Mateo Falcone, Don Juanito, Das Kruzifix.* Der Mensch soll im Menschen geschildert werden, und zwar nicht ein konventioneller Mensch, sondern der Mensch mit seinen guten und noch mehr mit seinen schwachen Seiten. Die Form der Terzine verdankt er französischen Anregungen, und schon vor ihm wurde sie von Schlegel und Tieck, von keinem aber mit gleichem Geschick und solcher Vorliebe angewandt. 40 seiner größeren Gedichte sind in dieser Strophenform abgefaßt. Das bedeutendste unter ihnen ist *Salas y Gomez* (1830), jene Robinsonade voll erschütternder Tragik. Es ist eine poetische Ich-Erzählung nach Art der Terzinengedichte »Der Traum«, »Die Erscheinung«, und bietet das Selbstbekenntnis einer leidgedrückten Seele. Nur selten hat Chamisso persönlichen Empfindungen in Gedichten Ausdruck verliehen (die Klage des Alternden um das »Schloß Boncourt«, die »Drei Sonnen«, die seinem Leben geschienen, »Frisch gesungen«, »Traum und Erwachen« und die sein nahes Ende ahnenden »Letzten Sonette« gehören dieser Art Selbstbetrachtung an).

Mit dem dramatischen Versuche *Die Wunderkur* suchte Chamisso 1825 auch die Bühne zu betreten, doch ohne Erfolg. Von der Weidmannschen Buchhandlung wurde er für die Übernahme des Wendtschen Musenalmanachs gewonnen, der fortan unter Mitredaktion Gustav Schwabs als *Deutscher Musenalmanach* erschien, die besten Dichter zu seinen Mitarbeitern zählte und, an der Spitze aller derartigen Unternehmungen stehend, den Gegenstand der Sorge Chamissos bis zu seinem letzten Atemzuge bildete.

E. T. A. Hoffmann

Der schon bei Tieck und im »Peter Schlemihl« angeschlagene Ton ironischer Phantastik wurde auf die Spitze getrieben von Ernst Theodor Wilhelm Amadeus Hoffmann (1776–1822). Er wurde in Königsberg geboren und zeigte schon früh außerordentliches musikalisches und zeichnerisches Talent und beißenden Sarkasmus. Er schlug die juristische Laufbahn ein, war 1800 Regierungsassessor in Posen, 1804 Regierungsrat in Warschau, verlor 1806 infolge der Kriegswirren seine Stellung, lebte 1808–1813 als Theatermusikdirektor in Bamberg, darauf in Leipzig und Dresden. 1814 trat er wieder als Rat beim Kammergericht in Berlin ein, kämpfte gegen die Gesetzwidrigkeiten des Demagogenverfolgers Kamptz, wurde verdächtigt, in seine Novelle »Meister Floh« Anspielungen gegen die Regierung verflochten zu haben; das Manuskript wurde beschlagnahmt, und er stand vor der Maßregelung, als er an einem schweren Rückenmarksleiden starb.

Hoffmanns hohe und vielseitige, aber kontrastierende künstlerische Anlagen gelangten nicht zur vollen Reife. Nicht wenig trägt daran die Schuld sein unstetes, abenteuerliches und ausschweifendes Leben während der Napoleonischen Kriegszeit und nachher in Berlin, wo er in der Weinstube von Lutter & Wegner sich mit dem Schauspieler Devrient und anderen Schöngeistern zu tollem Treiben vereinigte. Schuld trug auch die bitterste Lebensnot, die in jungen Jahren oft an ihn herantrat. Statt sein unruhiges Wesen allmählich zu überwinden, steigerte er es bis zum Äußersten. Er ist darin nicht unähnlich Clemens Brentano, wie denn beiden auch ein dämonischer Wesenszug eigentümlich ist; nur daß bei Hoffmann alles ins Ungemessene verzerrt wurde, das Dämonische zum Diabolischen sich auswuchs, die üppige Phantasie in Phantasterei ausartete. Er war Musikkritiker und ausübender Komponist, Karikaturenzeichner und Maler, tüchtiger Jurist und Dichter zugleich, ohne auf irgendeinem Felde etwas durchaus Reifes und Abgeklärtes zu leisten. Von Jean Paul übernahm er die stilistische Formlosigkeit, von der Romantik (Tieck) die absonderlichen Ideen, vor allem die zersetzende Ironie, die ihn überall in Fesseln hält. Spukhafte Gestalten aller Art erfüllen seine zügellose Phantasie, ein seltsamer Einfall jagt den anderen – je bizarrer, um so lieber. So können seine Werke künstlerisch manchmal nicht befriedigen, aber ihre genialischen Tollheiten und ihre ausgelassene Phantastik wie auch die anziehende Art der Erzählung verleihen ihnen trotzdem einen eigenartigen Reiz. Manchmal nimmt er einen Anlauf zu Größerem, Ernsterem, bleibt aber im Anlauf stecken, und soweit er als scharfer Beobachter Vorgänge und Zustände seiner Zeit schildert, sind sie durchzogen von seiner beißenden Satire. In seinem Schaffen findet die nationale Zerrissenheit ihren getreuen Ausdruck.

Illustration zu E. T. A. Hoffmanns Novelle »Meister Floh« von Th. Hosemann.

Sein Erstlingswerk größeren Umfanges sind die *Phantasiestücke in Callots Manier* (»Blätter aus dem Tagebuche eines reisenden Enthusiasten«, 1814 bis 1815), die Jean Paul mit einer Vorrede begleitete und deren erstes Stück dem kecken, phantastischen französischen Kupferstecher Jacques Callot (1552 bis

1635) gilt. Es sind zehn grotesk-humoristische Erzählungen. In vielen davon spielt die Musik eine Rolle; damit knüpft er unmittelbar an die Musikschwärmerei der Sentimentalisten an, und was wir da über Gluck, Mozart und Beethoven lesen, ist trotz des arg gesteigerten Verzückens im Grunde zutreffend. Überhaupt ist ihm in seinen Dichtungen die Musik das Mittel, um die alltäglichen Vorgänge in die Welt romantischer Märchen und Phantasmagorien hinüberzuzerren. Die fünfte Phantasie (»Die satirische Nachricht von den neuesten Schicksalen des Hundes Berganza«) geht zurück auf Cervantes. Gleichfalls durch Callotsche Kupfer veranlaßt ist das geistreiche Capriccio *Prinzessin Brambilla* (1821). Selbst das Allergewöhnlichste im Leben, Personen und Vorgänge, zieht er ins Märchenhafte, wie z. B. in der genialen Gespenstergeschichte *Der goldene Topf.* Grausiges und Abenteuerliches in buntestem Wechsel enthalten die *Elixiere des Teufels* mit dem Zusatz »Nachgelassene Papiere des Bruders Medardus, eines Capuziners« (1815 / 1816), voll Mord, Hinrichtung, Wahnsinn und sonstigen Schauerlichkeiten. Dieselben Liebes- und Wahnsinnstollheiten herrschen in den *Nachtstücken* (1816/ 1817).

Es folgen Erzählungen und Märchen, die er nach Art der romantischen Rahmenerzählungen Tiecks unter dem Sammeltitel *Die Serapions-Brüder* (1819–1821) zusammenfaßte. Darunter sind teilweise prächtige Stücke, so *Der Artushof, Der Kampf der Sänger* (Sängerkrieg auf der Wartburg), der Richard Wagners Aufmerksamkeit auf die Sage lenkte, ferner *Doge und Dogaressa* mit anziehenden Schilderungen aus dem venetianischen Volksleben, *Meister Martin der Küfner und seine Gesellen,* das sich ganz auf dem Boden realer Vorgänge hält und in das alte Nürnberg mit seinen Handwerkern, Künstlern und Meistersingern führt, ferner das auf den Märchenton gestimmte *Das fromme Kind* und *Die Brautwahl,* worin jene Elemente der Volkssage geschickt verwertet sind, *Das Fräulein von Scudéri,* eine Erzählung aus dem Zeitalter Ludwigs XIV., die lustige Novelle *Signor Formica.* Mit ganz barocker Phantastik schildert er die Schicksale von *Klein Zaches, genannt Zinnober* (1819), einem häßlichen Wechselbalg, auf den vermöge der Huld einer Fee alles Gute und Schöne übertragen wird, das andere tun. In einem seiner besten Werke, den prickelnden *Lebensansichten des Katers Murr nebst fragmentarischer Biographie des Kapellmeisters Johannes Kreisler* (1820–1822) hat Hoffmann in dem unsteten, überallhin verschlagenen Kreisler sich selbst gezeichnet.

Vielleicht gerade wegen des Bizarren galt der »Gespenster-Hoffmann« dem Auslande lange Zeit als der charakteristische Vertreter der Romantik;

wenigstens wurden seine Dichtungen fast sämtlich in alle europäischen Sprachen übersetzt, besonders ins Englische und Französische, auch für verschiedene Opern und Operntexte verarbeitet. Von seinen zahlreichen Nachahmern hat keiner seine tolle Genialität erreicht. Einzig der Saganer Stadtrichter KARL WEISFLOG (1770–1828) mit seinen *Phantasiestücken und Historien* 1824–1829) ist zu nennen. In Jean Pauls Art hat er in diesen zwölf Bänden die Lebensverhältnisse, Erfahrungen und Wünsche der kleinen Leute, ihre unter rauher Schale verborgene Weichherzigkeit geschildert. Im ersten Bande findet sich eine köstliche botanische Phantasie »Eps, der Zwiebelkönig«. Nachhaltiger hat Hoffmann auf die französische Romantik und auf Heine gewirkt, die zum Teil ganz in seinen Spuren wandeln.

Im Gefolge der norddeutschen Romantiker

Wieder andere Neigungen der Romantik, nämlich die schwärmerische Gefühlsinnigkeit hat der Hannoveraner ERNST SCHULZE (1789–1817) weiter ausgebildet, nicht ohne sie zur Sentimentalität zu verflachen. Geboren zu Celle, kämpfte er als Freiwilliger Jäger den Befreiungskrieg mit, dessen Strapazen seinen frühzeitigen Tod zur Folge hatten.

Schulze ist Klassiker und Romantiker in einer Person; er behandelt echt romantische Stoffe aus der Rittergeschichte, aus der Heldensage und Märchenwelt in klassicher Formenstrenge und edler, wohltönender Sprache. Die weiche, elegische Stimmung, die Tränenseligkeit und Todesahnung hat etwas von der Art Höltys und der Sentimentalen an sich. Die sieben Bücher seiner *Psyche,* eines griechischen Märchens, erschienen größtenteils erst 1819. Schulze steht hier noch unter dem Einflusse Wielands, ebenso in dem kurz vor seinem Tode vollendeten romantischen Gedicht in drei Gesängen *Die bezauberte Rose,* das, in höchst kunstvollen, Ariost nachgebildeten Stanzen abgefaßt, mit dem von Brockhaus ausgesetzten Preise ausgezeichnet wurde. Die nicht sehr geistreiche Fabel von der Verwandlung der schönen Königstochter Klothilde in eine Rose und ihre Entzauberung durch den Gesang eines verliebten Harfenspielers ist mit vielen sentimentalen Zutaten und Wunderlichkeiten ausgestattet. Ähnlich schwülstig, nur weit umfangreicher, ist seine romantische Dichtung *Cäcilie* (20 Gesänge, 1813–1815), zu der er durch den Tod seiner gleichnamigen Geliebten, der Tochter des Göttinger Professors Tychsen, angeregt wurde.

Die Schulzeschen Epen werden wohl kaum mehr gelesen. Dagegen hat die Lyrik, die sich an die romantische anschloß, einen großen Teil des noch heute populären deutschen Liederschatzes beigesteuert. Man denke an Chamisso, an Wilhelm Müller, an Eichendorff, dann auch an die schwäbischen Dichter mit Uhland an der Spitze.

Wilhelm Müller (1794–1827), in Dessau geboren, wurde gleich Schulze durch die Teilnahme an den Freiheitskriegen aus wissenschaftlicher Beschäftigung herausgerissen. Er studierte in Berlin Philologie. Seine *Blumenlese aus den Minnesingern* (1816) und später seine *Bibliothek deutscher Dichter des siebzehnten Jahrhunderts* (1822–1827) waren die Früchte seines liebevollen Studiums der älteren deutschen Dichter. Auf Arnims Anregung übersetzte er Marlowes Faust (1818). Auch Fouqué und Brentano lernte er kennen sowie des letzteren Freundin Luise Hensel, die unverkennbaren Einfluß auf sein Dichten gewann. In den Jahren 1817 und 1818 weilte er in Italien, vor allem in Rom, und legte dann seine Beobachtungen und Erfahrungen in einer Sammlung vertrauter Briefe (betitelt »Rom, Römer und Römerinnen«, 1820), nieder. In Italien sammelte er auch eifrig Lieder aus dem Munde des Volkes und aus fliegenden Blättern, die nach seinem frühen Tode O. L. B. Wolff herausgab (»Egeria«, 1829). 1819 wurde W. Müller in seiner Vaterstadt Gymnasiallehrer und Bibliothekar. Jetzt erst erwachte in ihm der rechte Liederfrühling. Er veröffentlichte seine Gedichte zunächst in periodischen Schriften, später wurden sie in mehreren Sammlungen vereinigt. Mit leidenschaftlicher Teilnahme verfolgte er die langwierigen und erbitterten Kämpfe der Griechen gegen die Türken und sang aus begeistertem Herzen seine *Lieder der Griechen* (1821; »Neue Lieder der Griechen«, 1823; »Neueste Lieder der Griechen«, 1824). Alljährliche Reisen vermitteln ihm unter anderem auch neue literarische Bekanntschaften, mit Tieck, Goethe, dann mit Uhland, Schwab und Kerner.

Wohllautende flüssige Verse und ein frischer volkstümlicher Zug haben Müllers Lieder beliebt gemacht, und eine große Reihe von Komponisten, darunter Schubert, vermehrten ihre Popularität. In die patriotische Bewegung griff Müller mit manchem kräftigen Sange ein (»Frisch auf, dort steigt der Morgenstern«, »Wie manche stille Mitternacht«, »Noch einmal heut' zu Rosse!«). Seine zahlreichen späteren Lieder sammelte er zum größten Teile in zwei Bänden als *Gedichte aus den hinterlassenen Papieren eines Waldhornisten* (1821, 1824). Hier finden sich die unmittelbar empfundenen Wanderlieder (»Wenn wir durch die Straßen ziehen«), die Müllerlieder (»Ich hört' ein Bächlein rauschen«, »Das Wandern ist des Müllers Lust«), dann das einst viel gesungene, aber doch manierierte »Ich schnitt es gern in alle Rinden ein«, und das schlichtere »Am Brunnen vor dem Tore«. Für Heine vorbildlich wurden seine Lieder vom Meere (1825, »Es braust das Meer, die Wogenhäupter schäumen«, »Aus des Meeres tiefem, tiefem Grunde«, »Auf Arkonas Berge«). Müllers Begeisterung für die Griechen, die ihn zu seinen Nachdichtungen *Neugriechischer Volkslieder* (1824) veranlaßte, rief damals zahlreiche Nachahmungen hervor.

Es kündigte sich in diesen Sympathien für ein um seine Unabhängigkeit kämpfendes Volk schon der Freiheitsdrang der Revolutionsjahre an. Müllers Griechenlieder hatten sich selbst nicht der Anspielungen auf Deutschlands politische Verhältnisse enthalten, und als allmählich an Stelle der Griechen die Polen traten, da war der Ton schon schärfer, hatte sich die Lage schon zugespitzt.

Den Preis der Polen sang vor allem einer aus dem Kreise Chamissos, der märkische Humorist und Novellist Franz von Gaudy (1800–1840). Anfangs Offizier, widmete er sich, von Chamisso 1833 nach Berlin gezogen, ganz den Musen. Der Verkehr mit den dortigen Poetenkreisen (Alexis, Eichendorff, Fouqué u. a.), später auch mit den schwäbischen Dichtern, sowie eine Reise nach dem heißersehnten Italien regten ein reiches Schaffen in ihm an. In seinen Prosastücken wie in seinen Gedichten ist Gaudy oft von Hoffmann-Heinescher weltschmerzlicher Verdrossenheit angekränkelt, doch wird die rücksichtslose Ironisierung menschlicher Schwächen durch unbestreitbare Gutmütigkeit und ehrliche Aufrichtigkeit wieder gemildert.

Die rasche Folge seiner reiferen Dichtungen wird mit den *Kaiserliedern* (1834/1835) eröffnet, die er als einen einzigen gewaltigen Akkord dem Ruhme des großen französischen Imperators gesungen hat, ohne seine deutsche Gesinnung auch nur im geringsten preiszugeben. Die praktische Ausbeute seiner Italienfahrt hat er außer in den Tagebuchblättern *Mein Römerzug* (1836) in der humoristischen Meisternovelle *Aus dem Tagebuche eines wandernden Schneidergesellen* (1836) niedergelegt, worin mit beißendem Witz ein philiströses Reisewerk über Italien an den Pranger gestellt wird; ferner in den *Elf venetianischen Novellen* (1838) mit ihrem reichen und blühenden italienischen Kolorit. Zwei von diesen (»Antonello« und die »Brentablume«) gehören mit der »Schülerliebe« und dem »Katzenraphael« aus dem Bande *Novelletten* (1837) zu seinen besten Stücken. In den *Liedern und Romanzen* (1837) macht sich neben echter Liebeslyrik schon der jungdeutsche Spott gegen Zopf und Philisterei, gegen Polizei und politische Reaktion breit. Auch die humorvollen Romane pflegte er in der *Katze* und in *Frau Twardowska* nach Mickiewicz mit dem in Sage und Literatur so oft behandelten Thema vom geprellten Teufel. Doch traf er auch den ernsten, feierlichen Balladenton (in der »Bettlerin vom Pontneuf«, der »Ziska-Trommel«, der tiefwirkenden Legende vom Mönche Petrus Forschegrund, in den Terzinen »Ewigkeit«).

Dem Berliner Poetenkreis stand Karl Heinrich Wilhelm Wackernagel (1806–1869) nahe, ein Schüler Lachmanns und ausgezeichneter Kenner altdeutscher Literatur, Professor der deutschen Sprache und Literatur in Basel. Als gefälliger Dichter führte er sich ein mit den *Gedichten eines fahrenden Schülers* (1828), in denen in gekünstelten Wendungen, archaistischen Worten und Bildern seine altdeutschen Studien nachwirken. Selbständiger in der stilistischen und formalen Einkleidung tritt er in seinen *Neueren Gedichten* (1842) auf, ebenso in den männlich-ernsten, witzigen *Zeitgedichten* (1843), am originellsten ist sein *Weinbüchlein* (1845), darin »Der neue Diogenes« und der schalkhafte »Junker Durst«.

Als weiterer Vertreter einer volkstümlichen Hochblüte der Romantik, die allerdings von der Inbrunst eines Novalis oder Brentano wenig mehr an sich hat, schließt sich der Danziger Robert Reinick (1805–1852) an. Von Beruf Maler, stand er in Berlin mit Chamisso und Eichendorff, später in Düsseldorf mit Immermann in freundschaftlichem Verkehr. Eine harmlose, kindliche Seele, voll inniger Freude an idyllischer Natur, schrieb er schalkhafte, schlichte, wohlklingende *Lieder und Fabeln für die Jugend* (1844), ein *ABC-Buch für kleine und große Kinder* (1845), zuvor schon drei Hefte *Lieder eines Malers mit Randzeichnungen seiner Freunde* (1837–1844). Die meisten Lieder sind lyrisch-episch gehalten, ohne den hohen Flug der Phantasie, auch didaktische und religiöse Stücke finden sich, doch seine Hauptstärke liegt im kleinen Skizzenbild, wie es seinem Malerauge erschien und wie es sich daher zur künstlerischen und musikalischen Illustration von selbst eignete. Viele dieser liebenswürdigen Gedichte leben bis heute fort, besonders in Lesebüchern, und erfreuen noch immer die Jugend. Auch August Kopisch (1799–1853), den man mit Strachwitz und Eichendorff zur schlesischen Gruppe der Spätromantiker rechnen kann, war Maler. Er war in Breslau geboren, trieb Kunststudien in Prag, Wien und Dresden, war dann mehrere Jahre in Italien, vornehmlich in Neapel im vertrauten Verkehr mit Platen, dabei ein eifriger Beobachter und Freund italienischen Volkslebens und Dichtens. Nach seiner Rückkehr lebte er in Berlin, dann in Potsdam. Er erlag bei einem Besuch in Berlin einem Schlaganfalle. Kopisch ist ein Dichter, der sich wie selten einer auf das Volk und sein Seelenleben verstand. In seinen Dichtungen offenbart sich ein sinniges Gemüt und eine hohe Phantasie, gepaart mit einer seltenen Anschaulichkeit; sie sind gewürzt durch köstlichen Humor und nehmen ein durch ihre gefälligen, lebendigen Verse. Mit Vorliebe versenkt er sich in die deutsche Märchen- und Sagenwelt, wie sie in den Sammlungen der Brüder Grimm sich auftut, und all die Zwerge und Elben, die Kobolde, Alraunen und Heinzelmännchen – und wie sonst die neckischen, spukhaften Kleingeister heißen mögen – hat er unübertrefflich in seinen Gedichten festgebannt, auch die Naturlaute meisterlich nachgeahmt.

1836 erschienen von ihm *Gedichte* und 1848 *Allerlei Geister.* Seine Anthologie *Agrumi* (1838) enthält eine Sammlung volkstümlicher Dichtungen aus allen Mundarten Italiens und seiner Inseln in lebendiger Übertragung. Außerdem lieferte er eine metrische reimlose Nachdichtung von Dantes »Göttlicher Komödie« (1837).

Unter dem Einfluß der Romantiker dichtete als »Isidorus Orientalis« OTTO HEINRICH GRAF VON LOEBEN (1786–1825), der 1813 als sächsischer Unterleutnant der Freiwilligen den Krieg gegen Napoleon mitmachte, im Umgang mit Görres, Brentano und Arnim reiche Anregung fand und dem »Ofterdingen« des Novalis im philosophischen Märchenroman *Guido* (1808) eine Nachfolge gab. Ein ideales Reich der Phantasie eröffnet er in seinem Schäfer- und Ritterroman *Arkadien.* In den Novellen schränkte er das phantastische Element mehr ein, obschon in dem Unheimlich-Spukartigen einiger Dichtungen der Einfluß E. T. A. Hoffmanns zu erkennen ist. Durch die echt romantische Vielseitigkeit der Formen erregten seine Gedichte Bewunderung.

Heute ist er ebenso vergessen wie der Landrat CHRISTIAN WILHELM VON SCHÜTZ (1776–1847), dessen »orientalisch duftende« *Lacrimas,* eine spielerische Nachahmung des »Alarcos« A. W. v. Schlegels, in die Literatur einführte. Alle Verehrung für die Romantik konnte ihn nicht vor dem Einfluß Schillers bewahren, mit dessen »Braut von Messina« er in seiner antikisierenden *Niobe* wetteifert und zu dessen »Wallenstein« sein *Graf von Schwarzenberg* ein Gegenstück ist, wie denn auch sein *Karl der Kühne* an die »Jungfrau« sich anschließt. Seine Nachahmung Schillers und sein Übertritt zum Katholizismus haben ihn dem Kreise der Berliner Romantiker entfremdet.

DAS SCHICKSALSDRAMA

Heinrich von Kleist fand für seine Dramen keine Leser, geschweige daß er ihnen die Bühne hätte erobern können. Diese wurde von dem Schicksalsdrama beherscht. Ludwig Börne hat die Schicksalsidee als eine Mischung

Achim von Arnim (1781–1831), der Freund Clemens Brentanos, schildert in seinen Erzählungen eine phantastische und groteske Zauberwelt.

Der alemannische Mundartdichter Johann Peter Hebel (1760–1826).

Der revolutionäre Publizist und Romantiker Johann Josef Görres (1776–1848).

Der norddeutsche Romantiker Friedrich de la Motte-Fouqué (1777–1843).

Titelblatt von Adalbert von Chamissos Erzählung »Peter Schlemihl«.

antiker und romantischer Elemente, als ein christliches Heidentum charakterisiert. Auf der gleichen Gedankengrundlage baut sich das von der Schicksalsidee inspirierte Drama, das sogenannte Schicksalsdrama, auf. Schon im »Wallenstein« und in der »Jungfrau von Orleans« hatte Schiller fatalistische Anschauungen angedeutet, um dann in der »Braut von Messina« die völlige Verschmelzung von antiker und moderner Tragödie, die Vermengung des antiken Schicksal- und Orakelglaubens mit christlichen und romantischen Elementen zu wagen. Aus Schicksal und Schuld wob er die Handlung. Während aber bei den Alten wie bei Schiller die Schicksalsidee in steter Beziehung zu dem Walten der Götter und den tiefsten Fragen der Menschheit steht, haben die sogenannten Schicksalsdramatiker sie von den höchsten Dingen ganz gelöst und in den Bereich des gemeinen Alltagslebens hinabgedrückt: Das Schicksal wird an allerlei Zufälliges geknüpft, an bestimmte Tage (24. oder 29. Februar), an bestimmte Orte (Wirtshaus, Leuchtturm) und zufällige Gegenstände (Bild, Messer); daher keine innere, aus den Charakteren sich ergebende Handlung, sondern eine Entwirrung äußerlicher Verwicklungen. Es sind Enthüllungsdramen und im Aberglauben, in der lüsternen Freude an dem Grausigen und Spukhaften liegt die Ursache der schnell vorübergehenden Wirkung der Schicksalsdramen. Der Anlaß des äußeren Geschehens, die Begründung der Verwicklung liegt hier außerhalb und vor Beginn des Dramas, während dieses selbst nur die Entwicklung zur Katastrophe darstellt. Deshalb sollte man diese Gattung Dramen, denen der wirkliche tragische Kern fehlt, richtiger Zufallsdramen nennen. Neu war auch die metrische Form: freie jambische Rhythmen oder gereimte vierfüßige Trochäen, die nach dem Vorbilde des spanischen Dramas die Romantiker zuerst einbürgerten, neu ferner das Mittel der poetischen Stimmung, dessen sich gleichfalls die Romantiker zuerst bedient hatten.

Dem Schicksalsdrama waren die Verhältnisse sehr förderlich. Als mit dem Jahre 1806 über Deutschland das zermalmende Unglück des Krieges in hundert Gestalten hereinbrach, bemächtigte sich der Fatalismus des in Dumpfheit und Verzweiflung befangenen Volkes und wurde noch gesteigert, da nach den unerhörten Blutopfern für die Befreiung das Volk durch die bald einsetzende Reaktion in seinen Hoffnungen auf Freiheit schmerzlich enttäuscht wurde. In diese Zeit trüber, dumpfer Resignation, die etwa von 1815 bis 1825 währte, fällt die eigentliche Blüte der Schicksalsdramen.

Ansätze zur modernen Schicksalstragödie fanden sich schon vor und neben Schiller. Hierher gehört der Einakter »Blunt oder der Gast« (1781) von Karl Philipp Moritz, nach des englischen Dichters Lillo Vorlage gearbeitet und im

Zacharias Werner. Zeichnung von E. T. A. Hoffmann.

Stoff mit Werners »24. Februar« übereinstimmend; ferner Tiecks Tragödien »Karl von Berneck« und »Abschied«, ebenso Friedrich Kinds Jambendrama »Schloß Aklam« (1803), dann einige andere Ritterdramen. Mit Zacharias Werners »24. Februar« beginnt die eigentliche Periode des Schicksalsdramas, das neben Werner besonders Müllner und Houwald zu Vertretern hat.

Friedrich Ludwig Zacharias Werner (1768–1823), geboren zu Königsberg, wurde früh vaterlos und von einer nervösen und bei aller Verstandesklarheit schwärmerisch religiösen Mutter erzogen. Die Liebe zur Kunst und eine überreiche Phantasie waren das mütterliche Erbe, das seelische Gleichgewicht aber hatte die Mutter in ihm nicht herstellen können. In Berlin studierte er die Rechtswissenschaft, ergab sich aber bald einem losen, ausschweifenden Leben, schloß und löste drei Ehen, wechselte wiederholt Beruf und Ort, wurde durch seinen Freund E. T. A. Hoffmann in Berlin für das Maurertum gewonnen, kam auf seinen Kreuz- und Querwanderfahrten durch Deutschland, die Schweiz, Frankreich, wurde in Weimar von Goethe freundlich aufgenommen und fand endlich in Rom im Schoße der katholischen Kirche die ersehnte Ruhe für sein zerrissenes Inneres. In Aschaffenburg zum Priester geweiht (1814), übersiedelte er nach Wien und wirkte hier, im Verkehr mit Clemens Maria Hofbauer im religiösen Leben immer mehr erstarkend, durch seine formvollendeten und geistreichen Predigten segensreich bis zu seinem Tode.

Werners Leben ist ein fortgesetztes Ringen nach dem Ausgleich der in seinem Innern tobenden Gegensätze und bildet den eigentlichen Vorwurf seiner Poesie. Leben und Dichtung fließen in eins. In seiner Jugend war er ein begeisterter Verfechter Rousseauscher Ideen. Rousseauscher Freiheitsdrang, ausschweifender Sinnengenuß, Maurertum, kaltes Vernünfteln und mystische Glaubensinnigkeit wechseln in buntem Durcheinander in seinen Jugendgedichten und Briefen. Durch die Berührung mit den älteren Romantikern, mit Schlegel (»Athenäum«), Tieck, Wackenroder und Schleiermacher, wurde er in seinen mystischen Ideen über Religion und Kunst, die er einander gleichstellt, noch bestärkt. Die Förderung des religiösen Momentes in der Romantik wird ihm fortan Lebenszweck, wenn auch nach seinem eigenen Geständnisse die Art, in der sie zunächst erfolgte, grundfalsch war.

Sein didaktisches Erstlingsdrama *Die Söhne des Tals* mit den beiden Teilen »Die Templer auf Cypern« (1803) und »Die Kreuzbrüder« (1804) huldigt ganz diesen von den Romantikern bisher nur angedeuteten großen Gedanken. Hier sucht er maurerische und romantische Tendenzen in Einklang zu bringen und, wie er es selbst ausdrückt, vermittels der echten Maurerei den Sieg des »geläuterten« Katholizismus über den zwar ehrwürdigen, aber prosaischen Kritizismus zu veranschaulichen. Das fertige Drama, langatmig durch seine zweimal sechs Akte und nur in Einzelheiten gelungen, sandte Werner an Iffland ein, in der Hoffnung, eine Stelle am Berliner Nationaltheater zu erlangen. Auch mit seinem zweiten Schauspiel, dem *Kreuz an der Ostsee* (1806), verfolgte er diesen Zweck. Dieses Drama, unter Schillers und noch mehr unter Tiecks Einfluß stehend, hat die Eroberung und Christianisierung Preußens durch den Ritterorden zum Vorwurf.

Iffland lehnte beide Stücke wegen der katholisierenden Auffassung ab. Doch verschaffte der Staatsrat Knuth dem Dichter eine Sekretärstelle in Berlin. Aus dem Verkehr mit der Berliner literarischen Gesellschaft erwuchsen Werner mannigfache Anregungen. Ihnen entsprang sein historisches Schauspiel *Martin Luther oder Die Weihe der Kraft* (1808), das, häufig und stets mit großem Erfolg aufgeführt, des Dichters Ruhm begründete. Auch hierin steckt, wie in seinem Erstlingsdrama, noch viel romantischer Symbolismus, z. B. in dem Kinderpaar, das Kunst und Glauben repräsentiert. In Prag vollendete er die romantische Tragödie *Attila, König der Hunnen* (1809). Die Tragödie sollte ihm den Weg zum Wiener Theater bahnen, wurde aber ebensowenig aufgeführt wie das 1810 erschienene Drama *Wanda, Königin der Sarmaten,* ein durchaus bühnenfähiges Stück, mit einfacher Handlung, ohne daß der Mystizismus allzusehr störte. Die Heldin Wanda tötet gleich Kleistens Penthesilea den von ihr geliebten Rugierfürsten Rüdiger in der Umarmung und stürzt sich dann selbst in die Weichsel.

Während seiner Wanderschaft erstand auch sein neues romantisches Legendendrama *Kunigunde die Heilige, Römisch deutsche Kaiserin* (1815), eine Variierung des Motivs der Tieckschen »Genoveva«. In Weimar dichtete er sein erfolgreichstes Stück, den Einakter *Der 24. Februar* (1815 gedruckt), der bereits 1810 durch Goethe in Weimar aufgeführt wurde.

Mit demselben Messer, das der Alpenwirt Kunz Kuruth am 24. Februar nach seinem Vater warf, hat sein mit einem Muttermal in Messerform zur Welt gekommener Sohn beim Spiel die Schwester getötet – auch wieder am 24. Februar – und muß aus dem Elternhause fliehen. Nach langer Wanderung kehrt er, mit Reichtümern beladen, an einem 24. Februar spät abends unerkannt bei seinen inzwischen verarmten Eltern ein. Kunz, von bitterster Sorge getrieben, tötet mit dem verhängnisvollen Messer den Fremdling, nach dessen Schätzen er lüstern ist, um aus dem Munde des Sterbenden zu erfahren, daß er den eigenen Sohn umgebracht hat. Meisterlich entwickelt sich die gräßliche Handlung, meisterhaft ist Kunz gezeichnet, vortrefflich ist die Stimmungs- und Situationsmalerei: eine Winternacht in menschenleerer alpiner Einsamkeit mit Eis und Schnee und Eulenschrei, dazu in gleich echtem Realismus die bittere Notlage des unter dem Fluche dumpf dahinlebenden Elternpaares.

Im Prolog hat Werner sein Schicksalsdrama symbolisch gedeutet und seinen Zweck dahin bestimmt, daß die Menschen, auf denen nun einmal der Fluch der Sünde als Schicksal ruhe, dadurch gemahnt werden sollen, aus den Wundmalen des Heilandes Lebenskraft zu schöpfen. Die Verwirklichung seiner Ideale gelang ihm aber nicht, nur einzelne Schönheiten in seinen Dichtungen verraten die reiche Begabung ihres Schöpfers. Tiefe Religiosität atmen seine geistlichen Lieder. Mit der Tragödie *Die Mutter der Makkabäer* (1820), die, wie es der Stoff mit sich brachte, ohne rechten Mittelpunkt der Handlung und der Personen blieb, und der Vollendung des zweiten Teiles des »Kreuzes an der Ostsee« beschloß er sein dichterisches Schaffen.

Was schon Friedrich von Schlegel und seine Gefolgschaft, freilich vergeblich, angestrebt hatten, den romantischen Ideen die Bühnenwelt zu erobern, was Zacharias Werner trotz seiner schöpferischen Phantasie nur vorübergehend gelang, weil er die eigene Zwiespältigkeit in seinem Wesen nicht auszugleichen vermochte, das erreichte Gottfried Adolf Müllner (1774 bis 1829, geboren zu Langendorf bei Weißenfels, gestorben als Advokat daselbst) mit seinen zahlreichen, rein verstandesmäßig entworfenen, nur auf den Effekt berechneten Bühnenstücken wenigstens für eine geraume Zeit. Gegen Werner gehalten, ist Müllner ohne innere Entwicklung, ermangelt der schaffenden Phantasie, ist reiner Theaterdichter und dichtet ganz mechanisch-mathematisch, den Blick lediglich auf Bühnenwirkung gerichtet.

Er begann seine dramatische Tätigkeit als Leiter des Weißenfelser Liebhabertheaters und schrieb Schauspiele, meist Lustspiele (»Die Zurückkunft aus Surinam«, »Die Vertrauten«, 1812; »Die großen Kinder«, 1813; »Der Blitz«,

»Die Onkelei oder das französische Lustspiel«), von wenigen Akten, gewöhnlich nach französischen Vorlagen, alle von vollendeter Technik. Im Mittelpunkt steht meist eine Liebesgeschichte.

Die Erfolge im Lustspiel ermunterten ihn zu Versuchen im Trauerspiel. Unmittelbar angeregt durch Zacharias Werners fatalistisches Drama, entstand 1812 *Der 29. Februar*, ein ganz auf den Effekt zugespitzter Einakter, dessen Handlung auch an einem verhängnisvollen Tage spielt, in einem abgelegenen, menschenfernen Waldförsterhause bei Sturm und Regen. Dazu ist die Fabel mit schaurigen Motiven, wie blutschänderischer Ehe, Kindesmord und anderen Gräßlichkeiten, überreichlich ausgestattet und als wirksame Zutat weichliche Rührseligkeit hinzugefügt. Der Bühnenerfolg war unbestritten, noch beispielloser der Erfolg seines im Oktober des gleichen Jahres (1812) geschriebenen vieraktigen Trauerspiels *Die Schuld*, des Schicksalsdramas schlechthin.

Müllners von Iffland genährtes Streben, Schillers Nachfolger im Historiendrama zu werden, ließ ihn nach geschichtlichen Stoffen sich umsehen. Sein Trauerspiel *König Yngurd* (1817), das in der Hauptfigur deutlich auf Napoleon anspielt, kann im Wesen die Verwandtschaft mit den Schicksalsdramen nicht verleugnen. Die 1819 abgeschlossene *Albaneserin*, Müllners letztes und teilweise durch Houwalds »Bild« angeregtes Drama, knüpft wieder an die »Schuld« und an Schillers »Braut von Messina« an. Der Tod der Brüder ist aber hier eine Folge der Bruderliebe, nicht des Bruderhasses. Von 1820 bis 1825 führt er die Redaktion des Cottaschen »Literaturblattes«, gab auch selbst einige kritische Zeitschriften heraus und behandelte zuletzt das alte Motiv vom Brudermord aus Eifersucht mit versöhnendem Ausgang in seiner Novelle *Der Kaliber. Aus den Papieren eines Kriminalbeamten.*

Mit Müllner hat äußerlich der Niederlausitzer Gutsbesitzer und Landsyndikus Ernst Christoph Freiherr von Houwald (1778–1845), der dritte unter den ausgesprochenen Schicksalsdramatikern, vieles gemeinsam, aber im Wesen ist er ihm ganz fremd. Müllner war ein Verstandesmensch, geistreich, kalt, egoistisch; Houwald hingegen voll Gemüt bis zur Sentimentalität, nach innen gekehrt, ein großer Kinderfreund, Eigenschaften, die sich auch in seinen Werken deutlich abspiegeln. Dem geschickten Theaterroutinier Müllner konnte es Houwald nicht nachtun. Zeit seines Lebens befaßte er sich mit Jugendschriftstellerei, aber auch für Erwachsene schrieb er mehrere Bände Novellen und Erzählungen, darunter manche gediegene und spannende Geschichte. Düstere Schicksalsfügungen spielen auch hier die Hauptrolle. Eigentliche Berühmtheit verschafften ihm seine Dramen.

Zwar im Lustspiel debütierte er ohne Erfolg. Sein 1817 entstandener Einakter *Die Freistatt* zeigt die ganze Unbeholfenheit des ungeübten Anfängers. Das Trauerspiel *Die Heimkehr* aus dem Jahre 1818, ebenfalls ein Einakter, nähert sich schon ganz dem Typus des Schicksalsdramas und ist in allem Äußerlichen stark von Müllner abhängig. Selbständiger ist das fünfaktige Trauerspiel *Das Bild* (1819 vollendet) im klassischen Jambenstil, das trotz seiner gekünstelten Unwahrscheinlichkeiten auf dem Theater den lautesten Beifall errang. Mit dem Ende 1819 geschriebenen Zweiakter *Der Leuchtturm* kehrte Houwald ganz zur Schablone des Schicksalsdramas zurück, und in den letzten Stücken (»Fluch und Segen«, »Der Fürst und der Bürger«, »Die Feinde« und »Die Seeräuber«), die bald Iffland, bald Grillparzers »Ahnfrau« nachfolgen, versagte die dichterische Kraft mehr und mehr.

Kein Wunder, daß bald eine Hochflut von wertlosen Schicksalsdramen hereinbrach, die allesamt das Wirken einer geheimen, unentrinnbaren Macht darstellen, die sich mit Vorliebe bestimmter Tage und Geräte zu ihrem verhängnisvollen Eingreifen bedient, die Taten der Voreltern an den Nachkommen rächt und erst Ruhe findet, wenn das Geschlecht, das den Frevel gebar, ausgerottet ist. Viele Nachahmungstalente schlossen sich der Theatermode, dem Hang zum Gräßlichen und Schaurigen, an. So Gubitz mit seinem *Tag des Schicksals* (1814), Bibra mit der *Braut im Grabe* (1816), Smets mit der *Blutbraut* (1818), Piper mit dem *Brautpaar* (1821), Seckendorf mit *Des Vaters Bild* (1822); hierher gehören auch Th. Mörtls *Graf Robertin* (1823) und *Der Vierzehnender* (1828), die Tragödie *Der Sylvesterabend* (1823) von Karl Panse und *Vergeltung* (1825) von Heinrich Schmidt und eine Reihe anderer Stücke. Auch Heine geht in seinen beiden einzigen – übrigens völlig verfehlten – Tragödien »Ratcliff« und »Almansor« in den Bahnen Werners und Müllners, und selbst zwei so große Dramatiker wie Grillparzer und Otto Ludwig konnten sich dem Zuge der Zeit nicht verschließen: Grillparzers »Ahnfrau« und Ludwigs »Erbförster« sind ein Tribut an das Schicksalsdrama, zugleich aber auch das Beste, was diese Gattung uns hinterlassen hat.

SPÄTROMANTIK

Joseph Freiherr von Eichendorff

JOSEPH FREIHERR VON EICHENDORFF (1788–1857), »der letzte Ritter der Romantik«, wie er oft genannt wird, entstammte einer schlesischen Adelsfamilie, die zur Zeit seiner Geburt mehrere Güter besaß; auf dem Schloß Lubowitz in der Nähe von Ratibor wurde er geboren, und dort fühlte er sich daheim. Die Notzeiten der Napoleonischen Kriege erschütterten allerdings die Erbbesitztümer, und auch Lubowitz mußte verkauft werden. Die Eichendorffs waren katholisch und im Herzen österreichisch (Schlesien war ja erst infolge der Kriege Friedrichs II. gegen Maria Theresia preußisch geworden; der erste endigte 1742, also ein gutes halbes Jahrhundert, der dritte und letzte 1763, erst ein Vierteljahrhundert vor Eichendorffs Geburt). In diesem Geist wurde Joseph (und sein ältester Bruder Wilhelm) zuerst von Hauslehrern, dann am Maria-Magdalena-Gymnasium in Breslau erzogen. Die zur Hauptsache juristischen Studien betrieb er in Halle, Heidelberg, Berlin, doch abgeschlossen hat er sie in Wien. Wie sein Vater schon zeitweilig preußischer Offizier war, so diente auch der Sohn unter den gleichen Fahnen (beim Lützowschen Freikorps und im 17. schlesischen Landwehrregiment), als es galt, die Fremdherrschaft abzuschütteln. Dennoch war es Eichendorffs Bestreben, als Beamter in österreichische Dienste zu treten, was ihm, im Gegensatz zu seinem Bruder, nicht gelang. So mußte er versuchen, in Preußen eine Anstellung zu finden; das hat man ihm schwer genug gemacht. 1816–1844 stand er im Staatsdienst, der ihn über Breslau, Danzig, Marienwerder nach Berlin führte. Nach seiner Pensionierung zog er an verschiedene Orte: Danzig, Wien, Berlin, Köthen, Dresden, nochmals Berlin, endlich nach Neisse, wo eine Lungenentzündung sein Leben beendete. Den Dienst, den er ohne Neigung antrat, hat er tadellos versehen.

Eine sehr große Neigung hingegen empfand er für Luise von Larisch, die er gegen den Willen der Eltern – sie hatten eine andere Partie vorgesehen – zu seiner Gattin machte. Luise fühlte sich bereits Mutter, als er sie 1814 an den Traualtar führte (vermutlich erzwangen die beiden so die Zustimmung von Eichendorffs Eltern, die übrigens der Hochzeit fernblieben). Da der Dichter eine leicht erregbare, impulsive Natur besaß, die zu meistern ihm nicht immer gelang, wie sehr er es auch angestrebt hatte, brauchte es intensive Selbsterziehung, bis Freundlichkeit, Bescheidenheit, vornehme Zurückhaltung die beherrschenden Züge seines Charakters wurden. Sein Streben nach Unauffälligkeit mag auch der Grund sein, daß Eichendorff – im Gegensatz zu vielen anderen Romantikern – weder offen noch versteckt autobiographisch wirkte.

Ist Eichendorff denn ein Romantiker? »Ich wollte, die Romantik wäre lieber gar nicht erfunden worden!« So ließ er 1834 im Roman »Dichter und ihre Gesellen« eine der darin vorkommenden Gestalten sagen. Aber sein

Dichtertum ist zumindest romantisch bestimmt, seine Freunde waren fast durchwegs Romantiker. In Halle lernte er romantische Dichtungen kennen, vor allem jene des Novalis, in Heidelberg verkehrte er mit Görres, Creuzer, Gries, Graf Loeben, kurze Zeit mit Arnim und Brentano; mit diesen wurde die Verbindung enger in Berlin, wo auch der Umgang mit Adam Müller und die Vorlesungen Fichtes hinzukamen. In Wien entstand der Kontakt mit Friedrich und Dorothea von Schlegel, mit Theodor Körner, mit Gentz, mit Clemens Maria Hofbauer, dem geistlichen Betreuer aller an die Donaustadt gekommenen Romantiker, nur mit einem nicht: dem wesensverwandten Komponisten Franz Schubert (Mendelssohn, Schumann, Abt haben Eichendorffs Texte vertont). Auch seine literarhistorischen Schriften (»Über die ethische und religiöse Bedeutung der neueren romantischen Poesie in Deutschland«, 1847; »Der deutsche Roman des achtzehnten Jahrhunderts in seinem Verhältnisse zum Christentum«, 1851; »Zur Geschichte des Dramas«, 1854), vor allem deren Zusammenfassung und Erweiterung: *Geschichte der poetischen Literatur Deutschlands* (1857), zeigen seine Zuneigung zur Romantik, ohne daß er freilich deren Schattenseiten übersehen hätte, und seine kühle Haltung gegenüber der Klassik, die ihn aber nicht hinderte, gerade Lessing und Goethe zu würdigen. Erst seit der Ausgabe von 1962 kennen wir bisher weithin unbekannt gebliebene *Aufsätze zur Literatur*, herausgegeben von Wolfram Mauser, der in der Einleitung zu ihnen eine sehr gute Interpretation von Eichendorffs diesbezüglichen Bestrebungen gibt und auch mit Paul Stöckleins Feststellung »mancher unglücklichen Einseitigkeit« und »einer ungeduldigen, unzulänglichen Auffassung von Dichtung« übereinstimmt. Inwiefern sich seine Dichtungen von denen der übrigen Romantiker unterscheiden, wird bald zutage treten; aber diese Unterschiede verweisen nicht ihn aus der Romantik, sondern bringen die Romantik durch ihn auf die von andern vergebens angestrebte Höhe.

Am wenigsten Glück brachte ihm die dramatische Tätigkeit. Neben mehreren Fragmenten und Entwürfen, die zum Teil bis auf das Jahr 1810 zurückgehen, besitzen wir von ihm sechs fertige Bühnenstücke. Die zwei ersten (»Krieg den Philistern«, 1820; und »Meierbeths Glück und Ende«, 1827) ähneln im Charakter den Tieckschen ironisch-satirischen Märchendramen und überschütten romantische Modeerscheinungen, die Verhimmelung Scotts und das Schicksalsdrama mit Witz. Auch das Lustspiel *Wider Willen* ist von literarischen Hinweisen auf Romantik und Klassizismus nicht frei. Der Aufführung noch in unserer Zeit wurde dagegen wert befunden der übermütige Dreiackter *Die Freier* (1833), der in Aufbau und Dialog Lope de

Vega, William Shakespeare und Clemens Brentano verpflichtet ist. Die Tragödie *Ezzelin von Romano* (1828) führt in die Hohenstaufenzeit, das Trauerspiel *Der letzte Held von Marienburg* (1830) entwickelt eine tragische Situation aus der Geschichte des Deutschen Ritterordens. Mit glücklicher Hand übersetzte endlich Eichendorff elf »Geistliche Schauspiele« Calderóns (1846–1853).

Deutlicher wird uns des Dichters Eigenart in seinen Romanen und Novellen. Zu Beginn steht der Roman *Ahnung und Gegenwart* (den Titel erfand Dorothea von Schlegel), in seinen Anfängen in die Lubowitzer Zeit zurückreichend, vollendet 1812 während des ersten Wiener Aufenthaltes, wegen gewisser satirischer Hinweise auf die Zeitverhältnisse jedoch erst 1815 gedruckt. Der Held des Buches, ein Edelmann von Arnimschem Gepräge, hat den Tiroler Freiheitskampf mitgemacht und geht schließlich unter dem Einfluß der trostlosen Zeit ins Kloster, während sein Freund nach Amerika auswandert. Der Roman sollte ein »volles Bild jener seltsamen, gewitterschwülen Zeit der Erwartung, Sehnsucht und Schmerzen ... jener männlichen Trauer, jener ersten Vorzeichen der göttlichen Gnade und Wunder« sein und hielt mit Freimut des Dichters eigenen Standesgenossen, der vornehmen und gebildeten Klasse, ihre Sünden (Oberflächlichkeit, Tugendheuchelei, Leichtfertigkeit, Genußsucht) vor und wollte den Weg zur Besserung zeigen. Mit Recht kritisiert man den Mangel einer einheitlichen Komposition, das verschwommene Halbdunkel des Ganzen, aus dem wie bei einem Freskogemälde nur einzelne Striche hervorleuchten; mit gleichem Recht bewundert man die stimmungsvollen Bilder einer Schiffahrt auf der Donau, eines einsamen Wirtshauses am Strom, eines Bergwaldes in der Mondnacht, einer Waldfahrt mit Jägern, Hörnern und Flöten usw. und vor allem die lyrischen Einlagen von erlesener Schönheit.

Eichendorff ist auch als Novellist vorwiegend Lyriker. Das *Marmorbild* (1817 geschrieben) ist eine geistreiche Modernisierung der Sage vom Venusberg und führt schließlich zum Sieg des Christentums über die noch fortwirkenden heidnischen Elemente. Am bekanntesten ist Eichendorffs unsterbliche Prosa-Erzählung *Aus dem Leben eines Taugenichts* (1826), in der alles scheinbar natürlich und doch abenteuerlich zugeht, eine in gebundener und ungebundener Rede schwebende Poesie göttlichen Träumens, die in ihrem Stimmungsreichtum und in ihrer Märchenhaftigkeit weder von einem andern noch von diesem Dichter selbst übertroffen wurde. Gegen dieses Werk bedeuten die anderen erzählenden Dichtungen Eichendorffs nicht mehr viel, so mancherlei Reize sie auch im einzelnen bieten. Der Literatursatire dient das symbolische *Viel Lärmen um nichts* (1833); der Roman *Dichter und ihre Gesellen* (1834) behandelt den Widerspruch zwischen Poesie und Wirklichkeit, *Schloß Dürande* (1837) mit festgefügter Handlung und klar gezeichneten Charakteren eine Episode aus der Französischen Revolution. Zerflossen ist das phantastische Zeitgemälde aus dem Dreißigjährigen Krieg in der historischen Novelle *Die Glücksritter,* die das Thema des Taugenichts variiert. Fast mit Notwendigkeit mußte Eichendorff, wollte er erzählen, später die Prosa aufgeben und zum Vers übergehen; aber Epen kann man weder *Julian* (1853) noch *Lucius* (1857) noch die schicksalsreiche Geschichte einer französischen Emigrantenfamilie *Robert und Guiscard* (1853/1854), die beste dieser drei Verserzählungen, nennen.

Illustration von Ludwig Richter zu Eichendorffs Liedern.

Eichendorffs Muse war die lyrische; schon in »Ahnung und Gegenwart« findet sich die Perle seiner Naturlyrik: »O Täler weit, o Höhen«. Es ist seine unnachahmbare Kunst, das Gemüt wie mit einem Zauberstab zu berühren, »daß alle verborgenen Qellen rauschen und die Schauer der Nacht uns umfangen oder die Berge, Wälder und Ströme zu unseren Füßen liegen und die Glocken im Tale klingen und der heilige Morgen um unsere Sinne blüht« (Wilhelm Scherer). So glich er Tiecks zwiespältige Stimmungen aus, milderte er Brentanos Inbrunst und übertraf die ganze romantische Sangesseligkeit derart, daß er in einigen Liedern die klassische Geschlossenheit erreichte, ohne sie klassizistischer Kälte preiszugeben. Als Katholik sang er auch geistliche Lieder, als Schlesier gab er ihnen mystische Töne; als Patriot griff er in die Saiten der Kriegsleier, als Vater beklagte er den Tod eines Kindes. Sein Vaterlandslied artete nie in pathetische Rhetorik, seine Elegie nie in melancholischen Weltschmerz aus; wenige Balladen, mehrere Romanzen schließen den Ring, in dessen Mitte ein Dichter steht, dem zu erfüllen gegeben war, was er als Programm verkündet hat:

Wünschelrute

Schläft ein Lied in allen Dingen,
Die da träumen fort und fort,
Und die Welt hebt an zu singen,
Triffst du nur das Zauberwort.

ROMANTIK IN WISSENSCHAFT UND POLITIK

Von allen romantischen Dichtern hatte nur einer das »Zauberwort« gefunden, von den romantischen Denkern keiner. Dennoch war die Saat nicht vergebens ausgestreut, zumal einige Körner auf einen Boden fielen, der sich besonders aufnahmefähig erwies. Gemeint ist das Gebiet der Geschichtsschreibung. In diesem Zusammenhang sei hier der Name des Schweizer »Historiographen«, wie er sich nannte, JOHANNES VON MÜLLER (1752–1809) aus Schaffhausen genannt, dessen reichbewegtes Leben ihn oft aus der Heimat in die Fremde führte, und zwar studienhalber nach Göttingen, politischen Interesses wegen nach Kurmainz, ins kaiserliche Wien, an den Hof des Preußenkönigs und ins Ministerium des kurzlebigen Königreiches Westfalen. Weder Fürstendienst noch Fürstengunst verdarben das Urgefühl des Schweizers, der mehrmals versuchte, besonders als die Französische Revolution, deren Ausbruch er begrüßte und deren Verlauf ihn mit Abscheu erfüllte, die Heimat bedrohte, als vermittelnde Kraft tätig zu sein. Man nahm seine Vermittlungsversuche allerdings nicht an, und so wandte er sich wieder davon ab; sein Lebenswerk aber gab er nicht auf, obwohl staatsmännisches Wirken nur selten die nötige Muße gewährte.

Sein Hauptwerk sind die *Geschichten schweizerischer Eidgenossenschaft*, deren erster, später vielfach umgearbeiteter Band 1780 zu Bern die Druckerpresse verließ; schließlich kamen fünf Bände zustande (sie reichen nur bis 1499), wurden von den Zeitgenossen als unerreichtes Meisterwerk bewundert und formten auf lange Zeit das europäische Bild der Schweiz und die Freiheitsbewegung des 19. Jahrhunderts. Dennoch hat es mit revolutionären Ideen nichts oder nur wenig zu tun, es sei denn, man wollte die Bezeichnung »revolutionär« auf die Hinwendung des Autors zum Mittelalter übertragen; dies lag nun freilich in der Linie der Herderschen Geschichtsauffassung, stand im Widerspruch zum Basler Iselin, der zwischen Antike und Neuzeit nur Barbarei sah, war Anknüpfung an Gilg Tschudi und die alten Zeitbuchschreiber und führte auch zur Entdeckung, daß die katholische Kirche der Hort der Freiheit gegen Gewaltherrschaft sei, sowie zum Bekenntnis dieser

Entdeckung in den *Reisen der Päpste* (1782). Diese historische Studie zeigt ferner, daß der »schweizerische Herodot« (seiner darstellerischen Kürze wegen verglich man Müller aber auch mit Tacitus, doch gilt das nur für den Stil, nicht für die Haltung) bei der Betrachtung der vaterländischen Geschichte nicht stehenblieb, sondern sich auch den Fragen der Universalhistorik zuwandte. Als Vorarbeit für eine solche schrieb er die *24 Bücher allgemeiner Geschichte, besonders der europäischen Menschheit* (1809), die freilich erst postum veröffentlicht wurden. Für das Geschehen der Zeit wichtig ist auch Müllers Briefwechsel mit bedeutenden Persönlichkeiten seiner Epoche, mit Gelehrten, Schriftstellern, Staatsmännern, Feldherren und Fürsten, für die Literaturgeschichte bedeutsam sein Briefwechsel mit Johann Gottfried Herder und Karoline Herder geb. Flachsland (1782–1808), den K. E. Hoffmann zum 200. Geburtstag des Historikers auf Grund der Originalhandschriften 1952 ediert hat. Müllers Kontakt mit »Weimar« zeigt, daß er selbst kein Romantiker war; sein Wirken kam jedoch romantischen Wünschen weit entgegen.

Johannes von Müller.

Johannes von Müller war ein großer Geschichtsschreiber, weniger ein Geschichtsforscher, am wenigsten ein Geschichtsdenker. Mit diesem Titel läßt sich einigermaßen der Philosoph GEORG WILHELM FRIEDRICH HEGEL (1770–1831) charakterisieren. Sein erstes größeres Werk, die *Phänomenologie des Geistes*, erschien 1807; ihr folgten 1812 bzw. 1816 die *Logik*, 1821 die *Philosophie des Rechts*. Diese wurde geschrieben, als der Verfasser, ein gebürtiger Stuttgarter, einst Mitschüler von Hölderlin und Schelling in Tübingen, als Universitätsprofessor in Berlin wirkte, wo er in den dreizehn Jahren seiner dortigen Tätigkeit zum eigentlichen Staatsphilosophen Preußens aufrückte. Später hat Schelling vorübergehend seinen Einfluß gebrochen, doch wurde der Hegelsche Universalismus in Verbindung mit Humboldts Neuhumanismus Grundlage des preußischen Bildungswesens.

»Was vernünftig ist, das ist wirklich, und was wirklich ist, das ist vernünftig« – dieser Satz ist die Merkformel für Hegels »transzendentalen Idealismus«, der Denkinhalt und Denkgegenstand identifiziert und reale Gegenstände, die als wirkliche Welt unabhängig von der Erkenntnis da sind, leugnet. Demgemäß mußte auch Hegels Geschichtsbild wirklichkeitsuntreu werden, mußte seine Ethik das bloß Tatsächliche, die Macht und den Erfolg, sittlich verklären, mußte seine Religionsphilosophie zu dem Ergebnis kommen, die vollkommenste Hingabe an Gott in der Mitarbeit an sittlichen Gemeinschaften, vor allem am Staat zu sehen, in dem er den höchsten aller Zwecke erblickte. Aus diesem Grunde lehnte er eine Kirche ab, die zu einem staatsähnlichen Gebilde würde und zum Staat in einen Gegensatz geraten könnte; deshalb sagte er, daß »mit der katholischen Religion keine vernünftige Verfassung möglich« sei; aber wenn er sich andrerseits für einen gläubigen »lutherischen Christen« hielt, deutete er doch sämtliche Dogmen auf eine monistische Weise um. Das Ergebnis war die Vergöttlichung des menschlichen Geistes und des Staates.

Übrigens regte sich gegen Hegel auf dem Gipfel seines Ruhmes Widerspruch von seiten der durch ihn vergewaltigten Geschichte. Gegen ihn erhob sich LEOPOLD VON RANKE (1795-1886), dem vor allem daran lag, die geschichtlichen Erscheinungen aus ihren eigenen Voraussetzungen heraus zu verstehen und leidenschaftslos so darzustellen, »wie es eigentlich gewesen sei«. Von 1824 an bis 1886 entstanden aus dieser Absicht nicht weniger als 54 Bände, die ihren Verfasser zu einem Meister der Darstellung und des Stiles machten. Der Titel des Erstlingswerkes *Geschichte der romanischen und germanischen Völker 1494 bis 1535* zeigt die auch später weiterbestehende, wenn auch das Schaufeld stets erweiternde Blickrichtung auf die Entwicklung des europäischen Staatensystems als Folge der Auflösung des mittelalterlichen Reiches; dabei sah Ranke immer das Ganze und betonte deshalb die Außenpolitik, die internationalen, d.h. die europäischen Zusammenhänge. Was dem großen Historiker fehlen mag, ist persönliche Wärme und ethisches Pathos; was ihn auszeichnet, ist das Streben nach Objektivität trotz seines protestantischen Standpunktes und die Gabe der Einfühlung in das Seelenleben der ihn beschäftigenden Persönlichkeiten. Noch im hohen Alter sprach Ranke von dem Einfluß, den die Romantik auf seine Jugend ausgeübt habe; doch ist er, wie die kurze Skizze seines Gesamtwerkes zeigt, weit über sie hinausgewachsen.

Innerhalb der romantischen Geistigkeit blieb GEORG FRIEDRICH CREUZER (1771–1858), der klassische Philologe, Professor an den Universitäten Marburg (1802) und Heidelberg (1807–1845), der mit seinem vierbändigen Werk *Symbolik und Mythologie der alten Völker, besonders der Griechen* (1810–1812) wichtig wurde für Schelling und Hegel und noch auf Bachofen einwirkte, mit seiner Ausgabe Plotins (1835) die Aufmerksamkeit auf diesen lange übersehenen Philosophen lenkte, der mit seinen ästhetischen Prinzipien der Moderne näherstand als der Antike, und mit seiner Autobiographie *Aus dem Leben eines alten Professors* (1858) ein wichtiges Dokument der Zeit veröffentlichte. Sein postum edierter Briefwechsel mit Karoline von Günderode (1896) erinnert noch einmal an das tragische Schicksal der jungen Dichterin.

Leopold von Ranke.

An der Grenze von Wissenschaft und Politik steht das Werk des Berliners Adam Heinrich Müller (1779–1829, seit 1826 Ritter von Nitterdorff oder kurz Adam von Müller), der, von Burke angeregt, mit diesem den feinen Sinn für die irrationalen Mächte im Staatsleben besaß, schöpferisch gegen den Aufklärer Adam Smith zu reagieren wußte, mehrfach mit Görres und den verschiedenen Kreisen der Romantik in Berührung trat und mit seinem Buch *Die Lehre vom Gegensatz* (1804) dieser Neuorientierung ersten Ausdruck gab. Seit 1805 hielt er in Dresden öffentliche *Vorlesungen über deutsche Wissenschaft und Literatur* (1808/1809) und war seit seiner Konversion zum Katholizismus (1805 in Wien) emsig bemüht, für Staatswissenschaft und Staatswirtschaft eine religiöse Grundlage zu gewinnen. Seine Hauptwerke sind *Von der Idee des Staates* (1809), *Elemente der Staatskunst* (3 Bände, 1810 ff.), *Von der Notwendigkeit einer theologischen Grundlage der gesamten Staatswissenschaft* (1819); in diesem Buch begriff Müller als erster den »Stand«

als »status in statu«, als »Staat im Staate«, d.h. als Sozialgebilde mit Eigenrecht und Eigenwirksamkeit, um den Staatsabsolutismus abzubauen. In der Praxis hatte er diese Theorie schon vertreten, als er 1809–1811 Sekretär der kurmärkischen Ritterschaft in Berlin war und die ständische Fronde gegen Hardenberg leitete. 1813 trat er in den österreichischen Staatsdienst, zeitweise (1815–1825) als Generalkonsul in Leipzig und Gegner der Zollunionspolitik Preußens.

Adam von Müller, Novalis, Friedrich von Schlegel sind die literarischen Vertreter der sogenannten politischen Romantik, die sich gegen den Absolutismus nicht nur der Fürsten, sondern des Staates überhaupt wandte, diesem ein organisches Staatsdenken gegenüberzustellen suchte, an das Mittelalter und an den Ständestaat anknüpfte und so einen christlichen Staat zu begründen beabsichtigte. Diese Ideale in die Tat umzusetzen, wurde der «Christlich-germanische Kreis» gegründet, eine Gruppe hochkonservativer Aristokraten um König Friedrich Wilhelm IV. (geb. 1795; Regierung 1840–1861), den Romantiker auf Preußens Thron, dessen Häupter die Brüder Ernst Ludwig von Gerlach (1795–1877) und Leopold von Gerlach (1790–1861) waren. Beide traten später in Gegensatz zu Bismarck, obwohl dieser zunächst ihren Reihen angehört hatte. Ernst Ludwigs Sohn gab des Vaters *Aufzeichnungen aus seinem Leben und Wirken* (2 Bände, 1903) heraus, die eine wichtige Geschichtsquelle darstellen; früher, wenngleich ebenfalls postum, sind die *Denkwürdigkeiten aus dem Leben Leopold von Gerlachs* (2 Bände, 1891/1892) sowie der *Briefwechsel des Generals Leopold von Gerlach mit Bismarck* (1893, neu 1896) – berühmt als konservative Auseinandersetzung mit Problemen der »Realpolitik« – erschienen.

Von großer Wirkung auf den »Christlich-germanischen Kreis« waren vor allem die Schriften des Schweizers Karl Ludwig von Haller (1768–1854). Dieser Enkel Albrecht von Hallers war nach der Errichtung der helvetischen Republik (1798) in österreichische Dienste getreten, dann 1806–1817 als Professor des Staatsrechts und der vaterländischen Geschichte an der Berner Akademie, von 1814 (Wiederherstellung der alten Verfassung) bis 1820 (Übertritt zur katholischen Kirche) als Mitglied des Großen Rates von Bern, von 1825 bis zur Julirevolution 1830 im französischen Außenministerium tätig, hierauf in die Schweiz zurückgekehrt und 1834–1837 Mitglied des Großen Rates von Solothurn. Karl Ludwig von Haller gehörte neben Bonald und Maistre zu den bedeutendsten Staatsrechtslehrern der Restaurationszeit, der er den Namen gab. Den Ideen der Französischen Revolution stellte er, vor allem in seinem Hauptwerk in sechs Bänden *Restauration der Staatswissen-*

schaft (1816–1834), eine altständische, patriarchalische, legitimistische Staatsauffassung entgegen.

Und das war eben der Grundfehler der politischen Romantik, daß sie glaubte, das Ereignis der Französischen Revolution und dessen Folgen überspringen zu können. So ist es hier nötig, die wichtigsten politischen Daten des Zeitalters der Romantik nachzutragen: 1789–1799 Französische Revolution, »gebändigt« von Napoleon (1799 Erster Konsul, 1804 Kaiser der Franzosen), der erst 1814 gestürzt wurde; auf ihn folgten die Bourbonen, zuerst die legitimistische Linie (1830), dann die Orléans (1830–1848), dem »Bürgerkönig« die zweite Republik. In den Koalitionskriegen versuchten die Staaten Mitteleuropas, das revolutionäre Element, ob republikanisch oder bonapartistisch, auszuschalten, doch erreichten sie das genaue Gegenteil: Die französischen Armeen drangen tief nach Deutschland, in die Schweiz, nach Italien ein und erfüllten Teile der Bevölkerung mit den Idealen, für die sie kämpften. Die unterliegenden Staaten mußten das linke Rheinufer an Frankreich abtreten, entschädigten die dadurch betroffenen Fürsten durch die Säkularisation der geistlichen Fürstentümer, und indem sie die meisten reichsunmittelbaren Städte, Kleinfürstentümer und Grafschaften den Landesfürsten unterstellten. Doch auch damit war die Entwicklung noch nicht zu Ende: 1805 schmolz Österreich zusammen, 1806 bildete sich der napoleonhörige Rheinbund, und Kaiser Franz II. legte die Krone des »heiligen Reiches« nieder; 1806/1807 wurde Preußen völlig niedergeworfen, das Jahr 1809 brachte trotz des Sieges von Aspern und der Erhebung der Tiroler unter Andreas Hofer die neuerliche Befestigung der Macht Napoleons, der erst im russischen Feldzug von 1812 und in der Völkerschlacht bei Leipzig von 1813 erkennen mußte, daß auch er nicht unbesiegbar sei. Als 1814 der Wiener Kongreß über die Neuordnung Europas beriet, ließ er manche der im letzten Vierteljahrhundert gezogenen Grenzen bestehen, konnte das legitimistische Prinzip nur in einer Anzahl von Fällen durchsetzen und vor allem nicht verhindern, daß die Ideen der Revolution in irgendwelchen Formen weiterlebten. Zu diesen gehörte die Freiheits- und die Nationalidee: Diese sollte auf dem Boden Deutschlands der »Deutsche Bund«, ein loses Staatengebilde, auffangen, jene durch die Wiederaufrichtung der alten Zustände gemeistert werden. Daß dies nicht ginge, hätten die Restaurationspolitiker einsehen müssen; verdienstlos ist ihr Wirken trotzdem nicht gewesen: Ihre Tätigkeit in Theorie und Praxis nötigte dazu, das Neue mit dem Alten irgendwie zu verbinden. Andere wollten energischer eingreifen: Beispiel sei das für die Politik der nächsten Jahrzehnte maßgebende Preußen, das KARL REICHSFREI-

Theodor Körner (1791–1813), der Autor vaterländischer Gedichte, fiel im Alter von 22 Jahren als Offizier des Lützowschen Freikorps.

Ernst Moritz Arndt (1769–1860) verfaßte Freiheits- und Vaterlandslieder und patriotische Schriften.

Josef von Eichendorff (1788–1857), einer der bedeutendsten Dichter der Romantik.

Ernst Theodor Amadeus Hoffmann (1776–1822), Dichter und Komponist, mit seinem Freund, dem berühmten Schauspieler Ludwig Devrient, am Stammtisch.

Der schwäbische Dichter Ludwig Uhland (1787–1862) schrieb volkstümliche Lieder und Balladen.

Justinus Kerners Haus in Weinsberg war jahrelang der Treffpunkt der schwäbischen Dichter.
Holzschnitt, 1858.

Wilhelm Hauff (1802–1827).

Gustav Schwab (1792–1850).

Der schwäbische Lyriker und Erzähler Eduard Mörike (1804–1875).

Georg Friedrich Wilhelm Hegel. Porträt von J. J. Schlesinger, um 1825.

Franz Grillparzer. Porträt von Friedrich von Amerling.

Eine Szene aus Ferdinand Raimunds Stück »Der Alpenkönig und der Menschenfeind«. Kolorierter Stich aus der »Theatralischen Bildergalerie«.

HERR VOM UND ZUM STEIN (1757–1831) zu reformieren bestrebt war (»Nassauer Denkschrift«, 1807; »Briefe und Schriften« in 6 Bänden, herausgegeben von G. H. Pertz, 1849–1854), ein Gegner einerseits Metternichs, andrerseits des Deutschen Bundes, der Burschenschaft und der Liberalisierung, ein Anreger der »Gesellschaft für Deutschlands ältere Geschichte« (1819), die sich durch die Herausgabe der »Monumenta Germaniae Historica« verdient gemacht hat. In seine Fußstapfen trat KARL AUGUST FREIHERR VON HARDENBERG (1750 bis 1822, seit 1814 Graf und Fürst), der durch die Verbindung von Restauration und Beamtenliberalismus aus Preußen einen Reform- und Obrigkeitsstaat machte; nach dem Tilsiter Frieden (1807) verfaßte er in Riga im Auftrag König Friedrich Wilhelms III. die *Denkschrift zur Neuordnung des preußischen Staates,* deren Ziel Rechtsgleichheit und Wirtschaftsfreiheit war; seine *Denkwürdigkeiten 1805–1807* gab kein Geringerer als L. v. Ranke in fünf Bänden (1877) heraus. Wie schwer es war, den richtigen Weg zwischen Monarchie und Volkssouveränität zu finden, zeigt der Umstand, daß als »Verfassung« nur anerkannt wurde, was die Volksvertretung, wie immer sie aussah, ausgearbeitet hatte; wenn dagegen ein deutscher Fürst seinen Untertanen eine Verfassung gab, wollte man diese nur als »Charte« gelten lassen; der Kampf Uhlands um das »gute, alte Recht« ist gerade in diesem Sinn zu verstehen.

ZWISCHEN ROMANTIK UND REALISMUS

DER SCHWÄBISCHE DICHTERKREIS

Die Häupter der »schwäbischen Schule« (Uhland, Kerner, Schwab)

Sehr wenige unter unseren Dichtern sind Goethe in der Lieder- und Balladendichtung so nahe gekommen wie Uhland, das Haupt der »schwäbischen Schule«. Die Dichter, die man zu ihr rechnet, hörten es nicht sehr gerne, wenn man sie unter diesem Sammeltitel zusammenfaßte; sie wollten nichts sein als in ihrer Art selbständige Schüler der Natur. Aber unleugbar gibt es zusammenfassende, sie von der zeitgenössischen Dichtung mehr oder minder absondernde Grundlinien in ihrem Schaffen, ganz abgesehen von ihrer engen Bekanntschaft untereinander und ihrer gemeinsamen Heimat. Dazu gehört zunächst die warme Freude an der Heimat, wie sie später auch Mörike und Hermann Kurz eignet, und in Verbindung damit die Vorliebe für das heimisch Nationale und Volkstümliche gegenüber dem Kosmopolitismus der Klassiker, ferner die echte Naturempfindung; dann aber – und das hob sie eigentlich noch schärfer von der Zeitliteratur ab – ihre Gegnerschaft zu den jungdeutschen Tendenzen, die ihnen den Hohn und Spott der Jungdeutschen, vor allem Heines, eintrug. Einer freilich ragt über die »Schule hinaus, wie des Waldes Edeltanne über das niedere Unterholz: das ist Uhland.« Die Kritiker sahen den prosaischen Menschen über die Achseln an, als seine Gedichte 1815 zuerst erschienen. Recht als das Gegenbild romantischer Geniesucht erschien dieser ehrenfeste Kleinbürger, wie er in Paris den Tag hindurch treufleißig in den Manuskripten der altfranzösischen Dichtung forschte und abends schweigsam in Gesellschaft des ebenso schweigsamen Immanuel Bekker die Boulevards entlangging, mit offenem Munde und geschlossenen Augen, wie er dann in dem heimatlichen Neckarstädtchen seinen behäbigen wohlgeordneten Haushalt führte und an den Verfassungskämpfen Württembergs mit Wort und Tat teilnahm. Und doch war es gerade diese Natürlichkeit und bürgerliche Tüchtigkeit, was den schwäbischen Dichter befähigte, die Schranken der Kunstformen weise einzuhalten und den romantischen Idealen eine lebendige, dem Bewußtsein der Zeit entsprechende Gestaltung zu geben. Ein denkender Künstler, blieb er doch völlig gleichgültig gegen das literarische Gezänk und die ästhetischen Doktrinen der Schule und harrte geduldig, bis die Zeit der Dichterwonne kam, die ihm des Liedes Segen brachte.

JOHANN LUDWIG UHLAND (1787–1862) wurde aus altschwäbischer Familie in Tübingen geboren. Scheu im Umgange mit anderen, fühlte der Knabe sich vor allem zur Natur hingezogen und begann früh mit dichterischen Versuchen. Seit 1801 widmete er sich auf Wunsch des Vaters in der Heimatstadt dem juristischen Studium; mehr zogen ihn freilich Philologie und Geschichte an, daneben die Dichtkunst. Freundschaft verband ihn mit Karl Mayer, Justinus Kerner und dessen literarischem Kreis. Nach Absolvierung seiner juristischen Studien trieb's ihn hinaus in die Welt, um für Herz und Geist, für Poesie und Wissenschaft neue Anregungen zu suchen. 1810/1811 weilte er in Paris, wo er auf der berühmten Bibliothek sich in noch unbekannte Manuskripte altfranzösischer Ritter- und Volksromane vertiefte, von ihnen auf spanische und portugiesische Quellen geführt wurde und so auch diese Sprachen sich aneignete. Nach seiner Rückkehr trat er in den juristischen Staatsdienst ein, zunächst in Tübingen, später in Stuttgart; aber er fühlte sich darin »entsetzlich einsam«, als ob er »in die Eiswüsten Sibiriens hineinliefe«. Über seine trübe Stimmung half ihm die Freundschaft mit Gustav Schwab hinweg, dazu sein reges poetisches Schaffen und ein lebhafter Briefwechsel mit gleichgesinnten Dichtern. Die Kriegsjahre 1812–1815 entflammten auch Uhland, der, obgleich nicht zu hohem Heldentum geboren, doch eines erringen wollte: in diesem Kriege des deutschen Volkes Sieg zu singen.

Schon im Mai 1814 schied Uhland aus dem Staatsdienste aus und wandte sich der Advokatur zu. Jetzt wurde auch sein Interesse für die Politik mehr und mehr rege. Als der Landesfürst dem Lande eine neue Verfassung eigenmächtig aufzwingen wollte, ohne das Volk zu fragen, stand er auf der Seite der Opposition und focht für »das alte gute Recht«. 1820 trat er als Abgeordneter für Tübingen in die Ständekammer ein, deren Sitzungen seine Arbeitskraft während der folgenden sechs Jahre sehr in Anspruch nahmen. Um ungestört bloß der Wissenschaft leben zu können, lehnte er eine Wiederwahl vorläufig ab. Ende 1829 wurde er zum Professor der deutschen Sprache an der Landesuniversität ernannt. Als er aber 1832 sich wieder zum Abgeordneten wählen ließ, wurde ihm, als einem Vertreter der Opposition, der zur Ausübung seines Mandates nötige Urlaub nicht bewilligt. Daher beantragte er 1833 seine Entlassung aus dem Staatsdienste, die ihm auch gern gewährt wurde. Nach Ablauf der Session (1838) trat er ins Privatleben zurück, um sich aufs neue der wissenschaftlichen Forschung hinzugeben. Aber nochmals wurde Uhland aus einem nahezu schon zehn Jahre währenden stillen Leben in der Studierstube in den Strudel der Politik hineingerissen. Das Sturmjahr 1848 führte ihn als Abgeordneten in die Frankfurter Nationalversammlung, wo er der sogenannten großdeutschen Partei sich anschloß.

Mit dem Rumpfparlament siedelte er nach Stuttgart über, ließ sich aber nach dessen gewaltsamer Auflösung dauernd in Tübingen nieder, um in häuslicher Stille den Rest des Lebens ausschließlich seinen Forschungen zu widmen. Nur einmal noch trat er öffentlich auf, bei der Schillerfeier am 10. November 1859 in Stuttgart, wo er seine politischen Anschauungen an das Glockenlied des berühmten Landsmannes knüpfte. Uhlands Muse verstummte ziemlich früh. Schon zu Beginn der dreißiger Jahre war seine eigentliche Schaffenskraft am Versiegen. Eine Ursache davon war die aufreibende politische Tätigkeit. »Geben Sie acht«, hatte Goethe mit Recht vorausgesagt, »der Politiker wird den Dichter aufzehren. Mitglied der Stände sein und in täglichen Reibungen und Aufregungen leben ist keine Sache für die zarte Natur eines Dichters. Mit seinem Gesang wird es aus sein, und das ist gewissermaßen zu bedauern; Schwaben besitzt Männer genug, die hinlänglich unterrichtet, wohlmeinend, tüchtig und beredt sind, um Mitglieder der Stände zu sein, aber es hat nur einen Dichter der Art wie Uhland.«

Die Tage, in denen der Politiker Uhland eine Rolle spielte, liegen weit zurück, aber was der Dichter hinterließ, wirkt heute noch frisch und lebendig. Zwar gehört Uhland nicht zu den hohen Geistern, die neue Offenbarungen erschließen und wie die allumfassenden Vertreter einer großen Zeit vor uns stehen; aber seine klare, reine Kunst ist in ihrer Art so vollendet, daß sie zu der Volkstümlichkeit gelangen mußte, die sie genießt. Hebbel schrieb auf die Nachricht von dessen Tode in sein Tagebuch: »Der einzige Dichter, von dem ich gewiß weiß, daß er auf die Nachwelt kommt, nicht als Name, sondern als fortwirkende, lebendige Persönlichkeit.« Uhland ist der führende Geist der schwäbischen Schule: Klassisches und romantisches Wollen vereinigte sich in ihm. Aber er war kein Klassizist im üblen Sinne, kein Epigone, der erborgte Stoffe in erborgte Formen zwang. Seine Schlichtheit war nicht Plattheit, seine Ruhe nicht Inhaltslosigkeit; er erlebte, was er dichtete, und dichtete, was er erlebte, was er liebte, was er haßte, wofür er begeistert, worüber er entrüstet war. Das war meist auch das, was das Volk und die Besten seiner Zeit liebten und haßten. Er selbst sagt ja: »Für eine Poesie für sich, vom Volke abgewandt, eine Poesie, die nur die individuellen Empfindungen ausspricht, habe ich nie Sinn gehabt. Im Volke muß es wurzeln, in seinen Sitten, seiner Religion, was mich anziehen sollte.«

Die anschaulichen, volkstümlichen Ausdrücke strömten dem Sprachgewaltigen von selber zu. So leicht erklangen seine ungekünstelten Verse, so frisch und heiter schwebten seine Gestalten dahin, daß die Leser gar nicht merkten, wie viel Künstlerfleiß sich hinter der tadellosen Reinheit dieser einfachen Formen verbarg, wie tief der Dichter in die Schachte der Wissenschaft hatte hinabsteigen müssen, bis ihm »Klein Roland« und »Taillefer«, »Eberhard der Rauschebart« und »der Schenk von Limburg« so vertraut und lebendig wurden. Kein Wunder, daß seine Lieder bald in den Mund des Volkes übergingen. In den schlicht empfundenen Worten von Liebes Leid und Freude, von Wanderglück und Abschiedsschmerz, von der Lust der Waffen und des Weines fanden alle, vornehm und niedrig, die Erinnerung ihres eigenen Lebens wieder. Vornehmlich die Oberdeutschen fanden sich angeheimelt, wenn ihnen zwischen den Zeilen des Dichters stets die schwäbische Landschaft mit ihren Rebhügeln und sonnigen Flüssen, mit ihrem heiteren, sangeslustigen Völkchen entgegenwinkte. Die einfachen, dem Volksliede nachgebildeten Weisen forderten unwillkürlich zum Singen auf, und bald wetteiferten die Tonsetzer, sich ihrer zu bemächtigen (»Droben stehet die Kapelle«, »Ich bin vom Berg der Hirtenknab«, »Das ist der Tag des Herrn«, »Die linden Lüfte sind erwacht«, »O sanfter, süßer Hauch«, »Es zogen drei Bursche«, »Hast du das Schloß gesehen?«, »Was klinget und singet die Straß herauf?«). Das eben zeichnet Uhlands Lieder aus, daß sie überall an die einfachsten und natürlichsten menschlichen Verhältnisse anknüpfen. Selbst wenn er die Natur in ihrem Feiertagsschmucke besingt, wird sie ihm ein Spiegelbild des freudseligen Menschenherzens. Seine Liebeslieder, mehr innig als leidenschaftlich, durchzittert ein Empfinden, das an die einfachsten kindlichen Töne altdeutscher Volkslieder erinnert.

Dasselbe gilt von seinen Balladen und Romanzen, von denen die besten längst Gemeingut des Volkes geworden sind und ihm eine Popularität erworben haben, die der Schillerschen nahekommt. Die Ballade ist Uhlands Herrschgebiet. Seine volkstümliche Auffassung, sein zarter Sinn für die edelsten Regungen menschlichen Gefühles haben ihn die seltene Kunst der Behandlung der Stoffe gelehrt, durch die sie, woher sie auch entlehnt sein mögen, das Fremdartige verlieren und als ewig-wahre Bilder menschlichen Lebens an uns herantreten. Der Sänger in der Königshalle (»Des Sängers Fluch«) oder an den Pforten der ihn gastlich empfangenden Burg, die Jungfrauen, die von der Burgzinne in das Tal winken, Knaben, die die Weihe zu Heldentaten empfangen, und Ritter, die in den schwersten Proben Mut und Tapferkeit des Mannes bewähren, während dieselben von Kampfesmut

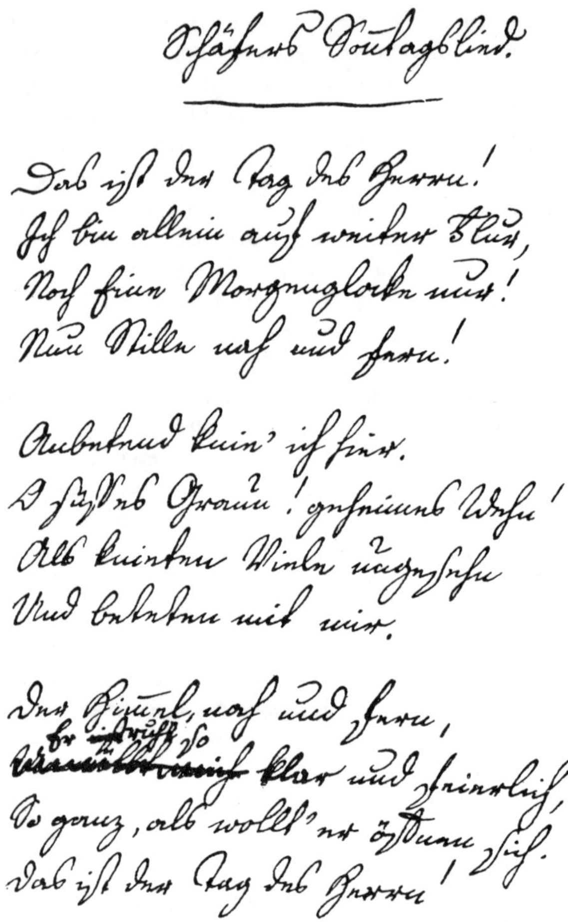

Schäfers Sonntagslied.

Das ist der Tag des Herrn!
Ich bin allein auf weiter Flur,
Noch eine Morgenglocke nur!
Nun Stille nah und fern!

Anbetend knie' ich hier.
O süßes Graun! geheimes Wehn!
Als knieten Viele ungesehn
Und beteten mit mir.

Der Himmel, nah und fern,
Er ist so klar und feierlich,
So ganz, als wollt' er öffnen sich.
Das ist der Tag des Herrn!

Uhlands Gedicht »Schäfers Sonntagslied« in der Handschrift des Dichters.

glühenden Herzen den zärtlichsten Gefühlen sich öffnen – es hat alles eine ideale innere Wahrheit, die zu keiner Zeit ihre Berechtigung verliert. Mag der Dichter den Leser in die Zeit der Troubadours versetzen (»Bertran de Born«, »Sängerliebe«), Helden aus dem karolingischen Sagenkreise vorführen (»König Karls Meerfahrt«, »Klein Roland«, »Roland Schildträger«), in die nordische Sagenwelt uns geleiten (»Der blinde König«, »Taillefer«, »Das

Glück von Edenhall«), von kühner Helden wunderbaren Taten erzählen (»Schwäbische Kunde«, »Harald«, »Graf Richard Ohnefurcht«), mit jung Siegfried uns in die Schmiede führen (»Siegfrieds Schwert«), das Walten des Fatums zeigen (»Der schwarze Ritter«, »Die Rache«) oder zum »heil'gen Gnadenort« »auf Galiziens Felsenstrande« uns rufen (»Der Laller«), immer werden wir durch die Gedankengröße und den Gedankenadel, die volltönende, melodische und doch einfache Sprache hingerissen, und wir begreifen, daß Karl Löwe, der Meister der musikalischen Ballade, keinem Dichter so oft seine Töne weihte wie Uhland.

Uhland dachte nach den Freiheitskämpfen an Dichtungen von größerem Gehalt und Umfang; eine glückliche Wahl wäre vielleicht ein epischer Stoff aus der vaterländischen Geschichte gewesen; zum Epos zog ihn, wie schon seine Rhapsodie vom Eberhard zeigt, seine dichterische Begabung, und ganz mit ariostischer Laune hat er die Sage von *Fortunat und seinen Söhnen* zu einem Epos in Stanzenform gestalten wollen, aber nur zwei Gesänge wurden vollendet (1816). Seine schaffende Kraft wurde nur da erwärmt und belebt, wo seine lyrische Eigenart sich innerhalb der ihr scharf gezogenen Grenzen bewegen konnte, wo er, wie in der Tragödie *Herzog Ernst von Schwaben* (1817), Freundestreue, Aufopferung und Heldentat oder in dem Schauspiel *Ludwig der Bayer* (1819) Edelmut und Bruderliebe feiern konnte.

Uhlands Gedichte umspannen, wie die seiner Genossen, nur einen ziemlich engen Kreis von Gedanken; er sang wie einst die ritterlichen Sänger mit den Goldharfen fast allein »von Gottesminne, von kühner Helden Mut, von lindem Liebessinne, von süßem Maienblut«. In seiner spöttischen Manier hat Heine für diese Richtung die Bezeichnung »Gelbveigelein-Poeten« aufzubringen gesucht, und im Grunde ist dies derselbe Vorwurf, den Schiller den Minnesängern macht, mit denen die Schwaben der Neuzeit entschiedene Verwandtschaft haben. Auch Goethe meinte, nichts Aufregendes, das Menschengeschick Bezwingendes möchte aus diesen Regionen hervorgehen; aber den Balladen und Romanzen Uhlands versagte er nicht seine vollste Anerkennung. Diese Dichtungen verdanken ihre Sicherheit und Fülle der gründlichen Sagen- und Literaturkenntnis ihres Verfassers. Seine wissenschaftlichen Forschungen erstrecken sich vor allem auf das deutsche Volkstum, auf die Geschichte seines Schrifttums, seine Sagen und Märchen und besonders auf das Volkslied, dem er die bedeutsame Sammlung *Alte hoch- und niederdeutsche Volkslieder* (mit Abhandlungen und Anmerkungen) widmete (1844/1845), eine mit wissenschaftlicher Sorgfalt und warmem Mitempfinden durchgeführte Ergänzung zu »Des Knaben Wunderhorn«. Seiner dreijährigen

Tübinger Dozentur verdanken wir die trefflichen Vorlesungen über die ältere deutsche Poesie, welche die von befreundeten Fachgenossen herausgegebene Sammlung seiner *Schriften zur Geschichte der Dichtung und Sage* (8 Bände, 1865–1873) eröffnen. Durch seine kernige Art Jakob Grimm verwandt, stellt sich Uhland auch durch seine Bemühungen um die Wiedererweckung des germanischen und deutschen Altertums unter die hervorragendsten Mitarbeiter der Brüder Grimm.

Weitaus der eigentümlichste Geist aus dem schwäbischen Dichterkreise war der Ludwigsburger JUSTINUS KERNER (1786–1862), eine durch und durch poetische Natur voll drolligen Humors und tiefen Gefühls. Sein gastfreies Haus in den Rebgärten dicht neben der alten, sagenberühmten Burg Weibertreu bei Weinsberg blieb viele Jahre hindurch die Herberge für alle guten Köpfe aus dem Oberlande. Wer dort von dem Dichter und seinem Rikele herzlich aufgenommen ward und ihn dann beim Neckarwein tolle Schnurren erzählen oder seine geistvollen, warm empfundenen Lieder vortragen hörte, der fühlte sich wohl auch selbst in die romantische Stimmung versetzt, von welcher der gastfreundliche Hausherr zeitlebens beseelt war. Wie Uhlands liegt auch Kerners Ausgangspunkt in der jüngeren Romantik; nur daß die Wege beider auseinandergehen, und zwar so, daß Kerner der echte Romantiker geblieben ist. Phantastischer Humor und grübelnde Mystik, liebevolles Umfassen der Dinge und tändelndes Spielen mit ihnen, Weltflucht und Weltliebe wohnen bei ihm hart nebeneinander; was ihn aber vor anderen Romantikern auszeichnet, ist ein warmes und bei aller Neigung zur Melancholie stets unverbittertes, bei allem satirischen Humor wohlwollendes Gemüt, in dem diese Gegensätze ihre Versöhnung finden. Am meisten gehört er der Romantik in seinen erzählenden Schriften an; so vor allem in seinem Erstlingswerke, den *Reiseschatten von dem Schattenspieler Luchs* (1811), einem

Justinus Kerner.

der letzten Ausläufer jener sentimental-humoristischen Reisebeschreibungen, wie sie Laurence Sternes »Sentimental Journey« begründet hat.

Neigen die »Reiseschatten« mehr nach der heiteren Seite des Humors, so trägt die Prosaerzählung *Die Heimatlosen* (1816) bei nicht minderer Phantastik einen durchaus sentimental-traurigen Charakter; aber über dem Ganzen liegt ein zarter Hauch unverfälschter Poesie, und das eingelegte Märchen »Goldener« ist, um mit Uhland zu sprechen, ganz Goldglanz.

In ihrem Wesen, wie Brentano und Arnim, ganz verschieden, schlossen der lebhafte, schelmische, phanstastische, in Gefühlen schwelgende Kerner und der ernste, nüchterne, zurückhaltende, willensstarke Uhland während ihrer Universitätsjahre (1804–1809) in Tübingen innige Freundschaft, die sie als treue Menschen ihr Leben lang pflegten. Was sie einander näherte, war außer gemeinsamen Verwandten die Liebe zur romantischen Poesie, die bei Kerner aus dem innersten Wesen hervorströmte, bei Uhland aber mehr künstlerischem und wissenschaftlichem Bedürfnisse entsprang. Um die beiden Freunde scharte sich bald ein Kreis geistig regsamer Studenten, vornehmlich Juristen und Mediziner, diese Kerners, jene Uhlands Gefolge, die später der Mehrzahl nach angesehene Stellungen im Leben eingenommen haben. Alle diese Jünglinge waren für die romantische Poesie begeistert und brachten sie, an die Heidelberger sich anschließend, gegenüber dem in Stuttgart noch herrschenden Klassizismus zu Ehren. Produktiv aber waren außer Uhland und Kerner nur noch Heinrich Köstlin und Karl Mayer, der in seinen Mitteilungen »Uhland, seine Freunde und Zeitgenossen« uns ein Bild von dem humorgewürzten Treiben dieses Tübinger Dichterbundes überliefert hat. Alles, was dessen Mitglieder einnahmen und spendeten, war romantisch. »Des Knaben Wunderhorn« wurde gierig verschlungen und veranlaßte eine förmliche Jagd nach Volksliedern und Volksbüchern. Bald schüttete Uhland ein Kleinod um das andere aus seinem poetischen Wunderhorn, Kerner blieb dahinter nicht zurück und schuf Gedichte, die ihn als gottbegnadeten Lyriker zeigten und mit den Uhlandschen in Seckendorffs Musenalmanach für 1807, in der Einsiedlerzeitung, bald auch in anderen Journalen und Tagebüchern erschienen. Die Gründung des »Morgenblatts für gebildete Stände«, das, von Haug herausgegeben, den Klassizismus vertrat, reizte die schwäbischen Romantiker, ihm ein freilich nur handschriftliches *Sonntagsblatt für ungebildete Stände* entgegenzusetzen, dessen Seele und Herausgeber Kerner war. Für eine lebhaftere Verbindung der schwäbischen Romantiker mit den norddeutschen wurde Varnhagen von Bedeutung, der 1808/1809 in Tübingen weilte, um medizinische Vorlesungen zu hören.

Während dann die Mitglieder des Tübinger Freundeskreises den Übergang vom Studium zur praktischen Wirksamkeit vorbereiteten, fanden sich in der schwäbischen Universitätsstadt einige jüngere, gleichfalls für die Romantik begeisterte Studenten zusammen, die mit den älteren bald in Verbindung traten. Das Haupt jener Gruppe war Gustav Schwab, der sich bald Gleichberechtigung mit Uhland und Kerner erwarb. Mit der Herausgabe eines *Poetischen Musenalmanachs* für 1812 und eines *Deutschen Dichterwaldes* (1813) suchte Kerner einen neuen Sammelplatz für romantische Lyriker zu schaffen. Damit war der von den Schwaben schon lange gehegte Wunsch einer öffentlichen Kundgebung erfüllt, obgleich auch auswärtige Dichter darin vertreten waren. Der »Dichterwald« war das letzte gemeinsame Unternehmen der schwäbischen Romantiker. Zwar haben sie auch in ihren späteren Schöpfungen, als sie durch die Anforderungen des Lebens auseinandergerissen waren, ihren Zusammenhang mit der Romantik nie verleugnet, aber es führte nun doch jeder seine literarische Sonderexistenz und brachte seine geistige Eigenart zu voller Entfaltung. Nur Kerner blieb, seiner natürlichen Veranlagung gemäß, ohne Einschränkung romantisch im Leben wie in der Kunst. Nach Abschluß seiner Studien machte er 1809, um in den Spitälern Erfahrungen zu sammeln, eine Reise, auf der er in Hamburg mit Varnhagen und Amalie Weise-Schoppe, der fruchtbaren Romanschriftstellerin, in Berlin mit Chamisso und Fouqué, in Wien mit dem begabten Dichter Josef Ludwig Stoll verkehrte. Nach seiner Rückkehr wirkte er in verschiedenen kleinen Städten als Arzt, bis er sich 1819 als Oberamtsarzt für immer in Weinsberg niederließ.

Als echter Romantiker setzte er die Erhaltung der Ruinen der Burg Weibertreu durch und baute sich 1822 an deren Fuß ein Haus, das so berühmt gewordene Kernerhaus, zu dem durch 40 Jahre Leute aus allen Ständen und Ländern, wie einst zu Gleim nach Halberstadt, wallfahrteten. Ein gesteigertes, von der Mutter ererbtes Gefühls- und Nervenleiden, das sich schon im Knaben als Ahnungsvermögen kundgab, ein melancholischer Zug zu den »Nachtseiten der Natur«, die vermeintliche Befreiung von einem Leiden durch einen Magnetiseur, die Behandlung mehrerer somnambuler Personen, der religiöse Glaube an das Hereinragen einer übersinnlichen Welt in unsere sinnliche, all das konnte den gemütvollen und leicht erregbaren Mann in die spiritistische Richtung bringen, in der er durch den Verkehr mit dem Tübinger Philosophen Eschenmayer bestärkt wurde.

Was Kerner an der Kranken Friederike Hauffe beobachtete, hat er in dem Buche *Die Seherin von Prevorst* (2 Bände, 1829) aufgezeichnet, das, die berühmteste seiner medizinischen Schriften, wiederholt aufgelegt und ins Englische übersetzt wurde, eine Menge ähnlicher Schriften und Entgegnungen hervorrief und den schlichten Weinsberger Dichter plötzlich in den Mittelpunkt des öffentlichen Interessen- und religiös-wissenschaftlichen Tagesstreites rückte. Aber nicht bloß Immermann im vierten Buche des Münchhausen (»Poltergeister in und um Weinsberg«), Heine im »Schwabenspiegel«, auch Uhland hat den Freund mit Spott über seine Geisterseherei nicht verschont. Dieser ertrug ihn mit Humor und antwortete mit ähnlichen spiritistischen Schriften (»Blätter aus Prevorst«, »Magikon«, 5 Bände, »Die somnambülen Tische«, »Mesmer«). Mögen auch die lebhafte Phantasie und der Humor des Dichters sich manchmal in diese Studien eingemischt haben, von der Anschuldigung bewußter Fälschung ist Kerner freizusprechen.

Ganz dieselben Einflüsse, die Kerner zum Spiritisten gemacht haben, bestimmten auch seine Poesie. Wir erinnern uns an Goethes »Tasso«, an Lord Byron und Grillparzers »Abschied von Gastein«, wenn Kerner den Schmerz als Grundton der Natur wie des Menschen betrachtet und erklärt, daß nur der Schmerz den Dichter zum Singen bringe. Kerners Sehnsucht nach dem Tode kennt nur mild elegische Töne der Wehmut, nicht den wilden Aufschrei der Zerrissenheit und des Welthasses, weiß von sanfter Ergebung, nichts von trotziger Empörung, denn sie steht mit innigem Gottvertrauen im Bunde. Selten, aber nicht ohne Glück, schlägt Kerner auch den Ton ungebrochener Jugendlust oder munterer Schalkheit an. Charakteristisch ist auch seine sehr rege, oft fast leidenschaftliche Naturempfindung sowie seine Neigung zum Volksliede. Dieses nimmt er sich zum Vorbild, und seinen Ton trifft er so täuschend, daß manche seiner Natur- und Wandergesänge, Gesellschafts- und Trinklieder vertont und zum Gemeingut des deutschen Volkes wurden. Man denke nur an das herrliche Wanderlied »Wohlauf, noch getrunken«, an das »Tübinger Burschenlied« (»O Tübingen! Du teuere Stadt! Bin deiner Weisheit voll und satt!«), an den »Schweren Traum« (»Mir träumt', ich flög gar bange«), der sogar im »Wunderhorn« Aufnahme fand, an den elegischen »Wanderer in der Sägemühle«. Mit der volkstümlichen Lyrik wechselt in Kerners Gedichtsammlungen, von denen die erste 1826 erschienen ist, die Stimmungs- und Gelegenheitsdichtung, namentlich im *Letzten Blütenstrauß* (1852) und in den *Winterblüten* (1859). Auch unter seinen Balladen und Romanzen sind einige, die, wenn auch auf diesem Gebiete Uhland die Krone gebührt, nicht hinter dessen Schöpfungen zurückblieben (so »Kaiser Rudolfs Ritt zum Grabe«, »Zwei Särge«, »Der Geiger von Gmünd«). Mit dem letzten Gedichte greift Kerner in das Gebiet der

Legende über und bringt der Marienverehrung eine sinnige Huldigung dar. Wie ferne Kerner dem Kunstdrama stand, ergibt sich schon daraus, daß ihm als Ideal das Wiener Marionettentheater vorschwebte. Doch hat er im Verein mit Uhland das Singspiel *Der Bär* gedichtet, dann in die »Reiseschatten« einige dem Tone der Dichtung angepaßte Schattenspiele eingefügt, von denen der dämonische Totengräber von Feldberg hervorragt, und überdies die alte, schon von Grimmelshausen erzählte Sage vom Bärenhäuter in der Posse *Der Bärenhäuter im Salzbade* umgebildet und darin den Geisterglauben, also auch sich selbst, verspottet. Das Bild der literarischen Tätigkeit Kerners wäre unvollständig, wenn man nicht seiner Schriften über Geschichte und Landeskunde Württembergs gedächte. Vor allem waren es die lokalen Traditionen Weinsbergs, die er durch seine Schriften aufzufrischen suchte. Eine Fundgrube altwürttembergischer Erinnerungen ist auch seine autobiographische Schrift *Das Bilderbuch aus meiner Knabenzeit, Erinnerungen aus den Jahren 1786–1804.* Leider hört das mit Empfindung und Humor im Sinne der Romantik geschriebene Buch (1849) dort auf, wo für den wissenschaftlichen Biographen der wichtigere Teil beginnen würde, bei Kerners Abgang an die Universität.

Wenn Uhland und Kerner genannt werden, darf ihr Freund KARL MAYER (1786–1870) nicht fehlen. Zwar hat er nicht wie jene eine führende Rolle gespielt, aber doch hat auch er mitten in der literarischen Bewegung seiner engeren Heimat gestanden, und seine poetische Auffassung der Natur ist nicht ohne Einfluß geblieben. Ängstlich hält er sich innerhalb der eng gezogenen Kreise seiner Begabung, die ihn auf die Kleinwelt der Natur hinwies. In ihr geht sein Dichten auf, und zwar holt er die Stoffe dazu, obgleich er in Deutschland herumgekommen war, einzig aus seiner schwäbischen Heimat her.

So entwirft er denn mit vielem Stimmungsreiz in äußerst knapper, geradezu epigrammatischer Form anmutige Bildchen von Gärten im Blumenschmuck, sonnenbestrahlten Wäldern, düsteren Ruinen und spielt der Natur gegenüber den Liebhaber, dem an der Geliebten jede Kleinigkeit wichtig, alles entzückend erscheint. Darum hat ihn Heine als den Dichter der Gelbveigelein und der Maikäfer verspottet. Nachdem er 1851 als Oberjustizrat am Gerichtshofe in Tübingen in Ruhestand getreten war, bebaute er das Feld der Literaturgeschichte, veröffentliche 1853 *Lenaus Briefe an einen Freund,* dann als erste und dritte Lieferung des Albums schwäbischer Dichter 1861 Uhlands und 1864 seine eigene Biographie, 1867 endlich das zweibändige Hauptwerk *Ludwig Uhland, seine Freunde und Zeitgenossen*, mit dem er, seine Jugendfreunde überlebend, der glücklichen Vergangenheit ein literarisches Denkmal setzte.

In Kerners »Dichterwald« (1813) war auch GUSTAV SCHWAB (1792–1850) vertreten, der gewöhnlich als der dritte unter den schwäbischen Romantikern genannt wird. Er wurde zu Stuttgart dem als Philosophen bekannten Professor Johann Christoph Schwab geboren und bezog mit 17 Jahren das evangelische Tübinger Stift, um Theologie zu studieren. Hier schlossen sich mehrere für Musik und Poesie begeisterte Jünglinge zu einer Verbindung, der Romantika, zusammen, die in Schwab ihr Haupt verehrte und bald mit dem älteren Tübinger Dichterbunde in Verbindung trat. Nach Vollendung der theologischen und philosophisch-philologischen Studien trat dann Schwab, nachdem er kurze Zeit als Pfarrvikar in Bernhausen gewirkt hatte, die übliche Bildungsreise nach Norddeutschland an, die ihn über Weimar, wo er von Goethe empfangen wurde, nach Berlin führte. Hier verkehrte der an Leib und Seele blühende, begeisterungsfähige und im Umgang gewandte Mann in den besten Kreisen und trat mit Chamisso, E. T. A. Hoffmann, Brentano und Fouqué in Verbindung. Nach seiner Rückkehr wurde er als Lehrer im Tübinger Stift angestellt, übernahm aber 1819 eine Professur am Obergymnasium in Stuttgart und begann damit die nun folgenden 19 fruchtbarsten Jahre seines Lebens. Bald sehen wir ihn mitten im geselligen und literarischen Leben der Hauptstadt. Selbst eine mehr reproduktive als produktive Natur, wurde er zwar nicht, wie die drei Altersgenossen Uhland, Kerner, Mayer, der poetische Lehrmeister, aber ein wohlwollender Berater und Beschützer der einheimischen Talente. Und nicht bloß mit diesen unterhielt er Beziehungen, sondern vermittelte auch zwischen den nord- und süddeutschen Dichtern und knüpfte ein festes Band zwischen den Schwaben und den Österreichern Lenau und A. Grün. Lange Zeit liefen die Fäden der literarischen Interessen Württembergs in seiner Hand zusammen, sein gastliches Haus in Stuttgart bildete den Sammelpunkt für alle Einheimischen und Fremden, die an dem Bau der deutschen Literatur als Mitarbeiter oder aufmerksame Zuschauer beteiligt waren.

Aus dem weiten Umfange seiner Bildung, aus der großen Beweglichkeit und Spannkraft seines Geistes hat auch seine Poesie Nutzen gezogen. Mit seltener Gewandtheit verstand er es, sich Stoffe und Formen anzueignen. Seine Vertrautheit mit technischen Hilfsmitteln, sein Einblick in die Aufgaben und Ziele der Dichtung verliehen seiner auf schwachem natürlichem Grunde ruhenden Begabung starke Stützen, und so kam es, daß er auch als Dichter mehr Geltung erlangte, als sein der Ursprünglichkeit und Tiefe entbehrendes Talent rechtfertigte.

Seine Lyrik geht mehr in die Breite als in die Tiefe und verrät durch den Ton überall den Lehrer und Prediger. Am meisten noch erfreut er in seinen Gesellschaftsliedern (so in dem heute noch gesungenen »Bemooster Bursche zieh' ich aus»), in seinem reizenden »Schlittenlied« und in seinen Natur- und Wanderliedern. Wie zu diesen entnahm er auch zu seinen Balladen, Romanzen und poetischen Erzählungen mit Vorliebe die Motive der schwäbischen Heimat, aber auch aus der deutschen Vergangenheit, der nordischen und romantischen Helden- und Ritterzeit wählte er Passendes, oft auch Ungeeignetes. Den knappen Ton der Ballade trifft er nur selten (»Das Gewitter«, »Der Reiter und der Bodensee«). Nach Uhlands Beispiel vereinigte er mehrere Romanzen zu Romanzenkränzen (»Herzog Christophs Jugendleben«, »Otto der Schütz«, 1822; »Der Appenzeller Krieg« und »Die Kammerboten in Schwaben«). Zu seinen besten Werken gehört die Romanze von *Griseldis* und die Legende von den *Heiligen drei Königen.*

Schwabs schriftstellerische Tätigkeit umspannte die weitesten Gebiete. Er veröffentlichte Werke älterer Dichter (Paul Fleming, Gryphius), besorgte die Herausgabe der Werke W. Hauffs und W. Müllers, bearbeitete Rollenhagens Frosch-Mäusekrieg, veranstaltete die Mustersammlung *Fünf Bücher deutscher Lieder und Gedichte,* der er 1842 eine Auswahl aus deutschen Prosaisten folgen ließ, trat mit der Bearbeitung der *Deutschen Volksbücher für alt und jung* an die Seite der germanistischen Tätigkeit Uhlands, erfreute die Jugend mit dem noch immer schätzbaren Lesebuche *Die schönsten Sagen des Altertums, nach seinen Dichtern und Erzählern* (3 Bände, 1840) und beschrieb *Schillers Leben.* Daneben war er Mitherausgeber des »Deutschen Musenalmanachs«, gab das Sammelwerk *Die Schweiz in ihren Ritterburgen und Schlössern* heraus und bearbeitete für das große Unternehmen *Das romantische Deutschland* sein schwäbisches Heimatland.

Nachfolger Uhlands

An die Führer des schwäbischen Dichterkreises reiht sich ein zahlreiches Gefolge untergeordneter, doch immerhin liebenswürdiger, frischer Talente. Uhlands Worte: »Singe, wem Gesang gegeben«, zündeten, und überaus üppig blühte bis zur Mitte des 19. Jahrhunderts die Lyrik in Schwaben. Das Übermaß erzeugte aber auch viel Wertloses und rief eine Übersättigung hervor. Die Vorliebe für den Roman vollends und die hochgehenden Wogen des politischen Kampfes führten das Ende des goldenen Zeitalters der Lyrik herbei. Von den ungezählten Dichtern und Dichterlingen errangen sich nur wenige durch Eigenart einen bleibenden Namen. So GUSTAV PFIZER (1807–1890), dessen reicher poetischer Kraft eine herbe Verurteilung des greisen Goethe und der Spott Heines vorzeitig die Schwingen lähmten. Er wurde in Stuttgart geboren, war im Tübinger Stift Uhlands Schüler und Freund, führte dann in Stuttgart ein freies Literatenleben, bekleidete 1846–1872 die Professur für deutsche Sprache und Literatur am Stuttgarter Obergymnasium und erlag den Folgen eines Schlagflusses.

Schon 1831 trat er mit einer Sammlung *Gedichte* hervor (1835 folgte eine »Neue Sammlung«, der sich 1840 »Dichtungen episch-lyrischer Gattung« und 1844 »Historisch-poetische Bilder aus dem 15. Jahrhundert« anreihten). Daneben liefen allerlei andere Arbeiten: »Martin Luthers Leben«, eine nicht gelungene Verdeutschung Byrons, eine mißratene Übertragung des Nibelungenliedes ins Neuhochdeutsche, ferner zwei gediegene Werke für die Jugend (»Geschichte Alexanders des Großen«, 1846; »Geschichte der Griechen«). Seit 1836 redigierte er die dem »Ausland« beigegebenen »Blätter zur Kunde der Literatur des Auslandes«, seit 1838 den poetischen Teil des Cottaschen »Morgenblattes«. Von Uhlands und der anderen schwäbischen Dichter heiterer Sangeslust und Naturfreude weiß Pfizers Muse nichts; Anmut und Leichtigkeit, Scherz und Humor weichen einem oft düsteren Ernst; seine Phantasie ist auf das Große gerichtet und meidet die vielbetretenen Wege; er ist nicht naiver Lyriker, sondern durchaus Reflexionsdichter. Zu seinen besten Werken gehören die beiden Romanzenkränzchen *Ezzelin, Tyrann von Padua* und *Die Tatarenschlacht bei Wahlstatt;* eigenartig ist die groß gedachte und mit Ausnahme des Schlusses gehaltvolle Dichtung *Salomons Nächte,* eine Art orientalischer Faustdichtung. Früh verstummte Pfizers Muse und erst als Greis suchte er sie in zahllosen, oft inhaltsleeren gereimten Rätselspielen wieder zu wecken.

Wie Pfizer, im Gegensatz zu Uhland, trat der Mediziner FRIEDRICH NOTTER (1801–1884) für die deutsche Einheit mit preußischer Vorherrschaft ein. Auch als Dichter sind sie einander verwandt, denn auch Notters Gedichte entbehren bei allem Reichtum an Gehalt und Eleganz des Ausdruckes der Leichtigkeit der Darstellung und Anmut der Formgebung. Mehr Erfolg als die Gedichte erntete seine Übersetzung der Göttlichen Komödie Dantes (2 Bände, 1872), den er schon seit 1861 in dem Romanzenkranze *Dante Alighieri* verherrlicht hatte, und zum Danke verpflichtet er durch die erste ausführliche Biographie Uhlands und die Monographie *Eduard Mörike.* Notters Drama (»Die Johanniter«) aber ward ebenso nur ein kurzer Stuttgarter Bühnenerfolg zuteil wie den Dramen JOHANN GEORG FISCHERS (1816–

1897), des Überlebenden des ganzen Freundeskreise. In Denkart und Lebensauffassung unter dem Zeichen des von ihm in allen Tonarten gepriesenen Schiller stehend, wählte er sich auch für sein dramatisches Schaffen große und oft behandelte Stoffe (»Saul«, »Friedrich II. von Hohenstaufen«, »Florian Geyer, den Volkshelden im deutschen Bauernkrieg«, »Kaiser Maximilian von Mexiko«). Alle vier Tragödien entstanden in den sechziger Jahren, in denen Deutschland von den kirchlichen Kulturkämpfen bewegt war, und sind, mit Ausnahme des sozial-politischen »Florian Geyer«, von dem Gegensatz zwischen den staatlichen Gewalten und der Kirche als leitenden Grundgedanken durchzogen. Der Mangel des eigentlich dramatischen Nervs und einer sicheren Gestaltungskraft erklärt den Mißerfolg dieser Schöpfungen Fischers. Dagegen erntete er reichen Beifall mit seinen zahlreichen Liedern, Idyllen und Epigrammen.

Wie anderwärts gedieh auch in Schwaben die Dialektdichtung unter dem Einflusse der Romantik zur Blüte. Schon der schwäbische Prämonstratenser SEBASTIAN SAILER (1714–1777) schrieb burleske Singspiele in der Mundart und wählte dazu Stoffe aus der Bibel oder aus Volksschwänken (»Die sieben Schwaben«, »Schwäbischer Sonn- und Mondfang«). DIONYS KUEN (1773–1852) folgte mit *Gedichten in oberschwäbischer Bauernsprache.* Schwabens größter Dialektdichter ist GOTTLIEB FRIEDRICH WAGNER (1774–1839), Schulmeister in Maihingen, der Begründer des realistischen Dialektschauspieles in Schwaben. Von seinen Hauptwerken behandeln drei (nämlich »Die Schulmeisterwahl zu Blindheim«, 1824, eine zeitgemäße Umarbeitung des »Bäurischen Macchiavell« von Christian Weise, »Die Repräsentantenwahl zu Dipplisburg« und »Die Schultheißenwahl zu Blindheim«) das beliebte Thema der ländlichen Wahlen, zwei Schauspiele (»Der Handstreich bis auf Spitz und Knopf« und »Es gibt doch noch eine Hochzeit«) sind als bäuerliche Familienstücke zu bezeichnen. In diesen und anderen Dramen entwirft Wagner mit unerbittlicher Wahrheitsliebe Sittenbilder und verleiht ihnen durch die lebensfrische Zeichnung der Charaktere, die im wesentlichen auch noch der Gegenwart angehören, eine über das kulturhistorishe Interesse gehende Wirkung.

Wilhelm Hauff

Während die Mitglieder des engeren schwäbischen Dichterkreises sich fast nur der lyrischen und reflektierenden Poesie zuneigten, hielt es ein Landsmann von ihnen, WILHELM HAUFF (1802–1827) mit dem Fabulieren, und seinem leichtflüssigen Talent gelang es, sich rasch und dauernd in allen deutschen Gauen einzubürgern. Und doch bewegen sich seine Erzählungen fast nur in Schwaben, wohin seine Ahnen zu Beginn des 17. Jahrhunderts aus Niederösterreich eingewandert waren. Er wurde zu Stuttgart geboren, siedelte nach dem Tode des Vaters (1809), der Ministerial-Geheimsekretär war, nach Tübingen über und kam 1820 in die Stiftsschule. Nachdem er hier die theologischen Fachstudien zum Abschluß gebracht hatte, übernahm er 1824 im Hause des Kriegsministers Hügel einen Hofmeisterposten, lernte dabei das Leben der vornehmen Gesellschaft aus der Nähe kennen, verließ aber 1826 die Residenzstadt, um seine Ausbildung durch Reisen zu vollenden. Zunächst ging er nach Paris, dann über Belgien und die Hansastädte nach Berlin, wo man, bezaubert durch das heitere und offene Auftreten des jungen, bereits berühmten Schwaben, Versuche machte, ihn festzuhalten; er aber folgte dem Antrage Cottas und redigierte seit November 1829 dessen Morgenblatt; doch schon im folgenden Jahr fiel er einem rasch verlaufenden Nervenfieber zum Opfer. In der Fülle des Glückes, des Ruhmes und der schöpferischen Kraft ist er als Jüngling von hinnen gegangen, und darum sieht man gern hinweg über die Mängel und Schwächen seiner Schriften, weil es eben die liebenswürdiger Jugend sind. Und bei den jugendlichen Lesern vor allem hat ihn seine lebendige, anschauliche Fabulierkunst, seine leichtbewegliche Phantasie, sein liebenswürdiger, echter Humor und seine kecke Satire bis heute in Gunst erhalten.

Schon von Kindheit an gehörte seine Liebe der Poesie, und zwar war es vornehmlich die Wunderwelt der Romantik, die ihn in ihren Bann zog. Er unterhält Mutter und Geschwister mit Geschichten und Märchen eigener Erfindung, stellt als Student sein dichterisches und rhetorisches Talent in den Dienst der Burschenschaft und eröffnet seine schriftstellerische Laufbahn mit dem *Märchenalmanach auf das Jahr 1826 für Söhne und Töchter gebildeter Stände*. Zum Teil an die Erzählungen aus »Tausendundeiner Nacht« anknüpfend, bietet er hier und in den beiden folgenden Jahrgängen jene köstlichen Märchen, deren Reiz besonders darin liegt, daß er überall den Standpunkt des naiven Erzählers wahrt und die Illusion niemals durch didaktisches Beiwerk stört (»Die Karawane«, »Die Geschichte vom Kalif Storch«, »Der Zwerg Nase«, »Das Wirthaus im Spessart«, »Das kalte Herz«). Auf das Märchen, die Novelle und den Roman verwies den Dichter die Art seines Talentes; denn hier konnte der ihm anhaftende Mangel an Tiefe poetischer Anschauung und Auffassung durch die glänzenden Hilfsmittel einer üppigen Phantasie und einer anmutigen Darstellungsweise ausgeglichen werden.

Illustration zu Hauffs Märchen »Zwerg Nase« von Else Eisgruber.

Freier noch als in den Märchen entfaltete sich sein Erzähltalent in dem Roman *Der Mann im Mond oder Der Zug des Herzens ist des Schicksals Stimme* (1826), der unter dem Namen H. Clauren (mit Buchstabenverwechslung = Carl Heun) erschien und den verderblichen Einfluß dieses lüsternen Modeschriftstellers an den Pranger stellen sollte. Indes ist der Anfang des Romans ganz ernst angelegt, und nur nach und nach tritt durch die übertreibende Nachahmung des Tones Claurens die Satire hervor. Recht zur Geltung kommt sie erst in dem Nachwort *Eine Kontroverspredigt,* die Hauff schrieb, nachdem Clauren ihn wegen der eigenmächtigen Benützung seines Namens verklagt hatte. Im literarischen Leben aber war Clauren seit dieser Zeit ein toter Gegner (1827). Daß Hauff auch zu größeren Leistungen fähig war, bewies er durch den dreibändigen geschichtlichen Roman *Lichtenstein, Romantische Sage aus der württembergischen Geschichte* (1826). Er ist des Dichters Hauptwerk und steht unter dem Einfluß Walter Scotts, der mit der Übersetzung von Goethes »Götz« seine literarische Tätigkeit begonnen und dann mit seinen »Waverly Novels« (1828) der eigentliche Begründer der modernen historischen Novellistik auch in Deutschland wurde.

Hauffs »Lichtenstein« versetzt uns in die stürmischen Jahre des Reformationszeitalters, da Herzog Ulrich von Wüttemberg sein Land gegen den Schwäbischen Bund verteidigen mußte. Der frei erfundene Held, Georg von Sturmfeder, ein junger fränkischer Ritter, tritt der schönen Marie von Lichtenstein zulieb von der bündischen Seite auf die herzogliche über, verdient sich durch Heldenmut und Treue die Hand der Geliebten, während der Herzog das Brot der Verbannung essen muß.

Alle die verschiedenartigsten Szenen und Gestalten werden in wirkungsvollen Kontrasten vorgeführt, und doch ist alles kunstvoll ineinandergefügt; die einzelnen Personen zeichnen sich durch Klarheit und Anschaulichkeit aus, und über dem Ganzen ist der Zauber einer entzückenden Romantik ausgegossen, der uns vergessen läßt, daß des Dichters Phantasie allzuweit von der Geschichte abschweift.

Von Hauffs *Novellen* (3 Bände, 1828) ist eine (»Jud Süß«) ganz historisch, zwei andere (»Die letzten Ritter von Marienburg« und »Das Bild des Kaisers«, des Dichters beste Erzählung) sind es nur teilweise, während die übrigen (»Othello«, »Die Sängerin« und die von empfindsamen Seelen gern gelesene, im Grunde aber verfehlte »Bettlerin von Pont des Arts«) dem Leben der Gegenwart angehören. Zwischen Novelle und Märchen stehen die liebenswürdigen *Phantasien im Ratskeller,* die durch Kühnheit und Kraft der Phantasie an die *Mitteilungen aus den Memoiren des Satan* (1826) erinnern, durch geläuterten Geschmack aber sich von ihnen abheben. In den E. T. A. Hoffmann nachartenden Satansmemoiren, einem kecken und frischen Erzeugnisse jugendlichen Witzes, teilt Hauff nach allen Seiten, für Literatur und Gesellschaft, satirische Hiebe aus, ohne jedoch die verschiedenen Schilderungen und Erzählungen zu einem festen Gefüge zu verbinden. Die Satire entsprach nicht seiner Art, und auch seine wenigen Lieder haben keine selbständige Bedeutung; nur zwei von ihnen sind in den Liederschatz des deutschen Volkes übergegangen (»Reiters Morgengesang« nach einem auf Christian Günter zurückgehenden schwäbischen Volksliede, und »Soldatenliebe«). Hauff war der geborene Erzähler, der, wie es vom echten Epiker gefordert wird, ohne weitere Nebenabsichten durch Erzählen sich und anderen Freude machen will. Leider war es ihm nicht beschieden, einen zweiten historischen Roman, der die letzten Freiheitskämpfe der Tiroler behandeln sollte, auszuführen. Mitten in den Vorarbeiten dazu ereilte ihn der Tod. Uhland widmete »dem jungen, frischen, farbenhellen Leben, dem reichen Frühling, dem kein Herbst gegeben«, einen schönen poetischen Nachruf, Gustav Schwab besorgte die erste Gesamtausgabe seiner Werke (1831).

Früh aus dem Leben geschieden ist auch Wilhelm Waiblinger, einer aus dem Freundeskreise, der sich in den zwanziger Jahren um EDUARD MÖRIKE (1804–1875) während der Tübinger Universitätsjahre geschlossen hat. »Es gibt eine Gemeinde«, so rief der Ästhetiker Fr. Th. Vischer dem verstorbenen Freunde Mörike am Grabe nach, »eine stille Gemeinde, die sich labt und entzückt an deinen wunderbaren, hellen seligen Träumen. Es gibt eine Gemeinde, die den Dichter nicht nach rednerischen Worten schätzt, die den feineren Wohllaut trinkt, der aus ursprünglichem Naturgefühl der Sprache quillt. Und sie wird wachsen, diese Gemeinde, sich erweitern zu Kreis um Kreis: Bund um Bund wird sich bilden von Einwerstandenen in deinem Verständnis.« Zeitlebens ist Mörike nicht nach Gebühr gewürdigt worden, und auch nach seinem Tode verging noch manches Jahr, bis seine Poesie sich Bahn brach, und erst im 20. Jahrhundert ist das Verständnis für die Größe seiner Lyrik in weiten Kreisen erwacht. In der Frühzeit seines poetischen Schaffens, in der politische und soziale Umwälzungen geräuschvoll sich vorbereiteten und das politische Lied allein freudigen Widerhall fand, fehlte die hingebende Stimmung, die Mörikes Lyrik, soll sie wirken, beim Leser voraussetzt. Er war Schwabens größter und eigenartigster Lyriker; eingenartiger noch als Uhland, wenn ihn auch dieser an Männlichkeit überragt.

Die ursprünglich adelige Familie Mörike war um 1700 aus Ostpreußen eingewandert. Der Vater des Dichters war Oberamtsarzt in Luwigsburg, der schwäbischen Dichterstadt, in der Eduard geboren wurde. An dem städtischen Gymnasium in Stuttgart und in der Klosterschule zu Urach für das »Stift« vorbereitet, kam er 1822 an die Universität in Tübingen, um Theologie zu studieren. Häufig kränkelnd, nahm er an dem studentischen Treiben der Stiftsschüler und Stadtstudenten wenig Anteil, sondern zog, wie sein Freund David Strauß, der mit Fr. Th. Vischer 1825 nach Tübingen gekommen war, einen Kreis gleichgesinnter Genossen um sich, von denen Waiblinger und Bauer in den Vordergrund traten.

Mit Bewunderung blickte man zu WILHELM WAIBLINGER (1804–1830) aus Heilbronn auf, als er 1822 in das »Stift« kam, hatte er doch schon als Gymnasiast durch seine blendenden Geisteseigenschaften seine Lehrer in Stuttgart in Staunen versetzt. Gemeinsame romantische Neigungen, das phantastische Streben, die Poesie in Wirklichkeit umzusetzen, fesselte die drei Studenten aneinander, bis Waiblingers Herrschsucht, die jede freie Eigenart unterdrücken wollte, den Bund auflöste. Aus dem Stifte 1826 ausgeschlossen, reiste er auf Kosten Cottas, der dafür schriftstellerische Leistungen verlangte, nach Italien. Hier gab er sich jedem Genusse hin und geriet, da Cotta mit seinen Arbeiten nicht zufrieden war, in Schulden. Durch glückliche Verbindungen mit Verlagsbuchhandlungen Deutschlands arbeitete er sich nochmals heraus, starb aber schon früh. Alle seine Werke zeigen das Streben nach Vollendung; ob er sie unter günstigen Verhältnissen und bei längerer Lebensdauer erreicht hätte, ist zweifelhaft; denn er war im Grunde mehr äußerlich blendend als tief veranlagt, mit leicht entzündlichem, aber nicht nachhaltigem Gefühl, mehr mit rastlos schaffender Phantasie als mit entsprechender Fülle des Gedankens begabt. Sein Roman *Phaëton* blieb unbeachtet, mehr Erfolg erzielte er mit seinen *Liedern der Griechen* (1823), mit denen er unter Hölderlins Einfluß der damals herrschenden Begeisterung für die Sache dieses Volkes schwungvollen Ausdruck gab. Was er in Italien gedichtet hat, atmet alles Begeisterung für dieses Land und Volk, ob er nun der gebundenen Rede (»Blüten der Muse aus Rom«, »Lieder des römischen Karnevals«) sich bedient oder in Prosa von seinen Wanderungen erzählt. Am bekanntesten wurde die satirische Erzählung *Die Briten in Rom,* die mit drastischem Witz das Treiben der Insulaner geißelt.

Als Waiblinger ausgeschieden war, gestaltete sich die Freundschaft zwischen Mörike und Bauer um so inniger. Sie zogen sich, »mit traurig schönen Geistern im Verkehr«, in ein selbst geschaffenes Reich der Phantasie zurück, aus dem die drei Phantasmagorien von der Orplidschen Märchenwelt hervorgingen. Bruno Bauer (1803–1846), von Geburt ein Franke, entfaltete später als Professor in Stuttgart eine vielseitige literarische Tätigkeit; er schrieb eine *Allgemeine Weltgeschichte,* gab das Jahrbuch »Schwaben, wie es war und ist« heraus, verfügte aber als Poet über keine ursprüngliche Begabung.

Nach Beendigung der Studien führte Mörike acht Jahre das Leben des wandernden schwäbischen Vikars, machte dazwischen, da ihm der Beruf nicht zusagte, schwache Versuche, sich als Hofmeister oder Journalist einen neuen zu schaffen, kehrte aber immer wieder zum Pfarramt zurück. Seine Poesie trug indessen die reichlichsten Früchte, zwar nicht im Drama, für das er sich eine Zeitlang begabt hielt, aber desto mehr in der Lyrik. Namentlich als er sich mit der Pfarrerstochter Luise Rau verlobt hatte, kamen zu den Naturdichtungen mehrere der schönsten Liebeslieder. Das Verlöbnis war jedoch längst gelöst, als er endlich 1834 das Pfarramt von Cleversulzbach bei Heilbronn erhielt. Neun Jahre wohnte er nun mit seiner Mutter und der ihm aufs innigste verbundenen Schwester Klara in eben dem Pfarrhause, in dem einst die Mutter und Schwester Schillers gewaltet haben. Weinsberg war in der Nähe, wo Kerner hauste, dessen Gespenster- und Geisterglauben Mörike in vielen Dingen teilte und dessen dichterische Art mit der seinigen im wesentlichen verwandt war. Während seiner Vikarsjahre gab sich Mörike vornehmlich dem Studium Goethes hin, dessen »Wilhelm Meister« für so viele Romane der Romantiker, jetzt auch für Mörikes Lebensroman, den *Maler Nolten,* zum Vorbilde wurde (1832). Die schwäbischen Freunde, namentlich Th. Vischer, traten für ihn sofort begeistert ein, der Verfasser aber, der die inneren Mängel und die Fehler der Komposition rasch erkannte, plante eine Umarbeitung, die sich hauptsächlich auf den ersten Teil beziehen sollte. Doch fand er erst im Alter die dazu notwendige Stimmung, und so kam es, daß der Dichter über seiner Arbeit gestorben ist. Die erneute Gestalt, in der »Maler Nolten« 1877 in die Welt trat, gilt bloß vom ersten Bande; an den zweiten sollte zwar nur die glättende Feile gelegt werden, aber da, wo sich die beiden Teile berühren, gähnte eine Lücke, die des Dichters Freund Julius Klaiber zu überbrücken gesucht hat.

Wie Goethes »Wilhelm Meister« sollte auch »Maler Nolten« das poetische Spiegelbild des Lebens und Dichtens seines Schöpfers werden. Darum hat er zeitlebens an ihm gefeilt und geändert; einen befriedigenden Abschluß aber hat er ebensowenig wie Goethes »Meister« gefunden. Wandlungen, die der Dichter zu Beginn und Vollendung des Werkes durchmachte, haben es verhindert. Der jugendliche Verfasser lebte in seinem ganzen Sinnen in der romantischen Welt und hat von allen ihren poetischen Mitteln, wie er es bei Jean Paul, E. T. A. Hoffmann, Eichendorff, Kerner sah, reichlich Gebrauch gemacht, der alternde Mörike nicht mehr, denn er war jenen Anschauungen fremd geworden. Romantisch im »Nolten« ist schon die ganze Anlage, die Vereinigung aller Dichtungsarten, das Auftreten aller Künste und das bunte Allerlei, das darin geboten wird. Mehr als 30 seiner schönsten Gedichte, wie den Peregrina-Zyklus, die Sonette an Luise, Balladen, ja, ein ganzes Drama hat der Verfasser eingeflochten. Beschreibungen von Gemälden wechseln mit Gesprächen über das Wesen der Kunst, über Antike und Romantik, dann wieder spielt die Musik eine Rolle und finden sich Rückblicke und Erörterungen über Träume und Schicksal. Mögen übrigens auch die Personen des Romans noch so sensitiv sein und mitten im Glück von Todesahnungen befallen werden, mag auch der Gang der Handlung durch Doppelgängertum, Hellsehen, Somnambulismus und Halluzinationen zuweilen umklar werden, der Roman verliert dadurch nicht an seinem Wert; denn all der mystische Aufputz dient nur dazu, den Leser in die geheimnisvolle Stimmung zu versetzen, die dem Dichter für die Wirkung seiner Schöpfung als günstige, nicht aber als notwendige Bedingung erscheint. Auch ohne die mystische Atmosphäre, die sie umgibt, würden die Personen leben, und eben darin liegt das Verdienst Mörikes, daß er, über die Romantik hinausgehend, Menschen mit Fleisch und Blut geschaffen und durch die psychologische Entwicklung der Charaktere den Weg zu einer psychologisch-realistischen Kunst gebahnt hat. Das wirkliche Leben hat dem Dichter Züge für seine Gestalten geliefert, und man fühlt es dem ganzen Roman an, daß er aus dem Leben geschöpft ist. Und wenn der Erzähler auch die epische Ruhe poetischen Stils nicht erreicht, sondern mit seinem Ich sich zuweilen hervordrängt, so übertrifft der »Nolten« doch alle Leistungen auf dem Gebiete des Romans. Daher bekannte Tieck, daß er seit dem »Maler Nolten« wieder an die Triebkraft der deutschen Poesie glaube, und Th. Vischer bezeichnete den »Nolten« und Kellers von ihm beeinflußten »Grünen Heinrich« als die Höhepunkte der nachgoethischen Erzählkunst.

Zeitlich wie innerlich dem »Nolten« verwandt ist die Novelle »Miß Jenny Harrover« oder, wie Mörike sie später nannte, *Lucie Gelmenroth.* Wieder bildet den Kern des Ganzen die psychologische Entwicklung des Charakters der Heldin (Lucie), die, um den Rächer der Ehre ihrer Schwester zu schützen, sich selbst des Mordes anklagt. In dem mit Wilhelm Zimmermann 1836 herausgegebenen »Jahrbuch schwäbischer Dichter und Novellisten« erschien die Märchennovelle *Der Schatz,* in der Mörike durch Verflechtung rein wirklicher Erzählung mit abenteuerlich Phantastischem seinem Humor freien Lauf läßt. Sie fand einen begeisterten Bewunderer in Hermann Kurz, der 1837 zu ihm in Beziehung trat und den von ihm begonnenen Operntext *Die Regenbrüder* vollendete. Von da an entspann sich zwischen Mörike und dem ihm geistig verwandten Kurz eine vertrauliche Korrespondenz, aus der wir unter anderem erfahren, daß Mörike der Mutter Schiller 1837 einen Grabstein setzte und darauf selbst die Inschrift einmeißelte. Es fügte sich, daß vier Jahre später Mörikes Mutter neben der Schillers zu ruhen kam.

Wohl plante Mörike in Cleversulzbach mehrere größere Werke, aber der etwas bequeme Pfarrer kam nicht zu deren Ausführung. Eine langwierige Krankheit, die ihn während der Vikariatszeit geplagt hatte, wirkte noch immer nach. Kränkelnd und ohne rechte Freude an seinem Berufe, hielt er sich einen Vikar und lebte seiner beschaulichen Muße. 1838 erschienen deren beste Kinder, die Gedichte. Bescheiden zwar ist der Umfang der Gedichtsammlung für den Ertrag eines langen Lebens, aber auf dem verhältnismäßig beschränkten Raume welch eine Fülle des Lebens, welch ein Reichtum des Inhaltes, welch eine Mannigfaltigkeit der Stimmungen, Töne und Formen! In seinen Prosadichtungen steht Mörike unter dem Einfluß von Vorbildern und wird zuweilen eintönig, in der Lyrik ist er unabhängig und nach dem Worte des Freundes Hermann Kurz der poetische Millionär, dem keine Münze fehlt – außer kupferner. Bald ist er naiver, bald erhabener, jetzt objektiv volkstümlicher, dann wieder subjektiv kunstmäßiger Lyriker. Tiefgründiger Ernst mit schalkhaftem Humor, ungebundene, aus sich selbst schaffende Phantasie vermischt sich mit Gefühl, das aus dem innersten Heiligtum der Seele geschöpft ist. Die Romantik, das Schwabentum, die Klassiker haben zwar seinen Geist und seine Kunst befruchtet, aber seine unmittelbare Größe nicht erschüttert. Von innen aus vollendete er sich, der reine Dichter spricht zu uns aus seinen Liedern, und darum kann der Duft seiner Lieder nur wieder mit beschaulicher Seele aufgefangen werden.

Wie bei den meisten großen Lyrikern stehen auch bei Mörike die Liebeslieder in der vordersten Reihe. Mit erschütternder Einfachheit, wie leise hingesprochen, ganz in die freien, fließenden Rhythmen gegossen, läßt der Dichter in den *Peregrina-Liedern* die Klagen und traurigen Visionen seines Herzens erklingen; in Sonetten, deren ungezwungene Formenreinheit und ebenmäßige Klarheit sie den besten ihrer Art anreiht, besingt er seine erste Braut Luise Rau (»An die Geliebte«) und entlockt, auch ohne durch ein persönliches Erlebnis gestimmt zu sein, seiner Leier Lieder von Liebe, Treue und Untreue. Man denke an das klangvolle, bewegte »Josefine«, das die Schauer der ersten Begegnung des Dichters mit dem Mädchen schildert, an das glutvolle, leidenschaftliche »Liebesvorzeichen«, an das »Jägerlied« oder an jene Lieder, die im Volkston süß oder weh von Liebe singen (»Ein Stündlein wohl vor Tag«, »Nimmersatte Liebe«, »Das verlassene Mägdlein«, »Schön Rotraut«, »Agnes«, »Die Schwestern«, »Die Soldatenbraut«, »Der Gärtner«). Glücklich wie vor ihm nur Eichendorff, nähert sich Mörike dem Volksliede auch in seinen kecken, übermütigen (»Jung Volker«, »Jung Volkers Lied«) wie schalkhaften Tönen (»Storchenbotschaft«). Der Humor, der kindlich fröhliche, der behaglich schmunzelnde und laut lachende, ein Erbteil, das der Dichter seinem Schwaben verdankt, tritt aus vielen seiner Gedichte hervor. Manches Lied Mörikes erinnert an die Weisen des »Wunderhorn«, und dessen Einwirkung zeigen auch einzelne seiner Balladen und Romanzen, und zwar gerade die besten. So die grause Ballade von dem *Feuerreiter,* »Der so oft den roten Hahn meilenweit von fern gerochen. Mit des heiligen Kreuzes Span freventlich die Glut besprochen« und schließlich samt seiner dürren Mähre dem Feuer und dem bösen Feind verfallen ist. Hierher gehört auch die rührende Liebesgeschichte des Pagen und seiner

Prinzessin »Schön Rotraut«, ferner »Suschens Vogel«, »Die schlimme Gret und der Königssohn«.

In seiner ganzen Eigenart tritt uns Mörike in den Naturdichtungen entgegen, mag er nun das Leben der Natur in Beziehung zu dem Menschen setzen oder seiner Begeisterung über die Schönheit der Welt Ausdruck verleihen, wie etwa in dem tiefsinnigen, gleichsam hingehauchten »Er ist's«. Zu einer großartigen Natursymphonie voll überquellenden Empfindens gestaltet sich der »Besuch in Urach«, weihevoll ist in ihrer plastischen Größe die Vision »Um Mitternacht«:

Gelassen stieg die Nacht ans Land,
Lehnt träumend an der Berge Wand;
Ihr Auge sieht die goldne Waage nun
Der Zeit in gleichen Schalen stille stehn.
   Und kecker rauschen die Quellen hervor,
   Die singen der Mutter, der Nacht ins Ohr
   Vom Tage,
   Vom heute gewesenen Tage.

Das uralt alte Schlummerlied,
Sie achtet's nicht; sie ist es müd;
Ihr klingt des Himmels Bläue süßer noch,
Der flücht'gen Stunden gleichgeschwungnes Joch.
   Doch immer behalten die Quellen das Wort,
   Es singen die Wasser im Schlafe fort
   Vom Tage,
   Vom heute gewesenen Tage.

Von ausgewählter Schönheit ist die Bildersprache in den Naturdichtungen. An Goethes »Zueignung« erinnert uns das Gedicht »An einem Wintermorgen vor Sonnenaufgang«, das uns das Erwachen des Tages und seine Spiegelungen in des Dichters Seele, die auch aus ihrem Traum erwacht, mit herrlichen Worten malt und mit dem großartigen Bilde des Sonnenaufganges schließt:

Dort, sieh, am Horizont lupft sich der Vorhang schon!
Es träumt der Tag, nun sei die Nacht entflohn;
Die Purpurlippe, die geschlossen lag,
Haucht halbgeöffnet süße Atemzüge:
Auf einmal blitzt das Aug und, wie ein Gott, der Tag
Beginnt im Sprung die königlichen Flüge!

Als Naturmystiker sieht Mörike hinter den Vorgängen in der Natur das geheimnisvolle Walten eines Geistes, so in den Gedichten »Auf eine Christblume« und in dem von Brahms vertonten und durch seine musikalische Tonmalerei hinreißenden Gedichte »An eine Äolsharfe«.

Im Zusammenhang mit dem Studium der Alten, von denen er Theokrits Idyllen übersetzte, stehen Mörikes antikisierende Gedichte, ausgezeichnet durch ihre klassische Anmut und den glatten Fluß antiker Versformen (»Erinna an Sappho«, »Auf eine Uhr mit drei Horen«, »Auf eine Lampe«). Heimischer aber als auf antikem Boden fühlte sich Mörike in seinem beschaulichen Stilleben, dessen Reize er mit liebenswürdigem Humor in Idyllen schildert. Doch auch hier ist alles, ob es gleich naiv aufgefaßt und dargestellt wird, aus der alltäglichen Sphäre in die höhere der Poesie gerückt. »Die Waldplage«, »Erbauliche Betrachtung«, »Häusliche Szene«, »Ländliche Kurzweil«, »Die schöne Buche«, »Die Waldidylle« und vor allem »Der alte Turmhahn« sind in ihrer Art Meisterwerke. Die umfangreichste von Mörikes Idyllen ist die *Idylle vom Bodensee oder Fischer Martin und die Glockendiebe* (1846, in 7 Gesängen). Leider krankt die Dichtung an einem Fehler der Komposition, der die Einheit der Handlung stört. Mit zunehmendem Alter neigte Mörike immer mehr zur Idyllendichtung und zu der jederzeit von ihm gepflegten Gelegenheitspoesie. Diese nimmt denn auch einen großen Raum in der Sammlung seiner Gedichte ein, und einzelne von ihnen haben einen hohen poetischen Wert (»An Hermann«, »An Wilhelm Hartlaub«).

Mörike sah einzelne seiner Dichtungen von Moritz von Schwind, Ludwig Richter und Eugen Neureuther illustriert, seine Lieder von vielen Komponisten, zum Teile ersten Ranges (Brahms, Schumann, Hugo Wolf) und von seinem Jugendfreunde Friedrich Kauffmann vertont. Gleichwohl werden Mörikes Gedichte nie in die Massen dringen; dazu fehlt es, wie P. Heyse bemerkt, der künstlerischen Physiognomie Mörikes an einem leicht erkennbaren Profil, an gewissen einfachen Grundzügen, die unerläßlich sind, wenn ein Künstler auf die Massen wirken soll. Er trägt zu sehr den Stempel des Eigenartigen, des Besonderen, das den Geschmack der Menge beirrt. Mörike ließ sich, nachdem er 1843 sein Pfarramt aufgegeben hatte, nach einigem Herumwandern in dem Städtchen Mergentheim nieder, führte 1851 seine Braut Margarete von Speth heim und folgte dem Rufe an das Katharinenstift in Stuttgart, um dort als »Pfleger weiblicher Jugend« Vorlesungen über deutsche Literatur zu halten. In diesem Zeitabschnitte hat er seine schriftstellerische Tätigkeit mit einer Anzahl verschiedener, meist novellistischer Arbeiten abgeschlossen.

So brachte Weihnacht 1852 sein Märchen *Das Stuttgarter Hutzelmännlein,* ein mit Poesie und goldenem Humor durchtränktes Gebilde von unvergleichlicher Anmut, aufgebaut auf den Grund schwäbischer Überlieferungen und örtlicher Bräuche. Die Geschichte des Hutzelmännleins, eines treuen Hausgeistes, und die Historie von der schönen Lau sind darin zu einem einheitlichen Sagenbild verschmolzen, auf das des Dichters milder Humor sich im vollsten Maße ergossen hat. Vier Jahre später folgte das ganz in die orientalische Stimmung getauchte und in Sprache und Darstellung dem fremdländischen Inhalt angepaßte Märchen *Die Hand der Jezerte.* In demselben Jahr folte *Mozart auf der Reise nach Prag,* ein Juwel deutscher Erzählungskunst und das Muster einer geschichtlich gefärbten Novelle. Der Dichter wollte damit dem ihm wesensverwandten Tonkünstler ein poetisches Denkmal setzen, und es gelang ihm, durch die Schilderung eines Tages aus dem Leben des unsterblichen Meisters von dessen genialem und kindlichem Wesen ein reich belebtes Bild zu entwerfen.

Illustration zu Mörikes »Historie von der schönen Lau« von Moritz von Schwind.

Mozart ist mit seiner jungen Frau Konstanze auf der Reise nach Prag, um dort seine halbfertige Oper Don Juan aufführen zu lassen. Durch einen lustigen Zufall kommt der berühmte Maestro in das Haus eines kunstliebenden Grafen, erzählt von seinen Künstlerfahrten und gibt auf dem Klavier einiges aus dem »Don Juan« zum besten. Mit einem wehmütigen Ausklang, Mozarts frühen Tod andeutend, schließt die Novelle.

Nach dieser Novelle sind außer einigen Gedichten keine Erzeugnisse mehr von Mörikes Muse an die Öffentlichkeit getreten. Lange vor seinem Lebensende ist sie erlahmt, und weder der immer wachsende Kreis der Bewunderer seiner Werke noch die Auszeichnungen ihres Schöpfers konnten die schwindende Schaffenskraft wecken. Seine Stellung am Katharinenstift hatte er, da ihm bei zunehmender Kränklichkeit die regelmäßige Verpflichtung immer mehr zur Last fiel, 1866 wieder aufgegeben und verbrachte die nächsten Jahre in verschiedenen kleinen Städten Schwabens. Im Herbst 1871 verlegte er indessen seinen Wohnsitz wieder dauernd nach Stuttgart, wo er nach schwerer, durch die Trennung von seiner Gattin herbeigeführter Leidenszeit seine Tage in den bescheidensten, fast dürftigen Verhältnissen beschloß.

An Mörike lehnte sich die Muse des reichbegabten, in seiner künstlerischen Entwicklung aber früh gehemmten HERMANN KURZ (1813–1873). Er kam 1831 in das Tübinger Stift, um Theologie zu studieren, geriet aber früh in Widerspruch zwischen dem ihm auferlegten Beruf und seiner zur Philosophie und Literatur sich wendenden Neigung. Schon 1836 gab er die theologische Laufbahn auf und lebte nun als Schriftsteller in Stuttgart, nahm in Karlsruhe an der vormärzlichen liberalen Bewegung Anteil, redigierte 1848–1854 in Stuttgart den demokratischen »Beobachter«, hielt sich dann in verschiedenen Städten auf, bis er 1866 in Tübingen die Stelle eines zweiten Bibliothekars erhielt, die er bis zu seinem Tode innehatte. Wie wenige der schwäbischen Dichter hatte er zeitlebens mit Not und Sorge zu kämpfen, und diese haben ihm frühzeitig die dem Lyriker notwendige Stimmung getrübt. Klein ist die Zahl seiner lyrischen Schöpfungen, aber es findet sich darunter manch sangbares, dem Volksliede abgelauschtes Gedicht, das Silcher und andere Musiker zur Vertonung lockte. Besonders gut gelang ihm das Märchen; seine Balladen klingen an die schwäbischen Muster an, das komische Epos *Die Reise ins Meer* erinnert an den von ihm gefeierten Mörike, der ihm nebst Tieck auch bei dem ersten Versuche in der Novelle *Das Wirthaus gegenüber* und in dem in Salerno spielenden Roman *Lisardo* als Vorbild diente (1836).

Bezeichnend für seine Erzählungen ist die innige Hingabe an die Geschichte und Kultur seiner Heimat. Dazu kommt noch ein eindringliches Studium und eine umfassende Kenntnis der vaterländischen Geschichte, so daß seine Erzählungen in sicherem Treffen des Lokaltons, in der Nachbildung des schwäbischen Volkscharakters und in der Belebung durch charakteristische Typen vortrefflich zu nennen sind.

Schon 1837 gab er eine Sammlung Novellen heraus: *Genzianen;* 1858–1861 folgte eine größere in drei Bänden. Vielleicht wegen der Beschränkung des Stoffes sind sie nicht durchgedrungen, und doch findet sich darin manche Perle echter Erzählungskunst. Mag er sich über das Gebaren der schwäbischen Winkelrepubliken lustig machen, die Freuden und Leiden des schwäbischen Landpfarrers schildern (»Die beiden Tubus«), die Frauentreue zur Zeit der Kreuzzüge verherrlichen (»Das weiße Hemd«) oder in dem Schwank *St. Urbans Krug* das Treiben der fahrenden Gesellen im 16. Jahrhundert schildern, überall weiß er den rechten Ton zu treffen, durch tiefen Ernst zu erschüttern und durch liebenswürdigen Humor zu erheitern. Daher hat denn auch Paul Heyse bei der Gründung des »Deutschen Novellenschatzes« (1871) den eigenartigen schwäbischen Novellisten zum Mitherausgeber gewählt. In den *Fünf Büchern Denk- und Glaubwürdigkeiten* erzählt Kurz von seinen Kinder- und Knabenjahren und entwirft ein treues Bild von dem kleinstädtischen Treiben in Reutlingen. Eine Ergänzung dazu bietet des Dichters hochbegabte Tochter Isolde mit ihren Schilderungen des Elternhauses; durch sie erfahren wir auch, wie sehr ihr Vater durch Lohnarbeiten, namentlich durch Übersetzungen, in seinem dichterischen Schaffen gehemmt war. Hervorragend sind die Übertragung von Ariosts »Rasendem Roland« und Gottfrieds von Straßburg »Tristan und Isolde«, wozu er einen Schluß dichtete. Aber auch einen der besten Künstlerromane hat uns Kurz geschenkt in dem Roman *Schillers Heimatjahre* (1843). In buntem Wechsel spielen sich heitere und ernste, dem wirklichen Leben abgelauschte und phantastische Szenen ab, farbenreiche Bilder aus dem Leben auf der Karlsschule, dem Hoflager Karls, der Festung Hohenasperg werden entrollt. Wieder fesselnd zwar, aber psychologisch weit tiefer und an manchen Stellen geradezu dämonisch groß ist der ganz in die Grenzen der Wirklichkeit gebannte Volksroman *Der Sonnenwirt* (1854), der die von Schiller bereits behandelte Geschichte (»Verbrecher aus verlorener Ehre«) behandelt.

Religiöse Lyrik

Unter dem Einflusse der Romantik blühte in dem sangesreichen Schwaben auch die religiöse Lyrik, die zur Zeit der Herrschaft des Rationalismus zurückgedrängt worden war, wieder auf. Wie überall wandten sich auch in Württemberg seit der Napoleonischen Zeit die Gemüter wieder dem Glauben und seinen Tröstungen zu, und zwar riß, wie schon in der ersten Hälfte des 18. Jahrhunderts, der Pietismus in dieser Bewegung die Führung an sich. Unter den Dichtern dieser Richtung überragte ALBERT KNAPP (1798–1864), gebürtig aus Tübingen, gestorben als Stadtpfarrer in Stuttgart, alle anderen an Talent und Einfluß. Sein für alles Große und Edle in Natur und Geschichte aufgeschlossener Sinn, seine vielseitigen Studien, seine durch Reisen und Umgang mit bedeutenden Männern (Arndt, Rückert, Schwab, Lenau, A. Grün) immer genährten Kenntnisse, sein Interesse an den religiösen und politischen Fragen des Tages führten ihm die verschiedensten Stoffe zu, und er besaß, sie poetisch zu gestalten, alle notwendigen Gaben: Kraft und Fülle der Phantasie, Tiefe und Stärke des Gemütes, Reichtum und Eigenart der Gedanken, Schwung und Mannigfaltigkeit des sprachlichen Ausdruckes, Gewandtheit und Leichtigkeit in der Formgebung. Von seinen *Christlichen Gedichten* (1829), die in der Folgezeit fünf Bände füllten, sind mehrere in evangelische Gesangbücher übergegangen. Nur eine Folge seiner pietistischen Weltanschauung war es, daß auch seine weltlichen Gedichte, wie die zwei Sammlungen *Hohenstaufen* und *Bilder der Vorwelt,* dem Zwecke dienen, das Universum in christlicher Poesie zu verklären. Oft bildet Schwaben den Gegenstand seiner Dichtungen; aber während seine schwäbischen Sangesgenossen sich mit Vorliebe in die stillen Reize der sie umgebenden Natur versenken und ihren kleinsten Geheimnissen zärtlich nachspüren, ist ihm mehr an einer großartigen Auffassung der Natur gelegen; immer wieder schweift seine Phantasie über sein Heimatland nach Italien, Griechenland, dem Orient, und mit dem ausgesuchtesten Redeprunk entwirft er glanzvolle Gemälde versunkener Herrlichkeit (»Bilder der Vorzeit«).

Durch 21 Jahre besorgte er die *Christoterpe,* ein Taschenbuch vornehmen Stils, das den christlichen Dichtern seine Spalten öffnete (1833–1853); dazwischen veranstaltete er eine umfassende Sammlung Kirchenlieder (»Evangelischer Liederschatz für Kirche [Schule] und Haus«, 1837), die zuletzt von seinem Sohne Josef herausgegeben (1891) und dann fortgesetzt wurde. Auch nahm er hervorragenden Anteil an dem »Gesangbuch für die evangelische Kirche in Württemberg« (1841) und veröffentlichte Gedichtsammlungen älterer und neuerer geistlicher Sänger.

Unter Knapps Einwirkung steht JULIUS KRAIS (1807–1878), Pfarrer in Ofterdingen, der den *Gesängen unter Palmen* (1847) und den *Christlichen Gedichten* (1859) seinen Ruf als religiöser Dichter verdankt. Er ist hauptsächlich Epiker und liefert in schöner Form, aber ohne innere Wärme biblische Bilder, Legenden, poetische Erzählungen aus der christlichen Geschichte, Balladen und Romanzen mit christlicher Moral. In den älteren weltlichen Gedichten folgt er der schwäbisch-romantischen Schule, die *Vaterländischen Gedichte* (1877) widmet er den »Kämpfern in Krieg und Sieg der deutschen Einheit 1870 und 1871«.

Diese begeisterten auch FRIEDRICH KARL VON GEROK (1815–1890), Hofprälat in Stuttgart, zu zahlreichen schwungvollen Gedichten, die er 1871 zu einem *Deutsche Ostern* genannten Buche vereinigte. Im Frohlocken über das deutsche Heldentum vergißt er nicht, Gott die Ehre zu geben. Berühmt als Prediger und Gelehrter, machte er seine Predigten in sechs Sammlungen seinen Glaubensgenossen zugänglich, veranstaltete Ausgaben verschiedener geistlicher und weltlicher Dichter und veröffentlichte 1857 unter dem Titel *Palmenblätter* ein Bändchen seiner religiösen Lieder, und dieses Erstlingswerk ist das klassiche Werk der Gerokschen Muse geworden, das heutzutage in mehr als hundert Auflagen verbreitet und in eine Reihe europäischer Sprachen übersetzt ist.

Nur gemeinverständliche Nachbildungen alttestamentlicher Stoffe sind die *Harfenklänge (1833)* und *Davids Jugend*, die der als Philologe und Übersetzer antiker Autoren bekannte EDUARD EYTH (1800–1884) veröffentlichte. Durch seine Bekämpfung des Hegelianismus führt er uns zu den beiden Ludwigsburger Gelehrten, deren Schriften zeigen, wie innerhalb einer doch ziemlich eng geschlossenen Dichterschule sich in der Weltanschauung unüberbrückbare Gegensätze geltend machten. Der eine von ihnen, DAVID FRIEDRICH STRAUSS (1808–1874), bewegte sich als Tübinger Stiftler in romantisch-mystischen Ideen, wurde aber dann Hegelianer und entfesselte mit seinem Buche *Das Leben Jesu, kritisch bearbeitet* (1836) in der theologischen Welt einen gewaltigen Sturm, da er die evangelischen Berichte nicht für geschichtliche Denkmale, sondern für Erzeugnisse des dichtenden urschristlichen Gemeingeistes erklärte. Wieder auf Grund der Hegelschen Religionsphilosophie bekämpfte er dann die christliche Dogmatik in dem Werke *Die christliche Glaubenslehre in ihrer geschichtlichen Entwicklung und im Kampfe mit der modernen Wissenschaft* (1841). In seiner letzten Schrift, *Der alte und der neue Glaube* (1872), brach er völlig mit dem Christentum und versuchte sich mit Hilfe der modernen Naturwissenschaft eine selbständige Weltanschauung aufzubauen. Auch diese Schrift mußte zum Kampf herausfordern, und Strauß sah sich diesmal in der Verteidigung von seinen Anhängern verlassen. Längst schon ist Strauß widerlegt worden, aber immer hat man seine Gewandtheit in der Handhabung der deutschen Sprache anerkannt, und dies gilt auch von seinen Gedichten, dem *Poetischen Gedenkbuch*, und von seinen biographischen Arbeiten (»Schubarts Leben«, »Nikodemus Frischlin«, »Ulrich von Hutten«, »Reimarus«, »Voltaire«).

Während Strauß, wohl in der Erkenntnis, daß ihm in der Poesie ein hohes Ziel nicht erreichbar sei, nur für sich selber dichtete, hat FRIEDRICH THEODOR VISCHER (1807–1887), sein Kollege in Tübingen und später Professor am Stuttgarter Polytechnikum, sich mit seinen Schöpfungen immer an die Öffentlichkeit gewandt. Als Seminarist in Blaubeuren und als Stiftler in Tübingen begann er mit Volksgesängen im Bänkelsängertone, gereimten Schauer- und Mordtaten (darunter »Leben und Tod des Josef Brehm, gewesten Helfers zu Reutlingen«, 1829). Dann veröffentlichte er in verschiedenen Zeitschriften Erzählungen und lyrische Gedichte und trat erst 1862 wieder mit einer größeren Schöpfung hervor: *Faust* (Der Tragödie dritter Teil in drei Akten. Treu im Geiste des zweiten Teiles des Goetheschen

Faust gedichtet von Deutobold Symbolizetti Alegoriowitsch Mystifizinsky). Die Spitze dieser aristophanischen Satire ist gegen den zweiten Teil des »Faust« und gegen seine Bewunderer und Erklärer, die Stoffmaier und Sinnhuber, gerichtet. Dabei ergeht sich die phantastische Laune des Dichters in den buntesten Erfindungen, in allen Arten der Komik, von der feinsten Satire bis zur übermütigen Narrheit; an Kühnheit und Sprachschöpfungen wetteifert er mit Fischart, an Tollheit der Reimspiele mit den verwegensten Reimkünstlern. Durch Derbheiten wird die literarische Burleske verunziert. Bei deren Umarbeitung (1886) hat sie der Dichter gemildert und auch sonst allerlei geändert; das Zeit- und Sittengeschichtliche tritt jetzt in den Vordergrund, und gegen das Papsttum ist eine satirische Szene eingeschaltet. Wohl preist der Dichter am Schlusse der Parodie das Genie Goethes, aber in seiner Ablehnung gegen dessen Altersdichtung beharrt er, und das ist um so sonderbarer, da der erste Teil des »Faust« an Vischer einen geistvollen Erklärer gefunden hat.

Wie in dieser literarischen Satire läßt der Dichter Humor und Satire auch in dem Heldengedichte *Der deutsche Krieg 1870/71* frei walten. In dem vielgerühmten Roman *Auch Einer* (1879) schildert er den vom Komischen zum Tragischen fortschreitenden Kampf einer geistig und sittlich vornehmen Natur gegen die Widersprüche des Lebens, die ihn stets wieder von den Höhen des Idealen in die Tiefen der gemeinen Wirklichkeit herabschleudern. In seinem formlos bunten Aufbau bleibt der Roman hinter den Anforderungen seiner Kunstgattung zurück, und in der gehässigen Satire der *Pfahldorfgeschichte* schwebt des Dichters Humor gewiß nicht über den Dingen.

An geistigem Gehalt berührt sich der Roman mit Vischers ästhetischen Schriften, und dieses gilt auch von den lyrischen Gedichten, die uns in der Sammlung *Lyrische Gänge* (1882) vorliegen. Mit dem Lustspiel *Nicht Ia,* das, in schwäbischem Dialekt geschrieben, auf dem politischen Hintergrunde des berühmten Franzosenfeiertages ein Pfarrhausidyll bietet, und mit einem Festspiel zur Uhlandfeier (1887) schloß der Dichter sein poetisches Schaffen. Dies war aber nur ein Teil seiner ungemein fruchtbaren und vielseitigen schriftstellerischen Tätigkeit, und mehr als durch seine Dichtungen wird er fortleben durch seine *Ästhetik oder Wissenschaft des Schönen* (3 Teile in 4 Bänden, 1846–1857) und seine ästhetisch-kritischen Studien, die sich in den *Kritischen Gängen* (1844) und deren neuen Folgen gesammelt finden und ihm als Kritiker einen Platz neben Lessing anweisen.

Mit Strauß für Hegel schwärmend, hat Vischer seine Ästhetik auf metaphysisch-Hegelscher Grundlage aufgebaut, das Schöne als die »Idee in sinnlicher Erscheinung« bestimmt und sich für die fortschreitende Entwick-

Friedrich Theodor Vischer (1807–1887), der Verfasser einer berühmten Ästhetik.

Der Philosoph und Theologe David Friedrich Strauß (1808–1874), dessen Buch »Das Leben Jesu« zu seiner Zeit großes Aufsehen erregte.

Zwei bedeutende Theaterdichter brachte das Wiener Volkstheater im 19. Jahrhundert hervor: Ferdinand Raimund (1790–1836) begeisterte mit seinen Zauberpossen das Publikum (oben), und Johann Nepomuk Nestroy (1802–1862) kritisierte in seinen satirischen und parodistischen Stücken die Schwächen seiner Zeit (unten).

Szene aus einer Aufführung von Franz Grillparzers »Medea«. Thalia-Theater Hamburg, 1966 ▶

Szene aus einer Aufführung von Grillparzers Tragödie »König Ottokars Glück und Ende«, Burgtheater Wien, 1965.

lung der Begriffe der dialektischen Methode Hegels bedient. Doch gerade diese mit spröden Griffen hantierende Schulsprache erschwert den Genuß des mit erstaunlichem Reichtum an Geist, Urteilskraft und Wissen zu Bewunderung zwingenden Werkes. Auch in seinen politischen Ansichten war er ein Anhänger des Hegelschen Staatsbegriffes; mit Uhland trat er eine Zeitlang für die großdeutsche Idee ein, und im Streit zwischen Vernunft und Glauben stand er, obwohl etwas toleranter, auf Seite seines Freundes Strauß.

DIE WIENER KLASSIK

Vorspiel

Der schwäbische Dichterkreis trat durch Vermittlung Lenaus, der in Stuttgart seine zweite Heimat fand, in Verbindung mit den österreichischen Schriftstellern. In Wien herrschte trot aller Aufklärung noch immer ein lebendiges Stück Mittelalter. Bewußter trat dieses an die Oberfläche durch die Wirkung der Romantiker. Hier hielt A. W. v. Schlegel seine berühmten Vorlesungen über dramatische Kunst und Literatur; Tieck, Loebe, Brentano, Eichendorff weilten vorübergehend in der Kaiserstadt und streuten ihre Anregungen aus; Friedrich von Schlegel entflammte in Österreich die nationale Begeisterung und gab der österreichischen Publizistik durch Gründung der »Wiener allgemeinen Literaturzeitung« einen mächtigen Ansporn. Adam von Müller siedelte 1811 nach Wien über, ihm folgte Zacharias Werner. In Wien dichtete Theodor Körner seinen »Zriny«, in Wien wurde Friedrich von Gentz zum unentwegten Anhänger des Hauses Österreich und zum Propagandisten Metternichs.

Doch gerade dieser große Staatsmann war ein Feind aller Volksfreiheiten (des »Jakobinertums«) und nationalen Bewegungen, deren Unterdrückung ihm als Existenzbedingung Österreichs erschien. Die Folge war eine geistige Absperrung Österreichs von Deutschland. Aber die Weimarer Klassiker hatten längst Eingang, selbst Nachahmer gefunden. Etwas vorschnell wurde der Wiener Arztsohn, Jurist und spätere Hofrat HEINRICH JOSEPH VON COLLIN (1772–1811) als österreichischer Schiller gefeiert. 1809 kämpfte er als Landwehroffizier gegen Napoleon, sang die *Lieder österreichischer Wehrmänner* (1809) und erwies sich in diesen wie in anderen *Gedichten* (1812) als kraftvoller patriotischer Lyriker und Balladendichter (z. B. »Kaiser Max auf der Martinswand«). Schon vorher hatte er mit nicht geringem, doch nicht dauerndem Erfolg die Bühne betreten. Die Titel seiner Tragödien sind: *Regulus* (1802), *Coriolan* (1804), *Polyxena* (1809), *Balboa* (1806), *Bianca della Porta* (1808), *Die Horatier und Kuriatier* (1809), *Mãon* (1809). Diese Trauerspiele leben von Pathos und Rhetorik Schillers, nicht jedoch von dessen weltbürgerlichen Idealen und Auffassung der historischen Tragödie; es war Collin nach dem Beispiel Corneilles um das Heroische, um die Tugend im Sinne der Römer oder um Ehre und Loyalität im Sinne der Spanier zu tun.

Im Schatten seines Bruders dichtete MATTHÄUS CASIMIR VON COLLIN (1779–1824) lyrische Gedichte, Dramen, Oratorien- und Operntexte, neigte jedoch eher der Romantik als dem Klassizismus zu. Großer Beliebtheit erfreute sich FRANZ IGNAZ VON HOLBEIN (1799–1855); da er mit seinen Dramen (»Das Turnier zu Kronstadt oder die drei Wahrzeichen«, »Das Alpenröslein«, »Das Patent« usw.) Erfolg hatte, verließ er die zuerst eingeschlagene Beamtenlaufbahn, wurde Schauspieler, leitete mehrere Theater Deutschlands, die Bühne in Prag und schließlich das Wiener Burgtheater, hier darum bemüht, Heinrich von Kleists Dramen aufzuführen.

Den Anregungen der Heidelberger Romantik folgte Franz Ziska, indem er die österreichischen Volkslieder und Volksmärchen zu sammeln suchte, und Josef Schütz mit seinen »Versuchen eines Wiener Naturdichters«. Mit diesen Bestrebungen verband sich die Dialektdichtung. Für Niederösterreich wurde deren Anreger IGNAZ FRANZ CASTELLI (1781 bis 1861). Wegen seines *Kriegsliedes für die österreichische Armee* (1809) war er wie Collin von Napoleon geächtet worden; als Hoftheaterdirektor am Kärtnertor (1811–1814) belieferte er diese und andere Bühnen mit rund 200 Unterhaltungs- und Volksstücken, zum Teil Bearbeitungen französischer Modedichtungen. Von Bedeutung wurden seine Dialektspiele, seine Lieder in der Mundart, seine humoristischen Erzählungen aus dem Wiener Leben (dieses sozusagen neue literarische Genre pflegten nach Castelli F. Gräffer, Fr. Schlögl, Ed. Pötzl, V. Chiavacci u. a.). Kulturhistorisches Interesse beanspruchen Castellis *Memoiren meines Lebens* (1861). Tiefer drang das epische Fragment *Der Naz* (1850) des niederösterreichischen Piaristen JOSEF MISSON (1803–1875).

Die Mundartdichtung Österreichs weist ferner zwei bedeutende Namen auf: Seidl und Stelzhamer. JOHANN GABRIEL SEIDL (1804–1875) war in Wien geboren und lebte meistens dort, dichtete auch in der schriftdeutschen Sprache (von ihm stammt die zweite Fassung der Volkshymne »Gott erhalte«), doch richtig scherzen und plaudern konnte er nur in der Mundart (»Flinserln, österreichische Gstanzeln, Gsang'ln und Gschicht'ln«, 1828 bis 1837, sowie in späteren Veröffentlichungen ähnlicher Art). FRANZ STELZHA-

MER (1802 bis 1874), zu Groß-Piesenham in Oberösterreich geboren, besuchte das Gymnasium in Salzburg, studierte in Graz Theologie und führte dann ein unruhiges Leben als Maler, fahrender Mime, »Brettelsänger«, bis ihm das Erscheinen seiner *Lieder in obderennsischer Mundart* (1837) bessere Tage brachte. 1844 hielt er sich in Wien auf und pflegte Verkehr mit Grillparzer, Lenau, Bauernfeld, Castelli und A. Grün; in den folgenden Jahren lebte er bald in Linz, bald in Salzburg, und in dem diesem benachbarten Henndorf ist er 1874 gestorben. Den bereits erwähnten Liedern folgten 1841 *Neue Gedichte* und 1851 die epische Dichtung *D'Ahnl*, die seine scharfe Beobachtungsgabe und Gestaltungskraft am schönsten zeigt.

Für die Entwicklung der schriftdeutschen Literatur Österreichs wurde JOSEF SCHREYVOGEL (1768–1832) besonders wichtig. Sein Leben spielte sich von der Geburt bis zum Tod (er starb an der Cholera) hauptsächlich in Wien

Außenansicht des alten Burgtheaters in Wien. Stich aus dem 19. Jahrhundert.

ab; nur kurze Zeit lebte er in Jena (wegen revolutionärer Verdächtigung exiliert), wo er mit Schiller verkehrte. Von daher stammt wohl seine Vorliebe für das Klassische, seine Abneigung gegen das Romantische. Diese literarische Einstellung brachte er zum Ausdruck im Wiener *Sonntagsblatt* (1807 bis 1818), einem Organ im Stil der sonst längst veralteten moralischen Wochenschriften. Indem er sich jedoch darin mit Theater und Literatur kritisch auseinandersetzte, gewann er die ästhetischen Maßstäbe und die wissenschaftliche Grundlage für seine praktische Tätigkeit am Burgtheater, das er als Dramaturg und Leiter (1815–1832) zu einmaliger künstlerischer Höhe emporhob. Goethe und Schiller, deren Werke zum Teil verboten waren, hat er freieren Raum geschaffen, die französischen Klassiker und den Engländer Shakespeare aufgeführt, Calderón, Lope de Vega, Moreto zu neuen Ehren gebracht (das Interesse an den Spaniern, das aus der österreichischen Tradition zu erklären ist, traf mit jenem der Romantiker zusammen), auch zeitgenössische Dramatiker deutscher Sprache gefördert, wenn, was sie schrieben, zugkräftig war. Schreyvogels eigene literarische Tätigkeit war von geringerer Bedeutung; er schrieb längst vergessene Novellen (diese publizierte er in dem von ihm redigierten Taschenbuch »Aglaja«, 1827–1831) und bearbeitete erfolgreich spanische Dramen, vor allem Moretos »Donna Diana« (1819). Das schönste Blatt im Lorbeerkranz Schreyvogels ist jedoch die Förderung Grillparzers, des größten Dichters Österreichs und eines der größten im deutschen Sprachraum.

Franz Grillparzer und sein Kreis

Der Dichter Franz Grillparzer (1791–1872) wurde zu Wien in schwerer Zeit geboren. Die Französische Revolution trieb ihrem grausigen Höhepunkt entgegen, die Sympathien, die man ihr einst in Deutschland entgegengebracht hatte, waren längst in das Gegenteil verwandelt, und zumal in Österreich verfolgte man der nahen Verwandtschaft der Dynastien wegen die Schreckensvorgänge mit noch größerer Teilnahme. Kriegslärm erfüllte die Jugend Grillparzers. Ein Jahr vor seiner Geburt war Kaiser Joseph gestorben. Ein plötzlicher Umschwung in der äußeren und inneren Politik erfolgte, der größte im geistigen Leben der Hauptstadt. Die Furcht vor der Revolution beherrschte Österreich und drückte dem Zeitalter Metternichs ihr Gepräge auf. Tief aber wurzelte noch das Andenken Kaiser Josephs im Volke, und für Grillparzers Vater gab es keinen helleren Stern, kein strahlenderes Vorbild als Kaiser Joseph, in dessen aufklärerischen Ideen er mit allen Anschauungen, seiner Geistesbildung wie seinen moralischen Grundsätzen wurzelte. Von einem oberösterreichischen Bauerngeschlechte abstammend, war die Familie Grillparzer längst in Wien heimisch. Als ein Ehrenmann durch und durch tritt uns der Hof- und Gerichtsadvokat Dr. Wenzel Grillparzer entgegen; vorwiegend Verstandesmensch, etwas exzentrisch und pedantisch wie Bankban, wie dieser ein Feind jeder Redensart, hart bis zur Tyrannei gegen seine Kinder wie des armen Spielmanns Vater, aber den Stürmen einer schweren Zeit so wenig gewachsen wie Kaiser Rudolf. Die Schmach der Monarchie bei Abschluß des Wiener Friedens beschleunigte den Tod des durch Vermögensverluste schwer gebeugten Mannes (1809). Das Pflichtbewußtsein und die Hartnäckigkeit bei einmal gefaßtem Vorsatze, Wahrheitsliebe und Rechtlichkeit, Haß gegen alles Phrasenhafte und glühender Patriotismus bildeten das Erbe, das der Dichter von seinem Vater bekam. Aber auch der Franzosenhaß, die politischen wie religiösen Anschauungen der josephinischen Ära und die Begeisterung für Kaiser Joseph verpflanzten sich auf den Sohn. Ganz anderer Art waren die von der Mutter auf den Sohn vererbten Eigenschaften: der Sinn und die Begabung für Musik und die Sensibilität des Naturells. Und dieses Erbe ward ihm zum Segen, aber auch zum Fluche für das Leben.

Grillparzers Mutter Marianne war die Tochter des Hof- und Gerichtsadvokaten Christoph Sonnleithner, eines geschätzten Tonsetzers, der durch seine Quartette selbst die Gunst Kaiser Josephs gewann und sich der Freundschaft Mozarts und Haydns erfreute. Das Haus seines Sohnes Ignaz war (1815–1824) ein Mittelpunkt für das musikalische Leben in Wien; dessen Bruder Josef war der Gründer der Gesellschaft der Wiener Musikfreunde, Sekretär der beiden Hoftheater, Bearbeiter vieler fremdländischer Dramen für die deutsche Bühne und Verfasser eines österreichischen Idiotikons. Gleich ihren Brüdern lebte auch Grillparzers Mutter in der Musik. Aber die Tonkunst brachte der zart angelegten, weltscheuen und nervös reizbaren Frau nicht wie anderen Befreiung und Erhebung, sondern wirkte geradezu zerrüttend auf ihre Seele. Unter mancherlei Schicksalsschlägen vergrämte sich das Gemüt der armen Frau, bis sie in religiösem Wahnsinn ihrem Leben ein Ende machte (1819). Das mütterliche Erbe ward zum Unheil für die ganze Familie: des Dichters Bruder Camillo, gleich ihm musikalisch veranlagt, verdüsterte seine Jugend durch übertriebene Selbstquälerei. Adolf suchte freiwillig den Tod in den Wellen der Donau, und Karl klagte sich nach einem abenteuerlichen Leben in einem Anfall von Wahnsinn fälschlich eines Verbrechens an, und nur mit Mühe konnten die dadurch hervorgerufenen Verwicklungen gelöst werden.

Der Dichter selbst litt zeitlebens schwer unter der Anlage zu leichter Verstimmung und selbstquälerischer Grübelei, die sich oft bis zum Lebensüberdruß steigerte. Seine Jugend scheint keine besonders heitere gewesen zu sein, obschon er unter mehreren Geschwistern aufwuchs und der Gesellschaft von Altersgenossen nicht entbehrte. Er hing an seinen Eltern mit inniger Liebe, aber der Vater hielt ihn immer in einiger Entfernung. Es scheint, daß die Entwicklung des Sohnes, die sich freilich oft wunderlich genug angelassen haben mag, seine Erwartungen und Wünsche nicht befriedigte. Auch auf dessen poetische Versuche war er nicht gut zu sprechen, wenn ihm solche vor Augen kamen, was schon frühzeitig und wiederholt der Fall gewesen sein muß. Übrigens war die sprunghafte und unsystematische Erziehung, die Franz genoß, wenig geeignet, in ihm einen Ausgleich des ererbten väterlichen und mütterlichen Naturells zu bewirken. Des Knaben phantastische Anlage fand schon frühzeitig reiche Nahrung durch die Lektüre von Ritter-, Räuber- und Gespensterromanen, der Besuch des Leopoldstädter Theaters leitete bald zu poetischen Versuchen, und Reisebeschreibungen gaben seinen Träumen einen bewegteren Inhalt und lebendigere Farben.

In frühesten Jahren zwischen öffentlichem und privatem Unterricht hin und her geworfen und gewissenlosen Lehrern anvertraut, überließ er sich auch während des Gymnasialunterrichtes (1801–1804) und der sich anschließenden Humanitätsstudien (1804–1806) einer planlosen Lektüre und einem launenhaften Betriebe der Wissenschaften und wurde so ein Mensch der Stimmung, dem die regelmäßige und eigentliche Arbeit fremd blieb.

Nicht aus Neigung, sondern nur des Broterwerbes wegen wandte er sich den juristischen Studien zu, die äußerlich die Jahre 1807–1811 ausfüllen. Der Einsame fand jetzt eine Reihe von Studiengenossen, die auf seinen Vorschlag eine »Gesellschaft zur gegenseitigen Bildung« gründeten. In deren wöchentlichen Versammlungen wurden Aufsätze vorgelesen und die darin behandelten Themen einer eifrigen Diskussion unterzogen. Auch Grillparzer steuerte dazu bei, vor allem historische Arbeiten. In lyrischen Gedichten klangen Herzenserlebnisse nach, starker Gefühlsgehalt zeichnete die Ballade »Das Grab am Walde« aus, und 1809 vollendete er sein dramatisches Erstlingswerk *Blanka von Castilien,* eine Jambentragödie in fünf Akten. Damals stand Grillparzer ganz unter dem Einflusse Schillers, dessen »Don Carlos« denn auch fast Szene für Szene das Vorbild für dieses noch unreife Drama wurde.

Gleichzeitig entstanden mehrere dramatische Entwürfe; aber mitten in dieser regen dichterischen Tätigkeit ergriff Grillparzer der Zweifel, ob er je ein mehr als mittelmäßiger Dichter werden könne, und dieses Verzagen an der eigenen Kraft steigerte sich bisweilen zur hellen Verzeiflung. Trost und Erhebung fand er in der Musik. Er war 18 Jahre alt und im vorletzten Jahre seiner juristischen Studien, als der Vater starb und die Familie in arger Bedrängnis zurückließ. Da bewährte sich denn Grillparzer als der echte Sohn des Vaters. Er, der sonst seine Tage verträumt hatte, kannte jetzt nur das eine Ziel, für Mutter und Geschwister Geld zu erwerben. Um es aufzutreiben, bereitete er junge Leute aus vornehmen Häusern auf die juristischen Prüfungen vor und nahm nach Vollendung seiner Studien (1811) die Stelle eines Hauslehrers in der gräflichen Familie Seillern an. Durch zwei Sommer begleitete er diese auf ihre Besitzungen nach Mähren, verfiel im Herbst 1813 in eine lebensgefährliche Krankheit und kehrte, kaum genesen, nach Wien zurück, wo er wieder seine Privatstunden aufnahm und zugleich eine Stelle als Praktikant an der Hofbibliothek erhielt. Noch in demselben Jahre trat er zu den Finanzen, und zwar zur Zollgefäll-Administration über, und im März 1815 sehen wir ihn als Konzepts-Praktikanten bei der k. k. Allgemeinen Hofkammer. Aber seine Beamtenlaufbahn befriedigte ihn nicht. Seine Selbstbiographie ist voll von Klagen über Zurücksetzung, Vernachlässigung, unwürdige und ungerechte Behandlung. Ob er recht hatte, wird sich nicht immer entscheiden lassen. Während all dieser Jahre, in denen er nach einer festen bürgerlichen Stellung rang, regte sich trotz der häufigen Stimmungen der Verzagtheit nicht selten eine frische Lust an dichterischem Schaffen, das in der herrlichen Ode »Die Musik« und in einer Reihe dramatischer Entwürfe (»Spartakus«, »Alfred der Große«, »Drahomira«) seine Betätigung fand.

Alle diese Stücke hat Grillparzer mit Rücksicht auf die ihm bekannten Bühnenverhältnisse, manche Gestalten geradezu im Gedanken an bestimmte Personen entworfen. In diesem steten Bedenken des schauspielerisch Möglichen zeigt sich seine echt dramatische Veranlagung, und wenn auch keines dieser Stücke auf die Bühne kam, so verschafften sie ihm doch die Sicherheit in der Beherrschung der dramatischen Kunstmittel, und aus der vielfältigen Nachahmung von Vorbildern der verschiedensten Richtungen rang er sich endlich zu seiner Eigenheit durch. Gefördert wurde er hierin durch die Bekanntschaft mit Schreyvogel, dem damaligen Leiter des Burgtheaters.

Dessen »Sonntagsblatt« machte ihn, wie er selbst bekennt, auf Goethes Wert aufmerksam, lehrte ihn Aristoteles und Kant verehren, unterrichtete ihn über manche ästhetische Frage, nährte seine Abneigung gegen die »faselnden Romantiker«, auf deren Ehrgeiz und mißbrauchten Scharfsinn er die ästhetische Systematik und die abgerissene Kritik seiner Zeit zurückführte. Aus dem »Sonntagsblatt« schöpfte Grillparzer auch seinen Haß gegen die romantische Verehrung des Mittelalters, die ihm als ungesunder Rückfall in Dumpfheit und Aberglaube erschien, gegen die Naturphilosophie, das Volksepos und Volkslied. Trotz alledem entzog er sich als Dichter keineswegs dem Einfluß der Romantik. Tiecks Märchenkomödien lockten ihn ebenso an wie die Wiener Volksbühne; er ahmte in der »Drahomira« Zacharias Werners Bekehrungstragödie »Das Kreuz der Ostsee« nach, auch Kleists, Arnims, Brentanos Tragödien ließen Spuren in seinen Schöpfungen zurück, dem Mittelalter entnahm er einige seiner dankbarsten Stoffe, und vor allem schuldet er der Romantik die Bekanntschaft mit der durch sie erschlossenen italienischen und spanischen Literatur. Durch Übersetzungen sucht er rasch in sie einzudringen und beginnt 1814 Gozzis fatalistisches Drama »Der Rabe« zu übersetzen, das auch Raimund reizte und das Hoffmann in Bamberg wirklich auf die Bühne brachte. Eben hatte Schreyvogel Calderóns »Das Leben ein Traum« dem deutschen Theater erobert (1816), als Grillparzer dasselbe Stück ins Deutsche zu übertragen begann. Als Deinhardstein davon erfuhr, bewog er ihn, den bereits fertigen ersten Akt in Hebenstreits »Modezeitung« zu veröffentlichen. Dieser wollte damit Schreyvogel am Zeug flicken, erreichte aber seine Absicht nicht. Denn als sich herausstellte, daß Grillparzer von dem Komplott nichts gewußt habe, entwickelte sich zwischen ihm und Schreyvogel ein freundschaftliches Verhältnis, das bis zu des letzteren Tode ungetrübt bestehen sollte.

Gleich bei der ersten Begegnung erkannte der erfahrene Dramaturg Grillparzers Talent und drang in ihn, es nicht ungenützt zu lassen. Da rückte dieser mit dem Plane der »Ahnfrau« heraus, der ihn schon 1813 beschäftigte. »Das Stück ist fertig, Sie brauchen es nur niederzuschreiben«, lautete Schreyvogels Urteil, als er den lebhaften und bis ins einzelnste gehenden Vortrag gehört hatte. Aber es bedurfte noch mehrfachen Drängens, um den seinen Kräften mißtrauenden und die Öffentlichkeit scheuenden Dichter zu veranlassen, daß er Ernst machte. Im September 1816 endlich wurde *Die Ahnfrau* in 15 oder 16 Tagen vollendet. Schreyvogel wünschte einige Änderungen, der Dichter fügte sich. Der Publikumserfolg blieb nicht aus, wenn auch weniger infolge der dichterischen, sondern mehr infolge der theatralischen Qualitäten des Stücks (und das hat Grillparzer mit Shakespeare gemeinsam, den Sinn für die Bühnenmöglichkeiten, für die Theatereffekte, für die Wirkung auf das Publikum, für das Umsetzen des Gedachten ins Sichtbare). Die »Ahnfrau« bleibt dem literarischen Wert nach ein umstrittenes Stück, demgegenüber dennoch zuzugeben ist, daß es höher steht als alle Schicksals- und Schauerdramen, die ihm vorausgingen. Dies ist sein Inhalt:

Der angeblich als Kind ertrunkene Sohn des Grafen Borotin wächst, ohne seine Abkunft zu kennen, als Mitglied einer Räuberbande auf, findet auf der Flucht vor den Häschern Zuflucht im Schlosse seines Vaters und verliebt sich leidenschaftlich in die eigene Schwester, die diese Liebe erwidert; schließlich tötet er – ohne Absicht – den Grafen, d. h. seinen Vater.

Zufall, Schuld, Schicksal sind zu einem dunklen Gewirr verbunden, das noch dunkler wird durch die auf dem Geschlecht lastende Erbschuld. Daß an der Gestaltung dieser Geschichte ein Dichter wirkte, beweisen die vierfüßigen Trochäen, deren vollendete Bemeisterung große Wirkung ausübt.

Um zu beweisen, daß er auch anderes könne, schuf nun der Dichter, nachdem er die begonnene Arbeit am »Traum ein Leben« vorerst liegenbließ, die *Sappho* (1817), das Spiel von dem Manne zwischen der mit dem Herzen geliebten, schönen und jungen Sklavin Melitta und der um ihrer Kunst willen verehrten Dichterin, das mit Sapphos Freitod tragisch endet. In Sappho verkörpert Grillparzer den Zwiespalt zwischen Kunst und Leben, die unerfüllbare Sehnsucht des Kultur- und Reflexionsmenschen nach dem Glücke der natürlichen Einfalt (wie es Melitta darstellt), die ausweglose Einsamkeit des künstlerischen Menschen. Man darf Grillparzers »Sappho« mit Goethes »Tasso« vergleichen (schon deshalb, weil beide Künstlertragödien Aussagen ihrer Dichter über sich selbst sind, beide von den historischen Urbildern abweichen – die geschichtliche Forschung hat erst nachträglich die historisch richtigen Porträts von Tasso und Sappho entworfen), da beide Stücke die Tragik und Friedlosigkeit des Poetentums zum Thema haben.

1820 vollendet Grillparzer seine Trilogie *Das goldene Vlies* (aufgeführt 1821), in deren Mittelpunkt Medea steht. Nicht als wiedererstandener Grieche will der Dichter sprechen, er will Leben schaffen, das seiner Zeit gehört. So wurde, wie der tragische Gehalt, auch der Charakter Medeas seine eigene Schöpfung. Denn während Medea bei Euripides als barbarisch-grimmige Gestalt, bei Seneca als ein Ungeheuer, bei Corneille als Tigerin dargestellt ist, hat Grillparzer das allgemein Menschliche der Sage und der Medeengestalt rein erfaßt. Daher begnügte er sich nicht, wie sein Vorgänger, mit der Dramatisierung des Kindermordes, sondern suchte diese ungeheuerliche Tat begreiflich und erträglich zu machen. Begreiflich konnte sie nur werden, wenn der Weg gezeigt wurde, den diese Mutter wandelt, ehe sie die Verzweiflung zum Verbrechen treibt. So wird Medea von Anfang an in den Vordergrund gerückt; ihr Schicksal, ihre Person ist das Wesentliche, nicht der Argonautenzug. Ihr Charakter wird als groß und bedeutend gestaltet.

Der *Gastfreund* ist ein Vorspiel. Darin wird die Tat begangen, deren Folgen wie ein Verhängnis auf einer langen Reihe von Menschenleben lasten. Phrixos kommt nach Kolchis, um das goldene Vlies dem Gotte darzubringen, fällt aber im Kampfe mit dem nach dem kostbaren Vlies lüsternen

Aietes, dem Vater der Medea. Der zweite Teil, *Die Argonauten,* zeigt das auf dieses Verbrechen einsetzende Verderben. Griechen, unter ihrem Anführer Jason, sind auf Kolchis gelandet, um das Vlies zurückzuholen. Medea verliebt sich in Jason und wird sein Weib. Ihrer selbstlosen Liebe steht der blinde Wahn des nach Geld und Ruhm jagenden Mannes gegenüber, dem der Besitz des Vlieses Zeichen des Ehrgeizes ist, während es für Medea Symbol allen Unrechtes und Übels bedeutet. Das dritte Stück der Tragödie, *Medea,* zeigt nun das Seelenleben Medeas in ihrer unglücklichen Ehe. Sie, die dem Geliebten nach Griechenland gefolgt ist, versucht alles, um sich den neuen Verhältnissen in dem ihr fremden Lande anzupassen. Doch Jason hat sich von ihr abgewendet, und sie muß zusehen, wie sich seine Neigung der Jugendfreundin Kreusa zuwendet. Im endgültigen Zusammenbruch ihres Glücks, hofft sie, daß ihr wenigstens die beiden Kinder bleiben. Als auch diese Hoffnung vergebens ist, bricht alles in Medea zusammen: sie sendet Kreusa einen Zauberschleier, der diese in Flammen setzt, und tötet in rasender Verwirrung die Kinder. – Mit einem Epilog von grandioser Schwermut schließt die Tragödie. Jason, wie Medea verbannt, trifft Medea in einsamer Waldgegend. Das Vlies ihm zeigend, sagt sie, für immer von ihm scheidend:

Erkennst das Zeichen du, um das du rangst?
Das dir ein Ruhm war und ein Glück dir schien?
Was ist der Erde Glück? – Ein Schatten!
Was ist der Erde Ruhm? – Ein Traum.
Du Armer! der von Schatten du geträumt!
Der Traum ist aus, allein die Nacht noch nicht.

Nicht, wie sonst in den Tragödien, durch den Tod sollen die tragisch schuldigen Gestalten ihre Schuld büßen, sondern durch ein weiteres Leben der Qual. Tragen, dulden, büßen, so klingt die Dichtung aus.

Dem verhängnisvollen Haschen nach den irdischen Gütern steht in dieser Dichtung das bescheidene Leben gegenüber, das Grillparzer als erste Bedingung zu einem glücklichen Dasein ansieht.

Nur noch einmal, 1831, brachte Grillparzer ein in Griechenland spielendes Stück auf die Bühne: *Des Meeres und der Liebe Wellen,* mit dem er sich seit 1820, also noch während seiner Arbeit am thematisch recht gegensätzlichen »Goldenen Vlies«, beschäftigte. Erst 1829 wurde die zarteste deutsche Tragödie und des Dichters innigste Schöpfung fertig. Wie es der stets an sich zweifelnde Dichter geahnt hatte, gab es zunächst einen Mißerfolg; erst nach der Neuinszenierung 1849 schien Wien und die Welt reif zu sein für den Dichter, von dem ein damaliger Burgschauspieler schrieb, er sei nach Shakespeare der erste lebende Dichter, der die Liebe zu zeichnen verstünde.

Mag Grillparzer auch den Stoff der griechischen Sage entlehnt haben, sein Inhalt ist antik und modern zugleich: das sich stets erneuernde Leben, Ebbe und Flut menschlicher Leidenschaften und die ewige Harmonie zwischen Natur und Seele. Das Liebespaar Hero und Leander vom Strande Abydos und dem gegenüberliegenden Turme auf Sestos am Hellespont war durch Schillers Ballade wieder in Erinnerung gebracht worden. Daneben kannte Grillparzer natürlich auch das Volkslied von den zwei Königskindern, die durch tiefes Wasser voneinander getrennt sind.

Kaum erwachsen, hat sich Hero dem Tempeldienst der Aphrodite auf Sestos geweiht, muß aber, nun als Priesterin gebunden, die Wahrheit der Worte ihrer Mutter erfahren: »Das Weib ist glücklich nur an Gattenhand.« Sie entbrennt in hingebender und selbstvergessener Liebe zu Leander, naturhaft und naiv der Seligkeit ihres Glückes lebend. Diesem Traume hingegeben, vergißt sie alle Vorsicht und merkt nicht, daß die Leidenschaft von dem Oberpriester, dem strengen Hüter der Pflicht, belauscht wird. Dieser löscht des Nachts die Lampe, die Leander den Weg durch das Meer weisen soll. Nach Leanders Tod hat das Leben für Hero den Reiz verloren. Sanft und natürlich, wie sie aus dem Halbschlafe, der sie im Tempel umfing, zum vollen Leben des reifen Weibes erwacht war, geht sie vom Leben zur ewigen Ruhe über.

Das Problem des Stückes ist mit dem so mancher anderer Dramen Grillparzers verwandt. Hero hat ihren natürlichen Kreis verlassen, als sie Priesterin wurde, die angeborene Empfindung des Weibes, das nur glücklich ist an der Seite des Gatten, verraten. Der Weg aus der von ihr gewählten, den Menschen fernen höheren Sphäre zurück in die Sphäre der irdischen Freuden mündet wie schon bei Sappho in den Tod.

Und doch sind »Des Meeres und der Liebe Wellen« nur eine Episode in der neuen Schaffensperiode des Dichters, der 1823 *König Ottokars Glück und Ende* vollendet hatte und mit dieser nur wenig hinter Schillers »Wallenstein« zurückstehenden geschichtlichen Tragödie aus der Zeit Rudolfs von Habsburg die Reihe seiner »Historien« eröffnete. »Eines Gewaltigen Glück und Ende«, d. h. das Geschick Napoleons, darzustellen, hatte Grillparzer schon lange gereizt; da aber ein Napoleondrama für die Bühne nicht zugelassen worden wäre und der Dichter kein bloßes Lesedrama schreiben wollte, gingen Züge von Napoleon auf den mächtigen Böhmenkönig Ottokar, den Helden des Dramas, über. Was er an Ereignissen bringt, stammt aus der »Österreichischen Reimchronik«, 1300 bis 1320.

Der leitende Gedanke, auf den Grillparzer alle Teile seines Stückes zurückführt, ist der Konflikt zwischen dem Recht und dem Hochmut. Er zeigt die außerordentlichen Erfolge – Ottokars »Glück« –, die den Böhmenkönig zum Glauben brachten, daß es keine Schranken mehr für ihn gäbe. Er will die Gesetze weichen sehen, die sich seinem Eigenwillen und seiner Herrschaft entgegenstellen. Das Ehegesetz, das ihn mit Margarete verbindet, tritt er mit Füßen. Diese Rechtsverletzung ist nicht die einzige, aber der Dichter stellt sie ins hellste Licht, weil sie der entscheidende Schritt ist, mit dem Ottokar sich seinem »Ende« zuwendet. Daß Ottokar Margarete verstößt, sie um einer sinnlichen Laune willen für Kunigunde von Ungarn opfert, ruft das Verhängnis hervor: Der Adel fällt von ihm ab und bleibt der Babenbergerin treu. – Je mehr Ottokar als Opfer seiner Ungerechtigkeit sinkt, desto mehr erhebt sich Rudolf von Habsburg, der die Tatkraft und das Ansehen der kaiserlichen Würde im Dienste des Rechtes vertritt. Die Völker schließen sich begeistert dem Fürsten an, der als Vertreter der göttlichen Gerechtigkeit erscheint. In letzter Auflehnung gegen seinen Gegner fällt Ottokar im Kampfe. Im Angesicht der Leiche des Gefallenen belehnt Rudolf seinen Sohn mit Österreich, ihn mahnend, stets zu denken »an Ottokar, sein Glück und sein Ende«.

Wohl spielte der Dichter auf den deutsch-tschechischen Gegensatz gelegentlich – und mit Vorsicht – an, wohl sang er mit Begeisterung das Lob

Österreichs, aber im wesentlichen nimmt er das Problem des Rechtes auf, um das sich schon Schillers große Dramen bemühten, nur daß er es eindeutiger im Sinne der Legitimität behandelt. Trotzdem geschah das fast nicht Glaubhafte: Polizeichef Sedlnitzky und Metternich selbst erklärten das Stück für unaufführbar, seinen Druck für unmöglich. Doch ein Geheimer Rat namens Stifft gab bei Kaiser Franz einen anerkennenden Bericht ab, und der Kaiser verordnete gegen das Verbot der Zensurbehörde die Freigabe der Dichtung, die dann am 19. Februar 1825 im Burgtheater aufgeführt werden konnte. Der Erfolg war tumultuarisch, galt jedoch mehr der Sensation als der Dichtung. Grillparzer spürte die falschen Töne und war davon angewidert. Die Erkrankung des Ottokar-Darstellers, eine Kritik im »Sammler«, die der Tragödie Beschimpfung der Tschechen, grobe Unsittlichkeit und Respektlosigkeit gegen den Kaiser vorwarf, sowie andere Umstände führten dazu, daß das Stück vom Spielplan abgesetzt wurde; auch später tauchte es auf den Bühnen Österreichs eher selten auf.

Grillparzer selbst nahm sein Stück in Schutz und persiflierte mit bissigem Spott in den »Kritischen Briefen« die Urteile der Zeitgenossen, ihren Tadel und ihr Lob in gleicher Weise als verlogen ablehnend. Sein Inneres aber erfüllte sich mit tiefster Niedergeschlagenheit, deren Qual sich bis zu Selbstmordgedanken steigerte; dazu kamen die schmerzlichen Verwicklungen mit seiner Braut Katharina Fröhlich, die er nicht zu heiraten wagte. Er entschloß sich zu einer Reise, die ihn über Berlin nach Weimar führte, wo er von Goethe freundlich empfangen wurde. Die angesponnenen Fäden ließ er fallen, als er Weimar fluchtartig verließ.

Die krankhafte Unruhe ist ein für Grillparzer typischer Charakterzug. Zu dieser Last des Bluterbes kam als weitere merkwürdige Veranlagung der ihn sein ganzes Leben begleitende Zwiespalt zwischen echter Liebe und sinnlichem Begehren, der ihn am Heiraten hinderte und ihn in eine Reihe mit seinen kinderlosen Schicksalsgenossen Stifter, Keller und Droste stellt.

Neben unglücklichen Charaktereigenschaften behinderte vor allem die Zensur sein Schaffen. Zwar darf man deren Einfluß auf sein Werk nicht überschätzen: Wie der Wille Grillparzers stärker war als seine eher schwächliche Natur und er das hohe Alter von achtzig Jahren erreichte, war auch seine dichterische Begabung stärker als alle Hindernisse, die man ihm in den Weg legte. Grillparzer brachte fertig, was nur wenigen gegeben ist: für die »Schreibtischlade« zu arbeiten und in ihr Meisterwerke zu hinterlassen.

Weil er Österreicher, ja Wiener war, hat er viel über sein Mißgeschick »geraunzt«, blieb aber dabei dem Haus und Land Österreich treu. Grillparzers Werk lebt aus der Musikalität seiner Heimat, die ihn Verse von seltenem Wohllaut, in an Symphonien gemahnenden Szenen- und Aktfolgen schreiben ließ. Es erscheint seltsam, daß Grillparzer kein Lyriker wurde; vielleicht liegt der Grund darin, daß ihm die Gabe fehlte, sein eigenes Erleiden und Erleben direkt auszusagen; statt dieser besaß er die Fähigkeit, ganz in die Gestalten seiner Dramen einzugehen und aus deren Situation heraus indirekt zu sprechen. Aus dieser persönlichen Anteilnahme war es ihm möglich, wenigstens einige seiner Werke innerhalb weniger Wochen niederzuschreiben; daher wohl haben sie ihre Geschlossenheit, die etwas anderes als die Zielstrebigkeit bei Schiller ist. Überhaupt nährte sich sein Werk aus anderen Quellen als jenes der Weimarer: einmal aus dem bodenständigen Wiener Volksstück, aus dem darin lebendigen Erbe des Barockzeitalters, aus dem durch politische und dynastische Beziehungen für Wien nahen Spanien (aber Calderón und Lope de Vega bedeuteten für Grillparzer dennoch nicht das gleiche wie für die Romantiker), aus dem durch den Josephinismus zwar etwas geschwächten, aber damals jedenfalls noch mächtigen Katholizismus Österreichs, endlich auch aus den Anregungen der überall, wo große Dichtung in neuer Zeit entstand, einflußreichen Griechen sowie Shakespeares. Eine Nachwirkung der Franzosen läßt sich mit Ausnahme gelegentlicher Stoffvermittlung nicht feststellen. Keinem dieser Einflüsse lieferte sich Grillparzer völlig aus, auch dem des verehrten Goethe nicht. Wie Heinrich von Kleist ein eigenständiger Dichter, darf Grillparzer doch eher als jener ein Klassiker genannt werden, und dann wäre die deutsche Klassik eine Summe aus Weimar und Wien, wie Weimar selbst aus Schiller und Goethe.

Die tiefe Schwermut, die den Dichter des »Ottokar« überfallen, war durch die Reise nicht gebannt worden und überschattete die neue Dichtung, der sich Grillparzer zuwandte. Geplant hatte er sie schon früher, nämlich als er vom Hof aufgefordert worden war, für die Krönung der Kaiserin Karolina Augusta zur Königin von Ungarn ein Festspiel zu dichten. Aber die Krönung wurde vollzogen (1825), ohne daß Grillparzer sein Drama beigesteuert hatte; erst am 28. Februar 1828 fand die Premiere statt. Der Kaiser selbst wohnte ihr bei und ließ dem Dichter seine Anerkennung aussprechen; tags darauf allerdings wurde Grillparzer mitgeteilt, das Stück habe dem Kaiser so gefallen, daß er es ganz für sich zu haben wünsche und bereit sei, für den Entgang der Honorare jeden beliebigen Ersatz zu leisten. Trotz seiner Empörung fand der Dichter die geschickte Entgegnung, er könne, da bereits mehrere Abschriften vorhanden wären, für deren Verbreitung keine Verantwortung übernehmen. Da beharrte der Kaiser nicht mehr auf seinem Wunsch, die Tragödie *Ein treuer Diener seines Herrn* in Beschlag zu nehmen.

Der Schauplatz dieser Bühnendichtung ist Ungarn zur Zeit des Königs Andreas II. (1205–1230), der Bancban, die Zentralfigur des Stückes, beauftragt hat, während seiner eigenen Abwesenheit für die Ruhe und den Frieden des Staates zu sorgen. Aus diesem von der Geschichte angebotenen Stoff hatte schon Hans Sachs den Siebenakter »Andreas, der ungarische König mit Bancbano, seinem getreuen Statthalter« (1561) gemacht und Josef Katona, ein ungarischer Dichter, sein nationalistisches Tendenzdrama »Bankban« (1821) gestaltet, dessen fremdenfeindliche Züge mit der Tragödie Grillparzers, der übrigens beide vorangegangenen Bearbeitungen des Themas nicht kannte, überhaupt keinen Berührungspunkt haben.

Aus dem durch die Geschichte überlieferten Stoff hat Grillparzer unter freier Umbildung der historischen Tatsachen seine Tragödie von Heroismus der Pflicht- und Untertanentreue gestaltet, für die es keine Notwehr und Selbsthilfe gibt. Um der Schmach zu entgehen, ersticht sich Erny, die junge Gattin des alternden Bancbanus; dieser rettet den Thronerben und den Missetäter Otto von Meran, unterdrückt den Aufstand, kann aber die Ermordung der Königin nicht verhindern. Dem Sohne seines Königs aber gibt er zu beherzigen: »Sei mild, du Fürstenkind, und sei gerecht! Auf dem Gerechten ruht des Herren Segen. Bezähm' dich selbst, nur wer sich selbst bezähmt, mag des Gesetzes scharfe Zügel lenken.«

Weil Bancban das Einstehen für seine Aufgabe mit dem Untergang seines eigenen häuslichen Glückes bezahlt, hat man schon nach der Erstaufführung und auch in der literarischen Kritik neuerer Zeit dem Dichter servile Gesinnung vorgeworfen. Diese Deutung mißversteht den Charakter Bancbans: der Palatin aus ungarischem Adelsgeblüt ist »nicht ein dumpfer enger Untertan, sondern verkörpert den leidenschaftslosen Menschen, der aus der kontemplativen Haltung des Alters heraus lebt und das voll empfundene Glück seiner Ehe mit einer sehr viel jüngeren Frau vor den Wechselfällen des Lebens durch ruhige Besonnenheit und ordnende Vernunft zu sichern sucht. Auch der Staat ruht für ihn auf den gleichen unwandelbaren Werten, die seinen familiären Umkreis bestimmen: Frieden, Ordnung und Recht. So scheint er in einer Harmonie des ruhigen Gemütes und der klaren Vernunft völlig in sich selbst geborgen und durch solche Übereinstimmung dem Zugriff des Tragischen entzogen. Aber das Schicksal bringt ihn in eine Lage, der er nicht gewachsen sein kann. Seine Person ist zur Treue geboren, nicht aber zur Führung ... Aber die Tragik Bancbans reicht noch tiefer ... Auf der einen Seite ist der Staat im Sinne des Königs, Bancbans und auch Grillparzers eine Gott verantwortliche Ordnung, für die zu leben nicht eine Pedanterie, sondern eine sittliche Leistung bedeutet. Auf der andern Seite dringt in den Staat das Unkontrollierbare, Emotionale menschlicher Leidenschaften und Süchte ein ... Damit entsteht Unheil, Unfrieden, Zerstörung, denen Bancbans Gattin zum Opfer fällt. Das in Bewegung geratene Gefüge ruft mit der Brechung des Rechtes wiederum Gegenkräfte wach, Menschen, die das erlittene Unrecht gewaltsam rächen wollen ..., das Staatsganze aber damit nur noch mehr gefährden.« Wer dieser Deutung Benno von Wieses zustimmt, wird dem »Treuen Diener« zubilligen, daß er Probleme aufwirft, die zu jeder Zeit und in jedem Staat auftauchen können.

Das Mißverständnis, dem Grillparzer wieder begegnet war, führte zu Rückfällen in die alte Verstimmung. Tagebücher und Gedichte geben davon Kunde, vor allem Elegien, wie *Die Jugenderinnerungen im Grünen, Tristia ex Ponto* (1835) usw. Zwischen 1828 und 1835 liegen allerdings noch die Jahre 1831, gekennzeichnet durch den Mißerfolg von »Des Meeres und der Liebe Wellen«, und 1834, das ihm den rauschenden Beifall für *Der Traum ein Leben* brachte. Dieses Stück, längst im Herzen des Dichters ruhend, war 1831 vollendet, doch von Schreyvogel für das Burgtheater abgelehnt worden. Erst dessen Nachfolger JOHANN LUDWIG DEINHARDSTEIN (1794–1859), selbst ein zwar oberflächlicher, aber bühnentechnisch sicherer Verfasser von Lustspielen (»Die verschleierte Dame«, »Das Bild der Danae«) und Künstlerdramen (»Hans Sachs«, »Garrick in Bristol«) stellte die Bühne dem die Welt deutenden Stück zur Verfügung. Die Anerkennung, die der »Traum« fand, galt dem Märchenhaften, das der Wiener Mentalität besonders entgegenkam. Der Titel erinnert an Calderóns »Das Leben ein Traum«, doch hat Grillparzer das Besserungs- und Traummotiv im Vergleich zum spanischen Dichter ethisch vertieft. Den Stoff fand er bei Voltaire vorgebildet, die metrische Form, den spanischen Trochäus, übernahm er von Lope de Vega.

Calderóns Stück enthält das bekannte Motiv, daß ein Mensch schlafend in bestimmte Verhältnisse gebracht wird, in denen er sich über seine bisherige Lebenslage erhöht sieht, und daß man ihm hinterher, wenn er, wieder schlafend, in die vorige Lage zurückgebracht ist, einredet, alles sei Traum gewesen. Rustan aber, der Held Grillparzers, träumt wirklich. Aus der stillen Stätte des alten Massud, seines Oheims, aus den Armen der sanften Mirza treibt es ihn fort in die Welt, um Abenteuer zu erleben und Kriegsruhm zu erwerben. Sein Wunsch wird ihm erfüllt. Er kommt, begleitet von Zanga, dem bösen Genius, an den Hof des Königs von Samarkand, gewinnt Ruhm und Ehren und die Liebe der Königstochter Gülnare, doch bald bricht alles zusammen. Sein Aufstieg war auf einen Betrug gebaut, der aufgedeckt wird. Um trotzdem auf der Höhe seines Ruhmes zu bleiben, begeht er Verbrechen um Verbrechen, doch ist es bald zu spät zur Rettung: Der übermächtige Gegner rüstet zum letzten Kampf ... Da erwacht Rustan; geheilt von seinem Ehrgeiz, ruft er der Sonne zu:

Breit es aus mit deinen Strahlen,
Senk es tief in jede Brust;
Eines nur ist Glück hienieden,
Eins: des Innern stiller Frieden
Und die schuldbefreite Brust!

Und die Größe ist gefährlich,
Und der Ruhm ein loses Spiel;
Was er gibt, sind nicht'ge Schatten!
Was er nimmt, es ist so viel!

Nicht weniger tief reicht das Lustspiel *Weh dem, der lügt* (1838). ein paar Zeilen aus Gregor von Tours genügten als Grundlage:

Der fromme Bischof Gregor von Langres will durch Sparen das Lösegeld für seinen jenseits des Rheins gefangenen Neffen Attalus gewinnen. Sein Küchenjunge Léon aber bietet sich an, Attalus auf billigere Weise zu befreien; der Bischof läßt ihn ziehen unter der Bedingung, daß er sich keiner Lüge bediene. Das Unternehmen gelingt, wobei Léon freilich lernen muß, daß man auch durch Handeln lügen kann, ja daß just seine ausgelassene und kecke Offenheit, weil unglaubhaft, einer Lüge sehr ähnlich sieht und ihr gleich ist. Auf der Flucht läutert sich Léons Charakter weiter; er wird Bekenner der Wahrheit.

Der Ernst, der hinter dem oft burlesken Spiel steht, macht es zu einer der wenigen deutschen Komödien, die weit über das bloß unterhaltende Lustspiel hinausragen; es steht im gleichen Rang mit Lessings »Minna von Barnhelm« und Kleists »Zerbrochenem Krug«. Trotzdem wurde es bei der Premiere ausgezischt und mußte vom Speiplan abgesetzt werden.

Der Dichter, seit 1832 Archivdirektor der Hofkammer, was er bis zu seinem Übertritt in den Ruhestand blieb, war bei Hof unbeliebt geworden durch schmähliche Mißdeutung eines Gedichtes auf die Genesung des Kronprinzen Ferdinand nach lebensgefährlicher Krankheit. Um sich von Mißstimmungen zu befreien, ging er wieder auf Reisen, diesmal nach Paris (Verkehr mit Meyerbeer, Börne und Heine) und London, und sprach auf der Rückreise bei Uhland vor, der ihn herzlich empfing. In Wien mußte er die traurige Lage entwirren, in die der Bruder Karl seine Familie gebracht hatte. Er nahm diese neuen Schicksalsschläge mit totaler Verbitterung hin, schuf fortan wenig und behielt das Geschaffene bei sich. In aller Stille sind auf diese Weise drei große Dramen entstanden: »Die Jüdin von Toledo«, »Libussa«, »Ein Bruderzwist in Habsburg.« Die Reihenfolge und das Datum des Abschlusses sind nicht feststellbar.

Die Jüdin von Toledo, angeregt von Lope de Vega, hat wie »Des Meeres und der Liebe Wellen« die Bedrohung des Menschen durch die Liebe zum Gegenstand, diesmal jedoch verbunden mit dem politischen Thema der Gefährdung des Staates und des Rechtes durch eine chaotische Leidenschaft.

Beim spanischen Dichter kehrt Alfons VIII. von Kastilien siegreich von einem Kreuzzug heim, um sich mit Leonore, der Tochter des Königs Richard Löwenherz, zu vermählen. Das junge Eheglück wird durch die Jüdin Rahel gestört, der der König sieben Jahre in leidenschaftlicher Liebe anhängt, unbekümmert um Familie und Reich, um sein Leben, Ruhm und Ehre. Auf Befehl der Königin wird Rahel getötet. Tiefes Weh treibt den König durch sein Land und schließlich in den Wallfahrtsort Illescas, wo ihn ein Engel zur Erkenntnis seiner Verfehlung bringt; jetzt kann die Versöhnung zwischen Alfonso und Leonore eintreten.

Bei Grillparzer trat keine wesentliche Änderung im Geschehen ein, jedoch eine Vertiefung der Charaktere. Dagegen konnte der josephinistisch angekränkelte Österreicher das beim spanischen Vorbild stärker wirkende Religiöse nicht voll auswerten; darum überzeugt der Schluß nicht – der Anblick der Leiche erfüllt Alfons mit Ekel, er erkennt seinen Irrtum und zieht in den Kampf, um im Blute der Feinde sich reinzuwaschen von aller Schuld – und wirkt eher peinlich.

Von Lope de Vega angeregt ist ferner die Fragment gebliebene *Esther*, auf fünf Akte nagelegt, von denen nur die beiden ersten und die erste Szene des dritten Aktes fertig geworden sind. Wie sich der Dichter die Fortsetzung gedacht hatte, ist kaum feststellbar; so viel ist immerhin klar, daß Esther nichts von einer Auserwählten hat, die sich von der Vorsehung zu einer hohen Sendung berufen fühlt. Im Gegenteil, als sie vor König Ahasver steht, denkt sie nicht an die Rettung ihres Volkes, eher daran, ins einfache Landleben zurückkehren zu können. Allmählich erwacht in ihr Mitgefühl mit dem nach Liebe lechzenden, auf seinem Thron vereinsamten König – so weit reicht das Fragment, das 1863 in Emil Kuhs »Dichterbuch aus Österreich« erschien, später sogar nicht ohne Erfolg auf der Bühne gezeigt wurde und ob der Fülle seiner Kunst wie ein abgeschlossenes Stück wirkt.

Die verschiedene religiöse Einstellung bei Lope de Vega einerseits, bei Grillparzer andrerseits wirkt sich auch in der *Libussa* aus, die den gleichen Stoff wie Brentanos »Die Gründung Prags« behandelt. Wie im »Ottokar«, ja stärker noch, wirbt hier der Dichter um die Liebe Böhmens. Doch es geht ihm dabei nicht nur um die besonderen Angelegenheiten des Donaustaates; der Gehalt des Stückes reicht viel tiefer:

Libussa, die zauberkundige Tochter des weisen Krokus, verläßt ihre Einsamkeit, um Fürstin der Böhmen zu werden. Sie gründet ihr Reich auf eine idealistische Auffassung der menschlichen Natur. Nicht Gewalt, nicht Recht, sondern Güte und Überredung sollen herrschen. Aber diese Ideale lassen sich nicht verwirklichen. Es entstehen Streitigkeiten zwischen den Bürgern, die nicht gütlich beigelegt werden können. Immer stärker wird der Ruf nach einem Mann, der fest zugreift, wo es nottut. Da denkt Libussa an den Landmann Primislaus, der sie einst, als sie sich im Walde verirrt hatte, in seine Hütte aufnahm. Er wird ihr Gemahl; der praktische Vernunftmensch tritt neben die Gefühlsschwärmerin. Primislaus erkennt, daß die Menschheit aus ihrem Urzustand hinauswill. Das Gemeindeleben wird durch Gesetze geregelt; Handel und Industrie treten neben den Ackerbau und drängen ihn zurück; die verstreut Wohnenden schließen sich zusammen und gründen eine Stadt. Staunend sieht Libussa zu; ihr Herz kann sich in die neue Zeit nicht hineinfinden – es bricht. Vergeblich hatten die Schwestern sie gewarnt, von ihrer Höhe herabzusteigen, sich unter Menschen zu mischen. Seit sie Königin der Menschen geworden, hat sie ihre Sehergabe verloren. Nur mit Widerwillen folgt sie der Aufforderung Primislaus', als Priesterin die Weihe der von ihm gegründeten Stadt Praha (»Die Schwelle«) vorzunehmen, denn sie weiß, daß sie mit der Herabflehung des Himmlischen Segens ihre irdischen Kräfte verausgabt. Sie muß sterben, darf aber noch einen Blick in die Zukunft tun: Das Ringen der Menschen um materielle Güter wird einmal ein Ende haben; es wird alles erreicht sein, dann wird der Mensch das Leere seines Innern fühlen; wenn das Getöse lauter Arbeit verstummt ist, wird er aufs neue die Stimmen seines Herzens vernehmen.

Im anmutigen Gewand der Poesie hat der Dicher hier an einem besonderen Fall typische Verhältnisse, Urformen des menschlichen Lebens, psychologische und soziale Probleme dargestellt. Der Gegensatz zwischen Ideal und Leben, Beschaulichkeit und Tätigkeit, Natur und Zivilisation, Treue zum Vergangenen und Streben nach Fortschritt bildet den leitenden Gedanken, auf den sich alle Teile der »Libussa« zurückführen lassen.

Den bevorzugten Schauplätzen der Donaumonarchie (Österreich, Böhmen, Ungarn) hatte Grillparzer schon 1822 Galizien hinzugesellt, und zwar in seiner Novelle *Das Kloster von Sendomir*, einer fast romantischen Erzählung, zu der Walter Scott Pate gewesen war. Zum allgemeinen Erstaunen unterbrach der Dicher sein Schweigen vor der Öffentlichkeit mit der Publikation seiner zweiten Novelle *Der arme Spielmann* (1847), der klassisch-ruhigen Objektivierung der eigenen Persönlichkeit.

Von dieser ging wohl am meisten ein in die Gestalt Rudolfs II. im Trauerspiel *Ein Bruderzwist in Habsburg.*

Der einsam in Prag residierende Kaiser wird von seinen Brüdern Matthias und May, von seinen Neffen Ferdinand und Leopold und deren Berater Kardinal Melchior Klesel zum Verzicht auf die Krone gebracht und stirbt, indem er den Klang der Frieden verkündenden Weihnachtsglocken zu hören vermeint. – Es ist die wildverworrene Zeit, aus deren Gärung der Dreißigjährige Krieg emporstieg. Die Handlung beginnt mit dem Besuche der Erzherzoge bei Kaiser Rudolf, der untätig und traumverloren in Prag weilt, schreitet mit Klesels Plänen fort und erreicht ihren Höhepunkt in der Nachricht, daß Matthias gegen Prag vorrücke. Die fallende Handlung zeigt den Untergang Rudolfs und endigt mit dessen Tod im 4. Aufzug. Der 5. Akt bringt die weiteren Ereignisse: Klesel wird gestürzt, Matthias scheitert mit seinen halben Mitteln, Ferdinand und Wallenstein, die Männer der Zukunft, treten auf, der Dreißigjährige Krieg bricht aus.

Vor allem ist diese dramatische Dichtung Grillparzers Auseinandersetzung mit der Geschichte Österreichs, der Politik der Habsburger, die er in diesem Stück wie folgt charakterisiert:

> Das ist der Fluch von unserm edlen Haus:
> Auf halben Wegen und zu halber Tat
> Mit halben Mitteln zauderhaft zu streben.

Aber nicht Erzherzog Matthias, der diese Worte spricht, sondern Rudolf steht im Mittelpunkt des Dramas. Ein Philosoph im Kaiserpurpur, der, statt um die Regierung sich zu kümmern, über Büchern und Gemälden sitzt und in den Sternen liest, wird Rudolf von allen wegen seiner Untätigkeit gescholten. Doch auch die anderen, die Ehrgeizigen und Tätigen, erreichen mit ihrem Handeln nichts; sie bringen vielmehr das Reich an den Rand des Abgrunds. Der Kaiser ist untätig, weil er fürchtet, falsch zu handeln, und die Verantwortung nicht auf sich nehmen will – »ahnungsvolle Unschlüssigkeit«

nannte Grillparzer das –, aber auch sein passiver Widerstand nützt nichts: Der Krieg bricht aus.

Im äußeren Leben wie in den Charakteren Rudolfs und Grillparzers gab es so viele Ähnlichkeiten, daß der Dichter des Kaisers Bild durch Züge ergänzen konnte, die er an sich selbst beobachtet hatte. Beide teilen das Gefühl der Vereinsamung, beide fliehen die Menschen, nicht aus Haß, sondern aus Furcht vor den Wunden, die sie ihnen schlagen könnten. Von der Notwendigkeit, die Vorrechte des Monarchen unverletzt zu hinterlassen, durchdrungen, wacht Rudolf darüber, daß sie unangetastet bleiben. Wir hören den konservativen Patrioten Grillparzer, wenn Rudolf es als den Beruf Österreichs erklärt, darüber zu wachen, daß die Ordnung nicht durch unvermittelte Umwandlung zerstört werde. Rudolf fürchtet die neue Zeit – mit Bangen erblickt Grillparzer in der Revolution von 1848 den Anfang einer Reihe von Unglücksfällen, die den Untergang des Reiches beschleunigen. Und wie der Dichter den Helden des Dramas zum Träger seiner eigenen philosophischen, politischen und sozialen Ideen macht, so teilt er mit ihm auch die Verbitterung des Alters und den namenlosen Drang nach Glück und Frieden.

In diesen Jahren der selbstgewählten Einsamkeit beobachtete Grillparzer dennoch mit scharfem Auge das Leben. Mehr und mehr gewöhnte er sich daran, seine oft verbitterten, aber immer schlagenden Urteile über Zeitereignisse und Zeitgenossen in die prägnante, leider nicht immer ausgefeilte Form des Epigrammes zu fassen. Seine Studien über Geschichte, Philosophie und Literatur ergaben Niederschlag in den durch selbständiges Urteil und feines Gefühl fesselnden ästhetischen und kritischen Schriften. Auch Autobiographisches hat sich erhalten; die *Selbstbiographie* reicht nur bis 1836 und wird ergänzt durch die *Erinnerungen aus dem Jahre 1848*. In diesem Jahr aber spielten sich die Ereignisse ab, die Grillparzer veranlaßten, wieder vor die Öffentlichkeit zu treten. In verschiedenen Kurzgedichten mahnte er zu Ordnung und Besonnenheit, zu Mäßigung und Ruhe; der Hasser des Krieges und der Revolutionen feierte Feldmarschall Radetzky und die von ihm geführte Armee mit den in alle Sprachen der Donaumonarchie übersetzten Versen »In Deinem Lager ist Österreich«, nahm für seine Stellungnahme ruhig den Vorwurf auf sich, ein Reaktionär zu sein, und erntete bei der Nachwelt den Ruf, selbst die Situation von 1918 prophetisch vorausgeahnt zu haben (»Aus Torheit und aus Eitelkeit sind wir in uns zerfallen«). In seinen *Sprüchen und Epigrammen* stehen noch phrophetischere Worte, die er mit dem Titel »Zeitgemäßes« überschrieb:

Der Weg der neuen Bildung geht
Von Humanität
Durch Nationalität
Zur Bestialität.

Die Folge seines – allerdings nur vorübergehenden – Neuauftretens war die Anerkennung durch Kaiser Franz Joseph, der ihm anläßlich der Pensionierung den Hofratstitel verlieh (1856) und ihn 1861 ins Herrenhaus berief. 1851 hatte der neue Burgtheaterdirektor Laube die ältesten Stücke Grillparzers wieder ins Repertoire der ersten Bühne Wiens aufgenommen; den 80. Geburtstag des Dichters feierte man rauschend. Für ihn freilich kam all dies zu spät; es störte ihn mehr, als daß es ihn erfreute. Ein Jahr darauf trat der Tod an ihn heran. Bald erhob sich im Wiener Volksgarten, nicht weit von Hofburg und Burgtheater, sein Marmorbild – um dieses spielen fröhlich Wiens Kinder und nehmen die Erinnerung an ihn in ihr und ihrer Heimat Leben mit.

Von Grillparzers Zeitgenossen ist zu erwähnen JOHANN LADISLAV PYRKER VON OBERWART (Felsö-Eör, 1772–1847), in Ungarn geboren, Zisterzienser und Abt von Lilienfeld in Niederösterreich, später Bischof von Zips, Patriarch von Venedig und Erzbischof von Erlau. In einer der nicht wenigen Stimmungskrisen Grillparzers nahm Pyrker ihn mit nach Gastein (dieser Kuraufenthalt ermöglichte die Arbeit am »Goldenen Vlies«). Er selbst schuf *Historische Schauspiele* (1810) aus der vaterländischen Geschichte, Versepen in der Nachfolge Vergils und Klopstocks (»Tunisias«, 1820; »Rudolphias«, 1824), Legenden nach den Schriften des Alten wie des Neuen Bundes und lyrische Gedichte (»Lieder der Sehnsucht nach den Alpen«, 1845). Zum Freundeskreis Grillparzers gehörten ERNST FREIHERR VON FEUCHTERSLEBEN (1806–1849), Arzt, Psychiater, Popularphilosoph (seine einst vielgelesene Schrift *Zur Diätetik der Seele* lehrte die Gesunderhaltung des Körpers durch Willens- und Geisteskraft, 1838), Essayist (»Beiträge zur Literatur-, Kunst- und Lebenstheorie«, 1837–1841) und (meist reflexiv-didaktischer) Lyriker, der aber auch den Volkston treffen konnte (»Es ist bestimmt in Gottes Rat«, vertont von Mendelssohn), und der Benediktiner MICHAEL ENK VON DER BURG (1788–1843), didaktischer Dichter (»Die Blumen«, 1822), Verfasser von Romanen und sonstigen Schriften; außer diesen waren noch andere Dichter, wie z. B. Ferdinand Raimund, ferner der Maler Moritz von Schwind mit Grillparzer befreundet. Diese Freunde gründeten zu Beginn der dreißiger Jahre einen literarischen Klub, der in Kaltenbaecks »Blättern für Literatur, Kunst und Kritik« ein eigenes Organ erhielt, sich aber bald in eine heftige Fehde verwickelt sah mit MORITZ GOTTLIEB SAPHIR (1795–1858), ungarischer

Herkunft, Feuilletonist, Literatur- und Theaterkritiker von damals gefürchtetem, boshaftem Witz. Seine *Gesammelten Schriften* umfaßten zuerst (1832) vier, später zehn, letztlich 26 Bände; sie erregen heute eher den Eindruck einer seichten und faden Schreiberei.

Wie Goethe und Schiller in weit weniger Begabten ihre Konkurrenten hatten, so erging es auch Grillparzer; sein Rivale war Eligius Franz Joseph Reichsfreiherr von Münch-Bellinghausen (1806–1871), der sich als Dichter FRIEDRICH HALM nannte, als Schiller-Epigone kulturphilosophische Dramen verfaßte (»Griseldis«, 1837; »Der Adept«, 1838; »Camoëns«, 1838; »Der Sohn der Wildnis«, 1843; »Der Fechter von Ravenna«, 1856; »Iphigenie in Delphi«, 1864; »Wildfeuer«, 1864 u. a.), seine lyrischen Gedichte (1850, 1864) mehr mit dem Verstand als mit dem Herzen schrieb und nur mit seinen erst postum veröffentlichten Novellen (»Die Marzipanliese«, »Das Haus an der Veronabrücke«, »Die Freundinnen«) im gedrängten Erzählstil Kleists durch die Schilderung der Abgründe des menschlichen Herzens einen dauernden Erfolg errang. Mehr oder minder in der Nachfolge Halms standen JOSEF VON WEILEN (1828–1889), OTTO PRECHTLER (1813–1881), HERMANN SALOMON MOSENTHAL (1821–1877), der mit der für die Juden eintretenden *Deborah* (1849) erfolgreich war und als Verfasser des Textbuches zu Flotows »Lustigen Weibern von Windsor« und Kretzschmars »Folkungern« noch heute bekannt ist.

Das Wiener Volkstheater und bürgerliche Schauspiel

Halms Dramen waren nicht lange Mode gewesen und können sich keineswegs irgendwie mit denen Grillparzers messen. Dieser fühlte sich durch deren geschickt verdeckte Schwächen abgestoßen, während er an den »volkstümlichen Kunstwerken« des Schauspielers FERDINAND RAIMUND (1790–1836) lebhaften Anteil nahm. In einfachen Verhältnissen als Sohn eines Kunstdrechslers zu Wien geboren und aufgewachsen, kam er zu einem Zuckerbäkker in die Lehre, entlief ihr aber nach des Vaters Tode (1808), um zur Bühne zu gehen. Er war dabei dem Zuge des in ihm ruhenden Talentes gefolgt, das sich aber nur mühsam emporringen sollte, da er lange mit einem organischen Sprachfehler zu kämpfen hatte. Nachdem er in Ungarn Jahre hindurch das Elend der reisenden Komödianten ausgekostet hatte, kam er 1814 nach Wien, wo er ein Jahr später in der Rolle des eifersüchtigen Adam Kratzerl in Gleichs Lokalposse »Die Musikanten am Hohen Markt« zum ersten Male die allgemeine Aufmerksamkeit des Publikums erregte und solchen Beifall erntete, daß fünf Fortsetzungen dazu geschrieben werden mußten. Von bloßen

Nachahmungen ausgehend, schuf er sich langsam sein eigenes komisches Genre und trat 1817 zum Leopoldstädter Theater über, dessen artistischer Leiter er 1828 wurde. Als 1830 der Vertrag mit dem Besitzer des Theaters ablief, erneuerte er ihn nicht und trat nur mehr als Gast in Wien auf. Während der nächsten Jahre führten ihn seine Kunstreisen nach Prag und Breslau, nach Berlin, Hamburg und München. Als Florian, als Wurzel, als Rappelkopf entzückte er gleichmäßig die süddeutschen wie die norddeutschen Zuschauer; am lautesten aber und nachhaltigsten war der Beifall, der ihm als Valentin im »Verschwender« entgegengebracht wurde. Im Gegensatze zu seinem Berufe als Komiker stand seine ernste, ja düstere Gemütsanlage, die durch verschiedene äußere Verhältnisse genährt wurde. Die vorschnell geschlossene Ehe mit der Tochter Gleichs (1820) hatte keinen Bestand, und eine neue einzugehen, war dem Katholiken verwehrt. So konnte er seiner geliebten Toni Wagner, der Tochter eines Cafetiers, die der Trost und das Glück seiner reiferen Jahre war, zwar sein Vermögen und seine dichterischen Schätze, aber nicht seinen Namen als Erbe zurücklassen. Der Zwist mit ihrer Familie und das Verbleichen seines Ruhmes beim Auftreten Nestroys verdüsterten sein Gemüt noch mehr. Von einem Hunde, den er für tollwütig hielt, gebissen, gab er sich den dunkelsten Befürchtungen hin und erschoß sich zu Gutenstein.

Der Dichter Raimund ist aus dem Schauspieler hervorgegangen. Wie Shakespeare und Molière, so regte auch ihn die tägliche Übung auf der Bühne zu eigenen Schöpfungen an. Als echtes Wiener Kind und treuer Sohn seiner Heimat trat er das Erbe seiner Väter pietätvoll an und lehnte sich in seinen ersten Stücken noch ganz an die alte Wiener Posse an, wie sie durch langjährige Überlieferung sich festgesetzt hatte. Auch Grillparzer knüpfte daran an; aber während dieser, im Vollbesitze moderner Bildung stehend und von den weimarischen Traditionen erfüllt, die Gespenster-, Zauber- und Abenteuerstücke der Wiener Volksbühne in den Bereich der Tragödie erhob und dadurch eine Verschmelzung gelehrter und volkstümlicher Bildung erreichte, liegt Raimunds geschichtliche Bedeutung darin, daß er, der gelehrten Bildung entbehrend, innerhalb des in Wien herkömmlichen Volksstückes zwar stehenbleiben mußte, aber durch sein tiefes Gemüt und seine angeborene Phantasie es veredelte und so der verlorenen Naturpoesie die Gleichberechtigung mit der Kunstpoesie wieder errang. Er ist in der Tat seit Hans Sachs der erste deutsche Dichter geworden, der in Wahrheit das ganze Volk an die Bühne zu fesseln verstand und die Massen durch Dichtungen ergötzte, an denen auch der gebildete Sinn sich erfreuen und erwärmen konnte.

Im Gegensatz zu Deutschland, wo zur Zeit der Renaissance die Fühlung mit der Volksbühne der früheren Jahrhunderte fast gänzlich verlorenging, hatten in Österreich die volkstümlichen Bestrebungen des 16. und 17. Jahrhunderts ohne Unterbrechung fortgedauert, durch die Verbindung mit einer der höchsten Entwicklung zueilenden Musik veredelt und gehoben. Wir kennen bereits Hensler, Huber, Schikaneder, die dem Verlangen des Wiener Publikums nach Ritter- und Spektakelstücken, nach Zauber- und Verwandlungspossen, Parodien und Travestien entgegenkamen. Ihnen reihten sich Raimunds fruchtbare Strebegenossen Gleich, Bäuerle und Meisl an.

Von diesen trat Josef Alois Gleich (1772–1841) zuerst als Verfasser von Ritter- und Schauerromanen auf, übertrug dann die Schrecken dieser Romane auf die Bühne und erzielte nicht geringe Erfolge mit seinen Märchen- und Zauberpossen, für deren musikalischen Teil er in Wenzel Müller eine kräftige Unterstützung fand. Seine Stücke sollen sich auf 300 belaufen haben, darunter das prächtige *Ydor, der Wanderer aus dem Wasserreich.* Auch die Stücke Adolf Bäuerles (1786–1859), des Herausgebers der *Wiener Theaterzeitung,* sind zum großen Teil Gesangspossen. Er war in Wien geboren, betrat nach Besuch der Schulen die Beamtenlaufbahn, verließ sie aber bald wieder, um sich ganz der Schriftstellerei zu widmen. Mit der Übernahme des Sekretariates des Leopoldstädter Theaters begann seine überaus fruchtbare Tätigkeit für die Bühne. Er bildete hauptsächlich die bürgerliche Lokalposse weiter aus, für die er unter anderem in seinem »Staberl« eine neue stehende Figur erfand, die zum ersten Male in den *Bürgern von Wien* die Bühne betrat (1813), dann in unzähligen Variationen auf die Bühne gebracht wurde und die älteren «Kasperl« und »Thaddädl« verdrängte. Wie die Staberliaden, so machten auch andere von Bäuerles Stücken bald den Weg durch ganz Deutschland (namentlich »Die falsche Primadonna«, »Der verwunschene Prinz«, »Der Tausendsassa«, »Der Leopoldstag«). Als seine dramatische Ader um 1840 versiegte, trat er unter dem Decknamen »Fels« oder »Horn« wieder als Erzähler auf und entwickelte als solcher eine erstaunliche Fruchtbarkeit. Seine späteren Romane bewegen sich in der Schilderung des Wiener Lebens und haben, da sie meistens den eigenen Erinnerungen entnommen sind, großen Wert (»Therese Krones«, »Ferdinand Raimund«, »Das Jahr 1848«). Mit dem Jahre 1848 war jenes »alte Wien«, in dem Bäuerles ganzes Wesen wurzelte und für das er mit seiner auch im täglichen Leben stets fröhlichen Laune als eine typische Gestalt gelten konnte, zu Ende gegangen. Zwar versuchte er durch sein Blatt »Die Geißel« und durch den »Volksboten« in die Bewegung der Geister einzugreifen, aber seine Zeit war vorbei. Zerfallen mit der ihn umgebenden Welt, floh er, selbst persönlichen Verfolgungen ausgesetzt, 1859 nach Basel, um dort nach wenigen Monaten trüber Verlassenheit gebrochenen Herzens zu sterben – »der letzte fidele Wiener der alten Zeit«. Drei Jahre vor Bäuerle starb in Wien sein Freund KARL MEISL (1775–1856), der gleich ihm anfangs die Beamtenlaufbahn betrat, bald aber ausschließlich der literarischen Tätigkeit sich widmete. Seine humoristischen Bühnenstücke, deren Zahl sich auf 200 beläuft, wurden hauptsächlich im Leopoldstädter Theater aufgeführt, und wenn auch keine seiner Parodien, Travestien (»Othellerl, der Mohr von Wien«) und Lokalpossen (»Das Gespenst auf der Bastei«, »Ein Tag in Wien«, »Die Heirat durch die Güterlotterie«) eigentlich literarische Beachtung verdient, so hat er doch viel zur Veredlung der allzusehr im argen gelegenen Wiener Volksposse beigetragen und Generationen hindurch die Zuschauer erheitert.

In der Art Bäuerles baute auch FRIEDRICH KAISER (1814–1874), der in der Zeit von 1835 bis in die siebziger Jahre über 150 Stücke auf die Wiener Bühne brachte, seine Possen, trug aber den jeweiligen zugkräftigen Richtungen des Stils und der Mode Rechnung. So hat er, als im Gegensatz zu Nestroy eine Art bäuerliches Liederspiel oder Bauernkomödie üblich wurde und Auerbachs Dorfgeschichten zu wirken begannen, die Posse *Stadt und Land oder der Viehhändler aus Oberösterreich* (1864) und ähnliche Stücke geschrieben und dadurch einen Zusammenhang zwischen Raimund und Anzengruber hergestellt. An die alte »sentimentale Komödie« und an Ifflands Familienstücke erinnern Kaisers »lokale Charakterbilder« oder »lokale Lebensbilder« (»Das Armband«, »Die letzte Nacht»), in denen er sich an die französische Theater- und Romanproduktion anschloß. Gegen Ende der vierziger Jahre erhielten diese lokalen Charaktergemälde unter dem Einflusse der politischen Verhältnisse einen allgemeinen politischen und sozialen Hintergrund (»Ein Fürst«, »Mönch und Soldat«, »Junker und Knecht«). Mit diesen Lebensbildern kam Kaiser der »Wiener Komödie« Anzengrubers vielfach nahe.

In Stücken dieser Dichter entzückte Raimund als Schauspieler das Wiener Publikum, mehr aber noch in seinen eigenen. Von diesen steht die zweiaktige Zauberposse *Der Barometermacher auf der Zauberinsel*, die 1823 mit großem Erfolg aufgeführt wurde, noch ganz auf dem Boden der alten Wiener Zauberposse. Die Handlung erinnert an die bei den Wiener Dramatikern bis auf Lembert, Grillparzer und Bauernfeld beliebte Fortunatsage. Quecksilber, ein herabgekommener Barometermacher, ist nur eine neue Auflage des alten Hanswurst, und sein Vorname erinnert an die Kasperl, Lipperl, Thaddädl. Der stramme Aufbau des Stückes aber läßt bereits ahnen, daß ein geborener

Dramatiker eine Dichtungsart sorgsam zu pflegen beginnt, die man bisher recht leicht genommen hatte. Und Raimund rechtfertigte diese Erwartung bereits mit dem zweiten Stücke, *Der Diamant des Geisterkönigs* (1824), das ihn schon auf eigenen Wegen zeigte und durch den glänzenden Erfolg seinen Ruf als Dichter begründete. Dem Stück liegt die auch in Platens »Abbasiden« behandelte Geschichte und Lehre aus »1001 Nacht« zugrunde, daß die Liebe eines reinen, edlen Mädchens »der schönste Diamant« ist, den ein Jüngling erwerben kann. Wie in »Weh dem, der lügt« und in der »Zauberflöte« wird in Raimunds Drama das Erreichen hoher und edler Ziele an schwere Prüfungen geknüpft. Von diesen ernsten Grundlagen hebt sich die Handlung um so kräftiger ab, der bloße Spaß nähert sich dem Humor. Verwandlungen dürfen nicht fehlen; Florian wird in einen Pudel verwandelt, aber dieses Tier wird zum Symbol der Treue des Dieners gegen seinen Herrn. Und wie hat sich der alte Hanswurst in Florian geändert. An diesen gutherzigen, treuen Diener, der sich nicht scheut, seine und seiner Geliebten Sachen zu verkaufen, um seinem verarmten Herrn Unterhalt zu verschaffen, der diesem trotz der Bitten und Tränen seiner Mariandl in die Lüfte zum Geisterkönig folgt, der in unnachahmlich drolliger Weise sogar ein Lügenbarometer aus seinem Körper machen lassen muß, an diesen pudeltreuen Menschen scheint wirklich Lessings Just einen Teil des Wesens abgetreten zu haben.

Zielbewußt ernsten Stoffen zuschreitend, bietet Raimund in dem Zaubermärchen *Das Mädchen aus der Feenwelt oder der Bauer als Millionär* (1826) eine ergreifende, tief symbolische Darstellung menschlicher Vergänglichkeit: wie der reiche und protzig gewordene Wurzel, von der Jugend verlassen, von hohem Alter heimgesucht, seinen Reichtum verflucht und plötzlich zum bettelnden Aschenmann wird mit Butte und Krücke. Zufriedenheit ist der Ruf, der aus dem Stücke heraustönt. Fröhlichkeit in bescheidenem Glück ist das Lebensideal der Raimundschen Poesie, und daß dieses nur durch Fleiß und Arbeit errungen werden könne, sollen das gutmütige Phäakenvolk die Worte lehren, mit denen die Jugend von dem Wurzel Abschied nimmt: »Brüderlein fein! Brüderlein fein! Mußt mir ja nicht böse sein! Scheint die Sonne noch so schön, Einmal muß sie untergehn.« Die Wiener ließen sich diese heitere Lektion schon gern gefallen; innerhalb von zehn Monaten wurde »Der Bauer als Millionär« 81mal gegeben. Der Stoff dazu ist vom Dichter frei erfunden, gehört aber dem großen Stoffkreise vom »Träumenden Bauer« an, den wir ebenso bei Shakespeare und Holberg wie auch in der Operette des 18. und dem Volksstücke des 19. Jahrhunderts verfolgen können.

Durch die großen Erfolge wurde in Raimund der Ehrgeiz des Künstlers geweckt, und sehnsüchtig blickte er von der Bühne der Vorstadt hinüber nach der Bühne des Burgtheaters. Und da er erkannte, daß ihm der Mangel an gelehrter Bildung einen Platz neben den literarisch anerkannten Dichtern verweigere, vertiefte er sich in Shakespeare und Calderón, der damals das Burgtheater beherrschte. Er drängt den Spaß fast ganz zurück zugunsten eines Ernstes, der nicht selten an Schwulst und Bombast grenzt. Traurige Lebenserfahrungen begünstigen diesen inneren Zwiespalt, den er in dem Stücke *Die gefesselte Phantasie* (1826) verkörpert. Die Dichtung aber ist nicht gelungen, nur der Harfenist Nachtigall ist mit der alten Kraft gezeichnet. Durch Grillparzer mag Raimund auf das antike Drama hingewiesen worden sein, mit dem er in *Moisasurs Zauberfluch* wetteiferte (1827). Den Grundgedanken, die Verherrlichung der ehelichen Liebe und Treue über das Grab hinaus, hat ihm sein eigenes Herz eingegeben. So poetisch übrigens die einzelnen Szenen gedacht sein mögen, zur Durchführung reichte seine Kraft nicht aus, und es erfüllte sich das Wort seines Freundes Grillparzer, daß das Ernste ihm bloß bildliche Melancholie sei, das in unkörperliche Luft verfließe, wie er es nach außen darzustellen versuchte.

»Es ist ewig schad um mich!« klagte er und kehrte von diesem phantastischen Fluge nach der Weite wieder zurück in die ihm so wohlvertrauten engen heimatlichen Verhältnisse, und mit dem Stücke *Der Alpenkönig und der Menschenfeind* erreichte er wieder einen großen durchschlagenden Erfolg (1828). Die ihm zugrundeliegende Idee, einen Menschenhasser zu bessern, indem man durch Verwandlung einer von ihm gequälten Person in die seine ihm ihn selbst in leibhafter Gestalt vor Augen stellt und seine Hartherzigkeit über ihn selbst empfinden läßt, ist originell. Gegen die bis ins kleinste ausgemeißelte Figur des Rappelkopf treten alle Personen des Stückes zurück; auch der Alpenkönig gewinnt erst Leben in seiner Verwandlungsszene.

Trotz der überaus günstigen Aufnahme des »Alpenkönigs« wagte Raimund noch einmal den Flug ins Hochtragische mit dem zweiaktigen Zauberspiele: *Die unheilbringende Krone, oder König ohne Reich, Held ohne Mut, Schönheit ohne Jugend* (1829). In seiner Anlage großartig und reich an poetischen Szenen, fand das Stück mit der Verpflanzung der phantastisch-allegorischen Märchengebilde in das Leben Altgriechenlands doch wenig Beifall. »In der Leopoldstadt«, sagte ein Kritiker jener Tage, »sind weder Zeit noch Platz noch Leute für griechische Helden, die nach Kronen streben und, von der Eroberungssucht ergriffen, Länder verheeren und Seen blutig färben.«

Viel freier und ungezwungener als auf dem tragischen Kothurn bewegte sich der Dichter in der Sphäre des bürgerlichen Lebens, in die er mit seinem letzten, vollendetsten Stücke, *Der Verschwender*, zurückkehrte (1833). Nur von fern neigt sich die Geisterwelt in das Drama herüber, und gern glauben wir an die Gewalt der himmlischen Liebe, an die aufopfernde Treue des Schutzgeistes; denn es steht ihr gegenüber die brennende Leidenschaft der irdischen Liebe, und dieser zur Seite tritt die hingebende Dankbarkeit des treuen Dieners in Valentin und seinen Kindern. Und dieser Valentin ist die hervorragendste Gestalt in Raimunds letztem Drama, des Dichters reichste Schöpfung. An Valentin denken wir, wenn wir Raimunds Namen aussprechen. Er vereinigt alle früheren komischen Gestalten Raimunds in sich, abgeklärt und abgerundet; er ist der Hanswurst der alten Wiener Bühne in der denkbar edelsten Form. Aber erst im letzten Akt erhebt sich Valentin zu dieser Höhe und erst diesem konnte der Dichter das Hobellied (»Da streiten sich die Leut' herum, oft um den Wert des Glücks«) in den Mund legen, das in schlichtester Form Lebenswahrheiten wiedergibt und ihn selbst beim Singen immer wieder ergriff. Es war Raimunds größter Moment auf der Bühne, der kein Auge trocken ließ, und niemand hat wohl diese Szene so dargestellt wie er. Als er 1836 zum letztem Male in Hamburg in dieser Rolle auftrat, soll er gesagt haben: »Ich habe mir da selbst mein Totenlied geschrieben.«

Der »Verschwender« ist der End- und Höhepunkt der Dichtung Raimunds. Wenn irgendwo, so hat er sich hier als ein Volksdichter bewährt, als ein Dichter, der aus dem Volksleben schöpft, sich in die Volksseele versenkt und lebensfrische und lebenswarme Volksgestalten mit ihren Sitten und Gewohnheiten, ihren Vorzügen und Tugenden, ihren Fehlern und Schwächen, nur durch die Poesie veredelt, auf die Bühne bringt, diese Gestalten reden läßt in ihrer Sprache, in ihrem Dialekt, und, indem er diesen mit Kraft und Originalität, anderseits wieder mit Maß und Beschränkung zur Geltung bringt, die Volkssprache selbst verbessert und bereichert hat. In ihm vereinigen sich alle Kräfte, die getrennt und ungenützt in seinem Volksstamme verborgen lagen; seine Lieder wurden zu Volksliedern, das Volksstück zehrt bis zur Stunde an dem von ihm aufgespeicherten Kapital. Mit Schmerz hat Raimund es sehen müssen, wie die Zote, die er mit Mühe von der Bühne verdrängt hatte, mit Nestroys frivolen und pikanten Possenerzeugnissen wieder zurückkehrte, und bitter empfand er es, daß Kritiker, wie August Lehwald und Saphir, sich über ihn lustig machten und Nestroy, dessen Anfänge er freudig begrüßt hatte, ihn auf derselben Bühne verspotten durfte, auf der er einst seine schönsten Lorbeeren geerntet hatte.

Auch Johann Nepomuk Nestroy (1802–1862) war ein echtes Wiener Kind, der Sohn eines Wiener Advokaten. Nach Aufgabe der Rechtsstudien wurde Nestroy Schauspieler und (1854–1860) Direktor des Carltheaters in der Leopoldstadt. Mit Ferdinad Raimund verband ihn die Ausübung des gleichen Berufes, von ihm trennte ihn der Besitz der höheren Bildung, und der durch diese genährten Ironie; auch war Nestroy um zwölf Jahre jünger als Raimund. »Obwohl an Begabung, ja an Genialität hinter seinen Brüdern in Apoll nicht zurückstehend und unvergessen wie diese, wird Nestroy noch immer oft ungerecht beurteilt und ausschließlich als grausamer – unleugbar geistreicher – Zyniker aufgefaßt, dessen zersetzende Schärfe und entwurzelnde Skepsis die Wiener Volksbühne von Grund auf zerstört hätten ... Man verwechselt Ursache und Wirkung, sofern man ihn als Schädling und Entwurzelten betrachtet und sein großes moralisches Pathos – nachwirkendes josephinisches Erbe – übersieht. Nestroy war der Spiegel, welcher getreu einen bereits vorgeschrittenen Verfall und die auflösende individualistische Zersetzung eines einst im Gesamt und metaphysisch gerichteten Volksgeistes wiedergab, Spiegel einer entgötterten Welt, welche ihren schöpferischen Sinn verloren hatte und aus innerer Haltlosigkeit zynisch gestimmt war. Dem Satiriker kreidet die Mit- und Nachwelt die Themen seiner Satiren als Schuld an, obwohl er letzthin in seiner Art das Negative der Stoffe überwand« (Ernst Alker).

In ungefähr 30 Jahren baute Nestroy 83 Theaterstücke (sie sind noch nicht gesamthaft gedruckt), »davon laut Urteil eines enthusiastischen Spezialisten 50 von dauernder Bedeutung, zwölf in ihrer Art Meisterleistungen«, geschrieben ohne literarische Absichten, meist erst während der Proben zur letzten Form reifend und diese noch oft von Aufführung zu Aufführung verändernd. Den Anfang machte er mit parodierenden Zauberspielen (»Die Verbannung aus dem Zauberreiche«, 1828; »Der Tod am Hochzeitstage«, 1829; »Der konfuse Zauberer«, 1832), daran schlossen sich Parodien neuer Theaterstücke, die damals Erfolg hatten und heute fast unbekannt sind (ausgenommen etwa Meyerbeers Oper »Robert der Teufel« und Hebbels »Judith«), endlich die Hauptwerke, die immer wieder bühnenwirksam sind, wie *Der böse Geist Lumpazivagabundus oder das liederliche Kleeblatt* (1833), worin drei Handwerksburschen gemeinsam einen großen Lotteriegewinn machen, aber nur einer seinen Anteil zur Gründung eines eigenen Hauses und künftigen Wohlstandes verwendet; in der Folgezeit verzichtet Nestroy auf den Einsatz geisterhafter Wesen und ließ die irdischen Dinge ihren irdischen Verlauf nehmen, ob er dabei soziale Fragen streifte (wie im »Kampl«, dem

Schwank von der Würde der Armut, 1852), zur Politik distanzierende Stellung nahm (»Freiheit in Krähwinkel«, 1848) oder das private Leben der Wiener aufs Korn nahm (z. B. »Einen Jux will er sich machen«, 1842). Es ist durchaus richtig, daß Nestroy in der Wahl seiner Mittel (Scherz, Witz, Kalauer, Zote) keine Hemmungen hatte, doch muß sein ungewöhnlich psychologischer Scharfblick, seine unsentimentale Wahrheitsliebe, sein veristischer Humor Anerkennung finden. Dem »Wiener Aristophanes« gelang es freilich nicht (aber er wollte es auch nicht), den vergänglichen Tag ins Reich der ewigen Poesie zu heben; mit der Dichtkunst befaßten sich dennoch die schon erwähnten literarischen Parodien, von denen *Judith und Holofernes* (1849) die genialste unter Nestroys, ja unter allen deutschen Parodien ist (wie wenig Humor Hebbel besaß, zeigte seine Reaktion: »Wenn der an einer Rose gerochen hat, so stinkt sie«); sie bietet im Holofernes die zeitlos gültige Karikatur des Tyrannen (»Ich möcht', daß die ganze Menschheit aufg'hängt wär', um dann der einzige zu sein, der als wie ein Hund die Welt mit Füßen tritt«) und des Kraftmeiers überhaupt (»Ich möcht' mich einmal mit mir selbst zusammensetzen, nur um zu sehen, wer der Stärkere ist, ich oder ich«). – Bei Nestroy ist das Theaterblut so überstark, daß seine Stücke nicht beim Lesen, sondern nur in der Aufführung zur rechten Geltung kommen.

Eine höhere und feinere Art der Satire pflegte EDUARD VON BAUERNFELD (1802–1890), nach Abschluß der Studien bis 1849 Staatsbeamter, dann freier Schriftsteller, der sich als Lyriker, Epigrammatiker, Erzähler, Feuilletonist und Kritiker betätigte, vor allem aber als Bühnenautor zu jener Zeit eine große Rolle spielte (es gab nicht weniger als 1100 Bauernfeld-Aufführungen im Burgtheater). Sein Talent, von Grillparzer beraten, durch die Freundschaft mit dem Maler Schwind und dem Komponisten Schubert gefördert, durch billig gewonnenen Erfolg verdorben, stand im Dienste der liberalen Großbourgeoisie und schuf zahlreiche sauber gebaute, doch handlungsarme Konversationsstücke von lebendigem Dialog, deren Gegenstand harmlose Liebes- und Ehekonflikte waren, oft verbunden mit gesellschaftssatirischen Tendenzen (auch literarische Gegner wie Saphir bekamen einiges zu hören). Obwohl Bauernfeld als Meister des Zwiegesprächs von Späteren kaum erreicht worden ist, blieben seine Gestalten, da ihnen Relief fehlte, und damit seine Stücke nicht dauernd auf der Bühne. Angefangen hatte er mit *Leichtsinn aus Liebe* (1831) und wandelte dabei in den Spuren Kotzebues, unter Mithilfe Grillparzers entstanden die *Bekenntnisse* (1834); vom Titel her am bekanntesten ist das Lustspiel *Bürgerlich und Romantisch* (1835); der »politische« Zweiakter *Großjährig* (1846) kritisiert das System Metternichs (und durfte trotzdem in der »Burg« gespielt werden); als sozialkritische Werke seien genannt *Krisen* (1852), *Aus der Gesellschaft* (1867), *Moderne Jugend* (1868), als Abrechnung mit dem käuflichen Journalismus *Der literarische Salon* (1836); das mißlungene Märchenspiel *Fortunat* (1835) regte immerhin Grillparzers »Der Traum ein Leben« an. Vergebens rang Bauernfeld um die Palme des historischen Dramas (»Ein deutscher Krieger«, 1844, dessen Ziel die Einigung Großdeutschlands unter österreichischer Führung war) und der antikisierenden Tragödie (»Des Alkibiades Ausgang«, 1883).

Mit Nestroy und Bauernfeld scheint der Kreis geschlossen, der das umfaßt, was mit Recht Wiener Klassik genannt wird. Doch zu diesem Begriff gehören noch drei Männer, deren Blick ostwärts gerichtet war. Der älteste von Ihnen ist JOSEF FREIHERR VON HAMMER-PURGSTALL (1774–1856), Steiermärker von Geburt, Diplomat dem Beruf nach, 1847–1849 erster Präsident der Akademie der Wissenschaften in Wien. Seine Tätigkeit im Orient machte ihn zum Orientalisten, der die »Divane« der drei größten Dichter Vorderasiens ins Deutsche übersetzte, dadurch Goethe und Rückert anregte und sich in den sechs Bänden der *Fundgrube des Orients* (1809–1818) als vorzüglicher Prosaist erwies. Der (heute natürlich überholte) Literarhistoriker der Perser, Araber und Türken verarbeitete außerdem seine Erlebnisse mit der von ihm erschlossenen Welt in eigenen epischen und dramatischen Dichtungen.

Ein stilistisches Genie nennt Ernst Alker mit Recht den als Offizier, Staatsmann und Diplomat bewährten ANTON GRAF VON PROKESCH-OSTEN (1795 – 1876), dessen *Erinnerungen aus Ägypten und Kleinasien* (1829 –1831) und *Geschichte des Abfalls der Griechen vom türkischen Reich* (1867) »zu den unvergleichlichen Meisterwerken deutscher essayistischer Prosa gehören«.

Würdig neben diesen beiden Aristokraten steht der Südtiroler Bauernsohn und spätere Münchner Universitätsprofessor JAKOB PHILIPP FALLMEREYER (1790–1861), Begründer der byzantinischen Wissenschaft, Verfasser der *Geschichte des Kaisertums zu Trapezunt* (1827) und der *Geschichte der Halbinsel Morea während des Mittelalters* (1830–1836), zweier Werke, in denen er den kommenden Aufstieg der Slawen, besonders Rußlands, voraussagte, sowie der *Fragmente aus dem Orient* (1845), der stilistisch berühmten Zeichnungen historischer Landschaften.

Die Vertreter der Lyrik

Was Grillpanzer versagt blieb, das lyrische Gedicht, schuf der Deutsch-Ungar Nikolaus Niembsch Edler von Strehlenau, oder, wie er sich nannte,

Nikolaus Lenau (1802–1850). In Csatád bei Temesvár geboren, lernte er in seiner Jugend die ungarische Landschaft und ihre Bewohner durch eigene Anschauung kennen und lieben, und darum spielen auch Zigeuner und Husaren, Räuber und ungarische Bauern in vielen seiner Dichtungen eine hervorragende Rolle. Seiner Abstammung und Gesinnung nach aber war er ein Deutscher. Die Familienverhältnisse, von denen Müller-Guttenbrunn in dem Roman »Sein Vaterhaus« (1919) ein Bild entwirft, waren nicht erfreulich. Von dem früh verstorbenen, leichtsinnigen Vater redete Lenau auch in späteren Jahren nicht freundlich, mit Liebe aber hing er an seiner Mutter. Von ihr erbte er den leidenschaftlichen und schwermütigen Sinn, der ihm nebst seiner starken Sinnlichkeit zum Verhängnis wurde. In dem frommen Pester Gymnasiasten erregte ein Oheim religiöse Zweifel, die seinen Hang zur Schwermut nährten. Mit 17 Jahren kam er an die Wiener Universität, um den philosophischen Kurs zu beenden. Sein unruhiges Wesen ließ ihn aber dabei nicht ausharren. Es folgte ein tolles Durcheinander seiner Studien: Rechtswissenschft, Philosophie, Agrikultur und zuletzt Medizin lösten einander ab. Durch den Tod seiner Mutter kam er in den Besitz eines kleinen Vermögens, das ihm sein ruheloses Wanderleben möglich machte. Dieses führte ihn oft nach Schwaben, wo er mit Gustav Schwab Freundschaft schloß, der 1831 im Stuttgarter Morgenblatt mehrere Gedichte Lenaus veröffentlichte. Im Kreise der schwäbischen Dichter fand er Freunde fürs Leben, Ruhe für sein Gemüt und geistige Anregung zu weiterem Schaffen. Selbst zu einer Verlobung mit Schwabs Nichte Lotti Gmelin wäre es gekommen, hätte sie nicht des Werbers unstetes Wesen bedenklich werden lassen. Die gewonnene Seelenruhe hielt nicht lange an. Von dem Amerikafieber seiner Zeit ergriffen, ging er, um geistige Labung zu gewinnen und den Zauber der Naturwunder auf sich wirken zu lassen, 1832 nach Amerika, kehrte aber, durch den grob materialistischen Sinn der Yankees enttäuscht, schon im folgenden Jahre wieder nach Wien zurück. Die von Schwab unterdessen besorgte Ausgabe seiner Gedichte erregte Aufsehen und hob den Lebensmut Lenaus, der nun ganz der Poesie sich widmen wollte. Bis zum Sommer 1833 weilte er in Schwaben, dann in den Alpen, im Herbst und Winter wieder in Wien, und ähnlich wechselte er auch in den folgenden Jahren seinen Aufenthaltsort. Bei den schwäbischen Freunden lebte der zeitlebens von Stimmungen beherrschte, zwischen feuriger Lebensbegeisterung und mutloser Grüberlei schwankende Dichter immer wieder auf, aber sein unglückseliges Verhältnis zu Frau Sophie Löwenthal, der Schwester seines Jugendfreundes Kleyle, bereitete ihm durch elf Jahre die aufreizendsten Herzenskämpfe. Häufiger als sonst stellten sich hypochondrisch-neurasthenische Anfälle ein, seine Schaffenskraft erlahmte; bald zeigten sich Wahnideen, und von 1844 an lebte der unglückliche Dichter, von seiner Schwester liebevoll gepflegt, in geistiger Umnachtung in der Heilanstalt Oberdöbling bei Wien, bis ihn der Tod von seinem traurigen Geschicke erlöste.

Lenau knüpfte in seiner Lyrik eigentümlicherweise an Klopstock und die Hainbündler an; deren Gefühlsschwärmereien und empfindsame Naturbetrachtungen mochten der Stimmung des jugendlichen Liebhabers entsprochen haben. Auch Platens 1821 erschienene Gedichte bildete er nach, indem er sich in orientalischen und romanischen Metren versuchte. Am nachhaltigsten aber wirkten auf ihn die lyrischen Erstlingsgaben Heines, zumal auch Lenaus Jugendgeliebte ihm all seine Aufrichtigkeit und Treue nicht lohnte. Wie Heine wurde er zum Dichter des Weltschmerzes und der Friedlosigkeit, doch mit dem Unterschiede, daß sein Schmerz ein echter, zum Teile in seiner Naturanlage begründeter ist und der wehmütige Grundton in vielen seiner Gedichte aus einem wunden Herzen kommt, der darum auch wieder zum Herzen dringt. Seine Gedichte spiegeln die Zerrissenheit seiner Seele; bald himmelhoch jauchzend, dann wieder zu Tode betrübt, bald begeistert für die Freiheit, voll Vertrauen auf Gott, dann wieder wehmütig und zweifelnd an der Möglichkeit, die Welträtsel zu lösen, immer schwankend zwischen Ideal und Wirklichkeit, hat er wie Lord Byron stets unter diesem Zwiespalt gelitten, und da er sich darüber nicht klarwerden konnte und mit einer notdürftigen Ausgleichung sich nicht begnügen wollte, fiel er immer mehr in Zweifelsnot und melancholische Träumereien – die Grundstimmung seiner Lyrik. So wurde Lenau Hölderlins unglücklicher Genosse.

Gegenstand seiner Dichtung sind die Erlebnisse seiner unglücklichen Liebe, Untreue der Geliebten, Sehnsucht des Liebhabers nach dem Tode und Grabe, Reflexionen über die Treulosigkeit der Menschen (»Die Waldkapelle«, »Das tote Glück«, »Sehnsucht nach Vergessen«, »Vergänglichkeit«), wehmütiges Verlangen nach dem verlorenen Glauben (»An einen Knaben«, »Einsamkeit«, »Doppelheimweh«), weltschmerzliche Ergüsse, hervorgerufen durch den Widerstreit zwischen Herz und Welt. Aber mit der Darstellung des Konfliktes allein begnügte er sich nicht; wie er selbst sagte, drängte ihn dieser Zwiespalt im Menschenleben nur näher zur Natur hin. Mit ihr verkehrte er wie mit einem beseelten Wesen. Aber er schilderte sie nicht, wie unsere modernen Dichter, um ihrer selbst willen, sondern im Sinne der Romantiker nur als Hintergrund seiner eigenen subjektiven Stimmung. Keiner seiner Zeitgenossen hat ihn in dieser Art der Naturdichtung übertroffen;

so z. B. in der poetischen Darstellung der einsamen ungarischen Steppe (»Heidebilder«), der hügeldurchzogenen Wiener Tieflandsbucht und ihrer alpinen Umrahmung, der alpinen Größe des Salzkammergutes (»An die Alpen«, »Wanderung im Gebirge« u. a.). Seine Neigung zu Lotte Gmelin entlockte ihm einige herrliche Lieder (»Schilflieder«, »Die Träne«, »Die Wurmlinger Kapelle«, »Der Greis«). Der Anblick des Meeres begeisterte ihn während der Überfahrt nach Amerika zu prächtigen Seestücken (»Die Seejungfrauen«, »Meeresstille«, »Seemorgen«) oder weckte in ihm die Sehnsucht nach der fernen Heimat (»An mein Vaterland«); das Umherstreifen in den Urwäldern lehrte ihn, daß die Naturkräfte herzlos und roh wirken (»Der Urwald«); angesichts der berühmten Wasserfälle des Niagara dichtete er ebenso wie beim Anblick von Indianern (»Niagara«, »Indianerzug« und »Die drei Indianer«). Ein paar realistisch packende Prachtgedichte finden sich vor allem in den *Neueren Gedichten* 1838 (»Weib und Kind«, »Die nächtliche Fahrt«, »Die drei Zigeuner«, »Liebesklänge«). Des Dichters musikalisches Empfinden gibt sich auch in seinen Gedichten kund, und viele von ihnen haben Musiker, besonders Robert Franz, zur Vertonung gereizt.

In seinen größeren Dichtungen hat Lenau mit der Lösung der tiefsten Probleme sich abgemüht und viel von seinen eigenen Erlebnissen und den verschiedenen Strömungen der Zeit hineingelegt. So in seine episch-dramatische Behandlung des *Faust*-Stoffes, die 1836 in erster und 1840 in neuer »ausgeführterer Auflage« erschien und sich enger als Goethes Darstellung an die Volkssage anschließt.

Sein Faust sucht, ehrlich ringend, die Wahrheit, aber den Zweifel, »die alte Erdennot«, liegt quälend auf ihm. Um zur Entscheidung zu gelangen, wirft er den geoffenbarten Gottesglauben von sich und verschreibt sich dem Teufel. Im Taumel der Leidenschaften läßt er sich zum Mord an seinem Nebenbuhler hinreißen. Statt Reue zu empfinden, wirft er Glaube, Hoffnung und Liebe über Bord, um so, losgelöst von aller irdischen Natur, sein Ich mit Gott gleichzumachen. Um in der Gottheit ganz aufzugehen, vernichtet er schließlich auch das irdische Leben und endet durch Selbstmord.

Die Dichtung ist reich an schönen Einzelbildern, aber es fehlt deren feste Fügung zu einer dramatischen Einheit; sie ist warm emnpfunden, denn auch Lenau wurde, von aller Philosophie unbefriedigt, fast zum Selbstmord getrieben.

Im Gegensatz zum »Faust« stellt sich Lenau in seinem *Savonarola* betitelten Romanzenzyklus auf den Standpunkt des Christusglaubens, entwickelt aber in den Lehren des Mönches seine eigenen unklaren dogmatischen Ideen, und zwar in modern-protestantischer Auffassung. Er kämpft, mehr leidenschaftlich als überzeugend, gegen den Hellenismus Goethes und Heines, gegen die Renaissancekunst, gegen Hegels Lehre wie auch gegen Schellings

Naturphilosophie und deren Weiterbildung zum Pantheismus, gegen David Fr. Strauß und andere Gegner des Christentums. Er verkündet eine mystische Liebesreligion, wie ihm denn auch der große Florentiner Bußprediger als Mystiker erscheint.

Von der geplanten Huß-Dichtung vollendete Lenau nur ein paar Szenen, die er später in dem lyrisch-epischen Zyklus *Johannes Ziska* zusammenstellte. Sein Interesse gawannen dann die Kämpfe der *Albigenser*, die er in einer epischen Dichtung darstellte (1840). Wieder blieb es eine fragmentarische Arbeit, lose aneinandergereihte Einzelepisoden jener erbitterten Glaubenskämpfe. In ihrem Mittelpunkt steht die Auffassung Hegels von der fortgesetzten Weiterbildung des Geistes durch den Zweifel in allen religiösen, ethischen, philosophischen und politischen Fragen, kurz die Freiheit des Denkens gegenüber dem Autoritätsglauben.

Aus dem Nachlaß Lenaus veröffentlichte Graf Auersperg, der dessen Dichtungen zum erstenmal herausgab, den *Don Juan*. Die Erkrankung hatte den Dichter verhindert, an das 1844 abgeschlossene Werk die bessernde Feile anzulegen, und so blieb es bei lose aneinandergefügten Stücken, die als eine teilweise dichterische Erklärung zu »Faust« angesehen werden können. Auch hier eine Auflehnung gegen die gesellschaftlichen, und zwar gegen die ehelichen Schranken, ebenso gegen den Zölibat: ein Echo seines unglückseligen, aussichtslosen Verhältnisses zu Sophie Löwenthal. Don Juan geht, nachdem er seiner Leidenschaft freien Lauf gelassen hat und sein Naturtrieb erloschen ist, an Überdruß und Ekel zugrunde. Er fällt im Duell. Die in glühender Sinnenglut schwelgende, in der völlig freien Form eines Dialogs abgefaßte Dichtung hat Richard Strauss zu seinem symphonischen Tongemälde angeregt.

Während Lenau schon den Dichtern der sich erhebenden Opposition zuneigt, wandelte eine Gruppe noch auf den alten Bahnen. Ihre harmlosen Poesien verklangen zwar in den aufgeregten Jahren, fanden aber in der Folgezeit gebührende Wertschätzung. So zeigt der Schlesier Josef Christian Freiherr von Zedlitz (1790–1862) als Lyriker im ganzen mehr wahres Gefühl, mehr Anschauungskraft und Phantasie und eine angemessenere und edlere Darstellungsweise als manche seiner Zeitgenossen, wenn er auch zuweilen über Allgemeinheit und Oberflächlichkeit der Gedanken, Ziererei und Spielerei in der Form nicht hinausgekommen ist.

Den ersten großen Erfolg erzielte er mit den Kanzonen der *Totenkränze* (1828), in denen er den Leser zu den Gräbern großer Helden (Napoleon, Wallenstein), treuer Liebender (Romeo und Julia), unglücklicher Dichter (Byron, Tasso, Petrarca) und tatenreicher Volksbeglücker führt. Den meisten

Beifall fanden die von Heineschen Motiven beeinflußte Napoleonballade *Die nächtliche Heerschau* (1829) und *Das Weib des Räubers.* Die vielen Reisen schärften seinen Blick für das Sinnfällige, das in seinen späteren Gedichten und in seiner besten Leistung, dem Märchen *Das Waldfräulein* (1843), hervortritt.

Während die »Totenkränze« auch in Deutschland viel gelesen wurden, blieb der Beifall der beiden *Soldatenbüchlein*, die Zedlitz als Altösterreicher und warmherziger Patriot schrieb, auf Österreich beschränkt. Minder bedeutend als der Lyriker ist der Dramatiker Zedlitz (»Turturell«, »Zwei Nächte in Valladolid«, »Stern von Sevilla«, »Herr und Sklave«, »Kerker und Krone«). Weit besser als das Drama lag seinem ausgesprochenen Formtalente die Übersetzung von Byrons »Ritter Harolds Pilgerfahrt«.

Populärer als Zedlitz war der Wiener JOHANN NEPOMUK VOGL (1802–1866), der zeitweilige Herausgeber des »Österreichischen Morgenblattes«, Landesbeamter und Begründer des *Österreichischen Volkskalenders* (1845). Schon die Zahl der von ihm verfaßten Werke macht seine literarische Bedeutung zu einer bemerkenswerten. Er hat über 50 Bände der verschiedensten Sammlungen von Erzählungen und Dichtungen veröffentlicht und durch geschickte Wahl der Stoffe, zumeist auch durch Reinheit der Form und gewandte Behandlung, insbesondere der Ballade und poetischen Erzählung, viele der gleichzeitigen Dichter übertroffen. Mit Recht nennt man ihn den Vater der österreichischen Ballade.

Nachdem er unter dem Titel *Österreichisches Wunderhorn* ein Taschenbuch der Balladen, Romanzen und Sagen verschiedener Autoren veröffentlicht hatte, gab er 1835 eigene Balladen-Romanzen heraus, denen später manche neue Folge sich anreihte. Die beste Übersicht über Vogls Tätigkeit auf diesem Gebiete gibt die 1846 erschienene Sammlung *Balladen, Romanzen, Sagen und Legenden.* Da finden sich vaterländische und historische Balladen, Bilder aus dem Seelenleben, aus dem Dichter- und Soldatenleben, Zecher- und Kellersagen, Kloster- und Bergmannssagen, Volkssagen, scherzhaft erzählende aus dem Dorf- und Liebesleben, endlich Legenden und Nachbildungen aus fremden Literaturen. Manche der Dichtungen aus dieser Sammlung ist heute noch in und außer Österreich verbreitet (so z. B. »Das Erkennen«, »Ein Wanderbursch mit dem Stab in der Hand«, »Ein Friedhofsgang«, »Beim Totengräber pocht es an«). Auch von den rein lyrischen Dichtungen Vogls (»Lyrische Blätter«, »Klänge und Bilder aus Ungarn«, »Soldatenlieder«, »Aus der Teufe«) lebt manche, durch berühmte Meister vertont (»Ob sie wohl gedenkt«, »Vöglein ohne Ruh' und Rast«), noch immer fort. Die novellistischen und erzählenden Prosasammlungen, die Vogl herausgab, enthalten einfache Erzählungen, auch wohl weiter ausgeführte Volkssagen mit eigener Zutat. Größere Beachtung verdienen die *Slawischen Volksmärchen* (1837) sowie *Die ältesten Volksmärchen der Russen* (1841), die Prosadarstellung der Sage von *Twardowsky*, dem »polnischen Faust«, und die Bearbeitung der serbischen Heldensage von *Marko Kraljewits* (1851).

Die Wienerin Barbara Elisabeth Glück, genannt Betty Paoli (1815–1894) war nicht nur Lyrikerin, sondern auch Erzählerin von starker Individualität, leiser Melancholie und fraulicher Innerlichkeit. Auch als Theaterkritikerin und Übersetzerin (aus dem Russischen und aus dem Französischen) hat sie nicht wenig geleistet: Sie hat die Poesie als priesterliche Kunst empfunden, als einzig untrügliche Offenbarung der Wahrheit von der Pflicht, stark und gut zu sein. Daß ihr keine Geringere als Marie von Ebner-Eschenbach die Grabrede gehalten, sollte eigentlich Anlaß sein, ihr Werk neu aufleben zu lassen.

Zur österreichischen Lyrik gehört schließlich noch das weihnachtliche Weltlied *Stille Nacht, heilige Nacht,* dessen Text Kaplan Josef Mohr (1792–1848), ein Sohn der Mozartstadt, dessen Melodie Konrad Gruber 1818 zu Oberndorf im Lande Salzburg schufen.

TALENTE UND GENIES AUS NORD- UND SÜDDEUTSCHLAND

Friedrich Rückert

Den Übergang von der Romantik zu neuer, realistischer Weltanschauung und Weltdarstellung kennzeichnen einige dichterische Persönlichkeiten, die von der Romantik ausgingen, später aber eigene Bahnen einschlugen, ohne jedoch einer klar erkannten politischen und philosophischen Richtung anzugehören.

So hat Rückert durch Friedrich von Schlegels Buch über das Indische die Anregung empfangen, seine große sprachliche und formale Begabung der morgenländischen Literatur zuzuwenden, während er in eigenen Dichtungen nach Volkstümlichkeit und Natürlichkeit strebte.

Johann Michael Friedrich Rückert (1788–1866) wurde als Sohn eines Advokaten und Amtmanns in der fränkischen Mainstadt Schweinfurt geboren, verlebte seine Knabenjahre auf dem Lande und lernte aus dem Buche der

Natur mehr als auf den Bänken der Schule. »Zwölf Jahre war ich alt, da hatt' ich ohne Fleiß fast alles und noch mehr gelernt, als ich nun weiß.« Am Gymnasium in Schweinfurt vorgebildet, bezog er die Universität in Würzburg und wirkte 1811–1812 als Privatdozent der klassichen Philologie in Jena, wo Friedrich von Schlegel in ihm die Neigung für den Orient weckte. Seinem Wunsche, an den Freiheitskriegen teilzunehmen, versagte seine angegriffene Gesundheit die Erfüllung, und so mußte er sich begnügen, mit einer Liedergabe sein Scherflein zum großen Entscheidungskampfe beizutragen. Die Leitung des Stuttgarter Morgenblattes, einer literarischen und schönwissenschaftlichen Zeitschrift, gab er nach Jahresfrist wieder auf und ging 1817 nach Italien, das ihn zu manch schönem Liede und zur Übung der italienischen Strophenformen anregte. Auf der Rückreise gewann ihn Hammer-Purgstall in Wien dauernd für die orientalischen Studien, denen er sich in Koburg, wo er seinen Wohnsitz nahm und 1821 seine Lebensgefährtin fand, vollauf widmete, bis er 1826 als Professor der orientalischen Sprachen nach Erlangen berufen wurde. Nach der Thronbesteigung Friedrich Wilhelms IV. folgte er dem Rufe an die Universität in Berlin, verließ es aber 1848, da er dort nicht recht froh werden konnte, und zog sich auf sein Gut Neuses, in seine »Freudenfrohburg an der alten Koburg«, zurück, wo ihm jede Blume und jeder Strauch bekannt war. Natur und Familie bildeten die Pole seines Gemütslebens. Hier weilte er dichtend und übersetzend, wanderfroh, frisch und schöpferisch bis zu seinem Tode. Felix Dahn erzählt in seinen »Erinnerungen« von der freundlichen Aufnahme, die er bei dem »Alten von Neuses« gefunden, und beschreibt dessen hochgereckte Hünengestalt, von deren mächtigem Haupte lange weißgraue Locken auf die breiten Schultern niederwallten.

Will man Rückerts dichterische Persönlichkeit verstehen und lieben lernen, so darf man nicht nach seinen großen Gedankengedichten, sondern muß nach den vielen kleinen Liedern und Gedichten greifen, die in der Welt der Familie und des Hauses eine entzückende Poesie enthüllen.

Da erzählt er (1813) für sein dreijähriges Schwesterlein die *Fünf Märlein,* die seitdem oft wiederholt worden sind (»Vom Bäumlein, das andere Blätter hat gewollt«, »Vom Büblein, das überall hat mitgenommen sein wollen«, »Vom Bäumlein, das spazieren ging«, »Vom Spielmann« und »Vom Männlein in der Gans«). Rein und kindlich wie diese Jugendgedichte blieb bei allem Reichtum des Wissens, über den Rückert gebot, auch seine spätere Dichtung. Dies zeigen uns die 46 Sonette auf den Tod der frühverstorbenen Jugendgeliebten Agnes Müller, *Agnes' Totenfeier,* und die 70 Sonette an

Amaryllis, eine andere Jugendliebe (Anna Maria Liesbeth Geuß), in denen die inneren Kämpfe des Dichters sich spiegeln. Im Frühling 1821 erlebte er den *Liebesfrühling* mit Anna Luise Winthaus-Fischer, den er herrlich besang. Es ist dies eine Sammlung von 300 Liedern und einer Nachlese, die, in fünf Sträuße (»Erwacht, geschieden, gemieden, entfremdet, wiedergewonnen und verbunden«) geordnet, in den mannigfachsten Versmaßen alle Stimmungen der Liebe in den schönsten Weisen zur Darstellung bringen. An den »Liebesfrühling« reihen sich die zahlreichen Gedichte, die das Familienleben des Dichters besingen.

Rückert ist einer der fruchtbarsten Gelegenheitsdichter unserer Literatur. Hat Goethe behauptet, daß alle echte lyrische Poesie Gelegenheitsdichtung sein müsse, so hat Rückert die äußerste Folgerung dieses Satzes gezogen und aus jeder Gelegenheit Poesie zu gewinnen getrachtet. Ihm verwandelte sich alles in poetische Form, freilich nicht immer in poetischen Gehalt. Er selbst pries sich gesegnet, daß die Dichtung ihm immer erscheine, »Herzensbedürfnisse zu stillen«, und daß er alles auf seiner Lebensfahrt in Liedern aufbewahren könne: »Daß mein Leben ein Gesang, Sag ich's nur, ist worden, – Jeder Sturm und jeder Drang dient ihm zu Akkorden.« Aber die Leichtigkeit des Schaffens war ihm nicht immer zum Segen; denn sie erstickte die nötige Kritik und verleitete zu Massenarbeit; kein Wunder daher, daß, zumal im Alter, auch manche Reimerei mit unterlief, und es erscheint wie eine unbewußte Selbstkritik, wenn er seine sechsbändige Gedichtsammlung später in zwei, dann in einen Band zusammenzog.

Erschütternd aber wirken die 114 später von Gustav Mahler vertonten *Kindertotenlieder,* die, ganz und gar von Hoffen und Zagen, von wehmütigem Schmerz um zwei durch den Tod ihm entrissene Kinder erfüllt, neben dem »Liebesfrühling« Rückerts Ruhm als Lyriker sichern. Charakteristisch offenbart sich Rückert auch als Zeitdichter. Als »Freimund Reimar« gab er 1814 *Deutsche Gedichte* heraus, enthaltend die »Geharnischten Sonette«, die den Kampfesmut gegen Napoleon schüren sollten, und »Kriegerische Spott- und Ehrenlieder«. Eine Fortsetzung zu den »Spott- und Ehrenliedern« folgte im *Kranz der Zeit.* Im alten Heldenton erzählte Rückert schon in jungen Jahren in dem kleinen, den Geist der Kudrun atmenden Epos die altenglische Geschichte *King Horn,* und wieder in das Mittelalter führen *Roland der Riese* und die Umdichtung von *Flor und Blancflor.*

Bei keinem neueren Dichter ist wie bei Rückert in gleichem Grade die Neigung vorhanden, den Gefühlen klare Gedanken an die Seite zu geben, sie in solche umzusetzen, weshalb man nicht ganz mit Unrecht seine Lyrik als

Gedankenlyrik bezeichnet. Eben dieses Vorwiegen des Gedankens in seinen Gedichten machte ihn zum Dichter gereifterer Bildung, die von ihm ihre eigenen Ideen geformt, vorgetragen, bestätigt und erhöht wiederfand, ohne daß das Gemüt dabei leer ausging. Zugleich steht Rückert eine so unerschöpfliche Phantasie zu Gebote, daß er jede Idee mit einem Reichtum von Bildern zu umkleiden weiß, ja nach dem Vorbilde des Orients oft auch in künstlicher oder ermüdender Weise Gebrauch davon macht.

Eine verschwenderische Fülle geistreicher, packender, lichtvoller, witziger Gedanken ist ausgegossen in den *Vierzeilen*, in den Terzinen von *Edelstein und Perle*, in den *Angereihten Perlen* und vor allem in seinem größten Lehrgedichte, in der *Weisheit des Brahmanen* (6 Bände), das wie die »Erinnerungen eines Dorfamtmannssohnes« und die »Haus- und Jahreslieder« in tagebuchartiger Weise des Schaffens 1836–1839 entstand und in seinen mehr denn 3000 Gedichten wie alle Sammlungen Rückerts neben vielen Perlen freilich auch viel Schutt und Scherben bietet.

Die »Weisheit des Brahmanen« gipfelt in der Lehre von der Beschaulichkeit: Gott lebt in allen Wesen, und es ist das Ziel des Menschengeistes, der sich von Gott entfremdet hat, den Urgeist wiederzufinden, indem er ihn erkennt und liebt. Auf den Orient weist der Dichter auch mit *Parabeln und Paramythien* und mit einer Reihe morgenländischer Sagen, brahmanischer Erzählungen und kleiner Gedichte, die er als *Erbauliches und Beschauliches aus dem Morgenlande* zusammenstellte. Die Naturanlage Rückerts macht es uns erklärlich, daß seine zahlreichen Versuche im Drama, von denen nur *Kaiser Heinrich IV.*, *Herodes der Große*, *Saul und David* bekannt wurden, mißlingen mußten. Es fehlte ihm die erste Bedingung zum Dramatiker, gegebene Persönlichkeiten zu gestalten und innerlich so zu erschließen, daß sich daraus Taten entwickeln müssen. Er hat nur Begebenheiten in dialogischer Form geschildert und, statt der Schürzung und Lösung eines dramatischen Knotens seine Kraft zuzuwenden, den Stoff in episch-lyrischer Weise zerfließen lassen. Am besten noch gelang ihm die aristophanische Komödie *Napoleon und der Drache* (1814), die aber wegen der Fremdartigkeit der Form und der Phantastik der Darstellung nicht in das Volk drang. Aber auch das episch bearbeitete *Leben Jesu* fand keinen Beifall.

Rückerts Ruhm gründete sich auf seine lyrischen Schöpfungen und auf seine Übersetzungen, die man übrigens zum Teile als Nachdichtung bezeichnen muß. Wie in der Pflege der Gelegenheitsdichtung folgte Rückert auch mit der Weltliteraturtendenz dem Meister, und kein deutscher Dichter hat für die Verwirklichung des Goetheschen Traumes mehr getan als der sprachenkundige Rückert. Als Übersetzer erblickte er in den mannigfaltigen Sprachen der Erde bloß Mundarten einer einzigen Weltsprache und sah wie Herder die Poesie als eine Weltgabe an, die allen Völkern verliehen ist. Die einzelnen Literaturen betrachtete er als Bruchstücke einer großen Weltliteratur und wollte duch die Weltpoesie eine Weltversöhnung anbahnen, indem er zeigte, wie der Geist des Herrn, der in verschiedenen Zungen redet, doch alle Völker durchdrungen hat. Mit Recht konnte sich Rückert rühmen, daß ihm jede Sprache lebe, die von Menschen geredet werde; denn er war der Sprachen des Okzidents wie des Orients mächtig.

So übertrug er denn aus dem Persischen 71 Gaselen des Dschelaleddin Rumi und führte damit das Gasel, die persische Zweizeile mit durchlaufendem Reim, in die deutsche Literatur ein. Lieder des persischen Dichters Hafis dichtete er in den *Östlichen Rosen* (1822) nach; Wein, Liebe, Lebensgenuß bilden den Inhalt dieser Lieder, mit denen Rückert als erster den von Goethe im »Divan« (1819) eingeschlagenen Weg betrat, nur daß er auch die von Goethe noch nicht aufgenommenen orientalischen Versmaße nachahmte und einführte. Aus dem Königsbuch (Schahnameh) des persischen Dichters Firdusi übertrug er den gewaltigen Abschnitt *Rostem und Suhrab,* der die alte Völkersage von dem heimkehrenden Vater, der mit seinem Sohne unerkannt kämpfen muß und ihn tötet, unsere Hildebrandssage, behandelt. Dem Indischen bildete er *Nal und Damajanti,* eine Episode aus dem Epos Mahabhârata, nach. Es ist die Geschichte der Liebe, der Trennung und Wiedervereinigung zweier Gatten, des Königs Nal und der Königstochter Damajanti. Weil darin erzählt wird, wie die Gattin mit wunderbarer Treue den untreuen Gatten sucht und wiedergewinnt, hat man das liebliche Gedicht auch »Die indische Odyssee« genannt. Aus dem Arabischen übertrug Rückert die ältesten Volkslieder (Hamâsa), den Amrilkais und das ebenso kunstvolle wie witzige und geistreiche Gedicht: *Die Verwandlungen des Abu Seid von Serug oder die Makamen des Hariri* (1827). Die Makamen (Schelmengeschichten) erzählen, wie ein arabischer Weiser, der Schulmeister von Hims, von Ort zu Ort zieht und in den verschiedenen Masken die Hörer durch seine Gleichnisse, Rätsel und Wortspiele erheitert und so ein Obdach, Nahrung und Zehrpfennig zu verdienen weiß. Mit wahrer Virtuosität löste Rückert die Schwierigkeiten, die ihm daraus erwuchsen, daß er die arabischen Reim- und Wortspiele durch entsprechende freigewählte deutsche ersetzen mußte. Endlich übertrug Rückert die Propheten aus dem Hebräischen und bearbeitete nach einer lateinischen Übersetzung das Schi-King des Konfuzius, ein reichhaltiges, poesievolles Liederbuch der Chinesen.

Durch die Übersetzungen hat Rückert so manche tiefsinnige und geistvolle Schöpfung des Morgenlandes uns nahegebracht und dadurch das Stoffgebiet der deutschen Dichtung erweitert. Zugleich hat er die Gelenkigkeit und Biegsamkeit der Sprache auf eine Höhe gebracht, wie es vor ihm noch keinem gelungen ist. Es sind Kunststücke, nicht immer Kunst, was er hier geleistet hat. Mit den Überarbeitungen und Nachbildungen verpflanzte er auch eine Fülle fremder Strophenformen nach Deutschland: Gaselen, Ritornelle, Makamen, Sestinen, Ottaven, Hendekasyllaben, Slokas, Sizilianen, Terzinen und andere mehr. Dieser Formen bediente er sich dann in seinen eigenen Dichtungen; nicht durchweg zum Vorteil unserer Literatur.

Die Beliebtheit der Spruchdichtungen Rückerts verhalf dem Lausitzer Poeten LEOPOLD SCHEFER (1784–1862) erst zu seinem großen Erfolge. Schefer hat teils lyrische und didaktische Dichtungen selbst geschaffen, teils morgenländische Poesien umgedichtet. Im Mittelpunkte seiner lyrischen Ergüsse steht ihm die Allnatur, die er in glühender, pantheistischer Begeisterung in immer neuen, farbenprächtigen, oft auch bizarren Bildern preist. Der kontemplative Charakter seiner Dichtungsweise prägt sich vor allem in seinem berühmt gewordenen, oft aufgelegten und als Erbauungsbuch benützten *Laienbrevier* (1834) aus, das aus kleinen Sinngedichten und Denksprüchen zusammengesetzt ist und so ein Seitenstück zu Rückerts »Weisheit des Brahmanen« bildet. Neben herrlichen Gedanken macht sich darin der Pantheismus, Vergötterung der Natur und des Menschen, breit. Die *Vigilien* (1843) und *Der Weltpriester* (1846) stehen an Bedeutung weit zurück. Auch mit seinen von der Romantik beeinflußten *Novellen* (1825) hat Schefer keinen dauernden Erfolg errungen; neben der Vollendung in Einzelgruppen, der hinreißenden Farbenpracht und wunderbaren Gemütstiefe herrscht phantastische Willkür in der Gesamtdurchführung (»Göttliche Komödie in Rom«, »Die Osternacht«, »Der Waldbrand«, »Die Perserin«, »Der Sklavenhändler«). In den späteren Lebensjahren dichtete er Lieder der Liebe, die, in den Sammlungen *Hafis in Hellas* (1853) und *Koran der Liebe* vereinigt, freien Lebensgenuß besingen.

Die Abneigung gegen das Christentum, wie sie Leopold Schefers Werke zur Schau tragen, steigerte sich in dem Nürnberger GEORG FRIEDRICH DAUMER (1800–1875) vor seinem Übertritt zum Katholizismus bis zur Gehässigkeit. Die Dichter des Orients, vor allem Hafis mit seiner Verneinung aller »asketischen und ethischen Abstraktion des Übersinnlichen und Himmlischen«, regten ihn an zu formschönen Nachdichtungen (»Liederblüten des Hafis, eine Sammlung persischer Gedichte« 1846–1852, und »Mohammed und sein

Werk, eine Sammung orientalischer Gedichte«, 1848). In *Polydora, einem weltpolitischen Liederbuch* (1855, 2 Bände) hat er aus der ganzen Weltliteratur einen Liederstrauß zusammengefügt. Daß er auch schon vor seiner Konversion nicht allen Zusammenhang mit dem Christentum verloren hatte, zeigen seine unter dem Pseudonym Eusebius Emmeran erschienenen Marienlegenden (»Die Glorie der heiligen Jungfrau«, 1841) sowie seine Legendensammlungen (»Mythotherpe«, 1859; »Marianische Legenden und Gedichte«).

August Graf von Platen-Hallermünde

Die gleichen Interessen für persische Sprache und Dichtung verbanden Rückert mit August Graf Platen-Hallermünde (1796–1835). Beide gehören fast in jeder Beziehung zusammen; als Menschen waren sie ganz verschieden: Rückert führte in seinem stillumfriedeten Heim ein sorgloses Traumleben, Platen war tief unglücklich: arm, heimatlos, mit einer ans Pathologische grenzenden, glühenden Sehnsucht nach einem Freunde und nach Liebe erfüllt, aber doch meist allein; von seinen zahlreichen Feinden nicht bloß aufs heftigste bekämpft, sondern auch aufs widerlichste beschmutzt, hatte er weiter nichts als seine Kunst, und da begreift es sich, daß er zur übertriebenen Schätzung ihres Wertes gelangte, und zwar um so mehr, da wie bei vielen Dichtern seiner Art eine fast krankhafte Sehnsucht nach Ruhm in seiner Seele wohnte.

»Germaniae Horatio« (Dem Horaz Deutschlands) steht auf dem über die Trümmerwelt großer hellenischer Geschichte und in das blaue Meer hinausschauenden Grabdenkmale Platens in dem Park des Marchese Landolina in Syrakus. Der Sohn des römischen Freigelassenen und der deutsche Graf gehörten derselben Dichterfamilie an; das Urteil über jenen steht fest, die Gesamtstellung Platens aber ist schwankend. Goethe hat bei aller Anerkennung einzelner glänzender Eigenschaften der dichterischen Gesamtpersönlichkeit die Liebe abgesprochen: »Ihm fehlt die Liebe«. »Er liebt so wenig seine Leser und seine Mitpoeten als sich selbst.« Hebbel sagt: »Platen brüstet sich mit dem Zügel, aber er hat nicht das Pferd.« Unbestritten ist, daß er dem Heineschen Geiste der Zersetzung gegenüber auf die formale Ausbildung und den künstlerischen Ernst eines Teils der ganzen folgenden deutschen Dichtung erzieherisch eingewirkt hat. Daher haben vor allem die Münchener Geibel, Strachwitz und Greif ihrer warmen Verehrung für Platen Ausdruck gegeben und es ihm nicht vergessen, daß sie »in seiner Schule gesessen, denn die strenge Pflicht, die römische Zucht« habe ihnen allen

»gute Frucht« getragen. Jakob Grimm bezeichnet Platen als das größte deutsche Formtalent, während in der neueren Zeit von manchen Platens Poesie als papieren erklärt und behauptet wird, daß er seine (äußere) Formvollendung nur durch Mißhandlung des Genius der deutschen Sprache erreicht habe.

Wenn auch für Lyrik empfängliche Leser Platens Lyrik »kalt« finden, so erklärt sich dies daraus, daß er keine Naturlaute hatte. Nur wenige, aus der älteren Zeit stammende Gedichte finden sich bei Platen, die wie der unmittelbare und unreflektierte, von der Gemütsbewegung selbst eingegebene Ausdruck klingen. Viel öfter aber gibt er die Anschauung oder Empfindung erst durch ein Gedankenmedium hindurch und in einer seiner Eigenart entsprechenden Form. Sein Ideal war nicht der Naturlaut oder Aufschrei des Gefühls, sondern dessen allergeistigster Gedankenausdruck. Nicht die Affekte und Leidenschaften dichten in Platen, sondern das Herrschende in ihm, der von den Leidenschaften zuweilen getrübte und erschütterte, aber nach wiedererrungener Klarheit und Fassung sie durchschauende, sie sittlich richtende und durch den Willen beherrschende Geist führt in Platens Poesie das Wort. Ihre Formvollendung aber ist die unmittelbare Widerspiegelung seiner inneren Selbstbeherrschung, und deren Sieg erscheint um so größer, je glühender und qualvoller die inneren Kämpfe waren, denen der eigenartigste Teil von Platens Lyrik entsprungen ist. In seinen rückhaltlos geschriebenen Tagebüchern findet, wer für derartige Seelenprobleme Verständnis hat, genügenden Aufschluß.

Erklärt sich so der geistige Gehalt der Gedichte Platens aus seinem Seelenleben, so war ihre Form zuzeiten die herrschende. Man denke nur an die italienische, französische und englische Sonettenpoesie. Der Boden, auf dem Typen wie Platen am besten gedeihen, ist der der Höfe, und das augusteische, medizeische, das Zeitalter Ludwigs XIV. haben ihre besten Vertreter gesehen. Platen hatte keinen Hof, an dem er hätte gedeihen können, und daher wandte er sich bezeichnenderweise nach Italien, dem Lande der Kunst, um hier ein stolz-unruhiges Wanderleben zu führen. Ehe er aber dieses begann, hatte er schon eine arbeitsreiche und wechselvolle Zeit durchgemacht. Einer 1689 in den Reichsgrafenstand erhobenen alten Adelsfamilie der Insel Rügen entstammend, wurde er in Ansbach als Sohn eines Oberforstmeisters geboren. Von der Mutter, die völlig in der französischen Bildung befangen war, erbte er die Liebe zur Poesie, und Weißes »Kinderfreund« reizte ihn früh zu dichterischer Nachahmung. Dieser kindliche Dichtertrieb erstarrte, als auf die heiteren Jugendtage im elterlichen Haus die unerfreulichen Tage militärischer Zucht folgten. Obwohl sein weiches, linkisches, selbstquälerisches und leicht erschüttertes Wesen ihn zum Militär wenig tauglich machte, trat er, dem Zwang der Armut folgend, 1806 in das Kadettenkorps in München ein. Was er hier vermißte, die Pflege der Studien, ward ihm in dem Erziehungsinstitute für königliche Edelknaben möglich, und überdies erfüllte der Glanz der Hoffeste die Phantasie des Pagen. Durch nicht ganz vier Jahre diente er, nicht mit Freude, als Soldat im ersten bayerischen Infanterieregiment in München, wurde Leutnant und auch als Beurlaubter bis zu seinem Tode in den Regimentslisten fortgeführt, wie er auch durch des Königs Gnade sein Gehalt fortbezog.

Er arbeitete auf eigene Faust an seiner geistigen Ausbildung, eignete sich, nachdem er 1815 den Feldzug gegen Frankreich mitgemacht hatte, allmählich die Kenntnis der europäischen Sprachen, später auch des Persischen und des Arabischen an und gelangte durch viele poetische Versuche allgemach zur Meisterschaft der Form. »Die Kunst zu lernen war ich nie zu träge«, konnte er wohl mit vollem Recht sagen; aber trotz des vielen Studiums verließ ihn die ihm angeborene Melancholie nicht, und er hatte trübe Stunden, in denen er ganz an sich selbst verzweifelte und sich sogar Selbstmordgedanken hingab; er fürchtete, weder Verstand noch Geist noch Begabung, noch überhaupt etwas zu besitzen, das ihn über die gemeinsten Menschen erhebe. Später verfiel er in maßlose Überschätzung seines Talentes und in zeitweise giftige Verhöhnung seines Vaterlandes, das ihn nicht zu schätzen wisse. Durch königliche Gnade erhielt er Urlaub und Stipendium, um sich für den diplomatischen Dienst vorzubereiten. Er besuchte die Universität Würzburg (1818), vertauschte sie dann mit Erlangen, wurde Schellings begeisterter Schüler und verdankte ihm die Stellung eines Praktikanten an der Bibliothek daselbst. Die Reisen während der Ferien trugen ihm in Bayreuth Jean Pauls, in Ebern Rückerts Freundschaft ein und führten ihn in Kassel zu J. Grimm, in Jena zu Goethe. Von 1826 an weilte er mit einer zweimaligen Unterbrechung in Italien, und in Syrakus ist er verstorben.

Die seiner Eigenart entsprechende Form für sein Dichten fand Platen zunächst in Gasel und Sonett. Der streng geregelte Bau, der für andere einen Zwang bedeuten und die Bewegung hemmen würde, wurde ihm für Jahre die eigentliche Heimat seiner Poesie, bis die Reimgebilde der romanischen und orientalischen Dichtkunst seit der Übersiedlung nach Italien durch die antike Ode verdrängt wurden.

So trat er denn in Erlangen, ein Jahr später als Rückert (»Östliche Rosen«), mit *Gaselen* hervor (1821) und sprach sich darin, während Rückert die persischen geschickt nachahmte, selbst in ihren Formen aus. Die Fremdartigkeit der Form aber ließ Platens Gaselen nicht in weite Kreise dringen. Von Eckermann jedoch wurden sie im Auftrage Goethes in »Kunst und Altertum« freudig begrüßt. In den *Neuen Gaselen* (1823) verwandte Platen bereits diese Form so geschickt und eigenartig, daß er schreiben konnte: »Der Orient ist abgetan. Nun seht die Form als unser an.«

Die Gaselen sind kleine »schmeichlerische« Gedichte von zehn bis zwanzig Zeilen, meist zum Preise der Liebe, des Weines, der Freundin oder des Schenken bestimmt, aber auch tiefsinnige Gedanken enthaltend. Die *Lyrischen Blätter*, die nun erschienen, brachten nur Gedichte aus älterer Zeit und waren ebensowenig geeignet, dem Dichter Freunde zuzuführen, wie die *Vermischten Schriften*, und der *Spiegel des Hafis* erschien noch fremdartiger als die Gaselen. Man griff lieber zu den Gedichten, die noch keine eigenartig ausgeprägte Art Platens zeigen, zu den Romanzen und Balladen, und mit ihrem geschichtlichen Weitblick und ihrer starken Anschaulichkeit werden sie das Bild des Dichters noch lange der Nachwelt erhalten.

Weniger tritt die Reflexion in den anderen Romanzen und Balladen (»Colombos Geist«, »Der Tod des Carus«, »Wittekind«, »Harmosan«) hervor. Seinem tiefsten und leidenschaftlichen Fühlen hat Platen in seinen Sonetten Ausdruck verliehen, vor allem in den *Sonetten aus Venedig* (1825), die ihm unbestreitbar den ersten Platz unter allen deutschen Sonettendichtern erworben haben. Die strenge Form des Sonettes, die im Deutschen so oft zum Gekünstelten und Gezwungenen und zur Erkältung führt, hat Platen mit Leichtigkeit getroffen. Begeisterung und geschichtliches Wissen wirken hier zusammen, um das Geschaute im Leser wiedererstehen zu lassen.

Wurden die venetianischen Sonette von späteren Dichtern nicht mehr übertroffen, so schien Platen in den *Oden* mit jeder neuen zu wachsen. Schon in Erlangen hatte er mit der Odendichtung begonnen, aber erst auf dem Boden Italiens zeitigte sie die schönsten Früchte. Daß er neben den alten Dichtern, vor allem seinem Freunde und ständigen Begleiter Horaz, auch Klopstock als dem Bahnbrecher deutsch-antiker Dichtung sich verpflichtet fühlte, spricht er in einer Parabase des Ödipus aus. Platens Oden sind monumentale Schöpfungen, deren jede einzelne vollendeten Wert hat, tiefen Gehalt, wärmstes Gefühl, reinsten Ausdruck, und wer daneben auch den feierlichen, erst beim lauten Lesen zur Geltung kommenden Festtagsrhythmus zu würdigen weiß, hat erhöhten Genuß. Dasselbe gilt auch von den *Hymnen*, in denen die Freude des Dichters, seine Sprach- und Bildkunst im Wettkampf mit hellenischer Rhythmusfülle und Vorstellungsart zu messen dem modernen Leser zwar viel zumutet, die Gedankenarchitektonik aber, die Tiefe der Empfindungen jeden mächtig ergreift und erhebt.

Platens politische Dichtung hat auf die Führer der politischen Lyrik, Herwegh, Prutz, Moritz Hartmann und andere, einen großen Einfluß geübt. Es hat seit seinem Abgange aus Deutschland das politische Element mit Nachdruck aufgenommen, und seine *Polenlieder,* in denen sich der Zorn gegen Rußland Luft machte, sind bei weitem die kühnsten politischen Dichtungen der ganzen Periode. Über politische Zustände äußert er sich auch in *Epigrammen,* während er in anderen derartigen Distichen die Eindrücke und Bilder seiner italienischen Wanderfahrten festhält oder seine Urteile über literarische und künstlerische Dinge unmutsvoll kränkendem Tadel gegenüberstellt. Unbestreitbar gehört er zu unseren besten Epigrammatikern, aber auch seine *Eklogen* und *Idyllen,* mag er uns nun Bilder aus dem Straßenleben in Neapel oder aus dem Felseneiland Capri entwerfen, dürfen, wenn sie auch hinter Goethes und Mörikes verwandten Dichtungen weit zurückstehen, nicht unterschätzt werden.

Von jeher haben gewaltige Ereignisse der Geschichte und Sage Platen angezogen, und früh schon drängte es ihn zu deren epischer Ausgestaltung (aber weder »Odoaker« noch die »Hohenstaufen«, »Gustav Wasa«, »Die Normannen in Sizilien«, »Tristan und Isolde« und andere epische Pläne gediehen über Entwürfe oder Anfänge hinaus). Nur das kleine Epos, die *Abbassiden,* wurde vollendet (1833); gewiß kein großartiges Werk, doch die Verwebung der Märchen aus »Tausendundeine Nacht« ist geschickt und die Erzählung von den Schicksalen der Söhne Harun al Raschids frisch. Auch jenes Dichtungsgebiet, das ihm stets als das höchste und erstrebenswerteste erschien, das der Tragödie, durfte er nicht wirklich betreten, sondern nur sehnsüchtig umkreisen. Dei Neigung zur Dramatik, die schon in dem Knaben vorhanden war, erhielt durch gelegentliche Äußerungen Schellings über den Mangel an einem eigentlichen Dramatiker in unserer Literatur neue Nahrung, und ohne zu bedenken, daß ihm die nötige Bühnenkenntnis abgehe, schuf Platen in kurzer Zeit eine Anzahl von Dramen, um, sooft er einen Versuch machte, ein Stück auf einer großen Bühne zur Aufführung zu bringen, jedesmal eine Enttäuschung zu erleben. – Nachdem er seine früheren Versuche, mit Ausnahme von *Marats Tod* und der *Tochter Kadmus,* bevor sie vollendet waren, abgebrochen hatte, brachte er in Erlangen den Druck seiner Lustspiele zum Abschluß (»Der gläserne Pantoffel«, 1823; »Berengar«, 1823; »Der Schatz des Rhampsinit«, 1824; »Der Turm mit sieben Pforten«, 1825; »Der Hochzeitsgast«, 1825; »Treue um Treue«,

1825). Platens Eifer für die dramatische Dichtung ist nie ermattet; gegen 90 Stoffe sind uns aus des Dichters Nachlaß bekannt, deren Dramatisierung er ins Auge gefaßt hatte. Aber seine Dramen blieben, obschon sie, zumal der »Pantoffel« und »Rhampsinit«, an dichterischem Wert mit den meisten gleichzeitigen Erzeugnissen sich messen konnten, dennoch Buchdramen, weil die Theaterleiter und das Publikum sich nicht einen Dichter erziehen wollten, solange es an bühnegerechten Dramatikern nicht fehlte.

Wie Schiller als Dichter und Geschichtsschreiber zugleich wirkte, wollte auch Platen durch historische Studien, die in den glänzend geschriebenen *Geschichten des Königreichs Neapel von 1414 bis 1443* gipfeln, für geschichtliche Dichtungen sich vorbereiten. Doch gelangte von den geplanten Epen keines und von den Tragödienplänen nur *Die Liga von Cambrai* (1833), die Verherrlichung stolzer venezianischer Vaterlandsliebe, zur Ausführung. Großen und bleibenden Ruhm auf dramatischem Gebiete aber erwarb er sich durch seine beiden aristophanischen Lustspiele *Die verhängnisvolle Gabel* (1826) und *Der romantische Ödipus* (1829). Beide Stücke sind satirische Literaturkomödien, für die der attische Lustspieldichter in den »Fröschen« als Vorbild diente. Im »Romantischen Ödipus« verhöhnt Platen das äußerliche Spiel der Romantiker mit allen Formen, ihre Vermengung von Calderóns und Shakespeares Tragödienstil und stellt dieser Willkür den klaren und einheitlichen Bau einer Tragödie des Sophokles gegenüber.

Zeitgenossen und Gefolge des fränkischen Zweigespanns

Neben dem fränkischen Zweigespann steht, wenn auch etwas abseits, Julius Mosen (1803–1867). Als Sohn eines Lehrers zu Marieney im Vogtland geboren, wurde er nach juristischen Studien und Betätigung als Advokat 1844 Dramaturg am Oldenburger Hoftheater, bis ihn die 1846 ausgebrochene Krankheit zwei Jahre später zum Rücktritt zwang; die stets fortschreitende Lähmung führte erst nach vielen Jahren zum Tod. Als des Dichters Hauptwerk gilt sein Kleinepos *Ritter Wahn* (1831), das Lied von der Flucht des Lebenden vor dem Tod. Das längere Epos *Ahasver* (1838) leidet an poetischer Schizophrenie. Sein Held sollte nach Mosens eigenen Worten »die in irdischem Dasein befangene Menschennatur« sein, die wider Gott ist, und zugleich das demokratisch-liberale Ideal des souveränen Menschen verkörpern. An die Stelle plastischer Gestaltung tritt, vor allem in den letzten Partien des Werkes, eine traumartige Darstellung, die bestrebt ist, überallhin große Perspektiven zu öffnen, dabei aber die eigentliche poetische Wirkung abschwächt. Wenig Glück hatte Mosen mit seinen dramatischen Versuchen, deren Vorbilder von Uhland über Schiller bis zu Shakespeare reichen. Sprachliche Sauberkeit, rhythmisches Gefühl, klarer Handlungsbau und praktische Kenntnis des Theaters machen zusammen noch nicht die Berufung zum Bühnendichter aus. Die Titel seiner Werke (»Heinrich der Finkler«, »Kaiser Otto III.«, »Cola Rienzi«, »Die Bräute von Florenz«, »Wendelin und Helene«, »Herzog Bernhard von Weimar«, »Johann von Österreich«, »Der Sohn des Fürsten«) verraten, wenigstens zumeist, die Schauplätze (Deutschland, Italien) und die Vorliebe für mittelalterliche Stoffe, verschweigen allerdings, daß Mosen wie im »Ahasver« Vergangenheit nur als Spiegel der Gegenwart und als Vorbereitung für die Ideen des 19. Jahrhunderts sah. Diese Bühnenstücke sollten »die Ideen der Politik in universaler Tiefe dramatisch gestalten«.

Eine ähnliche Absicht liegt auch dem Roman *Der Kongreß von Verona* (1842) zugrunde, der den philhellenischen Zug der Zeit politisch erörtert. Erfreulicher wirken die Novellen, angefangen vom später aus den gesammelten Werken ausgeschlossenen *Gang nach dem Brunnen* (1825) über *Georg Venlot* (1831) bis zu den *Bildern im Moose* (1846), einem zweibändigen Sammelwerk, das noch starke Spuren der Romantik aufweist (zur Zeit seiner Tätigkeit als Advokat in Dresden verkehrte Mosen mit Tieck!), aber doch nicht frei bleiben konnte von zeitbedingten Ausfällen gegen Restauration und »Pfaffen«. Das sächsische Land, dem Mosen entstammte, regte auch zu lyrischem Schaffen an, doch war der Dichter so sehr Stadtmensch, daß der graziöse Formsinn der sächsischen Rokokokultur sowie deren Verspieltheiten ihn nicht selten verleiteten, die Natur verschönern zu wollen; wo er dies nicht tat, entstanden reife Stücke, wie »Im Sommer« und »Der untergehende Mond«. Unter den *Gedichten* (1836) finden sich auch Balladen, von denen zwei volkstümlich geworden sind: *Der Trompeter an der Katzbach* (wenigstens in Norddeutschland) und der *Andreas Hofer,* das Nationallied der Tiroler.

Keinerlei Neigung zu Popularität zeigten die Platen-Nachahmer Johannes Minckwitz (1812–1885) aus der Lausitz, der ein satirisches Lehrgedicht *Die deutsche Dichtkunst* (1837) verfaßte und für seine *Gedichte* (1847), meistens Oden und Sonette ausgesprochener Reflexionspoesie, unverdienten Spott erntete, Oswald Marbach (1810–1890), Autor der antikisierenden *Gnomen* (1832) und *Gedichte* (1836), und Friedrich August von der Heyden (1789–1851), Ostpreuße und epigonaler Dramatiker (»Theater«, drei Bände, 1842), Epiker (»Die Gallione«, 1825; »Reginald«, 1829; »Das Wort der Frau«, 1843, eine Verserzählung von der Heirat Agnes' von Staufen mit dem Sohne Heinrichs des Löwen; »Der Schuster von Ispahan«, 1850, mit neupersischem Thema), Romancier (»Die Intriganten«, 1840) und Lyriker (»Gedichte«, 1852). Eher unter Rückerts Einfluß (daher die Bevorzugung orientalischer Sotffe) stand der »Deutschkatholik« und Freimaurer FRIEDRICH MAXIMILIAN HESSEMER (1800–1860), Herausgeber der *Deutsch-christlichen Sonette* (1845), der *Lieder der unbekannten Gemeinde* (1854), des arabisch-persischen Epos *Jussuf und Nafissa* (1847), der Verserzählung *Ring und Pfeil* (1859).

Zu den Nachwirkungen Rückerts, aber auch der Romantik gehört die reiche Übersetztertätigkeit der damaligen Zeit. Ein Zentrum derselben war Dresden, wo König Johann von Sachsen (1801–1873), bekannt unter dem Dichternamen PHILALETHES, schon als Kronprinz in einem Abendzirkel die besten Kenner romanischer Poesie als »Danteakademie« um sich versammelte. Berühmt wurde seine Jambenübersetzung von Dantes »Göttlicher Komödie« (1828 erschienen die ersten Gesänge), begleitet von einem ausgezeichneten Kommentar, beachtlich waren seine religiösen Gedichte (»Nimm mich, Gott, in deine Arme«, »Hoch über den Sternen, wie muß es so friedlich sein«). Versuche auf dem Gebiet des Dramas blieben ein Trauerspiel (»Pertinax«) und ein Operntext (»König Saul in Israel«, 1833). Zu diesem Kreis gehörten noch Ludwig Tieck und Wolf Heinrich Graf von Baudissin, ferner KARL AUGUST FÖRSTER (1784–1841), dessen Gedichte Tieck postum (1843) in zwei Bänden herausgab, der feinsinnige Übersetzer aus dem Italienischen (Petrarca, 1818; Tasso, 1821; Dantes »Neues Leben«, 1841), sowie KARL STRECKFUSS (1778–1844), Lyriker, Erzähler, Dramatiker und Übersetzer von dauernder Bedeutung (Ariosts »Rasender Roland«, 1818–1820; Tassos »Befreites Jerusalem«, 1822; Dantes »Göttliche Komödie«, 1824–1826), und KARL LUDWIG KANNEGIESSER (1781–1861), gleichfalls Danteübersetzer.

Religiöse Lyrik

In Deutschland war in den dreißiger Jahren dem von einer glaubenslosen Philosophie (D. Fr. Strauß, Feuerbach) gegen das Christentum unternommenen Sturme die neue lutherische Orthodoxie entgegengetreten. Von seiten des Katholizismus erhob sich, wie früher als Anwalt deutscher Freiheit und Selbständigkeit gegen Napoleon, Görres gegenüber dem bürokratischen Staate, nunmehr als Verfechter der Freiheit der katholischen Kirche. Er war es, der gegenüber dem Zerstörungswerke der Revolution seine Stimme für die christliche Ordnung erhob. In den Wirren des Revolutionsjahres 1848 bewahrten Bischöfe und Klerus von Preußen eine streng konservative Haltung. Die Verfassungen von 1848 und 1851 verbürgten die Selbständigkeit der anerkannten Religionsgemeinschaften. Die Erstarkung des kirchlichen Lebens offenbarte sich auch in der Poesie, vor allem auf dem Gebiet der religiösen Lyrik.

Nach dem Erbe Eichendorffscher Frömmigkeit, Naturfreude und Sprachmelodik strebte Leberecht Dreves (1816–1870), ein gebürtiger Hamburger. Schon als Student war er mit *Lyrischen Anklängen* (1837) hervorgetreten, denen später die *Vigilien*, das Lustspiel *Der Lebensretter* sowie *Schlichte Lieder* folgten. Neben der ernsten Muse anerkannte er auch die heitere (»Früh morgens, wenn die Hähne kräh'n«, »Auf den Bergen die Burgen«), neben der religiösen auch die politische (»Lieder eines Hanseaten«, 1843); doch von dieser sagte er sich später los (»Wollt ihr uns die Freiheit bringen, machet euch erst selber frei«; »Reißt das Kreuz nicht aus der Erden, die Begier aus eurer Brust«). Nach Übertritt zur katholischen Kirche entstanden seine Hauptwerke, *Lieder der Kirche* (1846); es sind Übersetzungen alter lateinischer Hymnen und waren auch in protestantischen Kreisen hoch anerkannt. Die Hingabe an die altkirchliche Poesie vererbte er seinem Sohne Guido Maria Dreves (1854–1908), dem Mitverfasser der »Analecta hymnica medii aevi« und Herausgeber eigener religiöser Lyrik (»Kränze ums Kirchenjahr«, 1886; »Stimmen der Vorzeit«, 1888; »Schwertlilien«, 1898).

Konvertitin war auch die im Zusammenhang mit Brentano bereits genannte Luise Hensel (1798–1876) aus Linum in Brandenburg, tätig als Erzieherin, Gesellschafterin, Krankenpflegerin und Lehrerin, seit 1874 bis zu ihrem Tode wohnhaft im Kloster der Schwestern der göttlichen Liebe zu Paderborn, deren Stifterin Pauline von Mallinckrodt ihre einstige Schülerin war. Ihre *Gedichte* (1858) und *Lieder* (1869), aus denen das Abendgebet »Müde bin ich, geh zur Ruh'« für viele in den Bannkreis des anonymen Volksliedes eingegangen ist, tragen den Stempel unmittelbarer Echtheit und Ungezwungenheit und geben zum Teil in überwältigender Schlichtheit das schmerzvolle Ringen wieder, das ihr die Wahl zwischen dem irdischen und dem himmlischen Bräutigam auferlegte. Einblick in ihr Seelenleben geben außer den Versen noch die erst nach ihrem Tod ans Licht der Öffentlichkeit getretenen *Briefe* (1878) und *Aufzeichnungen und Briefe*, herausgegeben von H. Cardauns (1916).

Ein »ganz großer religiöser Dichter, der seine Veranlagung nicht entfaltete«, war nach Ernst Alker der aus westfälischem Adel stammende Fürstbischof von Breslau, Melchior von Diepenbrock (1798–1853), der mit seinem *Geistlichen Blumenstrauß* (1829) tiefes Verständnis für die spanischen Mystiker (Johannes vom Kreuz u. a.) weckte, die er meisterhaft übersetzte; in späteren Auflagen fügte er als »Zugabe« *Geistliche Lieder deutscher Sänger* bei (z. B. von Luise Hensel), darunter eigene Dichtungen, die er seinem »geliebten Vater« Michael von Sailer widmete. Ein anderer Kirchenfürst, der gelegentlich zur Leier griff, war der Kölner Erzbischof Johannes von Geissel (1796–1864). Von seinen Gedichten religiösen Inhalts (neben denen muntere Gelegenheitsgedichte sogar in der Mundart seiner pfälzischen Heimat stehen) sind bekannt die Marienlieder »Wunderschön prächtige ...« und »Virgo virginum praeclara« (1855), welches in der deutschen Übersetzung als »Jungfrau, aller Jungfraun Krone« durch Simrock in viele katholische Gesangbücher aufgenommen worden ist.

Auf der protestantischen Seite ist hier der Name Albert Knapp (1798–1864) in Erinnerung zu rufen; doch den schwäbischen Pastor übertraf der Hannoveraner Karl Johann Philipp Sitta (1801–1859), der, einst Uhrmacherlehrling, als Superintendent zu Burgdorf bei Celle starb. Der spät zum geistlichen Stand Berufene wurde durch sein *Sangbüchlein der Liebe für Handwerksburschen* (1823), dem die Sammlung *Psalter und Harfe* (1833 bzw. 1843) folgte, schnell volkstümlich. Seine Gesänge gingen nicht in die Tiefe, erbauten jedoch durch kindliche Frömmigkeit und schlichte Sprache (z. B. »Bei dir, Jesus, will ich bleiben«). Andere Dichter-Pastoren sind der Hamburger Adolf Morath (1805–1884), in dessen *Harfenklängen* sich die inneren Kämpfe spiegeln, die aus der Enge einer rationalistischen Jugendbildung zum geistlichen Stand führten, der Hannoveraner Karl Bernhard Grave (1763–1841), der bedeutendste Liederdichter der herrenhutischen Brüdergemeine, und Karl August Döring (1783–1844), der als Prediger in Elberfeld starb. Auch als Verfasser von Epigrammen, Elegien, Sonetten und Nachdichtungen niederländischer Dichtungen ist er hervorgetreten. Die geistlichen Verse der *Hesperiden* und jene, die in die *Blätter für höhere Wahrheit*, eine mystische Deutung der Bibel, eingestreut sind, stammen aus der Feder des aus Frankfurt gebürtigen Johann Friedrich von Meyer (1772–1848). Die naturphilosophische Poesie des Bonner Theologieprofessors Johann Peter Langer (1802–1884) hat wohl nie den Anspruch auf Volkstümlichkeit erhoben. Rudolf Stier (1800–1862) dagegen wollte das vom Rationalismus des 18. Jahrhunderts um seine christliche Substanz gebrachte Liedergut wieder der Bibel annähern und klagte oft über die »Gesangsbuchnot«.

Durchgebildete Form und musikalischer Wohllaut zeichnen die geistlichen Lieder und Sonette aus, die GUSTAV FRIEDRICH LUDWIG KNAK (1806–1878), Prediger an der Bethlehemskirche in Berlin, in den Sammlungen *Simon Johanna, hast du mich lieb?* (1829) und *Zionsharfe* (1840) veröffentlicht hat. Zu den wesentlich religiös gestimmten Lyrikern gehört auch KARL BARTHEL (1817–1853), Schriftsteller und Prediger in Braunschweig, Verfasser einer vom gläubigen Standpunkt aus geschriebenen Literaturgeschichte und des aus dem Nachlaß edierten Buches *Erbauliches und Beschauliches* (1853), das die Lieder eines noch in Entwicklung begriffenen glaubensinnigen Gemütes enthält. Karl Barthels jüngerer Bruder EMIL BARTHEL (1835 – 1906) sang gleichfalls geistliche Lieder (»Heil'ger Ernst«), verstand sich aber auch auf humoristische Erzählungen und Gedichte (»Scherz und Humor«, 1875).

Tagesschriftstellerei

Das Zeichen des schnell verbleichenden Ruhmes steht über den meisten Werken der damaligen Dramatiker. So schrieb ERNST BENJAMIN SALOMON RAUPACH (1784 – 1852) ungefähr 120 meist wertlose Stücke. Als Predigersohn zu Straupitz bei Liegnitz geboren, war er später Theologiestudent, Hauslehrer und Erzieher in Rußland (1805–1814), schließlich (1816–1822) Professor für Geschichte und Literatur an der Kaiserlichen Bildungsanstalt in St. Petersburg, dem heutigen Leningrad, und lebte anschließend in Italien, Weimar und Berlin, wo er als Hofrat starb. Er selbst teilte seine dramatischen Werke in solche komischer und in solche ernster Gattung ein und sammelte sie in vier bzw. 16 Bänden (1829–1843). Unter den ersten Stücken sind die meisten historische Dramen, auf Effekt eingerichtet, phrasenhaft und Schiller imitierend; die Lustspiele folgen dagegen Kotzebue. Gehalten hat sich lange das rührselige Volksschauspiel *Der Müller und sein Kind* (1830), das in Wien und anderswo gerne am Allerseelenabend aufgeführt wurde. Schillersches Pathos, romantische Phantasie sowie Neigung zum Realismus finden sich ferner beim Freiburger JOSEF VON AUFFENBERG (1798–1857), der 30 Jahre lang Vorsitzender des Hoftheaterkomitees in Karlsruhe war und mehrere historische Dramen schuf, und beim Bayern EDUARD VON SCHENK (1788–1841), der 1828–1831 als Minister des Innern amtierte, die Verlegung der Landshuter Universität nach München in die Wege leitete, immerhin mit dem *Belisar* (1826) großen Erfolg hatte und geistliche Lieder (»Die Kirche«) dichtete.

Das die Theater füllende Lustspiel stammte aus Kotzebues Schule, vertreten durch HEINRICH CLAUREN, eigentlich Carl Gottlieb Samuel Heun (1771–

1854), Buchhändler, Schriftleiter und preußischer Hofrat, der mit pseudoromantischen, sentimental-lüsternen Stücken die Bühne, mit gleichartigen Romanen das Lesepublikum eroberte und durch den Prozeß gegen Wilhelm Hauff im Literaturleben eine unrühmliche Rolle spielte. Als echter Humorist erwies sich ERNST ELIAS NIEBERGALL (1815–1843) aus Darmstadt, der sich leider durch Trunksucht zugrunde richtete; seine Lustspiele (»Des Burschen Heimkehr«, 1837; »Der Datterich«, 1841) fanden mit Recht so viel Beifall wie seine in hessischer Mundart geschriebenen Lokalpossen mit meisterhaftem Ortskolorit. Als Erzähler verstand er sich auf Spannung und Berücksichtigung der volkstümlichen Überlieferungen sowie auf die Parodie pseudoromantischer Autoren. Vom Berliner KARL TÖPFER (1792–1871) stammen neben seinerzeit freundlich aufgenommenen ernsten und heiteren Stücken das gute historische Lustspiel *Des Königs Befehl* (1821) und *Rosenmüller und Finke,* das sogar zu dem höheren Lustspiel Gustav Freytags überleitete. Der Schauspieler PIUS ALEXANDER WOLFF bot dem romantischen Carl Maria von Weber Stoff für die Oper *»Preziosa«* (1821), den er einer Novelle des Spaniers Cervantes entnahm.

Christian Dietrich Grabbe

Zu hoher literarischer Bedeutung kamen zwei Bühnendichter jenes Zeitraumes: Grabbe und Büchner. Ihr Licht blieb lange Zeit unter dem Scheffel gestellt und wurde erst von den Naturalisten und den Expressionisten hervorgeholt. CHRISTIAN DIERTRICH GRABBE (1801–1836) schien zunächst ein verspäteter Nachfolger der Stürmer und Dränger zu sein. Er wurde als Sohn eines Zuchthausaufsehers in Detmold in Westfalen geboren und beklagte die Düsternis seiner Herkunft Immermann gegenüber mit den Worten: »Was soll aus einem Menschen werden, dessen erste Erinnerung war, einen alten Mörder an die frische Luft geführt zu haben!« Umgekehrt beschrieb Immermann Grabbes Erscheinung: »Nichts stimmte in diesem Kunstler zusammen. Fein und zart – Hände und Füße von solcher Kleinheit, daß sie mir wie unentwickelt vorkamen –, regte er sich in groben, eckigen, ungeschlachten Bewegungen. Die Arme wußten nicht, was die Hände taten. Oberkörper und Füße standen nicht selten im Widerstreit. Diese Kontraste erreichten in seinem Gesicht ihren Gipfel. Eine Stirn, hoch, oval, gewölbt, wie ich sie nur in Shakespeares (freilich ganz unhistorischem) Bildnisse von ähnlicher Pracht gesehen habe, darunter große, geisterhaft weite Augenhöhlen und Augen von tiefer, seelenvoller Bläue, eine zierlich gebildete Nase, bis dahin – das dünne fahle Haar, welches nur einzelne Stellen des Schädels bedeckte, abgerechnet – alles schön. Und von da an hinunter alles häßlich, verworren, ungereimt. Ein schlaffer Mund, verdrossen über dem Kinn hängend, das Kinn sich kaum vom Halse lösend, der ganze untere Teil des Gesichtes überhaupt so scheu zurückkriechend, wie der obere sich frei und stolz hervorbaute.« Dem Äußeren entsprach das Innere, »fünf Seelen in einem Kopf«, wie Grabbe selbst sagte, Großmannsucht und Aufschneiderei, gepaart mit echter Größe, Ichbehauptung und Treue zur Heimat, Zynismus und tragisches Pathos, Nihilismus und Romantik, Humor und Scherz. Grabbe studierte in Berlin, amtierte als Advokat in seiner Heimatstadt, scheiterte in Amt und Ehe, wurde vergebens von Immermann zu halten versucht und starb in den Armen seiner Mutter.

Christian Dietrich Grabbe.

Dieses Leben, zu sehr Exzessen ergeben, um lange zu dauern, zu kurz, um letzte Vollendung erreichen zu können, war, wenn wir die Gedenkrede seines Freundes Eduard Duller zitieren dürfen, »eine lebendige Anomalie, eine Tragödie, welche der Erdgeist und die Psyche durchkämpften, der erste mit aller Ungeschlachtheit der Materie, sein Schlachtfeld mit tausenderlei wunderlichen und fabelhaften Schöpfungen anfüllend, die zweite, das Ungeheure oft in Grazie zusammenfassend, das Notwendige gegen das Überflüssige und bloß Zeitliche verteidigend«. 1822 schrieb der junge Dichter den *Herzog Theodor von Gothland*, die dramatisierte Geschichte eines gutherzigen Schwärmers, der durch die Tücke des Schicksals und die Niedertracht seines Todfeindes, des Negers Berdoa, zum Brudermörder wird, wobei sein ursprünglicher Glaube an die göttliche Weltordnung in Verzweiflung, Enttäuschung, Menschenverachtung umschlägt und zur Überzeugung gelangt, daß das Böse in der Welt stärker als das Gute ist und, weil es die mächtigere Wirklichkeit ist, auch triumphieren soll. »Was ist toller als das Leben? Was ist toller als die Welt? Allmächtiger

Wahnsinn ist's, der sie erschaffen hat.« Benno von Wiese zieht daraus den Schluß: »Der junge Grabbe schreibt mit dem Pathos der Romantik das erste Drama des völligen Nihilismus ... Bei Grabbe verzerrt sich das Bild des Menschen in seiner nicht sündig, sondern teuflisch gewordenen Welt bis zur gewollten Karikatur ... Damit aber schlägt das Tragische notwendig in das Burleske um, und die Tragödie nähert sich der tragischen Farce.« Ludwig Tieck, dem der Dichter sein Drama zugesandt hatte, fragte ihn, woher er noch bei so frühem Erlöschen der »echten, poetischen Hoffnungs- und Lebenskraft« »das Brot auf der Wanderung durch die Wüste« nehmen wolle. »Ich möchte Sie dann warnen, diesem Zertörungsprozeß des Lebens nachzugeben, der sich Ihnen in der Maske seiner geborenen Feindin, der Poesie, aufdrängen will.«

In Tiecks Nachfolge steht die gleichfalls 1822 geschriebene Komödie *Scherz, Satire, Ironie und tiefere Bedeutung.* »Tiefere Bedeutung« ist wieder die quälende und höhnische Einsicht in die völlige Sinnlosigkeit von Welt und Leben, vorgetragen als Literaturkritik und begleitet von Späßen, die das Bühnenpublikum (weniger die Leser) frieren lassen. Zu den Jugenddramen gehören auch noch das an Tieck orientierte Märchendrama *Aschenbrödel,* ein schwaches Stück, und *Don Juan und Faust,* ein Drama, in welchem die beiden getrennt auftretenden »Dioskuren des höllischen Lichtes« einander gegenübergestellt werden.

Wie der Faust Goethes will sich auch jener Grabbes durch das Tor der Hölle einen Weg zur Gottheit bahnen; er unterscheidet sich jedoch von jenem dadurch, daß dort die metaphysische Verzweiflung aus einem Überdruß an Lebensfülle entspringt, während hier ein Individualist und Nihilist, ein Entwurzelter, vom Weltschmerz Geplagter, »ein ausgeriß'ner, ausgedorrter Stamm«, vor Ruinen gestellt, nur die schreckliche Gewißheit des Nichts erfährt und trotz seines Gefühls, ein Übermensch zu sein, ins Allzumenschliche, in die Geschlechtsliebe, hinabstürzt. Goethes Faust konnte – wie der Dichter selbst – wenigstens vorübergehend das Erlösende der Liebe empfinden, Grabbes Faust – wie auch der Dichter selbst – wird von der erotischen Erschütterung nur genarrt. Don Juan ist das genaue Gegenteil des Faust; sein Wahlspruch lautet »König und Ruhm, und Vaterland und Liebe«, wobei »Ruhm« und »Liebe«, die rein irdischen Güter, für die Faust grundsätzlich nur Verachtung kennt, im Vordergrund stehen. Don Juan ruft deshalb Faust zu: »Wozu übermenschlich, wenn du ein Mensch bleibst?« Faust erwidert: »Wozu Mensch, wenn du nach Übermenschlichem strebst?« Den Titanen des Genusses und den Giganten des geistigen Strebens – beide bindet schließlich der Teufel zusammen, zuerst in der Liebe zu Donna Anna, dann im höllischen Untergang; aber auch im Jenseits werden sie sich unterscheiden: Faust wird weiter mit Gott und Teufel ringen, Don Juan auf Rettung durch Reue verzichten. Gerne übersehen wird Don Juans Diener Leporello (und vielleicht kann nur das Bühnenlicht ihn richtig deuten), dessen Witz und verborgene Melancholie »bei weitem den Hochgesang der beiden Auerhähne übertreffen« (Heinz Beckmann).

Don Juan und Faust sind extreme Ausnahmen; sie prallen aufeinander und kommen dadurch um, haben aber keine Umwelt, von der sie sich abheben.

Diese jedoch ist nötig, um den Ausnahmemenschen in seinem Glanz und in seinem Fall richtig zu zeigen. Das wußte schon der Herzog Theodor von Gotland, der sich in den Rausch der Königsmacht flüchtet, um »einer der großen Ärzte der Menschheit zu werden«, »die mit den einzigen Heilmitteln, die ihr fruchten, mit Feu'r und Schwert, mit Krieg und Pest sie heilen«. Was er also in seinem ersten Drama schon als Aufgabe geahnt hatte, nahm Grabbe in seinen geschichtlichen Bühnenwerken in Angriff; denn »der Dichter ist vorzugsweise verpflichtet, den wahren Geist der Geschichte zu enträtseln«. Grabbes Historien begannen mit dem Fragment gebliebenen, in zwei Fassungen vorliegenden Drama *Marius und Sulla* (1823 und 1827), setzten sich fort in den Hohenstaufenstücken *Kaiser Friedrich Barbarossa* und *Kaiser Heinrich der Sechste* (beide 1828 vollendet), erreichten ihren Höhepunkt in *Napoleon oder die hundert Tage* (1831) sowie in *Hannibal* (1835). Für Grabbe ist die Geschichte das sinnlose Gegenspiel gegen den menschlichen Willen; so sagt Heinrich der Löwe im ersten Hohenstaufenstück:

> Bei Gott, ich wollt', ich wäre nie geboren!
> Entsetzlich drückt die Last des Lebens, drückt
> Die ird'sche Größe – Kronen sind so schwer
> Als wie die Reiche, welche sie bezeichnen!
> Heil, heil dem freien Mann, der sich ernährt
> Durch seiner Hände Werk und seinem Nachbar
> Des Abends ohne Furcht, daß er am Morgen
> Als Feind im Schlachtfeld ihm begegne,
> Die »gute Nacht« wünscht! Könige sind nur
> Herausgeputzte Sklaven von Millionen!

Diese Stelle weist auch daraufhin, daß es für den Dichter eine Sphäre gibt, die der Bedrohung durch die Geschichte entzogen ist: die Idylle. Ähnlich verhält es sich auch mit der Sphäre der Dichtung; diese freilich kann der Urgewalt der Geschichte gegenüber versagen, weil sie ihre Stoffe so tragisch erfaßt, daß sich der Dichter (Terenz im »Hannibal«) zu schwach fühlt, sie in Belustigung umzudichten. Tragisch aber schafft die Geschichte, weil sie den Großen – oder die Größe im allgemeinen – durch die Übermacht des Kleinen oder der Masse der Kleinen untergehen läßt. Grabbe erfährt die Geschichte nicht als Idee, sondern als Macht und stellt sie als solche dar.

Die Weimarische Humanität ruhte auf dem Glauben, die in der Welt und durch die Welt gestellten Aufgaben mit Hilfe der Vernunft bewältigen zu können; diesem Glauben stellte Grabbe als erster die vernunftlosen Massen entgegen. Dies freilich hat zur Folge, daß Grabbes Welt chaotisch anmutet. Seine Szenen erscheinen wie Blätter aus einem Bilderbuch, der Stoff, nur genialisch aufgegriffen, bleibt im Rohzustand. Der Dichter spricht in diesem Zusammenhang von »Fidibus-Fetzen«, weiß also selbst von gewissen Mängeln. Erst in unserem Jahrhundert hat seine und Büchners Art zu dichten Verständnis gefunden.

Georg Büchner

Aus ganz anderem Milieu als Grabbe stammte GEORG BÜCHNER (1813–1837), der als Sohn eines Arztes in Darmstadt geboren wurde. Von seinen Geschwistern war auch der Bruder Ludwig, der Philosoph, schriftstellerisch begabt. Büchner mußte also nicht aus einem niedrigen in ein höheres Geistesmilieu mühsam aufsteigen und konnte sich seinen Studien ohne Sorge widmen. Diese galten der Naturwissenschaft, der Geschichte, der Philosophie, umfaßten demnach weite Gebiete, befriedigten ihn aber dennoch nicht. In Gießen gründete er eine geheime »Gesellschaft für Menschenrechte« (1834), verfaßte den *Hessischen Landboten*, eine Kampfschrift mit dem Motto »Friede den Hütten, Kampf den Palästen« (Mitautor war der Butzbacher Rektor F. L. Weidig) und wich dann einer Polizeiaktion ins Vaterhaus zu Darmstadt aus. Er floh schließlich (März 1835) nach Erhalt einer gerichtlichen Vorladung nach Straßburg, verzichtete hier auf weitere politische Tätigkeit und erwarb sich den Doktorhut an der Universität Zürich, wo er sich als Privatdozent für vergleichende Anatomie habilitierte (November 1836) und innerhalb von 17 Tagen vom Typhus dahingerafft wurde. Dieses Leben mit seiner Zielstrebigkeit, Wissenschaftlichkeit und seinen Erfolgen hätte nichts mit jenem Grabbes gemeinsam gehabt, wäre nicht Büchner auch Dichter gewesen.

Sein erstes Werk, im Vaterhaus als Zeichen der Überwindung des politischen Erlebens begonnen und 1835 vollendet, ist das Drama *Dantons Tod.* Der revolutionäre Pamphletist, der Büchner eben noch war, schildert darin mit unerbittlichem Realismus die Männer der Französischen Revolution, vor allem Danton und Robespierre, »wie sie waren: blutig, liederlich, energisch und zynisch«. Er übernimmt vielfach den Dialog aus den amtlichen Geschichtsquellen, verrät uns seine Vorliebe für Danton, der die in Robespierre zutage tretende ideologische Verbrämung minderwertiger Motive durchschaut und in seiner Skepsis dem Leben gegenüber sich dem Genuß verschreibt, obwohl er um dessen Vergänglichkeit weiß. Deutlicher noch als Grabbe zeigt Büchner den Menschen in seiner Erbärmlichkeit: »Der Einzelne nur Schaum auf der Welle, die Größe ein bloßer Zufall, die Herrschaft des

Genies ein Puppenspiel, ein lächerliches Ringen gegen ein ehernes Gesetz, es zu erkennen das Höchste, es zu beherrschen unmöglich«, so schreibt der Dichter einmal an seine Braut. Hier ist der letzte Gedanke an eine vernünftige Weltordnung aufgegeben. »Es wurde ein Fehler gemacht, wie wir geschaffen wurden«, ist Büchners pessimistische Ansicht. In einem anderen Brief meint er: »Es ist wahr, ich lache oft; aber ich lache nicht darüber, wie jemand ein Mensch, sondern nur darüber, daß er ein Mensch ist, wofür er ohnehin nichts kann, und lache dabei über mich selbst, der ich sein Schicksal teile.«

Darum deutete Büchner das Leben als Gaukelspiel, darum schrieb er auch eine Komödie, nämlich *Leonce und Lena* (etwa 1836), die mit verklingender Romantik und realistischer Entzauberung ein kapriziöses Spiel treibt, widersprechende Elemente (sublime Naturlyrik neben Urlauten, erhabenes Wort neben grober Zote, tiefe Weisheit neben blühendem Unsinn) verschmilzt und zwischen Trug und Wahrheit schwebt. Man spürt, daß selbst hinter diesem heiteren Spiel das tragische Wissen um die Nichtigkeit des Lebens steht; daran ändern die Worte nichts, die Leonce am Ende der Komödie sagt: »Wir lassen alle Uhren zerschlagen, alle Kalender verbieten und zählen Stunden und Monde nur nach der Blumenuhr, nur nach Blüte und Frucht.«

Bezeichnenderweise schrieb Büchner zur selben Zeit an seiner einzigen und nicht vollendeten Novelle *Lenz*. Sie hat, wie man im Hinblick auf die Komödie denken könnte, mit Frühlingsstimmung nichts zu tun; sie kreist vielmehr um die Gestalt des Sturm-und-Drang-Genossen Goethes Reinhold Lenz und gibt, indem sie die Titelfigur in der Krise ihrer geistigen Erkrankung zeigt, die exakte psychologische Analyse einer menschlichen Seele, fast in der Art eines Dostojewskij. Büchner findet dafür eine Sprache, in der, wie Gundolf treffend meint, »alles Vorgang, Gefälle, Flucht und doch zugleich Druck, Wucht, Gewicht« wird. Des Dichters Vorwurf an Gott wird zum wiederholten Male ausgesprochen: »Aber ich, wär' ich allmächtig, sehen Sie, wenn ich so wäre, ich könnte das Leiden nicht ertragen, ich würde retten, retten.« So dachte der Tragiker Büchner – und der Mensch? »Wir haben der Schmerzen nicht zu viel, wir haben ihrer zu wenig; denn durch den Schmerz gehen wir zu Gott ein«; dieses Wort ist durch einen der Freunde des Dichters überliefert.

Und wieder zur gleichen Zeit (um 1836) entstand die aus einer kriminologischen Broschüre schöpfende Szenenreihe *Woyzeck*, die an die Stelle einer geschichtlichen Persönlichkeit die gehetzte, unglückliche erniedrigte Kreatur eines Bartscherers und Soldaten setzt, der zum Mörder an seiner Braut und an sich selber wird, den ersten »negativen Helden« der deutschen Literatur.

Die Nähe zu Lenzens »Soldaten« ist unbestreitbar, doch haben die beiden Dramen im Innersten nichts miteinander zu tun: Lenz entschleiert unnatürliche soziale Verhältnisse, ein Gesellschaftsgefüge, das korrekturbedürftig ist und korrigiert werden soll; Büchner dagegen zeigt vor dem Hintergrund dieser Welt den völlig alleingelassenen Menschen – nicht oder wenigstens nicht nur als Exempel sozialer Mißstände (»Unseins ist doch einmal unselig in der und der andern Welt. Ich glaub', wenn wir in den Himmel kämen, so müßten wir donnern helfen«), sondern als Beispiel für den »armen« Menschen überhaupt, der dem Sein schutzlos ausgeliefert ist. Die Deutung des Dramas gibt der Dichter in dem Märchen, das die Großmutter den Kindern erzählt:

Ein armes Kind hatte Vater und Mutter verloren, suchte sie vergeblich auf Erden, auf dem Mond (der nur ein Stück faules Holz war), auf der Sonne (die nur eine verwelkte Sonnenblume war), auf den Sternen (die nur kleine Mücken waren) und war dann »ganz allein, und da hat sich's hingesetzt und geweint, und da sitzt es noch und ist ganz allein«.

Dieses Märchen ist ein Anti-Märchen, wie der Titelheld ein Anti-Held ist; sein Drama erschöpft sich nicht in der Milieuschilderung, sondern weist über die vordergründige Wirklichkeit hinaus. Erst 1879 wurde es gedruckt, drei Jahrzehnte später erst einigermaßen begriffen und später Grundlage von Alban Bergs gleichnamiger Oper. Die Interpretation beschränkt sich oft auf die soziale Erklärung und übersieht dabei das tragische Element, die Angst vor den namenlosen Mächten. Formal stellt das Werk kein geschlossenes Ganzes dar, sondern nur die Abfolge drastischer Einzelbilder, von denen man aber keines weglassen dürfte, wie man aus dem »Lenz« kein Wort streichen darf. Nachdenklich stimmt des Dichters Satz: »Jeder Mensch ist ein Abgrund, es schwindelt einem, wenn man hinabsieht.«

Karl Leberecht Immermann

In dem Zeitalter, das im wesentlichen noch von dem Erbgute der Klassiker und Romantiker lebte, aber doch schon, wenn auch unsicher nach Neuem strebte, um über die anerkannte Größe Weimars hinaus Werke von lebendiger Eigenart zu schaffen, ragt KARL LEBERECHT IMMERMANN (1796–1849) in seinem Geamtwirken als bahnbrechend hervor. In Magdeburg als Sohn eines preußischen Kriegsrates geboren und streng erzogen, besuchte er das Gymnasium seiner Heimatstadt und die Universität Halle, wo er juristische Studien betrieb. In Lauchstädt, das er oft besuchte, wurde durch Vorstellungen der Weimarischen Theatergesellschaft sein Interesse für die Bühne geweckt. Als Offizier nahm er an den Befreiungskriegen teil. 1817 trat er als Beamter in den preußischen Staatsdienst. Diese Laufbahn führte Immermann 1827 als Landgerichtsrat nach Düsseldorf, wo er 1832 einen Theaterverein gründete und 1835–1837 das Theater leitete. Als Auditeur in Münster lernte er das westfälische Bauernleben kennen, das er im »Oberhof« schildert, und trat zu der von ihrem Gatten geschiedenen Gräfin Elise von Ahlefeldt in Beziehung. Doch nur als Freundin, nicht als Gattin des Bürgerlichen, wollte sie das Leben mit dem acht Jahre jüngeren Dichter teilen. Immermann litt seiner moralischen Natur nach schwer unter solcher Verletzung der Sitte, fand aber erst ein Jahr vor seinem Lebensende, das ihn in der Vollkraft seiner Jahre ereilte, die Kraft, das drückende Verhältnis zu lösen, um noch ein kurzes Eheglück mit Marianne Niemeyer zu genießen.

Immermann ist eher als Schriftsteller denn als Dichter zu bezeichnen, wenn er ein solcher auch sein wollte. In seinen lyrischen Gedichten (1822, 1840) überwuchert das Verstandesmäßige, und selbst in den Liebesliedern sucht man vergebens tiefere Herzenstöne. Die lange Reihe der Dramen machte ihn nicht zum anerkannten Bühnendichter. Da waren Lustspiele (»Die Prinzen von Syrakus«, 1821; »Das Auge der Liebe«, 1824), die ersten ernsten Dramen (»Das Tal von Roncesvalles«, »Edwin«, »Petrarca«, 1822 gedruckt), die sich an Herodot getreulich anlehnende Bühnendichtung *Periander und sein Haus* (1823) sowie das Trauerspiel *Cardenio und Celinde* (1826), nach Platen eine »mehr als ekelhafte Metzelung«, dennoch eines der besten Stücke Immermanns, wenngleich wild, ungeheuerlich, barock und kraß realistisch; aus einem geplanten Hohenstaufen-Zyklus wurde allein *Kaiser Friedrich II.* (1828) vollendet. Von größerer Bedeutung sind das der eigenen Zeit Tribut zahlende *Trauerspiel in Tyrol* (1827), später umgearbeitet und umbenannt (»Andreas Hofer«, 1833), sowie die nach einer Novelle Boccaccios gearbeiteten *Opfer des Schweigens* (1839), später »Ghismonda« geheißen. Seine beste Leistung lieferte Immermann mit der Trilogie *Alexis* (1832), die im geschichtlichen Zusammenstoß von Alt- und Neu-Rußland eine Vater-Sohn-Spannung zwischen Peter dem Großen und seinem Erben mit dramatischem Kunstverstand zu ihrem tragischen Ende führt, ohne allerdings die Herzen der Zuschauer warm werden zu lassen, und die gedankenreiche »Tragödie des Widerspruchs« (wie sie der Autor selbst bezeichnet) mit dem Titel *Merlin* (1832), die, obgleich Geibel das Stück einen »zweiten Faust« genannt hat, mit Goethes Meisterwerk nicht konkurrieren kann:

Merlin, der Sohn des Satans Demiurgos und der Jungfrau Candida, vom Vater in die Welt geschickt, das asketische Christentum zu bekämpfen, wird auf Erden Führer zum Gral, versagt aber auch in diesem Beruf, und stirbt schließlich, den Vater-Teufel verleugnend und den Namen Gottes heiligend.

Platen hat in seinem »Romantischen Ödipus« Immermann als »Nimmermann« heftig karikiert (in der Fortsetzung des Streites, den der Angegriffene mit den literarischen Epigrammen des Jahres 1827 veranlaßt hatte, erschien die »literarische Tragödie«: »Der im Garten der Metrik umhertaumelnde Kavalier«, 1829). Mit dieser Kontroverse mag das der satirischen Art Tiecks folgende komische Epos in drei Gesängen *Tulifäntchen Fliegentöter* (1830) in Zusammenhang stehen, das sich nicht ohne Reiz in gleicher Weise über die herabgekommene Aristokratie wie über den aufkommenden Industrialismus lustig macht.

Sein kleiner munterer Held benützt die zierliche Klinge eines Federmessers als Schwert, eine Silbermünze als Schild, eine Nußschale als Harnisch und kämpft so gegen den Riesen Schlagadodro. Er wird von der schönen Balsamina in einen Vogelkäfig gesperrt, will sich aus Scham darüber in einen Abgrund stürzen, wird jedoch von Libellen und Wolken aufgefangen, damit er mit einem Seefräulein nach Ginnistan ziehen kann. – Das ist sich selbst parodierender Nachhall der Romantik.

Doch Immermanns eigentliches Wesen neigt zum Realismus hin, wie seine beiden Romane zeigen, die – im Gegensatz zu seinem übrigen Prosawerk – literarhistorisch von Bedeutung sind: 1836 erschienen *Die Epigonen,* der erste Zeitroman der neueren deutschen Literatur und zugleich ein Bildungsroman wie Goethes »Wilhelm Meister«. Die Handlung spielt in den vorrevolutionären Jahren zwischen 1820 und 1830; Adlige und Industrielle, Salonliteraten und Demagogen werden vom Verfasser in gleicher Weise unter die Lupe genommen, bitter und säuerlich in der Kritik, pessimistisch schon im Titel, der besagen will, daß die Erben einer an geistigen Schätzen reicheren Zeit nur noch Ideen borgen können, ohne selbst solche zu haben (später wurde dieser Titel – gegen Immermanns Absicht – als schlagwortartige Abstempelung des Jahrhunderts, vor allem in literarischer Hinsicht mißbraucht). In dem Roman *Münchhausen, eine Geschichte in Arabesken* (1838/1839), schlägt die böse Satire wenigstens partienweise in kräftigen Humor um (leider bedürfen viele Anspielungen auf des Verfassers Gegenwart heute eines Kommentars), und der Pessimismus der »Epigonen« gibt in der im »Münchhausen« eingeschalteten Geschichte vom »Oberhof« einer optimistischen Auffassung Raum. Dennoch ist es falsch, die Dorfnovelle *Oberhof* aus dem Ganzen zu isolieren, weil sie so ihren Sinn verliert, auf das Bleibende und das Feste des bäuerlichen Wesens und das zukunftsfrohe Glück der Ehe und Familie hinzuweisen.

Das Bild der Zeit zu runden, ist es notwendig, darauf hinzuweisen, daß neben Immermanns Gegenwartsromane die Nachahmung der historischen Romane Walter Scotts trat oder, literarhistorisch formuliert, der anbrechende Realismus von einer romantischen Nachflut überspült wurde, Während aber der große Schotte in seinen Erzählwerken die eigene Heimat darstellt, suchten seine deutschen Nachahmer mit Vorliebe fremde Gefilde als Schauplätze ihrer Handlungen. So wandte sich KARL FRANZ VAN DER VELDE (1779 bis 1824) gerne nach Schweden oder Norwegen (»Arwed Gyllenstierna«, 1823; »Christine und ihr Hof«), sogar nach Amerika (»Eroberung von Mexiko«), immerhin auch nach Böhmen (»Der böhmische Mägdekrieg«); selbst hatte er die von ihm beschriebenen Länder kaum gesehen. Anders steht es damit bei dem in preußischen, französischen und russischen Diensten gestandenen Offizier August von Witzleben, der unter dem Pseudonym KARL VON TROMLITZ (1788–1847) 108 Bände herausbrachte, mit der Geschichte frei schaltete und die Zeit des Dreißigjährigen Krieges bevorzugte. Nicht weniger fruchtbar und gegenüber den wirklichen Vorgängen noch sorgloser war der ehemalige Schmierenkomödiant KARL SPINDLER (1796–1855) aus Breslau. Aus seiner meistens bloß journalistischen Belletristik ragen heraus *Der Bastard* (1826), ein Kolossalgemälde in drei Bänden aus der Zeit des »Bruderzwistes in Habsburg«, *Der Jude* (1827), »ein deutsches Sittengemälde aus der ersten Hälfte des 15. Jahrhunderts«, ebenfalls in drei Bänden, *Der Jesuit* (1829), dessen drei Bände »ein Charaktergemälde aus dem ersten Viertel des 18. Jahrhunderts« geben und von Norddeutschland bis Paraguay führen, und *Der Invalide*, ein packendes dreibändiges Werk aus der Zeit der Französischen Revolution. Mit und neben Spindler arbeitete WILHELM VON CHÉZY (1806–1865), Sohn der Dichterin Hermine von Chézy, der neben historischen Erzählungen Künstlerromane schrieb (»Petrarca«, »Camões«) sowie die noch immer lesenswerten *Erinnerungen aus meinem Leben.*

Aus diesem Kreis ragt PHILIPP VON REHFUES (1799–1843) um einiges hervor. Von ihm meint Ernst Alker: »Sein fortdauernd unterschätztes Werk gehört zu den geistesgeschichtlichen Schlüsselforts der Epoche und ist ein wichtiges Glied in der Historie des deutschen Verhältnisses zu Italien.« Italien ist der Schauplatz seiner Romane *Scipio Cicala* (1832) in vier, *Die Belagerung des Castells von Gozzo oder der letzte Assassine* (1834) in zwei, *Die neue Medea* (1836) in drei Bänden. Der nächsten Vergangenheit wandten sich zu LUDWIG RELLSTAB (1799–1843), vergessener Dramatiker und Satiriker, auch als

Romancier nur noch lebendig mit dem ursprünglich vierbändigen Roman *1812*, der in gekürzter Fassung seit dem Zweiten Weltkrieg wieder auftauchte, obwohl sein Rußlandbild durchaus unwirklich ist, und FERDINAND STOLLE (1806–1872), der auf Grund der Geschichtswerke und Memoirenliteratur sechs Romane um Napoleon schrieb, von denen der beste *1813* (1838) ist, und außerdem den komischen Roman *Deutsche Pickwickier* verfaßte, endlich LUDWIG STORCH (1802–1881), der immerhin im Raum der Geschichte weiter ausgriff, ihn aber auch abenteuerlich aufputzte, andrerseits die kulturhistorischen Werte sowie die bürgerlichen und sozialen Verhältnisse miteinbezog; zu seinen besten Werken gehören *Der Freibeuter* (1834) in drei, *Der Jakobsstern* (1836–1838) in vier, *Ein deutscher Leinweber* (1846–1850) in neun Bänden, deren dritte Abteilung »Das Haus Fugger« betitelt ist. Nacheiferer Scotts war auch der Deutschböhme KARL HERLOSSOHN (1804–1849) mit einer großen Anzahl historischer und humoristischer Romane (»Der Ungar«, »Der letzte Taborit«, »Die Hussiten«, »Wallensteins erste Liebe«, »Die Tochter des Piccolomini«).